सगरमाथा से समुन्दर तक

(रोचक यात्रा वृतांत)

सुरेश पटवा

Sarvatra

An imprint of Manjul Publishing House

Sarvatra
An imprint of Manjul Publishing House
◆ द्वितीय तल, उषा प्रीत कॉम्प्लेक्स,
42 मालवीय नगर, भोपाल-462 003
◆ सी-16, सेक्टर 3, नोएडा, उत्तर प्रदेश, 201301
वेबसाइट : www.manjulindia.com

यह संस्करण 2023 में पहली बार प्रकाशित

सगरमाथा से समुन्दर तक

ISBN 978-93-5543-307-7

सुरेश पटवा इस पुस्तक के
लेखक होने की नैतिक ज़िम्मेदारी वहन करते हैं

मुद्रण व जिल्दसाज़ी : रेप्रो इंडिया लिमिटेड

अनुक्रम

सहज सरस यात्रा वृतांत

शिशु जैसे-जैसे बड़ा होता है, स्वाभाविक रूप से उसमें जिज्ञासा उभरने लगती है। वह अपने आसपास विद्यमान जड़ चेतन को जानने समझने की चेष्टा करने लगता है। यही जिज्ञासा मानव को आगे चलकर ज्ञानार्जन की दिशा में प्रवृत्त करती है। जयह जिज्ञासा सामान्य अर्थों में विद्या अध्ययन और जीविकोपार्जन की समझ बढ़ाने तक सीमित रहती है। परंतु ऐसे भी लोग होते हैं जो सब कुछ जान लेना चाहते हैं। उनकी जिज्ञासा का छोर नहीं होता। उनकी जानने की ललक में समस्त जागतिक आयाम समाये रहते हैं। इसी प्रवृत्ति का एक आयाम है यात्रा।

यात्रा केवल पर्यटन तक सीमित नहीं रहती। इसका छोर रोमांच की अनुभूति तक जाता है और दूसरा छोर विषय अथवा अनुभूति का विस्तार दिग दिगंत तक विस्तीर्ण होता है। दरअसल, ऐसे यात्री ज्ञान के वे साधक होते हैं जो साधना को अनंत यात्रा की तरह जारी रखना चाहते हैं। ऐसे यात्री अपने अनुभवों-अनुभूतियों की स्वांतः सुखाय ही नहीं मानते, अपितु जग से साझा करने की अभिलाषा रखते हैं। वे लिखते हैं, बोलते-बतियाते हैं, सुनते-सुनाते हैं। इसमें वे अपने कर्म और कर्मपथ की सार्थकता का संतोष पाते हैं।

श्री सुरेश पटवा की पुस्तक 'सगरमाथा से समुंदर तक' यात्रा वृतांत की ऐसी रचना है, जिसमें उपर्युक्त प्रवृत्ति की स्पष्ट झलक मिलती है। 'धुमक्कड़ धर्म' से चली उनकी लेखनी हिमालय की गोद में, दर्रों की लुकाछिपी और जन्नत की सैर कराती है। हरिद्वार से नैनीताल पहुँचाती है। जल, जंगल, ज़मीन का स्वर्ग तलाशती है। पग-पग नर्मदा का आनंद अनुभव करती है। लेखक की रोमांच वृत्ति उसे नक्सलियों के मायके तक ले जाती है, वहीं

समुंदर में क़िला भी दिखाती है। मचलती लहरों का लास्य अनुभव करता यह यात्रा वृतांत अच्छी छाप छोड़ता है। श्री सुरेश पटवा ने हर एक यात्रा आरम्भ करने के पहले गंतव्य का इतिहास, भूगोल, कला, संस्कृति और समाज को समझने के लिए उसे लिखा पढ़ा और गुना है। ऐसे ही अनुभव-अनुभूति को सरस सहज वृतांत रचा जा सकता है। अच्छी रचना के लिए हार्दिक धन्यवाद।

—विजयदत्त श्रीधर
संस्थापक, सप्रे संग्रहालय
सम्पादक, आंचलिक पत्रकार,
पद्मश्री विभूषित पत्रकार

आमुख

पर्यटन के दो मुख्य आकर्षण पर्वत और सागर रहे हैं। पर्वतों की उदास ऊँचाइयाँ और सागरों की रहस्यमय गहराइयाँ मनुष्यों को लुभाती हैं। मनुष्य का पूरा जीवन उदासी और उत्साह के बीच डोलता रहता है। उदास पहाड़ एक जगह खड़े रहते हैं। सागर की लहरें उत्साहित हो साहिल की तरफ़ भागती रहती हैं। साहिल से टकराकर बिखर जाती हैं। मनुष्य भी एक लहर से दुनिया में आता है और पहाड़ सा जीवन जीकर अंत में लहर सा बिखर जाता है। दुनिया का सबसे ऊँचा, लम्बा और चौड़ा हिमालय पर्वत सर्वोच्च शिखर एवरेस्ट को धरामणि सा धारण किए है। कोई ज़मीन पर कितना भी ऊँचा उठ जाए, वह एवरेस्ट से ऊँचा नहीं उठ सकता। हिमालय मनुष्य को चुनौती देकर बुलाता है कि आओ मुझे विजित करो।

इस महान पर्वत श्रेणी का नाम संस्कृत में हिमालय ('बर्फ का निवास'), हिम ('बर्फ') और आ-लय (आलय 'रसेप्टकल, आवास') से निकला है। एमिली डिकिंसन की कविता और हेनरी डेविड थोरो के निबंधों में इसे हिमालेह के रूप में लिखा है। इन पहाड़ों को नेपाली और हिंदी में हिमालय के रूप में जाना जाता है। तिब्बती में 'द लैंड ऑफ स्नो', उर्दू में हिमालय रेंज, बंगाली में हिमालय पर्वतमाला और चीनी में ज़िमालय पर्वत शृंखला। इस रेंज का नाम कभी-कभी पुराने लेखन में हिमवान के रूप में भी किया जाता रहा है।

नेपाल में धौलागिरी और अन्नपूर्णा की 26000 फीट ऊँची चोटियाँ भौगोलिक रूप से हिमालय को पश्चिमी और पूर्वी खंडों में विभाजित करती हैं। काली गंडकी के सिर पर कोरा ला एवरेस्ट और K2 (पाकिस्तान में काराकोरम रेंज की सबसे ऊंची चोटी) के बीच की लकीर पर सबसे निचला बिंदु है।

अन्नपूर्णा के पूर्व में सीमा पार मनासलू की 26000 फीट ऊँची चोटियाँ तिब्बत, शीशपंगमा में हैं। इनके दक्षिण में नेपाल की राजधानी और हिमालय का सबसे बड़ा शहर काठमांडू स्थित है। काठमांडू घाटी के पूर्व में कोसी नदी की घाटी है जो तिब्बत, नेपाल और चीन के बीच अरानिको राजमार्ग/चीन राष्ट्रीय राजमार्ग 318 को मुख्य भूमि प्रदान करती है। इसके अलावा पूर्व में महालंगुर हिमालय है जिसमें दुनिया के चार उच्चतम पर्वतः चो ओयू, एवरेस्ट, ल्होत्से और मकालू हैं। ट्रेकिंग के लिए लोकप्रिय खुम्बू क्षेत्र यहां एवरेस्ट के दक्षिण-पश्चिमी दृष्टिकोण पर पाया जाता है। अरुण नदी दक्षिण की ओर मुड़ने और मकालू के पूर्व की ओर बहने से पहले इन पहाड़ों की उत्तरी ढलानों से बहती है।

सुदूर पूर्व में भारत-नेपाल सीमा पर हिमालय कंचनजंगा मासिफ तक बढ़ता है, जो दुनिया का तीसरा सबसे ऊंचा पर्वत 26,000 फीट शिखर भारत का उच्चतम बिंदु है। कंचनजंगा का पश्चिमी भाग नेपाल में और पूर्वी भाग भारतीय राज्य सिक्किम में है। यह भारत से तिब्बत की राजधानी ल्हासा मुख्य मार्ग पर स्थित है, जो नाथू ला दर्रे से होकर तिब्बत तक जाता है। सिक्किम के पूर्व में भूटान का प्राचीन बौद्ध साम्राज्य है। भूटान का सबसे ऊँचा पर्वत गंगखर पुएनसम है। यहां का हिमालय घने जंगलों वाली खड़ी घाटियों के साथ तेजी से ऊबड़-खाबड़ होता जा रहा है। यारलांग त्सांगपो याने ब्रह्मपुत्र नदी के महान मोड़ के अंदर तिब्बत में स्थित नामचे बरवा के शिखर पर अपने पूर्व के निष्कर्ष पर पहुंचने से पहले, हिमालय भारतीय राज्य अरुणाचल प्रदेश के साथ-साथ तिब्बत के माध्यम से थोड़ा उत्तर-पूर्व की ओर मुड़ता रहता है। त्सांगपो के दूसरी ओर पूर्व में कांगरी गारपो पर्वत हैं। ग्याला पेरी सहित त्सांगपो के उत्तर में ऊंचे पहाड़ हिमालय में शामिल होते हैं।

धौलागिरी से पश्चिम की ओर जाने पर, पश्चिमी नेपाल कुछ दूर है और प्रमुख ऊंचे पहाड़ों की कमी है, लेकिन नेपाल की सबसे बड़ी रारा झील का घर है। करनाली नदी तिब्बत से निकलती है लेकिन क्षेत्र के केंद्र से होकर गुजरती है। आगे पश्चिम में, भारत के साथ सीमा शारदा नदी का अनुसरण करती है और चीन में एक व्यापार मार्ग प्रदान करती है, जहां तिब्बती पठार पर गुरला मांधाता की ऊंची चोटी स्थित है। मानसरोवर झील के उस पार पवित्र कैलाश पर्वत है, जो हिमालय की चार मुख्य नदियों के स्रोत के करीब है। हिमालय उत्तराखंड में कुमाऊं हिमालय के रूप में नंदा देवी और कामेट की ऊंची चोटियों के साथ स्थित है।

उत्तराखंड राज्य चार धाम के महत्वपूर्ण तीर्थ स्थलों का भी घर है, जिसमें गंगोत्री, पवित्र नदी गंगा का स्रोत, यमुनोत्री, यमुना नदी का स्रोत और बद्रीनाथ और केदारनाथ के मंदिर हैं। अगला हिमालयी भारतीय राज्य, हिमाचल प्रदेश, अपने हिल स्टेशनों, विशेष रूप से शिमला, ब्रिटिश राज की ग्रीष्मकालीन राजधानी और भारत में तिब्बती समुदाय के केंद्र धर्मशाला के लिए प्रसिद्ध है। यह क्षेत्र पंजाब के हिमालय और सतलुज नदी की शुरुआत है, जो सिंधु की पांच सहायक नदियों-झेलम, रावी, चिनाब, सतलुज, व्यास का जनक है। आगे पश्चिम में हिमालय, जम्मू-कश्मीर और लद्दाख का निर्माण करता है। ननकुन की जुड़वां चोटियाँ हिमालय के इस हिस्से में एकमात्र पर्वत हैं। प्रसिद्ध कश्मीर घाटी और श्रीनगर के शहर और झीलें हैं। अंत में, हिमालय अपने पश्चिमी छोर पर नंगा पर्वत की नाटकीय 26000 फुट ऊँची चोटी से होकर पश्चिमी छोर नंगा पर्वत के पास एक शानदार बिंदु पर समाप्त होता है जहां हिमालय गिलगित-बाल्टिस्तान क्षेत्र में काराकोरम और हिंदू कुश पर्वतमाला के साथ पसरा है।

जब हमने घूमने जाने के बारे में सोचा तो हिमालय ने हमें भी आकर्षित किया। हमने तय किया कि हम नेपाल, लद्दाख़, जम्मू-कश्मीर, उत्तराखंड की यात्रा पर जाएँगे। वहाँ जाने के पहले उस क्षेत्र का भूगोल और इतिहास पता किया।

पृथ्वी के सत्तर प्रतिशत भाग पर अपार जलराशि सात महाद्वीपों को घेरे सात महासागर के रूप में लहराती है। जिनमे से हिंद महासागर भारत के पाँव पखारता है। पूर्व में कलकत्ता से चेन्नई तक बंगाल की खाड़ी है तो पश्चिम में अरब सागर का मुंबई से केरल तक का समुद्री तट लहराता है। शास्त्रों में भारत को उत्तर में हिमालय से दक्षिण में इंदू सागर की पवित्र पितृभूमि कहा गया है। किसी समय हिमालय और हिंद महासागर को अभेद्य माना जाता था। इसीलिए सोने की चिड़िया की भूमि पर निवासित भारतीय अपने आपको कछुआ की तरह सुरक्षित महसूस करते रहे। लेकिन कालांतर में पहाड़ों और सागरों दोनों ओर से आक्रामक हमलावर आए और भारत को गुलाम वंश से लेकर अंग्रेजों के अधीन एक हज़ार साल तक गुलाम रहने को मजबूर होना पड़ा। भारत की इन दोनों प्राकृतिक सीमाओं अर्थात् लद्दाख़ से हिंद महासागर का पर्यटन हमारे शौक़ के विषय रहे हैं। एवरेस्ट को नेपाल में सगरमाथा कहते हैं। हमने पिछले पचास सालों में नेपाल के सगरमाथा से हिंद महासागर तक की यात्राएँ की हैं।

भ्रमण, पर्यटन और घुमक्कड़ी में फ़र्क़ होता है। भ्रमण याने देश विदेश में घूमने फिरने वाला यात्री। पर्यटन एक ऐसी यात्रा (travel) है जो मनोरंजन (recreational) या फुरसत के क्षणों का आनंद (leisure) लेने के उद्देश्यों से की जाती है। घुमक्कड़ का मतलब है, सोद्देश्य या निरुद्देश्य घूमकर आनंदित होने वाला घुमंतू।

बैंक में नौकरी लगने के बाद बचपन से घुमंतू बनने की इच्छा को पंख लग गए। हमारा उद्देश्य देशाटन द्वारा देश को देखना और समझना था। जबलपुर के सुषमा साहित्य मंदिर से देश के विभिन्न प्रांतों पर राजपाल एंड संस से प्रकाशित पुस्तकें इकट्ठी मिल गईं, तो ख़रीद लीं। उन्हें पढ़कर घुमक्कड़ी का नशा चढ़ने लगा। सबसे पहले मध्य प्रदेश के दर्शनीय स्थल ग्वालियर, शिवपुरी, सागर, खजुराहो, कान्हा-किसली, अमरकंटक, बांधवगढ़, भेड़ाघाट, पचमढ़ी, महेश्वर, मांडू, ओमकारेश्वर इत्यादि की यात्रा इन स्थानों के इतिहास और भूगोल को जाने बग़ैर सम्पन्न की। उसके बाद इन्ही स्थानों का इतिहास, भूगोल और संस्कृति को पढ़ समझ कर यात्राएँ कीं तो पाया कि पर्यटन से बहुत अधिक आनंद घुमंतू यात्राओं में है। बस फिर क्या था घुमंतू बनने की तीव्र इच्छा बलबती हुई। इंदिरा गांधी मुक्त विश्वविद्यालय से पर्यटन सामग्री बुलाकर विभिन्न प्राकृतिक स्थलों जैसे पर्वत, सागर, मैदान, ऐतिहासिक स्थान, धार्मिक स्थान और वन्य प्रांतर घुमक्कड़ी के अर्थ और आशय को दिमाग़ में बिठाया। उसके पश्चात कहीं भी घुमक्कड़ी पूर्व इस स्थान का इतिहास, भूगोल, परिवेश, साहित्य, संस्कृति, वेशभूषा और खानपान का अध्ययन एक आदत सी बन गई। अध्ययन और घुमक्कड़ी का बढ़िया संयोजन बहुत आनंद दायक होने लगा। बन गए घुमक्कड। इसीलिए आपको हमारी यात्रा वृतांत में जगहों का सम्पूर्ण विवरण मिलेगा।

इस यात्रा वृतांत संग्रह में घुमक्कड़ धर्म पर पहला अध्याय है। इसके बाद नेपाल, लद्दाख़, कश्मीर, उत्तराखंड, सतपुड़ा, नर्मदा, गढ़चिरोली, मुरुद सिद्दी जज़ीरा और गोवा के यात्रा वृतांत उनके भौगोलिक और ऐतिहासिक विवरण सहित प्रकाशित किए जा रहे हैं। आशा है पाठकों को पसंद आयेंगे।

परम आदरणीय पद्मश्री विभूषित विजयदत्त श्रीधर जी ने इस पुस्तक की प्रस्तावना लिखकर मुझे अनुग्रहित किया है। मैं उनका आभार व्यक्त करता हूँ।

—सुरेश पटवा

सगरमाथा से समुन्दर तक
(रोचक यात्रा वृतांत)

1

घुमक्कड़ धर्म

चरैवैति-चरैवैति का शाब्दिक अर्थ है-निरन्तर आगे बढ़ते रहना। जिस प्रकार पृथ्वी निरंतर अपनी धुरी पर ब्रह्मांड में घूमती रहती है। सूर्य निरन्तर भ्रमणशील रहता है, कहीं रुकता नहीं, कभी थकता नहीं है। उसी तरह मनुष्य निरन्तर अपने जीवन-वृत्त में प्रवृत्त रहता है और एक न एक दिन अपने गन्तव्य को प्राप्त कर अनंत में विलीन होकर पुनः नई शुरुआत करता है। निरन्तर आगे बढ़ते रहने का सिद्धान्त सुनने में तो बहुत अच्छा लगता है। परन्तु इस सिद्धान्त का परिपालन अत्यन्त कठिन है, क्योंकि मनुष्य के जीवन में देश, काल और परिस्थितियों का बड़ा महत्वपूर्ण योगदान है। हर समय, हर जगह, परिस्थितियाँ एक जैसी नहीं होती। कभी शारीरिक सीमाओं के कारण, कभी आर्थिक परेशानियों के कारण, कभी भावनात्मक दुर्बलताओं के कारण, कभी प्राकृतिक आपदाओं के कारण, कभी अन्य अज्ञात भय के कारण मनुष्य का उत्साह मन्द पड़ जाता है और वह अपने चरैवैति धर्म से विमुख हो जाता है। निरन्तर आगे बढ़ने की बात तो दूर, वह परिस्थितियों के आगे हथियार डाल देता है या उनसे समझौता कर लेता है। विषम परिस्थितियों में केवल वे ही लोग आगे बढ़ पाते हैं जिनमें बाधाओं से लड़ने का अदम्य साहस होता है। जीवन सतत चलते रहने का उपक्रम है। कविवर हरिऔध ने ठीक ही कहा है -

वे देख कर बाधा विविध बहु विघ्न घबराते नहीं,
वे रह भरोसे भाग्य के दुःख भोग पछताते नही।

केवल जुझारू घुमंतू लोग ही अपने परिश्रम से आलस्य के गहन अन्धकार को प्रकाश में बदल सकते हैं, जीवन यात्रा की सफलता के अन्तिम सोपान तक पहुँच पाते हैं। इतिहास साक्षी है, कोलम्बस अपने साथियों के विरोध के बावजूद भी गरजते हुए समुद्र में नौका लेकर उतर पड़ा और आखिर नई दुनिया की खोज करने में सफल होकर मानव सभ्यता में अमर हुआ। ऐतरेय ब्राह्मण में इन्द्र कहते हैं - "परिश्रम करने वाले को श्री मिलती है।"

मैं मानता हूँ, पुस्तकें भी कुछ-कुछ घुमक्कड़ी का रस प्रदान करती हैं, लेकिन जिस तरह फोटो देखकर आप हिमालय पर लहराते देवदार के गहन वनों और श्वेत हिम-मुकुटित शिखरों के सौन्दर्य, बादलों से मिलकर उनके लुभावन रूप, उनके गंध का अनुभव नहीं कर सकते, उसी तरह यात्रा-कथाओं से आपकी उस सत्य से भेंट नहीं हो सकती, जिसका आभासी साक्षात्कार घुमक्कड़ को होता है। यात्रा-वृतांत पाठकों के लिए यही कहा जा सकता है, कि दूसरे अन्धों की अपेक्षा उन्हें थोड़ा आलोक मिल जाता है और साथ ही ऐसी प्रेरणा भी मिल सकती है, जो स्थायी नहीं तो कुछ दिनों के लिए उन्हें घुमक्कड़ बना सकती हैं।

घुमक्कड़ क्यों दुनिया का सर्वश्रेष्ठ गतिमान विचार है? घुमक्कड़ी ने आज की दुनिया को बनाया है। यदि आदिम-पुरूष एक जगह नदी या तालाब के किनारे गर्म मुल्क में पड़े रहते, तो वह दुनिया को आगे नहीं ले जा सकते थे। इसमें संदेह नहीं कि आदमियों की घुमक्कड़ी ने बहुत बार खून की नदियाँ बहाई हैं। घुमक्कड़ों से हम हर्गिज नहीं चाहेंगे कि वह खून के रास्ते को पकड़ें, किंतु अगर घुमक्कड़ों के काफिले दिगदिगांत न आते-जाते, तो सुस्त मानव-जातियाँ सो जातीं और पशु से ऊपर नहीं उठ पातीं। आदिम घुमक्कड़ों में से आर्यों, शकों, हूणों ने क्या-क्या किया, अपने खूनी पथों द्वारा मानवता के पथ को किस तरह प्रशस्त किया, इसे इतिहास में हम उतना स्पष्ट वर्णित नहीं पाते, किंतु मंगोल-घुमक्कड़ों की करामातों को तो हम अच्छी तरह जानते हैं। बारूद, तोप, कागज, छापाखाना, दिग्दर्शक, चश्मा यही चीजें थीं, जिन्होंने पश्चिम में विज्ञान-युग का आरंभ कराया और इन चीजों को वहाँ ले जाने वाले मंगोल घुमक्कड़ थे। जिन्होंने रोमन साम्राज्य की चूलें हिला कर रख दी थीं। जिससे अंततः यूरोप के देशों का जन्म हुआ।

हिन्दी का यायावर बड़ा खूबसूरत शब्द है। घुमक्कड़ के लिए सबसे प्रिय पर्यायवाची शब्द यही लगता है। एक अन्य वैकल्पिक शब्द खानाबदोश है। मगर ऐसा महसूस होता है कि भाव के स्तर पर खानाबदोश में जहाँ दर-दर की भटकन का बोध होता है वहीं यायावर अथवा घुमक्कड़ में भटकने के साथ मनमौजी वाला भाव भी शामिल है।

यायावर की व्युत्पत्ति पर गौर करें तो भी यही बात सही साबित होती है। इस शब्द का संस्कृत में जो अर्थ है वह है परिव्राजक, साधु-संत, संन्यासी आदि। साधु-संतों के व्यक्तित्व में नदियों के से गुणों की बात इसीलिए कही जाती है क्योंकि नदियों में जो सदैव बहने की, गमन करने की वृत्ति होती है वही साधु में भी होनी चाहिए। इसी भ्रमणवृत्ति के परिणामस्वरूप वे अनुवभवजनित ज्ञान से समृद्ध होते हैं और तीर्थस्वरूप कहलाते हैं। अब मनमौजी हुए बिना भला भ्रमणवृत्ति भी आती है कहीं? गौर करें कि नदी तट के पवित्र स्थानों को ही तीर्थ कहा जाता है। हमने साथियों के साथ पैदल खंड नर्मदा परिक्रमा में हर घाट को तीर्थ महसूस किया है।

यायावर बना है संस्कृत की "या" धातु से। इसमें जाना, प्रयाण करना, कूच करना, ओझल हो जाना, गुजर जाना (यानी चले जाना - मृत्यु के अर्थ वाला गुजर जाना मुहावरा नहीं) आदि भाव शामिल हैं। अब इन तमाम भावार्थों पर जब गौर करेंगे तो आज आवागमन के अर्थ में खूब प्रचलित यातायात शब्द की व्युत्पत्ति सहज ही समझ में आ जाती है। या धातु से ही बना है यात्रा शब्द जिसका मतलब है गति, सेना का प्रयाण, आक्रमण, सफर, जुलूस, तीर्थाटन-देशाटन आदि। इससे ही बना संस्कृत में यात्रिकः जिससे हिंदी में यात्री शब्द बना। घुमक्कड़ वृत्ति के चलते ही साधु से उसकी जात और ठिकाना न पूछे जाने की सलाह कहावतों में मिलती है। खास बात यह भी है कि यातायात और यायावर चाहे एक ही मूल से जन्मे हों मगर इनमें बैर भाव भी है। साधु-संन्यासियों (यायावर) के जुलूस, अखाड़े और संगत जब भी रास्तों पर होते हैं तो यातायात का ठप होना तय समझिए।

हिन्दी-उर्दू में यायावर के अर्थ में सैलानी शब्द भी प्रचलित है और भाषा में लालित्य लाने के लिए अक्सर इसका भी प्रयोग होता है। सैलानी वह जो सैर-सपाटा करे। सैलानी अरबी मूल का शब्द है और बरास्ता फारसी, हिन्दी-उर्दू में दाखिल हुआ। इस शब्द की व्युत्पत्ति देखें तो वहाँ भी बहाव,

पानी, गति ही नजर आएँगे। अरबी में एक लफ्ज है सैल, जिसके मायने हुए पानी का बहाव, बाढ़ या जल-प्लावन। गौर करें कि किसी किस्म के प्रवाह के लिए, वह चाहे भावनाओं का हो या लोगों का, हिन्दी-उर्दू में सैलाब शब्द का इस्तेमाल खूब होता है। अलबत्ता सैलाब का मूल अर्थ तो बाढ़ ही है, मगर प्रवाह वाला भाव प्रमुख होने से इसके अन्य प्रयोग भी होने लगे हैं जैसे आँसुओं का सैलाब। सैल से ही बन गया सैलानी अर्थात जो गतिशील रहे। सैर-सपाटा पसंद करनेवाला। इसी कड़ी में आता है सैर, जिसका मतलब है तफरीह, पर्यटन, घूमना-फिरना आदि। इससे बने सैरगाह, सैरतफरीह जैसे लफ्ज हिन्दी में चलते हैं।

अब बात घुमक्कड़ की। यायावर के लिए घुमक्कड़ एकदम सही पर्याय है। घुमक्कड़ वो जो घूमता -फिरता रहे। यह बना है संस्कृत की मूल धातु घूर्ण् से जिसका अर्थ चक्कर लगाना, घूमना, फिरना, मुड़ना आदि है। घूमना, घुमाव, घुण्डी आदि शब्द इसी मूल से उपजे हैं। हिन्दी-उर्दू के घुमक्कड़ और गर्दिश जैसे शब्द इसी से निकले हैं। उर्दू-फारसी का बड़ा आम शब्द है आवारागर्द। इसमें जो गर्द है वह उर्दू का काफी प्रचलित प्रत्यय है। आवारा का मतलब निकला व्यर्थ घूमनेवाला। इसका अर्थविस्तार बदचलन तक पहुँचता है। जबकि घूर्णः से ही बने घुमक्कड़ के मायने होते हैं सैलानी, पर्यटक या घर से बाहर फिरने वाला। यूँ उर्दू-हिन्दी में गर्द का मतलब है धूल, खाक। यह गर्द भी घूर्ण् से ही संबंधित है अर्थात घूमना-फिरना। धूल या या खाक भी एक जगह स्थिर नहीं रहती। इस गर्द की मौजूदगी भी कई जगह नजर आती है। जैसे गर्दिश, जिसका आम तौर पर अर्थ होता है संघर्ष। मगर भावार्थ यहाँ भी भटकाव या मारा-मारा फिरना ही है। गर्दिश से गर्दिशजदा, गर्दिशे-दौराँ, गर्दिशे-रोजगार आदि लफ्ज भी बने हैं।

"अथातो घुमक्कड़ जिज्ञासा" राहुल सांकृत्यायन (1893-1963) का अमर लेख है। हमारा मानना है कि इस महत्वपूर्ण लेख को सभी स्कूली पाठ्याक्रमों में अनिवार्य कर दिया जाना चाहिए। शास्त्रों में जिज्ञासा ऐसी चीज के लिए होनी बतलाई गई है, जोकि श्रेष्ठ भाव है तथा व्यक्ति और समाज सबके लिए परम हितकारी हो। वेद व्यास ने अपने "ब्रह्मसूत्र" शास्त्र में ब्रह्म को सर्वश्रेष्ठ मानकर उसे जिज्ञासा का विषय बनाया। व्यास-शिष्य जैमिनि ने धर्म को श्रेष्ठ माना। पुराने ऋषियों से मतभेद रखना हमारे लिए पाप की वस्तु नहीं है, आखिर छ शास्त्रों के रचयिता छ आस्तिक ऋषियों में भी आधों ने

ब्रह्म को धत्ता बता दिया है। दुनिया की सर्वश्रेष्ठ वस्तु है आज़ाद घुमक्कड़ी। वैचारिक घुमक्कड़ी से बढ़कर व्यक्ति और समाज का कोई हितकारी नहीं हो सकता। दुनिया - दुःख में हो चाहे सुख में - सभी समय यदि सहारा पाती है, तो वैचारिक घुमक्कड़ों से। प्राकृतिक आदिम मनुष्य परम घुमक्कड़ था। खेती, बागबानी तथा घर-द्वार से मुक्त वह आकाश के पक्षियों की भाँति पृथ्वी पर सदा विचरण करता था, जाड़े में यदि इस जगह था तो गर्मियों में वहाँ से दो सौ कोस दूर।

आधुनिक काल में वैचारिक और दैहिक घुमक्कड़ों के काम की बात कहने की आवश्यकता है। आधुनिक विज्ञान में चार्ल्स डारविन का स्थान बहुत ऊँचा है। उसने प्राणियों की उत्पत्ति और मानव-वंश के विकास पर ही अद्वितीय खोज नहीं की, बल्कि सारे ही विज्ञानों को उससे सहायता मिली। कहना चाहिए, कि सभी विज्ञानों को डारविन के प्रकाश में दिशा बदलनी पड़ी. लेकिन क्या डारविन अपने महान आविष्कारों को कर सकता था, यदि उसने घुमक्कड़ी का व्रत नहीं लिया होता?

कोलंबस और वास्को द-गामा दो घुमक्कड़ ही थे, जिन्होंने पश्चिमी देशों के आगे बढ़ने का रास्ता खोला। अमेरिका अधिकतर निर्जन-सा पड़ा था। एशिया के कूप-मंडूकों ने घुमक्कड़-धर्म की महिमा बिसूर दी, इसलिए उन्होंने अमेरिका पर अपनी झंडी नहीं फहराई। दो शताब्दियों पहले तक आस्ट्रेलिया खाली पड़ा था। चीन और भारत को सभ्यता का बड़ा गर्व है, लेकिन इनको इतनी अकल नहीं आई कि जाकर वहाँ अपना झंडा गाड़ आते। आज अपने 400-500 करोड़ की जनसंख्या के भार से भारत और चीन की भूमि दबी जा रही है और आस्ट्रेलिया में एक करोड़ भी आदमी नहीं हैं। आज एशिया वासियों के लिए आस्ट्रेलिया का द्वार बंद है, लेकिन दो सदी पहले वह हमारे हाथ की चीज थी। क्यों भारत और चीन आस्ट्रेलिया की अपार संपत्ति और अमित भूमि से वंचित रह गये? इसीलिए कि वह घुमक्कड़-धर्म से विमुख थे, उसे भूल चुके थे।

हाँ, इसे भूलना ही कहना होगा, क्योंकि किसी समय भारत और चीन ने बड़े-बड़े नामी घुमक्कड़ पैदा किए। वे भारतीय घुमक्कड़ ही थे, जिन्होंने दक्षिण-पूर्व में लंका, बर्मा, मलाया, स्याम, कंबोज, चंपा, बोर्नियो और सेलीबीज ही नहीं, फिलिपाईन तक का धावा मारा था और एक समय तो जान

पड़ा कि न्यूजीलैंड और आस्ट्रेलिया भी बृहत्तर भारत का अंग बनने वाले हैं; लेकिन कूप-मंडूकता तेरा सत्यानाश हो। इस देश के बुद्धुओं ने उपदेश देना शुरू किया कि समुंदर के खारे पानी और हिंदू-धर्म में बड़ा बैर है, उसके छूने मात्र से वह नमक की डली की तरह गल जाएगा।

जिन यूरोपीय लोगों ने इस मूर्खता को गले नहीं लगाया। उन्होंने दुनिया पर राज्य किया। इतना बतला देने पर क्या कहने की आवश्यकता है कि राष्ट्र कल्याण के लिए घुमक्कड़-धर्म कितनी आवश्यक चीज है? जिस जाति या देश ने इस धर्म को अपनाया, वह चारों पुरुषार्थ फलों का भागी हुआ और जिसने इसे बिसराया, उसके लिए नरक में भी ठिकाना नहीं। आखिर घुमक्कड़-धर्म को भूलने के कारण ही हम सात शताब्दियों तक धक्का खाते रहे, ऐरे-गैरे जो भी आए, हमें चार लात लगाते गये। हम संस्कृति का टीका माथे पर धारण कर लातें खाते गये। बीसवीं सदी में भारतीय घुमक्कड़ यूरोप गये। उन्हें जात बाहर कर दिया गया। उन्ही जात बाहरों के नए विचारों में भारतीय विचार मिलाकर भारतीय राष्ट्रवाद का बीज रोपित हुआ। जिसकी हुंकार स्वामी विवेकानन्द शिकागो में भरते दिखे।

अच्छा तो धर्म से प्रमाण लीजिए। दुनिया के अधिकांश धर्मनायक घुमक्कड़ रहे। धर्माचार्यों में आचार-विचार, बुद्धि और तर्क तथा सहृदयता में सर्वश्रेष्ठ बुद्ध घुमक्कड़-राज थे। यद्यपि वह भारत से बाहर नहीं गये, लेकिन वर्षा के तीन मासों को छोड़कर एक जगह रहना वह पाप समझते थे। वह खुद ही घुमक्कड़ नहीं थे, बल्कि आरंभ ही में अपने शिष्यों को उन्होने कहा था - चरथ भिक्खवे! जिसका अर्थ है - भिक्षुओ! घुमक्कड़ी करो। बुद्ध के भिक्षुओं ने अपने गुरु की शिक्षा को कितना माना, क्या इसे बताने की आवश्यकता है? क्या उन्होंने पश्चिम में मकदूनिया तथा मिश्र से पूरब में जापान तक, उत्तर में मंगोलिया से लेकर दक्षिण में बाली और बांका के द्वीपों तक को रौंदकर रख नहीं दिया? जिस बृहत्तर-भारत के लिए हरेक भारतीय को उचित अभिमान है, क्या उसका निर्माण इन्हीं घुमक्कड़ों की चरण-धूलि ने नहीं किया? केवल बुद्ध ने ही अपनी घुमक्कड़ी से प्रेरणा नहीं दी, बल्कि घुमक्कड़ों का इतना जोर बुद्ध से एक दो शताब्दियों पूर्व ही था, जिसके ही कारण बुद्ध जैसे घुमक्कड़-राज इस देश में पैदा हो सके। उस वक्त पुरुष ही नहीं, स्त्रियाँ तक जम्बू-वृक्ष की शाखा ले अपनी प्रखर प्रतिभा का जौहर दिखातीं, कूपमंडूकों को पराजित करती सारे भारत में मुक्त होकर विचरा करतीं थीं।

कोई-कोई महिलाएँ पूछती हैं - क्या स्त्रियाँ भी घुमक्कड़ी कर सकती हैं, क्या उनको भी इस महाव्रत की दीक्षा लेनी चाहिए? इसके बारे में तो अलग अध्याय ही लिखा जाना चाहिये। किंतु यहाँ इतना कह देना काफ़ी है कि घुमक्कड़-धर्म क्या किसी भी धर्म पर स्त्रियाँ उतना ही अधिकार रखती हैं, जितना पुरुष। यदि वह जन्म सफल करके व्यक्ति और समाज के लिए कुछ करना चाहती हैं, तो उन्हें भी दोनों हाथों से इस धर्म को स्वीकार करना चाहिए। घुमक्कड़ी-धर्म छुड़ाने के लिए ही पुरुष ने बहुत से बंधन नारी के रास्ते में लगाये हैं। बुद्ध ने सिर्फ पुरुषों के लिए घुमक्कड़ी करने का आदेश नहीं दिया, बल्कि स्त्रियों के लिए भी उनका वही उपदेश था। सम्राट अशोक के पुत्र महेंद्र के साथ बहन संघमित्रा भी बुद्ध का संदेश लेकर श्रीलंका गई थी।

भारत के प्राचीन धर्मों में जैन धर्म भी है। जैन धर्म के प्रतिष्ठापक श्रमण महावीर कौन थे? वह भी घुमक्कड़-राज थे। घुमक्कड़-धर्म के आचरण में छोटी-से-बड़ी तक सभी बाधाओं और उपाधियों को उन्होंने त्याग दिया था - घर-द्वार और नारी-संतान ही नहीं, वस्त्र का भी वर्जन कर दिया था। करतल भिक्षा : तरुतल वास तथा दिग-अम्बर को उन्होंने इसीलिए अपनाया था, कि निर्द्वंद्व विचरण में कोई बाधा न रहे। भगवान् महावीर दूसरी तीसरी नहीं, प्रथम श्रेणी के घुमक्कड़ थे। वह आजीवन घूमते ही रहे। वैशाली में जन्म लेकर विचरण करते ही पावा में उन्होंने अपना शरीर छोड़ा। बुद्ध और महावीर से बढ़कर यदि कोई त्याग, तपस्या और सहृदयता का दावा करता है, तो उसे केवल दम्भी कहा जायेगा। आज-कल कुटिया या आश्रम बनाकर तेली के बैल की तरह कोल्हू से बँधे कितने ही लोग अपने को अद्वितीय महात्मा कहते हैं या चेलों से कहलवाते हैं। मैं तो जिज्ञासुओं को खबरदार कर देना चाहता हूँ, कि वह ऐसे मुलम्मेवाले महात्माओं और महापुरुषों के फेर से बचें रहें। वे स्वयं तेली के बैल तो हैं ही, दूसरों को भी अपने ही जैसा बना रखेंगे।

बुद्ध और महावीर जैसे महापुरुषों की घुमक्कड़ी की बात से यह नहीं मान लेना होगा कि दूसरे लोग ईश्वर के भरोसे गुफा या कोठरी में बैठकर सारी सिद्धियाँ पा गये। यदि ऐसा होता, तो शंकराचार्य, जो साक्षात् ब्रह्मस्वरूप थे, क्यों भारत के चारों कानों की खाक छानते फिरे? शंकर को शंकराचार्य किसी ब्रह्मा ने नहीं बनाया, उन्हें बड़ा बनाने वाला था यही घुमक्कड़ी घर्म। शंकर बराबर घूमते रहे - आज केरल में थे तो कुछ ही महीने बाद मिथिला में, और अगले साल काश्मीर या हिमालय के किसी दूसरे भाग उत्तराखंड

या हिमाचल में। शंकर तरुणाई में ही शिवलोक सिधार गये, किंतु थोड़े से जीवन में उन्होंने सिर्फ तीन भाष्य ही नहीं लिखे; बल्कि अपने आचरण से अनुयायियों को वह घुमक्कड़ी का पाठ पढ़ा गये, कि आज भी उसके पालन करने वाले सैकड़ों मिलते हैं। हिंदुओं में तीर्थ यात्रा की परिपाटी उनकी सबसे बड़ी देन है। वास्को-द-गामा के भारत पहुँचने से बहुत पहिले शंकर के शिष्य मास्को और योरुप तक पहुँचे थे। उनके साहसी शिष्य सिर्फ भारत के चार धामों से ही सन्तुष्ट नहीं थे, बल्कि उनमें से कितनों ने जाकर बाकू (रूस) में धूनी रमाई। एक ने पर्यटन करते हुए वोल्गा तट पर निज्नीनोवोग्राद के महामेल को देखा। फिर क्या था, कुछ समय के लिए वहीं डट गया और उसने ईसाइयों के भीतर कितने ही अनुयायी पैदा कर लिए, जिनकी संख्या भीतर-ही-भीतर बढ़ती इस शताब्दी के आरंभ में कुछ लाख तक पहुँच गई थी।

रामानुज, मधावाचार्य और दूसरे वैष्णवाचार्यों के अनुयायी मुझे क्षमा करें, यदि मैं कहूँ कि उन्होंने भारत में कूप-मंडूकता के प्रचार में बड़ी सरगर्मी दिखाई। भला हो, रामानंद और चैतन्य का, जिन्होंने पक से पंकज बनकर आदिकाल से चले आते महान घुमक्कड़ धर्म की फिर से प्रतिष्ठापना की, जिसके फलस्वरूप प्रथम श्रेणी के तो नहीं किंतु द्वितीय श्रेणी के बहुत-से घुमक्कड़ उनमें भी पैदा हुए। ये बेचारे बाकू की बड़ी ज्वालामाई तक कैसे जाते, उनके लिए तो मानसरोवर तक पहुँचना भी मुश्किल था। अपने हाथ से खाना बनाना, मांस-अंडे से छू जाने पर भी धर्म का चला जाना, हाड़-तोड़ सर्दी के कारण हर लघुशंका के बाद बर्फीले पानी से हाथ धोना और हर महाशंका के बाद स्नान करना तो यमराज को निमन्त्रण देना होता, इसी लिए बेचारे फूँक फूँककर ही घुमक्कड़ी कर सकते थे। इसमें किसे उज्र हो सकता है, कि शैव हो या वैष्णव, वेदान्ती हो या सदान्ती, सभी को आगे बढ़ाया केवल घुमक्कड़-धर्म ने।

महान घुमक्कड़-धर्म, बौद्ध धर्म का भारत से लुप्त होना क्या था, तब से कूप-मंडूकता का हमारे देश में बोलबाला हो गया। सात शताब्दियाँ बीत गईं, और इन सातों शताब्दियों में दासता और परतंत्रता हमारे देश में पैर तोड़कर बैठ गई, यह कोई आकस्मिक बात नहीं थी. लेकिन समाज के अगुओं ने चाहे कितना ही कूप-मंडूक बनाना चाहा, परंतु इस देश में माई-के-लाल जब-तब पैदा होते रहे, जिन्होंने कर्मपथ की ओर संकेत किया। हमारे इतिहास

में गुरु नानक का समय दूर का नहीं है, लेकिन अपने समय के वह महान घुमक्कड़ थे। उन्होंने भारत-भ्रमण को ही पर्याप्त नहीं समझा और ईरान और अरब तक का धावा मारा। घुमक्कड़ी किसी बड़े योग से कम सिद्धिदायिनी नहीं है, और निर्भीक तो वह एक नम्बर का बना देती है। यह अतिवादिता हो सकती है लेकिन इसका संदेश बहुत स्पष्ट है। घुमक्कड़ नानक मक्के में जाके काबा की ओर पैर फैलाकर सो गये, मुल्लों में इतनी सहिष्णुता होती तो आदमी होते। उन्होंने एतराज किया और पैर पकड़ के दूसरी ओर करना चाहा। उनको यह देखकर बड़ा अचरज हुआ कि जिस तरफ घुमक्कड़ नानक का पैर घूम रहा है, काबा भी उसी ओर चला जा रहा है। यह है चमत्कार! आज के सर्वशक्तिमान, किंतु कोठरी में बंद महात्माओं में है कोई ऐसा, जो नानक की तरह हिम्मत और चमत्कार दिखलाए?

दूर शताब्दियों की बात छोड़िए, अभी पिछली शताब्दी भी नहीं बीती थी, इस देश से स्वामी दयानंद को विदा हुए। स्वामी दयानंद को ऋषि दयानंद किसने बनाया? घुमक्कड़ी धर्म ने। उन्होंने भारत के अधिक भागों का भ्रमण किया; पुस्तक लिखते, शास्त्रार्थ करते वह बराबर भ्रमण करते रहे। शास्त्रों को पढ़कर काशी के बड़े-बड़े पंडित महा-महा-मंडूक बनने में ही सफल होते रहे, इसलिए दयानंद को मुक्त-बुद्धि और तर्क-प्रधान बनाने का कारण शास्त्रों से अलग कहीं ढूँढ़ना था और वह था उनका निरन्तर घुमक्कड़ी धर्म का पालन। उन्होंने समुद्र यात्रा करने, द्वीप-द्वीपान्तरों में जाने के विरुद्ध जितनी थोथी दलीलें दी जाती थीं, सबको चिंद्दी-चिंद्दी उड़ा दिया और बतलाया कि मनुष्य स्थावर वृत्त नहीं है, वह जंगम प्राणी है। चलना मनुष्य का धर्म है, जिसने इसे छोड़ा वह मनुष्य होने का अधिकारी नहीं है।

बीसवीं शताब्दी के भारतीय घुमक्कड़ों की चर्चा करने की आवश्यकता नहीं। इतना लिखने से मालूम हो गया होगा कि संसार में यदि कोई अनादि सनातन धर्म है, तो वह घुमक्कड़ धर्म है। लेकिन वह कोई संकुचित संप्रदाय नहीं है, वह आकाश की तरह महान है, समुद्र की तरह विशाल है। जिन धर्मों ने अधिक यश और महिमा प्राप्त की है, वह केवल घुमक्कड़ धर्म ही के कारण। प्रभु ईसा घुमक्कड़ थे, उनके अनुयायी भी ऐसे घुमक्कड़ थे, जिन्होंने ईसा के संदेश को दुनिया के कोने-कोने में पहुँचाया। यहूदी पैगम्बरों ने घुमक्कड़ी धर्म को भुला दिया, जिसका फल शताब्दियों तक उन्हें भोगना पड़ा। उन्होने चूल्हे से सिर निकालना नहीं चाहा। घुमक्कड़-धर्म की ऐसी भारी

अवहेलना करने वाले की जैसी गति होनी चाहिए वैसी गति उनकी हुई। चूल्हा हाथ से छूट गया और सारी दुनिया में घुमक्कड़ी करने को मजबूर हुए। घुमक्कड़ी ने जिन्हें मारवाड़ी सेठ बनाया; या यों कहिए कि घुमक्कड़ी-धर्म की एक छींट पड़ जाने से मारवाड़ी सेठ भारत के यहूदी बन गये। जिसने इस धर्म की अवहेलना की, उसे रक्त के आँसू बहाने पड़े। अभी इन बेचारों ने बड़ी कुर्बानी के बाद और दो हजार वर्ष की घुमक्कड़ी के तजर्बे के बल पर फिर अपना स्थान प्राप्त किया। आशा है स्थान प्राप्त करने से वह चूल्हे में सिर रखकर बैठने वाले नहीं बनेंगे। अस्तु, सनातन-धर्म से पतित यहूदी जाति को महान पाप का प्रायश्चित या दंड घुमक्कड़ी के रूप में भोगना पड़ा, और अब उन्हें पैर रखने का स्थान मिला। यह घुमक्कड़ी धर्म है, जिसने यहूदियों को केवल व्यापार-कुशल उद्योग-निष्णात ही नहीं बनाया, बल्कि विज्ञान, दर्शन, साहित्य, संगीत सभी क्षेत्रों में चमकने का मौका दिया। समझा जाता था कि व्यापारी तथा घुमक्कड़ यहूदी युद्ध-विद्या में कच्चे निकलेंगे; लेकिन उन्होंने पाँच-पाँच अरबी साम्राज्यों की सारी शेखी को धूल में मिलाकर चारों खाने चित्त कर दिया और सबने नाक रगड़कर उनसे शांति की भिक्षा माँगी।

इतना कहने से अब कोई संदेह नहीं रह गया, कि घुमक्कड़-धर्म से बढ़कर दुनिया में धर्म नहीं है। धर्म भी छोटी बात है, उसे घुमक्कड़ के साथ लगाना महिमा घटो समुद्र की, रावण बसा पड़ोस वाली बात होगी। घुमक्कड़ होना आदमी के लिए परम सौभाग्य की बात है। यह पंथ अपने अनुयायी को मरने के बाद किसी काल्पनिक स्वर्ग का प्रलोभन नहीं देता, इसके लिए तो कह सकते हैं - "क्या खूब नक़द सौदा है, इस हाथ ले इस हाथ दे।" घुमक्कड़ी वही कर सकता है, जो निश्चिंत है। घुमक्कड़ी के लिए चिंताहीन होना आवश्यक है, और चिंताहीन होने के लिए घुमक्कड़ी भी आवश्यक है। दोनों का अन्योन्याश्रय होना दूषण नहीं भूषण है। घुमक्कड़ी से बढ़कर सुख कहाँ मिल सकता है? आखिर चिंता-हीनता तो सुख का सबसे स्पष्ट रूप है। घुमक्कड़ी में कष्ट भी होते हैं, लेकिन उसे उसी तरह समझिये, जैसा भोजन में मिर्च। मिर्च में यदि तीखापन न हो, तो क्या कोई मिर्च-प्रेमी उसमें हाथ भी लगायेगा? वस्तुतः घुमक्कड़ी में कभी-कभी होने होने वाले कड़वे अनुभव उसके रस को और बढ़ा देते हैं, उसी तरह जैसे काली पृष्ठभूमि में चित्र अधिक खिल उठता है।

व्यक्ति के लिए घुमक्कड़ी से बढ़कर कोई सार्थक धर्म नहीं है। जाति का भविष्य घुमक्कड़ों पर निर्भर करता है, इसलिए हरेक तरुण और तरुणी को

घुमक्कड़-व्रत ग्रहण करना चाहिए, इसके विरुद्ध दिये जाने वाले सारे प्रमाणों को झूठ और व्यर्थ का सामना करना चाहिए, यदि माता-पिता विरोध करते हैं, तो समझाना चाहिए कि वह भी भक्त प्रह्लाद के माता-पिता के नवीन संस्करण हैं। यदि हित-बांधव बाधा उपस्थित करते हैं, तो समझाना चाहिए कि वे दिवांध हैं। धर्म-धर्माचार्य कुछ उलटा-सीधा तर्क देते हैं, तो समझ लेना चाहिए कि इन्हीं ढोंगों और ढोंगियों ने संसार को कभी सरल और सच्चे पथ पर चलने नहीं दिया। यदि राज्य और राजसी-नेता अपनी कानूनी रुकावटें डालते हैं, तो हजारों बार की तजर्बा की हुई बात है, कि महानदी के वेग की तरह घुमक्कड़ की गति को रोकने वाला दुनिया में कोई पैदा नहीं हुआ। बड़े-बड़े कठोर पहरेवाली राज्य-सीमाओं को घुमक्कड़ों ने आँख में धूल झोंककर पार कर लिया। राहुल सांस्कृत्यायन ने ऐसा एक से अधिक बार किया है। पहली तिब्बत यात्रा में अंग्रेजों, नेपाल-राज्य और तिब्बत के सीमा-रक्षकों की आँख में धूल झोंककर जाना पड़ा था।

यदि कोई तरुण-तरुणी घुमक्कड़ धर्म की दीक्षा लेता है - यह अवश्य समझना होगा कि यह दीक्षा वही ले सकता है, जिसमें बहुत भारी मात्रा में हर तरह का साहस है - तो उसे किसी की बात नहीं सुननी चाहिए, न माता के आँसू बहने की परवाह करनी चाहिए, न पिता के भय और उदास होने की, न अपनी पत्नी के रोने-धोने की फिक्र करनी चाहिए और न किसी तरुणी को अभागे पति के कलपने की। बस शंकराचार्य के शब्दों "निस्त्रैगुण्ये पथि विचरतः को विधिः को निषेधाः" को अपना पथप्रदर्शक बनाना चाहिए।

मानव अपने स्वभाव से जिज्ञासु प्रवृत्ति का होता हैं अर्थात वह हर पल कुछ न कुछ नया जानने में लगा रहता हैं। उनकी यह ललक न केवल अपने मतलब तक की चीजों से जुडी होती हैं बल्कि वह नई-नई जगहों आदि के बारें में जानकारी इकट्ठा करता रहता हैं।

देशाटन हिन्दी के दो शब्दों देश और अटन से मिलकर बनता हैं। यहाँ देश शब्द का आशय एक ऐसे भूभाग से किया जाता हैं। जो प्राकृतिक रूप से संसाधनों से सम्पन्न हो। ऐसे ही भूभाग को को देश कहा जाता हैं। जो दूसरे देश या प्रान्त से पूर्ण रूप से अलग हो, वही अटन शब्द का अर्थ होता हैं भ्रमण, घूमना, फिरना या सैर करना, नयें नयें स्थानों को देखना आदि। इस तरह से कोई व्यक्ति अपने या दूसरे देश के भूभाग में प्राकृतिक सौन्दर्य,

ऐतिहासिक स्थलों, स्मारकों, पर्वतों, सभ्यता, संस्कृति का अवलोकन करने जाता हैं तो उसे देशाटन कहा जाता हैं। हिन्दी में देशाटन के लिए एक अन्य शब्द देश दर्शन भी प्रयोग किया जाता हैं। इस तरह छोटे या व्यापक रूप में देशाटन का अर्थ भ्रमण या दर्शन करने से लिया जाता हैं फिर वह किन्ही राज्यों का हो या दुनियां के किसी देश का हो। इतिहास-देशाटन का अतीत उतना ही पुराना हैं जितना कि मानव का। प्राचीन काल में भी बड़ी मात्रा में देशाटन हुआ करते थे। मध्यकाल तथा उससे पूर्व दसवीं सदी तक के समय में कई विदेशी यात्री भारत में देशाटन के लिए आए थे। फाहियान, ह्वेनसान, इब्नबतूता जैसे यात्रियों ने यहाँ भ्रमण कर भारत की संस्कृति, सभ्यता एवं लोगों के जीवन रहन सहन आदि के बारें में जानकारी प्राप्त की थी।

जो भी विदेशी यात्री भारत आया, उसने अपनी पुस्तक में भारत के लोगों के बारें में विस्तृत वर्णन किया हैं। चीन, वियतनाम आदि देशों से कई बौद्ध भिक्षु भी भारत दर्शन के लिए समय समय पर आते रहे। यह वह दौर था जब यातायात एवं संसार के साधन न के बराबर थे। वास्कोडिगामा भी इसी काल अवधि में भारत आया था।

भिन्न-भिन्न नयें स्थानों का देशाटन के कई सारे फायदे हैं। आज के दौर में देश विदेश की यात्रियों से जो सुख अनुभव मिलते हैं वे अन्यत्र असम्भव हैं। आज किसी भी क्षेत्र में यात्रा के लिए हवाई जहाज, रेल, बस, कार समस्त सेवाएं मिलती हैं। विदेशी यात्राओं के लिए साहसिक समुद्री यात्रा अनुभव का भी लुफ्त उठाया जा सकता हैं। देशाटन का सबसे बड़ा फायदा यह हैं कि हमारे ज्ञान एवं अनुभव में वृद्धि होती हैं। नये-नये स्थानों तथा लोगों से मिलने उनकी संस्कृति रीती रिवाज रहन सहन, भाषा का परिचय होता हैं। प्राकृतिक स्थलों का देशाटन से हम प्रकृति के नये-नये रूपों से अवगत होते हैं। ऐतिहासिक स्थल व स्मारक हमारे इतिहास के ज्ञान को ताजा करते हैं। हमें उस समय की कला संस्कृति तथा ज्ञान का अनुभव मिलता हैं। अधिकतर लोग शौक से भी देशाटन करते हैं ऐसा करने से उनके मन को शांति, जीवन में नई ऊर्जा का संचार होता हैं। आज विश्वभर में देशाटन को एक उद्योग की तरह मान्यता दी जाती हैं। इसकी वजह यह हैं कि देशी-विदेशी पर्यटकों के आने से न केवल अर्थव्यवस्था को बल मिलता हैं बल्कि प्रेम एवं भाईचारे के माहौल की भी स्थापना होती हैं।

मनुष्य में जिज्ञासा की भावना बड़ी प्रबल है। वह अपने पास-पड़ोस, नगर, राष्ट्र, विश्व के बारे में जानना चाहता है। यही जिज्ञासा उसे पर्यटन या देशाटन करने को विवश करती है। विभिन्न जीवन-पद्धतियों के अध्ययन से नाना प्रकार के प्राकृतिक दृश्यों को देखने से, विभिन राष्ट्रों के विकास साधनों एवं वैज्ञानिक उन्नति के परिचय से मानव को आनंद, उत्साह तथा ज्ञान प्राप्त होता है। मनुष्य स्थावर वृक्ष नहीं, जंगम प्राणी है। चलना उसका धर्म है। 'चरैवेति-चरैवेति' उसका नारा है।

सैर कर दुनिया की गाफिल जिन्दगानी फिर कहाँ?
जिंदगानी ग़र रही तो नौजवानी फिर कहाँ?

'इस्माइल मेरठी' के ये लफ़्ज़ देशाटन के प्रेरणा-स्रोत हैं। विभिन्न देशवासियों की प्रकृति-प्रवृत्ति के परिणाम, विशिष्ट विषय के अध्ययन, ऐतिहासिक, भौगोलिक, साहित्यिक तथा वैज्ञानिक गवेषणा, प्राकृतिक दृश्यों के अवलोकन, धर्म तथा संस्कृति के आयाम, राष्ट्रीय मेलों और सम्मेलनों में एकत्र होना, तीर्थाटन, व्यापार-वृद्धि, राजकार्य, कूटनीतिक तथा गुप्तचर कार्य, सर्वेक्षण, आयोग तथा शिष्टमंडल, जीवकोपार्जन, आखेट, मनोरंजन, स्वास्थ्य सुधार, पर-राज्य में आश्रय आज के देशाटन के प्रयोजन हैं।

घर से बाहर कदम रखते ही कष्टों का श्रीगणेश होता है, फिर देशाटन तो महाकष्टप्रद है। थका देने वाली यात्रा, प्रतिकूल आहार-व्यवहार; विश्राम की प्रतिकूल व्यवस्था; भाषा न समझने की विवशता; परम्परा और सभ्यता के मानदण्ड की अनभिज्ञता, ठग और गिरहकटों का भय, विपरीत प्रकृति-प्रवृत्ति वाले अथवा दुष्ट लोगों का साथ तथा अत्यधिक आर्थिक बोझ देशाटन में बाधक हैं। डॉ. राहुल सांकृत्यायन की दलील है; घुमक्कड़ी में कष्ट भी होते हैं, लेकिन उसे उसी तरह समझिए, जैसे भोजन में मिर्च।

देशाटन से अनुभव का विकास होता है। विभिन्न राष्ट्रों, स्थानों की भौगोलिक, सांस्कृतिक, राजनैतिक, आर्थिक और सामाजिक स्थिति का ज्ञान होता है व्यापारिक स्पर्द्धा और उन्नत होने के भाव प्रबल होते हैं। सहिष्णुता की शक्ति बढ़ती है। विभिन्न प्रकृति के मनुष्यों से संपर्क में आने के कारण मानव मनोविज्ञान के ज्ञान में वृद्धि होती है। नये लोगों के मेल-मिलाप से मित्रता की सीमा फैलती है। प्रकृति से साहचर्य बढ़ता है। बातचीत

करने का ढंग पता लगता है। व्यवहार कुशलता में वृद्धि होती है। कष्ट-सहिष्णुता का स्वभाव बनता है। मन का रंजन होता है। आंनद का स्रोत फूटता है। जीवन में सफलता का मार्ग प्रशस्त होता है। विदेशों में भ्रमण करने से अनेक प्रकार के चाल-चलन दिखाई पड़ते हैं। सज्जनों और दुर्जनों के स्वभाव मालूम होते हैं और मनुष्य अपने आपको पहचान जाता है। इसलिए पृथ्वी पर भ्रमण करना चाहिए।

देशाटन द्वारा ज्ञान प्राप्ति के साथ-साथ हमें सरस और रुचिपूर्ण मनोरंजन भी प्राप्त होता है। विभिन्न स्थानों, वनों, पहाड़ों, नदी-तालाबों और सागर की उत्ताल तरंगों का अवलोकन कर पर्यटक का मन झूम उठता है। पर्यटन हमारे स्वास्थ्य के लिए भी हितकर है। जलवायु-परिवर्तन से चित्त में सरसता और उत्साह का संचार होता है, जिससे हम प्रसन्न मनःस्थिति में रहते हैं, जो हमारे स्वास्थ्य की अनिवार्य शर्त है। देशाटन के दौरान हमें अनेक असुविधाओं और कष्टों का भी सामना करना पड़ता है। इन्हें सहन करके तथा इनका समाधान ढूँढ लेने पर हमें अद्भुत खुशी का अनुभव होता है।

देशाटन विश्व-बंधुत्व की भावना की भी वृद्धि करता है। सर्वे भवन्तु सुखिनः सर्वे संतु निरामयाः की मंगलमयी भावना, विश्व में शांति, सुख, सौन्दर्य और श्री वृद्धि का जनक है। देशाटन विश्व बंधुत्व की भावना प्रबल करने का प्रयास है। कष्टों, विपत्तियों, प्राकृतिक विपदाओं, दुर्भावनाओं, युद्धों और विनाश-प्रवृत्तियों पर अंकुश लगाने का प्रयास है। विश्व को अंधकार से प्रकाश की ओर ले जाने वाला ज्योति पुंज है। आइए, बहरहाल महापंडित राहुल सांकृत्यायन जी से घुमक्कड़-धर्म की दीक्षा लेते हैं। दक्षिणा स्वरुप छः महीनों में एक घुमक्कड़ी-व्रत का उस समय तक पालन करें जब तक हम मायावी संसार में घुमक्कड़ी कर सकते हैं।

2

हिमालय की गोद में

नेपाल में सबसे बड़ा उद्योग पर्यटन है, जो उसकी विदेशी मुद्रा एवं आय का सबसे बड़ा स्रोत है। विश्व की 10 सबसे ऊंचे पर्वतों में से 8 नेपाल में होने के कारण यह पर्वतारोहियों, रॉक पर्वतारोहियों तथा रोमांच की तलाश करने वाले लोगों के लिए एक जीवंत गंतव्य है। नेपाल की हिंदू और बौद्ध विरासत तथा वहां का ठंडा मौसम भी उसका सशक्त आकर्षण हैं।

नेपाल, विश्व की सबसे ऊंची चोटी एवरेस्ट शिखर तथा साहसिक पर्यटन के लिए एक प्रसिद्ध गंतव्य है। विश्वप्रसिद्ध पोखरा नेपाल पर्यटन का मणि है। विश्व विरासत लुम्बिनी (गौतम बुद्ध का जन्म स्थान) भी नेपाल में स्थित है। प्राकृतिक सुरम्य परिदृश्य और जैव विविधता, ऊंचे हिमालय पर्वत, अतुलनीय सांस्कृतिक विरासत और अन्य अनेक विशिष्टताओं ने नेपाल को एक सुनिश्चित छवि के साथ, दुनिया के पर्यटन मानचित्र पर एक सुविख्यात गंतव्य बना दिया है।

आप भारत में कहीं भी यात्रा करें, भारत आपके साथ होता है। आप भारत में होते हैं। भारत आप में होता है। नेपाल की यात्रा पर जाते समय यह भावना आ रही थी कि भारत आप में तो रहेगा लेकिन आप भारत में नहीं होंगे। विश्वबंधु कहते हैं सारी मानवता एक सूत्र में बंधी है, वीज़ा में क्या रखा है। इसकी सच्चाई तब पता चलती है जब आप वीज़ा लेने जाते हैं। इंग्लैंड आपको छै महीनों से अधिक नहीं सह सकता। हाँ अमेरिका थोड़ा उदार है। दस साल की मेहमानी करने को तत्पर रहता है। परंतु वीज़ा

बहुत छानबीन कर देता है। नेपाल के साथ ऐसा नहीं है। बिना वीज़ा लिए आप जितना चाहें उतना वहाँ रह सकते हैं। परंतु आप नेपाल के नागरिक नहीं माने जाएँगे जब तक कि नेपाल की नगरिकता नहीं लेते। उसके लिए आपको नेपाल की राष्ट्रीय भाषा में बोलना और लिखना आना चाहिए। आप नेपाल में किसी भी व्यवसाय में लगे हैं। भारत की नागरिकता छोड़ दी है। आप नेपाल में कम से कम 15 वर्षों से रह रहे हैं। अतः इन शर्तों के पूरा होने तक आप नेपाल में विदेशी ही हैं। नेपाल में उनके नियमों का पालन अनिवार्यता है अन्यथा आप किसी मुश्किल में पड़ सकते हैं। नेपाल में नियमों को सख़्ती से लागू किया जाता है। सरकारी कर्मचारी मुस्तैद नज़र आते हैं।

हिंदी भवन भोपाल की साहित्यिक पत्रिका अक्षरा के प्रबंध सम्पादक, डॉ. जवाहर कर्णावत जी के साथ काठमांडू में 15 जून 2022 से 17 जून 2022 तक आयोजित भाखा महोत्सव 2022 में सम्मिलित होने नेपाल यात्रा पर जाना हुआ। दिन मंगलवार, तारीख़ 14 जून 2022 को शाम को साढ़े सात बजे ओला सवारी से भोपाल रेल्वे स्टेशन पहुँच गए, जहां से आंध्र एक्सप्रेस की ए-2 बोगी में चढ़ना था। आठ बजे प्लैट्फ़ॉर्म नम्बर दो पर जाकर जम गए। ओला के वातानुकूलित वाहन में आराम से आए थे लेकिन प्लैट्फ़ॉर्म पर भीड़ और गर्मी ने चेहरे को कुम्हलाना शुरू कर दिया। चेहरे की कुम्हलाहट मन तक पहुँचने लगी। ट्रेन पकड़ने में देरी होने से तनाव होता है। जल्दी पहुँचने से इंतज़ार में बेचैनी का कीड़ा मन को कुतरने लगता है। आदमी को कहीं चैन नहीं है। यह सम्भव नहीं है कि बिल्कुल समय पर स्टेशन पहुँच कर ट्रेन पकड़ ली जाये। पानी पीकर राहत महसूस करते रहे। बैठे-बैठे गुजरने वाली गाड़ियों को देखते रहे। गोंडवाना, तुलसी एक्सप्रेस, तमिलनाडु एक्सप्रेस निकलीं, गाड़ियों में कोई विशेष भीड़ नहीं थी। हमारी ट्रेन नियत समय से आधा घंटा देरी से भोपाल स्टेशन के प्लैट्फ़ॉर्म नम्बर तीन पर नौ बजे पहुँची। वातानुकूलित वातावरण में रहने की आदत पड़ जाने से सामान्य गर्मी में थोड़ी सी भी देर में होने से बेचैनी महसूस होने लगती है।

ट्रेन में घुसते ही वातानुकूलित हवा का झोंका आया। मन सुमन खिलने लगा। इंसान को परस्थितियों का दास बनने में अधिक समय नहीं लगता। बीस-पच्चीस साल पहले ए सी नहीं थे, वे पहले आफिस में आए फिर घरों में पहुँचे। अब तो हरेक मध्यम वर्ग उनका आदी हो गया है। बोगी में चढ़कर सीट पर बैठे थे, तभी अटेंडेंट दिख गया। उसे चादर, ब्लेंकेट, तकिया इत्यादि

लाने को कहा। वह दो सवारियों के लिए केवल तीन चादर लटका कर चला आया। जवाहर जी ने उससे ब्लेंकेट लाने को कहा तो वह बोला - ब्लेंकेट गंदा है। अगली बार वह एक चादर भर लाया। शायद टालामटोली सरकारी कारिंदों की आदत में शुमार होती है। जवाहर जी एक सीमा तक पैनी निगाहों से नजारा देखते रहे। फिर उनका इम्पल्स-स्विच ऑन हुआ। उन्होंने उसे डाँटकर कहा - ये क्या है भाई, एक-एक चीज़ लटका कर चले आते हों। आप चादर, ब्लेंकेट, तकिया सब एक साथ लेकर क्यों नहीं आते हो? तब जाकर अटेंडेंट सजग हुआ और थोड़ी देर में सभी चीजें हाज़िर कर दीं।

जवाहर जी की आदत आठ साढ़े-आठ बजे के बीच रात्रि भोजन करने की है। उन्होंने भोजन करने की पेशकश की। हमारी आदत शाम को सात बजे भोजन करने की है। घर से निकलते समय दो चपाती खा कर चले थे। उनके ज़ोर देने पर एक पराठा भिंडी की सब्ज़ी के साथ ग्रहण किया। थोड़ा आराम करके नेपाल की जानकारी लेना शुरू किया तो पता चला कि नेपाल सात प्रांतों में विभाजित है- भारत से सटी सीमा पर लुम्बिनी (राजधानी देउखुरी), मधेश (जनकपुरी), और प्रांत नम्बर-1 (विराटनगर) हैं। सुदूर-पश्चिम (गोदावरी) और करनाली (वीरेंद्रनगर) प्रांत हैं। उत्तर में तिब्बत की सीमा से सटे गंडकी (पोखरा) और बागमती (हेटौड़ा) प्रांत हैं। बागमती प्रांत में ही बागमती नदी के किनारे नेपाल की राष्ट्रीय राजधानी काठमांडू स्थित है। गंडकी प्रांत में प्रसिद्ध पर्यटन स्थल पोखरा है।

आँध्रा एक्सप्रेस की वह पूरी बोगी तेलुगु-आंध्र-सतवाहन लोगों के गोल उदास चेहरों से भरी थी। उनके चेहरों कर ख़ुशी और चमक दिखाई नहीं देती है। वे अपना घर-परिवार छोड़ रिश्तेदारों से बिछड़ कर विशाखापत्तनम से दिल्ली के राजनैतिक जंगल में रोटी रोज़गार की चाहत में जा रहे हैं। विशाखापत्तनम कभी भारत का बहुत प्रसिद्ध पत्तनम हुआ करता था। अंग्रेजों द्वारा हुगली के मुहाने पर पोर्ट बनाने से वह वृष्टिछाया में चला गया। नेपाल के ख़याली नज़ारे देखते-देखते नींद आने लगी।

सुबह नींद खुली तब ट्रेन निज़ामुद्दीन स्टेशन पहुँच रही थी। जवाहर जी ने न सिर्फ़ विश्व हिंदी सम्मेलनों में शोध पत्र पढ़े हैं। बल्कि उन्होंने सम्मेलनों के कार्यक्रमों का संचालन भी किया है। जवाहर जी केवल विश्व स्तर पर हिंदी सेवक ही नहीं रहे। वे बैंक ओफ़ बड़ौदा में लम्बे समय तक कुशल जन

सम्पर्क अधिकारी भी रहे हैं। उनके राजनयिकों और विदेश सेवा अधिकारियों और प्रेस नुमाइंदों से सम्पर्क भी रहे हैं। वे नेपाल दूतावास में ऐसे ही एक अधिकारी और एक अन्य हिंदी सेवी से नित सम्पर्क में रहे। वह क़िस्सा आगे आएगा। अभी इतना कि उन्होंने यात्रा की योजना और प्रबंधन अत्यंत कुशलता पूर्वक किया। जिससे यात्रा के तय उद्देश्य बिना परेशानी के पूरे किए जा सके। शांत स्वभाव के संयत व्यक्तित्व के धनी उनके छोटे भाई हीरा लाल कर्णावत भी स्टेट बैंक से हिंदी विभाग से सेवा निवृत्त सहायक महाप्रबंधक हैं। हम उनको और उनके भाई को नेपाल के इतिहास के बारे में बताते रहे।

नेपाल में मानव बस्तियों के सबसे पुराने पुरातात्विक साक्ष्य लगभग 30,000 साल पहले के मिले हैं। लगभग 600 वर्ष ईसा पूर्व, नेपाल के दक्षिणी तराई क्षेत्रों में छोटे जनपदीय गणों मल्ल, लिच्छवि, शाक्य कुलों के संघों का उदय हुआ। इनमें से लिच्छवियों में चौबीसबें जैन तीर्थंकर महावीर स्वामी (599-527 ईसा पूर्व) हुए और शाक्यों में एक राजकुमार सिद्धार्थ (563-483 ईसा पूर्व) का जन्म हुआ। बीच की शताब्दियों में नेपाल को आध्यात्मिक शरणस्थली के रूप में उपयोग किया गया। नेपाल ने तिब्बत के माध्यम से बौद्ध धर्म को मध्य-पूर्व एशिया तक पहुँचाने में महत्वपूर्ण भूमिका निभाई और हिंदू और बौद्ध पांडुलिपियों को संरक्षित करने में मदद की।

नेपाल मूलतः किरातों की ज़मीन बताई जाती है। जब सोलह महाजनपदों का काल आया तो मल्ल, लिच्छवि और शाक्य महाजनपद किरातों की नेपाली तराई में राज्य विस्तार करते रहते थे। अंततः लिच्छवियों ने किरातों को काठमांडू घाटी से पूर्व की ओर धकेल दिया, और लिच्छवी वंश सत्ता स्थापित में सफल हो गया। 400 ई. में लिच्छवियों ने स्मारकों का निर्माण किया और शिलालेखों की एक शृंखला छोड़ी। नेपाल का उस अवधि का इतिहास लगभग पूरी तरह से उन्हीं से जुड़ा हुआ है।

इंडोलॉजिस्ट भारत के इतिहास के बारे में अध्ययन करते रहे हैं। वे भारत के साथ नेपाल को भी शामिल करते हैं। नार्वे के इंडोलॉजिस्ट क्रिश्चियन लासेन ने प्रस्तावित किया था कि नेपाल निपा (पहाड़ का पैर) और -आल (आलय के लिए संक्षिप्त प्रत्यय जिसका अर्थ है निवास) है। इसलिए नेपाल का अर्थ "पहाड़ के पैर में निवास" था। इंडोलॉजिस्ट सिल्वेन लेवी ने लासेन के सिद्धांत को अस्थिर पाया, लेकिन उनका अपना कोई सिद्धांत नहीं

था, केवल यह सुझाव दिया था कि या तो नेपाल संस्कृत नेवारा का अपभ्रंश है, या नेपाल स्थानीय जातीयता का संस्कृतिकरण है। यह भी कहा गया है कि नेपा एक तिब्बती-बर्मन तना है जिसमें ने (मवेशी) और पा (रक्षक) शामिल हैं, जो इस तथ्य को दर्शाता है कि घाटी के शुरुआती निवासी गोपाल (गाय) और महिसपाल (भैंस-झुंड) पालक समाज थे। सुनीति कुमार चटर्जी का मानना था कि नेपाल तिब्बत-बर्मन जड़ों से उत्पन्न हुआ है। नेपालियों के चेहरे सामने से चपटे होते हैं। ये मंगोलों की तिब्बत और बर्मन लोगों की मिश्रित नस्ल बताई जाती है।

250 ईसा पूर्व तक दक्षिणी नेपाल के क्षेत्र मौर्य साम्राज्य के प्रभाव में आ गए थे। ठकुरी राजाओं का शासन उत्तरी नेपाल तक सीमित हो गया। सम्राट अशोक ने लुंबिनी की तीर्थयात्रा की और बुद्ध के जन्मस्थान पर एक स्तंभ बनवाया, जिस पर अंकित शिलालेख नेपाल के ठीक से दर्ज इतिहास के लिए शुरुआती बिंदु हैं। अशोक ने काठमांडू घाटी का भी दौरा किया और वहां गौतम बुद्ध की यात्रा की स्मृति में स्मारकों का निर्माण कराया। चौथी शताब्दी ईस्वी तक, नेपाल का अधिकांश भाग गुप्त साम्राज्य के प्रभाव में था। चौथी से ग्यारहवीं सदी तक कई राजाओं द्वारा विखंडित रूप से शासित रहा।

हिमालय की तराई प्रदेशों में एक समय 500 ईसा पूर्व से 200 ईसा पूर्व तक जैन और बौद्ध धर्म का बोलबाला था। उसी समय सम्राट अशोक के शासन में धर्मचक्र प्रवर्तन से तिब्बत, सिक्किम, भूटान, चीन, जापान, श्रीलंका और ब्रह्मदेश अर्थात् बर्मा में बौद्ध धर्म का प्रसार हुआ, परंतु क्या कारण था कि नेपाल में सनातन धर्म के साथ हिंदू राष्ट्र अस्तित्व में रहा आया जो अभी-अभी धर्म निरपेक्ष देश बना है। जबकि भारत में धर्म निरपेक्ष राष्ट्र को हिंदू राष्ट्र से पुनर्स्थापित करने के प्रयास हो रहे हैं। इस प्रश्न का जवाब इतिहास के झोंके में छुपा है। जिस समय बौद्ध धर्म हिमालय पर स्थित देशों में फैल रहा था उस समय नेपाल देश ही नहीं बना था। ईसा से पूर्व दूसरी सदी में हिंदू धर्म का पुनः उद्भव हुआ। जो गुप्त काल (350-550 ईस्वी) में खूब फला फूला। मध्य युग में गंगा के मैदान में इस्लामिक प्रचार-प्रसार और प्रतारणा से त्रस्त होकर हिंदू क्षत्री प्रयागराज और काशी के पंडितों को लेकर तराई से होकर इन पहाड़ों में आए। काठमांडू, पाटन और भक्तपुर राज्य स्थापित किये। जिनके दरबार के अवशेष अभी भी मौजूद हैं। उन्होंने शिव का पशुपतिनाथ स्वरुप और विष्णु का आरम्भिक स्वरूप पूजना आरम्भ

किया। पूरा नेपाल मांसाहारी है। जबकि वैष्णव पंथ में मांसाहार प्रचलित नहीं है। नेपाल में पुष्टिमार्गी वैष्णव पंथ नहीं पहुँचा इसलिए शाकाहार की प्रवृत्ति भी नहीं आई।

❋❋❋

15 जून 2022 को सुबह छै बजे नई दिल्ली स्टेशन पर ट्रेन रुकते ही बोगी में कुलियों की भीड़ चढ़ गई। उन्होंने दरवाज़ों की तरफ़ पहुँचने के रास्ते अवरुद्ध कर दिए। जवाहर जी थोड़ी देर नजारा देखते रहे। फिर उनका इम्पल्स-स्विच ऑन हुआ और उन्होंने कुलियों को झिड़का तो रास्ता क्षण भर में साफ़ हो गया। जवाहर जी का व्यवहार बहुत पारदर्शी है। वे मन में कुछ भी नहीं रखते। तुरंत निपटान उनकी विधि है। नई दिल्ली स्टेशन पर अहमदाबाद से उनके छोटे भाई हीरा लाल कर्णावत जी भी आ जुड़े। सोलह नम्बर प्लैटफ़ॉर्म के बाहर निकलकर एक इग्ज़ेक्युटिव लाउंज में दो घंटे के लिए ठहराव टिकट लेकर वह हुए, जिसे फ़्रेश होना कहते हैं। फिर नेपाल के नामकरण और प्राकृतिक स्थिति पर चर्चा करते रहे।

इग्ज़ेक्युटिव लाउंज में तैयार होकर जन आहार केंटीन से डोसा खाया, जिसका स्वाद दिल्लीयाना था, दक्षिण का स्वाद यहाँ मिल भी नहीं सकता। नौ बजे के लगभग सामान खींचकर एयरपोर्ट मेट्रो की तरफ़ चल दिए। तक़रीबन आधा किलोमीटर चले। भीड़ को धकियाते और लोगों से धक्के खाते मेट्रो का टिकट लिया। पहले सिक्का मशीन को दिखाना पड़ता था। अब डिजिटल कार्ड स्कैन करके प्रवेश मिलने लगा है।

एयरपोर्ट लाइन में भूमिगत और एलिवेटेड मेट्रो स्टेशन दोनों का मिश्रण है। एयरपोर्ट मेट्रो में सवार हो गये। जो शिवाजी स्टेडीयम तक सुरंग में चली, फिर धौलाकुआँ से सतह पर आकर दिल्ली के नज़ारे दिखने लगे। इसके बाद अंतर्देशीय उड़ान अड्डा T-1 आता है। फिर मेट्रो इंदिरा गांधी अंतर्राष्ट्रीय हवाई अड्डा पहुँचती है। वहाँ T-2 और T-3 टर्मिनल हैं जहां से आप दुनिया के किसी भी देश की उड़ान भर सकते हैं। बस आपके पास टिकट और पासपोर्ट-वीज़ा होना चाहिए। हम बिना वीज़ा के ही पहुँच गये। उन्होंने भी नहीं पूछा क्योंकि नेपाल जाने के लिए भारतीयों को वीज़ा की छूट है। टर्मिनल से अंदर घुसने के बाद A, B, C...H, I, J... काउंटर बने हैं। आपकी उड़ान

जिस काउंटर से अनुमत है वहीं से जाना होता है। नियत समय से पूर्व पहुँच गये। ख़ाली समय में नेपाल के भूगोल को खंगाल निकाला।

नेपाल चारों तरफ़ से ज़मीनी देशों से घिरा देश है। जिसकी कोई भी सीमा समुद्र से नहीं लगती है। यह मुख्य रूप से हिमालय के बीच में स्थित है। इसके दक्षिण में गंगा के मैदान के कुछ हिस्से हैं। उत्तर में यारलुंग त्सांगपो, जिसे तिब्बती में यारलुंग ज़ंगबो भी कहा जाता है जो कि चीन में स्थित ब्रह्मपुत्र नदी की ऊपरी धारा है। त्सांगपो नदी को हम तिब्बत की गंगा कह सकते हैं। वह हिमालय के उत्तरी ढलान से अनेकों नदियों का जल ग्रहण करती है। विश्व की सबसे ऊँची चोटियों पर पिघलते बर्फीले ग्लेशियर का कंचन पानी लेकर सिक्किम और भूटान के उत्तर से भारत उत्तर-पूर्व अंचल से गुवाहाटी में घुसकर बंगला देश से होकर बंगाल की खाड़ी में विश्राम करती है। यह तिब्बत की सबसे लंबी और चीन की पांचवीं सबसे लंबी नदी है। ऊपरी भाग को डांगके ज़ंगबू भी कहा जाता है जिसका अर्थ है घोड़ा नदी। नेपाल के उत्तर में ही चीन का तिब्बत है। दक्षिण, पूर्व और पश्चिम में भारत की सीमा लगी है। जबकि यह बांग्लादेश से सिलीगुड़ी कॉरिडोर द्वारा संकीर्ण रूप से अलग है और भारतीय राज्य सिक्किम द्वारा भूटान से अलग है। नेपाल में उपजाऊ मैदान, पाइन वनाच्छादित पहाड़ियाँ और दुनिया के दस सबसे ऊँचे पहाड़ों में पृथ्वी का सबसे ऊँचा माउंट एवरेस्ट सहित कई शिखर शामिल हैं। नेपाल एक बहु-जातीय, बहुभाषी, बहु-धार्मिक और बहु-सांस्कृतिक राज्य है, जिसमें नेपाली आधिकारिक भाषा है। काठमांडू देश की राजधानी और सबसे बड़ा शहर है। नेपाल का राष्ट्रीय वाक्य "जननी जन्मभूमिश्च स्वर्गादपि गरीयसी" है।

हम चेक-इन करके मायग्रेशन काउंटर पर पहुँचे। वहाँ बहुत लम्बी क़तार थी। दस काउंटर के स्थान पर मात्र तीन पर मायग्रेशन जाँच का कार्य चल रहा था। बहुत भीड़ होने से उकताहट का माहौल था। एक घंटा खड़े रहने के बाद सुरक्षा जाँच को पहुँचे। वहाँ भी भीड़ थी। अंत में सारी जाँच उपरांत स्टेट बैंक क्रेडिट कार्ड धारक होने के नाते मात्र दो रुपयों में तीन हज़ार के लंच हेतु स्पेशल लाउंज में प्रवेश मिल गया। आप सोच रहे होंगे कि यह तीन हज़ार का लंच क्या होता है। यह ठीक वैसे ही है जैसे बाज़ार में एक शर्ट का कपड़ा तीन सौ रुपए में मिलता है, वहीं रेमंड की शॉप पर तीन हज़ार का शर्ट भी मिलता है। वहाँ चाय-कॉफ़ी से लेकर सभी प्रकार

के ड्रिंक और भोजन की व्यवस्था उपलब्ध थी। हमने फ्रूट के साथ दूध-ब्रेड उठाईं। थोड़ी देर में काउंटर समेटे जाने लगे। पता चला कि वह ब्रेकफ़ास्ट था, लंच तो अब परोसा जाने वाला है। हमने जूस का गिलास भरा। नज़दीक ही स्कॉच काउंटर पर भीड़ लगी थी। जितनी चाहो उतनी पी लो। तब हमें तीन हज़ार के लंच का रहस्य समझ में आया। कर्णावत बंधु शुद्ध शाकाहारी और मद्य व्यसन से दूर रहते हैं। उन्हें खाने की तल्लीनता में छोड़ हमने जूस में एक पैग डलवा लिया। दो घंटे समस्त प्रकार के आनंद के बाद विमान में चढ़ने गेट नम्बर 1-B पर पहुँच गये।

विमान में कुल 186 सीट थीं। हमें सबसे पीछे 184 नम्बर की 31-D सीट मिली। हम जाकर बैठ गये। हमारे बाद अंतिम दो सीट और थीं। उनके आने पर हमने उठकर उन्हें जाने देना पड़ा। वे दोनों सवारियाँ खाते पीते घर की लगेजनुमा थीं। वे किसी तरह कुर्सियों में समा गईं। उनके बेल्ट नहीं लग पा रहे थे। विमान परिचरिका की दुबली-पतली देह ने लम्बी दूरी तय करके उनके बेल्ट कसे। सभी विमान परिचारिकाएँ नवयौवना थीं। उन्होंने हिंदी और अंग्रेज़ी में सुरक्षा निर्देश अभ्यास दुहराये। विमान कप्तान के कभी न समझ आने वाले कुछ शब्द बुदबुदाये। विमान ने दो बजकर तीस मिनट पर उड़ान भरी। विमान गुड़गाँव शहर के ऊपर उठकर मेरठ मुरादाबाद के ऊपर से होकर हिमालय की तराई की तरफ़ उड़ता रहा। विमान तलहटी की सबसे बाहरी सीमा जिसे शिवालिक हिल्स या चुरिया रेंज कहा जाता है, जो 2,300 से 3,280 फीट ऊँचाई पर स्थित है, को चूमता बढ़ता रहा। चौड़ी, निचली घाटियाँ जिन्हें इनर तराई घाटियाँ (भीतरी तराई उपत्यका) कहा जाता है, के ऊपर से विमान उड़ता रहा। दाहिनी तरफ़ गंगा का मैदान दिखने लगा। उसके बाद थोड़ी दूर ऊँची उड़ान भरकर हिमालय की चोटियों को पार करके नेपाल की वायुसीमा में प्रवेश कर गया। काठमांडू की घाटी दिखने लगी। विमान 1440 किलोमीटर की दूरी एक घंटा तीस मिनट में पूरी करके चार बजे काठमांडू उतरा। विमान से दिखती लुभावनी हरीतिमा ने मन मोह लिया।

काठमांडू में हमारा स्वागत बहुत आत्मीय तरीक़े से हुआ। जवाहर जी के पूर्व परिचित नेपाली मूल के श्री भरत शर्मा एक बहुआयामी व्यक्तित्व हैं। एक अंतर्राष्ट्रीय हिंदी कार्यक्रम में जवाहर जी से उनकी ऑनलाइन मुलाक़ात तीन दिन पूर्व ही हुई थी। वे चीन में हिंदी पढ़ाते हैं। पशुपतिनाथ मंदिर में वहाँ के प्रधान भाट से उनके घरेलू रिश्ते हैं। प्रधान भाट कर्नाटक के भाट

ब्राह्मण हैं। वे पशुपतिनाथ मंदिर प्रांगण की चार सदस्यीय व्यवस्थापक समिति के प्रधान हैं।

जवाहर जी ने नेपाल की स्थानीय सिम लेकर सबसे पहले भरत शर्मा जी को फ़ोन किया। वे दस मिनट में हवाई अड्डा पहुँच गये। उन्होंने हमें एक-एक रंगबिरंगा मफ़लर भेंट स्वरूप गले में पहना कर स्वागत किया। हमारे रुकने का प्रबंध कमल पोखरी चौक स्थित जैन मंदिर आवास गृह में किया गया था। उन्होंने नेपाली भाषा में एक टैक्सी तय करके उसे भारतीय मुद्रा में पाँच सौ रुपए जिनका नेपाली मूल्य आठ सौ रुपए था, भुगतान कर दिए। हम लोग चार बजे के लगभग कमरे में थे। दो कमरे तीन हज़ार भारतीय मुद्रा में मिल गये। आधा घंटा कमर सीधी करके एक टैक्सी पकड़ कर पशुपतिनाथ मंदिर पहुँचे। नेपाल में टैक्सी बहुत महँगी हैं। गाड़ियों की क़ीमत भारत से चार गुणा अधिक हैं। पेट्रोल दो सौ रुपए लीटर है। पहाड़ी रास्ते होने से ऑटो नहीं चलते।

भरत शर्मा जी वहाँ हमारी राह देख रहे थे। उन्होंने जिस तरह के दर्शन कराए वह शायद ही किसी को नसीब होते हों। वे पहले नागराज वासुकि के दर्शन कराने ले गए। पशुपतिनाथ जी के दर्शन पूर्व वासुकि की अनुमति की परम्परा है। इस बीच हम मोबाईल ऊपर की जेब से नीचे पैंट की जेब में रख रहे थे तो एक सेवादार ने आई-फ़ोन यह कहते हुए हमसे छीन लिया कि हम मंदिर प्रांगण की फ़ोटो निकाल रहे थे। थोड़ी देर के लिए हम घबरा गये। हमारा समस्त लेखन मोबाईल में ही है। उसका चला जाना याने हमारी सारी सम्पत्ति का लुट जाना। तुरंत की फ़ोटो चेक की गईं और हमारी गलती के लिए हमसे पशुपतिनाथ से माफ़ी माँगने को कहा गया। गलती हुई या नहीं, यह बेमानी था, हमने सिर झुकाकर माफ़ी माँगी। बहुत मिन्नतों और शर्मा जी की मशक़्क़त से मोबाईल वापस मिला।

हिंदू पौराणिक कथाओं के अनुसार, नेपाल का नाम एक प्राचीन हिंदू ऋषि से लिया गया है जिसे विभिन्न विद्वानों द्वारा मुनि नेमी कहा जाता है। हालांकि नेपाल एक धर्मनिरपेक्ष राष्ट्र है, लेकिन इसकी आबादी मुख्य रूप से हिंदू है। पशुपतिनाथ को एक राष्ट्रीय देवता के रूप में पूजा जाता है। बागमती नदी के तट पर स्थित पशुपतिनाथ मंदिर को नेपाल के सबसे पवित्र स्थानों में से एक माना जाता है। भगवान पशुपतिनाथ के रूप में भगवान

शिव आराध्य देवता हैं। इसका मुख्य आकर्षण भगवान शिव के चार मुखों को प्रदर्शित करने वाला एक अनूठा शिव लिंग है।

पशुपतिनाथ मंदिर

नेपाल महात्म्य और हिमवतखंड पर आधारित स्थानीय किंवदंती के अनुसार भगवान शिव एक बार वाराणसी के अन्य देवताओं को छोड़कर बागमती नदी के किनारे स्थित मृगस्थली चले आये, जो बागमती नदी के दूसरे किनारे पर जंगल में अभी भी है। भगवान शिव वहां पर चिंकारे का रूप धारण कर निद्रा में चले गए। जब देवताओं ने उन्हें खोजा और उन्हें वाराणसी वापस लाने का प्रयास किया तो उन्होंने नदी के दूसरे किनारे पर छलांग लगा दी। इस दौरान उनका सींग चार टुकडों में टूट गया। उसी स्थान पर भगवान पशुपति चतुर्मुख लिंग के रूप में प्रकट हुए।

मंदिर में चार दरवाजे हैं, जो कार्डिनल दिशाओं का प्रतिनिधित्व करते हैं। पशुपति पुराण के अनुसार, नेमी द्वारा संरक्षित स्थान के रूप में, हिमालय के बीच में स्थित देश को नेपाल के रूप में जाना जाने लगा। नेपाल महात्म्य के अनुसार, नेमी पर पशुपति द्वारा देश की सुरक्षा का दायित्व सौंपा गया था। बौद्ध पौराणिक कथाओं के अनुसार, मंजुश्री बोधिसत्व ने नेपाल घाटी बनाने के लिए नागों की एक प्राचीन झील को बहा दिया और घोषणा की, कि आदि-बुद्ध उस समुदाय की देखभाल करेंगे जो इसे बसाएगा। उसे नेपाल घाटी कहा जाएगा। गोपालराज वंशावली के अनुसार 1380 के दशक में, नेपाल का नाम नेपा द काउहर्ड के नाम पर रखा गया है, जो कि नेपाली वंशज के संस्थापक हैं। इस प्रकार नेपाल घाटी का सम्बंध हिंदू, जैन और बुद्ध परम्पराओं से जुड़ा है।

उसके बाद भरत शर्मा जी हमें पशुपतिनाथ और विशाल नंदी के विधिवत दर्शन करवा कर मुख्य भाट के निवास पर ले गए। मुख्य भाट जी एक छोटी सी बैठक में अपनी पालतू बिल्ली के साथ विराजमान थे। निवास के पीछे गाय बंधी थी। उन्होंने उसके ताजे दूध की चाय पिलाई। पूरे नेपाल में पशुओं को बड़े सम्मान से पाला जाता है। बिल्ली हमारी गोद में आ गई। हमने उसकी पीठ और गले पर सहलाया तो जब तक हम वहाँ रहे वह हमारी गोद में ही ज़मी रही। मुख्य भाट उसे बुलाते रहे परंतु वह टस

से मस न हुई। सबके उठने पर वह भी चल दी। मुख्य भाट जी ने अपने निजी पूजा स्थल पर पशुपतिनाथ जी के दर्शन करवा कर हमारे गले में रुद्राक्ष माला पहना कर मंगलाचरण श्लोक पढ़ा। हम दर्शन करके आवास पर पहुँचे। वहाँ सादा जैन भोजन तैयार था। भोजन करके रात्रि विश्राम किया। इति 15 जून 2022 वृतांत।

***

16 जून 2022 को होटल येलो पेगोड़ा में आयोजित अंतर्राष्ट्रीय भाखा सम्मेलन में सम्मिलित होने दस बजे पहुँचना था। जैन भोजनालय में दो-दो आलू पराठा ताजे दही के साथ बरास्ते रसना उदर में उतारे। जवाहर जी ने बताया कि एक टैक्सी हमें लेने आ रही है। हम तैयार होकर जैन मंदिर में महावीर स्वामी के दर्शन उपरांत गेट पर टैक्सी का इंतज़ार करने लगे। एक घंटा इंतज़ार करने के बाद सम्मेलन के आयोजक गंगा प्रसाद शर्मा पहुँचे। उनके साथ होटल येलो पेगोड़ा पहुँचे। कार्यक्रम स्थल पाँचवें माले पर था। वहाँ तब तक कुछ भी तैयारी नहीं हुई थी। दस बजे से मुख्य अतिथि नेपाल के पूर्व शिक्षा मंत्री मोदा नाथ प्रश्री का इंतज़ार करने लगे। उन्हें आने में विलम्ब हो रहा था इसलिए आयोजकों ने उपस्थित साहित्यकारों से कविता-गीत-ग़ज़ल सुनाना शुरू कर दिया। हमने भी समय के साथ पति-पत्नी के रिश्ते में उतरते खुमार पर एक ग़ज़ल पढ़ी। जिसे लोगों ने पसंद किया। आप भी पढ़िए।

बात तो होती है उनकी मगर वो बात नहीं होती,
वैसी दिलचस्प अब उनकी मुलाक़ात नहीं होती।

बातों-बातों में भीग जाता था अश्कों से दामन,
स्याह बादल आते हैं मगर बरसात नहीं होती।

पहले पूरी रात ही गुज़र जाती थी रानाइयों में,
ज़ुबान खुलती मगर मुहब्बत की रात नहीं होती।

गिरह उनके बड़ी देर में बहुत मुश्किल से खुलते,
सब कुछ हो जाता है मगर मुलाक़ात नहीं होती।

दिन कई बीत जाते बिना मतलब बतोले किए,
नज़रों नज़रों में भी अब कोई बात नहीं होती।

जुबां तो कैंची सी चलती दोनों तरफ़ देर तलक,
अजीब है मगर क़ायदे की कोई बात नहीं होती।

अब शाम की अंगड़ाई का आलम छोड़िए हुजूर,
जुदाई के वक्त भी नज़राना सौग़ात नहीं होती।

पूर्णिमा गुज़र जाती है अमावस के इंतज़ार में,
रातें बहुत आती मगर चाँदनी रात नहीं होती।

मसरूफ़ियत बनी शातिर अन्दाज़ की सौतन,
साथ रहकर जज़्बात की कोई बात नहीं होती।

अब बदल चुकी हैं रिश्तों की रवायात इस क़दर,
किसी को ढाई हर्फ़ों की अता ख़ैरात नहीं होती।

दोनो मुँह फुलाए बैठे हैं इश्क़ की महफ़िल में,
आतिश आहत मन से दिल की बात नहीं होती।

मुख्य अतिथि महोदय बहुत विलम्ब से आने के कारण दस बजे शुरू होने वाला कार्यक्रम बारह बजे प्रारम्भ हो सका। प्रथम सत्र की अध्यक्षता नेपाली साहित्यकार ऋषभ देव धिमिरे ने की। मुख्य अतिथि - जवाहर कर्णावत, विशिष्ट अतिथि - दधि राज, जितेंद्र दहिया, पूनम मिश्रा इत्यादि ने सम्मेलन को सम्बोधित किया। पुस्तक लोकार्पण सत्र में हमारे कहानी संग्रह “प्रेमार्थ”, चंद्र भान राही के उपन्यास “मायानगरी के सम्राट” और डॉ. अनीता चौहान के कहानी संग्रह “टूटते इंद्रधनुष” का मुख्य अतिथि द्वारा लोकार्पण कराया गया। हमने तीनों कृतियों पर प्रकाश डाला। स्वागत उद्बोधन - गंगा प्रसाद शर्मा “गुणशेखर” ने दिया। उसके पश्चात सम्मान समारोह हुआ। डॉक्टर जवाहर कर्णावत भोपाल ने अपने उद्बोधन में भाषा की उपदेयता, ज्ञान का माध्यम, हिंदी पत्रकारिता, अवधि, भोजपुरी और हिंदी के प्रचार प्रसार पर प्रकाश डाला। उन्होंने कहा रामचरितमानस ने हिंदी को विश्व स्तर पर पहचान दिलाई। फ़िजी, सूरीनाम, मारीशस, दक्षिण अफ़्रीका, गुयाना में हिंदी

की वस्तुस्थिति बताई। मुख्य अतिथि ने टूटिफूटी हिंदी में सम्बोधित किया। तीन बजे दोपहर भोज हुआ।

बीच में फ़ुरसत के समय काठमांडू पर चर्चा होती रही। होटल की छत से काठमांडू को घेरे खड़ी पहाड़ियाँ हल्की बूँदाबाँदी के बीच धुँधली दिख रही थीं। दिमाग़ में विचार आया कि इन्ही पहाड़ियों से पाँच नदियाँ इस घाटी में उतरती हैं।

दूसरा सत्र चार बजे प्रारम्भ हो सका। कार्यक्रम संचालक महोदय खुद एक घंटा बोलते रहे। अंत में राम के ऊपर तीन मिनट का व्याख्यान बीस लोगों को देना था। कोई तीन मिनट तो कोई आठ, नौ और दस मिनट तक बोलते रहे। संचालक स्वयं अधिक बोलने का लोभ संवरण नहीं कर पाए थे, तो दूसरों को क्या कहते? अंत के दो वक्ताओं के पूर्व हमको बोलने को कहा गया।

हमने कहा- हम लोग किस राम की बात कर रहे हैं। बाल्मीकी के राम, तुलसी के राम, कबीर के राम, गुरु रामदास के राम, लोहिया के राम, गांधी के राम, रामानन्द सागर के राम, वोट के राम या चोट के जय श्री राम। राम एक संस्कृति हैं, राम एक व्यक्ति हैं, राम एक दर्शन हैं। हम रामकथा की ऐतिहासिकता पर बात करेंगे। तुलसी दास का जन्म 1532 में हुआ था और देहत्याग 1623 में, उन्होंने अकबर का पूरा 49 वर्ष का शासन और जहांगीर के शासन के 18 वर्ष देखे थे। वे 91 वर्ष जीवित रहे थे। मुहम्मद गौरी के बाद के समूचे सुल्तानी काल से हिंदू जनता प्रताड़ित थी। वह बाहरी चीजों को छोड़कर अंतर्मुखी भक्ति की तरफ़ मुड़ी। तब भारतीय संस्कृति ने मीरा, सूरदास, कबीरदास, गुरु नानक और तुलसीदास जैसे संतों से हिंदी साहित्य का भक्ति काल आरम्भ करवाया। तुलसी दास जी ने राजपुर में पहला हनुमान मंदिर स्थापित कर रामकथा कहना आरम्भ किया। तभी से राममय लोक संस्कृति का विकास हुआ है। जो निर्गुण राम भारतीयों की आत्मा की ताक़त थे। अब सत्ता की सगुण कमजोरी बन गए हैं। हम राम की महान संस्कृति को किस तरफ़ ले जाना चाहते हैं। हमें विचार करना होगा। राम संस्कृति को जानना है तो तुलसी को जानो, अमृत लाल नागर की किताब "मानस का हँस" पढ़ो। रामधारी सिंह दिनकर की "भारतीय संस्कृति के चार अध्याय" पढ़ो।

अंत में शोध पत्र प्रस्तुति कार्यक्रम में हमने अपना व्याख्यान “उपन्यास का इतिहास” शोध पत्र पढ़ा। “उपन्यास भारतीय विधा नहीं है। उपन्यास लेखन मध्यम वर्ग के विकास से जुड़ा है। उपन्यास विधा ने इंग्लैंड में सत्रहवीं सदी में शुरुआत, अठारहवीं-उन्नीसवीं सदी में विकास बीसवीं सदी में परिपक्वता प्राप्त की थी। एक उपन्यास लम्बा जटिलता पूर्ण गद्य कथा है जो मानवीय अनुभव के साथ कल्पनात्मक रूप में आकार लेता है। अंग्रेजी साहित्य में इसकी उत्पत्ति पारंपरिक रूप से 18 वीं शताब्दी में हुई है।

उपन्यास ने अंग्रेजी गृहयुद्ध (1642) की शुरुआत में हुए धर्म सत्ता और उच्च-मध्यम वर्ग के बीच हुए संघर्ष को सबसे प्रभावी ढंग से चिह्नित किया। चार्ल्स प्रथम के बाद 1649 में हाउस ऑफ कॉमन्स द्वारा राजशाही और हाउस ऑफ लॉर्ड्स के उन्मूलन ने प्यूरिटन कॉमनवेल्थ (1649-1660) के गठन और मध्यम वर्ग के राजनीतिक प्रभुत्व में पहली बार वृद्धि का संकेत दिया। 1688 की गौरवशाली क्रांति से घबरा कर जेम्स II (“ओल्ड प्रिटेंडर”) अपने बेटे चार्ल्स (“यंग प्रेटेंडर” या बोनी प्रिंस चार्ली) के साथ फ्रांस भाग गया। ब्रिटिश संसद ने विलियम ऑफ ऑरेंज और उनकी पत्नी, मैरी, (स्पेन कैथोलिक जेम्स द्वितीय की प्रोटेस्टेंट बेटी) को इंग्लैंड पर शासन करने के लिए आमंत्रित किया। 1715 के स्कॉटिश विद्रोह के बाद स्टुअर्ट राजशाही ने आंशिक रूप से 1745-1746 में इस सिद्धांत को स्वीकार किया कि अंग्रेजी मध्यम वर्ग संसद के माध्यम से अपना शासक चुन सकता है; इसे उस मध्यम वर्ग की शक्ति के विकास के दूसरे चरण के रूप में भी देखा जा सकता है। यह सब उपन्यास के माध्यम से हुआ।

इंग्लैंड ने फ्रांस के साथ 1689-1697 के सात वर्षीय युद्ध ने बर्बादी देखी। लेकिन सत्रहवीं सदी के अंत और अठारहवीं शताब्दी की शुरुआत (विशेषकर रानी ऐनी के शासनकाल के दौरान, 1702-1714) में इंग्लैंड की भौतिक प्रगति, व्यापारिकता में वृद्धि, जनसंख्या में भारी वृद्धि और शहर में जनसंख्या का तीव्र और अपरिवर्तनीय स्थानांतरण का दौर चला। समाज औद्योगिक क्रांति के कगार पर था और समवर्ती वैज्ञानिक क्रांति ने इसे बढ़ावा दिया। मुक्त उद्यम फला-फूला और इसके साथ मध्यम वर्ग का विस्तार हुआ। फलस्वरूप अठारहवीं शताब्दी की शुरुआत में इंग्लैंड एक व्यापारिक शक्ति बन गया। जबकि इंग्लैंड का शासन अभी भी अपेक्षाकृत कम संख्या के लॉर्ड्ज़ परिवारों के पास था। परंतु अब इंग्लैंड के वंशानुगत जमींदारों को उस युग

के नए व्यापारी पूँजीपतियों के साथ सत्ता साझा करनी थी। अंग्रेज़ी उपन्यासों ने महती भूमिका निभाई।

लॉर्ड और कारोबारी पूँजीपति वर्ग-संघर्ष के इस परिवेश से आरंभिक अंग्रेजी उपन्यासों का उदय हुआ। वास्तव में, रॉबिन्सन क्रूसो, कर्नल न्यूपोर्ट और मोल फ़्लैंडर्स के रूप में गुमनाम पात्रों के "इतिहास" या "जीवन" और मिगुएल डे सर्वेंट्स ने डॉन क्विक्सोट (1605) और छद्म ऐतिहासिक परंपरा में, डेनियल डेफो के उपन्यासों ने अपनी कल्पनाओं को उपन्यास में प्रस्तुत किया।

मिगुएल डे सर्वेंटिस का स्पैनिश उपन्यास "डॉन क्विक्सोट" (1605), अलेक्जेंड्रे डुमास के "द थ्री मस्किटियर्स" (1844), मार्क ट्वेन के "एडवेंचर्स ऑफ टॉम सायर और हकलबेरी फिन" (1884), में निहित प्रत्यक्ष संदर्भों का साहित्यिक समुदाय पर बड़ा प्रभाव पड़ा।

पद्य-गद्य की पृथक प्रकृति और इतिहास का इतिहास रहा है। ग्रीक महाकाव्यों के महान लेखक होमर द्वारा लिखित इलियड और ओडिसी, भारतीय संस्कृति के वेद, उपनिषद, रामायण, महाभारत पद्य में लिखित ग्रंथ हैं। हिंदी गद्य का विकास अठारहवीं सदी से शुरू होता है। गद्य लिखना कठिन होता है।

भारतेंदु को गद्य के विकास का आरंभिक लेखक माना जाता है। उन्होंने उपन्यास नहीं लिखा। भारतेंदु हिंदी गद्य की शुरुआत के लिए जाने जाते हैं। उन्होंने आजकल के शुद्धतावादियों की तरह उर्दू और अंग्रेज़ी शब्दों से परहेज़ नहीं किया। वे जानते थे कि एक नई भाषा का गद्य दूसरी भाषाओं के सहारे से आगे बढ़ता है। जैसे अंग्रेज़ी में अन्य भाषाओं लेटिन, ग्रीक, रोमन, फ्रेंच संस्कृत के अनगिनत शब्द समाहित हो गए हैं। भारतेंदु युग में ऐतिहासिक दृष्टि से लाला श्रीनिवास दास का 'परीक्षा-गुरु' (1882 ई.) हिन्दी का पहला उपन्यास माना जाता है।

बंकिम चंद्र बंगाली के, देवकी नंदन खत्री आरम्भिक उपन्यासकार और प्रेमचंद हिंदी के उपन्यास सम्राट माने जाते हैं। ये तीनों अंग्रेज़ी भाषा के अच्छे जानकार थे। उन्होंने अंग्रेज़ी साहित्य से गद्य लिखना सीखा। उसके बाद मातृ भाषा में लेखन शुरू किया था।

बंकिम चंद्र चट्टोपाध्याय द्वारा लिखित दुर्गेशनंदिनी के साथ अपनी यात्रा शुरू की थी। रवींद्रनाथ टैगोर, माणिक बंदोपाध्याय, ताराशंकर बंदोपाध्याय

और शरत चंद्र चट्टोपाध्याय द्वारा गद्य का 'नया' प्रयोग उनके कार्यों के माध्यम से 'परिपक्व' में बदल गया। लगभग ये सभी साहित्यिक गतिविधियाँ कोलकाता में जोरों पर चल रही थीं।

देवकीनन्दन खत्री ने 'चन्द्रकांता', 'चन्द्रकांता-संतति' तथा 'भूतनाथ' नामक तिलस्म और ऐयारी के रोचक उपन्यास कई भागों में प्रकाशित किए। लोगों ने उनके उपन्यास पढ़ने के लिए हिंदी लिखना-पढ़ना शुरू किया था।

हिंदी में आधुनिक सामाजिक उपन्यासों का सूत्रपात प्रेमचंद (1880-1936) से हुआ। उन्होंने ऐनातोले फ्रैंक के थायस (Thayas) उपन्यास का अहंकार नाम से अनुवाद किया था जो भोग-अध्यात्म द्वन्द पर सर्वोत्तम कृति मानी जाती है। उन्होंने जस्टिस (Justice) नाटक का न्याय नाम से अनुवाद किया। इस तरह वे उपन्यास विद्या से परिचित हुए।

प्रेमचंद पहले उर्दू में लिखते थे, बाद में हिंदी की ओर मुड़े। "सेवासदन", "रंगभूमि", "कायाकल्प", "गबन", "निर्मला", "गोदान", आदि प्रसिद्ध उपन्यास हैं, जिनमें ग्रामीण वातावरण का उत्तम चित्रण है। चरित्रचित्रण में प्रेमचंद गांधी जी के "हृदयपरिवर्तन" के सिद्धांत को मानते थे। बाद में उनका रुझान समाजवाद की ओर भी हुआ, ऐसा जान पड़ता है। कुल मिलाकर उनके उपन्यास हिंदी में आधुनिक सामाजिक सुधारवादी विचारधारा का प्रतिनिधित्व करते हैं। वे उपन्यास सम्राट कहलाते हैं।

प्रेमचंद उत्तरोत्तर युग के प्रमुख उपन्यासकार जयशंकर प्रसाद, भगवतीचरण वर्मा, अमृतलाल नागर, जैनेंद्रकुमार, वात्स्यायन "अज्ञेय", इलाचंद्र जोशी, हजारीप्रसाद द्विवेदी, वृंदावनलाल वर्मा थे।

जयशंकर प्रसाद के "कंकाल" और "तितली", भगवतीचरण वर्मा के "चित्रलेखा" "टेढ़े मेढ़े रास्ते" और "भूले बिसरे चित्र" प्रसिद्ध हैं। उपेन्द्रनाथ अश्क की "गिरती दीवारें" का भी इस समाज की बुराइयों के चित्रांकन में महत्वपूर्ण स्थान है। अमृतलाल नागर की "बूँद और समुद्र", मानस का हँस, "खंजन नय", नाच्यो बहुत गोपाल, यथार्थवादी शैली में आगे बढ़कर श्रेष्ठ आंचलिक उपन्यास हैं।

जैनेंद्रकुमार के मनोवैज्ञानिक पृष्ठभूमि वाले "परख", "सुनीता", "कल्याणी" आदि से भी अधिक उनके "त्यागपत्र" ने हिंदी में बड़ा महत्वपूर्ण योगदान दिया। वात्स्यायन "अज्ञेय" ने अपने मनोविश्लेषण में

"शेखर : एक जीवनी", "नदी के द्वीप", अपने अपने अजनबी' में उत्तरोत्तर गहराई और सूक्ष्मता दिखाई। इस शैली में लिखनेवाली बहुत कम मिलते हैं। इलाचंद्र जोशी के "संन्यासी", "प्रेत और छाया", "जहाज का पंछी" आदि में सामाजिक विकृतियों पर अच्छा प्रकाश डाला गया है। इस शैली के उपन्यासकारों में धर्मवीर भारती का सूरज का सातवाँ घोड़ा' और नरेश मेहता का वह पथबंधु था' उत्तम उपलब्धियाँ हैं।

ऐतिहासिक उपन्यासों में हजारीप्रसाद द्विवेदी का "बाणभट्ट की आत्मकथा" एक बहुत मनोरंजक कथाप्रयोग है जिसमें प्राचीन काल के भारत को मूर्त किया गया है। वृंदावनलाल वर्मा के "महारानी लक्ष्मी बाई", "मृगनयनी" आदि में ऐतिहासिकता तो बहुत है, रोचकता भी है, परंतु काव्यात्मकता द्विवेदी जी जैसी नहीं है। राहुल सांकृत्यायन (1895-1963), रांगेय राघव (1922-1963) आदि ने भी कुछ संस्मरणीय ऐतिहासिक उपन्यास दिए हैं।

उपन्यास अपने जन्म से स्वतंत्रता की संतान है। इसलिए वह इतिहास में दबी चीखों, हँसने और रोने को भी दर्ज करता है जो अनसुना रह जाते हैं। जिस दौर में इतिहास एक आतंक के रूप में उपस्थित किया जा रहा है और फिल्म से लेकर उपन्यास तक इतिहास खेलने की वस्तु है, ऐसे समय में सामाजिक स्मृति के समानांतर निजी स्मृति को इतिहास की आवाज बनाना अर्थपूर्ण माना जा सकता है। उपन्यासकार को स्मरण रखना होगा कि भारत वह धरती है जहां कहीं भी कुदाल चलाओ, उसकी नोक एक मूर्ति से टकराती है। कुदाल की नौक कई मूर्तियों को गढ़ रही और कई मूर्तियों को ध्वस्त कर रही है।

नेपाल में भारत से अधिक महंगाई है। रात्रि को भोजन की इच्छा नहीं थी। इसलिए ब्रेड सेवन का निश्चय किया। भारत में ब्रेड पच्चीस रुपए की मिलती है जो काठमांडू में पचास रुपए की मिली। यदि विनिमय दर से समायोजित करें तो 100 भारतीय रुपए 160 नेपाली मुद्रा के बराबर होते हैं। उस हिसाब से 25 रुपए की ब्रेड 40 नेपाली रुपयों में मिलनी चाहिए जबकि वह 50 रुपयों में अर्थात् भारतीय तुलना में 25 महँगी मिली। मारुति की जो कार भारत में चार लाख में मिलती है वह नेपाल में बारह से चौदह लाख में मिलती है। नेपाल में बचत दर बहुत कम है इसलिए विनियोग नहीं होने से उत्पादन भी कम होता है। यह देश अधिकांश चीजों के लिए भारत और

चीन पर निर्भर है। इसके पास स्वतंत्र अर्थनीति नहीं है। भारत और चीन की अर्थनीतियों का सीधा प्रभाव नेपाल पर पड़ता है। चीन यहाँ एक बहुत बदा दांव लगा रहा है। वह ल्हासा (तिब्बत) से काठमांडू रेललाईन डालने की जुगत में है। यदि वह कामयाब हो गया तो वह दिन दूर नहीं जब नेपाल चीन का आर्थिक उपनिवेश बन जाएगा। उसकी भारत पर निर्भरता समाप्त हो जाएगी। चीन तिब्बत में यही दाव चल चुका है। दुनिया में सर्वाधिक लम्बी सीमा चीन की भारत से साझा होगी। फिर उसका दाव सिक्किम और भूटान के बीच चिकन नेक से होकर बंगला देश पहुँचना होगा। वह पाकिस्तान से मिलकर ग्वादर बंदरगाह से अरब सागर पहुँच चुका है। इस तरह दोनों तरफ़ से भारत को घेर लेगा। यह चीन का एक मिशन है।

✸✸✸

17 जून 2022 को सुबह आठ बजे नेपाल के पर्यटन स्थल भक्तपुर और नगरकोट की यात्रा शुरू की। सामान्यतः देवनागरी और हिंदी का चोली दामन का संग होता है। परंतु नेपाल में ऐसा नहीं है। नेपालियों को देवनागरी से तो प्रेम है। उनकी गोरखाली या नेपाली भाषा लिखी तो देवनागरी में जाती है, परंतु स्कूलों में हिंदी नहीं पढ़ाई जाती। इसलिए कुछ समय पहले तक हिंदू राष्ट्र रहे देश में हिंदी की हालत ठीक नहीं है। यह ठीक वैसा ही है कि बुंदेलखंड में देवनागरी लिपि में बुंदेली बोली न होकर भाषा होने का दावा करने लगे, या अवध में अवधि या पश्चिमी उत्तरप्रदेश में बृज बोली न होकर भाषा हो। भारतीयों को यह समझना चाहिए कि हिंदी एक महानदी है जिसमें अवधि, बृज, मैथिल, बुंदेली, मालवी सहित न जाने कितनी जानी-अनजानी बोलियाँ आकर मिलती हैं। भाषा के मामले में शुद्ध हिंदी या ख़ालिस उर्दू जैसी बात नहीं होती। देश, काल, परिस्थिति, विवरण, कथानक, पात्र के अनुसार उपयुक्त शब्द लेखन में सौंदर्य के साथ लेखक की शैली विकसित होती है। उदाहरण के लिए अंग्रेज़ी टेबल या उर्दू मेज़ ले सकते हैं। हिंदी में टेबल का उपयुक्त शब्द नहीं है। यदि वातावरण आधुनिक क़िस्म का है तो टेबल उपयुक्त होगा और मध्ययुग के माहौल में मेज़ ठीक बैठेगा। रोटी, चपाती, ब्रेड का कोई उपयुक्त हिंदी शब्द नहीं है। परिस्थिति अनुसार तीन शब्दों में से किसी का भी प्रयोग किया जा सकता है। अन्य भाषाओं से शब्द लेने से भाषा सशक्त होती है।

नगरकोट

सुबह काठमांडू और भक्तपुर पार करके सीधे नगरकोट के पहाड़ों पर पहुँचे। पहुँचते-पहुँचते नौ बज चुके थे। नगरकोट काठमांडू उपत्यका में स्थित एक रमणीय ग्राम है। यह काठमांडू से 32 किमी पूरब में बागमती अंचल के भक्तपुर जिला में समुद्र तल से 2,195 मीटर की ऊँचाई पर स्थित है। भक्तपुर के सबसे अधिक दर्शनीय स्थलों में से एक है।

नगरकोट काठमांडू घाटी में हिमालय के सबसे व्यापक दृश्यों में से एक है। यहां से 13 में से नेपाल की 8 हिमालय पर्वतमाला दिखाई देती हैं। जिनमें अन्नपूर्णा रेंज, मानसलू रेंज, गणेश हील रेंज, लंगटांग रेंज, जुगल रेंज, रोलवलिंग रेंज, महालंगुर रेंज (एवरेस्ट रेंज) और नंबूर रेंज शामिल हैं, जहां से काठमांडू घाटी और शिवपुरी (नेपाल) नेशनल पार्क के दृश्य दिखाई देते हैं। प्रकृति प्रेमियों और बाहरी उत्साही लोगों के लिए, नगरकोट और उसके आसपास लंबी पैदल यात्रा के कई अवसर हैं। उनमें से, नगरकोट इको ट्रेल (नेचर वॉक) के साथ-साथ नगरकोट पैनोरमिक हाइकिंग ट्रेल सबसे लोकप्रिय हैं। नागरकोट में आप एवरेस्ट के नज़ारों के साथ पैराग्लाइडिंग भी कर सकते हैं। एक रणनीतिक स्थान पर स्थित, नगरकोट काठमांडू घाटी का एक प्राचीन किला था जिसे अन्य राज्यों की बाहरी गतिविधियों की निगरानी के लिए बनाया गया था। बाद में, यह एक अंतरराष्ट्रीय हिल स्टेशन के रूप में लोकप्रिय होने से पहले शाही परिवार के लिए ग्रीष्मकालीन निवास बन गया।

यहाँ से हिमालय पर सूर्योदय का सुहावना दृष्य देखते ही बनता है। माउण्ट एवरेस्ट और अन्य हिमाच्छादित चोटियाँ दिखतीं हैं। काठमांडू उपत्यका का विहंगम दृष्य भी देखा जा सकता है। जैन आवास से पोहा पैक कराकर चले थे। टैक्सी से उतर कर एक चाय की दुकान पर अड्डा जमा लोगों से बातचीत के बीच नाश्ता और चाय का मज़ा लिया। उसके बाद एक पहाड़ी पर विहंगम दृश्य दर्शन करने पहुँचे। पहाड़ी के बीच में बीस-पच्चीस सीढ़ीयों से चढ़कर ऊपर चढ़ना था। सीढ़ियाँ सीधी और ख़तरनाक दिख रही थीं। हिम्मत करके तीनों साथी चढ़ गये। ऊपर से चारों तरफ़ गगनचुंबी श्वेत शिखर और बादलों की अठखेलियाँ देखते बनती थी। उतरने में वांछित सावधानी से नीचे उतरे।

नेपाल राष्ट्र बनने के पूर्व चारों तरफ़ पहाड़ियों से घिरी इस घाटी में तीन राज्य स्थापित हुए थे- पाटन, भक्तपुर और काठमांडू। इन तीनों जगहों पर पुराने राजाओं के दरबार हाल हैं। काठमांडू से चलकर भक्तपुर पार करके समुद्र तल से क़रीबन आठ हज़ार फुट ऊँचाई पर नगरकोट बस्ती है। वहाँ से नीचे देखने पर नगरकोट, भक्तपुर और काठमांडू बस्तियाँ दिखती हैं। ठंड के दिनों में नगरकोट में बर्फ़ पड़ती है तब रोमांटिक नजारा होता है। एक दुकान पर रम की बोतल की क़ीमत पूछने पर 2,000/- रुपए बताई। जिसकी भारत में क़ीमत 200/- से अधिक नहीं होती। इसके बावजूद भी नई उम्र के युवा-युवतियाँ खुलकर मज़ा लेते दिखे।

मानवता का इतिहास आदि मानव से आखेटी मानव, कृषि युग, मध्ययुग का युद्ध काल, औद्योगिक क्रांति से होते हुए दुनिया उपभोगवाद युग में प्रवेश कर चुका है। लोग अच्छे से अच्छा रहना, पहनना, खाना-पीना चाहते हैं। उपभोग वस्तुओं के उत्पादन और सेवाओं में रोज़गार निर्माण से सभी अर्थ व्यवस्थाएँ परिचालित होने लगी हैं। कराधान का आधार भी उपभोक्ता हो गए हैं। इसीलिए माल और सेवा कर (GST) प्रमुख हो गया है। सौंदर्य बोध प्रमुख प्रवृत्ति बनकर उभरी है। हर आदमी-औरत सुंदर दिखना चाहते है। मंगोल नस्ल के लोगों के चेहरे सामने से चपटे और आँखें छोटी होती हैं। काठमांडू में ध्यान से देखने पर पुराने लोगों के चेहरे चपटे और ऊँचाई साढ़े पाँच फुट से अधिक नहीं मिलेगी। नई पीढ़ी के बच्चों के चेहरे आजुबाजू से चपटे और उनकी लम्बाई भी पुराने लोगों से अधिक ऊँची दिखाई देती है। प्रतीत होता है कि नवजात बच्चे का चेहरा मोहरा बदलने की क़वायद की जाने लगी है। जैसे उत्तर भारतीयों में नवजात बच्चे की नाक लम्बी नुकीली करने के लिए नवजात शिशु की नाक को हाथ से दबाया जाता है। भले ही बाद में बच्चा माँ बाप की नाक कटवाता रहे। परंतु ये पीली चमकदार त्वचा वाले लोग छोटी आँखों को बड़ी कैसे करेंगे।

वहाँ एक बिहारी युवक प्लास्टिक के अंग्रेज़ी अक्षरों को काले सूत की डोरियों में गाँठ लगाकर सौ-सौ रुपयों में कलाई बैंड बना रहा था। बच्चों को फ्रेंड्शिप बैंड हेतु उपयुक्त लगा। जवाहर जी ने उससे सौदेबाज़ी करके दो सौ के तीन तय कर लिए। बात करते-करते चार सौ में छै बैंड बनवाकर अगले पड़ाव भक्तपुर पहुँचने हेतु टैक्सी की तरफ़ चल दिये। टैक्सी चालक अच्छा था। हमेशा साथ रहा और कुछ न कुछ बताता रहा।

भक्तपुर

काठमांडू और भक्तपुर जुड़े शहर हैं। पिछली बार 1978 में जब यहाँ आए थे तब चारों तरफ़ सीढ़ीनुमा खेत दिखते थे। अब चारों तरफ़ मकान ही मकान दिखते हैं। खेती ग़ायब है। हर चीज़ के लिए भारत पर निर्भरता है। औद्योगिक चीजें चीन से आती हैं।

भक्तपुर नेपाल के सबसे अधिक देखे जाने वाले स्थलों में से एक है जो विदेशी और घरेलू दोनों आगंतुकों के बीच लोकप्रिय है। दरबार स्क्वायर (लयकी) है, जो भक्तपुर का पूर्व शाही महल परिसर है और इसमें पूर्व शाही महल और विभिन्न मंदिर हैं जो इसके आसपास के क्षेत्र में बनाए गए थे। हालाँकि, भक्तपुर के दरबार स्क्वायर को 1934 और 2015 के भूकंप दोनों से भारी क्षति हुई, लेकिन कई गिरे हुए स्मारकों का पुनर्निर्माण किया गया है। दरबार स्क्वायर में विभिन्न स्मारक हैं जैसे कि पचपन खिड़कियों वाला महल, सिंहध्वखा लयकी महल जिसमें राष्ट्रीय कला दीर्घा है, जो नेपाल के पहले संग्रहालय में से एक है, वत्सला देवी और सिद्धि लक्ष्मी का पत्थर का मंदिर है। भक्तपुर दरबार स्क्वायर के पूर्वी भाग में स्थित सिलु महादेव (जिसका अर्थ है सिलू का शिव) का मंदिर नेपाल में शिखर शैली की सबसे ऊंची इमारत है।

थंथु लयकी महल का निर्माण पहली बार 17 वीं शताब्दी के अंत में राजा जीतमित्र मल्ल द्वारा किया गया था और इसमें विभिन्न उद्यान, बालकनियाँ और पानी की नाली थी। इसने दरबार स्क्वायर के ऊपरी हिस्से में एक बड़े क्षेत्र पर कब्जा कर लिया और इसे नेवाड़ी शब्द थंथु से थंथु लयकी कहा जाता है जिसका अर्थ है "ऊपरी भाग" और लयकी का अर्थ है "राजघरानों का स्थान"। यह महल रखरखाव और मरम्मत की कमी के कारण 1833 और 1934 के भूकंपों से नष्ट हो गया। आज, महल के आंगनों में से केवल एक, लोंहिती चौकोका, जिसमें सोने की टोंटी और शाही स्नानागार बचा है। जिस क्षेत्र में यह महल कभी खड़ा था, उसे विभिन्न प्रशासनिक भवनों में बदल दिया गया है। जितमित्र मल्ल, राजा जिसने सबसे पहले महल बनाया था, ने एक पत्थर के शिलालेख में थंथु लयकी महल के बारे में लिखा था: इस महल (तंथु लयकी) को सावधानी से संरक्षित किया जाना चाहिए। मंत्री भगीरीत्मा के समय में बने इस महल से किसी का अहित नहीं करना चाहिए; आंगन, बाहरी और भीतरी भाग, उद्यान, बालकनी और साथ ही पानी की

नाली को पारंपरिक नियमों के अनुसार बनाए रखा जाना चाहिए, इन्हें नए ढांचे के रूप में अलग तरीके से नहीं माना जाना चाहिए। शासन करने वाला राजा उनके रखरखाव और मरम्मत के लिए जिम्मेदार होगा; इस संबंध में सभी नियमों का पालन किया जाना है; यदि उनका पालन नहीं किया जाता है, तो व्यक्ति को पाँच महान अपराधों के लिए दी गई सजा भुगतनी पड़ती है।

तौमधी स्क्वायर में न्यातापोला मंदिर है, जो राजा भूपतिंद्र मल्ल द्वारा बनवाया गया था। पांच मंजिला मंदिर है और शाही जोड़े की व्यक्तिगत देवता तांत्रिक देवी सिद्धि लक्ष्मी का मंदिर है। न्यातपोला की छाया में भैरव से जुड़ा तीन मंजिला मंदिर है जिसे पहले विश्व मल्ल द्वारा बनाया गया था और बाद में जगज्योति मल्ल द्वारा अपने वर्तमान स्वरूप में फिर से बनाया गया था। बेताला मंदिर और एक सुनहरी हिटी भी शामिल है। चौक के पास जगन्नाथ का शिखर मंदिर और लक्ष्मी नरसिंह का छत वाला मंदिर भी स्थापित है। तचपाल टोल में स्थित दत्तात्रेय सुकारे शहर के सबसे पुराने स्मारकों में से एक है।

दत्तात्रेय स्क्वायर में तीन मंजिला शिवालय शैली का दत्तात्रेय मंदिर है, जो गुरु दत्तात्रेय को समर्पित है, जो तीन प्रमुख हिंदू देवताओं का संयुक्त रूप है, (ब्रह्मा निर्माता, विष्णु संरक्षक, और महेश्वर विध्वंसक), के दौरान बनाया गया था। दत्तात्रेय मंदिर के निर्माण की सही तारीख अभी भी अस्पष्ट है। प्रचलित मान्यता के अनुसार इस मंदिर का निर्माण एक पेड़ की लकड़ी के एक टुकड़े से किया गया था। राजा यक्ष मल्ल का शासन काल (1428 ई. - 1482 ई.) और उनकी मृत्यु के बाद ही 1486 ई. के आसपास जनता के लिए खोल दिया गया।

प्रवेश द्वार पर जयपुत पहलवानों (स्थानीय रूप से कुतुवो के रूप में जाना जाता है), जयमाला और पाटा (न्यातापोला मंदिर में), एक “चक्र”, और गरुड़ की एक सोने की धातु की मूर्ति, एक पक्षी जैसी देवत्व की दो बड़ी मूर्तियां हैं। मंदिर के चारों ओर कामुक सजावट वाले लकड़ी के नक्काशीदार पैनल हैं। बाद में 1548 ई. में राजा विश्व मल्ल द्वारा इसकी मरम्मत और जीर्णोद्धार किया गया। दत्तात्रेय स्क्वायर पुजारी मठ का भी घर है जो मल्ल राजाओं का पूर्व महल था और बाद में मंदिर के पुजारियों और तिब्बती व्यापारियों के लिए बसावट के रूप में कार्य करता था। आज पुजारी मठ को

वुडक्राफ्ट और कांस्य संग्रहालय में बदल दिया गया है। पुजारी मठ ज्यादातर अपनी कलात्मक खिड़कियों के लिए प्रसिद्ध है, जिसमें लोकप्रिय म्हायखा झा (लिट। मयूर खिड़की) शामिल है। दत्तात्रेय मंदिर के सामने भीमसेना मंदिर है जो भीम को समर्पित हैः वाणिज्य के नेवाड़ी देवता, जो अक्सर पांडव भाई भीमसेना के साथ भ्रमित होते हैं।

चंगु नारायण मंदिर काठमांडू घाटी में चंगुनारायण गांव के पास घाटी के पूर्वी छोर पर एक पहाड़ी की चोटी पर स्थित है। यह भक्तपुर के उत्तर में 6 किलोमीटर (3.7 मील) और काठमांडू से 22 किलोमीटर (14 मील) दूर है। मंदिर घाटी के सबसे पुराने हिंदू मंदिरों में से एक है और माना जाता है कि इसका निर्माण पहली बार चौथी शताब्दी में किया गया था। चंगु नारायण विष्णु का नाम है, और मंदिर उन्हें समर्पित है। मंदिर के आसपास के क्षेत्र में खोजा गया एक पत्थर का स्लैब 5 वीं शताब्दी का है और यह नेपाल में खोजा गया सबसे पुराना पत्थर का शिलालेख है। पुराने मंदिर को तोड़े जाने के बाद इसका पुनर्निर्माण किया गया था। कई पत्थर की मूर्तियां लिच्छवी काल की हैं। चांगु नारायण मंदिर यूनेस्को द्वारा विश्व धरोहर स्थल के रूप में सूचीबद्ध है। मंदिर एक दो छत वाली संरचना है जहां भगवान विष्णु की मूर्ति नारायण के रूप में उनके अवतार में है। मंदिर में बहु-सशस्त्र तांत्रिक देवताओं को दर्शाने वाली जटिल छतें हैं। गरुड़ (5 वीं शताब्दी तक की तारीख) की एक घुटने टेकने वाली छवि, विष्णु के वाहन या वाहन के गले में एक सांप के साथ मंदिर का सामना करना पड़ता है। सोने का पानी चढ़ा हुआ दरवाजा मंदिर की रखवाली करने वाले पत्थर के शेरों को दर्शाता है। सोने का पानी चढ़ा खिड़कियाँ भी दरवाजे को फहराती हैं। प्रवेश द्वार पर दो खंभों पर विष्णु के प्रतीक शंख और चक्र को उकेरा गया है। गैर हिंदुओं को मंदिर के अंदर जाने की अनुमति नहीं है।

कैलाशनाथ महादेव दुनिया की सबसे ऊंची भगवान शिव की मूर्ति है। इस प्रतिमा की ऊंचाई 143 फीट है और यह नेपाल के काठमांडू से 20 किमी दूर स्थित है। प्रतिमा निर्माण कार्य 2004 में शुरू हुआ था और 2012 में पूरा हुआ था। प्रतिमा का उद्घाटन 21 जून 2012 को हुआ था। यह प्रतिमा ऊंचाई के हिसाब से दुनिया में सभी मूर्तियों की सूची में 32वें स्थान पर है। इसे कॉपर, सीमेंट, जिंक और स्टील से बनाया गया है। इस विशाल संरचना को संभव बनाने के लिए भारत से कई पेशेवर कार्यकर्ता और मूर्ति निर्माता थे।

देवानंद की "हरे रामा हरे कृष्णा" फ़िल्म की अधिकांश सूटिंग भक्तपुर में हुई थी। जिसमें उनकी बहन की भूमिका में ज़ीनत अमान हिप्पियों की संगत में चिलम सुट्टा खीजतीं दिखाई देती है, और देवानंद भक्तपुर दरबार मंदिरों के बीच नायिका मुमताज़ के साथ "काँची रे काँची रे प्रीत मेरी साँची" गाते नज़र आते हैं। वहीं दरबार के बाहर दोपहर के भोजन में पराठे दही का सेवन किया।

काठमांडू

भक्तपुर से वापसी में काठमांडू के प्रसिद्ध स्थानों को देखते हुए आये। भक्तपुर- काठमांडू मार्ग पर नेपाली संसद जिसे संघीय परिषद कहते हैं, के साथ विभिन्न मंत्रालय भवन बने हुए हैं। राजधानी बहुत ही सघन तरीक़े से बस चुकी है। कहीं भी ख़ाली जगह नहीं दिखती।

राजमहल जो कि लोकतांत्रिक व्यवस्था लागू होने के बाद से संग्रहालय बना दिया गया है, उसे देखा। उसके बाद काठमांडू के हनुमान ढोका दरबार देखने गये। मल्ल युगीन वास्तुकला के भवन और मंदिर देखे। वहाँ से स्वयंभू नाथ मंदिर पहुँचे। मंदिर एक पहाड़ी पर स्थित है। स्थान भ्रमण पूर्व वहाँ का इतिहास जानना ज़रूरी है। तब ही हम भ्रमण का आनंद ले सकते हैं।

काठमांडू का प्राचीन इतिहास इसके पारंपरिक मिथकों और किंवदंतियों में वर्णित है। स्वयंभू पुराण के अनुसार, वर्तमान काठमांडू कभी नागदहा नाम की एक विशाल और गहरी झील थी, क्योंकि यह सांपों से भरी हुई थी। बोधिसत्व मंजुश्री ने अपनी तलवार से सरोवर को काट कर वहां से पानी निकाल दिया गया। इसके बाद उन्होंने मंजुपट्टन नामक एक शहर की स्थापना की, और धर्मकार को घाटी की भूमि का शासक बनाया। कुछ समय बाद, एक राक्षस ने निकासी बंद कर दी, घाटी फिर से एक झील में बदल गई। तब भगवान कृष्ण नेपाल आए, राक्षस का वध किया और सुदर्शन चक्र से चोभर पहाड़ी के किनारे को काटकर फिर से पानी निकाला। वह अपने साथ कुछ गोपालों को लाये और भुक्तमन को नेपाल का राजा बनाया। शिव पुराण की कोटिरुद्र संहिता, अध्याय 11, श्लोक 18 इस स्थान को नयापाल शहर के रूप में संदर्भित करता है, जो अपने पशुपति शिवलिंग के लिए प्रसिद्ध था। नेपाल नाम की उत्पत्ति संभवतः इसी शहर नयापाला से हुई है।

काठमांडू शहर दुनिया के सबसे पुराने बसे हुए स्थानों में से एक है। इसकी स्थापना दूसरी शताब्दी ईस्वी में हुई थी। घाटी को ऐतिहासिक रूप से नेपाल मंडला कहा जाता था और यह नेवार लोगों का घर रहा है, जो हिमालय की तलहटी में एक शहरी सभ्यता थी। यह शहर नेपाल साम्राज्य की शाही राजधानी था और नेपाली अभिजात वर्ग के महलों, मकानों और उद्यानों में अतिथियों की मेजबानी करता था। यह 1985 से दक्षिण एशियाई क्षेत्रीय सहयोग संघ (सार्क) का मुख्यालय रहा है। काठमांडू नेपाल के बागमती प्रांत में स्थित नेपाली गणराज्य सरकार की राजधानी है।

काठमांडू कई वर्षों से नेपाल के इतिहास, कला, संस्कृति और अर्थव्यवस्था का केंद्र रहा है। हिंदू और बौद्ध बहुमत के साथ बहु-जातीय आबादी वाला नगर है। धार्मिक और सांस्कृतिक उत्सव काठमांडू में रहने वाले लोगों के जीवन का एक प्रमुख हिस्सा हैं। पर्यटन अर्थव्यवस्था का एक महत्वपूर्ण हिस्सा है। 2013 में, काठमांडू को दुनिया के शीर्ष दस पर्यटन स्थलों में तीसरा स्थान दिया गया था, और एशिया में पहले स्थान पर था। शहर को नेपाली हिमालय का प्रवेश द्वार माना जाता है। यह कई विश्व धरोहर स्थलों का घर है: जिनमें दरबार स्क्वायर, स्वयंभूनाथ, बौधनाथ और पशुपतिनाथ प्रमुख हैं। 2010 में विश्व बैंक के अनुसार काठमांडू घाटी प्रति वर्ष 4 प्रतिशत की दर से फैल रही है, जिससे यह दक्षिण एशिया में सबसे तेजी से बढ़ते महानगरीय क्षेत्रों में से एक बन गया है। नेपाल में पहला क्षेत्र है जो तेजी से शहरीकरण और आधुनिकीकरण की अभूतपूर्व चुनौतियों का सामना कर रहा है।

भूगर्भीय प्लेटों के खिसकने से हिमालयी बसावटों में भूकम्प आते रहते हैं। एक बहुत बड़ा भूकम्प 1934 में आया था। काठमांडू और भक्तपुर के हेरिटेज भवनों को भारी नुक़सान हुआ था। फिर अप्रैल 2015 में 7.8 रीऐक्टर से आए भूकंप ने काठमांडू के ऐतिहासिक क्षेत्र बुरी तरह क्षतिग्रस्त कर दिए थे। कुछ इमारतों को बहाल कर दिया गया है जबकि कुछ पुनर्निर्माण की प्रक्रिया में हैं। जिन्हें हमने आज के भ्रमण में देखा।

काठमांडू के लिए स्वदेशी नेपाल भासा शब्द येन है। नेपाली नाम काठमांडू काठमंडपम से आया है, जो दरबार स्क्वायर में खड़ा था। संस्कृत में काष्ठ का अर्थ है लकड़ी और मण्डपम का अर्थ है मंडप। यह सार्वजनिक

मंडप है जिसे नेवाड़ी में मारू सत्ता के नाम से भी जाना जाता है। इसका पुनर्निर्माण 1596 में राजा लक्ष्मी नरसिंह मल्ल के काल में बिसेठ द्वारा किया गया था। तीन मंजिला संरचना पूरी तरह से लकड़ी से बनी थी और इसमें न तो लोहे की कीलों का इस्तेमाल किया गया है और न ही किसी अन्य सहारे का। किंवदंतियों के अनुसार, शिवालय के निर्माण के लिए उपयोग की जाने वाली सभी लकड़ी एक ही पेड़ से प्राप्त की गई थी। अप्रैल 2015 में एक बड़े भूकंप के दौरान वह संरचना ढह गई। अभी सहारा देकर खड़ी की जा रही रही है। कई लकड़ी के खम्भे और मियारें बदली जा रही हैं।

प्राचीन पांडुलिपियों के कॉलोफ़ोन, काठमांडू को नेपाल मंडल में काठमांडप महानगर के रूप में संदर्भित करते हैं। बौद्ध लामा आज भी इसका पाठ काठमनाप करते हैं। इस प्रकार, काठमांडू को काठमांडप के नाम से भी जाना जाता है। मध्ययुगीन काल के दौरान, शहर को कभी-कभी कांतिपुर कहा जाता था। यह नाम संस्कृत के दो शब्दों - कांति और पुर से मिलकर बना है। कांति एक ऐसा शब्द है जो सौंदर्य के अर्थ में प्रयुक्त होता है। सौंदर्य ज्यादातर प्रकाश से जुड़ा है और पुर का अर्थ है स्थान, इस प्रकार इसका अर्थ प्रकाश का शहर है।

स्वदेशी नेवार लोगों में, काठमांडू को ये डे (नेवारः यें दि) के नाम से जाना जाता है, और पाटन और भक्तपुर को क्रमशः याला डे (नेवारः कील दे) और ख्वापा डे (नेवारः ख्वाप द्) के नाम से जाना जाता है। "येन" यंबू (नेवारः यम्बु) का छोटा रूप है, जो मूल रूप से काठमांडू के उत्तरी भाग को संदर्भित करता है। पुरानी उत्तरी बस्तियों को यांबी कहा जाता था जबकि दक्षिणी बस्ती को यांगला के नाम से जाना जाता था। वर्तनी काटमांडू का प्रयोग अक्सर पुराने अंग्रेजी भाषा के पाठ में किया जाता था। हाल ही में, हालांकि, अंग्रेजी में "काठमांडू" वर्तनी अधिक सामान्य हो गई है।

काठमांडू के कुछ हिस्सों में पुरातात्विक खुदाई में प्राचीन सभ्यताओं के प्रमाण मिले हैं। मालीगांव में पाई गई सबसे पुरानी एक मूर्ति 185 ईस्वी सन् की थी। ढांडो चैत्य की खुदाई में ब्राह्मी लिपि में एक शिलालेख के साथ एक ईंट का पता चला है। पुरातत्वविदों का मानना है कि यह दो हजार साल पुराना है। पाषाण शिलालेख नेपाल के इतिहास के प्रमुख स्रोत हैं।

काठमांडू का सबसे पहला पश्चिमी संदर्भ पुर्तगाली जेसुइट के एक उल्लेख में प्रकट होता है। जोआओ कैब्राल जो 1628 के वसंत में काठमांडू घाटी से गुजरे थे और उस समय के राजा, शायद काठमांडू के राजा लक्ष्मीनरसिंह मल्ल द्वारा तिब्बत से भारत के रास्ते में उनका स्वागत किया गया था। उन्होंने बताया कि वे नेपाल साम्राज्य की राजधानी कैडमेन्डु पहुंचे।

मध्ययुगीन लिच्छवी शासकों से पहले की अवधि के बहुत कम ऐतिहासिक अभिलेख मौजूद हैं। नेपाली राजशाही की वंशावली गोपालराज वंशावली के अनुसार, लिच्छवियों से पहले काठमांडू घाटी के शासक गोपाल, महिपाल, आभीर, किरात और सोमवंशी थे। किरात वंश की स्थापना यलम्बर ने की थी। किरात युग के दौरान, पुराने काठमांडू के उत्तरी भाग में यंबू नामक एक बस्ती मौजूद थी। कुछ चीनी-तिब्बती भाषाओं में, काठमांडू को अभी भी यंबू कहा जाता है। येंगल नामक एक और छोटी बस्ती मंजुपट्टन के पास पुराने काठमांडू के दक्षिणी हिस्से में मौजूद थी। सातवें किरात शासक, जितेदास्ती के शासनकाल के दौरान, बौद्ध भिक्षुओं ने काठमांडू घाटी में प्रवेश किया और सांखू में एक वन मठ की स्थापना की।

1950 के दशक में काठमांडू और इसके आसपास के अन्य शहरों जैसे पाटन में जनसंख्या में बड़ी वृद्धि देखी गई। हालांकि, भक्तपुर राजधानी से बहुत दूर था और काठमांडू घाटी के अन्य शहरों में हुए विकास से बचा हुआ था। भक्तपुर भी केंद्रीय शक्तियों द्वारा बहुत अलग-थलग और उपेक्षित था। जब एक नया राजमार्ग बनाया गया, तो यह शहर को पूरी तरह से बायपास करता था और इसके बजाय बाहरी इलाके से होकर गुजरता था। 1962 में भक्तपुर का हवाई दृश्य देखने पर दूर दाईं ओर न्यातापोला मंदिर और पृष्ठभूमि में लंगटांग पहाड़ दिखता था। पहाड़ टूटने और बारिश से सघन हरियाली ने उनको ढँक दिया है।

***

18 जून 2022 को सुबह सात बजे काठमांडू से पोखरा जाने हेतु बस में सवार हुए। बस स्थानक पर भारत में सात रुपयों में मिलने वाली चाय तीस रुपयों में ख़रीद कर पी। एक आरामदायक सोफ़ानुमा सीट वाली बस में सबसे पीछे की सीट मिली। पोखरा नेपाल के पश्चिमांचल विकास क्षेत्र जिसकी

सीमा उत्तराखंड से मिलती है, का एक पर्यटन नगर है। यह गण्डकी अंचल के कास्की जिला के पोखरा घाटी मैं स्थित है। पोखरा नेपाल का दूसरा बडा शहर है। पोखरा नेपाल के पश्चिमांचल विकास क्षेत्र, गण्डकी अंचल और कास्की जिला का सदरमुकाम है।

नेपाल का पृथ्वी राजमार्ग राजधानी काठमाण्डौ, भरतपुर और देश के पूर्वी क्षेत्र से पोखरा को जोडता है। सिदार्थ राजमार्ग भैरहवा के सिमा से बुटवल होते हुए पोखरा को जोडता है। पोखरा-बाग्लुंग-बेनी सडक पोखरा को उत्तर पश्चिम के मुक्तिनाथ, मुस्तांग से जोडती है। शहरी यातायात सहज है। टैक्सी कहीं भी मिल सकती है। पोखरा मैं एक अंतर्देशीय विमानस्थल है। इस विमानस्थल को अन्तराष्ट्रीय बनाने का प्रयास हो रहा है। अभी यहाँ से काठमाण्डौ, भरतपुर व जोमसोम तक की उडान उपलब्ध है। पोखरा से दिल्ली तक सीधी बस सेवा भी उपलब्ध है। आप नेपाल में हैं तो गांधी मार्ग, नेहरू चौक, शास्त्री नगर, इंदिरा मार्केट जैसे शब्दों जिनसे कुछ लोगों की चिढ़ होती है, उनसे मुक्त हैं। बस को चले एक घंटा होने को आया है परंतु आप अभी काठमांडू से बाहर नहीं निकले हैं। जब आप बस्ती पीछे छोड़ेंगे तब हिमालय के पहाड़ों से बातें कर रहे होंगे। नेपाल में रेल नहीं होने से सड़क यातायात एकमात्र आवागमन का साधन है तो ट्राफ़िक की कल्पना की जा सकती है। हम एक पहाड़ की चढ़ाई से गुज़र रहे हैं। सोचा अब काठमांडू से बाहर निकल जाएँगे। लेकिन यह क्या, पहाड़ पार करते ही फिर मकानों की क़तार शुरू हो गई। समतल ज़मीन नहीं होने से सभी मकान चार मंज़िला हैं। भूकम्प संवेदी क्षेत्र होने से अधिक ऊँचे मकान बना नहीं सकते। पहाड़ों को ही कटना मिटना होगा। पहली बस्ती चंद्रागिरी आई। थोड़ी देर में पता चला कि आगे एक घाटी में पूरी बस्ती आबाद है। जैसे-जैसे आबादी का दबाव बढ़ता जाएगा घाटियाँ और पहाड़ियाँ आबाद होती जायेंगी।

आपने अक्सर नेपालियों के उदास कठोर चेहरों को देखा होगा। उनकी लम्बाई ज़्यादा नहीं होती है। पहाड़ों पर चढ़ने-उतरने से शरीर के पिछले तरफ़ मोटापा नहीं होकर सपाट होता है। वे अपने इलाक़े का प्रतिबिम्ब होते हैं। पहाड़ी लोग चेहरे पर एक अजीब सी उदासी लिए होते हैं वहीं सागरों के नज़दीकी लोग लहरों सी चंचलता से आँखें मटकाते रहते हैं। पहाड़ों पर उदासी का आलम होता है परंतु यहाँ के पहाड़ सदाबहार हैं। यहाँ पर्णपाती वन नहीं होते। बारिश और समुद्रतल से ऊँचाई के कारण हमेशा पेड़ों की

मखमली चादर से ढँके पहाड़ों पर बादलों के सफ़ेद टुकड़े और आती जाती धुँध उदासी को निराशा में नहीं बदलने देती। ढाबे या रास्तों के होटल को खाजा घर लिखते हैं। एक खाजा घर पर बस रुकी। चना मसाला प्याज़ नीबू के साथ पिछत्तर रुपए में लिया। बस चलने लगी तो चना ज़ोर गरम बस में ही खाया।

एक घंटे बाद बस ड्राइवर ने त्रिशूली नदी के किनारे एक खाजा घर पर पच्चीस मिनट का लंच स्टॉप दिया। नदी किनारे पराठा और टमाटर चटनी का भोजन ग्रहण करते नदी की प्रकृति को निहारते रहे। सामने ही नदी एक भँवर बना रही थी। पानी की तरह आदमी को भी थोड़ी सी अधिक जगह मिले तो वह भी पसरने लगता है। वहीं दिल का भँवर बनता है। दिल का भँवर करे पुकार-प्यार का राग सुनो। जीवन के तेज बहाव में जो कचरा इकट्ठा होता है वह पीछा नहीं छोड़कर वहीं घूमता है। आदमी भी घूमने लगता है। भँवर से निकलने के लिए हिकमत और हिम्मत दरकार होती है। अन्यथा जीवन का भँवर आदमी को शराब की प्यालियों के साथ ग़म के सागर में डुबो देता है।

एक बड़ी बस्ती चरौंदी आई। उसके बाद एक लम्बा दर्रा शुरू हुआ है, जिसमें भू-खलन होने से बस चींटी की तरह रेंगती रही। दाहिनी तरह त्रिशूली नदी संकरे पहाड़ी दर्रे से चिपकी सड़क के साथ चलती रही। नदी के भूरे से पानी और ऊँची पहाड़ी हरियाली के बीच चींटी की तरह रेंगते रहे। एक छोटी बस्ती मुग्लिंग के बाद सड़क के बाएँ तरफ़ से एक नदी साथ चलने लगी। दाहिनी तरफ़ वाली नदी का साथ छूट गया। ज़िंदगी में आदमियों का साथ भले ही छूट जाए पर पहाड़ों में झरनों और नदियों का साथ नहीं छूटता। वे घूमफिर कर कहीं न कहीं मिल जाते हैं। आपको अकेला नहीं छोड़ते। समतल ज़मीन पर पहुँचा कर आगे निकल जाते हैं। थोड़ी बड़ी बस्तियाँ आंबुखैरेनी, तनहुँ, दामौली के बाद दोनों नदियों का संगम हो गया। वे फिर पश्चिम की तरफ़ चल पड़ीं। वहाँ गंडक नदी उनका रास्ता देख रही है। बारिश के दिनों में तीनों मिलकर बिहार की तराई में तबाही मचा कर गंगा में मिलेंगी और गंगा भारतीय संस्कृति की तरह सबको समाहित करके बंगाल की खाड़ी में आश्रय पायेगी।

पोखरा

पोखरा शहर नेपाल के सबसे लोकप्रिय पर्यटन स्थलों में से एक है। यह काठमांडू के बाद नेपाल का दूसरा सबसे बड़ा शहर है। यह अन्नपूर्णा पर्वत शृंखला में स्थित है। यह एवरेस्ट ट्रैकिंग बेस कैंप सहित कई बाहरी गतिविधियों का केंद्र है। यहाँ अन्नपूर्णा सर्किट ट्रैक होने के कारण ट्रैकरों की भारी भीड़ रहती है। ऊँची पहाड़ी चोटियाँ, झील व नदी इस शहर के सौंदर्य में इज़ाफा करते हैं। आप इस शहर की साहसिक यात्रा कर सकते हैं और आसान दर्शनीय स्थलों की यात्रा का भी आनंद ले सकते हैं। काठमांडू के बाद सर्वाधिक लोग इस जगह की यात्रा करते हैं। पोखरा के सुंदर दृश्य, पहाड़ों पर सूर्य और चंद्रमा की लाल, पीली, सुनहरी और धवल छाया, प्राचीन झील के किनारे राहत की साँस सुप्त जीवन को जगाने में उपयोगी सिद्ध हो सकते है।

आप पोखरा शहर में अन्नपूर्णा पर्वत की तलहटी में छुट्टी बिता सकते हैं। शहर और उसके आसपास चलने और ट्रेकिंग परीक्षणों का आनंद ले सकते हैं, पर्वतारोहण भी कर सकते हैं। पोखरा शहर की गलियों और बाजारों में खरीदारी कर सकते हैं। पेड़ों के साये में शहर के परिदृश्य का शानदार नजारा देख सकते हैं। शहर की सड़कों पर भोजनालय, क्लब और बार कई स्थान पर खुले मिलते हैं। जहां आप भोजन के साथ मनोरंजक गतिविधियों का आनंद ले सकते हैं। पोखरा अतुलनीय नज़ारों का भंडार है जो साल भर पर्यटकों को आकर्षित करता है। यहाँ आकर अविस्मरणीय सफर की नींव रखी जा सकती है।

हमारी बस शाम को चार बजे पोखरा पहुँच गई। जवाहर जी ने होटल आयस्लेंड में कमरा बुक कर रखा था। कमरे में पहुँच एक कप गरम चाय पीकर अपना एनर्जी स्विच ऑन किया। नहा धोकर दिन भर की थकान उतारी। तैयार होकर पैदल ही फेवा झील किनारे घूमने निकल गये। अधिक दूर नहीं थी। दस मिनट में फेवा झील पहुँच गये। नौकायन का आनंद लिया।

यह नेपाल की दूसरी सबसे बड़ी झील है। इसकी खास बात यह है कि इसके पारदर्शी जल में अन्नपूर्णा व धौलागिरी पर्वत शृंख्लाओं का प्रतिबिंब साफ झलकता है। लेकिन बादल और बारिश की संगत से प्रतिबिम्ब का कोई पता नहीं था। हाँ आस-पास के पहाड़ी पेड़-पौधे स्वच्छ जल में लहराते दिखे जिससे झील का पानी हरा नज़र आ रहा था। नज़ारा इतना अद्भुत कि आप

बिना पलक झपकाए घंटों तक बस इस झील के पानी को देख सकते है। आपको किसी साथी की भी ज़रूरत महसूस नहीं होगी। यहाँ बैठकर दुनिया के सबसे मनोरम सूर्यास्त के आप गवाह बन सकते थे परंतु बारिश की रिमझिम में सूर्य भगवान भी छिपे रहे। गंगा आरती की तरह यहाँ भी शाम को झील किनारे देवी आरती होने लगी है।

झील में नौकायन हेतु भावताव की प्रक्रिया में आधा घंटा निकला लेकिन छै सौ रुपया में जाने वाली नौका तीन अन्य सैलानियों के साथ साझा करने से तीन सौ में सौदा तय हुआ। नौका से वराही मंदिर द्वीप पर गये। इसके अन्य नाम है - झील मंदिर व वराही मंदिर। यह मंदिर वराही देवी को संमर्पित है जिन्हें माँ दुर्गा का ही रूप माना जाता है। यहाँ दो मंज़िला पगोड़ा भी है। इस द्वीप की मान्यता हिन्दूओं व बौद्धिष्टों दोनों के बीच एक समान है। यह मंदिर अराधना का केन्द्र है। इसकी मुख्य मूर्ति पारंपरिकता की झलक बिखेरती है जो लकड़ी, ईंट व पत्थर से बनी है। यह मान्यता है कि माँ दुर्गा ने वराही का अवतार राक्षसों को मारने के लिए धारण किया था। यह मंदिर शक्ति का प्रतीक है। मंदिर की परिक्रमा करके नौकायन सम्पन्न हुआ। नौकायन के बाद झील के किनारे ही घूमते रहे। अंत में एक अच्छे से दिखते रेस्टोरेंट में भोजन करके होटल में आराम किया।

***

19 जून 2022 की सुबह होटल के कॉम्प्लिमेंटरी ब्रेकफ़ास्ट का शुरुआती अनुभव अच्छा नहीं रहा। मेन्यू देखकर सोचा आधा पराठा चना सब्ज़ी से और दो ब्राउन ब्रेड अण्डा के साथ लेंगे। बासा पराठा तेल में तलकर रखा था। एक टुकड़ा खाकर रख दिया। ब्रेड की तरफ़ रुख़ किया। ब्रेड-ऑम्लेट से काम हो गया। शाकाहारी मेहमान चिड़चिड़ाहट से भरे शिकायत अधिक कर रहे थे, खा कम रहे थे। उन्होंने मैनेजर को बुला कर ताज़ा पराठा बनवाया। फिर किचन से बुलाई ताजी चाय से हिसाब बराबर किया। भारतीय होटल में जो पेशेवराना अन्दाज़ होता है वह नेपाल में नदारत है। जो स्थिति भारत के होटलों में 1980 के दशक में होती थी, लगभग वही स्थिति नेपाल में अभी है। होटल मैनज्मेंट की पढ़ाई वहाँ नहीं होती और बेरोज़गारी अधिक होने से सस्ता अकुशल श्रम उपलब्ध है। इसलिए कर्मचारियों में पेशेवराना कौशल की उम्मीद बेमानी है।

सारंगकोट

जवाहर जी ने सौदेबाज़ी कुशलता से सारंगकोट जाने के लिए एक आल्टो कार टैक्सी किराये पर ली। जिसका ड्राइवर दीपक बातूनी है। फेवा झील की कहानी सुनाने लगा। हमने बातों को बदलने के हिसाब से उसकी आल्टो का ज़िक्र छेड़ दिया। भारत में महंगाई का रोना रोने वालों को एक ख़ुशख़बरी है। जो आल्टो भारत में पाँच लाख में ख़रीदी जा सकती है वह नेपाल में पच्चीस लाख में मिलती है। क्या कहा? हिसाब बताएँ! भारत में पाँच लाख में कार ख़रीदी, नेपाली मुद्रा में (5x1.60) आठ लाख में पड़ी, उस पर नेपाल की तीन सौ प्रतिशत कस्टम ड्यूटी लगी, हो गई न चौबीस लाख, उसे नेपाल में लाने का खर्च, बीमा, रोड टैक्स एक लाख। इस तरह पच्चीस लाख की कार 180.00 रुपए प्रति लीटर पेट्रोल पर चलाएँगे तो टैक्सी के किराए के पशुपतिनाथ मलिक हैं। सारंगकोट सबसे खूबसूरत स्पॉट है। यह एक बहुत ऊँची पहाड़ी पर स्थित है जहाँ से चारों तरफ़ हिमालय के अन्नपूर्णा रेंज के पहाड़ दिखते हैं। जिनके बीच में फेवा झील भी झिलमिलाती है। आजकल झील से सारंगकोट केबल कार चलने लगी है। जिसमें बैठकर आप हवा से बातें कर सकते हैं। डर लगे तो गाना भी शुरू कर देते हैं। अधिक डर से पेट में गुड़गुड़ाहट होने लगे तो ऊपर पहुँचने तक इंतज़ार करना होगा। वहाँ सब व्यवस्था है।

हमने चढ़ना शुरू किया। सीढ़ियों पर मुर्गी के चूज़े सामने आ गये। जिनकी मासूमियत देखकर लगा कि इन कठिन पहाड़ों में इनको भी चढ़ने में मुश्किल होती होगी। हम तो दस कदम चढ़कर हाँफने लगे लेकिन वे चूज़े दो-दो सीढ़ी उचक कर हमें चिढ़ाते हुए ऊपर पहुँच कर मुस्कुरा रहे थे। लौटते में इन चूज़ों के मलिक विनोद मिल गये। उन्होंने अन्नपूर्णा शिखर के दर्शन भी कराए और ठंडा पानी भी पिलाया। उन्होंने बताया बाज़ार में एक देशी मुर्ग़ की क़ीमत 3,000/- रुपए है। जो विदेशियों की पहली माँग होने से कमाई का मुफ़ीद साधन है। गाँव में लगभग हर घर देशी मुर्ग़ और बकरे पालता है। हिंदुओं के शाक्त सम्प्रदाय होने के कारण अधिकांश नेपाली माँसाहारी हैं। भोजन में मांस सेवन रोज़ की बात है।

अन्नपूर्णा पर्वत शृंखला हिमालय ट्रैक का सबसे मशहूर स्थान है जो ट्रैकर व पर्वतारोहियों का मुख्य केंद्र है। पर्वत की ऊँचाई छूने के एक अनोखा-सा अनुभव होता है। उसी अनुभव को पर्यटक यहाँ जीने आते है।

कठिन चढ़ाई आपको उस जगह पहुँचा देगी जहाँ से आप पूरे शहर व उसके आस-पास के संपूर्ण दृश्यों को अपनी आँखों में भर सकते हैं। अपने साथ कैमरा या अच्छा मोबाईल लेकर जाए ताकि अधिक-से-अधिक तस्वीरों को बटोरकर अपने साथ ले जा सकें।

सारंगकोट पर्वत पर अद्भुत दृश्यों के लिए प्रसिद्ध है। यह समुद्र तल से 1600 मीटर की ऊँचाई पर बसा एक हरियाली युक्त स्थान है। पैराग्लाइडिंग का मुख्य केंद्र भी है। यहाँ से ऊगते और ढलते सूरज को देखना मतलब एक यादगार दृश्य को आँखों में समाना। यहाँ से अन्नपूर्णा, धौलागिरी, मनस्लू व पोखरा की घाटी का मनोरम दृश्य दिखता है। अलग-अलग ऐंगल से आप तस्वीरें खींच सकते हैं। आप यहाँ शाम को टहल सकते है। चहलक़दमी के दौरान चिड़ियों की चहचहाट आपका हृदय जीत लेगी।

गोरखा म्यूजिय़म

पहाड़ से नीचे उतरकर एक जगह लंच लिया। उसके बाद पोखरा के महेंद्र पुल पर स्थित गोरखा म्यूज़ियम देखने गये। पोखरा दर्शनीय स्थल के इस हिस्से में आकर आप गौरवान्वित महसूस करेंगे। यह संग्राहलय गोरखा सिपाहियों को समर्पित है जिन्होंने अपने अदम्य साहस से देशवासियों को हमेशा गर्व महसूस करवाया है। मौका आने पर इन्होंने देश को अपनी सेवा से कृतज्ञ किया है। यहाँ आकर आप गोरखा सिपाहियों के जीवन के बारे में जान सकेंगे कि कैसे उन्होंने मुश्किल से मुश्किल परिस्थिति से देश को दुश्मनों से बचाया है? आप यहाँ आकर बखूबी समझ पाऐंगे। तस्वीरों के ज़रिए आप इनके जीवन की तह तक पहुँच पाऐंगे। इससे अच्छा मौका आपको और कहीं नहीं मिलेगा कि आप उनके जीवन शौर्य से कुछ पल के लिए जुड़ें।

मिथक के अनुसार गोरखनाथ नाम के एक संत पहली बार नेपाल में प्रकट हुए थे। उनके 'पदचिह्न' और एक मूर्ति के साथ एक गुफा बनी हुई है जिस स्थान पर ऋषि गोरखनाथ प्रकट हुए थे, उस स्थान पर नगर की स्थापना होने के कारण स्थान का नाम गोरखा पड़ा।

महाराजा पृथ्वी नारायण शाह ने खंडित नेपाल के राज्यों को एकसूत्र में पिरोने के लिए 1744 में पहली गोरखा सेना का गठन किया था। गोरखा युद्ध के दौरान गोरखाओं द्वारा प्रदर्शित यौद्धा गुणों से प्रभावित होकर, सर

डेविड ओक्टरलोनी ने ब्रिटिश भारतीय सेना में गोरखाओं को अनियमित बलों के रूप में लेना शुरू किया। 24 अप्रैल 1815 को, गोरखा रेजिमेंट की पहली बटालियन को नासिरी रेजिमेंट के रूप में स्थापित किया गया था। यह रेजिमेंट बाद में किंग जॉर्ज की पहली शाही गोरखा राइफल्स बन गई।

गोरखा पूरे भारतीय उपमहाद्वीप में ब्रिटिश ईस्ट इंडिया कंपनी के विस्तार में सहायक रहे। गोरखाओं ने गोरखा-सिख युद्ध, प्रथम और द्वितीय आंग्ल-सिख युद्ध, अफगान युद्ध और 1857 के भारतीय विद्रोह को दबाने में साहसिक प्रदर्शन किया था। इन वर्षों के दौरान, अंग्रेजों ने गोरखाओं की भर्ती जारी रखकर गोरखाओं की संख्या में वृद्धि की। गोरखा रेजीमेंटों ने दोनों विश्व युद्धों के दौरान राष्ट्रमंडल सेनाओं के हिस्से के रूप में एक प्रमुख भूमिका निभाई, और व्यापक युद्ध सम्मान अर्जित किया। नेपाली खुकरी चलाने वाले गोरखाओं को सम्मान दिया।

भारत की स्वतंत्रता के बाद, भारत, नेपाल और ग्रेट ब्रिटेन ने गोरखा सैनिकों के बँटवारे हेतु ब्रिटेन-भारत-नेपाल त्रिपक्षीय समझौते पर हस्ताक्षर किए। ब्रिटिश भारतीय सेना में 10 गोरखा रेजिमेंटों में से छह को भारतीय सेना में स्थानांतरित करने के लिए रखने लिए प्रावधान किया गया था। चार नेपाल ने रखीं थीं। 2020 तक, भारत में 7 गोरखा रेजिमेंटों में सेवा देने वाली 39 गोरखा बटालियन हैं। भारतीय फ़ौज में जनरल मानेकशॉ इसी रेजिमेंट के चीफ़ थे। जिन्होंने एक पत्रकार के प्रश्न, कि क्या फ़ौजी को मौत से डर नहीं लगता है, के जवाब में कहा था कि "यदि फ़ौजी को मौत से डर नहीं लग रहा तो या तो वह गोरखा है या फ़ौजी झूठ बोल रहा है।"

बौद्ध पेगोडा

हमारी टैक्सी अनाडू पर्वत पर एक खाजा घर के सामने रुकी। उसकी मलाकिन हुमक कर आई और बोली- पहले इधर आइए-फिर ऊपर जाइए। हमने कहा- पहले ऊपर जाएँगे-फिर लौट कर खायेंगे। फिर न उसने बुलाया और ना हम गये।

एक ऊँची पहाड़ी पर स्थित बौद्ध पेगोडा को शांति स्तूप या पीस पगोड़ा के नाम से भी जाना जाता है। यह अनाडू पर्वत पर काफ़ी ऊँचाई पर स्थित है। लेकिन हिम्मत करके चढ़ गये। क़रीब पाँच सौ सीढ़ियाँ चढ़कर आधा

घंटे में ऊपर पहुँचे। जहाँ से फेवा झील को देख प्रफुल्लित हुए। इस पर्वत से चारों तरफ़ पोखरा की बसावट नज़र आती है। हर तरफ पहाड़-ही-पहाड़ के बीच बसा यह स्तूप अपने नाम के अनुकूल शांति का एहसास करवाता है। पेगोडा परिसर में आर्य मौन व्रत का पालन करवाया जाता है। बात करने पर पेगोडा सेवक चुप रहने की मौन हिदायत देते रहते हैं। हमने सोचा, विपसना ध्यान के लिए इससे उत्तम स्थान नहीं मिलेगा। जवाहर जी और हमने बीस मिनट का ध्यान किया। उसके बाद नीचे उतरे। पोखरा दर्शनीय स्थल में यह बहुत प्रसिद्ध है। यहाँ आकर इस शोभित स्थान को छोड़ देना आपकी बहुत बड़ी भूल होगी।

मांउनटेन म्यूज़ियम

पेगोड़ा से उतरकर इंटरनेशनल मांउनटेन म्यूज़ियम देखने पहुँचे जो नेपाल के पुरातत्व विभाग की देखरेख में संचालित है। यह संग्रहालय मुख्य रूप से पर्वतारोहण के क्षेत्र में हासिल की कई उपलब्धियों को प्रदर्शित करने के लिए बनाया गया है।

वहाँ पहुँचने पर पता चला कि संग्रहालय का उद्घाटन 5 फरवरी 2004 को हुआ था। हर साल 100,000 से अधिक घरेलू और अंतर्राष्ट्रीय पर्यटक इंटरनेशनल माउंटेन म्यूजियम (IMM) देखने आते हैं। IMM दुनिया भर में पहाड़ और पर्वतारोहण से संबंधित महत्वपूर्ण रिकॉर्ड, दस्तावेज और प्रदर्शित करता है। कोविड-19 महामारी के कारण, संग्रहालय मार्च 2020 में बंद हो गया था। नवंबर 2020 में फिर से खुला है। संग्रहालय में तीन मुख्य प्रदर्शनी हॉल हैं। हॉल ऑफ ग्रेट हिमालय, हॉल ऑफ फेम और हॉल ऑफ वर्ल्ड माउंटेन। नेपाली लोगों की पारंपरिक संस्कृति और मूल्यों का प्रतिनिधित्व करती पर्वतीय लोगों की संस्कृति और जीवन शैली, प्रसिद्ध चोटियों, प्रसिद्ध पर्वतारोहियों के वर्णन, भूविज्ञान सहित वनस्पतियों और जीवों की प्रदर्शनी हैं। यति के बारे में भी एक प्रदर्शनी है, जो नेपाल की जनजातियों को समर्पित है। माउंट मानसलू की 31 फुट की प्रतिकृति भी दर्शनीय है।

संग्रहालय में अनोखी कलाकृतियों, वास्तविक उपकरण, पर्वतों से जुड़ी अनसुनी कहानियाँ व तस्वीरें और कुछ ऐसे यात्रियों की तस्वीरें जो सबसे ऊँची पर्वत शृंख्ला तक पहुँच चुके हैं, सबकुछ शामिल है। संग्राहलय आपको

हिमालयी क्षेत्र में रहने वाले लोगों के साथ 14 सबसे मशहूर व ऊँची चोटियों से परिचित करवाता है।

डेविस फॉल

संग्रहालय से निकल कर डेविस फॉल झरने की तरफ़ रुख़ किया, जिसकी खास बात यह है कि ये ज़मीन के नीचे 500 मीटर लंबी सुरंग में है। इसके आस-पास का इलाका घने वृक्षों से घिरा हुआ है। यह अन्य सभी वॉटरफॉल से अलग है। पोखरा आकर प्राकृतिक नज़ारों से लबालब यह जगह देखना बेहद अलहदा अनुभव है। पोखरा में पर्यटन स्थल की कमी नहीं है पर इस जगह जाना मतलब प्रकृति को खुद में समा लेना। यह झील गुप्तेश्वर महादेव नामक गुफा से होकर गुज़रती है।

अगर आप अपने रोमांच को चरम-सीमा पर पहुँचाना चाहते हैं, तो यह जगह खास आपके लिए है। जैसा कि आप नाम से समझ गए होंगे कि यह एक ऐसी गुफा है जहाँ आपको हज़ारों की तादाद में चमगादड़ दिखेंगे। अँधेरी गुफा में हर तरफ उल्टे लटके चमगादड़, सोचिए कितना रोमांचक होगा! पतली गुफाओं से होकर गुज़रते हुए आप इस गुफा को अपनी पोखरा यात्रा का हिस्सा बना सकते है।

नज़दीक में उन हज़ारों तिब्बती लोगों के लिए शरणार्थी शिविर बनाए गए थे जो 1959 में तिब्बत पर चीन का कब्ज़ा होने के बाद नेपाल भाग आए थे। यहाँ तिब्बती लोग हाथ से बने गहनें, हल्की वस्तुऐं, कारपेट, कलाकृति बेचते है। तिब्बत की पारंपरिकता इन वस्तुओं में साफ दिखाई पड़ती है। यही वस्तुएँ यहाँ का मुख्य आकर्षण है जिन्हें पर्यटक स्मृति के तौर पर अपने साथ ले जाते है।

✱✱✱

20 जून 2022 को पहले पोखरा से लुम्बिनी के लिए बस या टैक्सी से जाना तय था लेकिन रास्ते में भूश्रखलन होने से बुद्धा एयरवेज से पोखरा से भैरहवा के लिए हवाई जहाज़ टिकट बुक करानी पड़ीं। अब बस में धक्के खाने की जगह हवाई जहाज़ से उड़कर लुम्बिनी पहुँचना होगा। एक फ़ायदा यह होगा कि समय बचेगा, और नुक़सान यह होगा कि रास्ते के हिमालय

सौंदर्य का रसपान नहीं कर पायेंगे। हिमालय का वह हिस्सा हमारी आँखों से औझल रह गया।

सुबह नाश्ते में ब्रेड-दूध और ग्रीन विजिटेबल का सेवन किया। होटल ने हवाई अड्डा के लिए टैक्सी उपलब्ध कराई। समय पर विमानतल पहुँच गए। वहाँ बीस-पच्चीस लोगों के बैठने हेतु कुर्सियाँ थीं। सभी भरी थीं। बाहर आकर ज़मीन पर बैठ इंतज़ार करने लगे। हवाई अड्डा इतना छोटा है कि उस जैसे बीस हवाई अड्डा मिलकर भी नई दिल्ली स्टेशन के बराबर नहीं हो सकते हैं। हवाई अड्डा का हाल 80 फुट लम्बा और 60 फुट चौड़ा है, यानि निवासी कालोनियों के 2400 वर्ग फुट के दो प्लॉट के बराबर। प्रस्थान क्षेत्र ज़रूर थोड़ा बड़ा है। किसी सफ़ाई की आशा करना बेकार है। आगमन-प्रस्थान व्यवस्था चाकचौबंद नहीं अपितु राम भरोसे है। हैंड बैगेज की सुरक्षा जाँच ठीक से नहीं होती। प्रहरी और कर्मचारी सभी लापरवाह हैं। इसीलिए शायद आतंकवादियों ने 2001 में काठमांडू-दिल्ली फ़्लाइट को अगवा करके अमृतसर होते हुए कंधार ले गए थे। विमान 64 सीट वाला छोटा सा था। उसमें एक भी सीट रिक्त नहीं थी। एयरकंडिशन में जान नहीं थी। विमान में बैठे नीचे के इलाक़ों के बारे में सोचते रहे।

नेपाल-भारतीय सीमा पर पूर्व से पश्चिम गोरखपुर, बस्ती, गोंडा, बरेली और लखनऊ ज़िलों की सीमा लगती है। नेपाल से घाघरा नदी उतर कर फ़ैज़ाबाद होते हुए छपरा के पास गंगा में मिलती है। बिहार के बेतिया, मोतिहारी, दरभंगा और पूर्णिया ज़िले नेपाल सीमा पर हैं। नेपाल तरफ़ जनकपुर और मिथिला हैं। जनकपुर सीता जी का मायका और रामचंद्र जी की ससुराल है। गंडक नदी हाजीपुर के नज़दीक गंगा में मिलती है। विराटनगर से कोशी नदी बिहार में प्रवेश करती है। वह गंगा से मिलने के पूर्व पूर्णिया ज़िला में मानसूनी बाढ़ का तांडव मचाती है। गर्मागरम वातावरण में बीस मिनट में भैरहवा पहुँच गये। टैक्सी से होटल आलोक में पहुँच आराम किया। लंच लेकर लुम्बिनी घूमना तय किया।

लुम्बिनी

नेपाल में लुम्बिनी प्रांत के रूपन्देही जिले में लुम्बिनी बौद्ध तीर्थ स्थल है। बौद्ध परंपरा के अनुसार, यह वह स्थान है जहां रानी महामायादेवी ने 563 ईसा

पूर्व सिद्धार्थ गौतम को जन्म दिया था। लुम्बिनी में मायादेवी मंदिर सहित कई पुराने मंदिर हैं। विभिन्न देशों के बौद्ध संगठनों द्वारा विभिन्न नए मंदिर निर्मित किए गये हैं या अभी भी निर्माणाधीन हैं। कई स्मारक, मठ, एक संग्रहालय और लुंबिनी अंतर्राष्ट्रीय अनुसंधान संस्थान भी पवित्र स्थल हैं। इसके अलावा पुष्करिणी सरोवर है, जहाँ महामायादेवी ने प्रसव पूर्व स्नान किया था। लुम्बिनी को 1997 में यूनेस्को द्वारा विश्व धरोहर घोषित किया गया।

लुम्बिनी एक बड़े मठ क्षेत्र 4.8 किमी (3 मील) और चौड़ाई 1.6 किमी (1.0 मील) से घिरा है जिसमें केवल मठ बनाए जा सकते हैं, कोई दुकान, होटल या रेस्तरां नहीं बनाए जा सकते। यह पूर्वी और पश्चिमी क्षेत्र में विभाजित है। पूर्व क्षेत्र में थेरवा वादी मठ हैं जबकि पश्चिमी क्षेत्र में महायान और वज्रयान मठ हैं। पश्चिमी और पूर्वी क्षेत्रों को अलग करने वाली एक लंबी नहर पानी से भरी है, जिसकी लंबाई के साथ दोनों क्षेत्रों को जोड़ने वाले ईंट मेहराब पुलों की एक शृंखला है। नहर के उत्तरी छोर पर मोटर नौकाओं द्वारा पर्यटकों को नौकायन सेवा प्रदान की जाती है। महामाया मंदिर दर्शन के बाद हमने भी नौकायन का आनंद लिया। लुंबिनी के पवित्र स्थल में प्राचीन मठों के खंडहर, एक पवित्र बोधि वृक्ष, एक प्राचीन स्नान तालाब, अशोक स्तंभ और मायादेवी मंदिर है, जिसे पारंपरिक रूप से बुद्ध की जन्मभूमि माना जाता है। बुद्ध की जन्मभूमि होने से विभिन्न देशों के तीर्थयात्री सुबह से लेकर शाम तक इस स्थल पर नामजप और ध्यान करते हैं।

लुम्बिनी में 200 से अधिक दर्शनीय स्थल दस वर्ग किलोमीटर क्षेत्र में बिखरे हैं। हम आलोक-इन होटल में रुके। हम सोच रहे थे कि घूमने के लिए टैक्सी कर ली जाए। मैनेजर से पता चला कि टैक्सी की बजाय इलेक्ट्रिक ऑटो बेहतर रहेगा। वह हमें सभी धार्मिक स्थलों के नज़दीक तक ले जायेगा। जवाहर जी ने पंद्रह सौ रुपए बताने वाले एक इलेक्ट्रिक ऑटो वाले को नौ सौ नेपाली रुपयों में तय कर लिया। बैठने के बाद पता चला कि ऑटो वाला थोड़ा अक्खड़ मिज़ाज है। इसलिए थोड़ा सा हमें भी सख़्त होना पड़ा। सबसे पहले सिद्धार्थ जन्म स्थली महामाया मंदिर देखने पहुँचे। यह एक पुरातात्विक खोज है। भला हो जेम्ज़ प्रिंसेप का जिन्होंने यह जगह खोज निकाली जहाँ सम्राट अशोक का शिलालेख गड़ा था। जो हमें बताता है कि सम्राट अशोक ने उस स्थान को सिद्धार्थ की जन्म स्थली के रूप में खोज कर प्रस्तर शिलालेख स्थापित करवाया था। घूमने के दौरान पता चला

कि लुम्बिनी परिसर को तीन क्षेत्रों में विभाजित किया गया है: पवित्र उद्यान, मठ क्षेत्र, सांस्कृतिक केंद्र और न्यू लुम्बिनी गांव।

- पवित्र उद्यान लुम्बिनी क्षेत्र में बुद्ध का जन्मस्थान और पुरातात्विक आध्यात्मिक महत्व के अन्य स्मारक जैसे मायादेवी मंदिर, अशोक स्तंभ, मार्कर स्टोन, जन्म मूर्तिकला, पुष्करिणी पवित्र तालाब और अन्य संरचनात्मक खंडहर शामिल हैं।
- बौद्ध स्तूप और विहार क्षेत्र को दो क्षेत्रों में विभाजित किया गया है : पूर्वी मठ क्षेत्र जो बौद्ध धर्म के थेरवाद स्कूल का प्रतिनिधित्व करता है और पश्चिमी मठ क्षेत्र जो बौद्ध धर्म के महायान और वज्रयान स्कूल का प्रतिनिधित्व करता है, दोनों तरफ उनके संबंधित मठ हैं। एक लंबा पैदल मार्ग और नहर है जिसके दोनों तरफ़ बौद्ध मठ हैं। कई देशों ने अपने अद्वितीय ऐतिहासिक, सांस्कृतिक और आध्यात्मिक पृष्ठभूमि में बौद्ध स्तूप और मठ स्थापित किए हैं।
- सांस्कृतिक केंद्र और न्यू लुम्बिनी गांव में लुम्बिनी संग्रहालय, लुम्बिनी अंतर्राष्ट्रीय अनुसंधान संस्थान, विश्व शांति स्तूप शामिल हैं। जापान का शिवालय, लुम्बिनी क्रेन अभयारण्य और अन्य प्रशासनिक कार्यालय हैं।

बौद्ध के जन्म के समय पहुँच जाएँ तो कहानी आसान लगने लगेगी। ईसा से 600 वर्ष पूर्व तक कृषि, लघु उद्योग और व्यापार स्थापित होकर उन्नति करने लगे थे। स्वामित्व संस्था का विकास होने के फलस्वरूप मालिकाना हक़ की सुरक्षा हेतु एक राजसत्ता की आवश्यकता महसूस की जाने लगी थी। जिसे पूरा करने के लिए समाज के प्रमुख गणों ने जनपद नामक संस्था गठित करना शुरू किया। भारत में तराई के इलाक़े और मालवा-गुजरात के अलावा पंजाब के इलाक़े बहुत उर्वरक होने से ज़मीन सोना उगलने लगी। कारोबार फलने-फूलने लगा। देश-दुनिया का सोना मुद्रा रूप में हाथोंहाथ इन महाजनपदों तरफ़ बह चला। उसी काल में इन इलाक़ों में सोलह जनपदों का विकास हुआ।

आरंभिक बौद्ध तथा जैन ग्रंथों में निम्न लिखित सोलह महाजनपदों का नाम मिलता है। अंग, अश्मक, अवंति, चेदि, गांधार, काशी, काम्बोज, कोसल, कुरु, मगध, मल्ल, मत्स्य पांचाल, सुरसेन, वज्जि, वत्स। ईसापूर्व छठी सदी में

जिन चार महत्वपूर्ण राज्यों ने प्रसिद्धि प्राप्त की उनके नाम हैं, मगध के हर्यंक, कोसल के इक्ष्वाकु, वत्स के पौरव और अवंति के प्रद्योत। जनपदों में घोर हिंसक संघर्ष के दौर में महावीर स्वामी और गौतम बुद्ध का अवतरण हुआ। जनता भी घातक खूनी संघर्षों से परेशान थी। उसने जैन और बौद्ध दर्शनों को अंगीकार किया। पहले बिंबिसार जैन हुए फिर अशोक बौद्ध हो गए थे।

शाक्यों की राजधानी कपिलवस्तु थी। लुम्बिनी कपिलवस्तु के पूर्व में देवदाह नामक एक कुलीन गणराज्य में स्थित था। बौद्ध परंपरा के अनुसार, यहीं पर बुद्ध का जन्म हुआ था। माना जाता है कि 1896 में रूपन्देही में खोजा गया एक स्तंभ अशोक की लुम्बिनी यात्रा के स्थान को चिह्नित करता है। स्तंभ की खोज से पहले स्थल को लुम्बिनी के नाम से नहीं जाना जाता था। शिलालेख में लेख है: जब राजा देवानामप्रिय प्रियदर्शिन का अभिषेक हुए बीस वर्ष हो गया था, तो उन्होंने स्वयं इस स्थान पर आकर पूजा की क्योंकि बुद्ध शाक्यमुनि का जन्म यहीं हुआ था। एक पत्थर का खंभा स्थापित किया, कि धन्य यहाँ पैदा हुआ थे। (उसने) लुमिनि के गाँव को उस साल करों से मुक्त कर दिया, और बाद में (केवल) उत्पादन के आठवें हिस्से का भुगतान लिया। पार्क को पहले रूपन्देही के नाम से जाना जाता था, जो भगवानपुरा के उत्तर में 2 मील दूर स्थित है।

हम सभी साथी महामाया मंदिर में पहुँचे। एक पुरातात्विक खंडहर के बीच में महामाया देवी अशोक वृक्ष की शाखा पकड़े प्रसवलीन हैं। हमें स्मरण हुआ- सुत्त निकाय में कहा गया है कि बुद्ध का जन्म लुम्बिनेय जनपद में शाक्यों के एक गाँव में हुआ था। बौद्ध परंपरा में बुद्ध के जन्म के तुरंत बाद महामाया की मृत्यु हो गई, जिसे आमतौर पर सात दिन बाद कहा जाता है। इस प्रकार महामाया ने अपने बेटे की परवरिश नहीं की, शिशु का पालन-पोषण उनकी मौसी महाप्रजापति गोतमी ने किया था।

महामाया (माया) का अर्थ संस्कृत में "भ्रम" है। माया को महामाया और मायादेवी (मायादेवी, "रानी माया") भी कहा जाता है। चीनी में, उसे मोये-फ़ेरेन, "लेडी माया") के रूप में जाना जाता है, तिब्बती में उसे ग्युट्रुल्मा के नाम से, जापानी में उसे माया-बुनिन के नाम से, सिंहली में उन्हें महामाया देवी के रूप में जाना जाता है।

वहाँ उनके जीवन के अन्य दृश्यों को दिखाया गया है, जैसे कि गौतम बुद्ध के साथ उनकी गर्भावस्था की भविष्यवाणी करने का सपना देखना या

उनके पति राजा शुद्धोदन के द्वारा बेटे के जीवन के बारे में भविष्यवाणियां करना, उनके जन्म के तुरंत बाद, उन्हें अक्सर गौतम को जन्म देते समय चित्रित किया जाता है, एक घटना जिसे आम तौर पर आधुनिक तराई में लुंबिनी में हुआ माना जाता है। माया को आमतौर पर एक पेड़ के नीचे खड़े होकर जन्म देते हुए और सहारे हेतु एक शाखा को पकड़े ऊपर की ओर पहुंचते हुए दिखाया गया है। बौद्ध विद्वान मिरांडा शॉ, कहते हैं कि जन्म के दृश्य में रानी माया का चित्रण यक्षिणी के रूप में जानी जाने वाली वृक्ष आत्माओं के पहले बौद्ध चित्रणों में स्थापित एक पैटर्न का अनुसरण करता है।

माया का विवाह कपिलवस्तु के शाक्य वंश के शासक राजा शुद्दोधन से हुआ था। वह राजा शुद्दोधन के चाचा की बेटी थी इस प्रकार शुद्दोधन की चचेरी बहन थी; उसके पिता देवदह के गण प्रमुख थे। माया और राजा शुद्धोधन की शादी में बीस साल तक कोई संतान नहीं हुई। किंवदंती के अनुसार एक पूर्णिमा की रात रानी को एक सपना दिखा। उसने महसूस किया कि वह चार देवों द्वारा हिमालय में अनोट्टा झील में ले जाया जा रहा है। उसे सरोवर में स्नान कराने के बाद देवताओं ने स्वर्गिक वस्त्र पहनाए, इत्र से अभिषेक किया और दिव्य फूलों से सजाया। इसके तुरंत बाद एक सफेद हाथी, अपनी सूंड में एक सफेद कमल का फूल लिए प्रकट हुआ और तीन बार उसकी परिक्रमा की, उसके दाहिनी ओर से उसके गर्भ में प्रवेश कर गया। अंत में हाथी गायब हो गया और यह जानते हुए कि हाथी महानता का प्रतीक है, उसे एक महत्वपूर्ण संदेश दिया गया है, रानी जाग गई।

बौद्ध परंपरा के अनुसार जन्मना बुद्ध तुइता स्वर्ग में एक बोधिसत्व के रूप में निवास कर रहे थे। उन्होंने आखिरी बार पृथ्वी पर पुनर्जन्म लेने के लिए एक सफेद हाथी का आकार लेने का फैसला किया। माया ने सिद्धार्थ को 563 ईसा पूर्व जन्म दिया गर्भावस्था दस चंद्र महीनों तक चली। प्रथा का पालन करते हुए, रानी जन्म के लिए अपने घर लौट रही थी। बीच राह में वह साल के पेड़ (शोरिया रोबस्टा) के नीचे टहलने के लिए अपनी पालकी से नीचे उतर गई। नेपाल के खूबसूरत फूलों के बगीचे में माया देवी पार्क से प्रसन्न हुई और एक साल पेड़ के नीचे खड़े होकर जन्म दिया। किंवदंती है कि राजकुमार सिद्धार्थ उसके दाहिने तरफ से निकले थे।

विद्वान आम तौर पर इस बात से सहमत हैं कि अधिकांश बौद्ध साहित्य यह मानते हैं कि बुद्ध के जन्म के सात दिन बाद माया की मृत्यु हो गई, और फिर तुसीता स्वर्ग में उनका पुनर्जन्म हुआ। बुद्ध के ज्ञानोदय के सात साल बाद, वह तवतीमसा स्वर्ग की यात्रा करने के लिए नीचे आईं, जहां बाद में बुद्ध ने उन्हें अभिधर्म का उपदेश दिया। उसकी बहन प्रजापति बच्चे की पालक माँ बनी। सिद्धार्थ आत्मज्ञान प्राप्त करके बुद्ध बनने के बाद, माता को सम्मान देने और धम्म की शिक्षा देने के लिए तीन महीने स्वर्ग में अपनी माँ के साथ रहे।

ललितविस्तार एक संस्कृत महायान बौद्ध सूत्र है जो गौतम बुद्ध की कहानी को तुशिता से उनके वंश के समय से लेकर वाराणसी के पास हिरण पार्क में उनके पहले उपदेश तक बताता है। ललितविस्तार शब्द का अनुवाद द प्ले इन फुल या एक्सटेंसिव प्ले किया गया है, जो महायान के दृष्टिकोण का जिक्र करता है कि बुद्ध का अंतिम अवतार इस दुनिया में प्राणियों के लाभ के लिए था। देवदाह की यात्रा के दौरान बुद्ध लुम्बिनि वन में रहे और वहां देवदाह सुत्त का प्रचार किया।

1896 में, जनरल खड्गा समशेर राणा और एलोइस एंटोन फ्यूहरर ने 7वीं शताब्दी ईस्वी में प्राचीन चीनी भिक्षु-तीर्थयात्री जुआनज़ांग द्वारा और एक अन्य प्राचीन चीनी भिक्षु-तीर्थयात्री फैक्सियन द्वारा सृजित महत्वपूर्ण ऐतिहासिक अभिलेखों में उल्लेख है कि रूपन्देही में एक महान पत्थर के स्तंभ की खोज की। स्तंभ पर ब्राह्मी शिलालेख इस बात का प्रमाण देता है कि सम्राट अशोक ने तीसरी शताब्दी ईसा पूर्व में इस स्थान का दौरा किया था और इसे बुद्ध के जन्म स्थान के रूप में पहचाना था। शिलालेख का अनुवाद परनवितन ने किया था।

रॉबिन कॉनिंघम के अनुसार लुंबिनी में मायादेवी मंदिर में अशोक युग के दौरान मौजूदा ईंट संरचनाओं के नीचे खुदाई बौद्ध मंदिर की दीवारों के नीचे एक पुरानी लकड़ी की संरचना के प्रमाण प्रदान करती है। अशोक मंदिर का लेआउट उस काल की लकड़ी की संरचना का बारीकी से अनुसरण करता है, जो साइट पर पूजा की निरंतरता की तरफ़ इंगित करता है। मौर्य पूर्व की लकड़ी की संरचना एक प्राचीन वृक्ष मंदिर प्रतीत होती है। लकड़ी के पोस्टहोल से लकड़ी का कोयला की रेडियोकार्बन डेटिंग और मिट्टी में तत्वों की वैकल्पिक रूप से उत्तेजित ल्यूमिनेसिसेंस डेटिंग से पता चलता है कि

मानव गतिविधि लगभग 1000 ईसा पूर्व लुंबिनी में शुरू हुई थी। कॉनिंघम बताते है, साइट 6 वीं शताब्दी ईसा पूर्व से एक बौद्ध स्मारक हो सकता है।

हमने बुद्ध की जन्मस्थली पर वह चीज पता करने की कोशिश की जिसे ज्ञान कहते हैं। जिसका उपदेश उन्होंने दुनिया को दिया। इसका सारांश क्या है। वह जैसा हमें समझ आया, वह इस तरह है।

बुद्ध दर्शन

जिस समय एकेश्वरवाद धर्मों के स्वयंभू पुजारी धर्म के ध की बारहखड़ी सीख कर रहे थे उस समय तक भारतीय दर्शन ईश्वर को चुनौती देकर मानव समाज के लिए आवश्यक सहिष्णु-व्यक्तित्व के गठन हेतु स्वयं को संयमित और व्यवस्थित करके दूसरों लोगों ही नहीं जीव जगत और प्रकृति के साथ अन्योन्याश्रित सम्बंधों के गणित का कठिन प्रश्न हल कर रहे थे। भारतीय चिंतकों ने मनुष्य के भाग्य को भगवान भरोसे छोड़ने की बजाय खुद ज़िम्मेदार होने की ज़िम्मेदारी लेना सिखाना शुरू कर दिया था।

गौतम बुद्ध जिन्हें बौद्ध दर्शन का प्रवर्तक माना जाता है, उनके लिए संसार दुखों का घर है। संसार में आने वाला हर प्राणी दुखों का पुंज लेकर धरती पर आता है। संसार में कोई आए और दुखों से उसका सम्बन्ध न हो, यह असम्भव है। समस्त बौद्ध विचार चत्वारि आर्य सत्यानि में समाहित है। चार आर्य सत्यों की यात्रा निर्वाण की यात्रा है। जिसकी शुरुआत दुख से होती है। किसी को पिता के मरने का दुख, किसी को पत्नी के मरने का, किसी को विवाह न होने का दुख तो किसी को रोगी होने का और किसी को अभीप्सित की पूर्ति न होने का दुख। संसार में दुख ही दुख हैं और संसार दुखों का घर है। चार आर्यसत्य, पंचशील, अष्टांगिक मार्ग आदि के रूप में बुद्ध को प्राप्त ज्ञान और उनकी शिक्षाएँ समझी जा सकतीं हैं।

चार आर्य सत्य

तथागत बुद्ध का पहला धर्मोपदेश, जो उन्होने अपने साथ के कुछ साधुओं को दिया था, इन चार आर्य सत्यों के बारे में था। बुद्ध ने चार आर्य सत्य बताये हैं।

1. दुख

- इस दुनिया में दुःख है। जन्म में, बूढे होने में, बीमारी में, मौत में, प्रियतम से दूर होने में, नापसंद चीज़ों के साथ में, चाहत को न पाने में, सब में दुख है। गौतम बुद्ध दुःख से संसार की यात्रा की शुरुआत मानते हैं किन्तु उनका लक्ष्य दुखों को स्थापित करना नहीं था। दुःख की चर्चा दुख को जानने के लिए करते हैं, उसके कारणों को ढूंढने के लिए करते हैं।

2. दुख का कारण

- दुख है तो उसका कारण भी है, जैसे डॉक्टर रोग के निदान के लिए रोग के कारणों को ढूंढते हैं तो रोग का सटीक निदान होता है, वैसे ही दुख है तो दुख का कारण है और जब कारण का पता चल जाता है तो उसका निवारण हो जाता है।
- तृष्णा, या चाहत, दुख का कारण है और वह फ़िर से सशरीर धारण करके संसार को जारी रखती है। हर जन्म से तृष्णा और भी गहन होती जाती है।
- भारतीय दर्शन के सन्दर्भ में तृष्णा का अर्थ 'प्यास, इच्छा या आकांक्षा' से है। तृष्णां, तृ मतलब तीन, इष्णा मतलब लालच। तीन लालच, पहला धन का लालच, दूसरा पुत्र (वंश) का लालच, तीसरा सम्मान का लालच।

3. दुख निरोध

- तृष्णा के निराकरण से दुख निरोध सम्भव है। किसी वस्तु की तृष्णा से उसे ग्रहण करने की जो प्रवृत्ति होती है, उसे उपादान कहते हैं। उपादान से ही प्राणी के जीवन की सारी भागदोड़ होती है, जिसे भव कहते हैं। तृष्णा के न होने से उपादान भी नहीं होता और उपादान के निरोध से भव का निरोध हो जाता है। यही निर्वाण के लाभ की दिशा है। हम उपादान और प्रतीत्यसमुत्पादन की चर्चा आगे करेंगे।
- प्रतीत्यसमुत्पादन की दूसरी कड़ी 'तण्हापच्चया उपादानं' - इसी का प्रतिपादन करती है।
- दुःख-निरोध के आठ साधन बताये गये हैं जिन्हें 'अष्टांगिक मार्ग' कहा गया है। तृष्णा से मुक्ति पाई जा सकती है। बुद्ध दुःखों के निदान के

लिए ही दुख का उल्लेख करते हैं। इसे वे दुख निरोध कहते हैं।

4. दुख निरोध का मार्ग

- तृष्णा से मुक्ति अष्टांगिक मार्ग के अनुसार जीने से पाई जा सकती है। दुख निरोध के लिए दुःख निरोध मार्ग भी बताते हैं। अतः उनका लक्ष्य दुख निरोध मार्ग से दुख दूर कर निर्वाण को प्राप्त करना है।
- जन्म दुख है, ज़रा दुख है, व्याधि दुख है, मरण दुख है, प्रिय से बिछुड़ना दुख है, अप्रिय से मिलना दुख है। जीवन के दो छोर जन्म और मृत्यु दुख से भरे हैं। सुख-दुख एक सिक्के के दो पहलू हैं। सुख लेना छोड़ दें तो दुख स्वमेव छूटना तय है।

अष्टांगिक मार्ग

बौद्ध धर्म के अनुसार, चौथा आर्य सत्य अष्टांग मार्ग है दुःख निरोध पाने का रास्ता। गौतम बुद्ध कहते थे कि चार आर्य सत्य की सत्यता का निश्चय करके इस मार्ग का अनुसरण करना चाहिए :

प्रज्ञा

- सम्यक् दृष्टि- वस्तुओं के यथार्थ स्वरूप को जानना ही सम्यक् दृष्टि है। कामना प्रकट होती है नष्ट हो जाती है। सुख स्थायी नहीं है।
- सम्यक् संकल्प- आसक्ति, द्वेष तथा हिंसा से मुक्त विचार रखना ही सम्यक् संकल्प है। कामना से अनासक्त होना संकल्प है।

शील

- सम्यक् वाक्- सदा सत्य तथा मृदु वाणी का प्रयोग करना ही सम्यक् वाक् है। वही वाणी अनासक्त है।
- सम्यक् कर्मान्त- इसका आशय अच्छे कर्मों में संलग्न होने तथा बुरे कर्मों के परित्याग से है।
- सम्यक् आजीव- विशुद्ध रूप से सदाचरण से जीवन-यापन करना ही सम्यक् आजीव है।

समाधि

- सम्यक् व्यायाम- अकुशल धर्मों (अति) का त्याग तथा कुशल धर्मों (मध्यम) का अनुसरण ही सम्यक् व्यायाम है।
- सम्यक् स्मृति- इसका आशय वस्तुओं के वास्तविक स्वरूप (उत्पत्ति-भव) के संबंध में सदैव जागरूक रहना है।
- सम्यक् समाधि - चित्त की समुचित एकाग्रता ही सम्यक् समाधि है। अविचलित चित्त समाधि की पूर्व शर्त है।

सत्य और अहिंसा आंतरिक सफ़ाई तथा ब्रह्मचर्य और अपरिग्रह बाहरी बुहारियाँ हैं। सम्पूर्ण सफ़ाई से ही निर्वाण सम्भव है। अष्टांगिक मार्ग अनुसरण पूर्व पंचशील समझना अनिवार्य बताया है।

पंचशील

भगवान बुद्ध ने अपने अनुयायिओं को पांच शीलों का पालन करने की शिक्षा दी है।

1. अहिंसा

- पालि में - पाणातिपाता वेरमनी सीक्खापदम् सम्मादीयामी !
- अर्थ - मैं प्राणि-हिंसा से विरत रहने की शिक्षा ग्रहण करता हूँ।

2. अस्तेय

- पालि में - आदिन्नादाना वेरमणी सिक्खापदम् समादियामी
- अर्थ - मैं चोरी से विरत रहने की शिक्षा ग्रहण करता हूँ।

3. अपरिग्रह

- पालि में - कामेसूमीच्छाचारा वेरमणी सिक्खापदम् समादियामी
- अर्थ - मैं संग्रह व व्यभिचार से विरत रहने की शिक्षा ग्रहण करता हूँ।

4. सत्य

- पालि नें - मुसावादा वेरमणाी सिक्खापदमू समादियामी
- अर्थ - मैं झूठ बोलने से विरत रहने की शिक्षा ग्रहण करता हूँ।

5. सभी नशा से विरत

- पालि में - सुरामेरय मज्जपमादठटाना वेरमणाी सिक्खापदमू समादियामी।
- अर्थ - मैं पक्की शराब (सुरा) कच्ची शराब (मेरय), नशीली चीजों (मज्जपमादठटाना) के सेवन से विरत रहने की शिक्षा ग्रहण करता हूँ।

इन आचरण शील पर स्थिर होने के बाद आष्टांगिक मार्ग अनुसरण होता है।

निर्वाण है तो उसके प्राप्ति का मार्ग भी है। बौद्ध दर्शन में इसे अष्टांग मार्ग कहा गया है। सम्यक् दृष्टि अर्थात जैसी वस्तु है वैसा ज्ञान है। सम्यक् संकल्प अर्थात दृढ़ इच्छा शक्ति है। दृढ़ इच्छा को वाणी में उतरना सम्यक् वाक् है। केवल वाणी में ही उतरना नहीं अपितु व्यवहार में उतारना सम्यक् कर्म है। सम्यक् आजीव, व्यायाम, सम्यक् स्मृति के अभ्यास के लिए बुद्ध ने विस्तृत उपदेश दिया है।

कुछ लोग आर्य अष्टांग मार्ग को पथ की तरह समझते है, जिसमें आगे बढ़ने के लिए, पिछले के स्तर को पाना आवश्यक है। और कुछ लोगों को लगता है कि इस मार्ग पर सब साथ-साथ चलते जाते हैं। अष्टांग मार्ग को तीन हिस्सों में वर्गीकृत किया जाता है : प्रज्ञा, शील और समाधि।

बौद्ध दर्शन में प्रज्ञा, शील और समाधि के अन्तर्गत अष्टांग मार्ग को समाहित किया गया है। प्रज्ञा के अन्तर्गत सम्यक् दृष्टि व सम्यक् संकल्प आते हैं। प्रज्ञा से व्यक्ति की दृष्टि और संकल्प सधते हैं। शील में सम्यक् वाक्, सम्यक् कर्म, सम्यक् आजीव एवं सम्यक् व्यायाम समाहित है। शील में वाणी, कर्म स्वतः आ जाते है। पेशा या व्यवसाय भी शील के ही अंग है। अच्छा करने और बुरा रोकने का अभ्यास शील है। प्रज्ञा और शील की सुखद यात्रा के बाद समाधि तक पहुंचा जाता है। समाधि के पूर्व स्मृति भी समाधि में स्वतः समाहित है। अष्टांगमार्ग को प्रज्ञा, शील और समाधि जैसे त्रिरत्न के अंतर्गत रखा गया है जो जैन त्रिरत्नज्ञान, दर्शन और चारित्र से पृथक है। पूर्ण प्रज्ञा, पूर्ण शील और पूर्ण समाधि से निर्वाण संभव है।

प्रतीत्य समुत्पाद

बौद्ध दर्शन में "कर्म और फल का सिद्धांत" एक मौलिक और महत्वपूर्ण सिद्धांत है। जिसे पाली भाषा में पटिच्चसमुप्पाद, संस्कृत में 'प्रतीत्य समुत्पाद' और इंग्लिश में dependent coercing कहा जाता है। हिंदी में इसे कार्य-कारण, कारण-परिणाम या फिर कर्म और विपाक (विपाक अर्थात कर्म का फल) का सिद्धांत भी कहा जाता है। प्रतीत्य समुत्पाद को 'भवचक्र' भी कहा जाता है क्यूंकि ये हमारे भव या becoming का विश्लेषण है। प्रतीत्य समुत्पाद को 'द्वादशनिदान' भी कहा जाता है क्यूंकि इसमें बारह बिंदु हैं और इन बिन्दुओं में पूरे जीवन का निदान है। प्रतीत्य समुत्पाद तृष्णा तिरोहिति व्रत है।

प्रतीत्य समुत्पाद में प्रतीत्य शब्द का अर्थ है "घटना घटित हो जाने पर या घटना के बीत जाने पर" और समुत्पाद का अर्थ है "नई घटना या कुछ नया उत्पन्न होना।" सरल शब्दों में इसका अर्थ हुआ कि "एक घटना घटित हो जाने के परिणाम स्वरुप कोई और घटना घट जाती है और यह सिलसिला जारी रहता है।" यह क्रम सीधा और सरल ना होकर एक जटिल जाल की तरह है। जल, थल और नभ में हर क्षण कुछ न कुछ घटित होता रहता है और इन घटनाओं के मिलेजुले परिणाम होते रहते हैं। जो दूसरी घटनाओं को उत्पन्न करते रहते हैं। इन सब घटनाओं का एक प्रवाह चलता रहता है। अर्थात संसार परिवर्तनशील है। ये घटनाएं भौतिक हों या अभौतिक, चेतन हों या अचेतन, विचार हों या वस्तु किसी ना किसी कारण से होती हैं बिना कारण के नहीं। इसका कोई अपवाद नहीं है।

प्राणी समाज के लिए घटनाएं कर्म पर आधारित हैं और उनके परिणाम (विपाक) के अनुसार फिर कर्म का चक्र आगे चलता रहता है। संसार का चक्र परिवर्तनशील है इसलिए दुखदायी है। दूसरे शब्दों में कारण के होने पर ही कार्य होता है और कारण ना होने पर कार्य नहीं होता जिसका अर्थ है की हम दुःख को समझ लें, कारण ढूँढ लें तो दुःख को रोक पाएंगे।

गौतम बुद्ध ने प्रतीत्य समुत्पाद के माध्यम से जटिल जीवन चक्र को बड़ी सरलता से समझाया है। संयुक्त निकाय के बुद्ध वर्ग के विपस्सी सुत्त में गौतम बुद्ध कहते हैं कि -

"भिक्खुओ बौद्ध होने से पहले जब मैं विपश्यना (मैडिटेशन) कर रहा था तो मन में सवाल थे - यह लोक दुखों से घिरा हुआ है। मानव पैदा होता

है, बूढ़ा होता है, मर जाता है, और फिर जन्म लेता है। इस दुःख भरे चक्र से छुटकारा कैसे पाया जा सकता है? मैं इस जरा-मरण के दुःख से छुटकारा जान पाया? यह प्रतीत्य समुत्पाद चक्र है, जिसमें प्रत्येक व्यक्ति फँसा है।"

प्रतीत्य समुत्पाद चक्र के द्वादश बिंदुओं को सरल ढंग से भी समझा जा सकता है।

1. जरा-मरण क्या है?

किसी भी जीव का ढल जाना, दांत गिरना, झुर्रियां पड़ना, बाल सफ़ेद हो जाना, इन्द्रियों का शिथिल पड़ जाना, बूढ़ा होना इत्यादि 'जरा' या जर्जर होना (ageing) कहलाता है। पांच स्कंधों (विवरण आगे दिया गया है) का छिन्न भिन्न हो जाना, चोला त्याग देना, सांस का न आना मरण कहलाता है। यही जरा-मरण है।

भिक्खुओ मन में चिंतन किया, किसके होने से जरा-मरण होता है? जरा-मरण का कारण क्या है? भली प्रकार चिंतन मनन से ज्ञात हुआ कि जन्म के होने से जरा-मरण होता है। जाति/जन्म ही जरा-मरण का हेतु है।

2. जाति / जन्म क्या है?

जीव का प्रकट होना, पैदा हो जाना, पांच स्कंधों का मिलना, इन्द्रियों का जुड़ कर काम करने लग जाना यही जाति या जन्म (birth) है।

चिंतन मनन का अगला सवाल था - किसके होने से जाति या जन्म होता है? जन्म का हेतु क्या है? विचारने पर ज्ञात हुआ कि भव के होने से जाति होती है। भव ही जन्म का हेतु है।

3. भव क्या है?

भव तीन प्रकार के हैं - 1. काम लोक में बने रहने की इच्छा अर्थात काम-भव (sensual becoming) है, 2. रूप लोक में बने रहना की इच्छा रूप-भव (form becoming) है, और 3. अरूप लोक में बने रहना अरूप-भव (formless becoming) है।

इस पर प्रश्न उठा कि किसके होने से भव होता है? भव का हेतु क्या है? विचार करने के बाद ज्ञात हुआ कि उपादान के होने से भव होता है. उपादान भव का हेतु है।

4. उपादान क्या है?

उपादान या आसक्ति (बतंअपदह) चार तरह की हैं. 1. काम से आसक्ति (sensuality clinging), 2. मिथ्या दृष्टि से आसक्ति (false view clinging), 3. शीलव्रत से आसक्ति (precept practice clinging) और 4. आत्मवाद से आसक्ति (doctrine of self clinging)।

अब सवाल ये था कि किसके होने से उपादान होता है? उपादान का हेतु क्या है? गहन मनन के बाद प्रज्ञा जागी कि तृष्णा होने से उपादान होता है। तृष्णा ही उपादान का हेतु है।

5. तृष्णा कितने आकार की है?

तृष्णा छः प्रकार की है. 1. रूप तृष्णा (craving for form), 2. शब्द तृष्णा (craving for sounds), 3. गंध तृष्णा (craving for smells), 4. रस तृष्णा (craving for tastes), 5. स्पर्श तृष्णा (craving for touch) और 6. धर्म तृष्णा (craving for ideas)।

प्रश्न है कि किसके होने से तृष्णा होती है? तृष्णा का हेतु क्या है? उत्तर है कि वेदना होने से तृष्णा होती है. वेदना ही तृष्णा का हेतु है।

6. वेदना कितने आकार की है?

वेदनाएं छः प्रकार की हैं. 1. चक्षु के माध्यम से होने वाली वेदना, 2. कान के माध्यम से से होने वाली वेदना, 3. नाक के माध्यम से होने वाली वेदना, 4. जीभ के माध्यम से होने वाली वेदना, 5. काया से होने वाला स्पर्श और 6. मन के संस्पर्श से होने वाली वेदना।

प्रश्न उठा कि किसके होने से वेदना होती है? वेदना का हेतु क्या है? चिंतन मनन करने से उत्तर मिला कि स्पर्श के होने से वेदना होती है। स्पर्श ही वेदना का हेतु है।

7. स्पर्श कितने आकार के हैं?

छः तरह के स्पर्श हैं. 1. चक्षु स्पर्श, 2. कान स्पर्श, 3. नाक स्पर्श, 4. जीभ स्पर्श, 5. काया स्पर्श और 6. मन स्पर्श।

इस पर फिर प्रश्न किया कि किसके होने से स्पर्श होता है? स्पर्श का हेतु क्या है? विचार करने पर जाना कि षड़ायतन होने से स्पर्श होता है. षड़ायतन ही स्पर्श का हेतु है।

8. षड़ायतन क्या है?

षड़ायतन या सलायतन (six senses) इस प्रकार हैं: 1. चक्षु आयतन, 2. कान आयतन, 3. नाक आयतन, 4. जीभ आयतन, 5. काया आयतन और 6. मन आयतन।

अब प्रश्न ये था कि किसके होने से षड़ायतन होता है? षड़ायतन का क्या हेतु है? विचार किया तो उत्तर मिला कि नाम-रूप होने से षड़ायतन होता है। नाम-रूप ही षड़ायतन का कारण है।

9. नाम-रूप क्या है?

पृथ्वी, जल, वायु और अग्नि जैसे महाभूतों के संयोग से रूप बना। वेदना, संज्ञा, चेतना, और स्पर्श से मन और सबको मिला कर बना नाम-रूप। अब सवाल ये उठा कि किसके होने से नाम-रूप होता है? नाम-रूप का हेतु क्या है? विचार करने पर प्रज्ञा जागी कि विज्ञान के होने से नाम-रूप होता है। विज्ञान ही नाम-रूप का हेतु है।

10. विज्ञान कितने आकार के हैं?

विज्ञान छः प्रकार के हैं. 1. चक्षु विज्ञान 2. कान, 3. नाक, 4. जीभ, 5. काया और 6. मन विज्ञान।

प्रश्न ये आया कि किसके होने से विज्ञान होता है? विज्ञान का क्या हेतु है? मनन करने पर पाया की संस्कार के होने से विज्ञान होता है। संस्कार विज्ञान का हेतु है।

11. संस्कार कितनी तरह के हैं?

संस्कार तीन प्रकार के हैं। 1. काया संस्कार 2. वाक् संस्कार, 3. चित्त संस्कार।

मन में प्रश्न आया कि किसके होने से संस्कार होते हैं? संस्कारों का हेतु क्या है? गहन चिंतन से पाया कि अविद्या के होने से संस्कार होते हैं. अविद्या ही संस्कारों का हेतु है।

12. अविद्या क्या है?

दु:ख को ना जानना, दु:ख के उदय को ना जानना, दु:ख-निरोध को ना समझना और दु:ख त्यागने का मार्ग ना जानना अविद्या कहलाता है।

यह बारह बिन्दुओं की श्रंखला हमें दु:ख और दु:ख के कारण बताती है। साथ ही अगर कारण पता हैं तो उन्हें दूर करने का उपाय भी मिल सकता है. इसी श्रंखला के बारवें बिंदु से पहले बिंदु तक भी विचार कर सकते हैं जैसे कि

अविद्या हो तो संस्कार जागते हैं,
संस्कारों की वजह से विज्ञान है,
विज्ञान है तो नाम-रूप है,
नाम-रूप है तो षड़ायतन हैं,
षड़ायतन के कारण स्पर्श हो जाता है,
स्पर्श के कारण वेदना होती है,
वेदना से तृष्णा उपजती है,
तृष्णा से उपादान या आसक्ति हो जाती है,
आसक्ति से भव जागता है,
भव से जाति या जन्म होता है और
जन्म से जरा मरण होता है

अब अगर अविद्या का विनाश कर दिया जाए तो संस्कारों का विनाश हो जाएगा, संस्कारों के विनाश से विज्ञान का खात्मा हो जाएगा, विज्ञान का विनाश होगा तो नाम-रूप का भी विनाश होगा, नाम-रूप का विनाश होगा तो षड़ायतन का, षड़ायतन का विनाश हो जाए तो स्पर्श का विनाश हो जाए, स्पर्श का विनाश हो तो वेदना का विनाश हो जाए, अगर वेदना गयी तो तृष्णा भी गई, तृष्णा के विनाश से आसक्ति समाप्त होगी, आसक्ति नहीं तो भव नहीं, भव न हो तो जन्म नहीं और अगर जन्म नहीं तो जरा-मरण दु:ख, चिंताएं और परेशानी नहीं।

लुम्बिनी प्रवास में चिंतन जारी है। हम किसी भी तीर्थ स्थल पर केवल मंदिर, मूर्ति, इतिहास, पुरातत्व साक्ष्य देखने नहीं जाते, अपितु इन सबके पीछे क्या दर्शन है, उस पर भी चिंतन हो तो यात्रा सफल होती है। अन्यथा वैचारिक स्तर पर घर से जैसे चले थे वैसे ही घर पहुँचे तो यात्रा की उपलब्धि क्या रही। यह प्रश्न उठना स्वाभाविक है।

बुद्ध दुनिया में भारत के सर्वकालिक ब्रांड एम्बेसडर हैं। विश्व के कोने-कोने में समृद्ध घरों की बैठकों में उनकी बर्स्ट याने चेहरा मूर्ति मिल जायेगी। इसका कारण यह है कि जीवन के दुख से निजात पाने हेतु उन्होंने एक वैज्ञानिक सोच पर आधारित दर्शन दुनिया को दिया है। वह दर्शन सनातन सिद्धांतों का विस्तार ही था। अनात्मवाद का एक नया सिद्धांत बुद्ध दर्शन को सनातन से अलग करता है। बाद के सनातन ऋषियों ने बुद्ध को भी विष्णु का नौवाँ अवतार बताकर भारतीय दर्शन में मिला लिया। फिर भी बुद्ध की राह पृथक ही रही। भारतीय संस्कृति समन्वयवादी रही है। वह तो ईसा और मुहम्मद को भी समायोजित कर सकती थी परंतु वे श्रेष्ठता और एकेश्वरवाद की हठ छोड़ते तब वह सम्भव था। वे तो सनातन को आमूलचूल मिटाने पर आमादा था।

प्रतीत्य समुत्पाद सिद्धांत से अविद्या, संस्कार, वेदना, तृष्णा इत्यादि कैसे दूर होंगी? इसके लिए गौतम बुद्ध द्वारा बताई गई विपश्यना मैडिटेशन सीखनी होगी। लेकिन उसके पूर्व उनका अनात्मवाद सिद्धांत समझना होगा। नहीं तो आत्मसुख के चक्कर में भटक सकते हैं।

अनात्मवाद सिद्धांत और चेतना

बुद्ध वैसी आत्मा का अस्तित्व नहीं मानते जैसी आत्मा अद्वैतवाद में अस्तित्वमान बताई जाती है। वे आत्मा को जीव या चेतना कहते हैं।

जो पाँच स्कंधों के समन्वय से अस्तित्वमान होता हैं अर्थात् रूप, वेदना, संज्ञा, संस्कार और विज्ञान, इन पांचों का समुदाय ही चेतना कहलाता है। इस प्रकार बुद्ध केवल पामार्थिक नित्य आत्मा का निषेध करते है परंतु अनित्य व्यावहारिक चेतना को मान्य करते है। वे पाँच स्कंध इस तरह बताए गए हैं।

रूप स्कन्द

पृथ्वी, जल, अग्नि और वायु ये चार महाभूत तथा इनके मेल से उत्पन्न सभी रूप स्कन्ध कहलाते है। हड्डी, स्नायु, मांस और चर्म से घिरा आकार ही रूप कहलाता है।

वेदना स्कंध

सुख, दुःख और न सुख-दुःख इन तीनों प्रकार की अनुभूतियों को वेदना कहते है।

संज्ञा स्कन्ध

गुणों के आधार पर किसी वस्तु का नामकरण ही संज्ञा-स्कन्ध (ज्ञान) है। संज्ञा का कार्य पहचान कराना है। हमें नील, पीत, रक्त, श्वेत आदि रूप से वस्तु का भान होता है, यही संज्ञा है।

संस्कार स्कंध

कुशल-अकुशल चेतना की राग-द्वेष आदि मानसिक प्रवृत्तियां तीन संस्कार हैं।

काय संस्कार- कायिक धर्म, आश्वास-प्रश्वास

वाक् संस्कार- वितर्क-विचार वचन या

चित् संस्कार- संज्ञा और वेदना

विज्ञान स्कन्ध

बाह्य वस्तुओं का ज्ञान और आंतरिक अहं अर्थात् 'मैं' का ज्ञान ही विज्ञान कहलाता है। संज्ञा, वेदना और विज्ञान तीनों का आपस में सम्बंध है।

मधुर, तिक्त आदि स्वाद का अनुभव वेदना है, किसी वस्तु का परिचयात्मक ज्ञान संज्ञा है।

परिच्रय के पहले स्वरुप मात्र का ज्ञान विज्ञान हैं।

इस तरह पांच स्कंध या पांच ढेर या पांच समुच्चय, पांच मनो-भौतिक समुच्चय बौद्ध दर्शन के आधार हैं। पांच स्कंध सिद्धांत अनिवार्य रूप से यह समझने की एक विधि है कि हमारे जीवन का हर पहलू लगातार बदलते

अनुभवों का संग्रह है। ऐसा कोई एक पहलू नहीं है जो वास्तव में ठोस, स्थायी या अद्वितीय हो। सब कुछ प्रवाह में है। सब कुछ कई कारणों और स्थितियों पर निर्भर है। उदाहरण के लिए,

- रूप-स्कंध हमारे भौतिक संसार-हमारे शरीर और हमारे भौतिक परिवेश में सब कुछ को संदर्भित करता है। ये सभी चीजें लगातार बदल रही हैं।
- वेदना-स्कंध हमारी संवेदनाओं को संदर्भित करता है जो सकारात्मक, नकारात्मक या उदासीन हैं - हमारी सभी संवेदनाएं क्षणभंगुर हैं, क्षण-क्षण बदलती रहती हैं।
- संज्ञा-स्कंध का अर्थ है हमारी हर उस चीज़ की पहचान या लेबलिंग जो हम देखते हैं, सुनते हैं, सूंघते हैं, स्पर्श करते हैं या सोचते हैं; ये लेबल भी लगातार प्रवाह में हैं।
- संस्कार-स्कंद(हमारी सभी मानसिक आदतें, विचार, विचार, मत, पूर्वाग्रह, मजबूरियां आदि) कई कारणों और स्थितियों पर निर्भर हैं और हमेशा बदलते रहते हैं।
- हमारी चेतना स्वयं एक चीज नहीं है, बल्कि अनुभूतियों का संग्रह है (विज्ञान-स्कंधः) जो लगातार बदल रहे हैं।

बौद्ध मत में, स्कंधों की विशेषताओं पर विचार करके, हम आत्म-लोभ को दूर कर सकते हैं। आत्म-लोभी एक स्वयं की अवधारणा से लगाव है जो अद्वितीय, स्वतंत्र और स्थायी है। बौद्ध मत में, स्वयं के इस विकृत दृष्टिकोण के प्रति यही लगाव ही दुख का मूल कारण है। अतः इस आसक्ति को त्याग कर हम स्वयं को बुढ़ापा, बीमारी और आसन्न मृत्यु के कष्टों से मुक्त करने का प्रयास कर सकते हैं। यही निर्वाण की दिशा है।

विपश्यना

विपश्यना एक प्राचीन और अद्भुत ध्यान पद्धति है। इसका शाब्दिक अर्थ है, देखकर लौटना। मतलब आओ, देखो, अनुभव करो और लौट जाओ, रुको मत। यह “पशयन्ति” धातु से बना शब्द है। पशयन्ति याने देखना,

विपशयन्ति याने विशेष देखना। विशेष के मायने चार आर्य सत्यों- दुख, दुख का कारण तृष्णा, दुख निरोध और आष्टांग मार्ग सहित सुख दुख की क्षणिक वेदना को तटस्थ भाव से देखना। विपश्यना आत्मनिरीक्षण की एक प्रभावकारी विधि है। यह प्राणायाम और साक्षीभाव का मिला-जुला रूप है। दरअसल, यह साक्षीभाव का ही हिस्सा है। साक्षी भाव मतलब जो कुछ घटित हो रहा है, आप उसके साक्षी हैं, न अतीत में हैं और न भविष्य में, सिर्फ़ उसी क्षण में हैं जिसमें गुजर रहे हैं। चिरंतन काल से ऋषि-मुनि इस ध्यान विधि को करते आए हैं। भगवान बुद्ध ने इसको सरलतम बनाया। इस विधि के अनुसार अपनी श्वास को देखना और उसके प्रति सजग रहना होता है। देखने का अर्थ उसके आवागमन को महसूस करना। उन्होंने इसका अभ्यास लोगों से भी करवाया था।

विपश्यना बड़ा सीधा-सरल प्रयोग है। अपनी आती-जाती श्वास के प्रति साक्षीभाव। प्रारंभिक अभ्यास में उठते-बैठते, सोते-जागते, बात करते या मौन रहते किसी भी स्थिति में बस श्वास के आने-जाने को नाक के छिद्रों में महसूस करें। अब तक आप अपनी श्वासों पर ध्यान नहीं देते थे लेकिन अब स्वाभाविक रूप से उसके आवागमन को साक्षी भाव से देखें या महसूस करें कि ये श्वास छोड़ी और ये ली। श्वास लेने और छोड़ने के बीच जो अंतर है, उस पर भी सहजता से ध्यान दें। जबरन यह कार्य नहीं करना है। बस, जब भी ध्यान आ जाए तो सब कुछ बंद करके इसी पर ध्यान देना ही विपश्यना है।

आप दूसरे चरण में बीच-बीच में यह भी देखें कि एक विचार आया और गया, दूसरा आया और गया यह क्रोध आया और गया... आशा आई और गई निराशा आई और गई। किसी भी चीज से किसी भी स्थिति पर जुड़ना नहीं होना है। बस चुपचाप तटस्थ भाव से देखना है कि आपके मन, मस्तिष्क और शरीर में किस तरह की क्रिया और प्रतिक्रियाएं होती रहती है। देह और अनुभूतियों से विलग हो उन्हें देखना भर है।

विपश्यना को करने के लिए किसी भी प्रकार के तामझाम की या एकांत में रहने की जरूरत नहीं। इसका अभ्यास भीड़ और शोरगुल में रहकर भी किया जा सकता है। बाइक चलाते हुए, बस में बैठे, ट्रेन में सफर करते, कार में यात्रा करते, राह के किनारे, दुकान पर, ऑफिस में, बाजार में, घर

में और बिस्तर पर लेटे हुए कहीं भी इस विधि को करते रहो और किसी को पता भी नहीं चलेगा कि आप ध्यान कर रहे हैं।

शरीर और जीव के बीच श्वास ही एक ऐसा सेतु है, जो हमारे विचार और भावों को ही संचालित नहीं करता है बल्कि हमारे शरीर को भी जिंदा बनाए रखता है। श्वास जीवन है। बुद्ध कहते हैं कि यदि तुम श्वास को ठीक से देखते रहो, तो अनिवार्य रूपेण, अपरिहार्य रूप से, तुम शरीर से भिन्न अपने को जानने लगोगे। जो श्वास को देखेगा, वह श्वास से भिन्न हो गया, और जो श्वास से भिन्न हो गया वह शरीर से तो भिन्न हो ही गया। शरीर से छूटो, श्वास से छूटो, तो शाश्वत अनुभूति का अहसास होता है। उस दर्शन में ही उड़ान है, ऊंचाई है, उसकी ही गहराई है। बाकी न तो कोई ऊंचाइयां हैं जगत में, न कोई गहराइयां हैं जगत में। बाकी तो व्यर्थ की आपाधापी है।

इससे तनाव हट जाता है। नकारात्मक और व्यर्थ के विचार नहीं आते। मन में हमेशा शांति बनी रहती है। मन और मस्तिष्क के स्वस्थ रहने से इसका असर शरीर पर भी पड़ता है। शरीर के सारे संताप मिट जाते हैं। इसका सबसे बड़ा लाभ यह कि यदि आप इसे निरंतर करते रहे तो स्वयं से साक्षात्कार होने लगता है और मोह कटने लगता है।

उपेक्षा–अपेक्षा

गौतम बुद्ध अधिक व्यावहारिक थे। घायल हंस की कथा आती है, जिसके संदर्भ में वे कहते हैं कि जरूरी यह नहीं है कि जिस तीर से हंस घायल हुआ, वह तीर कहां से आया, तीर चलाने वाला कौन था, उसने किस उद्देश्य से तीर चलाया? इन प्रश्नों के उत्तर ढूढ़ने की अपेक्षा जरूरी है हंस को घाव से निजात दिलाने का प्रयत्न करना। ऐसे या वैसे लोग संसार में है या नहीं, संसार क्षणिक है या अनन्त, आत्मा और शरीर एक है या भिन्न-भिन्न, आत्मा है या नहीं, पुनर्जन्म है या नहीं। इन प्रश्नों को पाली साहित्य में अव्यक्तानि कहा गया है। इनके बारे में कुछ कहना ठीक नहीं, अतः ऐसे प्रश्नों पर भगवान बुद्ध मौन रह जाते थे। जिनका बोध यही था कि व्यक्ति ऐसे प्रश्नों में उलझकर विवाद को जन्म न दें। बल्कि अपना कर्तव्य आसानी से करता रहे। इन प्रश्नों की उपेक्षा करते हुए तटस्थ भाव से जीवन यापन करते किसी से कोई अपेक्षा न करे। अपेक्षा से ही तृष्णा जागती है।

बोधि

गौतम बुद्ध ने जिस ज्ञान की प्राप्ति की थी उसे 'बोधि' कहते हैं। माना जाता है कि बोधि पाने के बाद ही संसार से छुटकारा पाया जा सकता है। सारी पारमिताओं (पूर्णताओं) की निष्पत्ति, चार आर्य सत्यों की पूरी समझ और कर्म के निरोध से ही बोधि पाई जा सकती है। बोधि प्राप्ति से लोभ, दोष, मोह, अविद्या, तृष्णा और कथित आत्मा में विश्वास सब गायब हो जाते हैं।

***

गोरखपुर

21 जून 2022 को गोरखपुर से भोपाल के लिए ट्रेन पकड़ने हेतु लुम्बिनी से गोरखपुर पहुँचना है। जिसके लिए पहले टैक्सी से 30 किलोमीटर सुनौली बॉर्डर जाना होगा। वहाँ से 95 किलोमीटर गोरखपुर है। गोरखपुर से शाम छै बजे भोपाल के लिए ट्रेन पकड़ना है।

भैरहवा भारतीय सीमा पर नेपाल का आख़िरी बस्ती है। बॉर्डर पार करके भारत की सीमा में पहली बसावट सोनौली शहर है। बॉर्डर के नज़दीक पहुँचते ही गोरखपुर ले जाने वाले टैक्सी ड्राइवर पीछे पड़ने लगे। हमारे मास्टर नेगोशीएटर जवाहर जी ने एक-दो को हड़का कर तीसरे ड्राइवर को कोने में ले जाकर गोरखपुर पहुँचाने हेतु दो हज़ार माँगने वले टैक्सी ड्राइवर से गोरखनाथ मंदिर दर्शन कराकर स्टेशन छोड़ने का सौदा सत्रह सौ में पटा लिया। टैक्सी में सामान रखकर बॉर्डर पर पहुँचे। भारतीय सिपाही ने पूछा कहाँ जा रहे हैं। हमारे भोपाल बताने पर उसने हमारे एक सदस्य को टेंट में बैठे एक पुलिसकर्मी के पास विवरण लिखने को भेजा। पाँच मिनट में काम निपट गया।

दो दिन से खांसी परेशान कर रही थी। वहीं एक दवाई की दुकान दिख गयी। केमिस्ट को कहा- कॉफ़ सिरप दे दो। उसने पूछा कौन सा?, हमने कहा डॉक्टर जो मरीज़ों को सबसे ज़्यादा लिख रहे हैं, वही दे दो। उसने मुस्कुरा कर सिप्ला कम्पनी की rexcof 116.00 मूल्य छपी शीशी 100.00 में पकड़ा दी। दो ढक्कन उँडेला तो अंदर से बाहर खुलने वाला खांसी ढक्कन बंद होने लगा। रास्ते में दशहरी आम की बहार आई थी। सड़क किनारे से डाल के

पके साठ रुपए किलो के हिसाब से पाँच किलो आम ख़रीद कार की डिक्की को मालामाल कर दिया। अगला पड़ाव प्रसिद्ध गोरखनाथ मंदिर था। साढ़े दस बजे हम गोरखनाथ मंदिर में थे।

उत्तर प्रदेश के गोरखपुर नगर में स्थित बाबा गोरखनाथ मंदिर के नाम पर इस जिले का नाम गोरखपुर पड़ा है। गोरखनाथ मन्दिर के वर्तमान महन्त उत्तर प्रदेश के मुख्यमंत्री योगी आदित्यनाथ जी है। एक साधु से दिखते विद्वान व्यक्ति मिले। हमने नाथ सम्प्रदाय के बारे में पूछा। उन्होंने विस्तार पूर्वक पूरी कहानी सुना दी। हिन्दू धर्म, दर्शन, अध्यात्म और साधना के अंतर्गत विभिन्न संप्रदायों और मत-मतांतरों में 'नाथ संप्रदाय' का प्रमुख स्थान है। संपूर्ण देश में फैले नाथ संप्रदाय के विभिन्न मंदिरों तथा मठों की देख रेख यहीं गोरखपुर से होती है। नाथ सम्प्रदाय की मान्यता के अनुसार सच्चिदानंद शिव के साक्षात् स्वरूप 'श्री गोरक्षनाथ जी' सतयुग में पेशावर, त्रेतायुग में गोरखपुर, द्वापर युग में द्वारिका के पास हरमुज, तथा कलियुग में गोरखमधी, सौराष्ट्र में आविर्भूत हुए थे।

उन्होंने चारों युगों में विद्यमान एक अयोनिज अमर महायोगी, सिद्ध महापुरुष के रूप में एशिया के विशाल भूखंड तिब्बत, मंगोलिया, कंधार, अफ़ग़ानिस्तान, नेपाल, सिंघल तथा सम्पूर्ण भारतवर्ष को अपने योग से मानवता को कृतार्थ किया था।

यहां यह भी स्मरणीय है कि महान बालसंत ज्ञानेश्वर महाराज, जिन्होंने भगवद्गीता पर सुप्रसिद्ध ग्रंथ "ज्ञानेश्वरी" लिखा, भी नाथपंथ से दीक्षित थे, तथा उनके सद्गुरु भी उनके सगे सहोदर भ्राता निवृत्तिनाथजी भी नाथपंथ से शिक्षित-दीक्षित थे। निवृत्तिनाथजी की समाधि नासिक ज्योतिर्लिंग से मात्र लगभग आधा पौन किलोमीटर नासिक नगर में ही में मुख्य बाजार की मेनरोड़ पर ही है।

नाथपंथी या नाथवंशी यह मूल रूप से नाथ समाज में श्रेष्ठ जोगी समाज से होते हैं! या यूँ कह सकते हैं कि वे शिव के वंशज होते है जो शिव शैवनाथ ब्राह्मण के नाम से भी जाने जाते हैं। एशिया के देशों नेपाल में 20%, भारत में 13 .5%, भूटान में 3% नाथ लोग मिलते हैं। पाकिस्तान, अफगानिस्तान, चीन, नेपाल, तिब्बत, बांग्लादेश और रंगून में नाथवंशियो के अनुयायी को मानने वाले लोग होते हैं।

गोरक्षनाथ मंदिर गोरखपुर में अनवरत योग साधना का क्रम प्राचीन काल से चलता रहा है। ज्वालादेवी के स्थान से परिभ्रमण करते हुए 'गोरक्षनाथ जी' ने भगवती राप्ती के तटवर्ती क्षेत्र में आकर तपस्या की थी और उसी स्थान पर अपनी दिव्य समाधि लगाई थी, जहाँ वर्तमान में 'श्री गोरखनाथ मंदिर (श्री गोरक्षनाथ मंदिर)' स्थित है। उज्जैन के भर्तृहरि का भी नाथ सम्प्रदाय से सम्बंध था। नाथ योगी सम्प्रदाय के महान प्रवर्तक ने अपनी अलौकिक आध्यात्मिक गरिमा से इस स्थान को पवित्र किया था, अतः योगेश्वर गोरखनाथ के पुण्य स्थल के कारण इस स्थान का नाम 'गोरखपुर' पड़ा। महायोगी गुरु गोरखनाथ की यह तपस्याभूमि प्रारंभ में एक तपोवन के रूप में रही होगी और जनशून्य शांत तपोवन में योगियों के निवास के लिए कुछ छोटे- छोटे मठ रहे, मंदिर का निर्माण बाद में हुआ। आज हम जिस विशाल और भव्य मंदिर का दर्शन कर हर्ष और शांति का अनुभव करते हैं, वह ब्रह्मलीन महंत श्री दिग्विजयनाथ जी महाराज जी की ही कृपा से अस्तित्वमान हुआ है। वर्तमान पीठाधीश्वर महंत अवैद्यनाथ जी महाराज के संरक्षण में श्री गोरखनाथ मंदिर विशाल आकार-प्रकार, प्रांगण की भव्यता तथा पवित्र रमणीयता को प्राप्त हो रहा है। पुराना मंदिर नव निर्माण की विशालता और व्यापकता में समाहित हो गया है। हमारे पहुँचने के दिन योग दिवस होने से सुबह ही योग दिवस कार्यक्रम हुआ था। पहले हमने मंदिर में योगियों की मूर्तियों के दर्शन किए। उसके बाद प्रसाद स्वरूप भोजन ग्रहण करके चार बजे गोरखपुर रेल्वे स्टेशन पहुँच गये।

ट्रेन रवानगी का समय छै बजे का था। हमारी बहुत दिनों से गीता प्रेस जाने की उच्चतम इच्छा थी लेकिन अवसर नहीं बन पा रहा था। जवाहर जी ने गीता प्रेस का प्रस्ताव रखा। जवाहर जी के साथ विश्व प्रसिद्ध गीता प्रेस भ्रमण को गये। जवाहर जी ने गेट पर पहुँच कर इंटर्काम से मैनेजर साहिब से बात की तो उन्होंने सलाह दी कि हम लोग चित्र दीर्घा और पुस्तक भंडार देखकर उनके कार्यालय आ जायें।

हम गीता प्रेस के प्रबंधक लालमणि तिवारी से बात करके दंग रह गये। उन्होंने बताया अभी कुछ दिन पहले ही राष्ट्रपति रामनाथ कोविंद जी का गीता प्रेस आना हुआ था। उन्होंने संस्था के प्रन्यासियों सहित उन्हें 24 जून 2022 राष्ट्रपति भवन आमंत्रित किया है कि विदेशों में दूतावासों के माध्यम से गीता प्रेस की किताबों को वहाँ के समाज में पहुँचाया जाये। उसी तारतम्य में

तैयारी चल रही है। उन्होंने बताया कि रामचरितमानस और हनुमान चालीसा की माँग इतनी अधिक है कि कई कोशिशों के बावजूद पूरा नहीं किया जा सकता है। कोविड के बाद माँग में अप्रत्याशित वृद्धि हुई है। रामचरितमानस की एक साल में एक करोड़ प्रतियाँ बिक जाती हैं।

हमने पूछा गीता प्रेस की किताबें बाज़ार से कम मूल्य पर कैसे मिलती हैं। उनका कहना था कि किसी भी किताब पर लाभ नहीं कमाया जाता। क़ीमत में स्थायी लागत (fixed cost) को भी शामिल नहीं किया जाता। चल लागत ही विक्रय मूल्य होता है। ट्रस्टी एक भी पैसा नहीं लेते और न किसी सुविधा का लाभ उठाते हैं। यहाँ तक कि अभी राष्ट्रपति भवन जाना है तो ट्रस्टी खुद के ख़र्चों पर जाएँगे। किसी प्रकार का कोई सरकारी या ग़ैर-सरकारी दान भी नहीं लिया जाता है।

गीता प्रेस भ्रमण से हमारी एक बहुत पुरानी इच्छा पूरी हुई। हमारी इच्छा गीता प्रेस से छै खंडों में प्रकाशित 2700/- मूल्य की टीका सहित मूल महाभारत ख़रीदने की थी। बेचवाल किताबों का सेट निकलवा कर बिल काटने ही वाले थे, तभी पुस्तकों का बड़ा वज़नी पैकेट आ गया। जिसे ले जाने में दिक़्क़त हो सकती थी। उसमें 450/- भिजवाने का खर्चा जुड़वा कर 3150/- भुगतान करके इच्छापूर्ति सम्भव हुई। अब हम अपने घर पर महाभारत पाठक मंच बनाकर अध्ययन करने की दिशा में एक कदम बढ़ा चुके हैं।

इति वृतांत

3

दर्रों की लुकाछिपी

01 जुलाई 2022 को सुबह सात बजे भोपाल से दिल्ली उड़ान पकड़ने राजा भोज विमान तल रवाना होना था। पर्यटन की शुरुआत करने के उत्साह में सुबह की ताजी हवा और भी सुहानी लग रही थी। लगे भी क्यों न, आख़िर हवा बदलने के लिए दुनिया के सबसे ऊँचे स्थान पर स्थित लेह हवाई अड्डे पर उतरने वाले थे। वहाँ की ज़मीन कुछ-कुछ चाँद सी वीरान दिखती है। शायरी में चौदहवीं का चाँद लाजवाब होता है। लेकिन अपोलो-11 के अंतरिक्ष यात्री नील आर्म स्ट्रोंग ने सचमुच के चाँद को बहुत खुरदुरा बताया है। वहाँ पीने को पानी नहीं है और साँस लेना दूभर है। घर के चाँद के सानिध्य में तो साँस कतिपय कारणों से अक्सर तेज हो जाती है। लद्दाख़ में आक्सीजन कम होने से साँस धीमी होने लगती है।

पिछले पंद्रह दिन से इस यात्रा की तैयारी कर रहे थे। चाहे कितनी भी तैयारी कर लो लेकिन अंतिम समय की अफ़रातफ़री से बचा नहीं जा सकता। महिलाओं की तैयारी का आलम बिल्कुल अलहदा होता है। कपड़े-ज़ेवर-जूते-चप्पल और खाने पीने की सामग्री सब गड्डमड्ड हो जाते हैं। लद्दाख़ में समुद्र तल से 14,000 से 18,000 फुट ऊपर अजीबोग़रीब मौसम होता है। वहाँ हरियाली रहित सूखे नंगे पहाड़ हैं जिनके शिखरों पर जमी बर्फ़ पर तेज धूप से दिन में 37-38 डिग्री सेंटीग्रेड तापमान रहता है परंतु शाम घिर आते ही तापमान एकदम से गिर कर 4-8 डिग्री तक पहुँच जाता है।

आख़िर वह क्षण आ ही गया जब टैक्सी दरवाज़े पर आ खड़ी हुई, और गरम कपड़ों को रखने की अफ़रातफ़री ने माहौल बिगाड़ दिया। भारतीय घरों में अक्सर तनावग्रस्त वातावरण में पर्यटन यात्रा की शुरुआत होती है। आपको तनाव झेलने और उससे निजात पाने की आदत डालना ही होती है। फिर भी कुछ न कुछ सामान छूट ही जाता है। जैसे साबुन, दवाइयाँ, दंतमंजन ट्यूब और ब्रश वग़ैरह। इन चीजों का एक अतिरिक्त पैकेट पहले से ही बैग में रख लेना चाहिए। फिर भी महिलाओं के रबर बैंड, सुई-धागा, अतिरिक्त नाड़ा और सिंदूर डिबिया छूटते-छूटते बचीं। टैक्सी में बैठते ही विमान में अनुमत सामान और हैंडबेग हेतु नियत क्रमशः पंद्रह और दस किलो वजन निर्धारित होने लगा। थोड़ा-थोड़ा करते सामान अधिक हो ही जाता है। फिर कम करते-करते बहुत कम हो जाता है। ख़ैर गहरी साँस लेकर मन के विमान को संतुलित किया। इतने में हवाई अड्डा आ गया। सुरक्षाकर्मी को टिकिट और पहचान के साक्ष्य दिखाकर अंदर घुसे। बोर्डिंग पास के बाद सुरक्षा जाँच में सामान की बिदाई के समय महिलाएँ कुछ इस तरह द्रवित हो रही थीं, मानो बेटी की बिदाई हो रही हो।

सात बजे विमान में बैठने के लिए गेट नम्बर 4 की तरफ़ प्रस्थान किया। सौम्या ने वेब चेक-इन करके सभी की कुर्सियाँ खिड़की की तरफ़ ले ली थीं। तक़रीबन एक घंटा इंतज़ार करते बैठे रहे। विमान में चढ़ने कि घोषणा होने पर विमान में प्रवेश किया। चार उड़नपरियों का समूह विमान के प्रवेश द्वार पर नमस्कार की मुद्रा में कुछ बोलता सा नज़र आ रहा था लेकिन उनके शब्द सुनाई नहीं दे रहे थे। उनसे नज़र मिलाकर धन्यवाद कह आगे बढ़ गये। हमारी सीट 16-A खिड़की किनारे पर थी। नज़दीक जाकर खड़े हुए तो वहाँ एक जोड़ा बैठा था। उन्होंने हमें मूर्ख समझ 16-C की तरफ़ बैठने का इशारा किया लेकिन हम जन्म से ही मूर्ख नहीं हैं। हमने प्रत्युत्तर में आँखों से 16-A की तरफ़ इशारा किया। उन्होंने हमारी बुद्धिमानी से चकित हो खड़े होकर हमें अपनी कुर्सी तक जाने दिया। फिर वे तोता-मैना की तरह चौंच लड़ाने में और हम लद्दाख़ की घाटियों के विचार में खोए यात्रा वृतांत लिखने में व्यस्त हो गये।

विमान ने नियत समय 7:45 पर उड़ान भरी। विमान रनवे याने उड़ान भरने के लम्बे रास्ते पर पहुँचा। कैप्टन के कुछ बुदबुदाने के बाद विमान दौड़ाना शुरू किया। विमान ने पल भर में गति पकड़ ठीक तीस सेकंड में

ज़मीन छोड़ दी। अब हम सही के आसमान में उड़ रहे थे। वो वाला नहीं, जिसे लोग कहते हैं "साला आसमान में उड़ रहा है।" ख़्याल आया, ज़मीन पर थे तो आसमान मुट्ठी में नहीं था, आसमान में पहुँचे तो ज़मीन छूट गई। निदा फ़ाज़ली ने क्या ख़ूब कहा है।

कभी किसी को मुकम्मल जहाँ नहीं मिलता,
कहीं जमीन तो कहीं आसमान नहीं मिलता।

बग़ल वाला तोता-मैना जोड़ा ग़ैरज़रूरी बातें करके हाथों में हाथ डालकर सो गया। थोड़ी देर बाद हाथ से हाथ छूटे तो मैना का सिर तोता के कंधे पर था। किरदार तो नींद में थे परंतु उनकी बाहों और कलाइयों पर छपे टैटू आपस में जो बयाँ रहे थे। उसे देख हम निदा फ़ाज़ली की ग़ज़ल गुनगुनाने लगे-

जिसे भी देखिये वो अपने आप में गुम है,
ज़ुबाँ मिली है मगर हमज़ुबाँ नहीं मिलता।

थोड़ी देर में उनकी साँसों से बिना धुएँ के शोले उठने लगे।

बुझा सका है भला कौन वक़्त (इश्क़) के शोले,
ये ऐसी आग है जिसमे धुआँ नहीं मिलता।

उन्हें देखकर लगा कि इनकी ज़िंदगी का यह रूमानी वक्त गुज़रने के बाद सब लोगों की तरह ये लोग गुनगुनाएँगे।

तेरे जहाँ में ऐसा नहीं कि प्यार न हो,
जहाँ उम्मीद हो इसकी वहाँ नहीं मिलता।

आसमान में उमड़ते-घुमड़ते सफ़ेद बादलों से बातें करते सोचते रहे कि इस घूमती फ़ानी दुनिया में कुछ भी स्थायी नहीं है - मुहब्बत भी। इतने में नाश्ता परोसने वाली परिचारिका आ गई। जब से मास्क चलन में आया है, उनकी नक़ली ख़ुशी बिखेरती मुस्कान दिखती नहीं है। वह काली घटाओं को गोल माथे पर से खींच पीछे कसकर जूड़ा बाँधे सिर्फ़ आँखों से बात कर रही थी। नाश्ता भुगतान पर उपलब्ध था। मतलब 295.00 रुपए की सैंडविच, जिसमें

29.00 रुपए से अधिक लागत नहीं लगी थी, GST सहित 307.00 रुपयों में मिल रही थी। सैंडविच की विमान सी ऊँची क़ीमत सुनकर हमें चक्कर आने लगा। ऐसा लगा क़ीमत सुनकर आक्सीजन कम हो रही है। इसीलिए शायद उड़ान के पहले ही विमान में आक्सीजन लेने की विधि से परिचय करा दिया जाता है। विमान हसीना से एक गिलास पानी लेकर गले में उँडेला और दिल्ली पहुँचने लग गए।

तोता-मैना जोड़ा गहन निद्रा में था। शायद कई दिनों से सोया नहीं था। बाहर निकलने के लिए आख़िर उनकी नींद में ख़लल डालना पड़ा। वे चौंक कर उठे। अस्तव्यस्त परिधानों को व्यवस्थित करने लगे। विमान रुका नहीं कि यात्री तुरंत खड़े हो गये। जबकि उतरने की सीढ़ी विमान के दरवाज़े पर लगाने में पंद्रह-बीस मिनट का समय तो लगता ही है। तब तक अपन आराम से बैठे रहे। जब स्थिति धक्कामुक्की से सामान्य हुई तब विमान से उतरना शुरू किया। विमान के दरवाज़े पर पहुँचे तब सीढ़ियाँ ख़ाली थीं। दरवाज़े पर थोड़ा रुककर किसी राष्ट्राध्यक्ष सी धीमी चाल से चारों तरफ़ देखते हुए उतरे। अरे भाई! फोकट में इतराना भी तो एक अदा है। जब कोई न देख रहा हो तो थोड़ा इतराने में क्या हर्ज है। ख़ैर आसमान में उड़कर ज़मीन पर आ गये। कितना भी ऊँचा उड़ लो आख़िर ज़मीन पर तो आना ही पड़ता है।

ज़मीं की गोद में इतना सुकून है 'आतिश'
जो उतरा वो सफ़र की थकान भूल गया।

हमें दिल्ली से लेह की उड़ान पकड़नी थी। दिल्ली विमानतल पर प्रस्थान से बाहर निकल पुनः आगमन द्वार से सुरक्षा जाँच उपरांत मालूम पड़ा कि लेह की उड़ान गेट नम्बर 32 से प्रस्थान करेगी। क्रेडिट कार्ड संस्कृति के कुछ फ़िज़ूल खर्ची नुक़सान हैं तो कुछ फ़ायदे भी मिलते हैं। ये किसी-किसी विमानतल पर इग्ज़ेक्युटिव लाउंज में मुफ़्तखोरी करवाते हैं। इत्तफ़ाक़न इग्ज़ेक्युटिव लाउंज गेट नम्बर 32 के बिल्कुल बग़ल में था। थोड़ी लम्बी क़तार थी। क्रेडिट कार्ड की दो रुपया पकड़ जुगाड़ से दस मिनट में लाउंज के अंदर थे। अमेरिकन नाश्ता और हिंदुस्तानी नाश्ता का विकल्प था। हिंदुस्तानी इडली साम्भर चटनी उपमा उदरस्त किया और साथ में काप्पीछिनों काफ़ी का कड़क

ज़ायक़ा गले में उतारा। इतनी देर में बोर्डिंग की घोषणा हुई और विमान में चढ़कर खिड़की वाली 18-A कुर्सी पर आसान जमाया।

विमान कप्तान ने बताया लेह का तापमान 32 डिग्री सेंटीग्रेड से अधिक होने के कारण बर्फ़ पर सूर्य रश्मियाँ चकाचौंध पैदा करती हैं। जिससे विमान उतारने में दिक़्क़त हो सकती है। इसलिए 11:45 के तय समय से पूर्व ही 11:30 को उड़ान भरना पड़ेगी। विमान के उड़ान भरते ही गुड़गाँव का कांक्रीट जंगल दिखने लगा। दस मिनट के बाद हम बादलों से बातें कर रहे थे। उसके बाद शिवालिक पहाड़ियाँ, पीर पंचाल पर्वत शिखर दिखने लगे।

शिवालिक पहाड़ियाँ मुख्य हिमालय से उतार की बाह्य हिमालयी पर्वतमाला है, जो भारतीय महाद्वीप के उत्तरी भाग में पश्चिम में सिंधु नदी से लेकर पूर्व में ब्रह्मपुत्र नदी तक लगभग 2,400 किलोमीटर तक पसरी है। यह लगभग 10-50 किमी चौड़ी है और इसके शिखरों की औसत ऊँचाई 1,500-2,000 मीटर (4,900-6,600 फुट) है। असम में तीस्ता और रायडक नदी के बीच लगभग 90 किलोमीटर (56 मील) का गलियारा है, जहाँ शिखर कम ऊँचाई के हैं। वहीं से अरुणाचल का रास्ता है। यह हिमायल पर्वत प्रणाली के दक्षिणतम और भूगर्भ शास्त्रीय दृष्टि से, कनिष्ठतम पर्वतमाला कड़ी है। इसकी औसत ऊंचाई 850-1200 मीटर है और इसकी कई उपश्रेणियां भी हैं। यह 1600 किमी तक पूर्व में तीस्ता नदी सिक्किम से पश्चिमवर्त नेपाल और उत्तराखंड से कश्मीर होते हुए उत्तरी पाकिस्तान तक जाते हैं। बीच में शाकंभरी देवी की पहाडियों से सहारनपुर, देहरादून मसूरी के पर्वतों में जाने हेतु मोहन दर्रा प्रधान मार्ग है। शिवालिक का अर्थ शिव की जटाएँ है। शिवालिक से उत्तर में ऊँची हिमालय पर्वत माला है, जो मध्य हिमालय भी कहलाती है। एक पौराणिक मिथक के अनुसार रघु कुल के भागीरथी प्रयासों से गंगा स्वर्ग से धरा पर आने की सहमत हुईं लेकिन उनके तीव्र वेग को पृथ्वी पर झेलना मुश्किल था। शिव अपनी जटाएँ फैलाकर कैलाश पर्वत पर विराजमान हुए, तब उनकी जटाएँ हिमालय की तराई तक फैल गईं, वे ही शिवालिक पहाड़ियाँ कहलाती हैं।

लेह में चटक तेज धूप की अल्ट्रा वायोलेट किरण बर्फीले पहाड़ों पर पड़कर गर्मी बढ़ा देती है। सूर्य रश्मियों की तेज़ी नज़र को दृश्यों पर थमने नहीं दे रही थी। आसमान में मानसूनी बादलों का दूल्हा बिना बूँदों की बारात नृत्य कर रहा था। विमान को बादलों से ऊपर उठाने के प्रयास में विमान

बुरी तरह हिलने लगा। कुछ लोग घबराहट में एक दूसरे को देखने लगे। वैसे भी विमान में सिवाय उड़नपरियों को देखने के अलावा और कुछ था भी नहीं। कुछेक को उल्टियाँ होने लगीं। थोड़ी देर में भोजन परोसने की घोषणा हुई। सवारियाँ चौकन्नी हो गईं। उनकी जीभें लपलपाने लगीं। यह जानकारी मिलते ही कि भोजन भुगतान पर उपलब्ध है, सुनते ही सबने अपनी जीभें समेट लीं। हमारी टिकट कारपोरेट बुकिंग में होने से मुफ़्त नाश्ते में सजीधजी सैंडविच एक गिलास पानी के साथ परोसी गई।

विमान आधा घंटे बाद 18000 फुट की ऊँचाई पर था। बादल नदारत और उनकी जगह धूप में झुलसते हिम शिखरों ने ले ली। हिमालय का अर्थ ही हिम का आलय याने बर्फ़ का भंडार होता है जैसे पुस्तकों का भंडार पुस्तकालय होता है। पायलट ने सूचना दी कि सब हम लेह पहुँचने वाले हैं। सभी यात्री कुर्सी सीधी करके बेल्ट कस लें। विमान सुविधाजनक तरीक़े से नीचे पहुँचने लगा। फ़ौज की छावनी दिख रही थी। उसके ठीक बाजू की हवाई पट्टी पर विमान उतरा। लेह की हवाई पट्टी फ़ौजी है। उसे नागरिक विमान उतरने की अनुमति है। सामान समेटकर बाहर निकले। एक टैक्सी चालक हमारे नाम की तख़्ती लिए खड़ा था। सवार होकर लेह शहर के बीच में स्थित मानसरोवर होटल पहुँच गये।

लेह की मानसरोवर होटल में पहले माले पर कमरा मिला। कमरे में पंखा या एसी होने को कोई प्रश्न नहीं है। दिन में यद्यपि 38 डिग्री सेंटीग्रेड तापमान है परंतु रात ढलते ही सात डिग्री पर खिसक जाएगा। रूम हीटर चलाना पड़ता है। स्वागत पेय के रूप में बढ़िया गाढ़े लीकर की चाय पीकर मज़ा आ गया। स्थानीय नियमों के अनुसार शरीर के थर्मोस्टेट को सेट करने और कोविड नियमावली पालन हेतु एक दिन का आराम आवश्यक है। चार बजे पैदल घूमने निकले तो घरों में सेवफल से लदे पेड़ दिखे। बाक़ी दिन आराम किया। मुफ़्त के खाने का भी एक अलग मज़ा होता है। होटल की तरफ़ से सौजन्य रात्रिभोज करके जल्दी सोने चले गये।

लेह के आसपास

02 जुलाई 2022 को नाश्ता करने के बाद लेह के आसपास भ्रमण को निकले। होटल में पता चला कि जयपुर से आये पर्यटकों को आक्सीजन की कमी के कारण साँस लेने में तकलीफ़ हो रही है। लेह समुद्र तल से तक़रीबन 12,000

फुट ऊँचाई पर है। अब हमें 13,000 फुट पर जाना था। हमने पेपर नैप्किन में कपूर की एक-एक गोली रखकर सभी साथियों को इस निर्देश के साथ पकड़ा दी कि वे इसे थोड़ी-थोड़ी देर में सूंघते रहें। इससे उन्हें घुमावदार चढ़ाई वाले रास्तों पर मितली की परेशानी नहीं होगी और आक्सीजन की कमी भी न होगी। जब भी किसी स्थान के विभिन्न पर्यटन केंद्रों पर घूमने जाना हो तो टैक्सी वाले एक तरीक़ा अपनाते हैं कि सबसे नज़दीक के स्थलों पर पर्यटकों का अधिक समय खर्च कराने की जुगत में रहते हैं। लंच तक उसी स्थान के आसपास तीन बज जाएँ और इतने थक जाएँ कि लम्बी दूरी के स्थान पर जाने लायक़ न रहें या जाने को अनिछुक हो जायें। हमने टैक्सी चालक को लेह से सत्तर किलोमीटर दूरी पर स्थित अलची गोम्पा स्थल पर सबसे पहले चलने को कहा। थोड़ी आनाकानी के बाद वह सहमत हो गया। उसने गाड़ी में डीज़ल भरवा लिया।

लिकिर गोंपा

वाहन तेज गति से लेह-श्रीनगर राष्ट्रीय राजमार्ग क्रमांक 01 पर चल पड़ा। सबसे पहले 52 किलोमीटर पर हमारा पड़ाव लिकिर गोंपा था। यह लेह के पश्चिम में 3700 मीटर की ऊंचाई पर एक छोटी सी पहाड़ी पर सुरम्य रूप से स्थित है। यह तिब्बती बौद्ध धर्म के गेलुग्पा संप्रदाय द्वारा लद्दाख के पांचवें राजा, ल्हाचेन ग्यालपो (ल्हा-चेन-रग्याल-पो) की कमान के तहत 1065 में लामा दुवांग चोसजे ने स्थापित किया गया था। वर्तमान में लगभग 120 बौद्ध भिक्षु इस मठ में रहकर साधना करते और धर्म चक्र प्रवर्तित करते हैं। यहाँ लगभग तीस छात्रों वाला एक स्कूल है। जिसमें बौद्ध धर्म सम्बन्धी शिक्षा तीन भाषाओं, हिंदी, संस्कृत और अंग्रेजी में प्रदान की जाती है। इसे केंद्रीय बौद्ध अध्ययन संस्थान चलाता है।

मठ में दो सभा मंडप हैं, जिन्हें दुखांग के नाम से जाना जाता है। जीवन सतत दुख का अंग है। उससे मुक्त होने के लिए निर्वाण सुखांग है। दुखांग में बोधिसत्व (जिसने सत्य जान लिया है), अमिताभ (जिसकी अमिट आभा है) शाक्यमुनि (शाक्यों में जो मुनि है), मैत्रेय (भविष्य के बौद्ध) और पीली टोपी संप्रदाय के संस्थापक त्सोंग खापा की बड़ी मूर्तियाँ हैं। एक केंद्रीय प्रांगण के दाईं ओर ध्यान केंद्र स्थित है जिसमें सात-सात लामाओं के बैठने की छह पंक्तियाँ और लिकिर के प्रमुख लामा के लिए एक सिंहासन है।

मठ में एक संग्रहालय है जिसमें पुरानी पांडुलिपियों का भंडार है। उल्लेखनीय थंका पेंटिंग संग्रह और पुरानी वेशभूषा और मिट्टी के बर्तन हैं। छत पर बैठे मैत्रेय की 75 फीट ऊंची सुनहरे रंग की मूर्ति है। यह बुद्ध मूर्ति 1999 में बनकर तैयार हुई है। बाईं दीवार में 35 इकबालिया बुद्धों के चित्र हैं, जबकि दाहिनी दीवार में शाक्यमुनि की एक छवि है। एक सीढ़ी हॉल से बाहर निकलती है, जो प्रमुख लामा का कमरा ज़िनचुन की ओर जाती है। जिसमें मुख्य रूप से थंका और लामाओं की छवियां और अवलोकितेश्वर की पत्नी तारा की अभिव्यक्तियाँ हैं।

हमारा समूह दो भागों में बँट गया। इस कारण से ज़रूरत से अधिक समय इस मठ में व्यतीत हुआ। हमें आज दस पर्यटन स्थलों का भ्रमण करना था इसलिए सभी को समूह में साथ रहने और प्रत्येक स्थल पर समय निर्धारण करने की हिदायत दी गई।

अलची गोम्पा

अगला पड़ाव सिंधु नदी के दक्षिण तट पर 3,100 मीटर (10,200 फीट) की ऊंचाई पर लेह से 65 किलोमीटर की दूरी पर स्थित अलची मठ है। सिंधु नदी की सहायक नदियों के किनारे बीस किलोमीटर चलकर अलची गोम्पा पहुँचे। गोम्पा या गोम्बा या गोन्पा तिब्बती शैली में बने एक प्रकार के बौद्ध-मठ के भवन या भवनों के समूह को कहते हैं। तिब्बत, भूटान, नेपाल और लद्दाख़, हिमाचल प्रदेश, सिक्किम व अरुणाचल प्रदेश क्षेत्रों में कई स्थानों पर गोम्पा बने हैं।

अलची गोम्पा को लद्दाख केंद्र शासित प्रदेश के लद्दाख स्वायत्त पहाड़ी विकास परिषद के तहत संचालित लेह जिले के अलची गांव में मंदिरों के मठ परिसर (चोस-खोर) के रूप में जाना जाता है। इस परिसर में निचले लद्दाख क्षेत्र के अलची गांव में चार अलग-अलग बस्तियां हैं। जिनमें विभिन्न अवधियों के स्मारक हैं। इन चार बस्तियों में लिकिर मठ द्वारा प्रशासित अलची गोम्पा सबसे पुराना और सबसे प्रसिद्ध कहा जाता है।

अलची परिसर के निर्माण का श्रेय 10 वीं शताब्दी में प्रसिद्ध विद्वान-अनुवादक रिनचेन ज़ंगपो (958-1055) को दिया जाता है, साथ ही लामायुरु मठ, वानला, मांग-ग्यू और सुमदा का नाम भी उनके नाम के साथ

जुड़ा है। दसवीं शताब्दी के दौरान, गुगे के तिब्बती लामा-राजा येशे- Ő ने ट्रांस हिमालय क्षेत्र में बौद्ध धर्म का प्रसार करने के लिए 21 विद्वानों को क्षेत्र आवंटित करके मठ निर्माण की पहल की थी। हालांकि, कठोर जलवायु और विषम स्थलाकृतिक परिस्थितियों के कारण, केवल दो ही जीवित रहे, उनमें से एक सम्मानित विद्वान और अनुवादक रिनचेन जांगपो थे। जिन्होंने लद्दाख क्षेत्र और हिमाचल प्रदेश और सिक्किम सहित भारत के अन्य क्षेत्रों में बौद्ध मठों की स्थापना की थी। अपने प्रवास के दौरान, वे नेपाल, भूटान और तिब्बत के पड़ोसी देशों में भी गए। जांगपो को "लोहत्सावा" या "महान अनुवादक" के नाम से जाना जाने लगा। उन्हें बौद्ध धर्म के प्रसार के लिए ट्रांस-हिमालयी क्षेत्र में 108 मठों के निर्माण का श्रेय दिया जाता है। उन्होंने इस क्षेत्र में बौद्ध धर्म को संस्थागत रूप दिया। इन मठों को तिब्बती बौद्ध धर्म के वज्रयान का मुख्य आधार माना जाता है। जांगपो ने पौराणिक 108 मठों में दीवार पेंटिंग और मूर्तियां बनाने के लिए कश्मीरी कलाकारों को लगाया। इनमें से केवल कुछ ही मठ बचे हैं, लद्दाख में अलची मठ परिसर को उनके द्वारा बनाए गए सभी मठों में प्रथम स्थान का गौरव प्राप्त है।

निचले लद्दाख क्षेत्र में अलची तीन गांवों में एक हिस्सा है जो 'स्मारकों के अलची समूह' का गठन करते हैं; अलची से सटे अन्य दो गाँव मंग्यू और सुमदा चुन हैं। इन तीन गांवों में स्मारकों को "अद्वितीय शैली और कारीगरी" कहा जाता है, लेकिन अलची मठ परिसर सबसे प्रसिद्ध है। यह एक मात्र मठ है जो पहाड़ी पर स्थित न होकर निचले धरातल पर है। मठ में उस समय के बौद्ध और हिंदू दोनों राजाओं के कलात्मक और आध्यात्मिक विवरण चित्रों में परिलक्षित होते हैं। ये लद्दाख की कुछ सबसे पुरानी पेंटिंग हैं। परिसर में बुद्ध की विशाल मूर्तियाँ और विस्तृत लकड़ी की नक्काशी और बारोक शैली में कला-कार्य भी हैं।

मठ परिसर में तीन प्रमुख मंदिर हैं: दुखांग (असेंबली हॉल), सुमत्सेक और मंजुश्री का मंदिर, सभी 12 वीं और 13 वीं शताब्दी की शुरुआत के बीच के हैं। चौर्टेंस भी परिसर का एक महत्वपूर्ण हिस्सा हैं। इसके अलावा, अलची परिसर में दो अन्य महत्वपूर्ण मंदिर हैं, अनुवादक का मंदिर जिसे 'लॉटसभा लखंग' कहा जाता है और एक नया मंदिर जिसे 'लखंग सोमा' कहा जाता है। दुखंग या असेंबली हॉल और एक तीन मंजिला मुख्य मंदिर (gTsug-lag-khang), है, जिसे सुमत्सेग (gSum-brtsegs) कहा जाता है।

कश्मीरी शैली में बनाया गया एक चौर्टेंस भी परिसर का एक महत्वपूर्ण हिस्सा हैं। तीसरे मंदिर को मंजुश्री मंदिर ('जाम-दपाल ल्हा-खांग) कहा जाता है। यहाँ दो सौ रुपए प्रवेश शुल्क जमा कराया जाता है। प्रवेश टिकट लेकर तीनों मंदिरों के दर्शन किये।

निम्मू गाँव

लद्दाख़ की मुख्य नदी सिंधु की मुख्य धारा का उद्गम तिब्बत में मानसरोवर झील के पास है। ज़ांस्कर पर्वत श्रृंखला से इसकी एक सहायक ज़ांस्कर नदी निकलती है। यह लद्दाख के पूर्वोत्तर भाग से होकर बहती है। इस क्षेत्र में ठंड के कारण सर्दियों जम जाती हैं। ज़ांस्कर नदी निम्मू (निमो) गांव में सिंधु नदी में मिलती है। हम निम्मू गाँव पहुँचे। निम्मू चाय-समोसा और चोल-पूरी के लिए बहुत प्रसिद्ध है। निम्मू में रुककर दोपहर का खाना निपटाया और चाय पी।

निम्मू गांव के पास कई पर्यटन स्थल हैं, जिनमें बाजगो, लिकिर और अलची मठ शामिल हैं। यहां का तापमान गर्मियों में 40 डिग्री सेल्सियस से लेकर सर्दियों में -29 डिग्री सेल्सियस तक रहता है। इतनी कठोर जलवायु और चरम मौसम की स्थिति के कारण बहुत कम वनस्पति आच्छादन है। यहाँ एक जलविद्युत ऊर्जा संयंत्र है जिसे निमु-बाजगो बांध के नाम से जाना जाता है। बाजगो मठ नदी किनारे देखते निकले।

सिंधु नदी भारतीय उपमहाद्वीप को जीवनदायिनी वरदान है। हिमालय महापर्वत उत्तर दिशा से ब्रह्मपुत्र महानद को तिब्बत से बंगलादेश तक पहुँचाता है। वहीं दक्षिण में तिब्बत और पामीर के पठार से अनेकों नदियों को मिलाकर सिंधु महानद को अरब सागर तक पहुँचाता है। मानो हिमालय भारतीय महाद्वीप को दोनों हाथों से सहेज रहा हो।

सिंधु नदी का कुल जल ग्रहण क्षेत्र 11,65,000 वर्ग किमी से अधिक है। लद्दाख में इसकी बायीं ओर की सहायक नदी ज़ांस्कर है, और मैदानी इलाकों में इसकी बाएँ किनारे की सहायक नदी पंजनाद हैं, जो पंजाब की पाँच नदियों, अर्थात् ब्यास, सतलुज, झेलम, रावी, और चिनाब, के क्रमिक संगम से बनती है। सिंधु उत्तरी भाग में एक पहाड़ी झरने से शुरू होकर हिमालय, काराकोरम और हिंदू कुश पर्वतमाला में ग्लेशियरों और नदियों से पोषित

होकर समशीतोष्ण जंगलों, मैदानों और शुष्क ग्रामीण इलाकों के पारिस्थितिक तंत्र का निर्माण करती है। इसकी दाहिने किनारे की सहायक नदियाँ श्योक, गिलगित, काबुल, कुर्रम और गोमल नदियाँ हैं। सिंधु नदी लद्दाख की रीढ़ है; सभी प्रमुख स्थान शे, लेह, बासगो और टिंगमोसगैंग नदी के करीब स्थित हैं।

यह ज़ांस्कर घाटी का क्षेत्र है। सुरू नदी ज़ांस्कर श्रेणी की पश्चिमी और उत्तरी सीमा बनाती है। सुरु कारगिल के उत्तर में थोड़ी दूरी पर द्रास और शिंगो नदियों के संयुक्त जल को प्राप्त करने के बाद बाल्टिस्तान के मरोल में सिंधु में शामिल हो जाता है, जो अब नियंत्रण रेखा के पाकिस्तान की ओर है। रंगदम मठ और जूलिडोक का परिचर गांव सुरु घाटी में अंतिम बसा हुआ क्षेत्र है; यह बकरवाल नामक खानाबदोश चरवाहों का भी गंतव्य है, जो हर गर्मियों में जम्मू क्षेत्र में ट्रेकिंग करते हैं। रंगदम, हालांकि पेन्सी-ला के उत्तरी किनारे पर, सुरू के बजाय सामाजिक और सांस्कृतिक रूप से ज़ांस्कर का हिस्सा माना जाता है।

ज़ांस्कर घाटी रंगदम से पेन्सी-ला में 4400 मीटर तक ऊँची हो जाती है। कारगिल सुरू घाटी का एकमात्र शहर, 1947 से पहले व्यापार कारवां के मार्गों पर एक महत्वपूर्ण पड़ाव था, जो श्रीनगर, लेह, स्कर्दु और पदुम से लगभग 230 किलोमीटर की दूरी पर कमोबेश समान दूरी पर था।

हिमालय के उत्तरी भाग में भारी हिमाच्छादित फ्लैंक के तल पर ज़ांस्कर और सुरु घाटियाँ एक बड़ा ट्रफ़ बनाती हैं। ज़रा देखें ज़ांस्कर नदी कैसे आकार लेती है। ज़ांस्कर घाटी में दो नदियाँ, स्टोड (डोडा) और लुंगनाक (ज़ाराप लिंगती) के कुंड हैं। लुंगनाक की मुख्य सहायक नदियों में से एक ज़ाराप है, जो उत्तरपूर्वी हिमाचल प्रदेश के कुछ हिस्सों और घाटियों को त्सो मोरीरी (झील) के उत्तर-पश्चिम में सिर्फ 20 किलोमीटर दूर से आती है। बारा-लाचा-ला के उत्तर में थोड़ा दूर यह लिंगटी और एक अन्य सहायक नदी से जुड़ती है; इसके बाद यह उत्तर-पश्चिम की ओर बहती है और अचानक एक दर्रे से होकर दक्षिण की ओर मुड़ जाती है और फुगताल गोम्पा से होते हुए शिंगो-ला से उतरती कारग्याक नदी में मिल जाती है, जो हिमाचल प्रदेश से आती है। स्टोड पेन्सी-ला के नीचे द्रांग-ड्रंग ग्लेशियर पिघला हुआ पानी ले जाता है, और लुंगनाक के पास एक विस्तृत खुली घाटी में बहता है। ज़ांस्कर में भारी हिमपात होता है, पेन्सी-ला केवल जून में खुलता है और अक्टूबर

के मध्य में फिर से अवरुद्ध हो जाता है। पूरी घाटी वस्तुतः वृक्षविहीन है। ज़ांस्कर नदी के रूप में इन सबका संयुक्त जल ज़ांस्कर रेंज में एक दर्रे के माध्यम से उत्तर की ओर बहता है, मध्य लद्दाख में निम्मू के नज़दीक में सिंधु नदी में शामिल होता है। उसी संगम के सामने आधा घंटा गुज़ारा।

ग्रीष्मकाल के दौरान, ज़ांस्कर नदी और भी प्रफुल्लित होती है और सर्दियों के दौरान यह हरे रंग में बदल जाती है जबकि सिंधु नीला हो जाता है। सिंधु नदी में राफ्टिंग (जोखिम ग्रेड 1) और ज़ांस्कर नदी में राफ्टिंग (जोखिम ग्रेड 2) लोकप्रिय आउटडोर खेल हैं। ज़ांस्कर और सिंधु नदियों का संगम इसके करीब स्थित है। निम्मू सभी रिवर राफ्टिंग समूहों के लिए एक पड़ाव है और सिंधु नदी में सालाना अखिल भारतीय रिवर राफ्टिंग अभियान के लिए मुख्य प्रारंभिक बिंदु है।

हमने सिंधु नदी और ज़ांस्कर नदियों के संगम पर हिमाच्छादित शिखरों का अवलोकन किया। दो पहाड़ों के बीच बहती नीली-हरी सिंधु नदी का मटमैली ज़ांस्कर नदी के साथ संगम हम देख रहे हैं। रंगों के इस जादुई संगम के चारों ओर अनगढ़ सूखे पहाड़ों ने इसकी जीवंतता को और बढ़ा दिया है। सूर्य की आभा में जुड़ी नीले आसमान से उतरती पहाड़ियाँ - सचमुच भूमि की चुप्पी कितनी प्यारी है। फड़फड़ाते झंडे के साथ उभरते प्रार्थना के स्वरों ने सहूलियत बिंदु के साथ एक शांति जोड़ दी। पूरे वातावरण ने सम्मोहन से आगाह किया कि आप सब कुछ भूलकर और मंत्रमुग्ध कर देने वाले परिदृश्य को हृदय में बसा लें।

गुरुद्वारा पत्थर साहिब

श्री गुरु नानक देव जी भूटान, नेपाल, तिब्बत से होते हुए लद्दाख पहुंचे थे। लेह में लोगों से मिलते हुए वह कश्मीर के मट्टन पहुँचे थे। लेह और मट्टन में स्थित गुरुद्वारे श्री गुरु नानक देव जी याद दिलाते हैं। अगर हम बात लेह की करें तो वहां पत्थर साहिब गुरुद्वारा है। यह गुरुद्वारा लेह से पहले 25 किमी दूर श्रीनगर-लेह रोड पर स्थित है। श्री गुरु नानक देव जी 1517 ई में सुमेर पर्वत पर अपना उपदेश देने के बाद लेह पहुंचे थे। गुरुद्वारे का इतिहास काफी अहम है किंवदंती है कि गुरु जी ने एक राक्षस को सही रास्ते पर लाकर लोगों के दिल से उसका भय दूर किया था। वहां एक पहाड़ पर

रहने वाला एक राक्षस लोगों को बहुत तंग करता था। लोगों ने अपने दुख को गुरु जी के सामने बयां किया। गुरु नानक देव जी ने नदी किनारे अपना आसन लगा लिया।

एक दिन की बात है कि जब श्री गुरु नानक देव जी प्रभु की भक्ति में लीन थे, तब राक्षस ने गुरु जी को मारने के लिए पहाड़ से बड़ा पत्थर फेंका। गुरु जी से स्पर्श होते ही पत्थर मोम जैसा मुलायम हो गया। इससे गुरु जी के शरीर का पिछला हिस्सा मोम बने पत्थर में धंस गया। गुरुद्वारे में पत्थर में धंसा श्री गुरु नानक देव जी के शरीर का निशान आज भी पत्थर पर मौजूद हैं। तब राक्षस पहाड़ से नीचे उतरा और गुरु जी को ज़िंदा देखर हैरान रह गया। गुस्से में आकर राक्षस ने अपना दायां पैर पत्थर पर मारा, लेकिन उसका पैर मोम बने पत्थर में धंस गया। तब राक्षस को अहसास हुआ कि उससे गलती हुई है। राक्षस गुरु जी के चरणों में गिर पड़ा। राक्षस के पैर का निशान भी पत्थर पर देखा जा सकता है। गुरु जी ने राक्षस को उपदेश दिया कि बुरे काम मत करो, लोगों को तंग न करो, मानव के कल्याण के लिए काम करो। इस समय गुरुद्वारा पत्थर साहिब की संभाल का जिम्मा भारतीय सेना के पास है।

हमने वाहन से उतर कर देखा तो गुरुद्वारा के सामने से एक रास्ता बग़ल में गया था। लोग वहाँ गरम चाय का सेवन कर रहे थे। वहाँ पर एक नल में बर्फ़ का पानी ठंडा पानी आ रहा था। उसके पीछे देखा तो पाया कि एक बड़ा लम्बा पतला पाइप नल से जुड़ा था और वह पतला पाइप मोटे पाइप से जुड़ा था। जिनमे से होकर बर्फ़ का पानी पिघल कर नल तक आ रहा था। शुद्ध कंचन पानी देख मुँह हाथ धोए और ठंडा पानी पीकर दिन भर से थकी देह से थकान और गर्मी को राहत देकर चाय सेवन के स्थान पर पहुँच चाय ग्रहण करने लगे। तेज हवा चल रही थी। चाय अधिक गरम होने से फूँक-फूँक कर सिप कर रहे थे। तभी हमारे पीछे किसी सज्जन ने चाय ठंडी करने के लिए चाय को दो गिलासों में ऊपर से एक दूसरे में उँडेल कर ठंडी करने की कोशिश की तो हवा के तेज झोंके से हमारी बायीं बाँह कंधे से लेकर कोहनी तक गरम चाय से तरबतर हो गई। हमने मुड़कर उन सज्जन को देखा तो वे मुँह फेरकर दूसरी तरफ़ देखने लगे। अब उनसे क्या बोलते, जिन्हें अपनी गलती का अहसास ही नहीं था। हमने अपनी चाय मेज़ पर रख कर नल से पानी ले बाँह से कंधे तक को धो लिया। ताकि दाग

पक्के न हो जायें। ज़रूरी नहीं है कि आपको खुद की ग़लतियों से दाग लगें। कभी-कभी दूसरों की ग़लतियों से भी दाग लग सकते हैं। उन परिस्थितियों में किसी से उलझने की बजाय दाग साफ़ कर लेना ठीक रहता है अन्यथा कपड़ों पर लगे दाग मन मस्तिष्क में पक्के होने की सम्भावना रहती है।

मेगनेटिक हिल

लद्दाख क्षेत्र के लेह के नज़दीक एक ऐसी पहाड़ी है जिसे मैग्नेटिक हिल के नाम से जाना जाता है। सामान्यतौर पर पहाड़ी के ढलान पर वाहन को गियर में डाल और हैंडब्रेक लगा खड़ा किया जाता है। यदि ऐसा नहीं किया जाए तो वाहन नीचे की ओर लुढ़ककर खाई में गिर सकता है लेकिन इस मैग्नेटिक हिल पर वाहन को न्यूट्रल करने खड़ा कर दिया जाए तब भी वाहन ढलान की तरफ़ नहीं जाता। ऊपर की तरफ़ जाने लगता है। यह श्रीनगर-लद्दाख रोड पर लेह से 26.5 किमी पश्चिम में है। आश्चर्य तो तब होता है जबकि वाहन एंजिन बंद होने पर नीचे की ओर नहीं जाकर खुद ब खुद उपर की ओर जाने लगता है। यही तो इस पहाड़ी का चमत्कार है कि वाहन लगभग 20 किलोमीटर प्रति घंटे की रफ्तार से ऊपर की ओर चढ़ने लगता है। दूसरा चमत्कार यह कि न सिर्फ गाड़ियां बल्कि आसमान से उड़ने वाले जहाज भी इस पहाड़ी के गुरुत्वाकर्षण से बच नहीं सकते। कोई इसे गुरुत्वाकर्षण शक्ति कहते हैं तो कुछ इसे सिर्फ एक भ्रम मानते हैं लेकिन अब तक इस पहाड़ी का रहस्य सुलझाया नहीं जा सका है।

वैज्ञानिक कहते हैं...मैग्नेट हिल या निमू-लेह मैग्नेट हिल भारत के लद्दाख में लेह के पास स्थित एक गुरुत्वाकर्षण पहाड़ी है। आसपास की भौगोलिक विशेषताओं के कारण, इसमें एक ऑप्टिकल भ्रम है जहां वाहन गुरुत्वाकर्षण की अवहेलना में ऊपर की ओर लुढ़कते हुए प्रतीत होते हैं, जबकि वे वास्तव में पृथ्वी के ढलान पर लुढ़क रहे होते हैं।

विमान चालकों के अनुसार गुरुद्वारा पत्थर साहिब के निकट स्थित इस हिल में गजब की चुंबकीय ताकत है। यही नहीं इसका मैग्नेटिक फील्ड भी काफी बड़े क्षेत्र तक प्रभावित करता है। यदि इस हिल की चुंबकीय ताकत का परीक्षण करना हो तो किसी वाहन के इंजन को बंद करके वहां खड़ा कर दें, वह बंद वाहन धीरे-धीरे पहाड़ी की चोटी की ओर स्वतः ही खिसकना शुरू

कर देता है। इस मैग्नेटिक हिल से होकर विमान उड़ा चुके कई पायलटों का दावा है कि इस हिल के ऊपर से विमान के गुजरते वक्त उसमें हल्के झटके महसूस किए जा सकते हैं, इसीलिए जानकार पायलट इस क्षेत्र में प्रवेश करने से पहले ही विमान की गति बढ़ा लेते हैं ताकि विमान को हिल के चुंबकीय प्रभाव से बचाया जा सके।

जब हम वहाँ पहुँचे तो वहाँ थोड़ा ऊपर पहाड़ी पर जाने के लिए मोटरबाईक किराए पर मिल रही थीं। जहाँ पहुँच कर पर्यटक मैग्नेटिक हिल का करिश्मा देख रहे थे। मुख्य सड़क पर हमने अपना वहाँ खड़ा करके देखा तो कोई वैसा चमत्कार नहीं हुआ जिसका दावा किया जाता है। हमारे पास इतना समय भी नहीं था कि एक हज़ार रुपए देकर चमत्कारी भ्रम का सत्यापन करने मोटरबाईक से ऊपर जाया जाये। पर्यटन उद्योग के नुमाइंदे कुछ पर्यटक पोईंट भ्रम फैलाकर बनाए रखते हैं। हम मैग्नेटिक हिल को दूर से सलाम करके आगे बढ़ गये।

स्पितुक गोंपा

स्पितुक मठ, जिसे स्पितुक गोम्पा या पेथुप गोम्पा भी कहा जाता है, स्पितुक, लेह से 8 किलोमीटर दूर पहाड़ी पर एक बौद्ध मठ है। इसकी स्थापना 11 वीं शताब्दी में मरियम में आने पर लामा चांगचब ओड के बड़े भाई ओड-डी ने की थी। जब लोत्सेवा रिनचेन ज़ंगपो (अनुवादक) उस स्थान पर आए तो उन्होंने कहा कि एक अनुकरणीय धार्मिक समुदाय वहां विकसित होगा, इसलिए मठ को स्पितुक (अनुकरणीय) कहा जाता था। धर्म राज ग्रगस्पा बम-आइड के समय मठ को लामा लवांग लोदोस द्वारा बहाल किया गया था और टोंसखापा का स्टेनलेस ऑर्डर पेश किया गया था और यह आज तक बरकरार है। रेड हैट संस्था के रूप में स्थापित, मठ को 15 वीं शताब्दी में पीली टोपी संप्रदाय द्वारा ले लिया गया था। वह एक छोटा मठ था। वहाँ थोड़ी देर रुककर अगले पड़ाव की तरफ़ चल दिये।

हाल ओफ़ फ़ेम

कारगिल युद्ध में भारतीय सूरमाओं की गाथा बताने वाला हाल आफ फेम पर्यटकों का सिर गर्व से ऊंचा करने में सक्षम है। टूरिस्ट सर्किट पर महत्वपूर्ण पड़ाव यह हॉल आफ फेम देशभक्ति को प्रदर्शित करता है। भारतीय

सैनिकों की बहादुरी और उनकी साहसिक उपलब्धियों का बखान करता है। जैसे ही आप विजय गैलरी से गुजरेंगे तो वहां आपको कारगिल युद्ध में इस्तेमाल किए गए हथियार दिख जाएंगे। सियाचिन ग्लेशियर और अन्य स्थानों पर पहने जाने वाली युद्ध की ड्रेस देखते हैं तो आप उन मुश्किलों का अन्दाज़ लगा सकते हैं, जिनसे हमारे सैनिकों को गुजरना पड़ता है। सैनिकों द्वारा उनके परिवारों को लिखे गए पत्र इस क्षेत्र में लड़े गए युद्धों के दौरान ली गई तस्वीरें और कारगिल युद्ध पर 30 मिनट की डॉक्यूमेंट्री कुछ ऐसे आकर्षण हैं जो पर्यटकों को अपनी ओर खींच ही लेते हैं। इस भवन की दूसरी मंजिल पर भारतीय सेना द्वारा जप्त पाकिस्तानी बंदूकों और अन्य युद्धक शस्त्रों को प्रदर्शित किया गया है। हॉल को भारतीय सेना द्वारा उन सैनिकों के सम्मान में बनाया गया था जो इस क्षेत्र में लड़े गए विभिन्न युद्धों के दौरान शहीद हुए थे।

शांति स्तूप

शांति स्तूप लद्दाख के लेह जिले के चांसपा क्षेत्र में एक पहाड़ी की चोटी पर सफेद गुंबद वाला एक बौद्ध स्तूप (चोर्टेन) है। इसे 1991 में जापानी बौद्ध भिक्षु, ग्योमोयो नाकामुरा और पीस पैगोडा मिशन द्वारा बनाया गया था। स्तूप न केवल अपने धार्मिक महत्व के कारण बल्कि अपने अवस्थिति के कारण भी पर्यटकों के आकर्षण का केंद्र बन गया है जो आसपास के समूचे क्षेत्र का मनोरम दृश्य नज़रों की परिधि में समेटे है। शांति स्तूप से लेह शहर दिखाई देता है, दालान में खड़े होने पर नज़दीक में चांगस्पा गांव, दूर क्षितिज पर नामग्याल त्सेमो पैलेस और आसपास के पहाड़ों के मनोरम दृश्य प्रदान करता है। शांति स्तूप से सूर्योदय और सूर्यास्त को सबसे आकर्षक तरीक़े से देखा जा सकता है। स्तूप रात में रोशनी से जगमगाता है। जिसे लेह शहर से देखा जा सकता है और स्तूप से लेह शहर की रोशनी देखी जा सकती है।

शांति स्तूप का निर्माण अप्रैल 1983 में भिक्षु ग्योम्यो नाकामुरा और भारत सरकार के अल्पसंख्यक आयोग के सदस्य, पूर्व राजनेता और भारत गणराज्य के पूर्व अंतरराष्ट्रीय राजनयिक लद्दाख के लामा कुशोक बकुला की देखरेख में हुआ था। यह परियोजना लद्दाखी बौद्धों और जापानी बौद्ध, जो भारत को बुद्ध का "पवित्र" जन्मस्थान मानते हैं, की मदद से पूरी की गई थी। भारत की तत्कालीन प्रधान मंत्री, इंदिरा गांधी ने 1984 में स्तूप के लिए

एक सड़क के निर्माण को मंजूरी दी थी। राज्य सरकार ने शांति स्तूप के निर्माण के लिए कुछ वित्तीय सहायता भी प्रदान की। वर्तमान दलाई लामा तेनजिन ग्यात्सो ने अगस्त 1991 में शांति स्तूप का उद्घाटन किया।

शांति स्तूप में वर्तमान दलाई लामा की तस्वीर है जिसके आधार पर बुद्ध के अवशेष बताए जाते हैं। स्तूप दो-स्तरीय संरचना के रूप में बनाया गया है। पहले स्तर में प्रत्येक तरफ हिरण के साथ धर्मचक्र है। एक स्वर्ण बुद्ध की छवि "धर्म के टर्निंग व्हील" (धर्मचक्र) को दर्शाते हुए एक मंच पर बैठी है। दूसरे स्तर में बुद्ध के जन्म, बुद्ध की मृत्यु (महाननिर्वाण) और बुद्ध को शैतानों को हराने को ध्यान में रखते हुए दर्शाया गया है।

शांति स्तूप का निर्माण विश्व शांति और समृद्धि को बढ़ावा देने और बौद्ध धर्म के 2500 वर्ष पूरे होने के उपलक्ष्य में किया गया था। इसे जापान और लद्दाख के लोगों के बीच संबंधों का प्रतीक माना जाता है। अपने उद्घाटन के बाद से, शांति स्तूप एक लोकप्रिय पर्यटक आकर्षण बन गया है। द हिंदू के अनुसार यह लेह के आसपास "सबसे प्रसिद्ध पर्यटक आकर्षण" है। इसकी स्थापत्य शैली लद्दाखी शैली से अलग है।

लद्दाख भारत के सबसे खूबसूरत पर्यटन स्थलों में से एक है, जो हरियाली विहीन ऊंचे पहाड़ों, झीलों, नदियों, ग्लेशियरों, बौद्ध मठों और धार्मिक स्थलों से परिपूर्ण है। अगर देखा जाए तो लद्दाख में ऐसी एक भी जगह नहीं है, जहां जाने के बाद आपको लगेगा कि मुझे यहां नहीं आना चाहिए था, क्योंकि लद्दाख में स्थित हर एक जगह का अपना अलग ही महत्त्व है, जो पहाड़ों के बीच अपने अलग-अलग रंग-रूप, प्राकृतिक सौन्दर्य और अपने आस-पास के सुन्दर नजारों से भरे पड़े हैं, जिसे देखने के बाद आपको ऐसा लगेगा कि आप एक अलग ही दुनिया में आ गए हैं। आप सिर्फ़ पहाड़ों पर हरियाली की तलाश करने की कोशिश न करें। लद्दाखी पहाड़ों की बारिश से दुश्मनी है। ला याने दर्रे और दाख शब्द दस का अपभ्रंश, याने दसों दर्रों की जगह लद्दाख़ हुआ।

खारदुंग ला की ओर

03 जुलाई 2022 को आज खारदुंग ला (दर्रा) पार करके नुब्रा घाटी पहुँचना है। खारदुंग ला लेह से लगभग 40 किमी. की दूरी पर स्थित है, जिसे विश्व में सबसे ऊंची जगह से गाड़ियों के गुजरने वाली सड़क का दर्जा मिला है।

खारदुंग ला की ऊंचाई 5,359 मीटर (17,582 फीट) है। लेह में गरम कपड़े और आक्सीजन सिलेंडर बेचने वाले दर्जनों स्टोर गलत तरीके से इसकी ऊंचाई 5,602 मीटर (18,379 फीट) के आसपास होने का दावा करते हैं। ताकि समुद्र सतह से अधिक ऊँचाई पर होने वाली सम्भावित दिक्कतों के मद्देनज़र पर्यटकों को सामान बेचा जा सके। द्वितीय विश्व युद्ध के दौरान इस रास्ते से युद्ध के सामानों को भी चीन तक पहुँचाया गया था। अभी भी इस सड़क पर भारतीय सेना के वाहनों को जाते हुए देखा जा सकता है। यहां पर जाने के लिए आपको इनर लाइन परमिट की जरूरत पड़ती है, जिसे आप लेह के डीसी ऑफिस या वहां किसी भी ट्रैवल एजेंट के मार्फ़त बनवा सकते हैं।

खारदुंग ला लद्दाख के सबसे ऊंचे स्थानों की सूची में शामिल होने की वजह से वहां ऑक्सीजन की मात्रा काफी कम रहती है, जिसकी वजह से वहां जाने पर एल्टीट्यूड सिकनेस होने की संभावना बढ़ जाती है। अगर आप खारदुंग ला जा रहे हैं, तो एल्टीट्यूड सिकनेस से बचने के लिए मेडिसिन वगैरह अपने साथ लेकर जरूर जाएं, वरना चिड़चिड़े होकर आप एटीट्यूड सिकनेस का शिकार भी हो सकते हैं। एटीट्यूड सिकनेस से आप सिर्फ़ धैर्य पूर्वक निकल सकते हैं। लद्दाख़ के दर्रों की जानकारी इसे समझने में सहायक रहेगी।

पर्वतों के आर-पार विस्तृत सँकरे और प्राकृतिक मार्ग, जिससे होकर पर्वतों को पार किया जाता है, दर्रा कहलाते हैं 'ला' शब्द तिब्बती भाषा में 'दर्रे' का अर्थ रखता है। परिवहन, व्यापार, युद्ध अभियानों और मानवीय आवागमन में इन दर्रों की महत्वपूर्ण भूमिका रही है। हिमालय पर काराकोरम दर्रा, रोहतांग दर्रा, खारदुंग दर्रा, बुर्जिला, जोजिला, पीर पंजाल दर्रा, बनिहाल दर्रा, नाथूला दर्रा प्रमुख दर्रे हैं।

रोहतांग दर्रा (Rohtang Pass) भारत के हिमाचल प्रदेश में कुल्लू घाटी और लाहौल और स्पीति घाटियों के बीच 3,980 मीटर (13,058 फुट) की ऊँचाई पर स्थित है। यह हिमालय की पीर पंजाल श्रेणी के पूर्वी भाग में मनाली से 51 किमी दूर है। यह पूरे वर्ष हिमग्रस्त रहता है। हिमाचल को लद्दाख़ से जोड़ने वाला मनाली लेह राजमार्ग इस दर्रे से गुज़रता है। अब वहाँ अटल सुरंग बन जाने से चार घंटो का सफ़र चौबीस मिनट में पूरा किया जा सकता है। एल्टीट्यूड सिकनेस से बच जाते हैं।

क़ाराक़ोरम दर्रा भारत और चीन द्वारा नियंत्रित शिंजियांग प्रदेश के बीच 4,693 मीटर (15,397 फुट) की ऊँचाई पर स्थित है। यह लद्दाख़ के लेह शहर और तारिम द्रोणी के यारकन्द क्षेत्र के बीच प्राचीन व्यापारिक मार्ग का सबसे ऊँचा स्थान है।

ज़ोजिला या ज़ोजि दर्रा भारतीय लद्दाख क्षेत्र के कारगिल जिले में स्थित कश्मीर घाटी को पश्चिम में द्रास और सुरू घाटियों से जोड़ता है और इसके सुदूर पूर्व में सिंधु घाटी को जोड़ता है। ज़ोजिला दर्रा को अक्सर कश्मीर से लद्दाख के प्रवेश द्वार के रूप में नामित किया जाता है। यहाँ भी सुरंग बनने का काम जोरशोर से जारी है।

पीर पंजाल दर्रा भारत के जम्मू और कश्मीर की पीर पंजाल पर्वतमाला में 3,490 मी (11,450 फीट) की ऊँचाई पर स्थित है। यह कश्मीर घाटी को जम्मू क्षेत्र के राजौरी ज़िले और पुंछ ज़िले से जोड़ता है। इस दर्रे से मुगल काल में बनाई गई सड़क गुज़रती है। कल्हण के अनुसार इसका प्राचीन नाम पञ्चालधारा है। "दर्रा" को संस्कृत में "धारा" कहते हैं। इस दर्रे से उत्तर में श्रीनगर और दक्षिण में जम्मू स्थित है।

बनिहाल दर्रा हिमालय का एक प्रमुख दर्रा हैं। राष्ट्रीय राजमार्ग एनएच-1 ए इस दर्रे से होकर निकलता है। यही दर्रा कश्मीर घाटी को जवाहर सुरंग के माध्यम से जम्मू से जोड़ता है।

नाथूला दर्रा सिक्किम राज्य को दक्षिण तिब्बत में चुम्बी घाटी से जोड़ता है। यह 14,200 फुट की ऊंचाई पर है। भारत और चीन के बीच 1962 युद्ध के बाद इसे बंद कर दिया गया था। इसे 05 जुलाई 2006 को व्यापार के लिए खोल दिया गया है। बीसवीं सदी की शुरुआत में भारत और चीन के होने वाले व्यापार का 80 प्रतिशत हिस्सा नाथू ला दर्रे के ज़रिए ही होता था। यह दर्रा प्राचीन रेशम मार्ग की एक शाखा का भी हिस्सा रहा है।

खारदुंग ला लेह के उत्तर में सिंधु नदी घाटी और श्योक नदी घाटी को जोड़ता है। उत्तर-पूर्व तरफ़ मुड़ जाओ तो यह नुब्रा घाटी का प्रवेश द्वार भी बनाता है, जिसके आगे सियाचिन ग्लेशियर है। दर्रे के ऊपर से 1976 में एक मोटर चलने योग्य सड़क सैनिक उपयोग हेतु बनाई गई थी, जो 1988 में सार्वजनिक मोटर वाहनों के लिए खोल दी गई। सीमा सड़क संगठन द्वारा रखरखाव वाला यह दर्रा भारत के लिए रणनीतिक रूप से

महत्वपूर्ण है क्योंकि इसका उपयोग सियाचिन ग्लेशियर में आपूर्ति करने के लिए भी किया जाता है। यह सड़क दुनिया की सबसे ऊंची मोटर चलने योग्य सड़कों में से एक है।

1950 के दशक की शुरुआत में, विलियम ओ. डगलस ने वर्णन किया है कि सिंधु पार करने के बाद पगडंडी का एक रास्ता नदी के किनारे दक्षिण-पर्व की ओर स्पितोक, खलत्से और खारगिल तक जाता है, दूसरा उत्तर की ओर लेह, खरडोंग दर्रा (...), और सिंकियांग के एक प्राचीन व्यापारिक केंद्र "यारकंद" की तरफ़ जाता है। उन्होंने आगे कहा, "लेह एक ऐतिहासिक कारवां मार्ग पर है जो न केवल सिंकियांग में यारकंद की ओर जाता है बल्कि तिब्बत में ल्हासा तक जाता है। (...) ऊन, चांदी, चाय, कैंडी, खाल, मखमल, रेशम, सोना, कालीन, कस्तूरी, मूंगा, बोरेक्स, जेड कप, नमक उत्तर से नीचे लेह आता था। कपास के सामान, शॉल, ब्रोकेड, अफीम, नील, आलूबुखारा, जूते, मोती, अदरक, लौंग, काली मिर्च, शहद, तंबाकू, गन्ना, जौ चावल, गेहूं नीचे से ऊपर की तरफ़ रेशम मार्ग जाता था।" द्वितीय विश्व युद्ध के दौरान इस मार्ग से चीन को युद्ध सामग्री पहुँचाने करने का प्रयास किया गया था।

हम अब लद्दाख़ में सबसे कठिन यात्रा की शुरुआत करने वाले हैं। दिमाग़ में कौतुहल मिश्रित भय है। थोड़ी असुरक्षा भी लग रही है। दो दिनों के लेह प्रवास में दर्रों पर साँस उखड़ने की कठिनाइयाँ सुनने-सुनाने को मिलती रही है। जो खारदुंग ला होकर आते हैं, वे बहादुरी के क़िस्से सुनाते हैं और जो जाने वाले हैं, वे सहमे-सहमे से सुनते रहते हैं।

खारदुंग ला ऐतिहासिक रूप से महत्वपूर्ण है क्योंकि यह मध्य एशिया के लेह से काशगर तक जाने वाले प्रमुख कारवां मार्ग पर स्थित है। इतिहास में इसे सालाना लगभग 10,000 घोड़ों और ऊंटों द्वारा इस्तेमाल किया जाता था। बैक्ट्रियन ऊंटों की एक छोटी आबादी अभी भी पास के उत्तर क्षेत्र हुंडर में देखी जा सकती है। खारदुंग ला लेह सड़क मार्ग से 39 किमी. की दूरी पर है। दक्षिण पुल्लू चेक प्वाइंट से उत्तर पुल्लू चेक प्वाइंट तक के लगभग 15 किमी की दूरी तक के भाग में मुख्य रूप से ढीली चट्टान, गंदगी और यदाकदा पिघली बर्फ के नाले हैं। नुब्रा घाटी की निकटवर्ती सड़क (कुछ स्थानों को छोड़कर जहां शिला स्खलन होता है) बहुत अच्छी तरह से बनी हुई है।

दो और चार-पहिया वाहन, भारी ट्रक और मोटरसाइकिल विशेष अनुमति से नियमित रूप से नुब्रा घाटी में यात्रा के लिए जाते हैं।

हम सुबह दस बजे चल दिए। टैक्सी J.K. 10 9335 चालक तंडुप सहित चल पड़ी। लेह से एक आक्सीजन यूनिट 3,000/- रुपए में किराए पर ली, जिसका उपयोग ज़रूरत पड़ने पर करना था। यात्रा की शुरुआत 12,000 फुट से होना था और उच्चतम बिंदु 17,582 फुट पर था। उसके बाद फिर नीचे उतरना था। पहले साउथ पुल्लु गाँव आया वहाँ से खारदुंग ला 14 किलोमीटर बचा था। खड़ी चढ़ाइयों का सिलसिला शुरू हुआ। ऊपर से सर्पाकार सड़क की कई रेखाएँ नीचे देखने में डर लगता है। साँस में भारीपन महसूस होने लगा। टिस्सु पेपर में लपेट कर कपूर की दो टिकियाँ शर्ट के ऊपरी ज़ेब में रखी हैं। जिनको आक्सीजन की कमी दूर करने के लिए बीच-बीच में निकाल कर सूंघते रहते हैं। चढ़ाई पर आक्सीजन की कमी को पूरा करने के लिए पानी सहित तरल पदार्थ पीना होता है। ऊपर पहुँच कर लोग पेशाबघर ढूँढते रहे। एक जगह दो बाथरूम बने थे लेकिन उनमें ताले डले थे। एक-दो पर्यटक बाथरूम के बाहर ही निस्तार करने लगे तो आर्मी सेनानियों ने उन्हें डाँट पिलाई। डाँट खाने के बाद बाथरूम की अनिवार्यता और बढ़ गई। खारदुंग ला पर गाड़ियों की भारी भीड़ थी। लोग गाड़ियाँ उठाकर आगे बढ़ गए। जहां बर्फ़ जमी थी। पर्यटकों ने बर्फ़ पर खेलना, बर्फ़ उछालना और पेशाब करना आरम्भ कर दिया। अब हम लेह घाटी से निकल कर स्योक घाटी में प्रवेश कर रहे थे।

पर्वतों से पिघलते ग्लेशियर से श्योक नदी की धाराएँ मिलकर एक घाटी का निर्माण कर रही थीं। घाटी में सबसे पहले उत्तर पुल्लू नाम का गाँव आया। फिर खारदुंग नामक गाँव पहुँचे। वहाँ से एक सड़क सियाचीन ग्लेशियर और दूसरी सड़क स्कर्दु की ओर जाती है। आगे बढ़ने पर दाहिनी तरफ़ स्कर्दु घाटी आरम्भ हो गई। खालसार और प्रतापपुर पार करने के बाद स्कर्दू पहुँचे। एक ठीकठाक से दिखते रेस्टौरेंट पर पेशाब की थैली ख़ाली करने का अनुपूरक कार्य निपटाया। कुछ अनुपूरक के साथ मूल निस्तार कार्य से भी निवृत्त होकर फ्रेश हो प्रसन्नचित्त हुए। फिर नाश्ता और चाय निपटाई।

हिमाच्छादित हिमालय पर्वतमाला से घिरी नुब्रा घाटी तिब्बत और कश्मीर के बीच स्थित है। घाटी का दृश्य मनोरम और मनमोहक है। सर्दियों

के दौरान, पूरी घाटी दिन रात चंद्रमा के परिदृश्य से भरी रहती है। दिन में उत्तरायण सूर्य की तेज किरण बर्फ़ पर पड़ने से सफ़ेदी लिए होती हैं और रात में चाँदनी का बर्फ़ के साथ अलहदा करिश्मा दिखटा है।

अलेक्जेंडर कनिंघम ने नुब्रा को लद्दाख के पांच प्राकृतिक और ऐतिहासिक डिवीजनों में से एक के रूप में सूचीबद्ध किया था। नुब्रा लद्दाख के उत्तरपूर्वी हिस्से पर है, उत्तर में बाल्टिस्तान और चीनी तुर्किस्तान की सीमा और पूर्व में अक्साई चिन पठार और तिब्बत पर चीन का कब्जा है। सियाचिन ग्लेशियर घाटी के उत्तर में स्थित है। सैसर दर्रा और प्रसिद्ध काराकोरम दर्रा घाटी के उत्तर-पश्चिम में स्थित है और नुब्रा को उइघुर (मंदारिनः झिंजियांग) से जोड़ता है। पहले पश्चिमी चीन के झिंजियांग और मध्य एशिया के साथ इस क्षेत्र से बहुत अधिक व्यापार होता था। बाल्टिस्तान के लोगों ने भी तिब्बत जाने के लिए नुब्रा घाटी का इस्तेमाल किया था।

तिब्बती पठार की तरह, नुब्रा नदी के किनारे को छोड़कर दुर्लभ वर्षा और दुर्लभ वनस्पति के साथ एक उच्च ऊंचाई वाला ठंडा रेगिस्तान है। गांव सिंचित और उपजाऊ हैं, गेहूं, जौ, मटर, सरसों और विभिन्न प्रकार के फल और मेवे पैदा करते हैं, जिनमें सेब, अखरोट, खुबानी और यहां तक कि कुछ बादाम के पेड़ भी शामिल हैं। अधिकांश नुब्रा में नुब्रा बोली या नुब्रा स्काट वक्ताओं का निवास है। बहुसंख्यक बौद्ध हैं। नियंत्रण रेखा के पास नुब्रा के पश्चिमी या सबसे कम ऊंचाई वाले छोर पर यानी भारत-पाक सीमा पर श्योक नदी किनारे के गांव तुरतुक के निवासी गिलगित-बाल्टिस्तान के बाल्टी हैं, जो बलती बोलते हैं, और शिया और सूफिया नूरबख्शिया मुसलमान हैं।

नुब्रा घाटी एक तीन भुजाओं वाली घाटी है जो लद्दाख घाटी के उत्तर-पूर्व में स्थित है। यह श्योक और नुब्रा नदियों के संगम से बनी है। श्योक नदी उत्तर पश्चिम की ओर बहती है और नुब्रा नदी एक न्यूनकोण बनाते हुए इसमें उत्तर-उत्तर पश्चिम से आ कर मिलती है। श्योक नदी आगे जाकर सिन्धु नदी में मिलती है। नुब्रा की केन्द्रीय बस्ती दिस्कित की दूरी लेह से 150 किमी है। दिस्कित अपने बागों, दर्शनीय स्थलों, बैक्ट्रियन ऊंटों और मठों के लिए जाना जाता है। नुब्रा घाटी जम्मू और कश्मीर का सबसे उत्तरी भाग है। नुब्रा घाटी को लद्दाख के बाग के रूप में जाना जाता है और इसे मूल रूप से लदुमरा कहा जाता है जिसका अर्थ है फूलों की घाटी।

नुब्रा घाटी दूर से देखने पर घाटी सूखी लगती है। हालांकि, घाटी में मुख्य रूप से प्रमुख कृषि भूमि शामिल है। तब कोई आश्चर्य नहीं कि घाटी ने लद्दाख का प्रतिष्ठित बाग का सम्मान अर्जित किया है। यह सिर्फ नुब्रा की प्राकृतिक सुंदरता ही नहीं है जो पर्यटकों को आकर्षित करती है। घाटी मुख्य रूप से बौद्ध है और बौद्ध शिक्षा के कई केंद्रों को बसाए है। एन्सा, समस्टेमलिंग, दिस्कित और हुंदर प्रसिद्ध बौद्ध मठ हैं। हम सुमूर, हुंदर और दिस्कित की तरफ़ बढ़ रहे हैं। सबसे पहले सुमूर पहुँचे। श्योक नदी के बहुत चौड़े पाठ के किनारे पर स्थित मठ पर चढ़े तो दोनों तरफ़ नदी का आठ-दस किलोमीटर भाग दिखने लगा। बर्फ़ पिघल कर आते पानी से नदी एक किनारा पकड़ कर बह रही है। नीचे से एक सड़क चीन के खसगर की तरफ़ जा रही है।

नुब्रा घाटी समुद्र तल से 10,000 फुट की ऊंचाई पर स्थित है। पर्यटक वर्ष के किसी भी समय यात्राओं की योजना बना सकते हैं। जुलाई और सितंबर में, जब यहाँ पतझड़ का मौसम होता है, नुब्रा घाटी की यात्रा करने का सबसे अच्छा समय है। यहाँ पेड़ नहीं होते इसलिए पतझड़ में पत्ते नहीं झड़ते अपितु बर्फ़ पिघलती है। उसे बर्फ़झड़ कहा जा सकता है। नुब्रा घाटी की जलवायु साल भर अनुकूल रहती है। यहां तक कि गर्मी के मौसम के दौरान न्यूनतम और अधिकतम तापमान क्रमशः 4 डिग्री सेल्सियस और 30 डिग्री सेल्सियस दर्ज किया गया है। हालाँकि मौसम साल भर शीतल और सुखद रहता है, सर्दियों के मौसम के दौरान तापमान न्यूनतम -40 डिग्री तक गिर सकता है। दिसंबर और जनवरी के महीने आम तौर पर सबसे ठंडे होते हैं, जब पूरी घाटियाँ और दर्रे बर्फ़ से ढँककर समतल हो जाते हैं।

हम सुमूर पहुँच रहे हैं। लद्दाखी में 'सुम' का अर्थ तीन है और 'यूर' का अर्थ है धारा या चैनल। कहा जाता है कि इस गांव में तीन प्रमुख धाराएं बहती हैं और इसी से यह नाम सुमूर पड़ा है। कुछ लोग यह भी अनुमान लगाते हैं कि यह SumYul है, जिसका अर्थ है तीन गाँव। SumYul ही सुमूर है। ऐतिहासिक रूप से यह गांव चीन के खसगर को लद्दाख से जोड़ने वाले प्राचीन व्यापार मार्ग पर है। मठ के ठीक ऊपर पहाड़ी की चोटी पर एक प्राचीन किला है। मठ नुब्रा घाटी में सबसे बड़ा है, जिसे लामा त्सुल्टिम नीमा ने 1830 के आसपास स्थापित किया था। 8-9वीं शताब्दी ईस्वी पूर्व की विशाल चट्टान की लालसा है। पूरे साइचेन बेल्ट में जनसंख्या के मामले में

सबसे बड़ा गांव है। लंबी सर्दियों के दौरान गांव के लोग विभिन्न पारंपरिक सांस्कृतिक प्रथाओं का पालन करते हैं।

सुमूर से श्योक नदी पार करके पर्वत को काट कर बनाए मार्ग पर चलने लगे हैं। रास्ता कभी नदी के बीच से होता है और कभी किनारे से पहाड़ पर चढ़ जाता है। नुब्रा घाटी में ठहरने के लिए दिस्कित के पास बजट रेंज में गेस्टहाउस हैं। कैंपिंग के लिए टेंट भी उपलब्ध कराते हैं। सुमुर में सभी बुनियादी सुविधाओं के साथ डीलक्स कैंप हैं। हंडर में अच्छे होटल भी हैं। नुब्रा घाटी में खाने के लिए सबसे अच्छी जगह होटल और गेस्ट हाउस भारतीय, चीनी, महाद्वीपीय और यूरोपीय भोजन परोसते हैं। हमारा एक रात का डेरा हुंदर के सैंडलवुड कैम्प में अर्थात् पर्यटक टेंट में था। पंद्रह टेंट के गोलाकार घेरा के बीच एक पार्क में चारों तरफ़ पहाड़ियों से घिरे बैठकर भोजन का आनंद लिया। फिर हुंदर पहुँचे।

हुंदर लद्दाख के लेह जिले का एक गाँव है जो रेत के टीलों, बैक्ट्रियन ऊंटों के लिए प्रसिद्ध है। यह नुब्रा तहसील में श्योक नदी के तट पर स्थित है। हुंदर कभी पूर्व नुब्रा साम्राज्य की राजधानी थी। कई बर्बाद इमारतें हैं, जिनमें राजा के महल के खंडहर, लंगचेन खार (हाथी महल) शामिल हैं। पहाड़ी की चोटी पर एक किला है, जिसे गुला कहा जाता है। हुंदर में दो बौद्ध मंदिर भी हैं: सफेद मंदिर (लखांग कार्पो) और लाल मंदिर (लखांग मारपो)। हुंदर और दिस्कित के बीच रेत के टीले हैं।

दिस्कित और हुंदर के बीच का ठंडा रेगिस्तान पर्यटकों के लिए एक आकर्षण है। पर्यटक रेत के टीलों को देखने और बैक्ट्रियन ऊंटों की सवारी करने के लिए ठंडे रेगिस्तान में आते हैं। राजस्थान और भारत के अन्य हिस्सों में पाए जाने वाले एकल-कूबड़ वाले ऊंटों के विपरीत, मध्य एशिया के स्टेपीज़ मूल के बैक्ट्रियन ऊंट के दो कूबड़ होते हैं। बैक्ट्रियन ऊंट, केवल हुंदर में पाए जाते थे। जब लद्दाख मध्य एशिया के साथ प्राचीन व्यापार मार्गों पर एक महत्वपूर्ण पड़ाव था, तब बैक्ट्रियन ऊंट परिवहन का मुख्य साधन थे। प्राचीन रेशम मार्ग पर एक प्रमुख पड़ाव, नुब्रा अभी भी महत्वपूर्ण है क्योंकि यह पश्मीना ऊनी वस्त्रों और बागवानी फसलों का एक प्रमुख व्यापार केंद्र है। स्थानीय लोग सेब, अखरोट, खुबानी, बादाम और मुख्य फसलों जैसे गेहूं, जौ आदि का उत्पादन करते हैं।

दिस्कित मठ

नुब्रा घाटी में दिस्कित मठ न केवल अपने अविश्वसनीय स्थान के लिए, बल्कि मठ के ठीक नीचे स्थित 106 फीट मैत्रेय बुद्ध प्रतिमा के लिए जाना जाता है। नुब्रा घाटी में दिस्कित मठ खालसर-पनाकिल मार्ग से 15 किलोमीटर उत्तर-पश्चिम में 10,308 फीट की ऊंचाई पर ठंडे रेगिस्तान के किनारे स्थित है। यह पार्थपुर और उन को जोड़ती सड़क के किनारे एक पहाड़ी के ऊपर खड़ा है।

दिस्कित मठ के अंदरूनी भाग इसके बाहरी हिस्से की तरह ही सुंदर हैं, क्योंकि वे जटिल थंक़ा भित्तिचित्रों से सजाए गए हैं। प्रार्थना कक्ष, जिसे दुखंग कहा जाता है, बौद्ध संरक्षक देवताओं के विशाल ड्रम और सुंदर छवियों का घर है। मठ का भंडार कई मंगोलियाई और तिब्बती धार्मिक ग्रंथों को संरक्षित करता है। मठ के ठीक ऊपर लाचुंग मंदिर है, जो बौद्ध धर्म के गेलुगपा संप्रदाय के संस्थापक सोंग खापा की बड़ी मूर्ति के लिए प्रसिद्ध है। इसे नुब्रा घाटी के सबसे पुराने मंदिरों में से एक माना जाता है। दिस्कित मठ का प्रांगण दिस्कित गांव और आसपास के परिदृश्य के सुंदर दृश्य प्रस्तुत करता है।

नुब्रा घाटी में एक प्रमुख आकर्षण मैत्रेय बुद्ध की 108 फीट की मूर्ति है, जो को आश्चर्यचकित करती है। सोने और लाल रंग की मूर्ति पाकिस्तान की ओर श्योक नदी का सामना करती एक पहाड़ी के ऊपर दिस्कित मठ के ठीक नीचे स्थित है। पाकिस्तानी अधिकृत कश्मीर के गाँव सामने की दिखती पहाड़ी के पार स्थित हैं। श्योक नदी उसी तरफ़ जा रही है। काराकोरम पहाड़ पर सिंधु से मिलेगी। माना जाता है कि मूर्ति के सौंदर्य और आध्यात्मिक महत्व के अलावा, तीन विचारों को शामिल किया गया है: दिस्कित गांव की सुरक्षा, विश्व शांति को बढ़ावा देना और पाकिस्तान के साथ युद्ध की रोकथाम करना।

दिस्कित मठ में मनाया जाने वाला मुख्य त्योहार दोस्मोचे, या देस्मोचे है, जिसका अर्थ है, "बलि का बकरा का त्योहार।" यह नुब्रा घाटी के गांवों के लोगों की बड़ी भीड़ को आकर्षित करता है। त्योहार का मुख्य आकर्षण छम नृत्य है, जो पर्यटकों के बीच मुखौटा नृत्य के रूप में अधिक प्रसिद्ध है। ये नृत्य मठ के लामाओं द्वारा किए जाते हैं। किसी भी आपदा की घटना को रोकने के लिए आटे से बने चित्र भी फेंके जाते हैं, और हर जगह शांति और समृद्धि का स्वागत करते हैं।

इस मठ का निर्माण त्सोंग खपा के एक शिष्य चंग्ज़ेम त्सेराब जंगपो ने 14 वीं शताब्दी में करवाया था, जिसके अंदर अलग-अलग तरीके से तिब्बती चित्रकारियाँ की हुई हैं, जो देखने में काफी खूबसूरत लगती है। इस मठ में प्रवेश करने के लिए ₹30 देना पड़ता है और अगर कोई व्यक्ति यहां ड्रोन उड़ाना चाहता है, तो उसे अलग से ₹500 देना पड़ेगा। एक घंटा मठ का अवलोकन करके रुकने के स्थान हुंदर तरफ़ कूच किया। पूरा रास्ता श्योक नदी के बीच से होकर है। नदी एक कोने से बह रही है। नदी की किनारे घने घुमावदार कूचों में एक घंटा भटकने के बाद तय स्थान मिला।

हमारे रुकने का इंतज़ाम टेंट हाऊस में था। चारों तरफ़ पहाड़ों से घिरे छोटे से मैदान में 14 टेंट हाऊस बने थे। बीच में एक बगीचा में बीस-पच्चीस कुर्सियाँ डली थीं। उन पर चाँदनी छनकर आ रही थी। रात को आठ बजे के लगभग तीस दक्षिण भारतीय पर्यटक और आ गए। उनकी धमाचौकड़ी देर रात तक चलती रही। रात बारह बजे तक बर्फीले पहाड़ों से उतरती चाँदनी का आनंद लेकर शयन को चले गये।

पैंगांग झील

04 जुलाई 2022 को आज विश्व प्रसिद्ध पैंगांग झील पहुँचने के लिए सात बजे हुंदर से निकलना पड़ा। ड्राइवर का कहना था कि दोपहर में ग्लेशियर का पानी पिघल कर रास्ते में तेज़ी से बहकर व्यवधान उत्पन्न करता है, इसलिए कई स्थानों पर सड़क टूट जाती है। सीमा सड़क संगठन के कर्मचारी उसे ठीक करते चलते हैं। सुबह चाय बिस्कुट लिया और नाश्ता पेक करवा कर रख लिया।

पैंगोंग झील की जुड़वा त्सो मोरीरी झील का जायज़ा भी लेना ठीक रहेगा। मोरीरी झील को पैंगोंग झील की जुड़वा बहन कहा जाता है, जो लद्दाख के चांगथंग क्षेत्र में स्थित है। इस झील की समुद्र तल से ऊंचाई 4522 मीटर (14,836 फीट) है, जिसकी वजह से यहां पर भी ऑक्सीजन की मात्रा कम होती है और यही कारण है कि यहां पर पर्यटकों की ज्यादा भीड़ नहीं होती। इस झील की लंबाई 135 किमी. है जो भारत और चीन दोनों देशों में विस्तारित है। इस झील में भारत का हिस्सा 1/3 (45 किमी.) और चीन का हिस्सा 2/3 (90 किमी.) है। यह झील अपने रंगों को बदलने में माहिर

है। इस झील का रंग सूर्य किरणों और उनके बर्फीले पहाड़ों पर प्रतिबिम्ब से नीला, लाल और कभी-कभी हरा भी दिखलाई पड़ता है। झील के रंग से आसपास का आभामंडल भी उसी रंग का बनता है।

इस झील के किनारे कई फिल्मों की शूटिंग हुई है, लेकिन 2009 में 3-इडियटस् फिल्म की शूटिंग होने के कारण यह झील काफी चर्चा में आई और अब आकर्षण का केंद्र बन चुकी है। झील के पानी का कहीं पर भी निकास न होने की वजह से इसका पानी खारा है और खारा होने के बावजूद भी सर्दियों में यह झील जम जाती है, उस समय इसके ऊपर बाइक और कार वगैरह को आसानी से चलाया जा सकता है।

हुंदर, डिसकिट, खालसर और अगम के बीच एक तरफ़ गगनचुंबी पहाड़ दूसरी तरफ़ पाँच सौ फुट से एक हज़ार फुट गहरी खाई के किनारे से ख़तरनाक रास्ता पर चलते जान मुँह को आती रही। सब चुप थे। ज़ुबान को जैसे लकवा मार गया हो। घबराहट से जान छुड़ाने के लिए फ़िल्मी गीत तेज आवाज़ में बजाए जाने लगे। उसके बाद रेतीले पिघलते पहाड़ों की शृंखलाऐं आरम्भ हुईं। सीमा सड़क संगठन ने श्योक नदी के बीच से रास्ता निकाला है। जिसमें बीच-बीच में कई धाराएँ निकली हैं। रास्ता अक्सर बंद रहता है। अगम में एक नाश्ते की दुकान पर हुंदर से लाया नाश्ता निपटा रहे थे तभी खबर मिली कि आगे रास्ता बंद है। रास्ता खुला लेकिन थोड़ी दूर चलने पर फिर रुकना पड़ा। सीमा सड़क संगठन के श्रमिक बिल्कुल स्याह पड़ चुके हैं। वे बहुत मुश्किल वातावरण में सड़कों की मरम्मत और रखरखाव करते हैं। भोपाल से साथ लाए मिठाई उन्हें खिलाई और उनके हालचाल पूछे। श्योक नदी के अंदर से रास्ता है। जो ठंड के दिनों में बर्फ़ से भर जाता है।

शक्ति नामक गाँव से एक रास्ता लेह जाता है। हमने श्योक जाने वाला रास्ता पकड़ा। पूरा रास्ता श्योक नदी के बीच से होकर है। एक तरफ़ नदी का पाठ है और दूसरी तरफ़ से रास्ता। कभी भी कहीं से ग्लेशियर का पानी तेज़ी से आ सकता है। पेट्रोलिंग पुलिसकर्मी गाड़ियों को निकालने में सहायता करते हैं। अभी एक जगह बहुत देर से फँसे हैं। बाईकर्स निकलते जा रहे हैं। दुनिया के अत्यंत दुरूह रास्ता पर यात्रा करना रोमांचक है। पैंगांग पहुँचना है, कब पहुँचेंगे, कैसे पहुँचेंगे, कुछ भी अनुमान नहीं लगाया जा सकता। साहस और धैर्य की परीक्षा का समय है। कुछ लोग उत्तेजित हैं तो कुछ बोरियत ढो

रहे हैं। साथ रखा पानी पेशाब बनकर ख़त्म होता जा रहा है। अनिश्चितता बढ़ती जा रही है। हृदय गति बेचैनी का मापक यंत्र साथ है। हृदय गति बढ़ती जा रही है। मापी तो 72-75 रहने वाली हृदय गति 96-98 आ रही है। बैठे-बैठे घुटने पथराने लगे हैं। हालाँकि आक्सीजन का स्तर 97-98 है। जितने भी फ़िल्मी गीत थे सब तीन बार सुन चुके हैं। अभी पता चला है कि आगे बड़े ग्लेशियर से पानी एकदम आने लगा है। पता नहीं ग्लेशियर महोदय की कृपा कब होगी। कब पानी पिघलना रोकेंगे और रास्ता खुलेगा।

आजकल युवा जोड़े बाईक पर खूब आने लगे हैं। युवकों में साहसिक रोमांचक यात्रा का रुझान बढ़ा है। तीन-चार सौ गाड़ियों का जाम लग चुका है। बाईकर सबसे आगे पहुँच गए हैं। पानी रुकने पर वे पहले निकलेंगे बाद में गाड़ियाँ। हमारे साथी श्योक नदी के पानी को छूने चले गये, तभी रास्ता खुल गया। भागकर आये। साँसें फूल गयीं। दो साथी आगे निकल गये। उन्हें आगे से बिठाना था। एक पर्वत से पानी की मोटी धार रास्ते पर बह रही थी। गाड़ियाँ एक-एक करके निकालना जोखिम भरा काम था। दो घंटे फँसे रहे। हरेक गाड़ी के निकालने पर लगता था कि यह तो फँस जाएगी या पानी के बहाव में बह जाएगी। एक जेसीबी बीच-बीच में पत्थरों को पानी में डालकर पूरते जाती थी। फिर तीन-चार गाड़ियों को निकालते थे। सौम्या बिटिया और कैलाश भाई गाड़ी से उतर कर नजारा देखने चले गये। वे उस स्थान पर पहुँचे जहां गाड़ियाँ फँस रही थीं। उनके पैर बर्फीले पानी में जमने लगे। उन्होंने पानी के बहाव में फँसती गाड़ियों को धक्का लगाना शुरू किया। कई लोग उनकी फ़ोटो लेकर फ़ेस्बुक और व्हॉटसएप पर डालने लगे। उन्होंने पंद्रह-बीस गाड़ियाँ निकालीं। जब हमारी गाड़ी पहुँची तो दूर खड़े होकर इंतज़ार कर रहे थे। हमारा ड्राइवर होशियार था। उसने रास्ते का निरीक्षण कर एक झटके में गाड़ी निकाल ली।

श्योक से दुर्बक का रास्ता भी बहुत दुस्साहसिक और जोखिम भरा था। एक तरफ़ एक हज़ार से फुट अधिक ऊँचे पहाड़ और दूसरी तरफ़ दो हज़ार फुट गहरी खाई में बहती श्योक नदी, बीच में पहाड़ों से झरनों के रूप में उतरता ग्लेशियर का बर्फीला पानी। ड्राइवर ख़तरनाक तरीक़े से तेज गाड़ी चला रहा था। उसे टोंकने पर बोला - आप चुप रहो, हमारा भरोसा करो। हमने कहा - आपका भरोसा तो है लेकिन मशीन का क्या भरोसा कब दगा दे जाये। संभल कर चलो। पत्थरों में से गाड़ी निकालने पर क्या

मालूम नीचे से कोई बुश वग़ैरह कट गया हो। उसे बात समझ आई। थोड़ी देर ठीक चला और फिर अपनी पर आ गया। बंदर पलटी खाना कभी नहीं छोड़ता। दुर्बक में लंच लिया।

पैंगोंग त्सो विवादित क्षेत्र है। उसके बिल्कुल नज़दीक से गुज़रे। वास्तविक नियंत्रण रेखा (LAC) से लगभग 20 किमी पूर्व में झील का एक हिस्सा चीन द्वारा नियंत्रित है लेकिन भारत द्वारा उसका दावा किया जाता है। झील का पूर्वी छोर तिब्बत में है। 19वीं सदी के मध्य के बाद, पैंगोंग त्सो जॉनसन लाइन के दक्षिणी छोर पर था, जो अक्साई चिन क्षेत्र में भारत और चीन के बीच सीमांकन का एक प्रारंभिक प्रयास था। खुर्नक किला झील के उत्तरी किनारे पर पैंगोंग त्सो के लगभग आधे रास्ते पर स्थित है। तिब्बत अधिग्रहण के समय अर्थात् 1958 से खुर्नक किला क्षेत्र पर चीनियों का नियंत्रण है। दक्षिण में छोटी स्पंगगुर त्सो झील है। वास्तविक नियंत्रण रेखा (LAC) झील से होकर गुजरती है। यह क्षेत्र एलएसी के साथ एक संवेदनशील सीमा बिंदु बना हुआ है। इस क्षेत्र में चीनी पक्ष से घुसपैठ आम बात है। 20 अक्टूबर 1962 को, पैंगोंग त्सो ने चीन-भारतीय युद्ध के दौरान सैन्य कार्रवाई देखी, जिसमें चीन ने भारतीय ज़मीन का एक बड़ा टुकड़ा दबा लिया था। चूसुल की प्रसिद्ध लड़ाई पर चेतन आनंद ने हक़ीक़त फ़िल्म बनाई थी। जिसके प्रसिद्ध गीत "ऐ मेरे वतन के लोगों ज़रा आँख में भर लो पानी" सुनकर तत्कालीन प्रधान मंत्री पंडित जवाहर लाल नेहरू की आँखों में आँसू आ गए थे।

चीन का राष्ट्रीय राजमार्ग 219 पैंगोंग त्सो के पूर्वी छोर से गुजरता है। झील तक रुतोग से 12 किमी या शिकान्हे से 130 किमी की दूरी पर गाड़ी चलाकर पहुँचा जा सकता है। उसके बाद चीनी सीमा लग जाती है। पर्यटक झील पर एक नाव किराए पर ले सकते हैं, लेकिन पक्षियों के प्रजनन स्थल की रक्षा के लिए द्वीपों पर उतरने की अनुमति नहीं है। किनारे पर कई रेस्तरां हैं।

पैंगोंग झील का मज़ा यहाँ तक पहुँचने की रोमांचक यात्रा में है, तकलीफ़ में है, भूख-प्यास की तड़फ में है। यहाँ पहुँच कर विशाल झील में लहराता नीला पानी और उसके चारों तरफ़ सूखे पहाड़ों पर धूप और बादलों की आवारगी देख मन प्रफुल्लित हो गया है।

झील के परे जो पहाड़ दिखते हैं वे चीन की सीमा में हैं। अगस्त 2017 में, पैंगोंग त्सो के पास भारतीय और चीनी सेना में हाथापाई हुई थी जिसमें लात मारना, मुक्का मारना, पत्थर फेंकना और लाठी और छड़ जैसे परम्परा गत हथियारों का उपयोग शामिल था। 11 सितंबर 2019 को, चीनी सैनिकों ने उत्तरी तट पर भारतीय सैनिकों का सामना किया। 5-6 मई 2020 को, झील के पास लगभग 250 भारतीय और चीनी सैनिकों के बीच आमना-सामना हुआ, जिसके परिणामस्वरूप दोनों पक्षों के सैनिक हताहत हुए।

भारत की ओर की झील की यात्रा के लिए एक इनर लाइन परमिट की आवश्यकता होती है क्योंकि यह चीन-भारतीय वास्तविक नियंत्रण रेखा पर स्थित है। सुरक्षा कारणों से भारत नौका विहार की अनुमति नहीं देता है। एक मान्यता प्राप्त गाइड के साथ समूहों की अनुमति है। टांगसे, लुकूँग होते हुए शाम को पाँच बजे आख़िर पैंगोंग झील पर पहुँच गये। झील के उस पार चीन की सीमा में बीच के पहाड़ों पर एक टुकड़ा धूप चमक रही थी। आजुबाजु के पहाड़ों पर स्याह बादलों की कालिमा छाई थी। पहले पी-3 टेंट हाऊस में सामान रखा। लेकिन उसके पहले एक झंझट से निपटना पड़ा। जब हमने मैनेजर को टेंट आवंटन का पत्र दिया तो वह बोला कि उसके पास हमारे आवंटन की कोई सूचना नहीं है। हमने भुगतान नहीं किया होगा। हमने तब तक सामान उतार लिया था। सामान सहित उस पर चढ़ाई कर दी। उसके मालिक से बात कराने को कहा। वे तीन चार लोग मिलकर सलाह करने लगे। हमने ज़ोर से डाँटा तो उन्होंने तुरंत दो टेंट दे दिए। यह खेल बाद में समझ आया कि वे हमें तनाव में रखकर किराया वसूलना चाह रहे थे। उनका मालिक हमारी बुकिंग का भुगतान सीधे टूर ऑपरेटर से प्राप्त कर चुका था। हमारा भुगतान उनकी ऊपरी कमाई होती। बढ़िया चाय पी। पहली फ़ुरसत में पैंगोंग झील किनारे पहुँचे। भारतीय समाज पर फ़िल्मों का इतना प्रभाव है। इसे यहाँ पहुँच कर समझा जा सकता है। 3-इडियटस् फ़िल्म ने इस स्थान को प्रसिद्धि दिलाई है। उसका यहाँ कारोबारी उपयोग होने लगा है। करीना कपूर टाइप पीले रंग की स्कूटर पर बैठकर फ़ोटो खिंचवाने का मूल्य एक सौ, तीन कुर्सियों का किराया तीन सौ रुपया लिया जाता है।

कैम्प में पी-3 के मैनेजर को टेंट में तीसरा बिस्तर लगाने को बुलाया। उसका नाम अजित है। वह झारखंड से नौकरी करने जान जोखिम में डालकर

इतनी दूर आया है। उसकी मासिक तनख़्वाह 15,000/- माहवार है। यहाँ का पर्यटक मौसम मई से सितम्बर कुल 5 महीने रहता है। वह पूरी टीम के साथ मई में यहाँ आया है। खाना पीना यहीं से मिलता है। मासिक तनख़्वाह टेंट के मालिक उसके खाते में जमा कर देते हैं। उसके परिवार के लोग झारखंड में बैंक एटीएम से निकाल लेते हैं। इस प्रकार सीज़न में 75,000/- उसे मिल जाते हैं। उसने बताया ऊपरी कमाई से सीज़न में दो लाख अलग से ले जाते हैं। जिसमें गेस्ट की टिप्स और टेंट के मालिक की जानकारी के बग़ैर किराए से आमदनी शामिल है। मलिक लेह के राजनीतिक वर्चस्व वाले लोग हैं। इतनी दूर रोज़ आ नहीं सकते। वे बुकिंग के हिसाब से भुगतान सीधे प्राप्त करते हैं। भूले भटके पर्यटकों को टेंट उपलब्ध कराकर मैनेजर ऊपरी कमाई कर लेते हैं। सितम्बर में पेंगोंग झील पूरी तरह जमना शुरू होती है तो तापमान -40 डिग्री सेंटीग्रेड तक पहुँच जाता है।

पेंगोंग में साल के बारह महीने भारी मात्रा में सैनिक मौजूदगी रहती है। 1962 से 2020 तक भारतीय और चीनी सैनिकों में भिड़ंत होती रही है। चीन के साथ यह अत्यंत संवेदन शील इलाक़ा है। विषम परिस्थितियों में भी सैनिक मोर्चा नहीं छोड़ते हैं। राष्ट्राध्यक्ष को जब भी किसी स्थानीय कारण से जनता का ध्यान भटकाना होता है तब उनके एक इशारे पर सैनिक मुठभेड़ होती रहती हैं।

बताया जाता है कि 1962 के युद्ध के दौरान यही वो जगह थी, जहां से चीन ने अपना मुख्य आक्रमण शुरू किया था। भारतीय सेना ने भी चुशूल घाटी के दक्षिण-पूर्वी छोर के पहाड़ी दर्रे रेजांग ला से वीरतापूर्वक युद्ध लड़ा था। पिछले कुछ सालों में चीन ने पैंगोंग झील के अपनी ओर के किनारों पर सड़कों का निर्माण भी किया है।

पौराणिक मान्यताओं के अनुसार, यह झील यक्ष राज कुबेर का मुख्य स्थान है। माना जाता है कि भगवान कुबेर की 'दिव्य नगरी' इसी झील के आसपास कहीं स्थित है। इसका उल्लेख रामायण और महाभारत में भी मिलता है। हालांकि इसमें कितनी सच्चाई है, ये तो शायद ही कोई बता पाए।

आधिकारिक तौर पर, मैकमोहन रेखा भारत और चीन के बीच की सीमा को परिभाषित करती है। यह ब्रिटिश भारत सरकार द्वारा भारत और फिर तिब्बत के बीच एक समझौते के रूप में खींची गई थी। चीन हमेशा

सीमा समझौते पर आपत्ति जताता है क्योंकि उसका दावा है कि यह समझौता झूठा है क्योंकि चीन इसका हिस्सा नहीं था बल्कि तिब्बत था।

पेंगोंग से चूसुल 30 किलोमीटर और मिराक 45 किलोमीटर चीन सीमा पर अंतिम गाँव है। सुबह सेना के दो हेलिकोप्टर पेट्रोलिंग पर जाते दिखे। एक सेनानी ने बताया कि ऑफ़िसर कमांडिंग चूसुल पोईंट पर चाय-नाश्ता की मेज़ पर।

तुरतुक

भारत-पाकिस्तान सीमा पर तुरतुक गाँव है। सरहदें अच्छी भी होती हैं और खराब भी। अच्छी इसलिए की सरहदें किसी मुल्क को उसके वजूद का अहसास दिलाती हैं। खराब इसलिए कि ये लोगों को एक दूसरे से जुदा कर देती हैं। सरहदें बनने का दर्द भारत से बेहतर और कौन जान सकता है। सरहद ने एक ही मुल्क के लोगों को एक दूसरे के लिए बेगाना बना दिया। जहां बंटवारे की लाइन खींची गई, वहां के आधे लोग एक तरफ और आधे लोग दूसरी तरफ के हो गए।

बंटवारे की इस लड़ाई में सरहद के पास ऐसे बहुत से इलाके थे जिन पर दोनों मुल्क अपना दावा ठोंक रहे थे। ऐसे ही इलाकों में से एक था जम्मू-कश्मीर के बाल्टिस्तान इलाके का तुरतुक गांव। बंटवारे के वक्त ये पाकिस्तान में था। चूंकि ये गांव दोनों मुल्कों की सरहदों के बीच स्थित था, लिहाजा यहां बाहरी लोगों के आने पर पाबंदी थी। यहां के लोग बाहरी दुनिया से पूरी तरह कटे हुए थे। 1971 की लड़ाई में जब पाकिस्तान को मुंह की खानी पड़ी, तो तुरतुक भी उसके हाथ से निकल कर भारत में शामिल हो गया। तुरतुक गाँव में हिंदू, मुस्लिम और बौद्ध तीनों धर्मों को मानने वाले लोग रहते हैं। यह गांव श्योक नदी के तट पर स्थित है, जहां पहुंचने के बाद आपको काफी सुंदर और बेहतरीन नजारा देखने को मिलेगा।

यह भारत द्वारा 1971 ई में पाकिस्तान से छीना गया गांव है, जो वर्तमान समय में भारत का एक हिस्सा बन चुका है। यह गांव चारों ओर से पहाड़ों से घिरे होने के साथ-साथ श्योक नदी के तट पर बसा हुआ है, जहां जाने के बाद एक अलग ही दुनिया का एहसास होता है। वर्तमान समय में यह गांव लद्दाख का काफी बड़ा आकर्षण का केंद्र बन चुका है, जिसे देखने के लिए हर साल देश के अलग-अलग क्षेत्रों से सैलानी यहां आते हैं।

सतरंगी प्रतिबिम्ब

05 जुलाई 2022 को सुबह पाँच बजे नींद खुली तो पेंगोंग झील देखने चले गए। ग़ज़ब का प्राकृतिक सौंदर्य बिखरा हुआ था। सूर्य रश्मियों का हिमशिखरों पर रंगीन नृत्य और उनका झील पर सतरंगी प्रतिबिम्ब आभा देखते बनती थी। आठ बजे पेंगोंग से रवाना हुए। हमें अब पुनः श्योक नदी के और भी ख़तरनाक दर्रों से गुजरते हुए सिंधु की सहायक नदियों के काँठे में पहुँचना है।

लद्दाखी हिमालय सिंधु की सहायक नदियों के साथ, भारत का पंजाब क्षेत्र बनाता है, जबकि नदी का निचला भाग पाकिस्तान के दक्षिणी सिंध प्रांत में एक बड़े डेल्टा में समाप्त होता है। सिंधु नदी ऐतिहासिक रूप से इस क्षेत्र की कई संस्कृतियों का मिलन स्थल रही है। तीसरी सहस्राब्दी ईसा पूर्व में सिंधु घाटी सभ्यता का उदय हुआ, जो कांस्य युग की एक प्रमुख शहरी सभ्यता थी। दूसरी सहस्राब्दी ईसा पूर्व के दौरान पंजाब क्षेत्र का उल्लेख वेद ऋचाओं में सप्त सिंधु और अवेस्ता धार्मिक ग्रंथों में सप्त हिंदू (दोनों शब्दों का अर्थ "सात नदियों") के रूप में किया गया है। सिंधु घाटी में उत्पन्न होने वाले प्रारंभिक ऐतिहासिक साम्राज्यों में गांधार और सौवीर के रोर वंश शामिल रहे हैं। सिंधु नदी पश्चिमी दुनिया के ज्ञान में शास्त्रीय काल की शुरुआत में आई, जब फारस के राजा डेरियस ने नदी का पता लगाने के लिए 515 ई.पू. में अपने ग्रीक दरबारी स्काइलैक्स ऑफ कैरींडा को भेजा।

सिंधु घाटी सभ्यता के प्रमुख शहर, जैसे हड़प्पा और मोहनजो-दारो, लगभग 3300 ईसा पूर्व के हैं। प्राचीन दुनिया के कुछ सबसे बड़े मानव आवासों का प्रतिनिधित्व करते हैं। सिंधु घाटी सभ्यता पूर्वोत्तर अफगानिस्तान से पाकिस्तान और उत्तर-पश्चिम भारत तक फैली हुई थी। झेलम नदी के पूर्व से ऊपरी सतलुज पर रोपड़ तक ऊपर की ओर पहुंचती है। तटीय बस्तियाँ पाकिस्तान, ईरान सीमा पर सुतकागन डोर से लेकर भारत के आधुनिक गुजरात कच्छ तक फैली हुई हैं। उत्तरी अफगानिस्तान में शॉर्टुघई में अमु दरिया पर एक सिंधु स्थल है, और हिंडन नदी पर सिंधु स्थल आलमगीरपुर दिल्ली से केवल 28 किमी की दूरी पर स्थित है। आज तक, 1,052 से अधिक शहर और बस्तियां मुख्य रूप से घग्गर-हाकरा नदी और उसकी सहायक नदियों के सामान्य क्षेत्र में पाई गई हैं। बस्तियों में हड़प्पा और मोहनजो-दड़ो के प्रमुख शहरी केंद्र, साथ ही लोथल, धोलावीरा, गनेरीवाला और राखीगढ़ी थे। सिंधु और उसकी सहायक नदियों पर 40 सिंधु घाटी स्थलों की खोज की

गई है। हालांकि, सिंधु लिपि की मुहरों और उत्कीर्ण वस्तुओं की खोज की गई वे अधिकांश सिंधु नदी के किनारे पर पाए गए थे।

"इंडिया" शब्द सिंधु (Indus) नदी से लिया गया है। प्राचीन काल में, "भारत" शुरू में सिंधु के पूर्वी तट के साथ उन क्षेत्रों को संदर्भित करता था, लेकिन 300 ईसा पूर्व तक, हेरोडोटस और मेगस्थनीज सहित ग्रीक लेखक पूरे उपमहाद्वीप में इस शब्द का उपयोग कर रहे थे जो पूर्व की ओर बहुत आगे तक फैला हुआ है। सिंधु का निचला बेसिन ईरानी पठार और भारतीय उपमहाद्वीप के बीच एक प्राकृतिक सीमा बनाता है। यह क्षेत्र पाकिस्तानी प्रांतों बलूचिस्तान, खैबर पख्तूनख्वा, पंजाब और सिंध और अफगानिस्तान और भारत के देशों को शामिल करता है। डेरियस द ग्रेट (दारा) के शासनकाल के दौरान सिंधु घाटी पर कब्जा करने वाला पहला पश्चिम यूरेशियन साम्राज्य फारसी साम्राज्य था। उनके शासनकाल के दौरान, कर्यंदा के यूनानी खोजकर्ता स्काइलैक्स को सिंधु के मार्ग का पता लगाने के लिए नियुक्त किया गया था। इसे सिकंदर की हमलावर सेनाओं ने पार कर लिया था, लेकिन उसके मैसेडोनिया के लोगों द्वारा पश्चिमी तट पर विजय प्राप्त करने के बाद - इसे हेलेनिक दुनिया में शामिल करने के बाद, सिकंदर ने एशियाई अभियान को समाप्त करते हुए नदी के दक्षिणी मार्ग के साथ पीछे हटने का चुनाव किया। सिकंदर के एडमिरल नियरचस सिंधु डेल्टा से फारस की खाड़ी का पता लगाने के लिए टाइग्रिस (दजला-फ़रात) नदी तक पहुंचने के लिए निकल पड़े। सिंधु घाटी पर बाद में मौर्य और कुषाण साम्राज्यों, इंडो-ग्रीक साम्राज्यों, इंडो-सीथियन और हेप्टालाइट्स का प्रभुत्व था। कई शताब्दियों में मुहम्मद बिन कासिम, गजनी के महमूद, मोहम्मद गोरी, तैमूर लंग और बाबर की मुस्लिम सेनाओं ने सिंध और पंजाब पर आक्रमण करने के लिए नदी पार की, जिससे भारतीय उपमहाद्वीप का प्रवेश द्वार उपलब्ध हुआ।

आप सोचते होंगे कि यह सब जानकारी कहाँ से लाते हैं। राहुल सांस्कृत्यायन तीन बार तीन तरफ़ से तिब्बत यात्रा पर गए थे। उन्होंने "मेरी लद्दाख़ यात्रा" और "मेरी तिब्बत यात्रा" में इस क्षेत्र का विशद विवेचन किया है। प्रत्येक घुमंतू को उनकी "अथातो घुमक्कड़ जिज्ञासा" और "घुमक्कड़ शास्त्र" ज़रूर पढ़ना चाहिए। इसके अतिरिक्त हेनरिख हेरर की किताब "मेरे तिब्बत में सात साल" दलाई लामा के तिब्बत से पलायन के पहले के सात सालों का जीवंत वृतांत भी पठनीय है।

बहुत ज्ञान बघार लिया। अब दर्रों पर आते हैं। श्योक नदी काराकोरम दर्रे के पास से निकलती है। श्योक और नुब्रा नदियों की घाटी वाले क्षेत्र को नुब्रा के नाम से जाना जाता है। नुब्रा-सियाचिन घाटी में बड़े पैमाने पर अप्सरास समूह, रिमो समूह, और तेराम कांगरी समूह शामिल हैं। इस प्रकार हमने इन सभी गगनचुंबी शिखरों से सटे दर्रों को श्योक से सिंधु काँठे में पहुँचने हेतु पार किया।

पूर्वी और मध्य हिमालय अर्थात् सिक्किम, भूटान, नेपाल उत्तराखंड और हिमाचल प्रदेश मानसूनी बादलों को रोक कर ख़ाली कर देते हैं। वृष्टिछाया के कारण भारतीय मानसून के नमी भरे बादलों का प्रवेश लद्दाख़ में नहीं होता है। यहाँ सितम्बर से जनवरी तक भारी हिमपात होता है। इस प्रकार लद्दाख एक उच्च ऊंचाई वाला वनस्पति विहीन बियाबान है। पानी का मुख्य स्रोत पहाड़ों पर शीतकालीन हिमपात है। हिमालय के उत्तरी किनारे के क्षेत्र- द्रास, सुरू घाटी और ज़ांस्कर- में भारी हिमपात होता है और वर्ष में कई महीनों तक देश के बाकी हिस्सों से लगभग कट जाता है। ग्रीष्मकाल छोटा होता है, हालांकि फसल उगाने के लिए काफी लंबा होता है। वनस्पति की कमी के कारण ऊंचाई पर कई स्थानों पर हवा में ऑक्सीजन का अनुपात कम है।

पेंगोंग से चलकर तंगस्ते से लेह सड़क पकड़ी। खारू होते हुए लेह 110 लिखा था। पेंगोंग जाते समय खारदुंग ला पार किया था। अब 17,600 फुट ऊँचाई वाला चांगला दर्रा पार करना था। पहला पड़ाव सोलतक था, दस बजे चांगला दर्रा पर पहुँचने वाले थे तभी ट्राफ़िक जाम का सामना हो गया। सेना की गाड़ियाँ भी साथ में थीं। तंगस्ते से लेह के रास्ते पर कई गाँव है। जिनके घोड़े, याक और अन्य पशु चरते दिख रहे थे। उनके गोबर के कंडे भी बनते दिखे।

चांगला पार करके हम फिरसे सिंधु घाटी में प्रवेश कर गए। यहाँ के ग्लेशियर पंजाब और सिंध को तर करते हैं। जिंग्राल, शक्ति आया। शक्ति के आगे सीमा सुरक्षा संगठन का सड़क निर्माण कार्य चल रहा था इसलिए ट्राफ़िक जाम फिर सामने आ खड़ा हुआ। वहाँ सीमा सड़क संगठन और इंडीयन आयल कोर्पोरेशन मिलकर प्रोजेक्ट हिमांक नाम से एक सड़क बना रहे हैं। खारू तक उम्दा सड़क बन चुकी है। हेमिस मठ खारू से आठ किलोमीटर है।

हेमिस गोम्पा

हेमिस मठ भारत में द्रुकपा वंश का लेह से 45 किमी दूर स्थित एक हिमालयी बौद्ध मठ (गोम्पा) है। हेमिस मठ 11वीं शताब्दी से पहले अस्तित्व में था। इसे 1672 में लद्दाखी राजा सेंगगे नामग्याल द्वारा फिर से स्थापित किया गया था। पद्मसंभव का सम्मान करने वाला वार्षिक हेमिस उत्सव जून की शुरुआत में वहां आयोजित किया जाता है।

भारत की पूरी दुनिया में पहचान ऐसे देश के रूप में होती है जहां सभी धर्मों के लोग निवास करते हैं। हमारे यहां रोजाना देश के किसी न किसी हिस्से में त्योहार मनाया जाता है। भारत में अलग-अलग धर्मों के लोग बिना किसी डर के अपने-अपने त्योहार और उत्सव धूम-धाम से मनाते हैं। ऐसा ही एक उत्सव है प्रसिद्ध हेमिस गोम्पा मेला, जो केंद्र शासित प्रदेश लद्दाख में बौद्ध समुदाय द्वारा आयोजित किया जाता है। हेमिस गोम्पा मेला लद्दाख के सबसे बड़े बोद्ध मठ हेमिस गोंपा में आयोजित किया जाता है।

हेमिस गोम्पा मेला हर साल बौद्धिक कैलंडर के अनुसार पांचवे महीने में मनाया जाता है। हेमिस गोम्पा मेले का सबसे बड़ा आकर्षण है स्थानीय लोगों द्वारा मुखौटा पहनकर किए जाने वाला नृत्य। मेले में चार पैर के करताल, ढोल, छोटी तुरही सहित अन्य वाद्य यंत्र की मदद से संगीतकार संगीत की प्रस्तुति देते हैं। इस दौरान स्थानीय लोग लंबे सींग और मुखौटा पहनकर नृत्य करते हैं। स्थानीय नृत्य को देखने के लिए बड़ी संख्या में लोग पहुंचते हैं। इसके लिए अलावा मेले में सुंदर हस्तकलाओं की भी प्रदर्शनी होती है। हेमिस गोम्पा मेले में आकर स्थानीय परम्परा को करीब से जानने का मौका मिलता है।

हेमिस गोम्पा मेले को लेकर बौद्ध अनुयायियों की मान्यता है कि इस मेले से अच्छे स्वास्थ्य और धार्मिक शक्ति को बढ़ावा मिलता है। यह मेला भगवान पद्मसंभव के जन्मदिन के रूप में मनाया जाता है। मान्यता है कि भगवान पद्मसंभव के जीवन का लोगों को अध्यात्म से जोड़ने का एक ही लक्ष्य था। यहां पर सबसे बड़ी थंक़ा तस्वीर भी हैं, जिसे 12 सालों में एक बार आम लोगों के दर्शन के लिए प्रदर्शित किया जाता है।

हेमिस महोत्सव भगवान पद्मसंभव (गुरु रिनपोछे) को समर्पित है, जिन्हें बुद्ध के अवतार रूप में नृत्य प्रदर्शन करके सम्मानित किया जाता है। ऐसा

माना जाता है कि बुद्ध शाक्यमुनि की भविष्यवाणी के अनुसार बंदर वर्ष के पांचवें महीने के 10 वें दिन उनका जन्म हुआ था। यह भी माना जाता है कि उनका जीवन मिशन सभी जीवित प्राणियों की आध्यात्मिक स्थिति में सुधार करना था। इसलिए यह दिन 12 वर्षों के चक्र में एक बार आता है, हेमिस उसकी स्मृति में एक बड़ा उत्सव मनाता है। माना जाता है कि इन पवित्र अनुष्ठानों के पालन से आध्यात्मिक शक्ति और अच्छा स्वास्थ्य मिलता है। हेमिस उत्सव मठ के मुख्य द्वार के सामने आयताकार प्रांगण में होता है। अंतरिक्ष चौड़ा और खुला है, दो उभरे हुए वर्गाकार चबूतरे, तीन फीट ऊंचे केंद्र में एक पवित्र खंभा के साथ। एक अच्छी तरह से चित्रित छोटी तिब्बती मेज के साथ एक समृद्ध गद्दीदार सीट के साथ एक उठा हुआ मंच औपचारिक वस्तुओं के साथ रखा गया है - पवित्र जल से भरे कप, बिना पके चावल, तोरमाआटे और मक्खन और अगरबत्ती से सजा। कई संगीतकार चार जोड़ी झांझ, बड़े पैन ड्रम, छोटे तुरही और बड़े आकार के पवन उपकरणों के साथ पारंपरिक संगीत बजाते हैं। उनके बगल में लामाओं के बैठने के लिए एक छोटा सा स्थान निर्धारित किया गया है।

समारोह गोम्पा के ऊपर एक सुबह की रस्म के साथ शुरू होता है, जहां ढोल की थाप और झांझ की गड़गड़ाहट और पाइपों की आध्यात्मिक जय हेतु दादमोकार्पो या रयज्ञलरस रिनपोछे का चित्र औपचारिक रूप से प्रशंसा और पूजा करने के लिए प्रदर्शित किया जाता है।

उत्सव के सबसे गूढ़ रहस्यवादी मुखौटा नृत्य हैं। लद्दाख के मुखौटा नृत्यों को सामूहिक रूप से चाम्स प्रदर्शन के रूप में जाना जाता है। चाम्स प्रदर्शन अनिवार्य रूप से तांत्रिक परंपरा का एक हिस्सा है, जो केवल उन गोम्पों में किया जाता है जो भिक्षु तांत्रिक वज्रयान शिक्षाओं का पालन करके तांत्रिक पूजा करते हैं।

हेमिस गोम्पा दर्शन के बाद पेट में चूहे कूदना शुरू हो गए थे। हेमिस से थिकसे आधा घंटे का सफ़र था। बीच में स्टांका नामक जगह पर दोपहर का भोजन निपटाया। फिर रामबीरपुर होते हुए थिकसे गोम्पा पहुँचे। थिकसे ऊँची पहाड़ी पर सबसे खूबसूरत दिखता है। नीचे सिंधु नदी बहुत छोटे स्वरूप में बहती दिखती है।

थिकसे गोम्पा

अब हम थिकसे गोम्पा पहुँच गए हैं। ठिकसे गोम्पा या थिकसे मठ, टिकसे, के रूप में भी लिप्यंतरित होता है। यह एक तिब्बती शैली का मठ है जो तिब्बती बौद्ध धर्म के गेलुग संप्रदाय से संबद्ध है। यह लेह से लगभग 19 किलोमीटर (12 मील) पूर्व थिकसे बस्ती में एक पहाड़ी की चोटी पर स्थित है। यह तिब्बत के ल्हासा में पोटाला पैलेस से मिलता-जुलता है, और मध्य लद्दाख में सबसे बड़ा गोम्पा है, जिसमें विशेष रूप से महिला साधकों के लिए अलग इमारतों की व्यवस्था है।

यह मठ सिंधु घाटी में 3,600 मीटर (11,800 फीट) की ऊंचाई पर स्थित एक बारह मंजिला परिसर है और इसमें बौद्ध कला की कई वस्तुएं जैसे स्तूप, मूर्तियाँ, थांगका, दीवार पेंटिंग और तलवारें हैं। इसमें मैत्रेय की 15 मीटर (49 फीट) ऊंची प्रतिमा है, जो लद्दाख में भवन के भीतर इमारत की दो मंजिलों को कवर करती सबसे बड़ी मूर्ति है।

15वीं शताब्दी की शुरुआत में, गेलुग स्कूल के संस्थापक, जे चोंखापा, जिन्हें अक्सर पीली टोपी कहा जाता है, ने अपने छह शिष्यों को नए स्कूल की शिक्षाओं का प्रसार करने के लिए तिब्बत के दूरदराज के क्षेत्रों में भेजा। चोंखापा ने अपने शिष्यों में से एक, जंगसेम शेराप ज़ंगपो (विलीः शे रब बज़ंग पो), अमितायस (अमिताभ का संभोगकाया रूप) की एक छोटी मूर्ति दी, जिसमें हड्डी का पाउडर और चोंखापा के खून की एक बूंद थी। चोंखापा ने उन्हें बौद्ध धर्म के प्रचार में मदद मांगने के संदेश के साथ लद्दाख के राजा से मिलने का निर्देश दिया।

राजा, जो उस समय शे के पास नुब्रा घाटी में रह रहे थे, मूर्ति के उपहार से खुश हुए थे। राजा ने अपने मंत्री को लद्दाख में गेलुग आदेश के मठ की स्थापना के लिए शेरब जांगपो की मदद करने का निर्देश दिया। नतीजतन, 1433 में, जांगपो ने सिंधु के उत्तर में स्टैग्मो में ल्हाखांग सर्पो येलो टेम्पल नामक एक छोटे से मठ की स्थापना की। उनके प्रयासों के बावजूद, गेलुग व्यवस्था को अपनाने वाले लामा शुरू में कम थे, हालांकि उनके कुछ शिष्य प्रतिष्ठित व्यक्ति बन गए।

15 वीं शताब्दी के मध्य में, पाल्डेन जांगपो ने अपने शिक्षक शेरब जांगपो द्वारा शुरू किए गए मठवासी कार्य को जारी रखा। उन्होंने यहां एक

बड़ा मठ बनाने का फैसला किया, जो एक जगह का चयन करते समय हुई एक असामान्य घटना से तय होता था। किंवदंतियाँ हैं कि चोंखापा ने भविष्यवाणी की थी कि उनका स्वप्न सिंधु नदी के दाहिने किनारे पर समृद्ध होगा। यह भविष्यवाणी तब सच हुई जब थिकसे मठ की स्थापना हुई। इसके बाद स्पितुक मठ और लिकिर मठ सिंधु के दाहिने किनारे पर ही स्थित हैं।

नया थिकसे मठ स्टैग्मो से कुछ किलोमीटर दूर, इसी नाम के एक गांव के ऊपर एक पवित्र पहाड़ी पर स्थित था। माना जाता है कि इस मठ का निर्माण पहले कदम की स्थापना के स्थान पर या उत्तर में लगभग 7 किलोमीटर (4.3 मील) स्टाकमो के छोटे चैपल के रूप में किया गया था। रिनचेन ज़ंगपो को थिकसे में लखंग न्येर्मा नाम के एक मंदिर का निर्माण करने के लिए भी जाना जाता है, जो रक्षक दोर्जे चेन्मो को समर्पित है। आज, जो कुछ देखा जा सकता है वह कुछ खंडहर है।

इस क्षेत्र में दस अन्य मठों हैं, जिनमे डिस्किट, स्पितुक, लिकिर और स्टोक प्रमुख हैं। हेमिस मठ के बाद थिकसे दूसरे स्थान पर है। थिकसे मठ के पास 1,327 एकड़ (537 हेक्टेयर) भूमि का स्वामित्व है और कुछ 25 गांव मठ से जुड़े हैं।

थिकसे मठ सहित लद्दाख में पुराने मठों का जीर्णोद्धार संबंधित मठ प्रशासन के अनुरोध पर भारतीय पुरातत्व सर्वेक्षण द्वारा किया जा रहा है। हालाँकि, यह विवाद के बिना नहीं रहा है। ऐसा कहा जाता है कि पारंपरिक मिट्टी और पत्थर के आंगनों को ग्रेनाइट में बदल दिया गया है, जिसने चमक को खराब कर दिया है। इसी तरह, मठ के पुनर्निर्मित दाहिने पार्श्व में नए रसोईघर का निर्माण शामिल है।

पर्यटकों की रुचि के मुख्य बिंदुओं में से एक मैत्रेय (भविष्य बुद्ध) मंदिर है, जिसे 14वें दलाई लामा की 1970 में इस मठ की यात्रा के उपलक्ष्य में बनाया गया था। इसमें मैत्रेय बुद्ध की 15 मीटर (49 फीट) ऊंची मूर्ति है, जो इस तरह की सबसे बड़ी मूर्ति है। उन्हें असामान्य रूप से कमल की स्थिति में बैठे रूप में चित्रित किया गया है, न कि उनके सामान्य प्रतिनिधित्व के रूप में खड़े होने या एक उच्च्च सिंहासन पर बैठने की मुद्रा में। यह मठ की सबसे बड़ी बुद्ध प्रतिमा है, और इसे बनने में चार साल लगे। इसे स्थानीय कलाकारों द्वारा केंद्रीय बौद्ध अध्ययन संस्थान (लेह) के मास्टर शिल्प

गुरु नवांग त्सेरिंग के मार्गदर्शन में बनाया गया था - यह मिट्टी की बनी है जिसका ऊपरी आवरण ताम्बा मिश्रित सुनहरे रंग में है। इस तरह हमारी लद्दाख यात्रा पूरी हुई।

4

जन्नत की सैर

जम्मू-कश्मीर अपने अंदर अद्भुत खूबसूरती समेटे हुए है। यहां की अनोखी खूबसूरती के कारण ही कश्मीर को धरती का स्वर्ग कहा जाता है। कश्मीर की प्राकृतिक वादियां, झरने, नदियां, बर्फ से ढके पहाड़ और घने जंगल यहां की खूबसूरती को इस कदर बढ़ाते हैं कि हर साल लाखों की संख्या में पर्यटक जम्मू कश्मीर की ओर खिंचे चले आते हैं।

06 जुलाई 2022 को सुबह चार बजे उठकर छै बजकर पचपन मिनट की फ़्लाइट पकड़ने पाँच बजे लेह की होटल से रवाना हुए। होटल ने नाश्ते के लिए सैंडविच और फ्रूट जूस पैकेज रख दिए हैं। लेह हवाईअड्डा पर बहुत अफ़रातफ़री का माहौल था। पहले तो अंदर घुसने की लम्बी क़तार, फिर चेक-इन काउंटर पर भारी भीड़ और काउंटर बदलने की क़वायद ने सब का मूड पूरी तरह ख़राब कर दिया। उस पर चिड़चिड़ाते यात्रियों के झगड़ों ने बचीखुची कसर निकाल दी। तीन काउंटर बदलने के बाद चेक-इन हुआ तो काउंटर पर कार्यरत कर्मचारी बोर्डिंग पास दिए बग़ैर काउंटर बंद करके चलती बनी। हम गो-फ़र्स्ट एयरलाईन कम्पनी के स्टाफ़ के पीछे बोर्डिंग पास के लिए भटकते रहे। यह तो अच्छा था कि सौम्या ने ई-वेब चेक-इन करके बोर्डिंग पास डाउनलोड कर रखे थे। उसमें भी एक नई समस्या आ खड़ी हुई। सौम्या का बोर्डिंग पास मोबाईल में नहीं खुल रहा था। गेट पर, फिर विमान में चढ़ने पर अनेक दिक़्क़त का सामना किया। अंत समय में चेकिंग कर्मचारी से हॉटस्पॉट लेकर बोर्डिंग पास दिखा कर विमान में सवार हुए।

विमान में भी अव्यवस्था ने पीछा नहीं छोड़ा। वह विमान लेह से श्रीनगर होकर मुंबई जा रहा था। हमारी कुर्सियाँ अंत में 28-F, 29-F और 30-F थीं। ऊपर के सामान रखने की जगह बिल्कुल भी ख़ाली नहीं थी। यात्रियों की बहस से माहौल गर्माया हुआ था। आख़िर में यात्रियों ने घुटनों पर हैंडबैग रखकर बैठना ठीक समझा। विमान ने उड़ान भरी।

नीचे सिंधु नदी की घाटी में धीर-गम्भीर सिंधु नदी का नजारा दिखने लगा। हल्के बादलों से विमान ऊपर उठकर श्रीनगर की तरफ़ उड़ चला। हम थोड़ी सी देर में ही हिमशिखरों के ऊपर उड़ान भर रहे हैं। जँसकार घाटी से निकलती छोटी नदियों का बहाव सिंधु तरफ़ जा रहा हैं। कारगिल के नज़दीक द्रास दर्रा जैसे ही निकला सूखे पहाड़ हरेभरे पर्वतों में बदलने लगे। कल लद्दाख़ के ड्राइवर ने पूछा था कि साहब कल कहाँ जा रहे हैं। जब हमने उसे कश्मीर बताया तो वह बोला-कश्मीर में हरियाली के अलावा कुछ नहीं है। कश्मीरी टैक्सी चालक ने पूछा कि साहब कहाँ से आ रहे हैं। हमने लद्दाख़ बताया तो वह बोला- वहाँ सूखे पहाड़ों के अलावा कुछ नहीं है। सबको अपना स्थान प्यारा होता है। होटल में पोहा-चाय का नाश्ता किया। ग्यारह बजे श्रीनगर घूमने निकले।

श्रीनगर (Srinagar) भारत के जम्मू और कश्मीर राज्य का सबसे बड़ा शहर और ग्रीष्मकालीन राजधानी है। यह कश्मीर घाटी में झेलम नदी के किनारे बसा हुआ है, जो सिन्धु नदी की प्रमुख उपनदी है। प्रसिद्ध डल झील और आंचार झील भी श्रीनगर का महत्वपूर्ण भाग हैं। कश्मीर घाटी के मध्य में बसा दस लाख से अधिक जनसंख्या वाला यह नगर भारत के प्रमुख पर्यटन स्थलों में से एक है। श्रीनगर अपने उद्यानों व प्राकृतिक वातावरण के लिए जाना जाता है और यहाँ के शॉल, सेव व मेवा देशभर में प्रसिद्ध है।

श्रीनगर विभिन्न मंदिरों व मस्जिदों के लिए भी प्रसिद्ध है। समुद्रतल से 1700 मीटर ऊंचाई पर बसा श्रीनगर विशेष रूप से झीलों और हाऊसबोट के लिए जाना जाता है। इसके अलावा श्रीनगर परम्परागत कश्मीरी हस्तशिल्प और सूखे मेवों के लिए भी विश्व प्रसिद्ध है। श्रीनगर का इतिहास काफी पुराना है। माना जाता है कि सम्राट अशोक मौर्य ने इस नगर को बसाया था। श्रीनगर जिला कारगिल के दक्षिण में, बुदग़म के उत्तर-पश्चिम में स्थित है। ये शहर और उसके आस-पार के क्षेत्र एक ज़माने में दुनिया के सबसे ख़ूबसूरत

पर्यटन स्थल माने जाते थे - जैसे डल झील, शालीमार और निशात बाग़, गुलमर्ग, पहलगाम, चश्माशाही, आदि। यहाँ हिन्दी सिनेमा की कई फ़िल्मों की शूटिंग हुआ करती थी। माना जाता है कि श्रीनगर की हज़रतबल मस्जिद में हजरत मुहम्मद की दाढ़ी का एक बाल रखा है। डल झील और झेलम नदी (संस्कृत : वितस्ता, कश्मीरी : व्यथ) में आवागमन, घूमने और बाज़ार और ख़रीददारी का ज़रिया ख़ास तौर पर शिकारा नाम की नावें हैं। कमल के फूलों से सजी रहने वाली डल झील पर कई ख़ूबसूरत नावों पर तैरते घर भी हैं जिनको हाउसबोट कहा जाता है।

पांच मील लम्बी और ढाई मील चौड़ी डल झील श्रीनगर की ही नहीं बल्कि पूरे भारत की सबसे खूबसूरत झीलों में से है। दुनिया भर में यह झील विशेष रूप से शिकारों या हाऊस बोट के लिए जानी जाती है। जिसके चारों तरफ़ बीस किलोमीटर सड़क का घेरा है। डल झील के आस-पास की प्राकृतिक सुंदरता लोगों को अपनी ओर आकर्षित करती है। डल झील चार भागों गगरीबल, लोकुट डल, बोड डल और नागिन में बंटी हुई है। इसके अलावा यहां स्थित दो द्वीप सोना लेंक और रूपा लेंक झील की खूबसूरती को बढ़ाते हैं।

श्रीनगर का सबसे बडा आकर्षण यहां की डल झील है। जहां सुबह से शाम तक रौनक नजर आती है। सैलानी घंटों इसके किनारे घूमते रहते हैं या शिकारे में बैठ नौका विहार का लुत्फ उठाते हैं। दिन के हर प्रहर में इस झील की खूबसूरती का अलग रंग दिखाई देता है। देखा जाए तो डल झील अपने आपमें एक तैरते नगर के समान है। तैरते आवास यानी हाउसबोट, तैरते बाजार और तैरते वेजीटेबल गार्डन इसकी खासियत हैं। कई लोग तो डल झील के तैरते घरों यानी हाउसबोट में रहने का लुत्फ लेने के लिए ही यहां आते हैं। झील के मध्य एक छोटे से टापू पर नेहरू पार्क है। वहां से भी झील का रूप कुछ अलग नजर आता है। दूर सडक के पास लगे सरपत के ऊंचे झाडों की कतार, उनके आगे चलता ऊंचा फव्वारा बडा मनोहारी मंजर पेश करता है। झील के आसपास पैदल घूमना भी सुखद लगता है। शाम होने पर भी यह झील जीवंत नजर आती है। सूर्यास्त के समय आकाश का नारंगी रंग झील को अपने रंग में रंग लेता है, तो सूर्यास्त के बाद हाउसबोट की जगमगाती रोशनियों का प्रतिबिंब झील के सौंदर्य को दुगना कर देता है। शाम के समय यहां खासी भीड नजर आती है।

मुगल बादशाहों को वादी-ए-कश्मीर ने सबसे अधिक प्रभावित किया था। यहां के मुगल गार्डन इस बात के प्रमाण हैं। ये उद्यान इतने बेहतरीन और नियोजित ढंग से बने हैं कि मुगलों का उद्यान-प्रेम इनकी खूबसूरती के रूप में यहां आज भी झलकता है। मुगल उद्यानों को देखे बिना श्रीनगर की यात्रा अधूरी-सी लगती है। अलग-अलग खासियत लिए ये उद्यान किसी शाही प्रणय स्थल जैसे नजर आते हैं। शाहजहां द्वारा बनवाया गया चश्म-ए-शाही इनमें सबसे छोटा है। यहां एक चश्मे के आसपास हरा-भरा बगीचा है। इससे कुछ ही दूर दारा शिकोह द्वारा बनवाया गया परी महल भी दर्शनीय है। निशात बाग 1633 में नूरजहां के भाई द्वारा बनवाया गया था। ऊंचाई की ओर बढते इस उद्यान में 12 सोपान हैं। टिकट लेकर प्रवेश किया। चश्मे के किनारे से आगे बढ़ते गए। साथ में सैलानियों की भी भीड़ बढ़ती जा रही थी। फ़ोटो खींचने की जुगत में लोग पसीना-पसीना होकर उलझ रहे थे। हमें पता नहीं था कि एक महिला सैलानी अपने खाबिंद की तस्वीर खींच रही थी। हम बीच में आ गए। वह मोहतरमा बोलीं- कैसा पागल है? हमने कहा मेडम, हमें नहीं पता था कि आप तस्वीर खींच रहीं हैं। फिर आपने अपनी पागलपन की पदवी हमें क्यों दे दी। यह सार्वजनिक स्थल है आपके घर की बैठक नहीं जो आप मुफ़्त में अपनी ख़ानदानी पदवी हमें अता करें। वह महिला गुस्से में लाल हो गई। उनके साथियों ने हमसे माफ़ी माँगते हुए कहा- माफ़ करें साहब, थोड़ी पागल है।

उसके बाद शालीमार बाग पहुँचे, जिसे जहांगीर ने अपनी बेगम नूरजहां के लिए बनवाया था। वे गर्मियाँ श्रीनगर के इसी बाग में बिताते थे। इस बाग में कुछ कक्ष बने हैं। अंतिम कक्ष शाही परिवार की स्त्रियों के लिए था। इसके सामने दोनों ओर सुंदर झरने बने हैं। मुगल उद्यानों के पीछे की ओर जावरान पहाडियां हैं, तो सामने डल झील का विस्तार नजर आता है। इन उद्यानों में चिनार के पेडों के अलावा और भी छायादार वृक्ष हैं। इनमें रंग-बिरंगे फूलों की भरमार है। इन उद्यानों के मध्य बनाए गए झरनों से बहता पानी भी सैलानियों को मुग्ध कर देता है। ये सभी बाग वास्तव में शाही आरामगाह के उत्कृष्ट नमूने हैं। वहाँ झरनों और सरोवरों में बच्चे कूद कर नहा रहे थे, और भी अनुशासनहीनता देखने को मिलीं। एक माली सा दिखता आदमी एक गुलाब का फूल देकर कहने लगा कि कुछ ईनाम मिल जाये। पैसे नहीं देने पर बदतमीज़ी करने लगा। उसे डाँटकर भगाया। श्रीनगर में कहीं भी भिखारी परेशान करने लगते हैं।

शंकरचार्य पहाड़ी

मुग़ल बाग़ घूमने के बाद होटल मुग़ल दरबार में लंच हेतु गये। कश्मीरी पुलाव ने कम लगी भूख को कुछ अधिक ही बुझाया। उसके बाद डल झील को निहारते हुए शंकरचार्य पहाड़ी पर गये। श्रीनगर में ही शंकराचार्य पर्वत है जहाँ विख्यात हिन्दू धर्मसुधारक और अद्वैत वेदान्त के प्रतिपादक आदि शंकराचार्य सर्वज्ञानपीठ के आसन पर विराजमान हुए थे। यह मंदिर शंकराचार्य पर्वत पर स्थित है। शंकराचार्य मंदिर समुद्र तल से 1100 फीट की ऊंचाई पर स्थित है। इसे तख्त-ए-सुलेमन के नाम से भी जाना जाता है। यह मंदिर कश्मीर स्थित सबसे पुराने मंदिरों में से एक है। इस मंदिर का निर्माण राजा गोपादित्य ने 371 ईसा पूर्व शिव मंदिर के रूप में करवाया था। डोगरा शासक महाराजा गुलाब सिंह ने मंदिर तक पंहुचने के लिए सीढ़िया बनवाई थी। इसके अलावा मंदिर की वास्तुकला भी काफी खूबसूरत है। क़रीब पाँच किलोमीटर वाहन से चलने के पश्चात 270 सीढ़ियों को हाँफते हुए चढ़कर शिव लिंग के दर्शन करने के उपरांत वह गुफा देखी जिसमें कभी आदि शंकराचार्य ने डेरा डाला, शास्त्रार्थ किया और तपस्या की थी।

भारतीय सभ्यता की शुरुआत से कश्मीर भारत का अविभाज्य अंग रहा है। नीलमत पुराण, शिव पुराण और अनेकों धार्मिक साहित्य में कश्मीर भारत का हिस्सा प्रतिपादित होता है। विभाजन के समय भारत ने धर्म के आधार पर कभी भी न तो लोगों का बँटवारा माना और न ही दो राष्ट्रों के सिद्धांत को मान्यता दी इसलिए अलगाववादियों द्वारा “आज़ादी-आज़ादी” का राग अलापना तर्क सम्मत नहीं है। कश्मीर कभी भी भारत से पृथक नहीं रहा। उन्हें आज़ादी की घुटी शेख़ अब्दुल्ला ने आज़ाद मुस्लिम रियासत के नाम पर पिलाई थी। जिसे एक कश्मीरी पंडित जवाहर लाल नेहरू ने सही नहीं माना। कुछ लोग कहते हैं कि शेख़ अब्दुल्ला ने नेहरू का उपयोग किया था जबकि असलियत यह है कि नेहरू ने मुस्लिम बाहुल्य कश्मीर को भारत में मिलाने और बनाए रखने में शेख़ अब्दुल्ला का उपयोग किया और वक्त आने पर उन्हें जेल के सीखचों में भी रखा।

जब आदि शंकराचार्य काशी के पंडितों से शास्त्रार्थ कर चुके तब उनको यह बात बताई गई कि कश्मीर के श्रीनगर में शारदा पीठ है वहाँ दर्शन शास्त्र के प्रकांड़ विद्वान हैं, जब तक उनसे शास्त्रार्थ न होगा उनकी विद्वाता सिद्ध

न मानी जाएगी। वे श्रीनगर पहुँचे जिस स्थान पर शास्त्रार्थ किया वह पहाड़ी आज भी शंकराचार्य हिल के नाम से जानी जाती है।

07 जुलाई 2022 को सुबह सोकर तो पाँच बजे उठ गए परंतु चाय के इंतज़ार में छै बजे तक आलस्य से पड़े रहे। सात बजे निकलना हुआ। अमरनाथ यात्रा के कारण तीन बजे के पूर्व सोनमर्ग पहुँच कर वापस निकलना होगा। इसलिए जल्दी निकले। सोनमर्ग का अर्थ सोने से बना घास का मैदान होता है। सोन का अर्थ सोना और मर्ग का मतलब वादी होता है। सुबह जब सूर्य की किरण हिमशिखरों पर पड़ती हैं तब एक सुनहरी रोशनी सम्पूर्ण वादी पर छा जाती है। इसलिए उसे सोनमर्ग कहते हैं। यह जगह श्रीनगर के उत्तर-पूर्व में 87 किलोमीटर दूर है। सोनमर्ग पर स्थित घाटी कश्मीर की सबसे बड़ी घाटी है। यह घाटी करीबन साठ मील लम्बी है। यहीं से कारगिल और द्रास होकर लेह की सड़क निकलती गई।

सोनमर्ग कश्मीर की एक निराली सैरगाह है। समुद्र तल से लगभग 3000 मीटर की ऊंचाई पर स्थित यह एक रमणीक स्थल है। सिंध नदी के दोनों और फैले यहां के मर्ग सोने से सुंदर दिखाई देते हैं। इसीलिए इसे सोनमर्ग अर्थात सोने का मैदान कहा गया। सोनमर्ग से घुडसवारी करके थाजिवास ग्लेशियर भी देखने जा सकते हैं। वहां ग्लेशियर पर घूमने का आनंद भी लिया जा सकता है। अनंत हिमनदों के सामने खडे होकर प्रकृति की विशालता का एहसास मन में रोमांच उत्पन्न कर देता है। प्रतिवर्ष होने वाली अमरनाथ यात्रा का एक मार्ग सोनमर्ग से बालटाल होकर भी जाता है।

हमारी यात्रा के समय अमरनाथ यात्रा भी चालू है। पूरी कश्मीर घाटी के चप्पे-चप्पे पर सेना का क़ब्ज़ा है। हरेक गली, नुक्कड़, सड़क के किनारे हथियार बंद सैनिक मुस्तैद खड़े चौकसी कर रहे हैं। ज़रा सी हरकत पर सीटियों की आवाज़ें गूँजने लगती हैं। अमरनाथ यात्रा की गाड़ियाँ निकल रही हैं। गंदेरबल, लहार, कांगम पार करके मामर में आठ बजे एक पंजाब गार्डन होटल में नाश्ता करने रुके। सोनमर्ग से एक रास्ता बालटाल निकलता है जो कि सीधा अमरनाथ गुफा तक जाता है। अमरनाथ यात्रा के यात्री जम्मू तक ट्रेन या बस से पहुँचे हैं। वहाँ से कश्मीर के वाहनों में बैठकर सोनमर्ग होकर बालटाल जा रहे हैं। मामर से घाट शुरू हो गये है। पहाड़ों से बातें करते बादल मन मोह रहे हैं। हरीगलीवान, गुंड के बाद सोनमर्ग पहुँच गये।

वहाँ से डोमरी और संगम होकर अमरनाथ गुफा पहुँचा जा सकता है। यह रास्ता जोजिला दर्रा से होकर गुजरता है। अमरनाथ यात्रियों ने बताया कि यह रास्ता खड़ा और थकाऊ है। इसलिए पहलगाम से गुफा पहुँचने और गुफा से बालटाल होकर श्रीनगर लौटने का रास्ता अपनाना श्रेयस्कर होता है।

टैक्सी ने हमें सोनमर्ग में छोड़ दिया। वहाँ से पहाड़ों पर चढ़ने वाली फ़ोर व्हील ड्राइव एक अन्य टैक्सी किराए पर ली। शौकत वालिद ज़लील गुंड वाले की गाड़ी JK 01L6290 पर बैठ कर फ़िश पोईंट, बालटाल, हेलिपैड, सरबल, बालटाल घाटी, जोजिला दर्रा, इंडिया गेट, ज़ीरो पोईंट तक गये। ड्राइवर अच्छे स्वभाव का लड़का है। जोजिला दर्रा के ज़ीरो पोईंट पर बर्फ़ गिरने लगी। ठंड बहुत बढ़ गई इसलिए बर्फ़ीले पहाड़ से तुरंत नीचे उतरना पड़ा। यहाँ से द्रास 35 किलोमीटर रह जाता है। हमने एक पिघलते ग्लेशियर पर जाकर फ़ोटो खींचे। वहीं पर अस्सी रुपयों में एक गरम मैगी मिल रही थी। ठंड भी खूब लग रही थी। सुबह के नाश्ते से बचाकर रखे ठंडे पराँठे निकाले और गरमागर्म मैगी के साथ खाये।

श्रीनगर लौटते समय खीर भवानी दर्शन हेतु रुके। खीर भवानी, क्षीर भवानी या राज्ञा देवी मंदिर भवानी देवी का एक प्रसिद्ध मंदिर है। जम्मू और कश्मीर के गान्दरबल ज़िले में तुलमुल गाँव में एक पवित्र पानी के चश्मे के ऊपर स्थित है। यह श्रीनगर से 25 किलोमीटर दूर है। पारंपरिक रूप से वसंत ऋतु में मंदिर में खीर चढ़ाया जाता था इसलिए नाम 'खीर भवानी' पड़ा। उन्हें महाराज्ञा देवी के नाम से जाना जाता है। ऐसी मान्यता है कि किसी प्राकृतिक आपदा के आने से पहले मंदिर के कुण्ड का पानी काला पड़ जाता है। जम्मू और कश्मीर के महाराजा प्रताप सिंह और महाराजा हरि सिंह ने मंदिर के निर्माण और जीर्णोद्धार में योगदान दिया है।

यह मंदिर माता रंगने देवी को समर्पित है। वहाँ पहुँचने पर पता चला कि अमरनाथ यात्रियों को रुकने की व्यवस्था में मंदिर तीन बजे बंद हो चुका है। इसलिए दर्शन नहीं हो सके। प्रत्येक वर्ष जेष्ठ अष्टमी (मई-जून) के अवसर पर मंदिर में वार्षिक उत्सव का आयोजन किया जाता है। इस अवसर पर काफी संख्या में लोग देवी के दर्शन के लिए आते हैं।

चट्टी पदशाही कश्मीर के प्रमुख सिख गुरूद्वारों में से एक है। सिखों के छठें गुरू कश्मीर आए थे, उस समय वह यहां कुछ समय के लिए ठहरें

थे। यह गुरूद्वारा हरी पर्वत किले से बस कुछ ही दूरी पर स्थित है। उसे आज देखा। उसके बाद हज़रतबल पहुँचे। चार दिन बाद ईद का त्योहार होने से दुकानें सज रही थीं। जूते वाहन में उतारकर कर पैदल अंदर गए। यहाँ भिखारियों की भीड़ ने घेरा। किसी तरह बचते-बचाते अंदर पहुँचे।

हजरतबल जिसे लोकप्रिय रूप से दरगाह शरीफ कहा जाता है, कश्मीर में श्रीनगर के हजरतबल इलाके में स्थित है। इसमें एक अवशेष, मोई-ए-मुक़द्दस शामिल है, जिसे व्यापक रूप से इस्लामी पैगंबर मुहम्मद का बाल माना जाता है। यह श्रीनगर में डल झील के उत्तरी तट पर स्थित है, और इसे कश्मीर का सबसे पवित्र मुस्लिम तीर्थ माना जाता है।

इस दरगाह में कई मुसलमानों द्वारा इस्लामिक पैगंबर मुहम्मद के बाल होने का विश्वास किया जाता है। अवशेष को पहली बार मुहम्मद के एक कथित वंशज सैयद अब्दुल्ला मदनी ने मदीना से 1635 में लाकर दक्षिण भारतीय शहर बीजापुर में बस गए। अब्दुल्ला की मृत्यु के बाद, उनके बेटे सैयद हमीद को वह अवशेष विरासत में मिला। कुछ ही समय बाद इस क्षेत्र पर मुगलों ने कब्जा कर लिया और हमीद से उसकी पारिवारिक संपत्ति छीनी जाने लगी। खुद को अवशेष की देखभाल करने में असमर्थ पाते हुए, उन्होंने इसे एक अमीर कश्मीरी व्यापारी ख्वाजा नूर-उद-दीन ईशाई को दे दिया।

हजरतबल तीर्थ की स्थापना शुरू में ख्वाजा नूर-उद-दीन ईशाई की बेटी इनायत बेगम द्वारा की गई थी। इमारत का पहला निर्माण 17वीं शताब्दी में मुगल सूबेदार सादिक खान ने बादशाह शाहजहाँ के शासनकाल के दौरान किया था। इसे शुरू में इशरत जहां कहा जाता था। 1634 में शाहजहाँ ने इमारत को एक प्रार्थना कक्ष में बदलने का आदेश दिया था।

जब मुगल सम्राट औरंगजेब को पवित्र अवशेष के अस्तित्व और हस्तांतरण के बारे में सूचित किया गया था, तो उन्होंने इसे जब्त कर लिया और अजमेर में सूफी फकीर मुइन अल-दीन चिश्ती की दरगाह में भेज दिया, और ईशाई को दिल्ली में कैद कर लिया।

किंवदंती है कि नौ दिनों के बाद औरंगजेब ने चार खलीफाओं अबू बक्र, उमर, उस्मान और अली के साथ मुहम्मद का सपना देखा। सपने में, मुहम्मद ने उसे अजमेर से मोई-ए-मुक़द्दस को कश्मीर भेजने का आदेश दिया। तब औरंगजेब ने पवित्र अवशेष ईशाई को लौटाने और उसे कश्मीर

ले जाने की अनुमति दी। हालांकि, जेल में रहते हुए ईशाई की पहले ही मौत हो चुकी थी। 1700 में अवशेष को ईशाई की बेटी इनायत बेगम के साथ कश्मीर ले जाया गया था। उसने वहां अवशेष की रखवाली कर हजरतबल तीर्थ की स्थापना की। तब से, उसके पुरुष वंशज मस्जिद में अवशेष की रखवाली कर रहे हैं। बेगम के पुरुष वंशज बंदे परिवार के नाम से जाने जाते हैं। 2019 तक, तीन मुख्य सदस्य पवित्र अवशेष की देखभाल करते हैं: मंजूर अहमद बंदे, इशाक बंदे और मोहिउद्दीन बंदे अवशेष केवल विशेष इस्लामी अवसरों जैसे मुहम्मद और उनके चार मुख्य साथियों के जन्मदिन, पर सार्वजनिक दर्शन के लिए प्रदर्शित किया जाता है,

मोई-ए-मुक़द्दस, मुसलमानों द्वारा व्यापक रूप से मुहम्मद के बाल माने जाने वाला एक अवशेष, 27 दिसंबर 1963 को दरगाह से गायब होने की सूचना मिली थी। इसके लापता होने के बाद, सैकड़ों लोगों के साथ पूरे राज्य में बड़े पैमाने पर प्रदर्शन हुए। हजारों प्रदर्शनकारी सड़कों पर उतरे। 31 दिसंबर को, भारतीय प्रधान मंत्री जवाहरलाल नेहरू ने पवित्र मुस्लिम अवशेष के गायब होने पर राष्ट्र को सम्बोधित किया, और संदिग्ध चोरी की जांच के लिए केंद्रीय जांच ब्यूरो से एक टीम को जम्मू और कश्मीर भेजा।

इस घटना के कारण भारतीय राज्य पश्चिम बंगाल और पूर्वी पाकिस्तान (बांग्लादेश) में सांप्रदायिक तनाव और दंगे हुए, जिसके कारण भारत ने दिसंबर 1963 और फरवरी 1964 के बीच लगभग 200,000 लोगों को शरणार्थी शरण दी। अवशेष 4 जनवरी 1964 को भारतीय अधिकारियों द्वारा बरामद किया गया था। मांग की गई थी कि इसे आधिकारिक तौर पर बड़ों द्वारा पहचाना जाए। यह आरोप लगाया गया था कि राजनीतिक आकाओं ने बाल चुराया था ताकि वे बाद में इसे बहाल करने का श्रेय लेकर सत्ता में आ सकें। वर्तमान संरचना 1968 में शुरू होकर 11 साल बाद यह 1979 में बनकर तैयार हुई। इस मस्जिद को कई अन्य नामों जैसे हजरतबल, अस्सार-ए-शरीफ, मादिनात-ऊस-सेनी, दरगाह शरीफ और दरगाह आदि के नाम से भी जाना जाता है। इस मस्जिद के समीप ही एक खूबसूरत बगीचा और इश्रत महल है।

आज दोपहर सोनमर्ग से वापिस लौटते वक़्त जामा मस्जिद देखी, जो कश्मीर की सबसे पुरानी और बड़ी मस्जिदों में से है। मस्जिद की वास्तुकला

काफी अद्भुत है। माना जाता है कि जामा मस्जिद की नींव सुल्तान सिकंदर ने 1398 ई. में रखी थी। इस मस्जिद की लंबाई 384 फीट और चौड़ाई 38 फीट है। इस मस्जिद में तीस हजार लोग एक-साथ नमाज अदा कर सकते हैं। पुराने शहर के मध्य नौहट्टा में स्थित, जामा मस्जिद को सुल्तान सिकंदर ने 1394 ई. में बनवाया था और 1402 ई. कश्मीर में सबसे महत्वपूर्ण मस्जिदों में से एक थी। श्रीनगर में धार्मिक-राजनीतिक जीवन का एक केंद्रीय क्षेत्र है। हर शुक्रवार को मुसलमानों की भीड़ उमड़ती है, यह श्रीनगर के प्रमुख पर्यटक आकर्षणों में से एक है।

दिन का अंतिम पड़ाव चश्मा शाही बगीचा था। चश्मे शाही या चश्मा शाही या (शाही वसंत), जिसे चश्मा शाही भी कहा जाता है, मुगल सम्राट शाहजहां के गवर्नर अली मर्दन खान द्वारा एक झरने के आसपास 1632 ईस्वी में निर्मित मुगल उद्यानों में से एक है। सम्राट के आदेशानुसार अपने ज्येष्ठ पुत्र राजकुमार दारा शिकोह के लिए उपहार स्वरूप बनाया गया था। यह उद्यान भारत के श्रीनगर में डल झील के सामने राजभवन (गवर्नर हाउस) स्थित है।

चश्मे शाही मूल रूप से वसंत से अपना नाम प्राप्त करता है जिसे कश्मीर की महान महिला संत रूपा भवानी द्वारा खोजा गया था, जो कश्मीरी पंडितों के साहिब वंश से थी। रूपा भवानी का पारिवारिक नाम 'साहिब' था और वसंत को मूल रूप से 'चश्मे साहिबी' कहा जाता था। वर्षों से यह नाम भ्रष्ट हो गया और आज इस स्थान को चश्मे शाही (रॉयल स्प्रिंग) के नाम से जाना जाता है।

चश्मा शाही के पूर्व में परी महल (फेयरी पैलेस) स्थित है जहाँ दारा शिकोह ज्योतिष सीखते थे और जहाँ बाद में उनके भाई औरंगजेब ने उनकी हत्या कर दी थी। यह उद्यान 108 मीटर लंबा और 38 मीटर चौड़ा है और एक एकड़ भूमि में फैला हुआ है। यह श्रीनगर के तीन मुगल उद्यानों में सबसे छोटा उद्यान है; शालीमार उद्यान सबसे बड़ा और निशात उद्यान दूसरा सबसे बड़ा उद्यान है। तीनों उद्यान डल झील के दाहिने किनारे पर बनाए गए थे, जिसकी पृष्ठभूमि में ज़बरवान रेंज है।

8 जुलाई 2022 को हम श्रीनगर से पहलगाम जा रहे हैं। पहलगाम का रास्ता भी सैलानियों को बहुत प्रभावित करता है। मार्ग में पाम्पोर में केसर

के खेत दिखाई देते हैं। जगह-जगह क्रिकेट के बैट रखे नजर आते हैं। यहां विलो-ट्री की लकडी से बैट बनते हैं। रास्ते पर सबसे पहले पम्पोर आया। जिसे पम्पर या पानपर के नाम से भी जाना जाता है। जम्मू-श्रीनगर राष्ट्रीय राजमार्ग झेलम नदी के पूर्वी किनारे पर स्थित कश्मीर का एक ऐतिहासिक शहर है। प्राचीन काल में इसे पदमपुर के नाम से जाना जाता था। यह अपने केसर के लिए प्रसिद्ध है। पम्पोर दुनिया के उन कुछ स्थानों में से एक है जहां दुनिया का सबसे महंगा केसर उगाया जाता है। पम्पोर केसर के लिए जगप्रसिद्ध है जिसका पाँच साला पौधा छै पत्तियाँ धारण करता है। अक्टूबर में फसल आती है। तीन पत्तियाँ लाल और तीन पत्तियाँ हरे रंग की होती हैं। लाल रंग की पत्तियाँ असली केसर होता है। जो बहुत महँगा मिलता है। हरे रंग की पत्तियों का औद्योगिक उपयोग पान और सब्ज़ी में मसालों के तौर पर होता है। यह क्षेत्र श्रीनगर शहर के केंद्र लाल चौक से लगभग 11 किलोमीटर दूर है। पम्पोर के क्षेत्र में स्थानों के नाम आम तौर पर -बल प्रत्यय के रूप में होते है, जैसे नामलाबल, कदलाबल, द्रंगबल, फ्रेस्टबल और लेट्राबल के इलाके। पम्पोर में तीन झीलें भी हैं, झीलों में से एक सरबल झील के नाम से जानी जाती है। सरबल झील, तुलबाग से वुयान के रास्ते में चटलम के पास केसर के खेतों से होते हुए जाती है। चटलाम के निकट स्थित होने के कारण इसे चटलाम आर्द्रभूमि भी कहा जाता है।

उसके बाद अवंतीपुर या अवंतीपोरा आया, जिसे वूंटपोर के नाम से भी जाना जाता है। शहर का नाम अवंतिपुर कश्मीरी राजा अवंतिवर्मन के नाम पर रखा गया था और इसमें उनके द्वारा निर्मित 9वीं शताब्दी के दो हिंदू मंदिरों के खंडहर हैं। इस शहर की स्थापना अवंतिवर्मन ने की थी जो उत्पल वंश के पहले राजा थे और उन्होंने 855 से 883 ईस्वी तक कश्मीर पर शासन किया था। अवंतिवर्मन ने राजा बनने से पहले अवंतीपोरा में विष्णु को समर्पित एक हिंदू मंदिर का निर्माण किया, जिसे "अवंतिसवामिन" कहा जाता है। अपने शासनकाल के दौरान उन्होंने शिव को समर्पित अवंतीश्वर नामक एक दूसरा हिंदू मंदिर बनाया। दोनों मंदिर विशाल आयताकार पक्के आंगनों में बनाए गए थे। वे मध्य युग में नष्ट हो गए। 20 वीं शताब्दी की शुरुआत में पुरातत्वविद् दया राम साहनी द्वारा उनकी खुदाई की गई थी। भारतीय राज्यों में सिर्फ़ कश्मीर एक ऐसा प्रदेश है जिसका प्रामाणिक इतिहास कल्हण नामक विद्वान द्वारा राज़तरंगिणी नाम से अवंतिपुर में ही लिखा गया था।

भारत के हिमालयी क्षेत्र सभी एक जैसे ही हैं। पूरे हिमालयी क्षेत्र के इलाकों में चश्मों को अलग-अलग नामों से जाना जाता है। कश्मीर में नाग, सिक्किम में धारा, तो उत्तराखण्ड में जलस्रोत, बावली, तो हिमाचल में नौले, खात्री या छुरुहरा और मेघालय में जलकुण्ड। श्रीनगर से 53 किलोमीटर की दूरी पर अनंतनाग है। यह श्रीनगर और जम्मू के बाद जम्मू और कश्मीर का तीसरा सबसे बड़ा शहर है। इस शहर को इस्लामाबाद और अनंतनाग दोनों नामों से पुकारा जाता है।

शहर का संस्कृत नाम अनंतनाग नीलमात पुराण और अन्य ग्रंथों में वर्णित है। कश्मीर और लद्दाख के राजपत्र के अनुसार, इसका नाम विष्णु के महान नाग और अनंत काल के प्रतीक अनंत के नाम पर रखा गया है। माना जाता है कि इस्लामाबाद नाम एक मुगल गवर्नर इस्लाम खान के नाम से लिया गया है, जिन्होंने इस क्षेत्र में एक बगीचा लगवाया था।

डोगरा शासन के दौरान, अनंतनाग/इस्लामाबाद कश्मीर घाटी के तीन जिलों में से एक का मुख्यालय था, जिसे अनंतनाग वज़रात कहा जाता था। मार्तंड सूर्य मंदिर कश्मीर के महत्वपूर्ण पुरातात्विक स्थलों में से एक है, जिसे लगभग 500 ईस्वी में बनाया गया था। यह मंदिर अनंतनाग से 9 किमी पूर्व-उत्तर-पूर्व और मट्टन के दक्षिण में केहरीबल में स्थित है। इस प्रसिद्ध सूर्य मंदिर को शासक सिकंदर बुतशिकन ने नष्ट कर दिया था। अनंतनाग में एक रेस्टोरेंट में नाश्ता और काफ़ी पीकर चल दिए।

अमरनाथ यात्रा के कारण कई जगह जाम लग रहा था इसलिए क़ाफ़िला घिसटते हुए चल रहा था। हम लिद्दर नदी की कलकल के सरगम में ठंडी हवाओं के साथ चिनार और पाइन पेड़ों से बात करते आगे बढ़ते रहे। लिद्दर नदी पहले कभी लम्बोदरी नदी कहलाती थी। पेड़ों पर आशियाना जमाये पक्षी दिख जाते और हमें देखकर फुदक लेते। एक बंदरिया बच्चों को समेटने में परेशान थी। पाइन के पेड़ पर सुबह के नाश्ते के बाद की ऊधम उसकी परेशानी का सबब थी। उसके बच्चे पेड़ की डाल से लटक कर नीचे आ जाते। बंदरिया उन्हें पेड़ पर चढ़ने को हड़काने के लिए नीचे उतरती तो बच्चे ऊपर चढ़ जाते। ट्राफ़िक जाम में बंदरों की मटरगस्ती और लिद्दर नदी के बहाव के साथ एक कौए की काँव-काँव सुनकर चीड़-चिनार-देवदार वृक्षों की तरफ़ ध्यान गया। जिनके साये में ट्राफ़िक जाम का वक़्त गुज़ारा। ख़्याल

आया कि इस सुंदर वातावरण में कोयल कूकनी चाहिए। परंतु कोयल कश्मीर में नहीं कूकती। उसे कूकने के लिए सतपुड़ा वाले आम के पेड़ चाहिए।

इनके अलावा अवंतिपुर में 9वीं शताब्दी में बने दो मंदिरों के भग्नावशेष तथा मार्तड का सूर्य मंदिर भी आकर्षक हैं। सागरतल से 2130 मीटर की ऊंचाई पर बसा पहलगाम कभी चरवाहों का छोटा सा गांव था। किंतु यहां बिखरी नैसर्गिक छटा ने इसे खुशनुमा सैरगाह बना दिया। लिद्दर नदी इसकी छटा को और बढाती है। नदी पर कई जगह बने लकडी के पुल और दूर दिखते हिमशिखर पिक्चर पोस्टकार्ड से दृश्य प्रस्तुत करते हैं। देवदार के जंगल, झरने और फूलों के मैदान तो जगह-जगह नजर आएंगे। बैसरन के मर्ग, आड़ु, चंदनवाडी जैसे स्थान घोडों पर बैठकर घूमे जा सकते हैं। साहसी पर्यटक पहलगाम से तरसर, मरसर झीलें, दुधसर झील और कोलहाई ग्लेशियर जैसे ट्रेकिंग रूटों पर निकल सकते हैं। अमरनाथ यात्रा का मुख्य मार्ग पहलगाम से चंदनवाडी, शेषनाग, महागुनस, पंचतरणी, संगम होते हुए अमरनाथ गुफा जाता है।

हमारा क़ाफ़िला ग्यारह बजे पहलगाम पहुँचा। पहलगाम शाब्दिक अर्थ = चरवाहों का गाँव है। जम्मू और कश्मीर के अनन्तनाग जिले का एक लोकप्रिय पर्वतीय पर्यटन स्थल है। साथ ही अमरनाथ यात्रा का एक महत्वपूर्ण पड़ाव भी है। विश्व भर से हजारों पर्यटक प्रति वर्ष यहाँ आते हैं। यह अनन्तनाग से 45 किमी की दूरी पर लिद्दर नदी के किनारे स्थित है। पहलगाम, अननतनाग ज़िले की पाँच तहसीलों में से एक तहसील है। अनंतनाग से पहलगाँव की तरफ़ रास्ता मुड़ते ही लिद्दर नदी आपका स्वागत करती है। लिद्दर नदी किसी समय लम्बोदरी नाम से जानी जाती थी।

लिद्दर घाटी की पश्चिमी सीमा कश्मीर घाटी से लगी है और उत्तरी सीमा सिंधु घाटी के लगती है। घाटी की कुल लंबाई 40 किलोमीटर है। इसकी अधिकतम चौड़ाई पांच किमी है। लिद्दर बेसिन, दक्षिण और दक्षिण-पूर्व में पीर पंजाल रेंज, उत्तर में सिंधु घाटी और पूर्वोत्तर में जांस्कर श्रेणी द्वारा परिसीमित है। लिद्दर जल निकासी बेसिन का कुल क्षेत्र 1,134 किमी है। यह घाटी लिद्दर नदी द्वारा निर्मित है जो अंग्रेजी के वाई (Y) अक्षर के आकार में है। पहलगाम के ऊपर नदी दो धाराओं, पूरबी लिद्दर और पच्छिमी लिद्दर के रूप में बहती है। इन दो धाराओं में से पूर्वी लिद्दर नदी ऊपर की ओर

चन्दनवाड़ी से होकर गुजरती है और इसका स्रोत शेषनाग झील और शीशराम ग्लेशियर है। पश्चिम लिद्दर नदी कोल होई ग्लेशियर से निकलती है और अपने रास्ते में कई हरे शंकुधारी जंगलों और अल्पाइन घास की उपत्यकाओं से गुजरती है। लिद्दर घाटी अन्य ज़िलों के लिये स्वच्छ जलापूर्ति का स्रोत है और साथ ही कृषि हेतु सिंचाई का साधन भी। लिद्दर नदी अपने मार्ग में कई उल्लेखनीय प्राकृतिक स्थलों और पर्यटन स्थलों, उदाहरणार्थ, अरु, पहलगाम, बेताब घाटी, और अकद से होकर गुजरती है। इस घाटी में अवस्थित मुख्य कस्बों में मंडलान, लारिपोरा, फ्रास्लन, अशमुकाम और सीर हमदान हैं।

पहलगाम में घुड़सवारी का भय मिश्रित मज़ा लिया। तीन घंटे घुड़सवारी का एक स्पॉट मिनी-स्विट्ज़रलैंड है। जिसका रेट 2,500.00 रुपए प्रति सवार है। सौदेबाज़ी के बाद 2000.00 प्रति सवार तय हो गया। घोड़े पर बैठ कर सीधे पहाड़ चढ़ना सचमुच दिलेरी का काम है। पत्थर, कीचड़, पेड़, पौधे, अन्य घुड़सवार के बीच शुरू में घबराहट हुई। परंतु घोड़े पर बैठने की तकनीक समझने पर सहजता आ गई। सीधी चढ़ाई चढ़ने में अधिक पता नहीं चला लेकिन उतरने में सामने खाई दिखने से भय लगता रहा। घोड़े भी आपस में टकराते रहे। घोड़ा एक पेड़ के किनारे चला तो दाहिनी घुटना पेड़ से टकरा गया। एक कराह के साथ मुँह से गाली निकल गई।

एक फ़ोटोग्राफ़र प्रति फ़ोटो प्रिंट का 100.00 माँग रहा था, और उसकी फ़ोटो मोबाईल में देने का 20.00 प्रतिफ़ोटो। सौदेबाज़ी उपरांत क्रमशः 50.00 और 10.00 रुपए तय हुआ। उसने 128 फ़ोटो निकाल लिए। फ़ोटो प्रिंट में समय अधिक लगना था इसलिए मोबाईल में फ़ोटो लेने की सौदेबाज़ी शुरू हुई। उससे सारी फ़ोटो 1000.00 रुपए में ले लीं। वहीं पराठा खाया और घोड़े पर सवार होकर वापिस चल दिए।

अनंतनाग-पहलगाम सड़क पर ग्रीनहाइट होटल में रुके। एक बहुत ही शानदार और खूबसूरत लोकेशन पर आरामदायक होटल की बालकनी से लिद्दर नदी पर राफ़्टिंग के नज़ारे लुभावने थे। हमसे रहा नहीं गया। बालकनी में कुर्सी रखकर अड्डा जमाया। कमरे की बालकनी से सामने लिद्दर नदी के पार पहाड़ियों की एक के बाद एक चार क़तार दिख रही हैं। उनके पीछे सूर्य अस्ताचलगामी हो रहा है। नदी के दोनों तरफ़ होटलों का अम्बार है। दाहिनी तरफ़ पहाड़ों की आठ-दस क़तारें और उनके ऊपर बादलों की

अठखेलियाँ आकर्षित कर रही हैं। लिद्दर नदी की ध्वनि सुनते बहुत देर तक बालकनी में बैठे रहे।

सैलानियों को आकर्षित करने वाले अन्य स्थानों में कोकरनाग 2012 मीटर की ऊंचाई पर स्थित है। यह स्थान औषधीय गुणों वाले प्राकृतिक चश्मों के लिए प्रसिद्ध है। कश्मीरी भाषा में नाग का अर्थ चश्मा भी होता है। वेरीनाग में भी कुछ प्राकृतिक चश्में हैं। यहां बादशाह जहांगीर ने चश्मों का जल एक ताल में एकत्र कर उसके आसपास एक उद्यान बनवाया था। 80 मीटर के दायरे में फैले आठ कोणों वाले इस ताल एवं उद्यान में चिनार के वृक्षों की कतारें सैलानियों का मन मोह लेती है। चार बजे के लगभग आधा घंटा वहाँ बिताया।

09 जुलाई 2022 को सुबह छै बजे पहलगाम से गुलमर्ग के लिए रवाना होना था लेकिन दो साथियों की तबियत ठीक न होने की वजह से नौ बजे के बाद रवाना हो सके। कश्मीर घाटी में श्रीनगर से किसी दिशा में निकल जाएं तो प्रकृति के इतने रूप देखने को मिलते हैं कि लगता है जैसे प्रकृति ने अपना खजाना यहीं छुपा रखा है। गुल का मतलब फूल और मर्ग याने वादी, गुलमर्ग का अर्थ हुआ फूलों की वादी। लिद्दर नदी में कल साफ़ कंचन पानी प्रवाहित हो रहा था। विगत रात अमरनाथ गुफा पर बादल फटने से आज सुबह लिद्दर नदी का पानी मटमैला हो गया है। अमरनाथ गुफा के एकतरफ से झेलम और सिंधु नदियों की सहायक नदियों का प्रवाह है।

अमरनाथ गुफा के पास बादल फटा है। सैलाब आया, कई लोग मारे गए, कई लापता हैं। इसे प्राकृतिक आपदा कहकर बात खत्म नहीं की जा सकती। प्रकृति ने नदी के रास्ते में तंबू लगाने के लिए नहीं कहा था। कोई तो ऑथोरिटी होगी, जिसकी देख रेख में अमरनाथ यात्रा चल रही है। क्या श्राइन बोर्ड इस आपदा के लिए ज़िम्मेदार नहीं? साफ दिख रहा है कि नदी के बीच में तंबू लगे हैं। पहाड़ों में मौसम की अनिश्चितता के चलते अतिरिक्त सावधानी की ज़रूरत थी। पहाड़ों को जिस क्रूरता के साथ काटा जा रहा, जंगल काटे जा रहे हैं, उससे पहाड़ कमज़ोर हुए हैं। बुलडोजरों से पहाड़ भी आतंकित हैं।

गुलमर्ग जाने के लिए अनंतनाग, अवंतिपुर के बाद नारबल से बाईं तरफ़ कट गया। कश्मीर में कौए और कुत्ते खूब हैं और खूब तंदुरुस्त भी

हैं। सर्वत्र मांसाहार होने से बचा-खुचा खाना और कचरा उनका खाना ख़ज़ाना होता है। यदि ये दोनो यहाँ न हों तो धरती का स्वर्ग जानवरों हड्डियों और पक्षियों के पंखों से भर जायेगा। यह भी कश्मीरियत है। सुबह पैदल घूमने निकले तो फ़ौजियों से मेल-मुलाक़ात हुई। वे बनारस, नागालैंड और उत्तराखंड से आकर यहाँ ड्यूटी निभा रहे हैं। उन्हें स्टेट बैंक का अफ़सर होना बताया तो उन्होंने खुश होकर जयहिंद कहा। कुछ देर उनके निजी जीवन पर चर्चा हुई। उन्होंने हमसे पूछा कि सेवानिवृत्त जीवन कैसा चल रहा है। हमने जो बात कही वह उनके दिल को छू गई- हमने कहा- हर छै माह में लम्बा निकल लेते हैं। पैसा छोड़ कर जाएँगे, लड़का है तो बहु उड़ाएगी और बेटी है तो दामाद उड़ाएगा, इससे कहीं ठीक है कि आधा ख़ुद उड़ा कर जाओ। आधा छोड़ जाओ। वे हँस दिए, हम चल दिये।

कल बक़रीद है। कल से तीन दिन सब बंद रहेगा। लोग ईद की ख़रीदी में भारी संख्या में बाज़ारों में पहुँच रहे हैं। जम्मू कश्मीर पुलिस और केंद्रीय रिज़र्व पुलिस भारी संख्या में सड़क पर उतरी है। हर एक किलोमीटर के फ़ासले पर एक सुरक्षित वाहन कश्मीर पुलिस का और दूसरा रिज़र्व पुलिस का मुस्तैद है। हालाँकि दंगा उपद्रव की कोई सम्भावना नहीं है। ताली दो हाथ से बजती है और यहाँ दूसरा हाथ नदारत है। और अभी चुनाव भी नहीं हो रहा है। अचानक ट्रेन का फाटक आ गया। बारामूला से बनिहाल ट्रेन चलने लगी है। वह निकलने वाली है। हम रुके हैं।

जम्मू-बारामूला लाइन को जम्मू और कश्मीर को देश के बाकी हिस्सों से जोड़ने के लिए बिछाया जा रहा है। 356 किलोमीटर लंबा रेलवे ट्रैक जम्मू से शुरू होकर बारामूला पर खत्म होगा। यह भारतीय रेलवे के उत्तरी क्षेत्र के फिरोजपुर रेलवे डिवीजन के अधिकार क्षेत्र में आता है। 359 मीटर (1,178 फीट) लंबा चिनाब ब्रिज इस लाइन पर बना है। मार्ग के निर्माण में प्राकृतिक चुनौतियों का सामना करना पड़ा जिसमें प्रमुख भूकंप क्षेत्र और दुर्गम इलाके शामिल हैं। यह रेल अभी बनिहाल से बारामूला तक चल रही है। सरकार ने अगस्त 2022 तक कटरा-बनिहाल खंड को पूरा करने के लिए समय-सीमा तय की है, लेकिन कटरा-बनिहाल खंड को तय समय सीमा में पूरा करना मुश्किल लगता है।

बहुत देर होती देख सड़क पर उतर गये। एक कश्मीरी सज्जन से बातचीत होने लगी। उन्होंने बताया कश्मीर में हिंदी नहीं पढ़ाई जाती है।

सरकारी स्कूलों में उर्दू माध्यम से पढ़ाई होती है। कॉन्वेंट स्कूलों में अंग्रेज़ी माध्यम है परंतु हिंदी नहीं बल्कि उर्दू एक वैकल्पिक भाषा के रूप में पढ़ाई जाती है। सभी हिंदी बोलते और समझते हैं लेकिन लिखना पढ़ना नहीं आता है। यहाँ सम्पर्क भाषा को हम हिंदी के बजाय हिंदुस्तानी कह सकते हैं। जम्मू-श्रीनगर रोड पर पुलिसिया हुक्म से रुके हैं। उन्होंने सामने से बालटाल से लौटने वाला अमरनाथ यात्रा कारवाँ छोड़ा है। बस, मिनी बस, कार, ट्रैव्लर्ज़ सरपट दौड़ रहे हैं। हमारी कार के सामने मुस्तैद सिपाही खड़ा है। हम संतरे की गोली चूस रहे हैं। उनका दाहिना हाथ बट पर और बायाँ हाथ बैरल पर है। ज़रा सी भी ग़ैर-बाजिब हरकत पर आप गोलियों के हमदम हो सकते हैं।

पर्यटन के दौरान सैलानी अक्सर खाने पीने में गलती करते हैं। पैकेज में ब्रेकफ़ास्ट और डिनर शामिल होता है। लोग क्या खाना है, निश्चित नहीं करते। वे वहाँ क्या परोसा गया है और लोगों की प्लेट में क्या खाया जा रहा है। ख़ुद की ज़रूरत और पचाने की क़ाबिलियत को अनदेखा कर गफ़लत में ठूँस कर नाश्ता कर लेते हैं। अपच के शिकार होते हैं। फिर कम खाना लेने से और खूब चलने से कमजोर होकर इन्फ़ेक्शन पकड़ लेते हैं। सैलानी को पाचन क्षमता और घूमने में मेहनत के हिसाब से खुद की प्लेट तय करनी चाहिए।

असल में पर्यटन आसान काम नहीं है। लोग या तो ज़रूरत से अधिक खाकर पेट ख़राब कर लेते हैं या सही समय पर सही खाना नहीं खाने और अधिक मेहनत से कमजोरी के कारण इन्फ़ेक्शन के शिकार हो जाते हैं। सही समय पर सही भोजन और आराम से सेहत दुरुस्त रहती है। साथ में मानसिक और भावनात्मक मज़बूती भी पर्यटन में ज़रूरी है। अन्यथा आप घूमने का आनंद लेना तो दूर की बात है, चिड़चिड़े होकर सम्बन्धों को ख़राब कर सकते हैं।

दो सदस्यों की तबियत ख़राब हो गई है। एक को ठंड लगने से टॉन्सिल में इन्फ़ेक्शन हो गया है। दूसरी सदस्य को सर्दी जुकाम हुआ था तब से पेट साफ़ नहीं हो रहा है। पम्पोर लेठपोरा में शाश्वत और प्रतिभा को अमरनाथ यात्रा हेतु तैनात स्वास्थ्य शिविर में दिखाया। वहीं एक केसर की दुकान पर्ल ओफ़ कश्मीर से 250.00 में गोरे और चमकदार होने के लिए एक ग्राम

केसर और दिल की माली हालत सुधारने के लिए 400.00 में कहवा का एक डिब्बा यह सोच कर ख़रीदा कि अब फिरसे जवाँदिल और गोरे होकर कश्मीर आयेंगे। सौदेबाज़ी के बाद 650.00 की जगह 550.00 ही भुगतान किए।

नारबल से गुलमर्ग के लिए मुड़े। यहाँ से बारामूला 37 किलोमीटर और उरी 86 किलोमीटर दूर है। उसके उस तरफ़ मुज़फ़राबाद बॉर्डर है। जहाँ से भारत और पाकिस्तान के बीच व्यापार होता है। आगे मागम से निकले। ईद की ख़रीददारी शबाब पर दिखी। पापलर पेड़ की क़तारें शुरू हो गईं। जो कि गुलमर्ग की पहचान हैं। कुंजर और टंगमर्ग के बाद हम गुलमर्ग पहुँच गये। हम गुलमर्ग रिज़ॉर्ट में रुके। पुराना होटल हट टाइप बना है। केबल कार में बैठकर आसमान नापने की क़वायद में एक एजेंट को बुलाकर पता किया तो उसने कहा-कल ईद होने के कारण सभी स्टाफ़ चला गया है, और उसकी बुकिंग ऑनलाइन होती है। वह भी बंद हो चुकी है। इसलिए घोड़ों से या बड़ी गाड़ी से घूमने का विकल्प है।

राजमार्गो पर लगे दिशा-निर्देशों पर लिखे अनेक शहरों के नाम सैलानियों को आकर्षित करते हैं। लेकिन अधिकतर सैलानी, गुलमर्ग, सोनमर्ग और पहलगाम आदि घूमने जाते हैं। गुलमर्ग के रास्ते में कई छोटे सुंदर गांव और आसपास धान के खेत आंखों को सुहाते हैं। सीधी लंबी सडक के दोनों और ऊंची दीवार के समान दिखाई पडती पेडों की कतार अत्यंत भव्य दिखाई देती है। पुरानी फिल्मों में इन रास्तों के बीच फिल्माए गीत पर्यटकों को याद आ जाते हैं। तंग मार्ग के बाद ऊंचाई बढने के साथ ही घने पेडों का सिलसिला शुरू हो जाता है। कुछ देर बाद सैलानी गुलमर्ग पहुंचते हैं तो घास का विस्तृत तश्तरीनुमा मैदान देख कर मंत्रमुग्ध हो जाते हैं। जिस प्रकार उत्तराखंड में पहाडी ढलवां मैदानों को बुग्याल कहते हैं, कश्मीर में उन्हें मर्ग कहते है। गुलमर्ग का अर्थ है फूलों का मैदान। समुद्र तल से 2680 मीटर की ऊंचाई पर स्थित गुलमर्ग सैलानियों के लिए वर्ष भर का रेसॉर्ट है। यहां से किराये पर घोडे लेकर खिलनमर्ग, सेवन स्प्रिंग और अलपत्थर जैसे स्थानों की सैर भी कर सकते हैं। घोड़े से खिलन मर्ग, चिल्ड्रन पार्क, महाराजा पैलेस तक जाकर फ़िज़ा का लुत्फ़ उठा सकते हैं। केबल कार (गंडोला) द्वारा गुलमर्ग से कुँगडोरा जाकर चारों तरफ़ मनभावन दृश्यों का आनंद के सकते हैं।

विश्व का सबसे ऊंचा गोल्फकोर्स भी यहीं है। सर्दियों में जब यहां बर्फ की मोटी चादर बिछी होती है तब यह स्थान हिमक्रीडा और स्कीइंग के

शौकीन लोगों के लिए तो जैसे स्वर्ग बन जाता है। यहां चलने वाली गंडोला केबल कार द्वारा बर्फीली ऊंचाइयों तक पहुंचना रोमांचक लगता है। ढलानों पर लगे चीड या देवदार के पेडों पर बर्फ लदी दिखती है। तमाम पर्यटक बर्फ पर स्कीइंग का आनंद लेते हैं तो बहुत से स्लेजिंग करके ही संतुष्ट हो लेते हैं। यहां पर्यटक चाहें तो स्कीइंग कोर्स भी कर सकते हैं। हर वर्ष होने वाले विंटर गेम्स के समय यहां विदेशी सैलानी भी बडी तादाद में आते हैं।

गुलमर्ग गोंडोला नंदा देवी, एलओसी और पीर पंजाल रेंज का शानदार दृश्य प्रस्तुत करता है। हिमालय पर्वतमाला की सुंदरता को संजोने के अलावा, पर्यटक घुड़सवारी और स्नो स्कीइंग जैसी अन्य गतिविधियों का आनंद ले सकते हैं। केबल कार गुलमर्ग गोंडोला दुनिया की दूसरी सबसे लंबी और दूसरी सबसे ऊंची केबल कार है। दो चरणों में विभाजित, यह प्रति घंटे लगभग 600 लोगों को अपहरवत पर्वत तक ले जाता है, जहां गुलमर्ग में अधिकांश शीतकालीन खेल होते हैं।

गुलमर्ग गोंडोला के चरण 1 द्वारा गुलमर्ग रिज़ॉर्ट से कोंगदूरी पर्वत (मध्य स्टेशन) तक पहुँचे। यह 2,990 मीटर की ऊँचाई से शुरू हुआ और 400 मीटर की ऊर्ध्वाधर वृद्धि से 3390 मीटर की ऊँचाई पर पहुँचा कर रुका। गुलमर्ग गोंडोला का चरण 2 कोंगदूरी पर्वत को अपहरवत चोटी से जोड़ता है। केबल कार 1,330 वर्टिकल मीटर से लगभग 4,000 मीटर की ऊंचाई तक चढ़ती है। स्टेशन पर पहुंचने के बाद पर्वत की चोटी तक पहुंचने के लिए 30 मिनट का ट्रेक किया। यहां से एलओसी या नियंत्रण रेखा दिखाई दे रही है।

सबसे रमणीय स्थानों में से एक, खिलनमर्ग हिमालय की कुछ सबसे ऊंची चोटियों की मनोरम झलकियों से घिरा हुआ है। खिलनमर्ग एक लघु घाटी है जो 6 किमी की पैदल दूरी पर गुलमर्ग से 2000 फीट ऊपर स्थित है और जम्मू-कश्मीर में सबसे लोकप्रिय पर्यटन स्थलों में से एक है। यह स्थान साहसिक खेलों के साथ प्राकृतिक सौंदर्य का सही समावेश है, जो इसे हजारों आगंतुकों के लिए एक पसंदीदा स्थान बनाता है। ऑफबीट यात्रा के प्रति उत्साही लोगों के लिए खिलनमर्ग एक बेहतरीन जगह है क्योंकि यह स्थान सीधे वाहनों से उपलब्ध नहीं है। इस जगह तक पहुंचने के लिए या तो गुलमर्ग से पैदल चलना पड़ता है या एक टट्टू लेना पड़ता है। टट्टू की सीधी चढ़ाई चलनी पड़ी।

खिलनमर्ग वसंत ऋतु में खिलने वाले और सुगंधित फूलों से आच्छादित है और सर्दियों में स्कीइंग के प्रति उत्साही लोगों के लिए एक प्रिय गंतव्य है। जब ऊपर पहुँचे तो नंगा पर्वत शिखर और नन और कुन की जुड़वां चोटियाँ भी खिलनमर्ग से दिखाई दे रही थीं।

10 जुलाई 2022 को गुलमर्ग में सर्द रात गुज़ारने के बाद नाश्ता निपटाया। गाड़ी वालों ने गुलमर्ग के पर्यटन स्थलों के भ्रमण हेतु एक वाहन का खर्चा 4,000/- बताया। लम्बी बातचीत और बोलियों के उतार चढ़ाव के बाद 3,000/- में सौदा पट गया। लेकिन ईद के कारण गाड़ी नहीं आ पायी इसलिए कार्यक्रम निरस्त करना पड़ा। बारह बजे दोपहर को हमारी टैक्सी आ गयी। हम हाउसबोट में शिफ़्ट होने को श्रीनगर रवाना हुए। वहाँ हाउसबोट में रुकना है। हमने सोचा भीड-भाड से परे शांत वातावरण में किसी हाउसबोट में रहने की इच्छा है तो नागिन लेक या झेलम नदी पर खडे हाउसबोट में ठहर सकते हैं। नागिन झील भी कश्मीर की सुंदर और छोटी-सी झील है। यहां प्रायः विदेशी सैलानी ठहरना पसंद करते हैं। झेलम नदी में छोटे हाउसबोट होते हैं।

आज कश्मीर में बक़रीद मनाई जा रही है। गुलमर्ग से श्रीनगर के लिए निकले। चीड़, चिनार, देवदार के पेड़ जो आते वक्त स्वागत द्वार थे, अब बिदाई तोरण नज़र आ रहे हैं। जल के कई रिसाव स्थान पार करते विचार आ रहा है कि भारत के हिमालयी क्षेत्र सभी एक जैसे ही हैं। पूरे हिमालयी क्षेत्र के इलाकों में चश्मों को अलग-अलग नामों से जाना जाता है, सिक्किम में धारा, तो उत्तराखण्ड में जलस्रोत, बावली, तो हिमाचल में नौले, खात्री या छुरुहरा और मेघालय में जलकुण्ड और सतपुड़ा इलाक़े में झरने।

प्रतिभा की तबियत ख़राब होने से उन्हें नूरा अस्पताल में दिखाना पड़ा। दो घंटे इलाज करने में व्यतीत हुए। तीन बजे चीयरफुल चार्ली नामक हाउसवोट में पहुँचे। हाउसवोट मालिक को बुकिंग लेकर कुछ कठिनाई थी। उसने दो-तीन लोगों को फ़ोन घुमाया तब जाकर वोट में कमरा मिला। यहाँ से किनारे का नजारा बेहद खूबसूरत है। शिकारे बहते नज़र आ रहे हैं। आज बक़रीद की छुट्टी होने से सभी शिकारे काम पर लगे हैं। असलम भाई डाँगोला की मिशन कश्मीर हाउसवोट में एक रात का आशियाना है। उन्होंने बताया कि यदि आप सात दिनों के लिए कश्मीर आते हैं तो आपको

सिर्फ़ 40,000/- रुपयों में यहाँ रहना, खाना, टैक्सी उपलब्ध रहेगी। उनका मोबाईल नम्बर 9419065385 है। हाउसवोट में सामने बैठे हैं। यहाँ से सामने शंकराचार्य पहाड़ी और बाजू में जबरवन पहाड़ी दिख रही है। शाम हो रही है। अब शिकारों की भीड़ बढ़ती जा रही है। शिकारों में शराब, चिकन टिक्का, पनीर टिक्का और दूसरी चीजें मिल रही हैं।

हाउसबोट एक तरह की लग्जरी में तब्दील हो चुके हैं। कुछ लोग दूर-दूर से केवल हाउसबोट में रहने का लुत्फ उठाने के लिए ही कश्मीर आते हैं। हाउसबोट में ठहरना सचमुच अपने आपमें एक अनोखा अनुभव है। परंतु वास्तव में इसकी शुरुआत लग्जरी नहीं, बल्कि मजबूरी में हुई थी। कश्मीर में हाउसबोट का प्रचलन डोगरा राजाओं के काल में तब शुरू हुआ था, जब उन्होंने किसी बाहरी व्यक्ति द्वारा कश्मीर में स्थायी संपत्ति खरीदने और घर बनाने पर क़ानूनी प्रतिबंध लगा दिया था। उस समय कई अंग्रेजों और अन्य आसामियों ने बडी नाव पर लकडी के केबिन बना कर यहां रहना शुरू कर दिया। फिर तो डल झील, नागिन झील और झेलम पर हाउसबोट में रहने का चलन हो गया। बाद में उनकी देखादेखी स्थानीय लोग भी हाउसबोट में रहने लगे। आज भी झेलम नदी पर स्थानीय लोगों के हाउसबोट तैरते देखे जा सकते हैं। शुरुआती दौर में बने हाउसबोट बहुत छोटे होते थे, उनमें इतनी सुविधाएं भी नहीं थीं, लेकिन अब वे लग्जरी रूप ले चुके हैं। सभी सुविधाओं से लैस आधुनिक हाउसबोट किसी छोटे होटल के समान हैं। डबल बेड वाले कमरे, अटैच बाथ, वॉर्डरोब, टीवी, डाइनिंग हॉल, खुली डैक आदि सब पानी पर खडे हाउसबोट में है। लकडी के बने हाउसबोट देखने में भी बेहद सुंदर लगते हैं। अपने आकार एवं सुविधाओं के आधार पर ये विभिन्न दर्जे के होते हैं। शहर के मध्य बहती झेलम नदी पर बने पुराने लकडी के पुल भी पर्यटकों के लिए एक आकर्षण है। कई मस्जिदें और अन्य भवन झेलम नदी के निकट ही स्थित है।

हमारे पैकेज में डल झील में एक घंटे का शिकारा सफ़र तय था लेकिन आज शिकारों पर भारी भीड़ होने से सात बजे शिकारा आया। पानी की बोतल में स्कॉच के दो पेग भरकर एक घंटा शिकारा सैर से डल झील का भरपूर मज़ा लिया। चारों तरफ़ पहाड़ों पर हरियाली का आलम था। गवर्नर हाउस, शंकराचार्य पहाड़ी और मुग़ल क़ालीन क़िला ढलते सूरज की मद्धिम रोशनी में सुहाने लग रहे थे। जी भरकर फ़ोटो उतारीं। कश्मीर की डल झील को मन भरकर जी लिया।

हाऊसबोट पर तीन कश्मीरी थे। उनसे बातें होती रहीं। उन्होंने बताया कि पहाड़ों की चट्टानों और भूमि में स्थित जल ही चश्मों में फूटता है। चश्मे अक्सर ऐसे क्षेत्रों में प्राकृतिक होते हैं जहाँ धरती में दरारें और रिसाव हो, जिनमें बारिश का पानी प्रवेश कर जाये। फिर यह पानी जमीन के अन्दर ही प्राकृतिक नालियों और गुफ़ाओं में घूमता हुआ किसी और जगह से ज़मीन से चश्मे के रूप में उभर आता है।

कश्मीर के गाँवों में अभी भी चश्में ही पानी का मुख्य स्रोत हैं। कश्मीर के गाँवों में ज़मीनी खेती ही रोजी-रोटी का एक बड़ा सहारा है। ज्यादा ऊँचाई वाले इलाकों में खासकर चश्में ही पानी और सिंचाई के स्रोत थे। उपेक्षा और नए 'विज्ञानियों के नजर में अनुपयोगी' चश्मों को लोग भूलते गए। कई प्राकृतिक चश्में सालों पहले बन्द हो गए या कर दिए गए। लोगों ने उनके आस-पास और उनके ऊपर घर बना लिये। लोग भूल गए कि कभी यहाँ कोई चश्मा भी था। पिछले साल जब ज्यादा बारिश हुई तो उनके घर के नीचे से कमरों में पानी आने लगा। तब याद आया कि वे किसी पानी की 'जगह' पर बैठे हुए हैं। उन्होंने पानी का आशियाना हथिया लिया है।

चश्में हालांकि बहुत ज्यादा पानी नहीं देते, पर चश्में आज भी कश्मीरी गाँवों में पीने के पानी के सबसे बड़े स्रोत हैं। हाँ! सिंचाई के लिये जरूर चश्मों से थोड़ा आगे बढ़कर 8वीं शताब्दी में कश्मीर के शासक ललितादित्य ने ऊँचे पठारों तक पानी पहुँचाने के लिये एक नए यंत्र का इस्तेमाल कराना शुरू किया था जिसका नाम था ढेंकी। इसमें किसान को एक बड़े खम्बे का इस्तेमाल करना था। जिसके मुँह पर पानी के लिये बाल्टीनुमा पात्र बँधा होता था। अपने पैरों से सन्तुलन बनाते हुए उसे पानी के कुएँ या किसी जलधारा से खींचना होता था। यह सारा काम मानवीय ऊर्जा से होता था, तब तक सब ठीक ही रहा। भूजल में कोई खास दिक्कत नहीं थी। पर पम्पिंग मशीनों ने दृश्य बदल दिया। भूजल की गिरावट ने चश्मों को सुखाना शुरू कर दिया है। अब तो कश्मीरी सिंचाई का वर्तमान तरीक़ा धीरे-धीरे 'डीपवेल' और 'लिफ्ट इरिगेशन' की तरफ जा चुका है। स्थान विशेष की योजना वहाँ की ज़मीनी हकीक़त से ही बनाई जानी चाहिए। हर कीमत पर इस बात को ध्यान में रखा जाना चाहिए। इसकी गहराई में वहाँ की संस्कृति, भौगोलिक, आर्थिक और सामाजिक स्थितियाँ सभी कुछ शामिल होती हैं। विकासवादी गतिविधियों और गलत निर्णयों के चलते चश्में खत्म होते जा रहे हैं।

पहले इस इलाके में भरपूर जंगल थे, जो चश्मों के पुनर्भरण में मददगार होते थे, लेकिन धीरे-धीरे जंगल कम हुए और चश्मों में जलापूर्ति कम होती गई। साथ ही पुनर्भरण क्षेत्रों में बिना समझे-बूझे पक्के निर्माण चश्मों की जल-भण्डारण क्षमता को घटा रहे हैं। कश्मीरी पहाड़ जो खुद ही 'वाटर टैंक' थे, उनको सुखा के सरकारों का जनस्वास्थ्य अभियांत्रिकी विभाग टैंकों और टैंकरों से पीने का पानी मुहैया करवाने की कोशिश कर रहा है। श्रीनगर और कुछ नगरों के नागरिकों को तो यह सुविधा उपलब्ध हो जाएगी, और होती रहेगी पर गाँवों को कौन पूछेगा। उनको तो अपने प्राकृतिक और टिकाऊ पानी के टैंक 'चश्मों' को ही ठीक-ठाक रखना होगा।

फिर विचार आया कि कश्मीरियत क्या है? "आज़ादी-आज़ादी, हम माँगते आज़ादी" और "भारत तेरे टुकड़े होंगे" नारे लगाने वाले कोई मिले नहीं। एक भले से दिखते पढ़े लिखे कश्मीरी से बातचीत कश्मीरियत को कुछ इस तरह बयाँ करती है।

इस्लाम आने के बाद सूफी संतों का दर्शन यहां की सांस्कृतिक विरासत का महत्वपूर्ण हिस्सा रहा है। मध्ययुग में मुस्लिम आक्रान्ता सिकंदर बुतशिकन कश्मीर पर क़ाबिज़ हो गये। कुछ भले शाह ज़ैन-उल-आबदीन जैसे मुसलमान हिन्दुओं से अच्छा व्यवहार करते थे पर सुल्तान सिकन्दर बुतशिकन जैसों ने यहाँ के मूल कश्मीरी हिन्दुओं को मुसलमान बनने या राज्य छोड़कर जाने या मरने पर मजबूर कर दिया। कुछ ही सदियों में कश्मीर घाटी मुस्लिम बहुल हो गई। चौदहवीं शताब्दी में यहां मुस्लिम शासन आरंभ हुआ। उसी काल में फारस से सूफी संतों के रूप में इस्लाम का भी आगमन हुआ। यहां पर *ऋषि परम्परा, त्रिखा शास्त्र और सूफी इस्लाम का संगम मिलता है, जो कश्मीरियत का सार है।*

यहाँ की सूफ़ी-परम्परा बहुत विख्यात है, जो कश्मीरी इस्लाम को परम्परागत शिया और सुन्नी इस्लाम से थोड़ा अलग और हिन्दुओं के प्रति सहिष्णु बनाती है। यह हमने भी महसूस किया। सभी कश्मीरियों को आतंकी कह देना बहुत बड़ी नादानी और सिरे से बेमानी है। जन्नत-ए-कश्मीर भारत छोड़ कर जाते अंग्रेजों, रुकते हिंदुओं और बँटते मुसलमानों के बीच एक राजनीतिक मोहरा बन गया था। अब चुनावी बिछात पर शकुनि पाँसा है। चुनाव के वक़्त मंदिर-मस्जिद, कश्मीर और आतंक एक साथ परोसे जाते हैं।

हमने कहा- लेकिन 370 का समापन भारतीय राष्ट्र के लिए एक बड़ी उपलब्धि है। एक राष्ट्र, एक संविधान, राष्ट्रीय एकता और प्रभुसत्तावादी राज्य की अनिवार्यता होती है। आप क्या कहेंगे?

उन्होंने कहा- रियासत की परम्पराओं से मुक्त होना कठिन होता है। थोड़ा वक़्त लगेगा। कश्मीरी हिन्दुओं को कश्मीरी पंडित कहा जाता है और वो सभी ब्राह्मण माने जाते हैं। सभी कश्मीरियों को कश्मीर की संस्कृति, यानि कि कश्मीरियत पर बहुत नाज़ है। वादी-ए-कश्मीर अपने चिनार के पेड़ों, कश्मीरी सेब, केसर (ज़ाफ़रान, जिसे संस्कृत में काश्मीरम् भी कहा जाता है), पश्मीना ऊन और शॉलों पर की गयी कढ़ाई, गलीचों और देसी चाय (कहवा) के लिये दुनिया भर में मशहूर है। यहाँ का सन्तूर भी बहुत प्रसिद्ध है। कश्मीरी व्यंजन भारत भर में बहुत ही लज़ीज़ माने जाते हैं। ज़्यादातर कश्मीरी पंडित मांस खाते हैं। कश्मीरी लोगों के मांसाहारी व्यंजन हैं, नेनी (बकरे के ग़ोश्त का) क़लिया, नेनी रोग़न जोश, नेनी यख़ियन (यख़्नी), मच्छ (मछली), इत्यादि। कश्मीरी पंडितों के शाकाहारी व्यंजन हैं : चमनी क़लिया, वेथ चमन, दम ओलुव (आलू दम), राज़्मा गोआग्जी, चोएक वंगन (बैंगन), इत्यादि। कश्मीरी मुसलमानों के (मांसाहारी) व्यंजन में कई तरह के कबाब और कोफ़्ते, रिश्ताबा, गोश्ताबा, इत्यादि शामिल होते हैं। परम्परागत कश्मीरी दावत को वाज़वान कहा जाता है। कहते हैं कि हर कश्मीरी की ये ख़्वाहिश होती है कि ज़िन्दगी में कम से कम एक बार अपने दोस्तों के लिये वो वाज़वान परोसे।

हमने पूछा- यदि कश्मीरियत कश्मीरी पंडितों की खैर ख़्वाह है तो कश्मीरी पंडित कब लौटेंगे, अभी माहौल ठीक नहीं लगता।

उन्होंने कहा- आग ठंडी होने में वक़्त लगता है, जनाब।

इतने में गिलासों में कहवा पेय आ गया। चुस्कियों के बीच कश्मीरी खान-पान पर चर्चा निकल पड़ी। उन्होंने बताया- कश्मीर घाटी की प्रसिद्ध फसल चावल यहाँ के निवासियों का मुख्य भोजन है। मक्का, गेहूँ, जौ और जई भी अन्य फसलें हैं। इनके अतिरिक्त विभिन्न फल एवं सब्जियाँ यहाँ उगाई जाती हैं। अखरोट, बादाम, नाशपाती, सेब, केसर, तथा मधु आदि का प्रचुर मात्रा में निर्यात होता है। कश्मीर केसर की कृषि के लिए प्रसिद्ध है। शिवालिक तथा मरी क्षेत्र में कृषि कम होती है। दून क्षेत्र में विभिन्न स्थानों

पर अच्छी कृषि होती है। जनवरी और फरवरी में कोई कृषि कार्य नहीं होता। यहाँ झीलों का बड़ा महत्व है। उनसे मछली, हरी खाद, सिंघाड़े, कमल एवं मृणाल तथा तैरते हुए बगीचों से सब्जियाँ उपलब्ध होती हैं। कश्मीर की मदिरा मुगल बादशाह बाबर तथा जहाँगीर को बड़ी प्रिय थी किंतु अब उसकी इतनी प्रसिद्धि नहीं रही। कृषि के अतिरिक्त, रेशम के कीड़े तथा भेड़ बकरी पालने का कार्य भी यहाँ पर होता है।

कश्मीर राज्य में प्रचुर खनिज साधन हैं किंतु अधिकांश अविकसित हैं। कोयला, जस्ता, ताँबा, सीसा, बाक्साइट, सज्जी, चूना पत्थर, खड़िया मिट्टी, स्लेट, चीनी मिट्टी, अदह (ऐसबेस्टस) आदि तथा बहुमूल्य पदार्थों में सोना, नीलम आदि यहाँ के प्रमुख खनिज हैं।

श्रीनगर का प्रमुख उद्योग कश्मीरी शाल की बुनाई है जो मुग़लों के समय ठीक से विकसित हुई थी और तभी से ही चली आ रही है। कश्मीरी कालीन भी प्रसिद्ध औद्योगिक उत्पादन है, किंतु आजकल रेशम उद्योग सर्वप्रमुख प्रगतिशील धंधा हो गया है। चाँदी का काम, लकड़ी की नक्काशी तथा पाप्ये-माशे यहाँ के प्रमुख उद्योग हैं। कश्मीर का प्रमुख धंधा पर्यटन है जिससे राज्य को और स्थानीय निवासियों को बड़ी आय प्राप्त होती है। लगभग एक दर्जन औद्योगिक संस्थान स्थापित हुए हैं परंतु प्रचुर औद्योगिक क्षमता के होते हुए भी बड़े उद्योगों का विकास अभी तक नहीं हो पाया है। मुख्य नदियाँ सिन्धु, झेलम और चेनाब हैं। यहाँ कई ख़ूबसूरत झीलें हैं जैसेः डल, वुलर और नगीन।

उनसे विदाई लेकर हम हरि पर्वत किला की सैर को निकल गये। श्रीनगर के डल झील के पश्चिम में हरि पर्वत किला स्थित है। अता मोहम्मद खान ने किले का निर्माण कराया। हरि पर्वत को कोह-ए-मारन के नाम से भी जाना जाता है। यह किला श्रीनगर की डल झील के पश्चिम में स्थित है। जिला प्रशासन के मुताबिक इस किले का निर्माण 18वीं सदी में अफगान गवर्नर अता मोहम्मद खान ने कराया। बाद में 1590 में बादशाह अकबर ने किले में एक लंबी दीवार का निर्माण कराया। इस किले से डल झील की खूबसूरती देखते बनती है। किले की देख-रेख एवं रखरखाव भारतीय पुरातत्व विभाग करता है। हरि पर्वत किले के प्राचीन खंभे इसके सौंदर्य को और बढ़ाते हैं। यहां से मखदूम साहिब की दरगाह भी अच्छी तरह दिखती है। ऊंचाई पर स्थित होने के नाते यह किला श्रीनगर के सभी इलाके से नजर

आता है। इस पर्वत की पश्चिमी ढलान पर भगवती पार्वती का मंदिर है। इस किले पर आने के लिए पर्यटकों को पुरातत्व विभाग से अनुमति लेनी होती है।

11 जुलाई 2022 को अब कश्मीर से बिदाई लेने का वक़्त आ गया है। सुबह आठ बजे श्रीनगर से अमृतसर फ़्लाइट है। शिकारे में सोए थे, नींद अच्छी आई और समय पर खुल भी गई। जब तक भूख और नींद ज़िंदा है, तब तक सब ठीक समझना चाहिए। आठ बजे फ़्लाइट पकड़ने के लिए पाँच बजे निकलना पड़ा। श्रीनगर विमानतल पर सघन चौकसी और सूक्ष्म जाँच परीक्षण से गुजरना पड़ा। गो-एयर की सेवा का स्तर ठीक नहीं है। हमेशा अफ़रातफ़री में काम होता है। विमान श्रीनगर से अमृतसर-दिल्ली होकर मुंबई जाना था। श्रीनगर से अमृतसर की सवारियाँ बहुत थीं। लगभग पूरा विमान ख़ाली हो गया। जबसे कश्मीर से धारा 370 हटी है। तब से पंजाब के सिक्ख कश्मीर में प्रॉपर्टी ख़रीदने लगे हैं। उन्होंने बताया अभी सस्ती मिल रही हैं। भविष्य में निजी क्षेत्र के अस्पताल और कारोबारी आएँगे तब महंगाई चरम पर पहुँचेगी। उस समय बेंच कर कमाई कर लेंगे। आज धर्मशाला के लिए टैक्सी से निकलना है। अमृतसर में विमान के उतरने के पहले ही अमृतसर के टैक्सी चालक का फ़ोन आ गया। संदीप सिंह टैक्सी नम्बर PB 01 B 4742 लेकर गेट पर खड़े मिले। उन्हें सीधा धर्मशाला जाना था। हमारे कहने पर स्वर्ण मंदिर दर्शन करने का कार्यक्रम बन गया।

अमृतसर पंजाब का सबसे महत्वपूर्ण और पवित्र शहर माना जाता है। सिक्खों का सबसे बड़ा गुरूद्वारा स्वर्ण मंदिर अमृतसर में है। ताजमहल के बाद सबसे ज्यादा पर्यटक अमृतसर के स्वर्ण मंदिर को ही देखने आते हैं। स्वर्ण मंदिर अमृतसर का दिल माना जाता है। अमृतसर का इतिहास गौरवमयी है। यह अपनी संस्कृति और लड़ाइयों के लिए बहुत प्रसिद्ध रहा है। अमृतसर अनेक त्रासदियों और दर्दनाक घटनाओं का गवाह रहा है। भारतीय स्वतंत्रता संग्राम का सबसे बड़ा नरसंहार अमृतसर के जलियांवाला बाग में ही हुआ था। इसके बाद भारत पाकिस्तान के बीच जो बंटवारा हुआ उस समय भी अमृतसर में बड़े स्तर पर हत्याकांड हुआ। यही नहीं अफगान और मुगल शासकों ने इसके ऊपर अनेक आक्रमण किए और इसको कई बार बर्बाद किया। इसके बावजूद सिक्खों ने अपने दृढ संकल्प और मजबूत इच्छाशक्ति से इसे हर बार बसाया। हालांकि अमृतसर में समय के साथ काफी बदलाव आए हैं लेकिन आज भी अमृतसर की गरिमा बरकरार है।

स्वर्ण मंदिर अमृतसर का सबसे बड़ा आकर्षण है। इसका पूरा नाम हरमंदिर साहब है लेकिन यह स्वर्ण मंदिर के नाम से प्रसिद्ध है। अमृतसर शहर स्वर्ण मंदिर के चारों तरफ बसा हुआ है। स्वर्ण मंदिर में प्रतिदिन हजारों पर्यटक आते हैं। अमृतसर का नाम उस तालाब के नाम पर रखा गया है जिसका निर्माण गुरू रामदास ने अपने हाथों से कराया था। यह गुरू रामदास का डेरा हुआ करता था। अकबर ने गुरु रामदास को उस ज़मीन का पट्टा दिया था, जिस पर स्वर्ण मंदिर का निर्माण हुआ है।

हमने टैक्सी नियत पार्किंग में खड़ी कर दी। जूतों की उतराई-पहनाई और रखने-उठाने की मुश्किल से बचने के लिए, जूते वाहन में ही छोड़ दिए। पार्किंग से मंदिर प्रांगण तक़रीबन डेढ़-दो किलोमीटर रहा होगा। धूप तेज होने से पाँव जलने लगे। बाज़ार के बीच से होकर रास्ता था। छाया देखकर ठंडी जगह पर पैर रख कर चलते रहे। दुकानों पर लस्सी और सिकंजी की बहार थी। अधिकतर दुकाने कपड़ों की और कुछ जूते-चप्पल की दुकाने भी थीं। आधा घंटा में मंदिर परिसर पहुँच गये। परिसर में चोकोर परकोटा है। बीच में स्वर्णमंदिर चमचमाता नज़र आ रहा है। जिसकी प्रतिच्छाया सरोवर में झिलमिला रही है। मंदिर के दाहिने और बाएँ तरफ़ से परकोटा में प्रवेश द्वार हैं। हम बाएँ दरवाज़े से अंदर घुसे। हरमंदिर साहब का इतिहास याद आने लगा।

गुरुनानक, गुरु अंगददेव और गुरु अमरदास के बाद चौथे सिख गुरु रामदास ने अमृतसर में दरबार साहिब के नाम से मशहूर मंदिर बनाने की शुरुआत 1577 में की थी और पांचवें गुरु अर्जन ने मंदिर की स्थापना का कार्य पूरा किया था। मंदिर को पूरा करने में आठ साल लगे थे। इसके निर्माण के बाद गुरु अर्जन ने सिख धर्म के पवित्र ग्रंथ आदि ग्रंथ को स्थापित किया था। आदि ग्रंथ, सिखों द्वारा दस मानव गुरुओं के वंश के बाद अंतिम, संप्रभु और अनंत जीवित गुरु का रूप माना जाता है। इसमें 1,430 पृष्ठ हैं, जिनमें से अधिकांश को 31 रागों में विभाजित किया गया है।

सिखों और मुस्लिमों के बीच लंबे समय चले विवाद से 1762 में मंदिर ध्वस्त हो गया था। 1776 में एक नया मुख्य प्रवेश द्वार, मार्ग और गर्भगृह का निर्माण पूरा हुआ, जबकि सरोवर के चारों ओर पुल का काम 1784 में समाप्त हो गया।

रणजीत सिंह ने घोषणा की कि वह संगमरमर और सोने के साथ इसका पुनर्निर्माण करेंगे। मंदिर को 1809 में संगमरमर और मिश्रित सोना-तांबे में पुनर्निर्मित किया गया, और 1830 में रणजीत सिंह ने सोने की पर्त के साथ गर्भगृह को सुसज्जित करने के लिए सोना दान किया।

मंदिर में अकाल तख्त भी मौजूद है जो 'छठे गुरु' का सिंहासन कहा जाता है। छठे गुरु हरगोबिंद द्वारा इसे बनवाया गया था। यह सिखों के लिए सत्ता के पांच तख्तों में से एक है। अकाल तख्त राजनीतिक संप्रभुता का प्रतीक है और ऐसी जगह है जहां सिख लोगों के आध्यात्मिक और लौकिक सरोकारों को संबोधित किया जाता है। हरमंदिर साहब में पूरे दिन गुरुबानी की स्वर लहरियां गूंजती रहती हैं। मंदिर परिसर में पत्थर का स्मारक लगा हुआ है। यह पत्थर जांबाज सिक्ख सैनिकों को श्रद्धाजंलि देने के लिए लगा हुआ है।

सिक्ख गुरूग्रंथ साहिब में आस्था रखते हैं। उनके लिए गुरू ही सब कुछ हैं। स्वर्ण मंदिर में प्रवेश करने से पहले वह मंदिर के सामने सर झुकाते हैं, फिर पैर धोने के बाद सीढ़ियों से मुख्य मंदिर तक जाते हैं। सीढ़ियों के साथ-साथ स्वर्णमंदिर से जुडी हुई सारी घटनाएं और इसका पूरा इतिहास लिखा हुआ है। स्वर्ण मंदिर बहुत ही खूबसूरत है। इसमें रोशनी की सुन्दर व्यवस्था की गई है। सिक्खों के अलावा भी बहुत से श्रद्धालु यहां आते हैं। उनकी स्वर्ण मंदिर और सिक्ख धर्म में अटूट आस्था है। हमने परकोटा से मंदिर की परिक्रमा करके लंगर में प्रसादी ग्रहण की और परिसर से वापस निकले।

अमृतसर एक भयानक जलियांवाला बाग हत्याकांड का गवाह रहा है। 13 अप्रैल 1919 को इस बाग में एक सभा का आयोजन किया गया था। इस सभा को बीच में ही रोकने के लिए जनरल डायर ने बाग के एकमात्र रास्ते को अपने सैनिकों के साथ घेर लिया और भीड़ पर अंधाधुंध गोली बारी शुरू कर दी। इस गोलीबारी में बच्चों, बूढ़ों और महिलाओं समेत लगभग 300 लोगों की जान गई और 1000 से ज्यादा घायल हुए। यह घटना को इतिहास की सबसे दर्दनाक घटनाओं में से एक माना जाता है। जलियांवाला बाग हत्याकांड इतना भयंकर था कि उस बाग में स्थित कुआं शवों से पूरा भर गया था। अब इसे एक सुन्दर पार्क में बदल दिया है और इसमें एक

संग्राहलय का निर्माण भी कर दिया है। इसकी देखभाल और सुरक्षा की जिम्मेदारी जलियांवाला बाग ट्रस्ट की है। यहां पर सुन्दर पेड लगाए गए हैं और बाड़ बनाई गई है। इसमें दो स्मारक भी बनाए गए हैं। जिसमें एक स्मारक रोती हुई मूर्ति का है और दूसरा स्मारक अमर ज्योति है।

बारह बजे अमृतसर से पठानकोट होते हुए धर्मशाला के लिए रवानगी डाली। पंजाब की उर्वरा ज़मीन पर बासमती चावल की खेती लहरा रही है। सफ़ेद बगुले कुलाँचे भरते मटरगश्ती में संलग्न हैं। अमृतसर से पठानकोट तक छै लेन की मज़बूत सड़क बन गई है। सबसे पहले बटाला आया। बटाला पंजाब राज्य के गुरदासपुर ज़िले का एक शहर है। बटाला एक मुख्य औद्योगिक केन्द्र है और पंजाब के महत्वपूर्ण माझा सांस्कृतिक क्षेत्र का एक केन्द्रबिन्दु माना जाता है। फिर धारीवाल आया। धारीवाल गुरदासपुर जिले में पंजाब का 5 वां सबसे बड़ा शहर और अपनी ऊनी मिल के लिए सबसे प्रसिद्ध है। यह शहर अपर बारी दूबा नदी के तट पर स्थित है जो व्यास नदी में मिलती है। वहाँ से गुरदासपुर 13 किमी दूर है।

गुरदासपुर की स्थापना 17वीं शताब्दी की शुरुआत में पनियार गांव के एक ब्राह्मण गुरिया जी ने की थी। उन्होंने गुरदासपुर के लिए सांगी गोत्र के जाट समुदाय से जमीन खरीदी थी। उन्ही के नाम पर गुरदासपुर नाम पड़ा। गुरिया जी के दो पुत्र थे-नवल राय और पाला जी। नवल राय के वंशज गुरदासपुर में बस गए। गुरु नानक देव की पत्नी का मायका गुरदासपुर में था।

भारत के विभाजन से पहले, गुरदासपुर जिले का भविष्य लंबे समय तक तय नहीं किया गया, क्योंकि यह मुसलमान बहुल था। सीमा सीमांकन समिति द्वारा प्रारंभिक योजना पठानकोट (उस समय गुरदासपुर जिले का हिस्सा) को पाकिस्तान और शकरगढ़ को भारत में रखने की बात थी। हालांकि, बाद में निर्णय की बारीक ट्यूनिंग के रूप में इसके विपरीत किया गया। यानी शकरगढ़ पाकिस्तान को दिया गया था और गुरदासपुर जिला (पठानकोट के साथ) भारत को दिया गया। गुरदासपुर ब्यास और रावी नदियों के बीच एक शहर है। इसमें गुरदासपुर जिले का प्रशासनिक मुख्यालय है, जो पाकिस्तान के साथ सीमा साझा करता है।

अंत में, रैडक्लिफ अवार्ड के तहत, केवल एक तहसील शकरगढ़- को पाकिस्तान में स्थानांतरित कर दिया गया, और शेष जिला भारत के साथ

रख दिया। गुरदासपुर जिले से कई मुसलमान पाकिस्तान चले गए; सिख और हिंदू सीमा पार कर भारत आ गए। भारी मात्रा में हिंसक वारदातें हुईं। गुरदासपुर भारत को देने का दबाव नेहरू-पटेल का था। पाकिस्तान को भरोसा था कि मुस्लिम बहुल होने से और सीमा पर होने से गुरदासपुर उन्हें मिलेगा तो जम्मू-कश्मीर भारत से पूरी तरह कट जाएगा। वह उसे अधिग्रहण कर लेगा। जब पाकिस्तान ने देखा कि गुरदासपुर उन्हें पूरा नहीं मिला तो उन्होंने कश्मीर में क़बायली हमला शुरू करवा दिए। गुरदासपुर ज़िले में गुरुद्वारा दरबार साहिब, करतारपुर - सबसे प्रसिद्ध सिख गुरुद्वारों में से एक, जहाँ सिख गुरु नानक देव ने अपने अंतिम दिन बिताए थे।

धारीवाल, के बाद पठानकोट आया। पठानकोट ऐतिहासिक महत्व वाला एक प्राचीन शहर है। पठानकोट में पाए गए पुराने सिक्के यह सिद्ध करते हैं कि यह पंजाब के सबसे पुराने स्थलों में से एक है। यह हमेशा से बहुत महत्व का स्थान रहा होगा क्योंकि यह पहाड़ियों की तलहटी में स्थित है। पठानकोट हिमाचल में स्थित नूरपुर राज्य की राजधानी थी और अकबर के शासनकाल में इसका नाम बदलकर धमेरी (नूरपुर) कर दिया गया था। राजपूत के पठानिया कबीले ने अपना नाम पठानकोट से लिया है।

पठानकोट को कांगड़ा और डलहौजी की सुरम्य तलहटी में चक्की नदी पर स्थित होने के कारण जम्मू, कश्मीर, डलहौजी, चंबा, कांगड़ा, धर्मशाला, मैकलोडगंज, ज्वालाजी, चिंतपूर्णी और आगे हिमालय पहाड़ों में जाने से पहले एक विश्राम स्थल के रूप में उपयोग किया जाता है। पठानकोट जम्मू और कश्मीर और हिमाचल प्रदेश के आस-पास के क्षेत्रों के लिए एक शिक्षा केंद्र के रूप में प्रसिद्ध है। इन राज्यों के कई ग्रामीण छात्र शिक्षा के लिए पठानकोट आते हैं। पठानकोट में हल्का नाश्ता किया और गाढ़ी चाय पी। अब शिवालिक पहाड़ियाँ शुरू हो गईं। सबसे पहले काँगड़ा ज़िले का नूरपुर आया।

काँगड़ा क्षेत्र में ब्रिटिश राज के आगमन से पहले धर्मशाला और इसके आसपास के क्षेत्रों में दो सहस्राब्दियों तक कटोच राजवंश का शासन था। 1810 में सिख राजवंश के महाराज रणजीत सिंह और राजा संसार सिंह कटोच के मध्य हुई ज्वालामुखी की संधि के बाद कटोच केवल काँगड़ा क्षेत्र में स्थानीय जागीरदार रह गए। 1848 में अंग्रेज़ों ने कब्ज़ा कर लिया था।

1849 में कांगड़ा जिले के अंदर एक फौजी छावनी के लिए धौलाधार पर्वत की ढलानों पर एक स्थान को चुना गया, जहां एक हिन्दू धर्मशाला स्थित थी। ऐसी मान्यता है कि धर्मशाला नगर का नाम धर्मशाला शब्द से उत्पन्न हुआ है।

धर्मशाला वर्ष 1849 में कांगड़ा में स्थित सैन्य छावनी के रूप में अस्तित्व में आया। वर्ष 1855 में धर्मशाला को कांगड़ा जिले का मुख्यालय घोषित किया गया था। धर्मशाला में सिविलियन और छावनी क्षेत्र की बढ़ती चहल-पहल को देखते हुए, सुविधाएं लोगों को मुहैया करवाने के लिए नगर परिषद बनाने का विचार बना था। पांच मई 1867 को यहां नगर परिषद अस्तित्व में आई थी। उस समय बनी नगर परिषद की पहली बैठक भी 6 मई 1867 को तत्कालीन जिलाधीश एल्फिनस्टोन की अध्यक्षता में हुई थी।

धर्मशाला के 1867 में नगर परिषद बनने के बाद यहां सुविधाओं में इजाफा हुआ। 1896 में धर्मशाला में लोगों को बिजली भी मिलनी शुरू हुई थी। तत्पश्चात नगर में कार्यालयों के विकास के अतिरिक्त व्यापार व वाणिज्य, सार्वजनिक संस्थान, पर्यटन सुविधाओं तथा परिवहन गतिविधियों में भी उन्नति हई। वर्ष 1905 व 1986 के भूकम्पों से नगर का बहुत नुकसान हुआ। 1926 से 1948 के बीच यहां पर इंटर कॉलेज सहित महाविद्यालय खुला तो वर्ष 1935 में सिनेमा हाल भी यहां खुला। बढ़ते समय के साथ-साथ सामाजिक सुधारों के साथ संगीत, साहित्य और कला के क्षेत्र में भी यह क्षेत्र कहीं पीछे नहीं रहा। 1960 से महामहिम दलाई लामा का मुख्यालय भी धर्मशाला में स्थित है।

धर्मशाला राज्य की शीतकालीन राजधानी है। यह कांगड़ा नगर से 16 किमी की दूरी पर स्थित है। धर्मशाला के मैक्लॉडगंज उपनगर में केंद्रीय तिब्बती प्रशासन के मुख्यालय हैं, और इस कारण यह दलाई लामा का निवास स्थल तथा निर्वासित तिब्बती सरकार की राजधानी है। दो घंटे बौद्ध मंदिर में गुज़ारे। धर्मशाला को भारत सरकार के स्मार्ट सिटीज मिशन के अंतर्गत एक स्मार्ट नगर के रूप में विकसित होने वाले सौ भारतीय नगरों में से एक के रूप में भी चुना गया है।

12 जुलाई 2022 को पठानकोट से जम्मू के रास्ते पर पंजाब की जम्मू-कश्मीर सीमा पर करके कठुआ, बरनोटी, जसरोटा, छन्नी और सम्बा जो कि चिकन नेक बिंदु पर स्थित हैं, को पार करके जम्मू शहर में दाखिल

हुए। जम्मू शहर ऐतिहासिक नगर है और पूर्व जम्मू प्रांत की राजधानी रह चुका है और बाद में भी भारत के जम्मू एवं कश्मीर राज्य की शीतकालीन राजधानी रह चुका है। राय जम्बुलोचन राजा बाहुलोचन का छोटा भाई था। बाहुलोचन ने तवी नदी के तट पर बाहु किला बनवाया था और जम्बुलोचन ने जम्बुपुरा नगर बसवाया था। नगर के नाम का उल्लेख महाभारत में भी मिलता है। जम्मू शहर से 32 किलोमीटर दूर अखनूर में पुरातात्त्विक खुदाई के बाद जम्मू नगर के हड़प्पा सभ्यता के एक भाग होने के साक्ष्य भी मिले हैं। जम्मू में मौर्य, कुशाण और गुप्त वंश काल के अवशेष भी प्राप्त हुए हैं। 480 ई. के बाद इस क्षेत्र पर एफ्थलाइटिस का अधिकार हो गया था और यहां कपीस और काबुल से भी शासन हुआ था। इनके उत्तराधिकारी कुशानो-हेफ्थालाइट वंश के थे, जिनका अधिकार 565 से 670 ई. तक रहा। तदोपरांत 670 ई. से लेकर 11वीं शताब्दी तक शाही राजवंश का राज रहा, जिसे गजनी के अधीनस्थों ने छीन लिया। जम्मू का उल्लेख तैमूर के विजय अभियानों के अभिलेखों में भी मिलता है। इस क्षेत्र ने सिखों एवं मुगलों के आक्रमणों के साथ एक बार फिर से शक्ति-परिवर्तन देखा और अन्ततः ब्रिटिश राज का नियंत्रण हो गया। यहां 840 ई. से 1869 ई. तक देव वंश का शासन भी रहा था। तब नगर अन्य भारतीय नगरों से अलग-थलग पड़ गया और उनसे पिछड़ गया था। उसके उपरांत डोगरा शासक आये और जम्मू शहर को अपनी खोई हुई आभा व शान वापस मिली। उन्होंने यहां बड़े बड़े मन्दिरों व तीर्थों का निर्माण किया व पुराने स्थानों का जीर्णोद्धार करवाया, साथ ही कई शैक्षिक संस्थान भी बनवाये। उस काल में नगर ने काफ़ी उन्नति की। 1817 में 43 कि.मी लम्बी रेल लाइन द्वारा जम्मू को सियालकोट से जोड़ा गया था, किन्तु 1947 में भारत के विभाजन के बाद यह रेल लाइन बंद कर दी गयी क्योंकि सियालकोट से आवाजाही की कड़ी टूट गयी थी। उसके बाद जम्मू शहर में 1971 तक कोई रेल सेवा नहीं थी। तभी भारतीय रेल ने पठानकोट-जम्मू तवी ब्रॉड गेज रेल लाइन डाली और अन्ततः 1975 में एक बार फ़िरसे नये जम्मू-तवी रेलवे स्टेशन के साथ जम्मू शेष भारत से रेल द्वारा जुड़ गया। वर्ष 2,000 में पुराने रेलवे स्टेशन का अधिकांश भाग ध्वस्त कर वहां एक कला केन्द्र बनाया गया।

जम्मू में बहुत तेज गर्मी है। न धरती पर बारिश है और न आसमान में बादल दिख रहे हैं। तभी दूसरे चौराहे पर अमरनाथ यात्रियों के लिए

संचालित भंडारे में भोजन किया। उसके बाद दस मिनट में जम्मू विमानतल पहुँच गये। इलेक्ट्रॉनिक डिस्प्ले बोर्ड पर Go first की फ़्लाइट नम्बर G-196 दोपहर बाद तीन बजे का प्रस्थान प्रदर्शित हो रहा है।

इति वृतांत

(5)

देहरादून से नैनीताल

किसी क्षेत्र विशेष का भौगोलिक और ऐतिहासिक अध्ययन करके वहाँ मनोरंजक रूप से घूमना पर्यटन कहलाता है और बिना अध्ययन के कहीं जाना घूमना कहलाता है। हिमालय पर्वत और हिंद महासागर स्थित विभिन्न स्थानों का पर्यटन लोगों को हमेशा से लुभाता रहा है। हिमालय पर्यटन में जम्मू-कश्मीर लद्दाख़, हिमाचल, नेपाल, सिक्किम, भूटान अब तक घूम चुके थे और उत्तराखंड के बद्रीनाथ और केदारनाथ घूम कर कुमायूँ और गढ़वाल के तराई वाले हिस्से छूटे थे। 24-31 जुलाई 2021 के बीच इनके पर्यटन को निकले।

उत्तराखंड के तराई इलाक़ों की यात्रा हेतु भोपाल से 24 जुलाई को तीन बजे शताब्दी एक्सप्रेस से रवाना हुए। ग्वालियर में सहकर्मी रहे मित्र राजीव दुबे ट्रेन पर मिलने आए और चिप्स के पैकेट एवं पेप्सी की बड़ी बोतल थमा गए। कुरकुरी नमकीन चिप्स चबाते और पेप्सी के घूँट हलक के नीचे उतारते राजीव के साथ ग्वालियर में 2006 से 2010 के बीच गुज़ारे दिन की मानसिक जुगाली में मुरेना निकल गया। मुरेना निकलते ही पुल की धड़धड़ाहट से चौंक कर नीचे देखा तो चम्बल लबालब यौवन से लकदक नवयौवना की तरह इठलाती चली जा रही थी। पेप्सी का घूँट गले के ऊपर रोककर नदी का सम बहाव निहारते पुल निकल गया, जिसके नीचे अप्रेल 2010 की झुलसती दोपहरी में बैंक के ऑडिटर के साथ चिल्ड बियर और मुर्ग़ मुसल्लम की दावत का लुत्फ़ उठाया था। ऑडिटर साहब को डाकू देखना

था, उन्हें जयप्रकाश नारायण के समक्ष समर्पित एक बुजुर्ग डाकू से उसी पुल के नीचे मिलवाया था, जिसके ऊपर से ट्रेन गुज़र रही थी।

चिप्स की कुरमुराहट के बीच धौलपुर स्टेशन निकलते ही दिमाग़ में डाकुओं के क़िस्से कुडमुँड़ाने लगे। माधौसिंह और पान सिंह तोमर के अलावा अत्याचार सहती बैंडिट क्वीन फूलन देवी और उनके पीछे भागती पुलिस के सिपाही के पैरों से रोंदे चम्बल के बीहड़ रिमझिम फुहार से नहाते नज़र आ रहे थे। सोचते-सोचते झपकी लग गई। उसके बाद घर से लाया खाना खाकर सिटिंग चेयर को पीछे झुकाकर एक हल्की नींद निकाली ही थी, तभी सवारियों की रेलमपेल में आँख खुली तो देखा रेलगाड़ी आगरा कैंट स्टेशन पर खड़ी है। एक भारी भरकम सवारी भारी भरकम सामान सहित पूरा कुनबा लेकर चढ़ी। उनकी कुर्सियाँ तो पक्की थीं परंतु सामान को ऊपर रखने को लेकर झिकझिक होने लगी। उन्होंने दूसरों का सामान हटा कर अपना सामान ज़माना शुरू किया तो आसपास की सवारियाँ भड़कने लगीं। आख़िर में सवारियों के हिसाब से सामान की जगह तय होकर व्यवस्था बनने ही जा रही थी। तभी एक जनानी सवारी ने साथ वाले से पूछा- मोटा पागल है क्या? पीछे से किसी सज्जन ने फुसफुसाती चुटकी ली कि लगता है अस्पताल से छुट्टी कराकर आए हैं। आगरा वाले भारी भरकम भाई साहब के तेज कानों ने सुन लिया। आधा घंटा हंगामेदार माहौल रहा। लोग मास्क हटाकर तुमुल युद्ध में शरीक हो गए। आगरा वाले भाई साहब बोले हाँ! हम तो ठीक होकर आ गए। आपको भर्ती कराए देते हैं। चुटकी वाले भाई साहब नींद का बहाना करते चिमाई दावे पड़े रहे। मामला ठंडा हुआ, तब सबको मास्क नाक पर चढ़ाने का ध्यान आया। तब तक मथुरा स्टेशन से वैंडरों की "मथुरा के पेड़े और आगरा का पेठा" आवाज़ें आने लगीं। फिर एक झपकी के बाद नींद खुली तो ट्रेन निज़ामुद्दीन स्टेशन से गुजर रही थी।

रात्रि को साढ़े ग्यारह बजे नई दिल्ली स्टेशन पर वेटिंग लाउंज में दस रुपए प्रति घंटे के हिसाब से भुगतान करके कमर सीधी करने लेटे परंतु यात्रियों के आने-जाने से ख़लल होता रहा, लिहाज़ा मुश्किल से दो घंटे नींद लगी। करवट बदलते छह बजे तक समय बिताया। फिर पता चला कि देहरादून शताब्दी रेलगाड़ी प्लेटफ़ार्म नम्बर एक के बजाय सोलह से रवाना होगी। प्लेटफ़ार्म नम्बर एक से सोलह तक की दो किलोमीटर की दूरी तय करके ट्रेन में जा बैठे। ट्रेन नियत समय पर चल पड़ी।

देहरादून शताब्दी की यात्रा सुखद रही। रेलगाड़ी तय समय से चली। ग़ाज़ियाबाद, मेरठ, मुज़फ़्फ़रनगर, सहारनपुर, रुड़की, हरिद्वार होते हुए देहरादून समय से पहले पहुँच गई। प्लेटफ़ार्म से बाहर निकले तो एक लम्बी क़तार कोविड की जाँच के लिए लगी थी। हम भोपाल के बंसल अस्पताल से कोविड़ जाँच रिपोर्ट साथ लेकर चले थे, इसलिए बिना किसी परेशानी के बाहर निकल टेक्सी में बैठ स्टेट बैंक के गेस्ट हाऊस पहुँच गए।

देहरादून में इंदिरा मार्केट, तिब्बत बाज़ार, पल्टन बाज़ार और राजपुर रोड पर दोनों तरफ़ दुकानों का जमावड़ा है। उत्तराखण्ड की राजधानी बनने के बाद देहरादून मैदानी इलाक़ों तरफ़ तेज़ी से बसना शुरू हो गया था। जिसकी रफ़्तार जारी है। हम शाम को शहर के हृदय स्थल घंटाघर पहुँचे। घंटाघर से लगे पल्टन बाज़ार घूमे वहाँ से एक रास्ता सीधा नगर के सबसे पुराने गुरुद्वारे पहुँचता है जहाँ गुरु रामराय ने दिल्ली से आकर डेरा रखा था। दून घाटी में डेरा रखने से यह स्थान देहरादून हो गया। वह गुरुद्वारा झण्डा गुरुद्वारा कहलाता है। वहाँ का होली पर मनाया जाने वाला रंग उत्सव प्रसिद्ध है। शाम को पल्टन बाज़ार और राजपुर रोड पर घूमते रहे। रात को देहरादून के प्रसिद्ध के सी सूप बॉर में चाइनीज़ खाना खाकर आराम किया।

25 जुलाई को रविवार का दिन था। देहरादून में लॉकडाउन था इसलिए गेस्ट हाऊस से निकलना सम्भव नहीं था। नाश्ता करके एक अच्छी नींद निकाली। दोपहर को लंच के बाद जिम कार्बेट की किताबें पढ़ते रहे। कुछ कहानियाँ साथ वालों को पढ़कर सुनाईं। शाम को अरविंद भैया की नातिन श्रद्धा सिसोदिया की बिटिया श्रुति सिसोदिया तंवर दामाद साहब सहित पधारीं। तीन घंटे उनके साथ गुज़ारे। वे जाते-जाते बहरूज की बिरयानी का ऑनलाइन आर्डर दे गईं। नौ बजे के लगभग बिरयानी की डेलिवरी प्राप्त हुई। भोजन करके आराम किया।

मसूरी धनोल्टी

26 जुलाई 2021 सुबह आठ बजे देहरादून गेस्ट हाऊस से मसूरी के लिए रवाना हुए। देहरादून 2001 में राजधानी और टेहरी बाँध बनने के बाद से तेज़ी से जनसंख्या के दबाव में फैलना शुरू हुआ था। वहाँ एक मात्र मुख्य सड़क राजपुर मार्ग के दोनों तरफ़ प्रीमीयम और साधारण फ़्लैट की भरमार

हो गई है। आगे बढ़ने पर राजपुर रोड से एक रास्ता मसूरी को कट जाता है। मसूरी के लिए रास्ता कटते ही तराई से पहाड़ियों में यात्रा शुरू होती है। एक तरफ़ ऊँचे पहाड़ और दूसरी तरफ़ गहरी खाईयों का न ख़त्म होने वाला सिलसिला आरम्भ होता है। चढ़ाई शुरू होते ही सड़क किनारे एक शिव मंदिर पड़ा। वहाँ सूचना लगी थी कि यह निजी मंदिर है इसमें कोई भी नगद या अन्य चढ़ावा न चढ़ाएँ। उल्टा आपको प्रसाद और चाय का सेवन कराया जाता है। बाजू में एक छोटा रेस्टोरेंट है जिसमें मंदिर की तरफ़ से पचास प्रतिशत अनुदान पर सामान मिलता है।

आधा घंटा चलने के बाद भट्टा जल प्रपात तक नीचे उतरने की ट्रोली सेवा की बुकिंग कुटिया आई। वहाँ से दो सौ रुपए का टिकट कटा कर ट्रोली में सवार हुए। ट्रोली का इंतज़ार कर रहे थे, तभी केंटीन वाला आया। उसकी चाय के दाम बीस रुपए था। यह सोचकर कि उनका रोज़ी रोज़गार का ज़रिया भी हम जैसे पर्यटक हैं। बीस रुपए की चाय गले के नीचे उतारी, तब तक ट्रोली का झूला आ गया। सवार होकर एक हज़ार फुट नीचे उतर चले। चारों तरफ़ बादलों से घेरे में लग रहा था कि स्वर्ग की यात्रा आरम्भ हो गई है। चिकोटी काट कर देखी तब पता चला कि पूरे होशोहवास में चीड़ चिनार देवदार के वृक्षों के बीच से हवा में तैरते चले जा रहे हैं।

रिमझिम बारिश की बूँदों के बीच भट्टा प्रपात पहुँचे तो पता चला कि मसूरी झील का पानी इस तरफ़ उतार पर झरना बनाकर एक प्रपात बनाता है। थोड़ी देर रुककर वापसी यात्रा करके टेक्सी में आ बिराजे। फिर तीखी चढ़ाई से गुज़रते हुए मसूरी पहुँच गए। परंतु हमने तय किया था कि अभी सीधे धनौल्टी जाएँगे जो मसूरी से और आगे तीस किलोमीटर ऊँचे पहाड़ों को पार करके आने वाला था। रास्ते में 'चार-दुकान' पर्यटन स्थल आया। पता करने पर मालूम हुआ कि एक ऊँची पहाड़ी पर सचिन तेंदुलकर ने एक शाही फ़्लैट ख़रीदा था तब वे अपने दोस्तों के साथ यहाँ पधारे थे। उसी समय चार लोगों ने भीड़ की सेवा हेतु दुकान लगा ली थीं जिसमें सचिन ने साठ रुपए कप के हिसाब से दोस्तों के साथ चाय का सेवन किया था। वह स्पॉट 'चार-दुकान' पोईंट नाम से प्रसिद्ध हो गया।

मसूरी बसावट की भी एक कहानी पता चली। देहरादून मध्य युग में औरंगज़ेब की सिक्खों में फूट डालने की नीति से बस चुका था। मसूरी बसने

की राह देख रहा था। जिसे एक अंग्रेज ने शुरू किया। ईस्ट इंडिया कंपनी के लेफ्टिनेंट फ्रेडरिक यंग शिकार के लिए मसूरी आए। उन्होंने कैमल्स बैक रोड पर एक शिकार लॉज बनाया, और 1823 में दून के मजिस्ट्रेट बने। उन्होंने पहली गोरखा रेजिमेंट बनाई और घाटी में पहला आलू बोया। मसूरी में उनका कार्यकाल 1844 में समाप्त हुआ, जिसके बाद उन्होंने दीमापुर और दार्जिलिंग में सेवा की, अंत में एक जनरल के रूप में सेवानिवृत्त होकर आयरलैंड लौट आए। मसूरी में यंग का कोई स्मारक नहीं है। हालांकि, देहरादून में एक यंग रोड है जिस पर ओएनजीसी का तेल भवन खड़ा है। 1832 में, मसूरी भारत के महान त्रिकोणमितीय सर्वेक्षण का टर्मिनस था जो देश के दक्षिणी सिरे पर शुरू हुआ था। उस समय के भारत के महासर्वेक्षक जॉर्ज एवरेस्ट चाहते थे कि भारतीय सर्वेक्षण का नया कार्यालय मसूरी में स्थित हो। उसी वर्ष मसूरी में पहली बियर ब्रूवरी सर हेनरी बोहले द्वारा "द ओल्ड ब्रूवरी" के रूप में स्थापित की गई थी। 1850 में मैकिनॉन एंड कंपनी के रूप में सर जॉन मैकिनॉन द्वारा फिर से स्थापित किए जाने से पहले शराब की भट्ठी दो बार खुली और बंद हुई। हिंद महासागर से बनकर उठे बादल पूरे देश में बारिश का मनभावन सुहावना मौसम रच कर हिमालय से रुककर तराई के इलाक़ों में अच्छी बारिश करते हुए पहाड़ों पर रुककर छाए रहते हैं। उन्ही के बीच से रास्ता गुजरता रहा।

मसूरी शांत और खूबसूरत जगह। हम समय बचाने के हिसाब से मसूरी पार करके सीधे धनौल्टी चले गए। धनौल्टी देवदार के जंगल से घिरा है। अब देवदार का जंगल ही इसकी पहचान बन चुका है। यहां रहने के लिए कुछ होटल बन गये है। गढवाल मंडल टूरिज्म का गेस्ट हाउस भी है। शहर की भीडभाड़ से दूर जाना चाहते हैं तो धनौल्टी अच्छी जगह है। मसूरी घूमने के बाद यहां ठहरा जा सकता है।

धनौल्टी काफ़ी शान्तिपूर्ण स्थल के रूप में भी जानी जाती है जिस कारण यहाँ पर्यटकों की भीड़ अधिक रहती है। लंबी जंगली ढलानें, ठंडी व शांत हवाएँ, स्थानीय लोगों द्वारा की जाने वाली मेहमान नवाजी, मनमोहक मौसम, बर्फ से ढंके पहाड़ यहाँ की ख़ास विशेषताओं में शामिल हैं, जो इस जगह को सुकूनभरी छुट्टियाँ बिताने के लिए एक आदर्श जगह बनाते हैं। देखने लायक़ जगहों में बारेहीपानी और जोरांडा फॉल्स, दशावतार मन्दिर, ईको-पार्क, सुरकंडा देवी, मन्दिर, हिमालयन वीवर्स, जैन मंदिर आदि शामिल

हैं। सर्दियों में स्नो फॉल का मजा लेना चाहते हैं तो वहाँ जरूर जाएं। यहां देखने लायक कई जगह हैं। एप्पल गार्डन में घुड़सवारी का आनंद ले सकते हैं। यहां सालभर मौसम ठंडा रहता है। दिसंबर के बाद यहां बर्फबारी होना शुरू हो जाती है। धनोल्टी मै एडवेंचर से भरपूर केम्पिंग की अच्छी सुविधा है।

धनौल्टी से वापसी में मसूरी के दर्शनीय स्थल देखे। मसूरी में माल रोड प्रसिद्ध जगह है लेकिन बाज़ार बहुत महँगा है। देहरादून से माल लाकर वहाँ दुगुने-तिगुने दाम पर बेंचा जाता है। ख़रीदी के लिए देहरादून का पल्टन बाज़ार या इंदिरा मार्केट वाजिब है।

केम्पटी फाल याने जल प्रपात मसूरी से पंद्रह किलोमीटर है। एक बहुत छोटा पहाड़ी जल प्रपात चट्टानों को काटकर गिरता है। अंत में एवरेस्ट हाऊस देखने गए। यह एवरेस्ट के स्वामित्व में लगभग 11 वर्षों तक उनका निवास था। उन्होंने इसे जनरल व्हिश से खरीदा था। 1832 में बने इस घर को आज सर जॉर्ज एवरेस्ट हाउस एंड लेबोरेटरी या पार्क हाउस के नाम से जाना जाता है। यह घर पार्क एस्टेट में गांधी चौक/लाइब्रेरी बाजार (मसूरी में माल रोड के पश्चिमी छोर) से लगभग 6 किलोमीटर पश्चिम में स्थित है। इसके स्थान से एक तरफ दून घाटी और उत्तर में अगलर नदी घाटी और हिमालय श्रृंखला के मनोरम दृश्य दिखाई देते हैं। परंतु घाटियों में बादलों की जमघट होने के कारण हमें कुछ भी दिखाई नहीं दिया। अप्रेल-मई के महीनों में जब आसमान साफ़ होता है तब घाटियों का दृश्य मनोरम होता है। दिसम्बर-जनवरी में बर्फ़वारी से घाटियाँ सफ़ेद चादर ओढ़ लेती हैं। भूमिगत पानी के कुंड हैं (या शायद बर्फ के भंडारण के लिए गड्ढे, क्योंकि क्षेत्र में पानी की कमी है) जो काफी गहरे हैं और घर के बाहर सामने के यार्ड में खुले पड़े हैं, कूड़े से भरे हुए हैं और फिसलने का खतरा है।

इंटीरियर को हटा दिया गया है लेकिन फायरप्लेस, छत, और दरवाजे और खिड़की के फ्रेम अभी भी बने हुए हैं। घर स्टील ग्रिल से सुरक्षित है और इसमें प्रवेश नहीं किया जा सकता है। यह संपत्ति बेहतर रूप से जानी जाती है और पहुंच मार्ग में सुधार किया गया है, दीवारों को भित्तिचित्रों से ढक दिया गया है और समय-समय पर साफ किया जाता है। इसका पूरी तरह जीर्णोद्धार और रखरखाव वांछित है।

27 जुलाई 2021 का यह दिन हमने देहरादून के दर्शनीय स्थलों के लिए तय कर रखा था क्योंकि एक दिन कठिन यात्रा के बाद दूसरा दिन थोड़ा आराम भरा होना चाहिए, नहीं तो लगातार थकान से घूमने का मज़ा जाता रहता है और पर्यटक ऊब का शिकार होने लगते हैं। इस समय चारों तरफ़ से घनघोर बारिश की खबरें आ रही हैं। हालाँकि हमने जिन स्थानों को चुना है वे बारिश के मौसम में जोखिम भरी नहीं मानी जाती परंतु फिर भी मौसम का क्या भरोसा। यही बात यात्रा को रोमांचक बनाती है।

देहरादून गढ़वाल इलाक़े का प्रमुख शहर और उत्तराखंड की राजधानी है। देहरादून दून घाटी में हिमालय की तलहटी में स्थित है, जो पूर्व में गंगा की एक सहायक सोंग नदी और पश्चिम में यमुना की सहायक आसन नदी के बीच स्थित है। यह शहर अपने सुरम्य परिदृश्य और थोड़ी हल्की ठंडी जलवायु के लिए जाना जाता है और आसपास के क्षेत्र के लिए प्रवेश द्वार प्रदान करता है। शहर समुद्र तल से 2,100 फुट की ऊंचाई पर स्थित है। देहरादून गढ़वाल शासकों के लिए एक महत्वपूर्ण केंद्र रहा है जिसे अंग्रेजों ने कुमायूँ-गढ़वाल के शासन का केन्द्र बना लिया था। इस शहर को उत्तराखंड हिमालय का प्रवेश द्वार भी कहा जाता है।

स्कंद पुराण में दून का उल्लेख केदारखंड नामक क्षेत्र के एक भाग के रूप में किया गया है, जो शिव का निवास स्थान है। हिंदू पौराणिक कथाओं के अनुसार, प्राचीन भारत में महाभारत महाकाव्य युग के दौरान, कौरवों और पांडवों के महान शिक्षक द्रोणाचार्य यहां रहते थे, इसलिए इसका नाम "द्रोणनगरी" पड़ा। शहर को देवभूमि ("देवताओं की भूमि") के रूप में भी माना जाता है।

देहरादून उपनाम "दून वैली" का इतिहास रामायण और महाभारत की कहानी से जुड़ा है। ऐसा माना जाता है कि रावण और भगवान राम के बीच युद्ध के बाद, भगवान राम और उनके भाई लक्ष्मण ने इस स्थल का दौरा किया था। इसके अलावा, महाभारत में कौरवों और पांडवों के महान गुरु, द्रोणाचार्य के नाम पर 'द्रोणनगरी' के रूप में जाना जाता है। माना जाता है कि उनका जन्म और निवास देहरादून में हुआ था। देहरादून के आसपास के क्षेत्रों में प्राचीन मंदिरों और मूर्तियों से मिले साक्ष्यों को रामायण और महाभारत की पौराणिक कथाओं से जोड़ा गया है। ये अवशेष और खंडहर

लगभग उतने ही पुराने माने जाते हैं। इसके अलावा, स्थान, स्थानीय परंपराएं और साहित्य महाभारत और रामायण की घटनाओं के साथ इस क्षेत्र के संबंधों को दर्शाते हैं। महाभारत की लड़ाई के बाद इस क्षेत्र पर पांडवों का प्रभाव था क्योंकि हस्तिनापुर के शासकों ने सुबाहू के वंशजों के साथ इस क्षेत्र पर सहायक के रूप में शासन किया था। इसी तरह, इतिहास के पन्नों में ऋषिकेश का उल्लेख है जब भगवान विष्णु ने संतों की प्रार्थना का जवाब दिया, राक्षसों का वध किया और संतों को भूमि सौंप दी। महाभारत के समय में चकराता नामक स्थान का ऐतिहासिक प्रभाव बताया जाता है।

सातवीं शताब्दी में, इस क्षेत्र को सुधानगर के नाम से जाना जाता था और चीनी यात्री ह्वेन त्सांग ने इसका वर्णन किया था। सुधानगर को बाद में कालसी के रूप में पहचाना जाने लगा। कालसी में यमुना नदी के किनारे के क्षेत्र में अशोक के शिलालेख पाए गए हैं जो प्राचीन भारत में इस क्षेत्र के महत्व को दर्शाते हैं। पड़ोसी क्षेत्र हरिपुर में, राजा रसला के समय से खंडहरों की खोज की गई थी जो इस क्षेत्र की समृद्धि को भी दर्शाते हैं।

ब्रिटिश राज के आरम्भिक दिनों में शहर का आधिकारिक नाम देहरा था। देहरादून दो शब्दों "देहरा" + "दून" से मिलकर बना है। देहरा शब्द "डेरा" से लिया गया है, जिसका अर्थ है शिविर और गढ़वाली भाषा में दून एक घाटी को कहते हैं। यह घाटी मध्य हिमालय और "शिवालिक" के बीच स्थित है। शहर की स्थापना तब हुई जब सातवें सिख गुरु, गुरु हर राय के पुत्र बाबा राम राय ने 1675 में इस क्षेत्र में अपना डेरा या शिविर लगाया। उस समय से आधुनिक देहरादून शहर का विकास शुरू हुआ। यह तब की बात है जब देहरा शब्द दून से जुड़ा और इस तरह इस शहर का नाम देहरादून पड़ा। आसपास की अन्य प्रमुख दून घाटियां कोटली दून, पाटली दून और पिंजौर दून हैं।

देहरादून के नाम का इस्तेमाल होने से पहले, जगह को पुराने नक्शों पर गुरुद्वारा (वेब द्वारा एक नक्शा, 1808) या गुरुद्वारा (जेरार्ड द्वारा एक नक्शा, 1818) के रूप में दिखाया गया है। जेरार्ड के नक्शे में उस स्थान का नाम देहरा या गुरुद्वारा रखा गया है। इस मूल सिख मंदिर के चारों ओर कई छोटे गाँव थे जो अब आधुनिक शहर के कुछ हिस्सों के नाम हैं।

देहरादून पर गजनी के महमूद ने 1024 में, 1368 में तैमूर लंग ने, 1757 में रोहिल्ला प्रमुख नजीबउद्दौला और 1785 में गुलाम कादिर ने आक्रमण

किया था। नेपाली राजा पृथ्वी नारायण शाह ने 1806 में अल्मोड़ा, पठानकोट, कुमाऊं, गढ़वाल, सिरमुर, शिमला, कांगड़ा और देहरादून को एकजुट किया। पश्चिमी मोर्चे पर गढ़वाल और हिमाचल प्रदेश के कुछ हिस्सों में पंजाब तक और पूर्वी मोर्चे पर सिक्किम राज्य से परे दार्जिलिंग तक एक संक्षिप्त अवधि के लिए नेपाल का हिस्सा रहा आया। ब्रिटिश ईस्ट इंडिया कंपनी 1814 से 1816 तक ब्रिटिश-नेपाल युद्ध से उसे भारत में मिला लिया। युद्ध सुगावली की संधि पर हस्ताक्षर के साथ समाप्त हुआ जिसमें नेपाल ने अपने नियंत्रण का लगभग एक तिहाई ब्रिटिश ईस्ट इंडिया कंपनी को सौंप दिया था। अंग्रेजों ने 1816 में देहरादून प्राप्त किया और 1827-1828 में लंढौर और मसूरी का विकास किया। भारत के पहले प्रधान मंत्री जवाहरलाल नेहरू देहरादून शहर के काफी शौकीन थे और अक्सर वहाँ जाते रहते थे। 1964 में दिल्ली में निधन से पहले उन्होंने अपने अंतिम कुछ दिन यहां बिताए। स्वतंत्रता आंदोलन के एक अन्य नेता, रास बिहारी बोस, जो ग़दर षडयंत्र भारतीय राष्ट्रीय सेना के प्रमुख आयोजकों में से एक थे जिसका मुख्यालय अपने शुरुआती दिनों में देहरादून में स्थित था। जिन्हें स्वतंत्रता संग्राम जारी रखने के लिए 1915 में जापान जाने के लिए मजबूर होना पड़ा था।

देहरादून का संबंध प्रथम आंग्ल-अफगान युद्ध (1839) से जुड़ा है, जिसके बाद अफगान अमीर दोस्त मोहम्मद खान (अफगानिस्तान के अमीर) को अंग्रेजों ने देहरादून में निर्वासित कर दिया था। वह 6 साल से अधिक समय तक मसूरी में रहे। मसूरी नगरपालिका के अंतर्गत आने वाले बालाहिसर वार्ड का नाम दोस्त मोहम्मद के महल के नाम पर रखा गया है। प्रसिद्ध देहरादून बासमती को उनके साथ अफगानिस्तान के कुनार प्रांत से लाया गया था और इसे आज भी घाटी के व्यंजन के रूप में गिना जाता है।

चालीस साल बाद, दूसरे एंग्लो-अफगान युद्ध के बाद, उनके पोते, मोहम्मद याकूब खान को 1879 में निर्वासन के लिए भारत भेजा गया था। अपने दादा की तरह, उन्होंने अपने निवास के रूप में दून घाटी को चुना। याकूब औपचारिक रूप से देहरादून में बसने वाला पहला अफगान बना। वर्तमान मंगला देवी इंटर कॉलेज कभी काबुल पैलेस था जहाँ याकूब ने अपने जीवन के कुछ साल बिताए थे।

अफगान शाही परिवार ने देहरादून में उपस्थिति बनाए रखी। यह अफगानिस्तान के अंतिम से दूसरे राजा मोहम्मद नादिर शाह का जन्मस्थान था। दो विचित्र महल - देहरादून में काबुल पैलेस और मसूरी में बाला हिसार पैलेस - अफगानिस्तान के साथ इस संबंध की गवाही देते हैं। वे इन अफगान शासकों द्वारा 20 वीं शताब्दी के शुरुआती भाग में भारत में निर्वासन में बनाए गए थे। बाला हिसार पैलेस को अब मसूरी के विनबर्ग एलन स्कूल में बदल दिया गया है।

अफगानिस्तान के राष्ट्रपति अशरफ गनी ने उल्लेख किया है कि उनकी दादी देहरादून में पली-बढ़ी हैं। "मैं टैगोर की बात करता हूं क्योंकि मुझे टैगोर से प्रशिक्षित मेरी दादी ने पाला था जो देहरादून में रहती थीं...", डॉ गनी ने भारत की दृष्टि और उल्लेखनीय परिवर्तन के बारे में बात करते हुए कहा।

देहरादून शहर मुख्य रूप से दून घाटी में स्थित है और क्लेमेंट टाउन 1,350 फीट की ऊंचाई पर है और मालसी 2,300 फीट से ऊपर है जो शहर से 15 किमी दूर है। मालसी लेसर हिमालयन रेंज का शुरुआती बिंदु है जो मसूरी और उससे आगे तक फैला हुआ है। देहरादून जिले में जौनसार-बावर पहाड़ियाँ समुद्र तल से 12,100 फीट ऊपर हैं। मसूरी का पहाड़ी क्षेत्र समुद्र तल से 6,135 से 6,617 फीट की ऊंचाई तक जाता है। इसकी भू-आकृति विज्ञान और मौसम संबंधी विशेषताएं इसे कई प्राकृतिक खतरों के प्रति संवेदनशील बनाती हैं। भूकंप के अलावा, यह क्षेत्र अक्सर भूस्खलन, बादल फटने, अचानक बाढ़, शीत लहरों और ओलावृष्टि से तबाह हो जाता है।

दून घाटी में रायवाला, ऋषिकेश, डोईवाला, हर्रावाला, देहरादून, हरबर्टपुर, विकासनगर, सहसपुर, सेलाकी, सुभाष नगर और क्लेमेंट टाउन सहित बस्तियां शामिल हैं। जिले में राजाजी राष्ट्रीय उद्यान है जो हाथियों का घर है, मसूरी में बेनोग वन्यजीव अभयारण्य और आसन संरक्षण रिजर्व (आसन बैराज)। दून घाटी में तराई और भाबर के जंगलों के साथ-साथ शिवालिक पहाड़ियाँ और मसूरी और चकराता जैसे हिल स्टेशन युक्त कम हिमालयी रेंज हैं। जिले की सीमा उत्तर में हिमालय, दक्षिण में शिवालिक पहाड़ियों की राजाजी रेंज, पूर्व में गंगा नदी और पश्चिम में यमुना नदी से लगती है। पर्वत शृंखलाओं की तलहटी में स्थित शहरों में सहस्त्रधारा, लाखमंडल, गौतम कुंड, चंद्रबनी, कालसी और डाकपत्थर शामिल हैं।

यह जिला दो प्रमुख भागों में विभाजित है: शिवालिक से घिरा मुख्य शहर देहरादून और हिमालय की तलहटी में स्थित जौनसार-बावर। उत्तर और उत्तर पश्चिम में यह उत्तरकाशी और टिहरी गढ़वाल जिले से, पूर्व और दक्षिण में पौड़ी गढ़वाल और गंगा नदी से, पश्चिम में, यह हिमाचल प्रदेश के शिमला और सिरमौर जिलों, हरियाणा के यमुनानगर जिले और टोंस और यमुना नदियाँ से घिरा है। दक्षिण में हरिद्वार और उत्तर प्रदेश के सहारनपुर जिले हैं।

स्वतंत्रता के बाद देहरादून और गढ़वाल और कुमाऊं के अन्य हिस्सों को संयुक्त प्रांत में मिला दिया गया था जिसे बाद में उत्तर प्रदेश राज्य का नाम दिया गया था। उत्तर प्रदेश पुनर्गठन अधिनियम 2000 के तहत उत्तर प्रदेश के उत्तर-पश्चिमी जिलों से उत्तराखंड राज्य (जिसे पहले उत्तरांचल कहा जाता था) बनाकर देहरादून को इसकी राजधानी बनाया गया।

सहस्त्रधारा देहरादून

सुबह दस बजे गेस्ट हाऊस से रवाना हुए। देहरादून से राजपुर सड़क से दाहिनी तरफ़ के रास्ते पर 16 किलोमीटर की दूरी पर एक गांव है रामपुर। इस गांव में बहने वाला गंधक झरना अपनी औषधीय गुणों के लिए बहुत प्रसिद्ध है। ऐसा माना जाता है की त्वचा से जुड़ी बीमारियों के लिये इस झरने से बहने वाला पानी बहुत उपयोगी होता है। विश्वास है कि इस झरने के पानी से नहाने पर कई तरह के त्वचा रोगों को खत्म किया जा सकता है।

पहाड़ियों के बीच से रिमझिम बारिश के साथ चलते हुए सहस्त्रधारा पहुँच गए। इस जगह का नाम सहस्त्रधारा रखे जाने का कारण बहुत रोचक है, इस जगह के पास स्थित पहाड़ो में बहुत छोटी-छोटी गुफाएं बनी है। इन सभी छोटी-छोटी गुफाओं के अंदर से बूंदों के रूप मे लगातार पानी टपकता रहता है। यह पानी एकत्र होकर बहुत सारी छोटी-छोटी धारा के रूप में आगे बढ़ता है। यहाँ बहने वाली पानी की छोटी-छोटी धाराएँ तलहटी में पहुंच कर एक बड़ी धारा का रूप ले लेती है इस वजह से इस जगह को सहस्त्रधारा कहा जाता है। पहाड़ो की तलहटी में बसे होने की वजह से प्राकृतिक रूप से भी बहुत ज्यादा सुंदर और मनमोहक जगह है। वर्तमान में सहस्त्रधारा एक पारिवारिक पिकनिक स्पॉट के रूप में बहुत ज्यादा प्रसिद्ध है।

मालसी डियर पार्क देहरादून

सहस्त्रधारा से देहरादून वापस लौटते समय राजपुर सड़क पर स्थित मालसी डियर पार्क पहुँचे। 22 एकड़ में फैला हुआ यह डियर पार्क परिवार और बच्चों के लिए सबसे शानदार जगहों में से एक है। इस पार्क के अंदर डियर के अलावा अन्य वन्यजीवों में मोर और नीलगाय, जैसे जानवर और पक्षी दिखाई देते है। बच्चों के मनोरंजन के लिए पार्क कुछ झूले भी लगाए हुए है। सप्ताहांत में स्थानीय निवासी मालसी डियर पार्क में आना बेहद पसंद करते है।

रोबर्स केव (गुचुपानी) देहरादून

रोबर्स केव देहरादून से 8 किलोमीटर दूर अनारवाला गांव में स्थित देहरादून का सबसे ज्यादा रोमांचक पर्यटक स्थल है। स्थानीय निवासी रोबर्स केव को गुचुपानी के नाम से पुकारते है। रोबर्स केव एक प्राकृतिक गुफा है जिसकी लंबाई लगभग 600 मीटर है।

इस गुफा की सबसे रोमांचक बात यह है की इस गुफा में पूरे साल घुटनों तक पानी बहता रहता है, इसलिए जब आप इस गुफा में प्रवेश करते है तो आपको एक अलग ही रोमांच महसूस होता है। आप जैसे-जैसे रोबर्स केव में अंदर जाते है तो कई जगह गुफा सँकरी हो जाती है। इस गुफा में वैसे तो पानी के मुख्य स्त्रोत अभी तक पता नहीं चला है लेकिन गुफा के अंदर लगभग 10 मीटर ऊंचाई से एक झरना गिरता है।

स्थानीय निवासियों का ऐसा मानना है की बहुत पहले इस जगह का उपयोग चोर और डाकू छुपने के लिए किया करते थे इस वजह से इस गुफा को रोबर्स केव के नाम से जाना जाने लगा। रोबर्स केव के आसपास स्थानीय निवासियों ने खाने पीने की दुकाने लगा रखी है। गुफा में आप के जूते या सैंडल खराब ना हो इसलिए अंदर पानी में चलने के लिए रोबर्स केव के पास आपको चप्पल भी किराए पर मिल जाएगी।

टपकेश्वर मंदिर देहरादून –

देहरादून से 5.5 किलोमीटर दूर गढ़ी केंट में एक प्राचीन शिव मंदिर है। यह प्राचीन शिव मंदिर गढ़ी केंट में बहने वाली एक छोटी नदी के किनारे

पर बना हुआ है। इस प्राचीन मंदिर को टपकेश्वर महादेव के नाम से जाना जाता है। टपकेश्वर मंदिर का इतिहास महाभारत काल से जुड़ा हुआ है। ऐसा माना जाता है कि गुरु द्रोणाचार्य के पुत्र अश्वथामा का जन्म इसी स्थान पर हुआ था।

आज भी इस प्राचीन शिवलिंग पर चट्टान से लगातार पानी की बूंदे टपकती रहती है इसलिये इस मंदिर को टपकेश्वर महादेव के नाम से पुकारा जाता है। टपकेश्वर महादेव मंदिर के पास एक छोटी नदी भी बहती है जिसमें यहाँ आने वाले पर्यटक और श्रद्धालु नहाने का आनदं भी ले सकते है।

इस मंदिर और इस स्थान को लेकर गुरु द्रोण और उनके पुत्र अश्वथामा को लेकर एक रोचक कथा प्रचलित है। एक बार की बात है गुरु द्रोण के पुत्र अश्वथामा को एक बार बहुत जोर से भूख लगती है तो वह अपने माता पिता से पीने के लिए दूध मांगते है। गुरु द्रोण अपने पुत्र के दूध की मांग को पूरा करने में असमर्थता दिखाते है। गुरु द्रोण की इस बात से दुखी होकर अश्वथामा उसी समय भगवान शिव को प्रसन्न करने के लिये तपस्या करने लग जाते है। कुछ समय के बाद अश्वथामा की तपस्या से प्रसन्न हो कर भगवान शिव तपस्या स्थल पर पर दूध की धारा बहा देते है और इस प्रकार अश्वथामा की भूख शान्त होती है। कहते हैं उस समय के बाद से ही यहाँ स्थित गुफा की चट्टान से शिवलिंग पर दूध की बूंदे टपक रही है। हमें दूध की बूँदें नहीं दिखीं। वहाँ एक पंडित जी ने बताया कि पापियों को दूध की बूँदें नहीं दिखतीं।

फारेस्ट रिसर्च इंस्टिट्यूट देहरादून

देहरादून में स्थित वन अनुसंधान संस्थान भारत का सबसे बड़ी प्राकृतिक अनुसंधान संस्थान है। देहरादून के घण्टाघर से वन अनुसंधान संस्थान की दूरी लगभग 6 किलोमीटर है। भारत में इसका निर्माण 1906 में ब्रिटिश शासनकाल के दौरान किया गया था। इस संस्थान की इमारत अपने ग्रीक-रोमन वास्तुशैली में बने हुए होने के कारण पूरे विश्व में प्रसिद्घ है। वन अनुसंधान संस्थान की इमारत का आकार भी इसकी प्रसिद्ध का बहुत बड़ा कारण है, यह इमारत लगभग 450 हेक्टेयर क्षेत्र में बनी हुई है।

वन अनुसंधान संस्थान में वानिकी से जुड़े छह संग्रहालय बने हुए है। इन छह संग्रहालय में जंगल-विज्ञान, कीट-विज्ञान, सामाजिक वानिकी,

गैर-लकड़ी से बने वन उत्पाद, प्रकृति विज्ञान और लकड़ी की अलग-अलग किस्म का प्रदर्शन किया गया है। इस संस्थान में संग्रहालय के अलावा यहाँ बना हुआ उद्यान भी पर्यटकों के आकर्षण का विशेष केंद्र रहता है। फ़िल्म इंडस्ट्री की कुछ बड़ी फिल्मों का फिल्माकंन भी इसी वन अनुसंधान संस्थान में किया गया है। वनस्पति विज्ञान और जंगल विज्ञान से जुड़े हुए लोगों के लिए यह संस्थान किसी खजाने से कम नहीं है। वन अनुसंधान संस्थान के अंदर फोटोग्राफी पूरी तरह से प्रतिबंधित है।

झंडा जी दरबार साहिब

देहरादून में झंडा दरबार साहिब सिख समुदाय की धार्मिक आस्था का बहुत बड़ा केंद्र है, और देहरादून के नामकरण का इतिहास भी झंडा गुरु दरबार साहिब से जुड़ा हुआ है। बाबा राम राय (1745-1687) सातवें सिख गुरु हर राय के सबसे बड़े पुत्र और आठवें गुरु हर कृष्ण दास के भाई थे। औरंगज़ेब ने आठवें गुरु हर कृष्ण दास और राम राय में फूट डालने के उद्देश्य से राम राय को दिल्ली में सिक्ख पंथ की जड़ें मज़बूत करने हेतु कई सहूलियतें दीं और जिस जगह आज देहरादून आबाद है वहाँ गुरुद्वारा स्थापना हेतु मदद दी।

मंदिर का केंद्रीय परिसर गुरु राम राय की मृत्यु के बारह साल बाद 1699 में पूरा हुआ था, और पूरा संरचनात्मक कार्य 1703 और 1706 के बीच समाप्त हो गया था; माना जाता है कि संरचना के पूरा होने के बाद भी अलंकरण और पेंटिंग का काम लंबे समय तक चलता रहा। गुरु राम राय की पत्नी माता पंजाब कौर ने निर्माण कार्य की देखरेख की और 1741/42 में अपनी मृत्यु तक दरबार के मामलों का प्रबंधन किया।

राम राय सिख धर्म में एक अपरंपरागत संप्रदाय, रामरायस के संस्थापक थे। उन्होंने गुरु राम राय दरबार साहिब की स्थापना की, जो देहरादून में एक गुरुद्वारा है जिसे इंडो-इस्लामिक वास्तुकला शैली में बनाया गया था। उन्होंने गढ़वाल के समकालीन महाराजा फतेह शाह से राम राय को हर संभव मदद देने के लिए कहा। प्रारंभ में, धमावाला में एक गुरुद्वारा (मंदिर) बनाया गया था। वर्तमान भवन, गुरु राम राय दरबार साहिब का निर्माण 1707 में पूरा हुआ था। दीवारों पर देवी-देवताओं, संतों, संतों और धार्मिक कहानियों के चित्र हैं। फूलों और पत्तियों, जानवरों और पक्षियों, पेड़ों,

नुकीली नाकों वाले समान चेहरे और मेहराबों पर बड़ी-बड़ी आँखों के चित्र हैं जो कांगड़ा-गुलेर कला और मुगल कला की रंग योजना के प्रतीक हैं। ऊंची मीनारें और गोल शिखर मुस्लिम वास्तुकला के नमूने हैं। सामने 230 गुणा 80 फीट का विशाल तालाब वर्षों से पानी की कमी के कारण सूख गया था। लोग कूड़ा फेंक रहे थे; इसे पुनर्निर्मित और पुनर्जीवित किया गया है। मुगल शैली से बनी हुई एक इमारत है।

झंडा गुरु दरबार साहिब में प्रत्येक वर्ष झंडा पर्व मनाया जाता है। देहरादून में होने वाला यह झंडा पर्व होली के दिन से पांच दिन बाद मनाया जाता है जो आठ दिन तक चलता है। यहाँ होने वाले झंडा पर्व में लाखों की संख्या में गुरु राम राय के अनुयायी और सिख धर्म से जुड़े हुए श्रद्धालु दर्शन करने के लिए आते है।

बुद्ध मोनेस्ट्री

देहरादून से 11 किलोमीटर दूर स्थित बुद्ध मोनेस्ट्री जिसे Mindrolling Monastery के नाम से भी जाना जाता है। बौद्ध धर्म को बढ़ावा देने के लिये इस बौद्ध मंदिर का निर्माण कुछ बौद्ध भिक्षुओं द्वारा गया। जापानी वास्तुशैली में निर्मित इस बौद्ध मंदिर का निर्माण कार्य 1965 में पूरा हुआ।

बौद्ध धर्म में आस्था रखने वाले और बहुत सारे देशी और विदेशी पर्यटक आते है। इस बौद्ध मंदिर के प्रमुख आकर्षण केन्द्र यहाँ स्थित 103 फ़ीट ऊंची भगवान बुद्ध की प्रतिमा और मंदिर के अंदर बनाई गई सुंदर पेंटिंग्स है। इन पेंटिंग्स में भगवान बुद्ध के पूरे जीवन को बहुत ही सुंदर तरीके से उकेरा गया है।

इसके अलावा इस मंदिर की पांच मंजिला इमारत भी अपने वास्तुकला की वजह से पर्यटकों का ध्यान आकर्षित करती है। इस मंदिर की इमारत की ऊंचाई कुल 220 फ़ीट है और मंदिर की चौथी मंजिल से बहुत ही मन मोहक प्राकृतिक दृश्य दिखाई देते है। यहाँ आने वाले पर्यटकों की सुविधा के लिये मंदिर के परिसर में ही खाने पीने की दुकानें बनी हुई है और अगर आप की बौद्ध धर्म में रुचि है तो आप यहाँ से बौद्ध धर्म से जुड़ी पुस्तकें भी खरीद सकते है।

देहरादून के आस पास घूमने के लिए कुछ प्रसिद्ध पर्यटन स्थल - धनोल्टी, नई टिहरी, टिहरी झील, ऋषिकेश, नरेंद्र नगर, नाग टिब्बा, राजाजी

राष्ट्रीय उद्यान, मालसी डियर पार्क, मसूरी, हरिद्वार, चम्बा, दशावतार मंदिर, जोरांडा फाल्स, बरेहिपानी और न्यू टेहरी टाउनशिप, माताटीला डैम और देओगढ़ किला है। पर्यटक यहाँ पर कई एडवेंचर स्पोर्ट जैसे रिवर राफ्टिंग, बंजी जम्पिंग, रॉक क्लाइम्बिंग, हाईकिंग और ट्रैकिंग का आनंद भी ले सकते हैं। पेशेवर कैंप पर्यटकों को रुकने के साथ साथ अन्य सुविधाएं भी उपलब्ध करते है।

ऋषिकेश–हरिद्वार

सामान्यतः ऋषिकेश जाने के लिए लोग हरिद्वार से होकर जाते हैं। देहरादून से एक सीधा रास्ता भी हरिद्वार जाता है। मसूरी से भी ऋषिकेश जाना चाहें तो पहाड़ों से गुज़रते आप ऋषिकेश पहुँच सकते हैं। मसूरी से आप सीधे यमनोत्री भी जा सकते हैं। वापसी लौटते समय पौंथी से रास्ता बदल कर टेहरी गढ़वाल से गंगोत्री भी जा सकते हैं। वहाँ से वापस ऋषिकेश आकर रुद्रप्रयाग पहुँचिए। रुद्रप्रयाग से केदारनाथ और बद्रीनाथ की यात्रा की जा सकती है। इस तरह ऋषिकेश छोटे चार धाम का प्रवेश द्वार है। ऋषिकेश (संस्कृत : हृषीकेश) उत्तराखण्ड के देहरादून जिले का एक हिन्दू तीर्थस्थल है। यह गढ़वाल हिमालय का प्रवेश्द्वार है। ऋषिकेश, हरिद्वार से 25 किमी उत्तर में तथा देहरादून से 43 किमी दक्षिण-पूर्व में स्थित है।

ऋषिकेश

28 जुलाई 2021 को हम ग्यारह बजे के लगभग देहरादून से निकले। दाहिनी तरफ़ मैदान और बाईं तरफ़ हिमालय के पहाड़ बहुत सुंदर चित्रमय झांकी प्रस्तुत कर रहे थे। देहरादून से ऋषिकेश के रास्ते में एक स्थान थानो और भोगपुर गाँव के बीच एक पहाड़ी बड़ा झरना बरसाती पानी से बह रहा था। सामने से एक कार आती दिखी, वह इस पार निकल आई। उसे निकलती देख हमारी टेक्सी के ड्रायवर मुबारक खान ने हमारी गाड़ी भी झरना पार करने को आगे बढ़ा दी। लेकिन हमारी तरफ़ पानी का बहाव तेज था। गाड़ी के आगे पानी का सैलाब बढ़ता गया और गाड़ी के चकों ने ज़मीन छोड़ दी चके रेत में फ्री घूमने लगे। गाड़ी में पानी भरने लगा। ड्राईवर को गाड़ी का एंजिन चालू रखने बोलकर तुरंत कार का दरवाज़ा खोलकर नीचे उतरना मुनासिब समझा क्योंकि कार के भीतर तेज़ी से पानी भरने लगा था। यदि

आटोमेटिक लॉक बंद हो जाए और गाड़ी में पानी भरता रहे तो जान के लाले पड़ सकते थे। इसलिए कार का गेट खोलकर जैसे ही बाहर निकले कार के अंदर तेज़ी से पानी भर गया। सभी को बाहर निकालना पड़ा। सबने मिलकर खूब धक्के लगा कर गाड़ी निकालने की कोशिश की। राहगीरों की भीड़ लगने लगी। दो लड़के मोटर साईकिल से भोगपुर की तरफ़ जा रहे थे। उन्होंने आकर गाड़ी को धक्का देकर निकालने में मदद की। लेकिन गाड़ी हिली तक नहीं।

गाड़ी को धक्का लगाने के प्रयास में हमारा एक मोबाईल पानी में गिर गया। बहुत ढूँढा पर नहीं मिला। सब घबरा गए। बहुत कोशिश की गाड़ी नहीं निकली। दूसरे मोबाईल से उत्तराखंड राज्य के रेस्कू टीम को 112 पर खबर दी। इसके पहले उनकी टीम आए। आठ दस लोग आ गए। उनमें एक बड़ी बोलेरो लोडिंग गाड़ी भी थी। पास में ही जुगाड़ का तार मिल गया। कार को तार से बांध कर गाड़ी खींच निकाली। जान में जान आयी।

धक्का लगाने वालों में एक लड़के का नाम न्यूटन आस्टिन था। वह ईसाई प्रचारक था। उसे पानी में गिरे मोबाईल मिलने पर सूचना देने हेतु अपना नम्बर देकर हम ऋषिकेश की तरफ़ बढ़ गए। ऋषिकेश पहुँचने पर उसका संदेश आया कि हमारा मोबाईल मिल गया है। उसे लेने बीस किलोमीटर दूर उनके घर पहुँचना होगा। हम ऋषिकेश भ्रमण करके उनके घर पहुँचे। उन्होंने चाय नाश्ता कराया और हमारा मोबाईल हमें दिया। हमने उन्हें मिठाई के लिए पाँच सौ रुपए देकर उनसे बिदा ली। गाड़ी में पानी भरने से लग़ेज में रखे हमारे सारे कपड़े गीले हो गए। एक भी कपड़ा सूखा नहीं बचा।

ऋषिकेश हिमालय का प्रवेश द्वार है। जहाँ गंगा पर्वतमालाओं को पीछे छोड़ समतल धरातल की तरफ तेज़ी से आगे बढ़ती है। ऋषिकेश का शान्त वातावरण कई विख्यात आश्रमों का घर है। उत्तराखण्ड में समुद्र तल से 1360 फीट की ऊँचाई पर स्थित ऋषिकेश भारत के पवित्र तीर्थस्थलों में एक है। हिमालय की निचली पहाड़ियों और प्राकृतिक सुन्दरता से घिरे इस धार्मिक स्थान से प्रवाहित गंगा नदी इसे अतुल्य बनाती है। ऋषिकेश को केदारनाथ, बद्रीनाथ, गंगोत्री और यमुनोत्री का प्रवेशद्वार माना जाता है। हर साल यहाँ के आश्रमों में बड़ी संख्या में तीर्थयात्री ध्यान लगाने और मन की शान्ति के लिए आते हैं। विदेशी पर्यटक भी यहाँ आध्यात्मिक सुख की चाह में नियमित रूप से आते रहते हैं।

ऋषिकेश से सम्बन्धित अनेक धार्मिक कथाएँ प्रचलित हैं। कहा जाता है कि समुद्र मन्थन के दौरान निकला विष शिव ने इसी स्थान पर पिया था। विष पीने के बाद उनका गला नीला पड़ गया और उन्हें नीलकण्ठ के नाम से जाना गया। शिव ने केदार में गंगा को जटा में इसी स्थान पर ऋषि स्वरुप धारण कर केश से गंगा को हरिद्वार में अवतरित किया था। जहाँ गंगा ने विष्णु की चरण वंदना कर मैदान में प्रवेश किया था। एक अन्य अनुश्रुति के अनुसार भगवान राम ने वनवास के दौरान यहाँ के जंगलों में कुछ समय व्यतीत किया था। रस्सी से बना लक्ष्मण झूला इसका प्रमाण माना जाता है। यह भी कहा जाता है कि ऋषि रैभ्य ने यहाँ ईश्वर के दर्शन के लिए कठोर तपस्या की थी। उनकी तपस्या से प्रसन्न होकर भगवान हृषीकेश के रूप में प्रकट हुए। तब से इस स्थान को ऋषिकेश नाम से जाना जाता है।

गंगा नदी के एक किनारे को दूसरे किनारे से जोड़ता यह लक्ष्मण झूला नगर की विशिष्ट पहचान है। इसे विक्रम सम्वत् 1996 में वर्तमान रूप दिया गया था। कहा जाता है कि गंगा नदी को पार करने के लिए लक्ष्मण ने इस स्थान पर जूट का झूला बनवाया था। झूले के बीच में पहुँचने पर वह हिलता हुआ प्रतीत होता है। 450 फीट लम्बे इस झूले के समीप ही लक्ष्मण और रघुनाथ मन्दिर हैं। झूले पर खड़े होकर आसपास के खूबसूरत नजारों का आनन्द लिया जा सकता है। लक्ष्मण झूला के समान राम झूला भी नजदीक ही स्थित है। यह झूला शिवानन्द और स्वर्ग आश्रम के बीच बना है। इसलिए इसे शिवानन्द झूला के नाम से भी जाना जाता है। ऋषिकेश मैं गंगाजी के किनारे की रेत बड़ी ही नर्म और मुलायम है, इस पर बैठने से यह माँ की गोद जैसी स्नेहमयी और ममतापूर्ण लगती है, यहाँ बैठकर दर्शन करने मात्र से असीम शान्ति और रामत्व का उदय होने लगता है। ऋषिकेश में स्नान करने का प्रमुख घाट है जहाँ प्रातः काल में अनेक श्रद्धालु पवित्र गंगा नदी में डुबकी लगाते हैं। इसी स्थान से गंगा नदी दायीं ओर मुड़ जाती है। गोधूलि वेला में यहाँ की नियमित पवित्र आरती का दृश्य अत्यन्त आकर्षक होता है।

स्वामी विशुद्धानन्द द्वारा स्थापित आश्रम ऋषिकेश का सबसे प्राचीन आश्रम है। स्वामी जी को 'काली कमली वाले' नाम से भी जाना जाता था। इस स्थान पर बहुत से सुन्दर मन्दिर बने हुए हैं। यहाँ खाने पीने के अनेक होटल हैं जहाँ केवल शाकाहारी भोजन ही परोसा जाता है। आश्रम के आसपास हस्तशिल्प के सामान की बहुत सी दुकानें हैं।

लगभग 5,500 फीट की ऊँचाई पर स्वर्ग आश्रम की पहाड़ी की चोटी पर नीलकण्ठ महादेव मन्दिर स्थित है। कहा जाता है कि भगवान शिव ने इसी स्थान पर समुद्र मन्थन से निकला विष ग्रहण किया था। विषपान के बाद विष के प्रभाव से उनका गला नीला पड़ गया था और उन्हें नीलकण्ठ नाम से जाना गया था। मन्दिर परिसर में पानी का एक झरना है जहाँ भक्तगण दर्शन करने से पहले स्नान करते हैं।

भरत मंदिर ऋषिकेश का सबसे प्राचीन मन्दिर है जिसे आदि गुरू शंकराचार्य ने बनवाया था। भगवान राम के छोटे भाई भरत को समर्पित यह मन्दिर त्रिवेणी घाट के निकट ओल्ड टाउन में स्थित है। मन्दिर का मूल रूप 1398 में तैमूर आक्रमण के दौरान क्षतिग्रस्त कर दिया गया था। हालाँकि मन्दिर की बहुत सी महत्वपूर्ण चीजों को उस हमले के बाद आज तक संरक्षित रखा गया है। मन्दिर के अन्दरूनी गर्भगृह में भगवान विष्णु की प्रतिमा एकल शालीग्राम पत्थर पर उकेरी गई है। आदि गुरू शंकराचार्य द्वारा रखा गया श्रीयन्त्र भी यहाँ देखा जा सकता है।

लक्ष्मण झूले को पार करते ही कैलाश निकेतन मन्दिर है। 12 खण्डों में बना यह विशाल मंदिर ऋषिकेश के अन्य मन्दिरों से भिन्न है। इस मंदिर में सभी देवी देवताओं की मूर्तियाँ स्थापित हैं।

ऋषिकेश से 22 किलोमीटर की दूरी पर 3,000 साल पुरानी वशिष्ठ गुफा बद्रीनाथ-केदारनाथ मार्ग पर स्थित है। इस स्थान पर बहुत से साधुओं विश्राम और ध्यान लगाए देखे जा सकते हैं। कहा जाता है यह स्थान भगवान राम और बहुत से राजाओं के पुरोहित वशिष्ठ का निवास स्थल था। वशिष्ठ गुफा में साधुओं को ध्यानमग्न मुद्रा में देखा जा सकता है। गुफा के भीतर एक शिवलिंग भी स्थापित है। यह जगह पर्यटन के लिये बहुत मशहूर है।

राम झूला पार करते ही गीता भवन है जिसे 2007 में श्री जयदयाल गोयन्दकाजी ने बनवाया था। यहां रामायण और महाभारत के चित्रों से सजी दीवारें इस स्थान को आकर्षण बनाती हैं। यहां एक आयुर्वेदिक डिस्पेन्सरी और गीताप्रेस गोरखपुर की एक शाखा भी है। प्रवचन और कीर्तन मन्दिर की नियमित क्रियाएँ हैं। शाम को यहां भक्ति संगीत का आनन्द लिया जा सकता है। तीर्थयात्रियों के ठहरने के लिए यहाँ सैकड़ों कमरे हैं।

ऋषिकेश से नीलकण्ठ मार्ग के बीच मोहनचट्टी स्थान आता है जिसका नाम है फूलचट्टी, यह स्थान बहुत ही शान्त वातावरण का है यहाँ चारो और सुन्दर वादियाँ है। नीलकण्ठ मार्ग पर मोहनचट्टी आकर्षण का केंद्र बनता है

अखिल भारतीय आयुर्विज्ञान संस्थान अंग्रेजी - का अस्पताल परिसर 400 मीटर के दायरे में फैला है देखने योग्य भव्य ईमारत है, इसके कई भाग हैं-ट्रॉमा सेण्टर, Emergency आदि।

ऋषिकेश घूमकर आठ बजे रात को हरिद्वार लेवल होटल में रुके। होटल के चारों तरफ़ खाने-पीने की दुकानों का अम्बार लगा था लेकिन बाहर निकलने को कपड़े ही नहीं थे इसलिए होटल के ज़रूरत से ज़्यादा महँगे मीनू कार्ड से भिंडी मसाला और चपाती का सेवन कमरे में किया।

जब सामान खोल कर देखा तो सभी कपड़े और अन्य सामान पानी से तरबितर मिले। यह तय किया कि सभी कपड़ों की गीज़र के गर्म पानी में निथार कर सुखाए जाएँ। दस-बारह हैंगर मंगा कर उनमें कपड़े फँसाकर पंखे की हवा में सूखने डाले। कपड़ों से टपकता पानी देख श्रीमती जी ने एक लम्बी रस्सी ढूँढ निकाली उसे कमरे में आरपार बांधने की कोशिश दो घंटे होती रही लेकिन कपड़ों के वज़न से रस्सी टूट जाती थी। हारकर कपड़ों को यहाँ वहाँ फैलाया। सौम्या ने एक प्रेस मंगा ली। दूसरे दिन पहनने के लिए एक जींस और दो टॉप प्रेस से सुखा लिए। दो बजे रात तक यही सब चलता रहा।

हरिद्वार

हरिद्वार शहर गंगा नदी के दाक्षिणी किनारे पर शिवालिक पर्वतमाला की तलहटी में स्थित है। हरिद्वार कई प्रमुख तीर्थ स्थलों का प्रवेश द्वार है। धार्मिक आयोजनों में सबसे महत्वपूर्ण कुंभ मेला है, जो हर 12 साल में हरिद्वार में भरता है। हरिद्वार कुंभ मेले के दौरान लाखों तीर्थयात्री हरिद्वार में गंगा नदी में स्नान कर मोक्ष प्राप्ति की आकांक्षा से आते हैं।

समुद्र मंथन की पौराणिक मान्यता के अनुसार उज्जैन, नासिक और प्रयागराज (इलाहाबाद) के साथ हरिद्वार में अमृत की बूंदें घड़े से झलक गिरी थीं। जहां अमृत गिरा वह स्थान ब्रह्म कुंड हर की पौड़ी (भगवान के कदम) पर स्थित है और इसे हरिद्वार का सबसे पवित्र घाट माना जाता है। यह कांवड़

तीर्थयात्रा का प्रमुख स्थान भी है, जहाँ से लाखों श्रद्धालु गंगा का पवित्र जल लेकर शिव मंदिरों में चढ़ाने के लिए सैकड़ों मील दूर पैदल जाते हैं।

हरिद्वार भारतीय संस्कृति और विकास का बहुरूपदर्शक प्रस्तुत करता है। पवित्र ग्रंथों में, इसे कपिलस्थान, गंगाद्वार और मायापुरी के रूप में अलग तरह से निर्दिष्ट किया गया है। यह छोटा चार धाम (उत्तराखंड में चार प्रमुख तीर्थ स्थलों, बद्रीनाथ, केदारनाथ, गंगोत्री और यमुनोत्री) के लिए एक मुख्य पड़ाव है।

शहर के आधुनिक नाम में दो वर्तनी हैं: हरिद्वार और हरद्वार। इन नामों में से प्रत्येक का अपना अर्थ है। संस्कृत में, हिंदू धर्म की प्रचलित भाषा, हरि का अर्थ है "भगवान विष्णु", जबकि द्वार का अर्थ है "प्रवेश द्वार"। तो, हरिद्वार का अनुवाद "भगवान विष्णु का प्रवेश द्वार" है। क्योंकि यह आमतौर पर वह स्थान है जहां तीर्थयात्री भगवान विष्णु के एक प्रमुख मंदिर बद्रीनाथ के दर्शन करने के लिए अपनी यात्रा शुरू करते हैं। इसी तरह, हर का अर्थ "भगवान शिव" है। इसलिए, हरद्वार "भगवान शिव के प्रवेश द्वार" कैलाश पर्वत, केदारनाथ, सबसे उत्तरी ज्योतिर्लिंग और छोटे चार धाम तीर्थयात्रा सर्किट के स्थलों तक पहुंचने के लिए एक विशिष्ट स्थान है। पौराणिक कथा के अनुसार, हरिद्वार में देवी गंगा अवतरित हुईं जब भगवान शिव ने अपने बालों की जटाओं में गंगा नदी को धारण मृत्युलोक में अवतरित किया था। गंगा नदी, गंगोत्री ग्लेशियर के किनारे पर गौमुख स्रोत से 253 किलोमीटर (157 मील) बहने के बाद, हरिद्वार में पहली बार मैदान में प्रवेश करती है, जिसने शहर को इसका प्राचीन नाम गंगाद्वार दिया।

महाभारत के वनपर्व में ऋषि धौम्य ने युधिष्ठिर को भारत के तीर्थों के बारे में बताया, तब गंगाद्वार, यानी हरिद्वार और कनखल का उल्लेख किया गया है, यह भी उल्लेख है कि अगस्त्य ऋषि ने अपनी पत्नी लोपामुद्रा के साथ यहां तपस्या की थी। कहा जाता है कि ऋषि कपिला का यहां एक आश्रम है, जिसका प्राचीन नाम कपिला या कपिलस्थान है। पौराणिक राजा, भगीरथ, सूर्यवंशी राजा सागर (राम के पूर्वज) के परपोते के बारे में कहा जाता है कि उन्होंने 60,000 पुरखों की मुक्ति के लिए, सतयुग में वर्षों की तपस्या से गंगा नदी को स्वर्ग से नीचे लाए थे। भगवान विष्णु ने हर की पौड़ी की ऊपरी दीवार में स्थापित पत्थर पर अपने पदचिह्न छोड़े थे, जहां हर समय पवित्र गंगा इसे छूती है।

पुरातत्व संबंधी निष्कर्षों से सिद्ध होता है कि इस क्षेत्र में 1700 ईसा पूर्व और 1200 ईसा पूर्व के बीच टेराकोट्टा संस्कृति मौजूद थी। हरिद्वार का प्रथम आधुनिक युग का लिखित प्रमाण एक चीनी यात्री ह्वेनसांग के वृत्तांतों में मिलता है, जो 629 ईस्वी में भारत आया था। राजा हर्षवर्धन (590-647) के शासनकाल के दौरान हरिद्वार को 'मो-यू-लो' के रूप में दर्ज किया गया, जिसके अवशेष अभी भी मायापुर में मौजूद हैं, जो आधुनिक शहर के दक्षिण में है। खंडहरों में एक किला और तीन मंदिर हैं, जिन्हें टूटी हुई पत्थर की मूर्तियों से सजाया गया है, उन्होंने मो-यू-लो के उत्तर में एक मंदिर की उपस्थिति का भी उल्लेख किया है, जिसे 'गंगाद्वारा' कहा जाता है। 13 जनवरी 1399 को यह शहर तैमूर लैंग (1336-1405) के अधीन आया।

गुरु नानक (1469-1539) ने हरिद्वार की अपनी यात्रा के दौरान, 'कुशावर्त घाट' पर स्नान किया, जिसमें प्रसिद्ध, 'फसलों को पानी देना' प्रकरण हुआ। गुरुद्वारा (गुरुद्वारा नानकवाड़ा) की दो सिख जन्मसखियों के अनुसार, यह यात्रा 1504 ईस्वी में बैसाखी के दिन हुई थी। बाद में उन्होंने गढ़वाल में कोटद्वार के रास्ते में कनखल का भी दौरा किया।

आइन-ए-अकबरी, मुगल सम्राट अकबर के शासनकाल के दौरान 16 वीं शताब्दी में अबुल फजल द्वारा लिखी गई, इसे माया (मायापुर) के रूप में संदर्भित करती है, जिसे गंगा पर हरद्वार के रूप में जाना जाता है, हिंदुओं के सात पवित्र शहरों के रूप में। अठारह कोस (प्रत्येक लगभग 2 किमी) लंबा है, और चैत्र की 10 तारीख को बड़ी संख्या में तीर्थयात्री इकट्ठा होते हैं। इसमें यह भी उल्लेख है कि अपनी यात्रा के दौरान और घर पर रहते हुए, मुगल सम्राट, अकबर ने गंगा का पानी पिया जिसे उन्होंने 'अमरता का पानी' कहा। सोरुन और बाद में हरिद्वार में सीलबंद जार में भेजने के लिए विशेष लोग तैनात किए गए थे।

मुगल काल के दौरान, हरिद्वार में अकबर के तांबे के सिक्के के लिए टकसाल थी। ऐसा कहा जाता है कि अंबर के राजा मान सिंह ने वर्तमान शहर हरिद्वार की नींव रखी और हर की पौड़ी में घाटों का जीर्णोद्धार भी किया। कहा जाता है कि उनकी मृत्यु के बाद उनकी अस्थियों को भी ब्रह्म कुंड में विसर्जित कर दिया गया था। सम्राट जहांगीर (1596-1627) के शासनकाल में इस शहर का दौरा करने वाले एक अंग्रेज यात्री थॉमस कोर्याट ने इसे शिव की राजधानी 'हरिद्वार' के रूप में वर्णित किया है।

सबसे पुराने जीवित शहरों में से एक होने के नाते, हरिद्वार का उल्लेख प्राचीन हिंदू शास्त्रों में मिलता है क्योंकि यह बुद्ध की अवधि से लेकर हाल के ब्रिटिश आगमन तक के जीवन और समय के माध्यम से बसा माना जाता है। हरिद्वार की एक समृद्ध और प्राचीन धार्मिक और सांस्कृतिक विरासत है। इसमें अभी भी कई पुरानी हवेलियां हैं जिनमें उत्तम भित्ति चित्र और जटिल पत्थर का काम है।

गंगा नदी पर दो प्रमुख बांधों में से एक, भीमगोड़ा, यहाँ स्थित है। 1840 के दशक में निर्मित, यह गंगा के पानी को ऊपरी गंगा नहर की ओर मोड़ता है, जिससे आसपास की भूमि की सिंचाई होती है। हालांकि इससे गंगा के जल प्रवाह में गंभीर गिरावट आई, और अंतर्देशीय जलमार्ग के रूप में गंगा के क्षय का एक प्रमुख कारण है, जो 18 वीं शताब्दी तक ईस्ट इंडिया कंपनी के जहाजों द्वारा भारी उपयोग किया जाता था। गंगा नहर प्रणाली का मुख्यालय हरिद्वार में स्थित है। अप्रैल 1842 में काम शुरू होने के बाद 1854 में ऊपरी गंगा नहर खोली गई, नहर की अनूठी विशेषता रुड़की में सोलानी नदी के ऊपर आधा किलोमीटर लंबी एक्वाडक्ट है, जो मूल नदी से 25 मीटर (82 फीट) ऊपर नहर को उठाती है।

हरिद्वार संघ नगर पालिका' का गठन 1868 में किया गया था, जिसमें मायापुर और कनखल के तत्कालीन गाँव शामिल थे। हरिद्वार पहली बार लक्सर के माध्यम से 1886 में रेलवे से जुड़ा था। जब अवध और रोहिलखंड रेलवे लाइन को रुड़की से सहारनपुर तक बढ़ाया गया था, इसे बाद में 1900 में देहरादून तक बढ़ा दिया गया था। 1901 में, इसकी जनसंख्या 26,597 थी और यह संयुक्त प्रांत के सहारनपुर जिले में रुड़की तहसील का एक हिस्सा था, और 1947 में उत्तर प्रदेश के निर्माण तक ऐसा ही रहा।

हरिद्वार तन, मन और आत्मा के थके हुए लोगों का धाम रहा है। यह विभिन्न कला, विज्ञान और संस्कृति के लिए भी आकर्षण का केंद्र रहा है। आयुर्वेदिक दवाओं और हर्बल उपचार के एक महान स्रोत के रूप में गुरुकुल कांगड़ी विश्वविद्यालय सहित अद्वितीय गुरुकुल (पारंपरिक शिक्षा का स्कूल) का घर है, जिसमें एक विशाल परिसर है, और पारंपरिक शिक्षा प्रदान कर रहा है। हरिद्वार के विकास ने 1960 के दशक में आधुनिक मंदिर की स्थापना के साथ, 1975 में एक 'महारत्न पीएसयू', की स्थापना के साथ एक

गति पकड़ी, जो न केवल बीएचईएल की अपनी एक बस्ती को साथ लेकर आई, बल्कि इस क्षेत्र में सहायक इकाइयों का एक समूह भी है। रुड़की विश्वविद्यालय, विज्ञान और इंजीनियरिंग के क्षेत्र में सीखने के सबसे पुराने और सबसे प्रतिष्ठित संस्थानों में से एक है।

जिम़ कार्बेट–नैनीताल

29 जुलाई को पूर्वाह्न दस बजे हरिद्वार से नैनीताल की यात्रा आरम्भ की। अब हमारी दाहिनी तरफ़ गंगा का तेज बहाव और बाईं तरफ़ हिमालय तराई से जुड़ी पहाड़ियाँ और उनसे निकलती पहाड़ी नदियाँ और इन पर बने पुलों से गुज़रते मनमोहक दृश्य की क़तार साथ लिए बढ़ चले।

आधा घंटा चलने के बाद उत्तर प्रदेश का बिजनौर जनपद लग गया। एक बड़ी बस्ती निज़ामाबाद आई। जिसकी बसावट इतिहास की एक बड़ी घटना से जुड़ी है। पानीपत का तीसरा युद्ध अहमद शाह अब्दाली और मराठा सेनापति सदाशिव राव भाऊ के बीच 14 जनवरी 1761 को वर्तमान पानीपत के मैदान मे हुआ जो वर्तमान समय में हरियाणा में है, इस युद्ध में तोपची इब्राहीम ख़ाँ गार्दी ने मराठों का साथ दिया था। दोआब के अफगान रोहिला और अवध के नवाब शुजाउद्दौला ने अहमद शाह अब्दाली का साथ दिया। अवध के तराई इलाक़े पर एक अफ़ग़ान सरदार नजीबुल्लाह का क़ब्ज़ा था। उसने अहमद शाह अब्दाली को भारत पर आक्रमण कर दिल्ली पर क़ब्ज़ा करने बुलाया था। उसने ही नजीबाबाद बसाया था।

नवाब नजीब-उद-दौला, जिसे नजीब खान के नाम से भी जाना जाता है, एक प्रसिद्ध रोहिल्ला मुस्लिम योद्धा और मुगल साम्राज्य और दुर्रानी साम्राज्य दोनों का रणनीतिकार योद्धा था। नजीब-उद-दौला 18 वीं शताब्दी के रोहिलखंड में एक प्रसिद्ध रोहिल्ला आदिवासी प्रमुख था, जिन्होंने 1740 के दशक में बिजनौर जिले में नजीबाबाद बसाया और नवाब नजीब-उद-दौला की उपाधि धारण की। 1757 से 1770 तक वह देहरादून पर शासन करते हुए सहारनपुर का गवर्नर था। वह मुगल सम्राट आलमगीर द्वितीय के एक समर्पित सैनिक था; बाद में अपने करियर में उन्हें नवाब नजीब-उद-दौला के नाम से जाना जाने लगा। उस अवधि के कई स्थापत्य अवशेष नजीबाबाद में हैं, जिन्हें उन्होंने मुगल मंत्री के रूप में अपने करियर की ऊंचाई पर बनवाए थे। उन्होंने सफदरजंग को वजीर के रूप में उत्तराधिकारी बनाया।

नजीब-उ-दौला की मृत्यु के बाद, उनका पुत्र जबीता खान उनका उत्तराधिकारी बना। उनका कब्रिस्तान आज भी नजीबाबाद में है। नजीबाबाद में सुल्ताना डाकू या "द सुल्तान बैंडिट" का अड्डा था। जिसके खंडहर अभी भी नजीबाबाद में स्थित है। नजीबाबाद शहर को हिमालय का प्रवेश द्वार और शहरों का शहर के रूप में भी जाना जाता है।

उत्तर प्रदेश का पिछड़ापन उजागर होने लगा। दो घंटे चलने के बाद उत्तराखंड के ऊधमपुर ज़िले का इलाक़ा लगते ही साफ़ सफ़ाई और विकास के दर्शन हुए। एक ढ़ाबे पर खाना खाकर रामनगर की तरफ़ यात्रा शुरू की। अब मुरादाबाद जनपद लग गया।

मुरादाबाद उत्तर प्रदेश में एक ज़िला, आयुक्त और नगर निगम है। मुरादाबाद राष्ट्रीय राजधानी नई दिल्ली से 167 किमी की दूरी पर और राज्य की राजधानी लखनऊ से 344 किमी उत्तर-पश्चिम में रामगंगा नदी के तट पर स्थित है। मुगल बादशाह शाहजहां के तहत कटेहर के सिपाहसालार रुस्तम खान ने बादशाह के सबसे छोटे बेटे राजकुमार मुराद बख्श के नाम पर बस्ती का मुरादाबाद नाम रखा था। इसकी स्थापना के तुरंत बाद, बादशाह ने संभल को भी कटेहरा के अधीन कर दिया। मुरादाबाद को बाद में 1740 में अली मोहम्मद खान द्वारा रोहिलखंड राज्य में मिला दिया गया था। पहले रोहिल्ला युद्ध में रोहिलों के पतन के बाद 1774 में अवध राज्य के नियंत्रण में आ गया था और फिर 1801 में नवाब द्वारा ब्रिटिश ईस्ट इंडिया कंपनी को सौंप दिया गया था। उन्नीसवीं शताब्दी की शुरुआत में, रोहिलखंड क्षेत्र को रामपुर की रियासत और दो जिलों - बरेली और मुरादाबाद में विभाजित किया गया। उत्तर प्रदेश के उसी मुरादाबाद ज़िला की एक बड़ी बस्ती काशीपुर से उत्तराखंड के नैनीताल ज़िले में प्रवेश किया।

अंग्रेज वन्य जन्तुओं की रक्षा करने के शौकीन थे। सन् 1935 में रामगंगा के इस अंचल को वन्य पशुओं के रक्षार्थ सुरक्षित किया गया। उस समय के गवर्नर मालकम हेली के नाम पर इस पार्क का नाम 'हेली नेशनल पार्क' रखा गया। स्वतंत्रता मिलने के बाद इस पार्क का नाम 'रामगंगा नेशनल पार्क' रख दिया गया। विश्व में जिम कार्बेट नाम एक प्रसिद्ध शिकारी के रूप में प्रसिद्ध हो गया था। जिम कार्बेट जहाँ अचूक निशानेबाज थे वहीं वन्य पशुओं के प्रिय साथी भी थे।

आज यह पार्क इतना समृद्ध है कि इसके अतिथि-गृह में 200 अतिथियों को एक साथ ठहराने की व्यवस्था है। यहाँ आज सुन्दर अतिथि गृह, केबिन और टेन्ट उपलब्ध है। खाने का उत्तम प्रबन्ध भी है। ढिकाला में हर प्रकार की सुविधा है तो मुख्य गेट के अतिथि-गृह में भी पर्याप्त व्यवस्था है।

रामनगर रेलवे स्टेशन से 12 किमी की दूरी पर 'कार्बेट नेशनल पार्क' का गेट है। रामनगर रेलवे स्टेशन से छोटी गाड़ियों, टैक्सियों और बसों से पार्क तक पहुँचा जा सकता है। बस सेवाएँ भी उपलब्ध हैं। दिल्ली से ढिकाला तक बस आ-जा सकती है। यहाँ पहुँचने के लिए रामनगर कालागढ़ मार्गों का भी प्रयोग किया जा सकता है। दिल्ली से ढिकाला 297 किमी है। दिल्ली से गाजियाबाद- हापुड़- मुरदाबाद- काशीपुर- रामनगर होते हुए ढिकाला तक का मार्ग है। मोटर की सड़क अत्यन्त सुन्दर है।

पहाड़ी हिमालय का तराई क्षेत्र फिर शुरू हो गया। रामनगर पहुँच कॉर्बेट राष्ट्रीय उद्यान के गेट पर पहुँचे। जिप्सी की बुकिंग कर हल्की बूंदाबाँदी के बीच तीन घंटे पार्क भ्रमण किया। दोपहर के समय खुले क्षेत्र में हिरण, नीलगाय, मोर दिखे लेकिन राजा साहिब किसी गुफा में आरामतलबगीर थे।

फिर कॉर्बेट संग्रहालय देखा। उनके साहसिक जीवन और लेखन की यादों के साथ कुछ समय वहाँ गुज़ारा। अब हम एक बहुत ही शानदार इंसान जिम कार्बेट के इलाक़े में हैं। उनकी कहानी न सिर्फ़ रोचक बल्कि रोमांचक भी है।

एडवर्ड ज़िम कॉर्बेट (25 जुलाई 1875 - 19 अप्रैल 1955) एक ब्रिटिश शिकारी, वन्यप्रेमी, प्रकृतिवादी और लेखक थे, जिन्होंने भारत में कई आदमखोर बाघों और तेंदुओं का शिकार करके भोलेभाले ग्रामीणों को भययुक्त किया था। उन्होंने ब्रिटिश भारतीय सेना में कर्नल का पद धारण किया और उनको तात्कालिक आगरा और अवध के संयुक्त प्रांतों की सरकार द्वारा आदमखोर बाघों और तेंदुओं को मारने के लिए बुलाया जाता था।

जिम कॉर्बेट का जन्म कुमाऊं के नैनीताल शहर में ब्रिटिश परिवार में 25 जुलाई 1875 को हुआ था। वह क्रिस्टोफर विलियम कॉर्बेट और उनकी दूसरी पत्नी मैरी जेन की आठवीं संतान थे। मैरी जेन के पहले पति आगरा के डॉ चार्ल्स जेम्स डॉयल थे, जिनकी मृत्यु 1857 के संग्राम में इटावा में हो गई थी। मैरी जेन अपने तीन बच्चों के साथ नैनीताल भाग कर जान बचाने

में कामयाब रहीं। क्रिस्टोफर कॉर्बेट सैन्य सेवा से निवृत्त होने के बाद नैनीताल शहर के पोस्टमास्टर नियुक्त होकर 1862 में नैनीताल चले गए थे। उनकी पहली पत्नी की मृत्यु हो चुकी थी। नैनीताल में उनकी मुलाक़ात मैरी जेन से हुई। दोनों ने शादी कर ली। उन दोनों के नौ बच्चे हुए, क्रिस्टोफर कॉर्बेट के रिश्तेदार के 1857 संग्राम में मारे गए रिश्तेदारों के तीन बच्चे और मैरी जेन के तीन बच्चे इस प्रकार पंद्रह बच्चों के भीड़ भरे परिवार में ज़िम का उम्रदराज़ नम्बर ऊपर से चौदहवाँ था। परिवार नैनीताल में रहता था परंतु सर्दियों में तलहटी में चला जाता था, जहाँ उनके पास गाँव में अरुंडेल नामक एक झोपड़ी थी, जो अब कालाढुंगी के नाम से एक बड़ी बस्ती हो गई है।

1891 तक कुमांऊँ कमिश्नरी में कुमांऊँ, गढ़वाल और तराई के तीन जिले शामिल थे। उसके बाद कुमांऊँ को अल्मोड़ा व नैनीताल दो जिलों में बाँटा गया। ट्रैल, लैशिगंटन, बैटन, सर हेनरी रामसे आदि विभिन्न कमिश्नरों ने कुमांऊँ में समय-समय पर विभिन्न सुधार तथा रचनात्मक कार्य किए। जमीन का बंदोबस्त, लगान निर्धारण, न्याय व्यवस्था, शिक्षा का प्रसार, परिवहन के साधनों की उपलब्धता के कारण अंग्रेजों के शासनकाल के दौरान कुमांऊँ की खूब उन्नति हुई। हेनरी रामसे के विषय में बद्रीदत्त पांडे लिखते हैं - 'उनको कुमांऊँ का बच्चा-बच्चा जानता है। वे यहाँ के लोगों से हिल-मिल गए थे। घर-घर की बातें जानते थे। पहाड़ी बोली भी बोलते थे। किसानों के घर की मंडुवे की रोटी भी खा लेते थे।' अंग्रेजों ने शासन व्यवस्था में पर्याप्त सुधार किए, वहीं अपने शासन को सुदृढ़ बनाने के लिए कठोरतम न्याय व्यवस्था स्थापित की, जो अब नैनीताल के उच्च न्यायालय के रूप में साकार है।

मैरी जेन यूरोपीय लोगों के बीच नैनीताल के सामाजिक जीवन में बहुत प्रभावशाली महिला थीं और एक तरह की रियल एस्टेट एजेंट बन गईं। क्रिस्टोफर विलियम 1878 में पोस्टमास्टर के पद से सेवानिवृत्त हुए। 21 अप्रैल 1881 को दिल का दौरा पड़ने के कुछ सप्ताह बाद उनकी मृत्यु हो गई। जिम तब छह वर्ष के थे और उनके सबसे बड़े भाई टॉम ने नैनीताल के पोस्टमास्टर के रूप में पदभार संभाला। बहुत कम उम्र से, जिम कालाढुंगी में अपने घर के आसपास के जंगलों और वन्य जीवन पर मोहित हो गया था। लगातार भ्रमण से उन्होंने अधिकांश जानवरों और पक्षियों को उनकी आवाज़ से पहचानना सीखा। समय के साथ वह एक अच्छा ट्रैकर और शिकारी

बन गया। उन्होंने ओक ओपनिंग स्कूल में अध्ययन किया, जो नैनीताल में फिलेंडर स्मिथ कॉलेज, जिसे बाद में हैलेट वॉर स्कूल के रूप में जाना जाता है, और अब बिड़ला विद्या मंदिर, नैनीताल में विलय हो गया। उन्नीस साल की उम्र से पहले उन्होंने स्कूल छोड़ दिया और बंगाल और उत्तर पश्चिम रेलवे में नौकरी कर ली। शुरू में एक ईंधन निरीक्षक के रूप में काम किया, और बाद में बिहार के मोकामा घाट पर गंगा के पार माल के ट्रांस-शिपमेंट के लिए एक ठेकेदार के रूप में काम किया। जिम कॉर्बेट ने मोकामा घाट पर रेलवे कर्मचारियों के लिए एक स्कूल शुरू किया।

अपने जीवन के दौरान जिम कॉर्बेट ने कई आदमखोर तेंदुओं और बाघों का पता लगाया और उन्हें गोली मार कर इलाक़े के बाशिंदों को डर से निजात दिलाई। लगभग एक दर्जन अच्छी तरह से प्रलेखित आदमखोर थे। कॉर्बेट ने अपनी पुस्तकों में मानव हताहतों का ब्योरा प्रदान किया है, जिसमें रुद्रप्रयाग का आदमखोर तेंदुआ, चंपावत टाइगर और द टेंपल टाइगर और कुमाऊं के आदमखोर शामिल हैं। ब्रिटिश और भारतीय सरकारों के रिकॉर्ड के अनुसार इन आदमखोर ने 1,200 से अधिक पुरुषों, महिलाओं और बच्चों को मार डाला था। इसलिए आदमखोरों को जीने का अधिकार नहीं था।

पहला नामित आदमखोर बाघ, चंपावत टाइगर अनुमानित 436 प्रलेखित मौतों के लिए जिम्मेदार था। 1910 में पनार तेंदुआ था, जिसने कथित तौर पर 400 लोगों को मार डाला था। 1926 में रुद्रप्रयाग का आदमखोर तेंदुआ था, जिसने आठ साल से अधिक समय तक बद्रीनाथ की यात्रा करने वाले तीर्थयात्रियों को आतंकित किया, और 126 से अधिक मौतों के लिए जिम्मेदार बताया गया। उसके द्वारा मारे गए अन्य उल्लेखनीय आदमखोरों में तल्ला-देस आदमखोर, मोहन आदमखोर, ठक आदमखोर, मुक्तेसर आदमखोर और चौगढ़ बाघिन थे। खतरनाक शिकारी खेल का पीछा करते हुए कॉर्बेट अकेले और पैदल शिकार करना पसंद करते थे। वह अक्सर एक छोटा कुत्ता रॉबिन के साथ शिकार करते थे, जिसके बारे में उन्होंने कुमाऊं के आदमखोरों किताब में लिखा था।

कॉर्बेट ने 1920 के दशक के अंत में अपना पहला कैमरा खरीदा और अपने दोस्त फ्रेडरिक वाल्टर चैंपियन से प्रेरित होकर सिने फिल्म पर बाघों को रिकॉर्ड करना शुरू किया। हालाँकि उन्हें जंगल का घनिष्ठ ज्ञान

था, लेकिन अच्छी तस्वीरें प्राप्त करना एक कठिन काम था, क्योंकि जानवर बेहद शर्मीले थे।

उन्होंने कुमाऊं हिल्स में भारत के पहले राष्ट्रीय उद्यान, हैली नेशनल पार्क की स्थापना में महत्वपूर्ण भूमिका निभाई, जिसका नाम शुरुआत में लॉर्ड मैल्कम हैली के नाम पर रखा गया था। 323.75 किमी 2 (125.00 वर्ग मील) को कवर करने वाले हैली नेशनल पार्क के रूप में जाना जाने वाला एक आरक्षित क्षेत्र 1936 में बनाया गया था, जब सर मैल्कम हैली संयुक्त प्रांत के गवर्नर थे; और एशिया का पहला राष्ट्रीय उद्यान अस्तित्व में आया। 1954-55 में रिजर्व का नाम बदलकर रामगंगा नेशनल पार्क कर दिया गया और 1955-56 में इसका नाम बदलकर जिम कॉर्बेट नेशनल पार्क कर दिया गया। इंडोचाइनीज टाइगर का नाम जिम कॉर्बेट के नाम पर 1968 में व्रातिस्लाव माज़क द्वारा रखा गया था, जो दक्षिण पूर्व एशिया में रहने वाले बाघ की नई उप-प्रजातियों का वर्णन करने वाले पहले व्यक्ति थे। 1968 में, बाघों की पांच शेष उप-प्रजातियों में से एक का नाम उनके नाम पर रखा गया था: पैंथेरा टाइग्रिस कॉर्बेटी, इंडोचाइनीज़ टाइगर, जिसे कॉर्बेट का बाघ भी कहा जाता है।

जिम ने कुछ समय छोटी हल्द्वानी में भी बिताया, जिसे उन्होंने गोद लिया था और जिसे कॉर्बेट्स विलेज के नाम से जाना जाने लगा। जंगली जानवरों को परिसर से बाहर रखने के लिए कॉर्बेट और ग्रामीणों ने 1925 में गांव के चारों ओर एक दीवार का निर्माण किया। 2018 तक दीवार अभी भी खड़ी है, और ग्रामीणों के अनुसार इसे बनाने के बाद से दीवार ने ग्रामीणों पर जंगली जानवरों के हमलों को रोका जा सका था। उनकी यादों को मोती हाउस के रूप में बरकरार रखा गया था, जिसे कॉर्बेट ने अपने दोस्त मोती सिंह के लिए बनवाया था, और कॉर्बेट वॉल, एक लंबी दीवार (लगभग 7.2 किमी) गाँव के चारों ओर फसलों की जंगली जानवर से रक्षा के लिए बनाई गई थी। उन्होंने जंगली बिल्लियों और अन्य वन्यजीवों की घटती संख्या के बारे में लिखना और चेतावनी देना जारी रखा।

1947 के बाद, कॉर्बेट और उनकी बहन मैगी न्येरी, केन्या चले गए थे, जहां वे होटल आउटस्पैन के मैदान में 'पक्सटू' कॉटेज में रहते थे, जो मूल रूप से उनके दोस्त लॉर्ड बैडेन-पॉवेल के लिए बनाया गया था। जिम कॉर्बेट

अपनी बहन मैगी कॉर्बेट के साथ गुर्नी हाउस में रहते थे। नवंबर 1947 में केन्या जाने से पहले उन्होंने श्रीमती कलावती वर्मा को घर बेच दिया। घर को एक संग्रहालय में बदल दिया गया है और इसे जिम कॉर्बेट संग्रहालय के रूप में जाना जाता है। आज हम कालाढुंगी के उसी संग्रहालय के प्रांगण में उन्हें याद करके आदरांजलि अर्पित कर रहे हैं।

केन्या भी कभी ब्रिटिश साम्राज्य का हिस्सा रहा था। रानी एलिज़ाबेथ द्वितीय केन्या गई थीं। तब उनके लिए ट्रीटॉप हट बनाई है थी जिसमें कॉर्बेट 5-6 फरवरी 1952 को राजकुमारी एलिजाबेथ के अंगरक्षक के रूप में ट्रीटॉप्स पर (एक विशाल फ़िकस के पेड़ की शाखाओं पर बनी एक झोपड़ी) साथ रहे। उस रात राजकुमारी के पिता, किंग जॉर्ज VI की मृत्यु हो गई, और एलिजाबेथ रानी बन गई। दुनिया के इतिहास में पहली बार एक युवा राजकुमारी के रूप में पेड़ पर चढ़ी और अपने सबसे रोमांचक अनुभव के रूप में वर्णित करने के बाद वह अगले दिन पेड़ से इंग्लैंड की रानी बनकर नीचे उतरी। अपनी छठी पुस्तक, ट्री टॉप्स को समाप्त करने के कुछ दिनों बाद दिल का दौरा पड़ने से कॉर्बेट की मृत्यु हो गई, और उन्हें न्येरी में सेंट पीटर्स एंग्लिकन चर्च में दफनाया गया। कॉर्बेट और उनकी बहन की लंबे समय से उपेक्षित कब्रों की मरम्मत और जीर्णोद्धार जिम कॉर्बेट फाउंडेशन के संस्थापक और निदेशक जैरी ए. जलील द्वारा 1994 और 2002 में किया गया।

जिम कॉर्बेट की कुल सात किताबें भारत में प्रकाशित हुई हैं। जिनके हिंदी संस्करण भी आ चुके हैं। वन्य जीवन में रूचि रखने वालों के लिए उनका साहित्य अद्भुत ख़ज़ाना से कम नहीं है।

उनकी किताब मैन-ईटर ऑफ कुमाऊं (कुमाऊं के आदमखोर) भारत, यूनाइटेड किंगडम और संयुक्त राज्य अमेरिका में एक बड़ी सफलता थी, अमेरिकन बुक-ऑफ-द-मंथ क्लब का पहला संस्करण 250,000 प्रतियां था। बाद में इसका 27 भाषाओं में अनुवाद किया गया। कॉर्बेट की चौथी पुस्तक, जंगल लोर, उनकी आत्मकथा है। 1948 में, कुमाऊं की सफलता के आदमखोरों के मद्देनजर, एक हॉलीवुड फिल्म, मैन-ईटर ऑफ कुमाऊं, बायरन हास्किन द्वारा निर्देशित और साबू, वेंडेल कोरी और जो पेज अभिनीत, बनाई गई थी। फिल्म ने कॉर्बेट की किसी भी कहानी का अनुसरण नहीं किया; एक नई कहानी का आविष्कार किया गया था। फिल्म फ्लॉप

रही, हालांकि बाघ के कुछ दिलचस्प फुटेज फिल्माए गए। कॉर्बेट ने कहा है कि सर्वश्रेष्ठ अभिनेता बाघ था 'कॉर्बेट लिगेसी' का निर्माण उत्तराखंड वन विभाग द्वारा किया गया था और बेदी ब्रदर्स द्वारा निर्देशित किया गया था, जिसमें कॉर्बेट द्वारा शूट की गई मूल फुटेज थी। 1986 में, बीबीसी ने जिम कॉर्बेट की भूमिका में फ्रेडरिक ट्रेव्स के साथ मैन-ईटर्स ऑफ़ इंडिया नामक एक डॉक्यूड्रामा का निर्माण किया।

कॉर्बेट की किताबों पर आधारित एक आईमैक्स फिल्म इंडियाः किंगडम ऑफ द टाइगर, 2002 में क्रिस्टोफर हेअरडाहल द्वारा कॉर्बेट के रूप में अभिनीत थी। 2005 में जेसन फ्लेमिंग अभिनीत रुद्रप्रयाग के आदमखोर तेंदुए पर आधारित एक टीवी फिल्म बनाई गई थी। पूरी शाम प्रिय शिकारी और वाइल्ड लाइफ़ पर रोचक व रोमांचक किताबें देने वाले बेहतरीन इंसान की यादों में गुज़ारी। उनकी सभी किताबें और उनके हिंदी अनुवाद सब आसानी से आमेजोन पर उपलब्ध हैं। उनके द्वारा उपयोग की है सामग्रियों को निहारा। उनके फ़ोटोग्राफ़ कुर्सियाँ मेज़ कटलरी सब कुछ देखा। रात आठ बजे के आसपास नैनीताल पहुँचे।

नैनीताल

कालाढूँगी से नैनीताल की तरफ़ मुड़ने लगे तो वहाँ पुलिस ने बेरीकेड़ लगा कर मुस्तैद चौकसी कर रखी थी। वे कोरोना चेकिंग कर रहे थे। उन्हें टेस्ट रिपोर्ट बताई। फिर भी संतुष्ट नहीं हो रहे थे। परिचय पत्र के रूप में स्टेट बैंक के पहचान पत्र दिखाते ही अफ़सर ने कहा जाइए। यात्रा शुरू होते ही पहाड़ियों का घुमावदार रास्ता आरम्भ हो गया। जिम कार्बेट कभी इन्ही रास्तों से पैदल नैनीताल ज़ाया करते थे। इन्ही पहाड़ियों में उन्होंने आदमखोरों का पीछा किया था और कई बार तो आदमखोरों ने उनका पीछा किया था। शुरू में पहाड़ियाँ थोड़ी सपाट सी थीं लेकिन दस किलोमीटर चलने के बाद तीखी चढ़ाई आते ही चारों तरफ़ खूबसूरत नज़ारे दिखने लगे। शाम के धुँधलके में नैनीताल पहुँच गये।

स्टेट बैंक का गेस्ट हाऊस बहुत ऊँची पहाड़ी पर बहुत देर तक ढूँढने के बाद मिल तो गया। परंतु वहाँ का केयरटेकर बोला कि आपकी बुकिंग नहीं है। काफ़ी बहस मुबाहिसों के बाद कमरा हासिल कर लिया। बाहर निकल कर देखा तो नैनीताल को घेरकर अतीव प्राकृतिक सौदर्य बिखरा था। पूरा शहर

नज़र आ रहा था। झील को घेरकर बनी सड़क पर आवागमन चिटियों की चलत रेखा सादृश्य दिख रहा था।

नैनीताल कुमायूँ इलाक़े का प्रमुख शहर और भारत का एक लोकप्रिय पर्वतीय पर्यटन स्थल है। राज्य का उच्च न्यायालय स्थित होने से यह उत्तराखंड की न्यायिक राजधानी है। कुमाऊं मंडल का मुख्यालय होने के साथ-साथ एक महत्वपूर्ण ज़िला भी है। उत्तराखंड के राज्यपाल यहाँ राजभवन में रहते हैं। जबकि राजनीतिक राजधानी देहरादून है। नैनीताल संयुक्त प्रांत की ग्रीष्मकालीन राजधानी थी। नैनीताल बाहरी हिमालय की कुमाऊं तलहटी में राज्य की राजधानी देहरादून से 285 किमी की दूरी और नई दिल्ली से 345 किमी की दूरी पर स्थित है। यह शहर समुद्र तल से 6,358 फुट की ऊंचाई पर एक घाटी में स्थित है। जिसमें एक आंख के आकार की झील लगभग दो मील की परिधि में पहाड़ों से घिरी हुई है, जिनमें से सबसे ऊंची नैना चोटी 8,579 फीट, उत्तर में देवपथ 7,999 फुट और पश्चिम में अयारपथ 7,474 फुट ऊंची चोटियों के शीर्ष से दक्षिण की ओर विशाल मैदान और उत्तर में बर्फीली शृंखला के साये में उलझी हुई लकीरों से पहाड़ी खेत के शानदार दृश्य हिमालय की केंद्रीय धुरी का निर्माण करती हैं। नैनीताल शहर का कुल क्षेत्रफल को 11.73 किमी है। झील की तलहटी झील के सबसे गहरे बिंदु, पाषाणदेवी के पास 85 मीटर की गहराई पर है। झील को विवर्तनिक रूप से बनाया गया माना जाता है। बलिया नाला, जो झील को भरने वाली मुख्य धारा है, और बाद की धाराएँ प्रमुख जोड़ों सहित 26 प्रमुख नाले झील में मिलते हैं, जिसमें 3 बारहमासी नाले शामिल हैं।

पुराणों के अनुसार सती के शव के विभिन्न अंगों से बावन शक्तिपीठों का निर्माण हुआ था। इसके पीछे यह अंतर्कथा है कि दक्ष प्रजापति ने कनखल (हरिद्वार) में 'बृहस्पति सर्व' नामक यज्ञ रचाया। उस यज्ञ में ब्रह्मा, विष्णु, इंद्र और अन्य देवी-देवताओं को आमंत्रित किया गया, लेकिन जान-बूझकर अपने जमाता भगवान शंकर को नहीं बुलाया। शंकरजी की पत्नी और दक्ष की पुत्री सती पिता द्वारा न बुलाए जाने पर और शंकरजी के रोकने पर भी यज्ञ में भाग लेने गईं। यज्ञ-स्थल पर सती ने अपने पिता दक्ष से शंकर जी को आमंत्रित न करने का कारण पूछा और पिता से उग्र विरोध प्रकट किया। इस पर दक्ष प्रजापति ने भगवान शंकर को अपशब्द कहे। इस अपमान से पीड़ित हुई सती ने यज्ञ-अग्नि कुंड में कूदकर अपनी प्राणाहुति दे दी। भगवान

शंकर को जब इस दुर्घटना का पता चला तो क्रोध से उनका तीसरा नेत्र खुल गया। भगवान शंकर के आदेश पर उनके गणों के उग्र कोप से भयभीत सारे देवता ऋषिगण यज्ञस्थल से भाग गये। भगवान शंकर ने यज्ञकुंड से सती के पार्थिव शरीर को निकाल कंधे पर उठा लिया और दुःखी हुए इधर-उधर घूमने लगे। तदनंतर सम्पूर्ण विश्व को प्रलय से बचाने के लिए जगत के पालनकर्त्ता भगवान विष्णु ने चक्र से सती के शरीर को काट दिया। तदनंतर वे टुकड़े 52 जगहों पर गिरे। वे 52 स्थान शक्तिपीठ कहलाए। सती ने दूसरे जन्म में हिमालयपुत्री पार्वती के रूप में शंकर जी से विवाह किया। पौराणिक मान्यता है की सती के नैन यहाँ गिरने से नैना देवी का शक्ति पीठ स्थापित हुआ।

नैनीताल ऐतिहासिक रूप से कुमाऊं क्षेत्र का हिस्सा रहा है। 10वीं शताब्दी में कत्यूरी राजवंश के पतन के बाद, कुमाऊं कई छोटी रियासतों में विभाजित हो गया था, और नैनीताल के आसपास का क्षेत्र एक खासिया परिवार की विभिन्न शाखाओं के अधीन था। कत्यूरियों के बाद कुमाऊं पर समेकित प्रभुत्व हासिल करने वाला पहला राजवंश चंद था, लेकिन इसमें कई शताब्दियां लगीं और नैनीताल और इसके आसपास के क्षेत्र अवशोषित होने वाले अंतिम क्षेत्रों में से एक थे।

त्रिलोक चंद ने तेरहवीं शताब्दी में भीमताल में एक किला बनवाया था, लेकिन उस समय नैनीताल स्वयं चंद शासन के अधीन नहीं था, और राज्य की पश्चिमी सीमा के पास स्थित था। उद्यान चंद के शासनकाल के दौरान, चंद राज्य की पश्चिमी सीमा कोशी और सुयाल नदियों तक फैली हुई थी, लेकिन रामगढ़ और कोटा अभी भी पूर्व खासिया शासन के अधीन थे। 1488 से 1503 तक शासन करने वाले कीरत चंद अंततः नैनीताल और आसपास के क्षेत्र पर अधिकार स्थापित करने में सक्षम हुए थे। खासिया प्रमुखों ने 1560 में अपनी स्वतंत्रता हासिल करने का प्रयास किया, जब उन्होंने रामगढ़ के एक खासिया के नेतृत्व में सफलता के एक संक्षिप्त क्षण का आनंद लिया, लेकिन बाद में बालो कल्याण चंद द्वारा निर्ममता से वश में कर लिया गया। अठारहवीं सदी के अंतिम दशक में आपसी दुर्भावनाओं व राग-द्वेष के कारण चंद राजाओं की शक्ति बिखर गई थी। फलतः गोरखों ने अवसर का लाभ उठाकर हवालबाग के पास एक साधारण मुठभेड़ के बाद सन् 1790 में अल्मोड़ा पर अपना अधिकार कर लिया।

कुमाऊं पर गोरखा शासन 24 वर्षों तक चला। इस अवधि के दौरान काली नदी को अल्मोड़ा के रास्ते श्रीनगर से जोड़ने वाली एक सड़क थी। गोरखा काल के दौरान अल्मोड़ा कुमाऊं का सबसे बड़ा शहर था, और अनुमान है कि इसमें लगभग 1000 घर थे।

कुमाऊँ की पहाड़ियाँ एंग्लो-नेपाली युद्ध (1814-16) के बाद ब्रिटिश शासन के अधीन आ गईं। नैनी ताल के हिल स्टेशन शहर की स्थापना 1841 में हुई थी, जिसमें शाहजहांपुर के एक चीनी व्यापारी पी. बैरोन द्वारा पहले यूरोपीय घर (पिलग्रिम लॉज) का निर्माण किया गया था। अपने संस्मरण में, उन्होंने लिखा : "यह अब तक का सबसे अच्छा स्थल है जिसे मैंने हिमालय में 2,400 किमी की यात्रा के दौरान देखा है।"

1846 में, जब बंगाल आर्टिलरी के एक कैप्टन मैडेन ने नैनी ताल का दौरा किया, तो उन्होंने दर्ज किया कि "बस्ती के अधिकांश हिस्सों में घर तेजी से उभर रहे थेः कुछ सैन्य रेंज के शिखर की ओर समुद्र तल से लगभग 7,500 फीट ऊपर थे। स्थानीय लोगों द्वारा इसका नामकरण ऊबड़-खाबड़ और जंगली आन्यारपट्टा आशीष (अन्यार-पट्ट - कुमाऊँनी में - पूर्ण अंधकार) किया था क्योंकि घने जंगलों के कारण यहाँ कम से कम सूर्य की किरणें पड़ती थीं। सेंट जॉन (1846) चर्च जंगल में, सबसे शुरुआती इमारतों में से एक था। उसके बाद बेल्वेडियर, अल्मा लॉज, एशडेल कॉटेज (1860) बनीं। जल्द ही, यह शहर ब्रिटिश सैनिकों और औपनिवेशिक अधिकारियों और उनके परिवारों द्वारा मैदानी इलाकों की गर्मी से बचने की कोशिश करने वाला एक रिसॉर्ट बन गया। बाद में, यह शहर संयुक्त प्रांत के गवर्नर का ग्रीष्मकालीन निवास बन गया।

30 जुलाई 2021 का एक पूरा दिन नैनीताल के दर्शनीय स्थलों के लिए रखा था। नैनीताल को भारत के लेक सिटी के रूप में भी जाना जाता है। कहा जाता है कि एक समय में नैनीताल जिले में 60 से अधिक झीलें थीं। चारों ओर सुंदरता बिखरी पड़ी है। सैर-सपाटे के लिए दर्जनों जगहें हैं, जहां पर्यटक मंत्रमुग्ध हो जाते हैं। बर्फ से ढके पहाड़ों से घिरा यह स्थान झीलों से भरा हुआ है। नैनीताल हिमालय की कुमाऊँ पहाड़ियों की तलहटी में स्थित है।

नैनी झील नैनीताल का सबसे प्रमुख आकर्षण है, जो हरी घाटियों से घिरा है। यात्री नौकायन (रोइंग), रोइंग, पैडलिंग (नौकायन) जैसी गतिविधियों का आनंद ले सकते हैं। यह झील काफी लंबी है और इसके उत्तरी भाग को

'मल्ली ताल' कहा जाता है, जबकि दक्षिणी भाग को 'तल्ली ताल' कहा जाता है। यह एकमात्र झील है जिस पर एक पुल और एक डाकघर है।

मॉल रोड नैनीताल की एक प्रसिद्ध सड़क का नाम है, और हाल ही में इसे बदलकर 'गोविंद बल्लभ पंत मार्ग' कर दिया गया है। दुकानों और बाजारों के अलावा, कई बैंक और ट्रैवल एजेंसियां मॉल रोड पर उपलब्ध हैं। यह सड़क मल्लीताल को महाल्ली से जोड़ती है। एक अन्य पर्यटक आकर्षण 'ठंडी सड़क' है, जो नैनी झील के दूसरी ओर स्थित है। हम लोग एक नौका पर सवार होकर दो घंटे नैनीताल में नौकायन का आनंद लेते रहे। चारों तरफ़ पहाड़ों पर बादलों की अठखेलियाँ मस्त वातावरण रच रही थीं। मंद-मंद रिमझिम फुहारों ने वातावरण को और भी रोमांटिक बना दिया। झील की सैर के बाद चिड़िया घर की सैर की निकल गए।

नैनीताल में, चिड़ियाघर की स्थापना का काम 1984 में किया गया था। यह नैनीताल बस स्टॉप से केवल एक किलोमीटर की दूरी पर स्थित है। यह चिड़ियाघर विभिन्न जानवरों का घर है, जिनमें बंदर, साइबेरियाई बाघ, तेंदुए, भेड़िये, ताड़ के सिवेट बिल्लियाँ, रोज़ रिंग पैराकेट्स, सिल्वर तीतर, पहाड़ी लोमड़ी, सांभर, प्यारे और बार्क हिरण और हिमालयन काला भालू भी शामिल है। चिड़ियाघर सोमवार और सभी राष्ट्रीय छुट्टियों पर बंद है।

नैनीताल की सात चोटियों में 2611 मीटर ऊंची नैनी चोटी (चाइना पीक) सबसे ऊंची चोटी है। चाइना पीक की दूरी नैनीताल से लगभग 6 किलोमीटर है। इस चोटी से हिमालय की ऊँची चोटियाँ दिखाई देती हैं। नैनीताल झील और शहर के भव्य दृश्य भी हैं। फिर नीचे आकर टिफ़िन टॉप पर चढ़े। टिफिन टॉप एक सुंदर पिकनिक स्थल है, जिसे 'डोरोथी की सीट' के रूप में भी जाना जाता है। अयारपट्टा चोटी पर स्थित यह स्थान समुद्र तल से 7520 फीट की ऊँचाई पर स्थित है। यात्री यहाँ से ग्रामीण परिदृश्य के साथ शक्तिशाली हिमालय पर्वतमाला के प्रभावशाली दृश्यों का आनंद ले सकते हैं। इस स्थान का विकास डोरोथी शैले (एक अंग्रेजी कलाकार) के पति द्वारा विमान दुर्घटना में उनकी मृत्यु के बाद किया गया था। नैनीताल टाउन से 4 किमी दूर स्थित, यह टिफिन टॉप प्रकृति की फोटोग्राफी के लिए एक आदर्श स्थान है।

अगली सुबह सेंट जॉन चर्च इन वाइल्डरनेस गए जो मल्लीताल (नैनीताल के उत्तरी भाग) में स्थित एक शांत जगह है। यह चर्च वर्ष 1844

में स्थापित किया गया था। अभिलेखों के अनुसार, कोलकाता के बिशप, डैनियल विल्सन, इस चर्च की आधारशिला स्थापित करने के लिए यहां आए थे, अपनी यात्रा के दौरान, वे बीमार हो गए और उन्हें पास के जंगल में एक अधूरे घर में रहना पड़ा। इसलिए, चर्च को जंगल में सेंट जॉन के रूप में जाना जाने लगा। यह चर्च 1880 में भूस्खलन का शिकार हुए लोगों के एक स्मारक के रूप में भी काम करता है, जहाँ कांस्य पट्टिका में मारे गए लोगों के नाम लिखे हैं।

उसके बाद गुफा गार्डन गए। गुफा गार्डन को इको गुफा गार्डन के नाम से भी जाना जाता है। यह नैनीताल का एक लोकप्रिय पर्यटक आकर्षण है। यह उद्यान अपने आगंतुकों को पर्यावरण के अनुकूल जीवन शैली की एक झलक प्रदान करता है। छह भूमिगत पिंजरे हैं जो पेट्रोमैक्स लैंप द्वारा प्रकाशित किए जाते हैं और एक संगीत वाद्ययंत्र की ताल पर चलने वाला एक फव्वारा भी है जो पहली बार नैनीताल में स्थापित किया गया था। इन गुफाओं को टाइगर गुफा, पैंथर गुफा, चमगादड़ गुफा, गिलहरी गुफा, फ्लाइंग फॉक्स, एव और एप गुफा के रूप में जाना जाता है। इन गुफाओं को जोड़ने का मार्ग काफी संकीर्ण है, कभी-कभी यात्रियों को रेंगने की आवश्यकता होती है। ये सभी गुफाएँ प्राकृतिक हैं और स्थानीय प्रशासन द्वारा प्रबंधित हैं।

नैनीताल के पास एक खुर्पाताल भी है। कॉटेज, फिशिंग फिटर (झोपड़ी) लोगों के लिए स्वर्ग है। यह नैनीताल से 10 किमी दूर स्थित है। यह खूबसूरत छोटा उपग्राम (खेरा) समुद्र तल से 1635 मीटर की ऊंचाई पर स्थित है। यहां की प्राकृतिक सुंदरता किसी को भी मंत्रमुग्ध कर देती है। खूबसूरत झील और आसपास के घर और होटल कई बार इस सुंदरता को बढ़ाते हैं। 19 वीं शताब्दी तक खुर्पाट लोहे के औजारों के उत्पादन के लिए प्रसिद्ध था, लेकिन अब यह हरी सब्जियों के लिए प्रसिद्ध है।

तीसरे दिन सबसे पहले नैनीताल झील के किनारे पर स्थित नयना देवी के मंदिर पर देवी दर्शन किया। उसके ठीक बाजू में सिक्ख गुरुद्वारा में मत्था टेका। फिर नैनीताल झील में नाव की सवारी पर एक घंटा बिताता। इस झील में कई फ़िल्मों की शूटिंग हुई है। जिनमे कटी पतंग फ़िल्म का गाना जिस गली में तेरा घर न हो बालमा बहुत प्रसिद्ध है। झील से चारों तरफ़ के गगनचुंबी पर्वत शिखर अत्यंत मनोरम दृश्यावली बनाते हैं। उसके बाद रोपवे

से नैनीताल शहर की ऊँची चोटी पर पहुँच कर पूरे शहर को देखा और फ़ोटो खींचे। फिर मॉल रोड पर दो घंटे मटरगश्ती करते रहे। इस प्रकार हमारा अंतिम पड़ाव पूरा हुआ।

6

जल, जंगल, ज़मीन का स्वर्ग

जब हमने घर वालों को जनवरी के ठंडे महीने में वन विभाग द्वारा बाघों की गिनती करने वाली मुहिम से जुड़ने की बात बताई तो घर में हंगामा बरपा हो गया। सब बोले सत्तर साल की उम्र में घने जंगलों में बाघों के बीच जाने की क्या ज़रूरत है। सामने बाघ आ गया तो क्या करोगे?

हमने कहा- हमें क्या करना है, जो करना है वह बाघ ही करेगा।

घर वाले बोले- आपको कुछ हो गया तो?

हमने कहा, पहले तो कुछ होगा नहीं और यदि हो भी गया तो ठीक है। आज से कुछ सालों बाद तुम लोग हमारे मुँह में एक-एक बूँद गंगाजल डाल कर मौत को एक-एक इंच हमारे नज़दीक आता देखोगे। उससे तो यह ठीक ही है कि एक बाघ से लड़ते हुए उसकी भूख मिटाएँ। हालाँकि ऐसा कुछ होने वाला नहीं है।

आज वर्ष 2022 के जनवरी महीने की चार तारीख़ है। हम मित्र श्रीकृष्ण श्रीवास्तव के साथ सतपुड़ा बाघ अभयारण्य के कोर-ज़ोन चूरना के वन्य भ्रमण पर जाने को सुबह सात बजे रानी कमलापति रेल स्टेशन से कामायनी एक्सप्रेस में सवार होकर इटारसी के लिए रवाना हुए। रेल में आड़िट विभाग के एक तिवारी जी मिले, जिनसे सरकारी आड़िट और वन भ्रमण के दो बिल्कुल अलग विषयों पर बात करते-करते पता ही नहीं चला कि कब होशंगाबाद आ गया। उन्होंने आड़िट विभाग की अंदरूनी बातें बताईं और हमने जंगल की जंगली रिवायत से उन्हें परिचित कराया। वे उतर कर

चले गये। हमने घर से लाई लौंकी की सब्ज़ी और रोटियों का नाश्ता किया। इतने में इटारसी स्टेशन आ गया। हम श्रीकृष्ण के साथ बचपन से जानी पहचानी नीलम होटल में चाय पीने घुसे। वहाँ एक घंटा इटारसी में लड़ी कुश्तियों और खेले गए हाँकी मेचों के साथ बनखेड़ी, पिपरिया, इटारसी और सिवनी मालवा में कुश्ती दंगल परम्परा पर बातें होती रहीं।

बातचीत के दौरान हरदा के एक खालिक पहलवान का ज़िक्र निकल आया। हम जब 1972 सागर विश्वविद्यालय की कुश्ती प्रतियोगिता में कुश्ती लड़ने गए थे, तब खालिक भी हरदा कालेज से आया था। वह ऊँचा सुंदर कसरती देह का मालिक और मज़बूत इरादों वाला पहलवान था। श्री कृष्ण ने बताया कि वह बम्बई चला गया था। वहाँ से दाऊद की गैंग में भर्ती होकर बम्बई बम कांड के बाद दुबई-शारजाह चला गया। वहीं बस गया।

पिपरिया से गोपाल गांगुड़ा का फ़ोन आया कि वे पिपरिया से अपनी कार में निकल गए हैं। आधा घंटे में इटारसी पहुँच जाएँगे और हिदायत दी कि तब तक सिग्नेचर की तीन बोतल ख़रीद लें। दुकान थोड़ी ही दूर थी। दुकानदार ने एक बोतल की क़ीमत 1500.00 रुपए बताई। भाव-ताव के बाद 1000.00 की दर से तीन हज़ार की तीन बोतलें ख़रीद लीं। गोपाल गांगुड़ा के पहुँचते ही हम वन विभाग के भौंरा कार्यालय के लिए निकले। जिनकी चार पहिया गाड़ी से हम वन विभाग भौंरा पहुँचे। वहाँ हमारा प्रशिक्षण होना था।

आशंका के अनुकूल सरकारी महकमा सुस्त चाल से चलता रहा। तवा और चूरना के वालंटियर्स बीच में उठकर इधर-उधर चल दिए। उन्हें जंगली महकमा के दस्तूर के अनुसार हाँका लगाकर समेटा गया। फिर एप को संचालित करने की विधि बताई गई। ख़ुशक़िस्मती से आई-फ़ोन के लिए एप नहीं बना था इसलिए हम बेकार की बेगारी से बच गए। औपचारिक परिचय के बाद प्रशिक्षण में कोर और बफ़र एरिया का अंतर बताया। फिर यह चेतावनी दी गई कि किसी भी हालत में जंगल में अकेले न जाएँ। हमेशा जूते पहन कर ही निकलें। यहाँ कोबरा साँप निकलते हैं। बहुत सावधानी से नीचे देखकर बाहर निकलें। बाघों की गणना का एक एप डाउनलोड करके बाघों की गणना की प्रक्रिया समझाई गई। सभी लोग एप समझने की प्रक्रिया में उलझ गए और हम यात्रा के संस्मरण लिखने में व्यस्त हो गये। सुरम्य-सतपुड़ा पुस्तक लिखने हेतु रिज़र्व फ़ॉरेस्ट के बारे में जानकारी जुटाने

में एक कर्मचारी को पटा कर अंदरूनी जानकारियाँ निकलवाने में समय का सदुपयोग किया। आख़िर में बताया गया कि हमें, श्रीकृष्ण और गोपाल को मनचाहा चूरना रेंज आबँटन हुआ। लंच के समय तक कुछ सुगमुगाहट होने लगी। वन विभाग के एक अदना कर्मचारी से पता चला कि वन विभाग की तरफ़ से लंच का इंतज़ाम किया गया है। थोड़ी देर में एक पत्तल में पूड़ी-आलू मटर की सब्ज़ी, दाल, चावल का भोजन किया। चूरना के जंगल कहाँ है। पहले इसकी जानकारी लेना आवश्यक है।

भारत का प्रथम संरक्षित वनक्षेत्र क्रांतिकारी भभूत सिंह की मालगुजारी के अंतर्गत आने वाले बोरी के जंगलों को जब्त कर बनाया गया था। सतपुड़ा टाइगर रिजर्व का ज्यादातर हिस्सा भभूत सिंह की मालगुजारी में आता था। राष्ट्रीय पुर्नजागरण की बेला में अपनी जड़ों को पहचानने का समय है। भभूत सिंह के स्वतंत्रता संग्राम में बलिदान से लोग अनभिज्ञ हैं। आइए, थोड़ा इतिहास की गलियों में तफ़री कर आयें।

पचमढ़ी का पठारी-पहाड़ी क्षेत्र, जो होशंगाबाद, पिपरिया, छिन्दवाड़ा और बैतूल शहरों के बीच स्थित है, गोंडों-कोरकुओं का रहवास हुआ करता था। भूमि के इस टुकड़े का भूवैज्ञानिक इतिहास मेसोलिथिक युग (9,000-4,000 ईसा पूर्व) तक पीछे जाता है। इतिहासकारों द्वारा इसका नाम गोंडवाना रखा गया। इस घने वन क्षेत्र में रहने वालों को आदिवासियों के रूप में नामित किया गया था। 12वीं-18वीं सदी के बीच इस क्षेत्र पर गोंडों का शासन था। उन्होंने इस क्षेत्र में कई महलों, तालाबों और किलों का निर्माण भी किया। देवगढ़ के शाह ने 1702 में नागपुर शहर बसाया, लेकिन 1710 के दशक के मध्य तक मराठों ने गोंड राज्य पर अधिकार कर लिया, और फिर 1818 में, अंग्रेजों ने मराठों को हरा कर इस क्षेत्र पर क़ब्ज़ा कर लिया।

गोंड धीरे-धीरे जंगलों और पहाड़ियों में चले गए। एक जनजातीय के रूप में गुरिल्ला युद्ध में सिद्धहस्थ गोंड और कोरकू पहाड़ों पर विरल आबादी वाले साधारण लोग थे। 1819 में पचमढ़ी ने अंग्रेजों का ध्यान आकर्षित किया जब नर्मदा घाटी में मराठा प्रमुख अप्पा साहिब भोंसले को अंग्रेजों ने उनके क्षेत्र विस्तार की होड़ में बर्डी के युद्ध में हराया था। अप्पा साहिब शरण लेने के लिए महादेव हिल्स भाग गए। अपने आधुनिक हथियारों से लैस अंग्रेज इस क्षेत्र के सभी छोटे नेताओं, लुटेरों और छोटे मालगुज़ारों को बाहर निकालने में सक्षम थे। अप्पा साहिब नागपुर ले जाए गए। अंग्रेजों के अधीन नाम

मात्र के शासक रहे। उनकी मृत्यु पर विधिक उत्तराधिकारी न होने के कारण अंग्रेजों ने उनके राज्य कर क़ब्ज़ा कर लिया।

कैप्टन जेम्स फोर्सिथ के आगमन से 25 साल पहले, होशंगाबाद में सहायक एजेंट कैप्टन ओसेली ने 1832 में पहली बार पचमढ़ी का दौरा किया। उन्होंने इस क्षेत्र से भूवैज्ञानिक और वनस्पति के नमूने एकत्र किए। पचमढ़ी में किसी विदेशी की यह पहली यात्रा थी। बाद में 1852 में, डॉ जेर्डन नामक एक सर्जन ने स्वदेशी जड़ी-बूटियों पर शोध करने के लिए पठार का दौरा किया। 1857 में अंग्रेजों ने पचमढ़ी पर अधिकारिक रूप से कब्जा कर लिया। 1857 के विद्रोह के दौरान तांत्या टोपे कोरकू प्रमुख भभूत सिंह से मदद लेने के लिए पचमढ़ी भाग गए। हालांकि विद्रोह जल्दी दबा दिया गया और तांत्या टोपे को शिवपुरी के नज़दीक पकड़ कर 18 अप्रेल 1959 को शिवपुरी कलेक्टर चौराहे पर फाँसी चढ़ा दिया गया। भभूत सिंह के लोग नीचे के मैदानों में अंग्रेजों के खिलाफ विद्रोह और छापे करते रहे। इसी कारण विद्रोहियों को खदेड़ने के नाम पर अंग्रेजों को जंगलों पर आक्रमण करने का अवसर दिया। अंग्रेजों ने एक वर्ष में उनके विद्रोह को दबाकर भभूत सिंह के क्षेत्र को जब्त कर लिया। 1860-61 से इस क्षेत्र को फ़ौजी छावनी बनाने का काम शुरू हुआ। यह क्षेत्र एक तरफ तो सैनिक अड्डे हेतु सुरक्षित था और दूसरा यहाँ से बुंदेलखंड, मालवा, महाकौशल, निमाण, खानदेश और ब्रार के इलाक़ों को फ़ौजी मदद जल्दी भेजी जा सकती थी।

कुछ ही महीनों में कैप्टन जेम्स फोर्सिथ को पचमढ़ी भेजा गया, जहाँ उस समय 30 विषम कोरकू झोपड़ियाँ थीं। 1862 में वनवासियों को वैज्ञानिक संरक्षण के नाम पर हटा कर बोरी के पास के एक तिहाई क्षेत्र को जैव विविधता अभयारण्य के रूप में स्थापित कर दिया गया था। 1864 में, अंग्रेजों ने पचमढ़ी की जमीन स्थानीय सरदार ठाकुर घरब सिंह से 1.70 रुपये प्रति एकड़ के हिसाब से खरीदी। 14,580 एकड़ जमीन के लिए 23,916 रुपये का पूरा मुआवजा दिया गया। अंग्रेजों के पास अब एक रणनीतिक ऊंचाई पर भूमि का एक बड़ा टुकड़ा था जिसका उपयोग उन्होने छावनी बनाने के लिए किया। आज भी पचमढ़ी का नागरिक प्रशासन छावनी बोर्ड के अधीन है। पचमढ़ी का शाब्दिक अर्थ पांच गुफाएँ है। एक लोकोक्ति के अनुसार पांडवों ने वन में अपने वनवास के वर्षों के दौरान इन गुफाओं में आश्रय लिया था। हालांकि, पुरातत्वविद इस सिद्धांत को खारिज करते हैं। उनके अनुसार

गुफाओं का निर्माण बौद्ध भिक्षुओं ने गुप्त काल के दौरान किया था। इतिहास के बाद थोड़ी जानकारी भूगोल की भी लेते चलें।

बायोस्फीयर रिजर्व के कुल क्षेत्रफल 4,926.28 वर्ग किलोमीटर में हज़ारों झरनों से दो बड़ी नदियाँ आकार लेती हैं- देनवा और तवा। उनके बहाव का वर्णन यात्रा संस्मरण का जायज़ा बढ़ाएगा। श्री गोपाल और श्री कृष्ण ने इन सभी इलाक़ों का पैदल भ्रमण किया है।

श्री गोपाल बोले- भौगोलिक रूप से होशंगाबाद जिला दो भागों में बंटा है। एक देनवा घाटी की जंगल पट्टी, और दूसरा मिश्रित आबादी वाला मैदानी भाग सतपुड़ा पर्वत के ऊँचे-नीचे पहाड़ों की तलहटी से नर्मदा कछार तक बीस किलोमीटर फैला है। यहां तवा नहर से सिंचित खेती गुलज़ार है। पहाड़ी जंगल पट्टी में आदिवासी गावों में गोंड-कोरकू आदिवासी निवास करते हैं। खेती-बाड़ी अधिकांशतः मानसूनी बारिश पर निर्भर है। सतपुडा की सबसे ऊंची चोटी धूपगढ़ (पचमढ़ी) से देनवा उद्गमित हुई है। वहीं से एक बड़ी नदी सोनभद्रा का उद्गम स्थल भी है।

देनवा नदी पचमढ़ी के चौरागढ़ क्षेत्र से शुरू होकर झिरपा, मटकुली, मढ़ई के रास्ते तवा में जाकर मिल जाती है। तवा बाँध से निकली नहरों के पानी से सिंचाई के कारण होशंगाबाद और हरदा ज़िलों के खेतों में गेहूँ, चना, धान, तुअर, की भरपूर फसल होती है। यह देनवा नदी का ही जल है जो तवा बाँध को समृद्ध करता है। स्थानीय गोंडों के एक देवता का नाम देवा है। देवा से ही इस नदी का नाम देनवा पड़ा है। देनवा याने देने वाली। देनवा नदी सतपुड़ा टाइगर रिजर्व के क्षेत्र से होकर गुजरती है। यह पेयजल का बड़ा स्रोत है। काफी गर्मी के बाद भी देनवा नदी सूखती नहीं और हर हाल में वन्य प्राणियों के लिए पानी उपलब्ध कराती है। हालांकि जंगल में और भी नदी नाले हैं जो जानवरों को पानी देते हैं, लेकिन देनवा की उपयोगिता बिलकुल अलग है।

वन विभाग के एक अन्य अधिकारी बताते हैं, कि देनवा पचमढ़ी के चौरागढ़ पहाड़ के पीछे से निकलकर दुर्गम पहाड़ी रास्तों पर अठखेलियां करते हुए झिरपा, मटकुली के पास जवान हो मढ़ई होते हुए तवा बाँध में समा जाती है। यह जितनी खूबसूरत है उतनी ही खतरनाक भी है। देनवा जब शांत रहती है तब इसकी गोद में आकर बच्चे भी खेलते हैं पर पहाड़ों

पर बारिश होते ही इसका मिजाज बदल जाता है। इन दिनों देनवा से जरा सा भी खिलवाड़ जानलेवा साबित हो सकता है। वह हहराती, उफनती और भंवर बनाती रौद्र रूप में रहती है। इसकी खूबसूरती बेमिसाल है। ऊंची पहाड़ी चट्टानों के बीच बनी गहरी खाई में यह तेजी से बहती है। इसे किसी भी जगह से देखिए, हमेशा खूबसूरत नजर आती है।

प्रकृति प्रेमी पिपरिया के श्री गोपाल गांगुड़ा ने आगे बताया- मैं अक्सर इन जंगलों में जाता हूँ और जब भी जाता हूं। ऐसा कभी नहीं हुआ कि देनवा को ना देखा हो। इसे गर्मी, सर्दी और बारिश किसी भी मौसम में देखा जाए, इसकी ख़ूबसूरती कभी भी कम नहीं होती।

हमने जानना चाहा- तीन लोग अलग-अलग बातें बताते हैं कि देनवा नदी धूपगढ़, चौरागढ़ और महादेव पर्वत से निकलती है। तीनों पर्वतों से एकसाथ कैसे निकल सकती है। तीनों पहाड़ तीन दिशाओं में ऊँचे खड़े हैं।

श्री गोपाल ने खुलासा किया- लेकिन वास्तविकता यही है। इन तीन गगनचुंबी पर्वत शिखरों की शिराओं से बारिश का जल असंख्य पहाड़ी झरनो से बह एकसार हो मटकुली के पहले सहस्त्रधार पर एक बड़ी नदी बन जाता है। देनवा नदी चाँवरपाठा से पूर्वी दिशा पकड़ कर सहस्त्रधार पहुँचती है वहाँ से दक्षिण मुड़ जाती है। सहस्त्रधार से मटकुली और परसापानी होती हुई मढ़ई से गुजर कर तवा बांध में समा जाती है।

श्रीकृष्ण- सतपुड़ा पर्वत शृंखला की प्रसिद्ध धूपगढ़, चौरागढ़ और महादेव की पहाड़ियों से उद्गमित देनवा से कई बार साक्षात्कार होता है। कभी मटकुली के पुल पर, कभी देनवा दर्शन में, कभी थोड़ा नीचे जंगल के रास्तों पर और कभी मढ़ई में उसकी छाती पर सरपट दौड़ती मोटर बोटों की शक्ल में। लेकिन सतधारा में देनवा का सौंदर्य देखते ही बनता है। एक छोर से दूसरे छोर तक हल्के काले रंग की चट्टानों पर अलग-अलग सात धाराओं में उछलती-कूदती गेंद की तरह टप्पा खाती और नाचती-गाती देनवा को घंटों निहारते रहो, तब भी मन नहीं भरता। यहां देनवा के किनारे दोंनों ओर हरा-भरा जंगल है। सरसराती हवा और चिड़ियों के सुंदर गान से आनंददायक वातावरण रहता है। सतधारा में जब हम पहुंचे तब हमें ज्यादा अंदाजा नहीं था कि यहां देनवा दर्शन और प्राकृतिक सानिध्य पाने के लिए इतने लोग आते हैं। कुछ ही घंटों में दर्जन भर गाड़ियां आ गईं और उसमें

बैठे लोग ऊंचाई से उतर कर नदी में स्नान करने चले गए। कुछ लोग अपने साथ भोजन वगैरह लाए थे, वे भोजन करने लगे। बच्चे नदी की रेत में खेलने-कूदने लगे। इन सबसे बेख़बर पशु-पक्षी कीट-पतंगे, पेड़-पौधे निर्विकार रमण कर रहे थे।

हमने कहा- नर्मदा की तरह देनवा का भी धार्मिक महत्व है जो हमें भी देखने को मिला। जिस दिन हम वहां पर गए थे, कुछ ग्रामीण स्त्री पुरूष देनवा की पूजा करने आए थे। भूरा-भगत पर तो मेला भी लगता है। पचमढ़ी आते-जाते समय मटकुली पुल पर रुककर लोग इसकी पूजा करते हैं। पचमढ़ी के रास्ते में देनवा दर्शन एक पर्यटन स्थल बन गया है। जहां खड़े होकर लोग देनवा का अनोखा रूप आँख से देखते और कान से सुनते रहते हैं।

नदियों से जीवन है यह किताबी परिभाषा नहीं, हकीकत है। देनवा के किनारे फैली रेत में बरौआ समुदाय के लोग तरबूज-खरबूज की खेती करते है। गर्मियों में यहां की ककड़ी और खरबूजों की मांग बढ़ जाती है। स्थानीय लोगों को भी रोजगार मिलता है। गर्मियों के मौसम में मटकुली में यहां की ककड़ी बिकती हैं। महिलाएँ छोटी टोकनियों में ककड़ियां बेचती हैं। लेकिन कई बार बारिश तरबूज-खरबूज बहाकर ले जाती है। यदि बरौआ बिना खेती के रह गए, मगर रोहू, कतला, बाम, सामन मछलियों की फसल उनसे कौन छीन सकता है। मछुआरे जाल लेकर देनवा में डेरा डाले रहते हैं क्योंकि जैसे ही देनवा में थोड़ा ज्यादा पानी हुआ, तवा बांध की मछलियां हवाई जहाज की तरह ऊपर चढ़ आती हैं। लेकिन पिछले सालों से मछलियां कम मिलती हैं, नदी में मगर मच्छ खूब हो गए हैं। देनवा का पानी स्वच्छ, निर्मल और जड़ी-बूटी व खनिजों से युक्त यानी सही मायने में मिनरल वॉटर है। जो पानी बोतलों में मिनरल के नाम से बिकता है, उनमें मिलावट के किस्से आते रहे हैं। लेकिन देनवा का पानी निर्मल मीठा और पीने योग्य है। जब गर्मियों में मटकुली जैसे कस्बों में पानी की कमी होती है, तब इससे ही पूर्ति होती है।

श्री गोपाल बोले- देनवा पहाड़ी नदी होने के कारण खतरनाक मिजाज रखती है, थोड़ी देर की बारिश से इसमें उफान आ जाता है। और जल्दी ही नीचे भी उतर जाती है। मटकुली निवासी भूरा पाल ने बताया पहले नदी का जो पुराना पुल था उस पर बारिश में नदी के आ जाने से रास्ता बंद हो

जाता था। एक बार 6 लोग उफनती नदी को पार करने में डूब कर मर गए थे। वे सभी टूरिस्ट थे। इनके अलावा और भी कई दुर्घटनाएं हुई हैं जिनकी याद दिल को दहला देती है। मटकुली निवासी पप्पू खान ने बताया देनवा की पहाड़ी खाईयां प्रकृति प्रमियों को ही नहीं अपराधियों को भी आकर्षित करती हैं। लगभग 10 साल पहले एक दौर चला था जब देंनवा दर्शन प्वाइंट के आसपास शव बरामद होना शुरू हुए थे। खान ने बताया इन शवों का पता कभी नहीं चलता अगर हत्यारे खुद ना बताते कि उन्होंने शव देनवा की घाटी में फेंक दिए हैं। महाराष्ट्र और मध्यप्रदेश की कई आपराधिक घटनाओं में देनवा का जिक्र आता है।

कुल मिलाकर, देनवा जैसी छोटी नदियों का बहुत महत्व है। सतपुड़ा से निकलने वाली ज्यादातर नदियां धीरे-धीरे दम तोड़ रही हैं। दुधी, पलकमती, मछवासा, शक्कर आदि कई नदियां जो पहले सदानीरा थीं, अब बरसाती नाला बन कर रह गई हैं। देनवा में अभी पानी है, अपूर्व सौंदर्य भी है, जंगल भी है। लेकिन यह कब तक बचा रहेगा, यह कहा नहीं जा सकता। इसका पानी भी धीरे-धीरे कम होने लगा है। ऐसी छोटी नदियों को बचाने की जरूरत है। जंगल बचाने की जरूरत है। छोटे स्टापडेम बनाकर बारिश की बूंद-बूंद सहेजने की जरूरत है।

बारिश में मटकुली के पुल पर बाढ़ आ जाती है और जब तक बाढ़ नहीं उतर जाती पिपरिया-पचमढ़ी का रास्ता बंद हो जाता है। इस पुल को बनाने की मांग लंबे अरसे से की जा रही है। जब यातायात बंद रहता है, पचमढ़ी जाने वाले सैलानियों को बहुत परेशानी होती है। मटकुली में ही भभूतसिंह कुंड है, जो आदिवासियों की अंग्रेजों से लड़ाई की याद दिलाता है। यह नदी उस लड़ाई की गवाह है जो हर्राकोट के कोरकू भभूतसिंह ने अपने अधिकार व इज्जत के लिए अंग्रेजों से लड़ी थी। इसी देनवा नदी के किनारे पानी पी पीकर उन्होंने एक दूसरे को पानी पिलाया था, जबरदस्त लड़ाई हुई थी। इस क्षेत्र की दूसरी बड़ी नदी तवा नदी है।

हमने कहा- तवा नदी का बड़ा प्रताप है। यह सारणी के ऊपर पहाड़ों से निकल बांध के रूप में बंधी तवा सी पसरी है। नादिया नामक स्थान पर तवा नदी का पाठ सात किलोमीटर चौड़ा है। धूपगढ़ के नीचे से निकली सुपला और मालिनी नदी, केसला नदी और कई झरनों का पानी लेकर कई पहाड़ों के बीच पाँच से आठ किलोमीटर का चौड़ा पाठ बनाती हुई तवा बांध

में स्थिर हो जाती है, जैसे कोई तपस्वी ध्यानमग्न धूनी रमाए हो। पूर्व से सुपला में मालिनी, पश्चिम से तवा में सुखतवा और दक्षिण से केसला नदियाँ आकर साकोट में मिलती हैं।

तवा नर्मदा की सबसे लंबी सहायक नदी है, जिसकी लंबाई 117 किमी है। यह उद्‌गम से उत्तर और पश्चिम में बहते हुए होशंगाबाद जिले के बांद्रा भान गांव में नर्मदा में मिल जाती है। सारणी के पहाड़ों, जहां से तवा नदी निकली है, से बांद्राभान की दूरी अंदाज़न 100 किलोमीटर है लेकिन तवा नदी का बहाव 117 किलोमीटर कैसे हो सकता है? क्यों नहीं हो सकता? नदी रसिक आदमियों की तर्ज़ पर सीधी नहीं बल्कि टेढ़ी-मेढ़ी चाल से चलती है। आख़िर नदी भी झरनों से रस समेटते और जीवों को रसारस करते उद्‌गम से गंतव्य तक की यात्रा तय करती है। इस कारण उसकी वास्तविक लम्बाई सतही लम्बाई से अधिक होती है, जैसे मूर्ख व्यक्ति की ज्ञान पूर्ण बातें घुमावदार शब्दों से खिंचकर बहुत लम्बी होती जाती है।

श्री गोपाल ने दार्शनिक अन्दाज़ में बोलना प्रारम्भ किया- देनवा अपने पिता के घर सतपुड़ा से अपने आँचल में अमृत कलश भर-भर कर लाती है। अनादि काल से उसके उद्‌गम से लेकर तवा में समाहित होने तक उसके दामन में और आसपास जल-जंगल-ज़मीन पर जीवन-मृत्यु के अद्भुत खेल चलते आए हैं। मृत्यु के आश्चर्यजनक खेल को जितने नज़दीक से उसने देखा है और कोई नहीं देख पाता। मृत्यु-जीव का खेल शिकार-शिकारी सा होता है। मौत रूपी शिकारी के पंजे में जब जीव रूपी शिकार आता है याने शेर जब शिकार को दबोचकर उसकी इहलीला समाप्त करने लगता है तब जीव को जीवन का मोह और तेज़ी से जकड़ता है। मौत की तरह शेर एक सबसे कुशल और मज़बूत शिकारी और हिरण की तरह जीव सबसे आसान शिकार है। हिरण की नज़र एक बार शिकारी से मिली तो वह सम्मोहन में थगा सा रह जाता है। जीवन का मोह त्याग देता है। शेर मृत्यु की तरह दबे पाँव आ कर मोह रहित हिरण के गला को जबड़े से दबा उसकी गर्दन को झटके से तोड़ कर उसकी इहलीला क्षण मात्र में समाप्त कर देता है। देह के भीतर और बाहर समस्त ब्रह्मांड में शिकार का एकांकी अनवरत घटित हो रहा है।

शेर जब किसी सघन मोहग्रस्त बड़े जानवर जैसे भैंसा या हाथी का शिकार करने की कोशिश करता है तो संघर्ष लम्बा खिंचता है। नाटक में कई

पटाक्षेप होते हैं। शिकार ताक़तवर होने के कारण जीवन का मोह आसानी से नहीं त्यागता है। शेर उसके पिछली टाँग की रान पजों के नाखूनों से खरोंच कर नस को काटने की कोशिश करता है ताकि शिकार का ख़ून बहने से वह कमज़ोर हो जाए, फिर काटी गई जगह को दाँतों से काट बड़े घाव में बदलता है। जीवन-मृत्यु का संघर्ष लम्बा खिंचता जाता है। जानवर दुलत्ती मारकर मृत्यु को भगाने की कोशिश भी करता रहता है। शेर बाजु में आकर शिकार के कंधे पर चढ़कर गर्दन पकड़ने की कोशिश करता है तो भैंसा उसे धनवान रोगी की तरह धन रूपी सींगों से उछालकर दूर फेंकना चाहता है। अस्पताल का बिल बढ़ता जाता है। शिकार जीवन से मोह में समर्पण नहीं करता तो तकलीफ़देह संघर्ष की अवधि और लहू-लूहान स्थिति लम्बी खिंचती जाती है। न यम हार मानता है और न जीव मोह त्यागता है। अंत में हारना जीव को ही है, उसे अंततः देह त्यागना ही होता है। बच नहीं सकता। इस संघर्ष को अस्पताल जितना लम्बा खींच सकें, खींचते चले जाते हैं। उस हिसाब से बिल भी लम्बा खिंचता जाता है।

हमने कहा- हाँ, देह त्याग में सबसे बड़ी बाधा मोह है। अनवरत जीवन का मोह, इंद्रियसुख का मोह, संतान का मोह, धन का मोह। ये सब मिलकर जीवन के मोह को सघन बनाते हैं। आदमी मृत्यु से भागता है। मृत्यु उतनी ही तेज़ी से उसे जकड़ती है। अधिकांश लोगों को अंत समय में अक्सर धन का मोह सर्वाधिक होने लगता है। धन मृत्यु को कुछ समय के लिए टाल सकता सा प्रतीत होने के कारण एक सुरक्षा बोध देता है। दुनिया में सबसे तकलीफ़देय मौत यमदूत शेर की होती है। कभी बूढ़े शेर को चिड़ियाघर में देखिए। वह कितना निरीह, बेबस और उदास जीवन से हारा नज़र आता है। जब वह खुले जंगल में शिकार करने योग्य नहीं रह जाता तो कई दिन तक तड़फ-तड़फ कर भूखा मरता है। पानी भी नहीं पी पाता है। उसकी माँस पेशियाँ लटक जातीं हैं। वह अपना बोझ भी नहीं उठा पाता। निशक्त एक जगह पड़ा रहता है। बड़ी दर्दनाक मौत मरता है। ऐसा लगता है कि प्रकृति उससे सारी निर्ममता और निर्दयता का हिसाब बराबर कर रही है।

श्री कृष्ण ने भी दार्शनिक हवन में हव्य अर्पित किया- देनवा के दामन में मौत का खेल शिकार भी एक कारोबार रहा है। शेर जंगल का सबसे सुंदर और ताक़तवर जानवर होता है। उसकी दहाड़ सामने वाले के होश को हिलाकर रख देती है। वह जब तक भूखा न हो शिकार नहीं करता। आदमी

पर वह दो दशाओं में हमला करता है। बूढ़ा या घायल हो जाने से शिकार करने लायक हालत में न रहने पर या उसे लगे कि कोई उस पर हमला करने वाला है। शेर यदि आदमखोर हो जाए तो वह फिर आदम माँस की जुगाड़ में रहता है। उसे मानव माँस का नमकीन स्वाद भाता है। इसलिए आदमखोर जानवर को मारना ही पड़ता है। लोग शिकार अपने शौक़ या लालच के कारण भी करते थे। पहले सतपुड़ा से नर्मदा तक शेरों की अच्छी ख़ासी आबादी थी। दसवीं और ग्यारहवीं सदी में राजस्थान और गंगा के मैदान से क़ाफ़िले के क़ाफ़िले आकर जंगलों को साफ़ करके खेती करने लगे। जानवरों को मजबूरी वश पहाड़ी तलहटी में खिसकना पड़ा। जंगल का नियम है कि हर ताक़तवर कमज़ोर को हज़म कर जाता है, यह जंगल में पूरी सच्चाई से लागू होता है परंतु आदमियों के निष्ठुर समाज में सच्चाई-बेइमानी का कुछ पता ही नहीं चलता है। कौन कब सच्चा है और कब झूठा। जानवर यदि शिकार कर रहा है तो पूरी जानकारी और चेतावनी के साथ। आदमी शिकार करता है परंतु न तो चेतावनी देता न सँभलने का मौक़ा और न ही कभी अहसास होने देता कि वह शिकार करने वाला है।

देनवा किनारे कई शिकारी आकर तंबू में कई रात बिताते थे। उनमें कई बहादुर होते थे और कई बहादुरी ओढ़ते थे। यह सिलसिला हुशंगशाह के एक उप-कोतवाल मुहम्मद शाह के समय से शुरू होता है। वह अफ़ग़ान शिकार का शौक़ीन था। अपनी बेगमों के साथ जंगल में डेरा डालता था। उसके सैनिक उसकी सुरक्षा और खाने-पीने का सारा इंतज़ाम करके आते थे। उसने जंगल में रहने वाले गौंड़ लोगों को शिकार में साथ देने के हिसाब से तीर चलाने, हाँका लगाने और जाल बिछाकर ख़ूँख़ार जंगली जानवरों को फंदा डालकर फाँसने की कला में प्रशिक्षित कर रखा था। वह नंगी तलवार और तीर कमान लेकर ऊँचे मचान पर बैठ जाता। चारों तरफ़ से घने ऊँचे पेड़ों से घिरे छोटे मैदान में नौ-दस गज़ गड्ढा करके जाल बिछा दिया जाता। उसके बाद बीस-पच्चीस लोग हथियार बंद होकर शेर को हाँका लगाकर उस मचान के नीचे गड्ढे की ओर हाँकते या गड्ढे के बीच में एक खम्भे पर पटिया रखकर एक बकरा शेर को ललचाने वास्ते बाँध दिया जाता था। शेर के जाल में गिरते ही चारों तरफ़ के पेड़ों पर बैठे तीरंदाज़ उसके शरीर को तीरों से भेद देते थे। जिसमें मुहम्मद शाह के तीर भी होते थे। मुहम्मद शाह के दरबारी शेर के मर्मस्थल पर लगे तीर को शाह का तीर बताकर ईनाम पाते।

शाह का सीना गर्व से फूल जाता। वह नज़रों ही नज़रों में बेगम से शाबाशी पाकर पेड़ से नीचे उतर कर मृत शेर का मुआयना करके मर्मस्थल पर लगे तीर को बेगम को दिखाते हुए शिकार की कुछ बारीकियाँ बताता जो बेगम को बिलकुल भी समझ ना आतीं परंतु वह खाविंद की बलैयाँ लेने से न चूकती।

शिकारी शेर की दहाड़ को छोड़कर उसके शरीर के हर हिस्से का उपयोग करते थे। उसकी खाल को तुरंत ही उतारना ज़रूरी होता था। आठ-दस घंटे की देरी होने से खाल उतारने में कठिनाई होती और खाल ख़राब हो जाती थी। खाल उस ज़माने में 700-800 कलदारों में बिकती थी जबकि कोतवाल का वेतन मात्र 125 कलदार होता था। उसके नाख़ून, बाल, दाँत और आँख भी अच्छी क़ीमत में बिकते थे। सूबे और दिल्ली के दरबारी इन चीज़ों को ख़रीदते थे। इन चीज़ों को उपयोग धीमा ज़हर बनाने में होता था या कमोत्ताजक दवाइयों में काम आती थीं। माँस को मसाला लगाकर और सुखाकर लिवर किडनी की बीमारी ठीक करने में और हड्डियों का चूरा बनाकर कमर घुटनो और हड्डियों की कमज़ोरी दुरुस्त करने में उपयोग किया जाता था। उसकी हड्डियों को शराब में कई दिन तक डुबो कर शराब को ज़्यादा उत्तेजक और पाचक बनाया जाता था। शायद तभी से दो पैग गले के नीचे उतरने के साथ ही शराबी शेर सा दहाड़ने लगता है।

मुग़लों के साथ बारूद आ गई थी तो भरमार शिकार के काम में लाई जाने लगीं थीं। अंग्रेज़ों के आने के बाद सतपुड़ा शिकारगाह का स्वर्ग हो गया था। शेर की खाल, बाल, दाँत, आँख और नाख़ून की यूरोप के बाज़ारों में अच्छी क़ीमत मिलती थी। लोग समझते हैं शिकार बहादुरी दिखाने के लिए किया जाता था। शिकार की जड़ में लालच थी। इन जंगलों में अनगिनत शेर थे। जिनका बेरहमी से शिकार करके धन कमाया गया था। अब शेरों को बचाने के लिए पैसा बहाया जाता है। मेरे चारों तरफ़ बियाबांन जंगल में अनगिनत शेर थे। शेरों और अन्य जानवरों के शिकार का यह आलम था कि सोहागपुर में पुराने बी केबिन के सामने एक हड्डा साईडिंग रेल लाइन अंग्रेज़ रेल्वे ऑफ़िसर द्वारा बनाया गया था। जहाँ मालगाड़ी के डिब्बों में लादने हेतु जंगली और पालतू पशुओं की हड्डियों के ढेर लगाए जाते थे। सागौन की लकड़ी जानवरों की हड्डियाँ और शेर के विभिन्न अंग सोहागपुर से बॉम्बे होकर पानी के जहाज़ से इंग्लैंड भेजे जाने लगे थे। अंग्रेज़ लॉटसाहब स्मिथ ने पारसी ठेकेदार पेस्टोंन ने साथ मिलकर इस धंधे से ख़ूब कमाई

की थी। बहुत बाद में मौलवी साहिब और वॉन साहिब भी अपने दोस्तों के साथ शिकार खेलने जाते थे।

हमने बताया- जब कैप्टन जैम्स फॉरसोथ 1861 में पचमढ़ी की मुहिम पर था तब उसने मिट्टी की खुदाई करने हिंदुस्तानी लोगों को काम पर लगाया। जिन्हें कुली कहा जाता था। वे मिट्टी खोदकर सड़क बनाते थे। तब कुलियों की एक बस्ती पिपरिया-पचमढ़ी के बीच एक छोटे से पठार पर बस गई, वही बस्ती मटकुली (मिट्टी खोदने वाले कुली) नाम से अब तक आबाद है।

कैप्टन जैम्स फॉरसोथ पिपरिया से पचमढ़ी तक सड़क बनाता चल रहा था। पिपरिया से मटकुली तक सड़क बनने के बाद आगे काम जारी रहा। मटकुली से पचमढ़ी के बीच एक जगह पर कुलियों को पगार देने के लिए बुलाया जाता था, वह जगह पगारा नाम से आबाद हो गई। आगे आम के पेड़ों से आबाद एक जगह थी। जहां लोग थकान से राहत पाने सुस्ताते थे। वहाँ एक गाँव बस गया। वह बारीआम हुआ। इस तरह पचमढ़ी की खोज में मटकुली, पगारा और बारीआम आबाद हुए थे।

जनश्रुति के अनुसार भभूत सिंह पचमढ़ी के पास पगारा के निवासी थे, सही जान नहीं पड़ता। वे क्षेत्र में अंग्रेजों के दखल के खिलाफ थे। उन्होंने पगारा तक मार करके जीत लिया होगा इसलिए पगारा उनके नाम के साथ जुड़कर किंवदंती में चल पड़ा। वे हर्राकोट के निवासी हो सकते हैं। उन्होंने 1857 की पहली क्रांति के दौरान तात्या टोपे को छुपने में मदद की। अंग्रेजों ने भभूतसिंह को अपने झांसे में लेने की बहुत कोशिश की। कोरकू जाति के मवासी आदिवासी भभूतसिंह का कहना मानते थे। इस कारण अंग्रेज यहां के प्राकृतिक सौंदर्य पर कब्जा नहीं जमा पा रहे थे। अंग्रेज पचमढ़ी को हथियाना चाहते थे। उनको रास्ते से हटाने का षडयंत्र रचा गया। उस समय भभूत सिंह के साथ हुल्ली भोई का भी एकछत्र राज्य था। अंग्रेजों ने फतहपुर के नबाव आदिल मोहम्मद खान को लालच देकर पगारा भेजा। जब वह कोशिश में नाकाम रहा तो दोनों को घेर कर मरवा देने का निर्णय किया गया।

पिपरिया के समाजवादी चिंतक गोपाल राठी ने फ़ोन पर बताया कि फतहपुर बनखेड़ी के पास एक गौंड रियासत थी जो तीन भागों में विभाजित थी नदी पूरा, बीच पूरा और फतेहपुर। इन तीनो के जागीरदार अलग-अलग थे। पचमढ़ी के लिए बनखेड़ी से फतहपुर होते हुए मटकुली और मटकुली से

पचमढ़ी जाने का मार्ग बनाने की तैयारी थी, लेकिन फतहपुर के गौंड राजा ने यह मंज़ूर नहीं किया इसलिए यह मार्ग पिपरिया से मटकुली और मटकुली से पचमढ़ी तक बना। भभूत सिंह को अंग्रेजों ने धोखे से उस समय पकड़ा था जब वे फतहपुर में सो रहे थे।

बाघों की गिनती करने साथ आए श्री गोपाल गांगुड़ा बता रहे हैं - भैया, नागद्वारी यात्रा के दौरान अंडमान-निकोबार और केरल-कन्यकुमारी से आए काले बादल गोंड़-कोरकु की तरह महादेव पहाड़ पर चढ़ने के लिए आपस में खूब लड़ते-झगड़ते हैं, गरजते और चमकते हैं, गुत्थम-गुत्था होते हैं, कोई नहीं जीतता तो दोनों छोटे बच्चों जैसे झारझार रोने लगते हैं। तब ये सब पर्वत उनके आँसुओं से तरबतर होकर असंख्य झरनों को बहाने लगते हैं। लोगों के नौतपा से तपे चेहरे खिल जाते हैं। उनकी आँखों में ख़ुशी से आँसू झरझर बहने लगते हैं। बादलों के आँसुओं से बहकर कविता लोगों के आँसुओं के झूले में आनंद की पीगें भरकर हिलोरें ले सावनी गीत गाने लगती है।

कुछ बादल महादेव पर्वत पर बरसते हैं तो कुछ धूपगढ़ और ऊँचा चौंड़ा पर्वत पर धूनी रमा कर बैठ जाते हैं। ऐसा लगता है कि धरती पर इंद्रसभा की तैयारी हो रही है। ग़रज़, कलकल, चहचहाहट, पत्तों पर बूँदों की सरगम इंद्रसभा के नृत्य की तैयारी में झूमने लगते हैं। वक्ष पर कंचुकी कसी उत्तरीय ओढ़े मेनका का ठुमक पदचाप करते प्रवेश का इंतज़ार है। इंद्र देव मदिरा का एक घूँट लेकर इशारा करेंगे और ता-थई-ता-ता- थई- के साथ जल देव और भी रिसाकर बरसेंगे, पवन देव जल देव को किनारे कर नृत्य भंगिमा को उड़ा ले जाने का प्रयत्न करेंगे। लेकिन अभी इंद्र देव की अनुमति नहीं है।

सतपुड़ा के ऊँचे पहाड़, गहरी घाटियाँ और घने जंगल ऐसे रहस्यों को समेटे हुए हैं जिन्हें कोई भी इसके घने इलाके में जाकर ही इसे खोज सकता है। मध्य प्रदेश के होशंगाबाद, बैतूल और छिंदवाड़ा जिलों में स्थित सतपुड़ा टाइगर रिजर्व, पचमढ़ी बायोस्फीयर रिजर्व का एक हिस्सा है, जो हर साल पर्यटकों की एक बड़ी भीड़ को आकर्षित करता है। रिजर्व को हाल ही में प्रतिष्ठित यूनेस्को विश्व धरोहर स्थल के लिए संभावित सूची में शामिल किया गया था।

हमने उन्हें बताया कि पचमढ़ी बायोस्फीयर रिजर्व मध्य भारत में मध्य प्रदेश राज्य के सतपुड़ा रेंज में एक गैर-दख़लंदाज़ी संरक्षण क्षेत्र और बायोस्फीयर रिजर्व है। इसे 1999 में भारत सरकार द्वारा संरक्षण क्षेत्र बनाया गया था। इसमें हिमालय की चोटियों और निचले पश्चिमी घाटों के जानवर भी लाए गए हैं। यूनेस्को ने 2009 में इसे बायोस्फीयर रिजर्व नामित किया था। पचमढ़ी बायोस्फीयर रिजर्व भारत में मध्य प्रदेश राज्य के होशंगाबाद, बैतूल और छिंदवाड़ा जिलों के क्षेत्रों में स्थित है। बायोस्फीयर रिजर्व का कुल क्षेत्रफल 4,926.28 वर्ग किलोमीटर (1,217,310 एकड़) है। इसमें तीन वन्यजीव संरक्षण इकाइयां शामिल हैं :

बोरी अभयारण्य (518.00 किमी)

पचमढ़ी अभयारण्य (461.37 किमी)।

सतपुड़ा राष्ट्रीय उद्यान (524.37 किमी)

सतपुड़ा पर्वत शृंखलाओं के बीच स्थित रिजर्व की स्थलाकृति अद्वितीय है, इसकी पश्चिमी सीमा तवा नदी के बैकवाटर द्वारा और उत्तर में देनवा नदी के बैकवाटर द्वारा बनती है। इन विशाल जलाशयों में घूमते समय आपको समुद्र में खो जाने का एहसास होता है। सतपुड़ा पर्वत श्रंखला की ऊँची चोटियाँ दूर से ही दिखाई देती हैं। ये पहाड़ लाखों साल पुराने हैं और टाइगर रिजर्व का हिस्सा हैं। मध्य प्रदेश की सबसे ऊंची चोटी (1351 मी) धूपगढ़ इस रिजर्व के अंदर स्थित है। मानसून के मौसम में कई गहरी घाटियां शानदार झरने बनाती हैं। रिजर्व के अंदर कई जगहों पर प्राचीन शैल चित्रों को देखा जा सकता है, जो उस समय के आदिम कृतियों को दर्शाते हैं।

यह पेड़ों की लगभग 92 प्रजातियों, स्तनधारियों की 52 प्रजातियों, पक्षियों की 300 प्रजातियों, तितलियों की 130 प्रजातियों और सरीसृपों की 30 से अधिक प्रजातियों का घर है। जिनमें चित्तीदार हिरणों के बड़े झुंड भी शामिल हैं।

यह रिजर्व बड़े पैमाने पर प्रमुखतः साल और सागौन के मिश्रित जंगलों से भरा है। इन मिश्रित वनों में जामुन, बहेड़ा, पलाश, महुआ, साजा, बीजा, तेंदू, अर्जुन, सेमल, सलाई, कुसुम, आचार, आंवला, धामन, लेंदिया, हर्रा और कई अन्य पेड़ प्रजातियां शामिल हैं। मध्य भारत में पाए जाने वाले पेड़ों

की सूची प्रदीप कृष्ण की उत्कृष्ट पुस्तक जंगल ट्री ऑफ सेंट्रल इंडिया में पाई जा सकती है। रिजर्व के पहाड़ी इलाकों में पाई जाने वाली प्रमुख प्रजाति बांस है। घास के मैदानों में भी इलाके का अपना हिस्सा होता है। समय के साथ खाली किए गए गांव समृद्ध घास के मैदानों में बदल गए हैं और विभिन्न प्रकार की जड़ी-बूटियों के ख़ज़ाने हैं। नर्मदा नदी मध्य प्रदेश की जीवन रेखा है। नर्मदा को जल देने वाले ये वन इसके पारिस्थितिकी तंत्र की तुलना में कहीं अधिक मूल्य रखते हैं। ये मानसूनी वर्षा के लीवर हैं।

आज, मध्य प्रदेश को भारत के बाघ राज्य के रूप में जाना जाता है, जहां देश में सबसे अधिक बाघ रहते हैं। 2018 की गणना के अनुसार मध्य प्रदेश में 526 बाघ दर्ज किए गए। यहां सतपुड़ा में इन शानदार बिल्लियों की उपस्थिति देखने से महसूस की जा सकती है। रिजर्व के माध्यम से यात्रा करते समय बड़ी बिल्ली की उपस्थिति के बहुत सारे सबूत देखे जा सकते हैं, लेकिन इसे देखने के लिए थोड़ी किस्मत की जरूरत होती है क्योंकि वे अभी तक आने वाले वाहनों और पर्यटकों के साथ समायोजित नहीं हुए हैं। हालांकि पगमार्क और अन्य जानवरों के स्कैट और अलार्म कॉल सफारी के दौरान पूरी तरह से व्यस्त रख सकते हैं।

चित्तीदार हिरण, सांभर, भौंकने वाले हिरण, चौसिंघा, भारतीय गौर, ब्लू बुल, जंगल बिल्ली, जंगली सूअर, भारतीय सियार, बंगाल फॉक्स, धारीदार लकड़बग्घा और रीसस मकाक इस रिजर्व में पाए जाने वाले अन्य स्तनधारी हैं।

बारिश के बाद अक्टूबर में एक बार रिजर्व खुलने के बाद, भारतीय गौर के बड़े झुंडों के दर्शन के साथ पहाड़ियाँ देदीप्यमान हो जाती हैं। गौर के झुंड भोजन की तलाश में पहाड़ियों की ओर चले जाते हैं क्योंकि तराई पानी में डूब जाती है और बांस के बड़े इलाकों में यह प्रजाति बहुतायत में पाई जाती है। जैसे-जैसे गर्मी का मौसम आता है, वे पीछे हटने वाले बैकवाटर्स द्वारा बनाई गई हरी चरागाहों में लौट आते हैं। स्लॉथ बियर को देखने के लिए पहाड़ियाँ भी एकदम सही हैं।

रिजर्व में जंगली कुत्तों याने ढोल की भी अच्छी संख्या है। लेकिन जंगली कुत्तों की एक स्वस्थ आबादी का मतलब उन इलाकों में शाकाहारी आबादी को काफी नुकसान होना है। ढोल क्रूर शिकारी होते हैं, और एक बार जब

वे एक लक्ष्य पर ध्यान लगा लेते हैं, तो वे लगभग हमेशा अपना शिकार पाते हैं। हाल के वर्षों में, चूरना द्वार के पास मुख्य क्षेत्र में चित्तीदार हिरणों की संख्या हजारों से घटकर कुछ सौ रह गई है। जंगली कुत्तों का एक झुंड एक चित्तीदार हिरण का शिकार करता है और कुछ ही मिनटों में उसकी हड्डियों को साफ कर देता है।

मध्य प्रदेश के राज्य पशु बारासिंघा या हार्ड-ग्राउंड दलदल हिरण के वितरण और आबादी को बढ़ाने के लिए, 2015 में कान्हा टाइगर रिजर्व से एक झुंड को यहां स्थानांतरित किया गया था। तब से सतपुड़ा में बारासिंघा की आबादी फली-फूली है।

भारतीय विशालकाय गिलहरी रिजर्व के कई हिस्सों में देखी जाती है। यदि भाग्यशाली रहे, तो दुर्लभ भारतीय विशालकाय उड़न गिलहरी को भी देखा जा सकता है। यूरेशियन ओटर, जिसे भारत में पाए जाने वाले सबसे दुर्लभ स्तनधारियों में से एक माना जाता है, को भी सतपुड़ा में देखा गया है। यहां पाई जाने वाली सरीसृप प्रजातियों में मगरमच्छ, मॉनिटर छिपकली और सांप जैसे इंडियन रॉक पायथन शामिल हैं। स्थानिक सतपुड़ा तेंदुआ गेको भी यहाँ देखा जाता है। सतपुड़ा पर्वत शृंखलाओं के नाम पर, गेको केवल मध्य भारतीय राज्यों मध्य प्रदेश, महाराष्ट्र और छत्तीसगढ़ में पाया जाता है। उभयचरों की कई प्रजातियाँ भी यहाँ देखी जाती हैं।

श्री कृष्ण बोले - सतपुड़ा टाइगर रिजर्व बर्डवॉचर्स के लिए एक खजाना है। एवियन विविधता अधिक है, जिसमें 300 से अधिक पक्षी प्रजातियां दर्ज हैं। लुप्तप्राय ब्लैक-बेलिड टर्न यहां प्रजनन के लिए जाना जाता है। भारतीय स्किमर, एक और लुप्तप्राय प्रजाति, यहाँ देखी जाती है, हालाँकि कम संख्या में। गंभीर रूप से लुप्तप्राय भारतीय लंबे-चोंच वाले गिद्ध उच्च सतपुड़ा पर्वत शृंखलाओं की चट्टानों में सुरक्षित शरण पाते हैं। वे पार्क के अंदर अच्छी संख्या में नजर आ रहे हैं। ग्रे और रेड जंगलफॉवल दोनों को देखा गया है। सतपुड़ा ग्रे-हेडेड फिश-ईगल जैसे शिकार के खतरे वाले पक्षियों का भी घर है।

कई जगहों पर सुंदर रैकेट-टेल्ड ड्रोंगो मिश्रित शिकार दलों के भीतर घूमते हुए दिखाई देते हैं। मालाबार पाइड हॉर्नबिल प्रचुर मात्रा में मिश्रित जंगलों के भीतर बड़े पेड़ों की छतरियों में ऊपर की ओर देखा जाता है। यदि

आप भाग्यशाली हैं तो आप फलों के पेड़ों पर उनके बड़े झुंड देख सकते हैं। भारतीय चित्तीदार लता यहाँ पाई जाती है। सर्दियों के मौसम में, पीले पैरों वाले हरे-कबूतरों के बड़े झुंड को सुबह के समय नंगे पेड़ों पर चहकते देखा जा सकता है। ब्लैक-कैप्ड किंगफिशर, ब्लैक-क्रेस्टेड बुलबुल और ब्लू-बर्डेड बी-ईटर अन्य स्टार आकर्षण हैं जो हर बर्डवॉचर्स की सूची में उच्च स्थान पर हैं। बड़ी संख्या में प्रवासी बार-हेडेड गीज़, जो दुनिया की सबसे ऊंची उड़ान भरने वाली पक्षी प्रजाति है, को इसके बैकवाटर में देखा जा सकता है। उनके साथ प्रवासी बत्तखों की अन्य प्रजातियां जैसे यूरेशियन विजोन, नॉर्दर्न पिंटेल और नॉर्दर्न शॉवेलर भी हैं।

टाइगर रिजर्व के आसपास के स्थानीय लोग गोंड, भारिया और कोरकू जनजाति के हैं। रिजर्व के प्रबंधन ने इन स्वदेशी समुदायों की आजीविका के लिए ध्यान रखा है। उनमें से कई वन गाइड और गार्ड के रूप में कार्यरत हैं, और रिजर्व के पास अन्य प्रतिष्ठान इन गांवों के युवाओं को रोजगार प्रदान करते हैं।

हमने कहा- रिजर्व के पांच द्वार हैंः मडई, सहेरा/जमानीदेव, धसाई/चूरना, परसापानी और नीमधान। कोर और बफर दोनों क्षेत्र वनस्पतियों और जीवों में समृद्ध हैं। इन क्षेत्रों को विवेकपूर्ण ढंग से प्रबंधित किया गया है और पर्यटकों को उत्कृष्ट स्तनपायी दृश्य प्रदान करते हैं। परसापानी, बिनाका और जमनीदेव जैसे बफर जोन वन्यजीवों को देखने के लिए एकदम सही हैं, क्योंकि मुख्य क्षेत्रों में ज्यादातर समय भीड़भाड़ रहती है। रिजर्व के बफर जोन में नाइट सफारी के रोमांच का भी आनंद लिया जा सकता है। दुनिया की सबसे छोटी जंगली बिल्ली निशाचर और शर्मीली रस्टी-स्पॉटेड कैट पर्यटकों के बीच पसंदीदा है। रात की सफारी के दौरान उल्लू, नाईटजार, सिवेट और अन्य निशाचर वन्यजीव भी देखे जाते हैं। जीप सफारी के अलावा, जंगल में सैर और नाव की सवारी जैसी गतिविधियों की अनुमति है। हमें पता चला कि चूरना की मांदीखो चौकी आवंटित हुई थी। जहां पहुँचने का रास्ता सुखतवा से जाता है। हम भौंरा में बैठे चर्चा कर रहे थे।

तभी चूरना रेंज के अनुविभागीय अधिकारी ने बताया कि हमें मांदीखो चौकी आवंटित की गई है। भौंरा रेंज के रेंज आफ़िसर ने बताया कि बाघों की गणना हेतु हम तीन में से दो की तैनाती चूरना रेंज की मादीखो चौकी

पर की गई है और एक को बहुत दूर कोड़ार चौकी पर जाना होगा। यह सुनते ही हम तीनों के दिमाग़ ख़राब हो गए। हम लोग सोच रहे थे कि तीनों की तैनाती नज़दीकी चौकियों पर होगी तो शाम को हमप्याला हमनिवाला की महफ़िल छः दिनों तक जमती रहेगी।

हमने भौंरा के रेंज अधिकारी से कहा कि हम चूरना रेंज अधिकारी से बात करना चाहते हैं ताकि तीनों नज़दीकी चौंकियों पर तैनात रहें। उन्होंने बताया कि चूरना रेंज अधिकारी श्री विनोद वर्मा आपको केसला के बोरी रेंज अधिकारी के कार्यालय में मिलेंगे। हमने वर्मा जी से बात की तो उन्होंने अपना निर्णय सुनाते हुए कहा कि आप लोगों में से एक गोपाल गांगुड़ा को कोड़ार चौकी पर जाना होगा जो कि मादीखो चौकी से लगभग सौ किलोमीटर दूरी पर थी। रोज़ शाम को मिलना सम्भव नहीं था। हम लोगों ने निर्णय किया कि हम केसला पहुँच कर वर्मा जी से मिलकर अपनी तैनातियाँ नज़दीक चौकियों पर करवा लेंगे।

हमने वर्मा जी से फ़ोन पर सम्पर्क साध कर अपनी गुहार उनके सामने रखी। वे टस से मस नहीं हो रहे थे। बोले कि आप दो लोग केसला पहुँच जाएँ, आपको मादीखो पहुँचा दिया जाएगा। एक आदमी कोड़ार निकल जाए जो कि भौंरा से चालीस किलोमीटर घने जंगल में था। वे इसी बात पर अड़ गए। आख़िर में हमने कहा कि साहब हम आपसे मिलकर चौकियों पर जाना चाहते हैं इसलिए अपनी कार से केसला पहुँच रहे हैं। उन्होंने कहा कि वो तीन बजे तक केसला पहुँचेंगे, आप बोरी रेंज के केसला स्थित कार्यालय पहुँचें। हम तीनों तीन बजे केसला में चाय पीकर केसला के सतपुड़ा टाइगर रिज़र्व पहुँच गए। उनको फ़ोन से सम्पर्क साधने की कोशिश की तो पहले कवरेज से बाहर मिला परंतु लगातार प्रयास से उनसे बात हुई तो उन्होंने बड़े रूखे अन्दाज़ में कहा कि वे देरी से पहुँचेंगे। बोरी रेंज स्टाफ़ से बातचीत होती रही। वर्तमान में जंगल विभाग तीन तरह की कमान में बँटा है- सामान्य, उत्पादन और आरक्षित-वन देखभाल। फ़ील्ड में इनकी कमांड अनुविभागीय अधिकारी के हाथ में होती है। उनके नीचे रेंज आफ़िसर और रेंज आफ़िसर के नीचे पूरा अमला होता है। सबसे नीचे वन रक्षक फिर वन पाल इत्यादि पद होते हैं।

शाम के छः बजने लगे परंतु वर्मा जी का कोई पता नहीं चल रहा था। आख़िर सवा छः बजे उनका अवतरण हुआ। नमस्कार जुआर के बाद हमने अपनी बात रखी कि तीनों को या तो मादीखो और आसपास कर दें

या फिर कोड़ार के आसपास रख दें। उन्होंने कहा कि उन्हें वहाँ भेजा जा रहा है जहां का स्टाफ़ शेरों की गणना का विवरण एप में दर्ज नहीं कर पाएगा, इसलिए आपको उनकी सहायता करना होगी। हम लोगों ने कहा कि हमको भी एप चलाना नहीं आता है। तब उन्होंने कहा कि यदि उनका बस चलता तो वे हम जैसों का चयन ही नहीं करते। हम चुप रहकर अपनी एक जगह रहने की माँग पर डटें रहे। आख़िर में उन्होंने तंग होकर कहा कि आप तीनों यहाँ से मादीखो चले जाएँ। इस राष्ट्रीय राजमार्ग क्रमांक 69 पर इटारसी तरफ़ जाने पर दो किलोमीटर पर दाहिनी तरफ़ एक रास्ता कटेगा। उस पर छः किलोमीटर के बाद मोरपानी गाँव की तरफ़ एक रास्ता दाहिनी ओर कटेगा उसे छोड़कर आप हल्का सा बाईं तरफ़ को जाने वाला रास्ता पकड़ना जो आपको एक स्थान पर पहुँचाएगा। वहाँ सामने कच्चा जंगली रास्ता मिलेगा वहीं हमारे दो आदमी आपको खड़े मिलेंगे। वो आपको तवा नदी किनारे स्थित मादीखो रेस्ट हाउस पहुँचा देंगे।

हम चलते गए, मोरपानी गाँव से हमारी दाहिनी तरफ़ सुखतवा नदी चलने लगी और बाईं तरफ़ घने जंगलों से भरी पहाड़ियाँ, बीच में ऊबड़-खाबड़ पथरीला रास्ता। नियत स्थान पहुँचने पर दो लड़के मोटर साइकिल सहित मिले। बहुत ही ऊबड़-खाबड़ रास्ते पर डोलते-डालते सात बजे शाम नियत स्थान पर पहुँचे। वहाँ वन रक्षक प्रजापति मिले। साथ में आठ-दस लोग आग तापते बैठे थे। पूछने पर पता चला कि चोरी से मछली पकड़ने के लिए आए थे। जाल सहित पकड़ाए हैं। साहिब के आने तक यहीं रहेंगे। साहिब कब आएँगे किसी को पता नहीं था। हम गेस्ट हाउस में कपड़े उतार कर सुस्ता रहे थे। तभी वे मछुआरे हमें साहिब समझ हमारे पास आकर सफ़ाई देने लगे। हमने उन्हें वास्तविकता बताई तो वे मायूस होकर फिर आग तापने लगे। सुबह पता चला कि उनके जाल वग़ैरह जप्त करके उन्हें जाने दिया। वन अधिकारियों पर उन्हें छोड़ने हेतु राजनीतिक दबाव बनना शुरू हो चुका था। उनके जाने के बाद हम लोगों ने कमर सीधी की और सिग्नेचर चरणामृत सेवन से दिमाग़ और देह में भरी दिन भर की थकान उतारी। हम पाँच-छः दिन के हिसाब से खाना पीना बनाने का सामान तीन बोरियों में साथ लेकर चले थे। एक बोरी वन सेवक प्रजापति के हवाले कर दी। प्रजापति ने आलू की सब्ज़ी और मोटे टिक्क रोटी लाकर दिए जिन्हें गप्प लड़ाते हुए खाकर दस बजे सो गए।

पाँच जनवरी को सुबह उठे तो मादीखो गेस्ट हाउस से ही तवा मालिनी केसला संगम एक बड़े तालाब सा दिख रहा था। उसका आनंद ले रहे थे तभी चौकीदार ने बताया कि एक आदमी इसी जगह रहेगा और दो आदमी नाव से उस तरफ़ जाकर वहाँ की गणना में शामिल होंगे। एक साथी श्रीकृष्ण मादीखो ट्रेल पर सुबह छः बजे निकल गए। बाक़ी दो लोगों को एक नाव में बैठकर संगम पार जाना पड़ा। वे जब तक मोटर बोट से दूसरी तरफ़ पहुँचते तब तक वहाँ के चौकीदार और वन सेवक गणना पर निकल चुके थे। जंगल में अकेले जाने की मनाही है। वहाँ एक बहुत अच्छा साकोट रेस्ट हाउस है। साकोट नामक गाँव विस्थापित होकर पहचान खो चुका है। उसके कोई भी चिन्ह नहीं दिखते। विद्वान कहते हैं नाम में क्या रखा है, यहाँ तो सिर्फ़ नाम ही बचा है, अस्तित्व लोप हो गया। जो भी कुछ है नाम में ही बचा है। इसलिए अच्छे कर्म करो, हो सकता है तुम्हारे लोप होने के बाद कुछ दिन नाम रह जाये। हमने उसी साकोट रेस्ट हाउस में डेरा जमाया। संगम आर-पार जाने हेतु एक मोटर बोट उपलब्ध है। मदन यादव उसके परिचालक हैं। उन्होंने बिना दूध की लेमन चाय पिलाई। उनसे आज का भोजन बनाने की बात करके साथ लाया सामान की एक बोरी उनके सुपुर्द कर दी।

गेस्ट हाउस बहुत ही मनमोहक लुभावनी पहाड़ी पर बना है। सामने खुला मैदान है। मैदान समाप्त होते ही तवा नदी का भराव लहरें मार कर तटों को छेड़ता रहता है। चारों तरफ़ से खुला है। सामने की तरफ़ ऊँची बालकनी जैसी जगह है जहाँ से एक सौ अस्सी डिग्री गर्दन घुमाकर नज़रों से झिलमिल जलराशि पर खेलती सूर्य किरणों को देख कर मन प्रसन्न हो जाता है।

पहाड़ अभी कुछ-कुछ उदास से दिख रहे हैं। जीव जंतुओं की स्थिति भी उनके जैसी ही लग रही है। रात भर ठंड में ठिठुरे जीव-जंतु सूरज निकलने का इंतज़ार कर रहे हैं ताकि धूप में तपकर बदन में रात की ठंड से निपटने के लिए गर्मी संजो कर रख सकें। पहाड़, पेड़-पौधे, जीव-जंतु और पक्षी-पखेरू बारिश के मौसम में खिले रहते हैं। उनका उत्साह वसंत से आरम्भ होता है जो कि शरद तु तक शबाब पर रहता है। सूर्य की किरणें अब समुंदर से भरे तवा जलभराव पर पसरने लगी हैं। हिंसक पशु भी रात के शिकार के बाद गहराइयाँ तलाश रहे हैं। तभी शाकाहारी जीव-जंतु खुली हवा और धूप का आनंद उठाने निकल आए हैं। लंगूरों का एक दल बेचैनी

से उछलकूद कर रहा है। उसे कुछ अजीब सी गंध या चीज़ नज़र आ रही है। उनकी हरकत पर पक्षी भी सचेत होकर आवाज़ें निकाल रहे हैं।

वन सेवक ने एक शेर के पैरों के निशान देखे हैं जो अभी-अभी वहाँ से गुजरा है। एप खोलकर उनके फ़ोटो लिए और दर्ज कर लिए। सभी जानकारियों को एप में दर्ज करना है। गणना ऑनलाइन हो रही है। पहले एप में राज्य चुने, फिर अभयारण्य, फिर क्षेत्र के साथ बीट का चयन करें। उसके बाद वन सेवक और वालेंटियर्स के फ़ोटो उतार कर दर्ज करें। उसके बाद गणना के सबूत दर्ज करते जाएँ।

जीव पैदाइशी रूप से मांसाहारी या शाकाहारी हैं। हाँ कुछ आदमियों की तरह दोनों तरह के होते हैं। जंगल में सबके लिए सब कुछ है। भूख के अलावा किसी अन्य चीज़ के लिए लड़ाई नहीं होती। इसलिए थाने-पुलिस, अदालत-वकालत, जिरह-निर्णय वग़ैरह कुछ नहीं होता। जब भूख लगी तब जंगल से निकाल कर खा लिया। समेटने या सहेजने की ज़रूरत नहीं होती है। सब कुछ साझा है। स्वामित्व का बोध ही नहीं है। इसलिए संग्रह नहीं तो बैंक नहीं, विनियोग नहीं, प्रॉपर्टी नहीं और उनके लिए गुणा-भाग नहीं। जंगली जीवों का दिमाग़ भूख, सृजन और सुरक्षा तक ही चलता है इसलिए अध्यात्म और ईश्वर भी उनके लिए उपयोगी विचार नहीं होता। वे साथियों को मरते देख कर अन्दाज़ लगाते हैं कि उन्हें भी मरना होगा। वे मोक्ष के बारे में भी नहीं सोचते। पाप-पुण्य निर्वाण-मोक्ष उनके दिमाग़ में ही नहीं आते। उनमें धर्म नहीं है तो धार्मिक भेद भी नहीं है, इसलिए जानवरों के सोचने में नहीं आता कि किसकी कितनी जनसंख्या बढ़ या घट रही है। वे एक दूसरे को धर्म बदलने को मजबूर भी नहीं करते। शेर कभी हिरण से नहीं कहता कि वह शेर बन जाये। सब अपने चोले में मस्त रहते हैं। शेर कभी नहीं कहता कि बंदर उसे आरक्षण की दारू के बदले वोट दे। हिरणों के लिए चारा भी राशन से नहीं मिलता। जंगल धूप छाँव पानी सभी पर साम्यवादी साझा हक़ है। कहते हैं आदमी भी पहले ऐसे ही पशु थे। उन्होंने सामाजिक पशु के रूप में विकास करके बहुत सी झंझटें मोल ले लीं हैं।

साकोट रेस्ट हाउस तीन तरफ़ तवा बाँध से थमे डूब क्षेत्र से घिरा है। नहा धो कर ध्यान में बैठे तो ऊँचाई पर निर्मित रेस्ट हाउस से ऐसा लगा जैसे बीच समुद्र में धुनी रमाए बैठे हैं। ग्यारह बजे के क़रीब दो टिक्क याने मोटी

रोटी, कनकी और तुअर दाल का भोजन करके आराम किया। पता चला कि साकोट से चूरना गेस्ट हाउस की दूरी मात्र 14 किलोमीटर है जबकि भौंरा से अस्सी किलोमीटर दूरी पर चूरना स्थित है। लेकिन वन विभाग की अनुमति के बग़ैर कोई भी इस रास्ते से तवा डूब क्षेत्र को पार करके चूरना नहीं जा सकता। उस हिसाब से यदि बाघ गणना प्रोजेक्ट में शामिल न होते तो कभी भी इस अविस्मरणीय अद्भुत प्राकृतिक सौंदर्य के दर्शन नहीं कर सकते थे। शाम को रेस्ट हाउस की छत पर सुहावने मौसम का मज़ा लेने गए तो लहरों से पता चला कि हवा का रुख़ उत्तर से दक्षिण की तरफ़ है। जबकि गर्मियों और बारिश में हवा दक्षिण से बादलों को लेकर उत्तर की तरफ़ चलती है।

छः जनवरी सुबह पाँच बजे नियमतः जाग गये। आज जंगल के उस इलाक़े में जाना था जहाँ शेरों की सर्वाधिक आबादी है। एक अनुमान के अनुसार चालीस शेर इस जंगल में होंगे। सेवक चौकीदार मदन यादव ने बताया कि एक महीना पहले एक शेर रेंजर साहिब की जिप्सी पर लपका और उनका पीछा किया था। सब घबरा गए थे। हमको थोड़ी घबराहट हुई और जिम कार्बेट की "जंगल की कहानी" (Jungle Lore) पुस्तक की सावधानियाँ याद आने लगीं।

- पहली-बात तो घबराना नहीं है। उसके लिए साँस पर ध्यान केंद्रित करके गिनती गिनना शुरू कर दो।
- दूसरा- एक तो शेर आपके सामने नहीं आता। उसकी स्मृति में भी शिकारी नुमा आदमियों का डर रहता है।
- तीसरा-यदि शेर दिख जाए तो आप पेड़ की आड़ में हो जायें। उसे निकल जाने दें।
- चौथा-यदि शेर से अचानक सामना हो जाए तो एक बाजु हटकर उसे निकल जाने दें।
- पाँचवाँ- भागें नहीं, हल्ला न मचाएँ, लेट जायें।

आज सबसे ख़तरनाक इलाक़े में शेरों की गिनती का कार्यक्रम था। इसलिए तीन वन कर्मी ईश्वर दास यादव वल्द रामनाथ यादव, साकिन नया खखरापुरा इटारसी स्थायी कर्मी (9399004517), संग्राम सिंह ठाकुर (कोरकु) वल्द मुंशी लाल साकिन टेकापार मढ़ई, सुरक्षा श्रमिक (6265940126) और कमल सिंह

ककोड़िया (गोंड) वल्द बालचंद साकिन नया साकोट सेमरी हरचंद, मोटरबोट चालक (9165085944) सुबह छः बजे मुस्तैद मिले। हम भी बख्तर बंद होकर मुहिम पर उनके साथ निकल पड़े।

कमल सिंह ने हमें एक अपने क़द से ऊँची लाठी पकड़ा दी। उन्होंने बताया कि कोई भी जंगली जानवर अपनी ऊँचाई से ऊँची चीज़ से डरता है। इसीलिए लाठी ऊँची हो तो वह पास नहीं आता। दूसरा लाठी थोड़ी बन्दूक़ सी दिखती है। जानवर बन्दूक़ से डरता है। उसके दिमाग़ में पीढ़ी दर पीढ़ी बन्दूक़ की छवि है। जानवरों में भी सुरक्षात्मक श्रुति-स्मृति शास्त्र संग्रहित हैं।

ईश्वर यादव हमारे साथ चल रहे थे। अचानक एक शेर के पंजे का निशान मिला। उन्होंने बारिकियाँ बताईं कि यह बूढ़े शेर के पंजे का निशान है। इसे कैमरे में क़ैद कर लो। संग्राम सिंह के पास एप मोबाईल था। उन्होंने फ़ोटो खींच कर संरक्षित कर लिया। हमने पूछा अब अगला निशान भी उसी शेर का हो सकता है। आप कैसे पहचानोगे कि वह अलग शेर है। उन्होंने पहले नर और मादा के पंजों के निशान में भेद बताया। नर शेर के पंजे की उँगलियाँ गद्दी से जुड़ी रहती हैं जबकि मादा शेरनी की उँगलियाँ औरतों की लम्बी बातों की तरह लम्बी होती हैं। उम्र के अनुसार जानवर का पंजा छोटा-बड़ा या पसरता जाता है। बूढ़े शेर का पंजा फैल जाता है। बच्चे का पंजा छोटा और उँगलियाँ सटी होती हैं। आगे चीता और भालू के पंजों के निशान मिले। तीन किलोमीटर चलने के बाद दाहिनी तरफ़ मुड़े तो सामने तवा नदी दिखी। अब उसी के किनारे-किनारे वापस गेस्ट हाउस पहुँचना था। बहुत ही ऊबड़-खाबड़ पथरीली ज़मीन पर ट्रैकिंग करना पड़ा।

हमारे साथ जो तीन लोग चल रहे थे। वे सभी सतपुड़ा टाइगर रिज़र्व को स्थापित करने में विस्थापित परिवारों से हैं। विस्थापन दो तरह का वरदान लेकर आया है। एक तो कोर क्षेत्र से गाँवों का विस्थापन इटारसी और होशंगाबाद शहरों के आसपास हुआ है इसलिए उनके बच्चों को शिक्षा और स्वास्थ्य की उत्तम सुविधाएँ मिली हैं। उनको टाइगर रिज़र्व में रोज़गार मिले हैं। दूसरी ओर सतपुड़ा में जंगली जानवरों की संख्याओं में बढ़ोतरी होने से वन स्वयं शासित हुए। अब वहाँ शिकार और लकड़ी चोरी की वारदातें नहीं के बराबर होती हैं। लेकिन रेत और मत्स्य आखेट की मिलीभगत या अन्यथा चोरी में कोई कमी न होकर बढ़ोतरी ही हुई है।

जंगल में प्रत्येक जीव-जंतु आपको आदिम जीवन के मूलभूत सिद्धांत भूख-भोजन, थकान-आराम, निद्रा और सृजन धर्म का पालन करते दिखेगा। जंगल के वातावरण को भूख नियोजित करती है। एक ही नियम दृष्टिगोचर होता है कि ताकतवर कमजोर को खा जाता है। वहाँ इस सिद्धांत के अलावा न कोई नियम है, न विधान, न साहित्य, न संस्कृति, न रसिक के मन को मथते रस-छंद-अलंकार, न मिलते पुरस्कार और न अन्य किसी प्रकार की चिंता, न कोई तनाव। आप सतपुड़ा के मनमोहक जंगल में एक खूबसूरत सफारी शुरू कर रहे हैं। वन्यजीव उत्साही लोगों के साथ एक दुर्लभ यात्रा आपके पास रहस्यों से भरे एक सम्पूर्ण वन्य जीव पार्क में दिन बिताने का शानदार अवसर है।

यह इलाक़ा पहले बाघों के लिए नहीं जाना जाता था, हालांकि अब जंगल के इस विस्तृत विस्तार में एक पूरा बाघ निवास है। टाईगर रिजर्व के अन्य हिस्सों में आप सामान्य रूप से जो देखते हैं, यह उससे बिल्कुल अलग प्रकार का जंगल है। यहां जो कुछ भी रेंगता, उड़ता, घूमता या लुढ़कता है वह सब यहीं फलता-फूलता है और यही ख़त्म होकर भी कभी ख़त्म नहीं होता। यही प्रथम कृति याने प्रकृति है। यह स्थान जीवन से भरपूर है। पूरे जंगल में सैकड़ों जलधाराएँ बहती हैं। जो जंगल के पेड़-पौधों, पशु-पक्षियों को पोषित करती हैं। यह जंगल हमेशा अलौकिक सौंदर्य का ख़ज़ाना है, वन्य पशुओं के विचरण के मनोहारी दृश्य, झरनों का कल-कल निनाद, पक्षियों का कलरव और बहुत सारी कभी न भूलने वाली स्मृतियों के अलावा यहाँ से आप कुछ निकाल कर ले जा नहीं सकते। ये संरक्षित जंगल हैं। शेर से लेकर ख़रगोश तक सब सुरक्षित हैं, बस भूख भर न लगी हो या उनके जीवन पर संकट न हो, नहीं तो आप सुरक्षित नहीं हैं। जंगली कुत्ते बहुत ख़तरनाक हैं, वे झुंड में रहते हैं और जंगल का राजा शेर भी उनकी एकता से ख़ौफ़ खाता है। इनकी नज़रों का बहाशियाना अन्दाज़ आपकी रीढ़ की हड्डी में झुरझुरी पैदा कर सकता है। फन फैलाए कोबरा और डंक पर डेरा उठाए बिच्छू कभी भी कहीं से रेंगते दिख सकते हैं।

यह अनुभव अपने आप में विस्मयकारी है। हरे-भरे जंगल में घास के मैदानों का विशाल विस्तार बाघों के देश में इस यात्रा को एक रोमांचक अनुभव बनाता है। सतपुड़ा के घने जंगल में शानदार बाघ, चालाक तेंदुआ, सुस्त भालू, भारी भरकम गौर और विशालकाय गिलहरी इस रमणीय दुनिया

में सभी खुलेआम घूमते हैं। यह जंगल हमेशा शानदार जीवों की बपौती नहीं है। सतपुड़ा सैकड़ों तितलियों का भी घर है और एक सुंदर रेतीले पानी की धारा पर तितली को देखा जा सकता है। वही जल धारा पक्षियों और विशाल गिलहरियों की एक अद्भुत आबादी को जीवन देती है, इसलिए पेड़ की छतरियों को भी देखते चलें। लंगूर आपको कौतूहल से निहार रहे हैं कि ये हमारे बिगड़े स्वरुप कहाँ से आ गये।

जंगल का आनंद लेने के लिए आपको जंगली होने की कोई ज़रूरत नहीं है, उल्टा आपको रहमदिल होना चाहिए। घने जंगल में वन विभाग के स्थायी और अस्थायी कर्मचारी बिना परिवार के मोटी टिक्क रोटियों और पतली दाल के साथ एक उदास ज़िंदगी बिताते हैं। स्थायी वन पाल कर्मचारियों की तनख़्वाह तो फिर भी 25,000-30,000 रुपयों के बीच होती है परंतु कच्चे कर्मचारियों को कमीशन कटपिटकर महीने के 8,000 के आसपास मिलते हैं। हाँ पक्के होने के इंतज़ार में बेगारी और बेचारी उनके जीवन से जुड़ी नज़र आती हैं।

पहले तो वे बिचारे कुछ और भी कामधाम करके अलग से कमाई का जुगाड़ कर लेते थे परंतु आजकल जीपीएस से ट्रैकिंग के कारण उन्हें तैनाती स्थल पर ही रहना होता है। आज से 160 साल पहले इन जंगलों पर देवगढ़ (छिन्दवाड़ा) गोंड रियासत में एक कोरकु मालगुज़ार भभूत सिंह का एकक्षत्र राज्य था। वह राजा नहीं था परंतु किवदंतियाँ में वह आज भी राजा माना जाता है। किसी की अहमियत इस बात से नहीं आंकी जाती कि वह किस पद पर है। बल्कि इस बात से आंकी जाती है कि लोगों के दिल में उसका क्या जज़्बा है। जैसे अकबर इतिहास का महान बादशाह माना जाता है जबकि भारतियों के दिलों में जो सम्मान राणा प्रताप को प्राप्त है, आज अकबर उसका पासंग भी नहीं ठहरता। जन भावना पद को नहीं सिरजती, स्वाभिमानी को दिल में सजाती-बसाती है। हम तीन दिवसीय वन भ्रमण उपरांत थके शरीर परंतु प्रफुल्लित मन से भोपाल लौट आए।

7

पग-पग नर्मदा

नर्मदा परिक्रमा के विषय में प्रसिद्ध साहित्यकार अमृतलाल बेगड़ ने अपने अनुभव साझा किए हैं। जेडीए अध्यक्ष डॉ. विनोद मिश्रा ने भी अपनी पुस्तक में नर्मदा परिक्रमा के अद्भुत अनुभवों को साझा किया है। रमनगरा निवासी वयोवृद्ध ज्योतिषाचार्य पं.मोतीराम शास्त्री की रचना पयः पानम् को राष्ट्रपति पुरस्कार प्राप्त हो चुका है। मनीषियों ने लिखा है कि नर्मदा का स्वरूप आल्हादित करने वाला है। नर्मदा के कल-कल निनाद में शिवत्व का बोध होता है। नर्मदा की उछलती लहरों का नृत्य अंतःपुर के दरवाजों को खोल देता है। इसका आध्यात्मिक सुख अवर्णनीय है। वहीं भू-जल विद विनोद दुबे का कहना है कि नर्मदा जल में वैक्टीरिया को खत्म करने की अद्भुत शक्ति है। नर्मदा घाटी में युगीन सभ्यता बिखरी पड़ी है। लोगों की इस पर नजर पड़े, वे इसके महत्व को समझें। संभवतः इसलिए ही नर्मदा परिक्रमा की परम्परा प्रारंभ हुई होगी। पाषाण में तब्दील हो चुके नर्मदा के किनारे पेड़-पौधों व पत्थरों के अलावा नर्मदा घाटी के रहस्यों पर आज भी अनेक शोध चल रहे हैं। तीन बार नर्मदा परिक्रमा कर चुके रामदास अवधूत का मानना है कि आज भी कई अदृश्य शक्तियां और देवता नर्मदा की परिक्रमा करते रहते हैं। नर्मदा की परिक्रमा उद्‌गम स्थल अमरकंटक से या फिर ओंकारेश्वर से प्रारंभ की जाती है, जो पैदल तीन साल, तीन माह और तेरह दिन में (दोनों तट) पूर्ण होती है। वाहनों पर लोग इसे 108 दिन में भी पूरा कर लेते हैं। परिक्रमा प्रारंभ करने से पहले श्रद्धालु इसका संकल्प लेते हैं और फिर पूजन के बाद मां नर्मदा को एक कड़ाही प्रसाद भेंट करते हैं।

कड़ाही प्रसाद से ही कन्याओं और सुपात्र ब्राम्हणों को भोजन कराया जाता है।

हमारी पहली परिक्रमा रामलला के आशीर्वाद और शनि महाराज के दर्शन से शुरु हुई। पुराने साथी मित्र और पड़ौसी श्री एल पी दुबे जी ने पुष्पमालाओं और मिठाई से परिक्रमा वासियों को विदाई दी। उनका प्रेममय व्यवहार आज की पूरी यात्रा मे परिक्रमा वासियों के बीच चर्चित रहा। अरुण श्रीवास्तव, आर.व्ही. अग्रवाल, एल.एन. अग्रवाल, अनिल मिश्रा, के.एल, सोनीजी आदि भी ग्वारी घाट मिलने और सद्भावना व्यक्त करने आये। अमृत लाल बेगड की धर्मपत्नी श्रीमती कांता बेगड के ममतामयी सानिध्य से परिक्रमा की शुरुआत हुई। उन्होंने सर्वाधिक मान बढ़ाया, जब हम और अरुण दनायक उनसे आशीर्वाद लेने पहुँचे तब उन्होंने छोटी-छोटी अनेक बातें नर्मदा यात्रा को लेकर बताई। श्री टी. पी. चौधरी दम्पत्ति ने तिलवारा घाट पर पहुँच कर अत्यंत प्रेमपूर्वक परिक्रमा वासियों का उत्साहवर्धन किया। उन्होंने सपत्नीक फूल मालाओं से परिक्रमा वासियों का स्वागत किया। फल नारियल भेंट किए। स्नेही जनों का प्रेम इस यात्रा मे मिलना अपने आप मे आह्लादकारक रहा। हमारे मित्र श्रीवर्धन नेमा जी स्टेट बैंक अधिकारी संघ के उप-महासचिव हैं। उन्होंने अत्यंत विनम्रतापूर्वक जबलपुर में रहवास भोजन की व्यवस्था कराई और ग्वारीघाट से तिलवारा घाट तक परिक्रमा यात्रा में साथ चले। उनके विनम्र स्वभाव से हमारा मन अभिभूत हो गया।

नर्मदा परिक्रमा:पहला चरण
ग्वारी घाट से झाँसी घाट

पहली यात्रा 13 अक्टूबर 2018 को ग्वारीघाट से प्रारम्भ हुई। हमारे दल में एक रिटायर्ड सैनिक कोलिता थे। वे अपनी उम्र 100 से ऊपर बताते थे, परंतु लगते नहीं थे। बुज़ुर्ग लोगों को अक्सर अपनी ऊम्र बढ़ाकर बताने की आदत हो जाती है। फिर भी वे 80-90 के बीच के तो थे। उनके दाहिने पैर में गोली लगी थी। उनका बैग सबसे भारी था। चैन भी ख़राब हो गई तो सेफ़्टी पिन लगाकर बैग पीछे डंडे में फँसाकर थोड़ा लँगड़ा कर चलते थे। फिर भी कई बार सबसे आगे निकल जाते थे। उनकी याददाश्त कमज़ोर हो गई है। अक्सर भूल जाते थे। हर बार पूछते थे कि अब होशंगाबाद आएगा। चलते-चलते जब लोग चिड़चिड़े हो जाते तो भुनभुनाने लगते। जगमोहन

अग्रवाल कई ट्रैकिंग अभियान में जा चुके हैं। वे कोलिता जी को साथ लाए थे। दनायक जी ने अग्रवाल जी से कहा कि यार अगली बार इनको मत लाना। कहीं भी आगे निकल जाते हैं, भूल जाते हैं। अग्रवाल जी ने कोलिता जी को झिड़की पिलाई कि बीच में चला करो। जब थकान उतरती तो सब सामान्य हो जाते थे। लेकिन तब से कोलिता जी मेरे के पीछे चलने लगे। कोलिता जी सेना की ट्रेनिंग के हिसाब से क़दम गिन कर किलोमीटर का हिसाब लगाने में माहिर हैं। उनका अन्दाज़ कभी ग़लत नहीं हुआ। एक बार मैंने उनको जानबूझकर बातों में लगा लेने के बाद तय दूरी किलोमीटर में पूछी तो उन्होंने कहा कि क़दम गिनना भूल गए। अन्दाज़ से दूरी बताई वह वास्तविक दूरी के आसपास थी। एक बात है यदि क़दम गिनते रहो तो थकान का अहसास नहीं होता।

एक जगह भूख पर चर्चा चल पड़ी। सृष्टि का आधार भूख है। ऋग्वेद में ऋचाओं के सूत्र हैं कि कहीं कुछ नहीं था, अंतरिक्ष भी नहीं, ब्रह्माण्ड भी नहीं। सब कुछ शून्य था। एक शून्य हिरण्य गर्भ कहा गया है। दूसरा ब्रह्म अस्तित्व शिव तत्व। बिग बेंग सिद्धांत से हॉकिंग ने इसी की पुष्टि की है। गैसों का एक महावलय पूरी तीव्रता से गोलाकार घूमने लगा। उसकी गहराई में सृष्टि का अंड जन्मा। शिव के बीज तत्व ने पूरी तीव्रता से उसके अंदर प्रवेश किया तब वह अंड प्रस्फुटित हुआ और ब्रह्माण्ड अस्तित्व में आया, अंतरिक्ष में ऐसे कई ब्रह्माण्ड हैं। हम सब सृजन करने के लिए उसी प्रक्रिया को दोहराते हैं। अंड की फूटने की भूख और शिवतत्व की सघन ऊर्जा की सृजन भूख से जगत निर्माण हुआ है। ब्रह्म का अंड से मिलन हुआ ब्रह्माण्ड। सृष्टि का यह विधान हम सब अनिवार्यतः पूरा करने को प्रकृति के वशीभूत हैं। परिक्रमा यात्रा में सुबह से भूखे पेट आठ-दस किलोमीटर चलने के बाद भी भूख का अहसास न होना चमत्कारी तो है ही, वैज्ञानिक भी है। सूर्य ऋग्वेद का देवता है। ब्रह्माण्ड में ऊर्जा का सबसे बड़ा श्रोत सूर्य है। जिसमें अणुओं के खंडन-विखंडन की सतत प्रक्रिया चल रही है। वह बिना कुछ खाए ऊर्जा पैदा कर रहा है। परिक्रमा यात्री जब लगातार चलता है तब उसकी देह सूर्य के समान सतत ऊर्जा पैदा करने लगती है। सूर्य जैसा हो जाना ही सूर्योपासना है। यात्री की अस्थियाँ, मांसपेशियाँ, स्नायुतंत्र और ग्रंथियाँ ऊर्जा का सघन वलय बनकर शरीर में शक्ति पैदा करतीं हैं। विजातीय पदार्थ द्रव्य बनकर पसीने के साथ देह से बाहर होता जाता है। मनुष्य की भूख के कई

स्तर हैं। पेट की भूख, शरीर की भूख, मन की भूख, मस्तिष्क की भूख और आत्मा की भूख। पेट की भूख पूरी होते ही शरीर की भूख जागती है। शरीर की भूख पूरी होने पर मन की भूख जागती है। अंत में आत्मा की भूख अन्तरात्मा को जानने की जागती है। भूखों का नियोजन ही मानव जीवन है। इसी भूख के नियोजन में छुपे हैं पाप-पुण्य, नैतिकता-अनैतिकता और सदाचार-भ्रष्टाचार के मूल्य। देह की भूख भोजन की भूखी है, मस्तिष्क की भूख प्रशंसा माँगती है। मन की भूख रंजन की और आत्मा की भूख समर्पित आस्था की दरकार है। भूख से आध्यात्म का यह अर्थगहन नर्मदा यात्रा की अद्भुत उपलब्धि है।

ग्वारीघाट से तिलवारा घाट : 13 अक्टूबर 2018

ग्वारीघाट से चले दो घंटे हो चुके थे। तिलवारा घाट शाम तक पहुँचने का लक्ष्य था। तिलवारा घाट का पुल तीन किलोमीटर पहले से दिखने लगा था। उसे देखते ही लगा कि लो पहुँच गए तिलवारा घाट, परंतु चलते-चलते पुल नज़दीक ही नहीं आ रहा था। पुल के दृश्य का पेनोरमा नज़ारा जैसा का तैसा बना था। तभी सामने एक बड़ा चौड़ा पहाड़ी नाला रास्ता रोककर खड़ा हो गया। खेतों में काम कर रहे मल्लाहों से पूछा तो उन्होंने बताया कि दो किलोमीटर ऊपर चढ़कर नाला पार करके नागपुर रोड पर पहुँच कर तिलवारा घाट पहुँचा जा सकता है। इसका मतलब हुआ चार किलोमीटर का चक्कर। सबके पसीने छूट गए।

टी.पी.चौधरी साहब सपत्नीक गेंदों की मालाओं, नारियल,फल और ढेर सारा प्यार व परकम्मावासियों के प्रति हृदय में सम्मान लेकर तिलवारा घाट पर खड़े हमारी स्थिति लेते रहे थे। मोबाइल से उनको निवेदन किया कि एक नाव घाट से भिजवा दें। इसके पहले कि वे घाट पर आएँ एक नाविक को हम दिख गए और हमने भी तेज़ आवाज़ के साथ हाथ हिलाए। वह आया तो उसकी नाव में बैठकर तिलवारा घाट पर उतरे। चौधरी साहब ने बड़ी आत्मीयता और सम्मान से माला पहनाकर स्वागत किया और नारियल चिरोंजी अर्पित किया मानो हम देव हो गए हों। हमेशा की तरह हम उनके चरणस्पर्श करने को झुके, तो उन्होंने हमें रोक दिया क्योंकि हम परिक्रमा वासी थे। भाभी जी अभिभूत थीं, उनका मातृवत प्रेम पूरी यात्रा हमारे साथ चला। सब लोग चौधरी दम्पत्ति के बारे में बतियाते रहे।

वैराग्य पर बातें करने लगे। घर, कपड़े, बिस्तर, पानी, खाना, पंखा, फ़र्निचर, गद्दे, गाड़ी, रुपया-पैसे, रिश्ते-नाते इन सब से परे भगवान भरोसे सिर्फ़ भगवान भरोसे। न रास्ते का पता, न खाने का पता, न ठिकाने का पता। बस एक अवलंबन नर्मदा, जिसके भरोसे ईश्वर के रिश्ते की डोर आदमियत से बंधी है। बस वही बचाएगी, वही खिलाएगी, वही सुलाएगी। सब कुछ तोड़कर और सब कुछ छोड़कर उसकी धारा में जाओगे तो वह पार लगाएगी। कर्मकांड से परे एक दीपक आस्था का। जूझो धूप से, पहाड़ से, पानी से, इंसानी नादानी से। धौंकनी सा चलता दिल, पिघल कर पसीना होती देह और आत्मा में तारनहार के प्रति असीम आस्था की परीक्षा है नर्मदा यात्रा।

जिस घर के सामने पहुँचकर कंठ से नर्मदे हर का अलख जगाया। उत्तर में हर-हर नर्मदे का स्वर घर के सभी सदस्यों की आवाज़ में एकसाथ गूंजा और सबसे बुज़ुर्ग सदस्य की आवाज़ सुनाई देती है बैठो साहब पानी पी लो, चाय पी लो, भोजन बना दें। सिर्फ़ आदमियत का रिश्ता कि पूरी पृथ्वी के जीव एक ही ब्रह्म के अंश, सब अन्योनाश्रित हैं। वसुधेव कुटुम्बकम, भारतीय संस्कृति का सबसे बड़ा मूल्य, जो मानवता वादियों का सबसे बड़ा संबल है। धर्म का सच्चा रूप और दुनिया की आतंकवाद के विरुद्ध एकमात्र आशा।

अत्यावश्यक से परे न्यूनतम पर निर्वाह पर विचार हुआ। भूख, भोजन, यौनइच्छा और आराम ये चार चीज़ें मानुष और पशु को प्रकृति की अनिवार्य देन हैं क्योंकि जीवन का चक्र इन्हीं से गतिमान होता है। भूख है तो भोजन की तलाश है, शरीर की थकान से भरपेट भोजन मिला तो यौन इच्छा जागती है, जिसकी पूर्ति होते ही नींद की प्रगाढ़तावश आराम अनिवार्य हो जाता है। छः दिन भूख, भोजन, यौनइच्छा से परे सुबह से शाम तक चलते-चलते चूर होने से भूख मिट गई, भोजन नहीं मिला तो यौनइच्छा लुप्त सी रही क्योंकि काम की जननी ऊर्जा का अंश देह में बचा ही नहीं। यहाँ से प्रथम सह यात्री विनोद प्रजापति दमोह को वापिस चले गये, श्रीवर्धन नेमा व रवि भाटिया जबलपुर लौट गए।

तिलवारा घाट से भेड़ाघाट: 14 अक्टूबर 2018

14 तारीख़ को हम तिलवारा घाट से चलने को तैयार हुए तो पता चला कि पुल के किनारे से एक नाला गारद और कंपे से भरा होने के कारण रास्ता

दलदली हो गया है लिहाज़ा एक किलोमीटर ऊपर से नए घूँसोर, लमहेंटा, चरगवा, धरती कछार से एक रोड शाहपुरा निकल गई है, वह राह पकड़ी। लम्हेंटा घाट पर शनि मंदिर से लगा ब्रह्म कुंड देखा। ऐसी मान्यता है कि जब कोई कोढ़ी मर जाता है तो उसके शव को ब्रह्मकुंड में सिरा देते हैं। वह सीधा पाताल लोक पहुँच जाता है।

उसके बाद आया बगरई गाँव। बगरई शिल्पकारों का गाँव है। वहाँ कारीगरों के 250-300 घर हैं। चारों तरफ़ संगमरमर पत्थर की खदानें हैं। दस हज़ार रुपयों में एक ट्राली पत्थर ख़रीद कर कटर, छेनी, वसूली और दांतेदार रगड़ से पत्थर को मूर्तियों की शक्ल में ढाल देते हैं। अधिकांश कारीगरों ने बैंकों से क़र्ज़ लिए थे वे सब ख़राब हो गए, उनका रिकार्ड बिगड़ने से उनको क़र्ज़ मिलना बंद हो गया। अब निजी माइक्रो फ़ाइनैन्स कम्पनी के कारिंदे उन्हें 24% वार्षिक ब्याज की दर से क़र्ज़ उनके घर पर देते हैं और घर से ही वसूली करते हैं। बगरई गाँव में एक बसोड के घर रुक कर पानी पिया। अरुण दनायक जी ने उनसे लम्बी बातचीत की, उनके फ़ोटो उतारे। आगे रामघाट की तरफ़ चल दिए। तब पता नहीं था कि हमें बिजना घाट तक का सफ़र तय करना होगा। रामघाट पर ढीमर जाल में मछली पकड़ते मिले।

नर्मदा का सच्चा सेवक निषाद समाज है। केवट, निषाद, धीवर, ढीमर, मल्लाह, मछुआरे, कहार, बरुआ, बरौआ, बर्मन इन उपनाम वाले मेहनती लोग देश की अधिकांश नदियों की मचलती लहरों पर सवार होकर लोगों को पार उतारने वाली जातियों के रूप में पहचाने जाते हैं। आदमी की तरह शब्द भी पैदा होते हैं, बड़े होते हैं, बूढ़े होते हैं और मर जाते हैं। इन शब्दों की जीवन यात्रा का एक विकास क्रम है। शब्द सरोकार से पैदा होते हैं, अपनी उपयोगिता सिद्ध करके संस्कृति के हिस्से बनकर चले जाते हैं। भारत में जातियाँ खेत या बगीचों की तरह व्यवस्थित रूप से उगाई फ़सल की तरह विकसित नहीं हुईं हैं। जातियाँ जंगल में विकसित पेड़-पौधों, घास-फूस, झाड़ी-झंखाड़ की तरह ज़रूरत के अनुसार उपजी और विकसित हुईं हैं। बर्मन कहलाने वाले ये लोग नर्मदा घाटी के मूल निवासी हैं। नर्मदा घाटी में बाहर से आए लोगों ने व्यापार वाणिज्य और प्रशासन के मेल मुलाक़ात से एक तंत्र विकसित करके वाणिज्यिक गतिविधियों पर अधिकार कर लिया। ये बेचारे लघु सीमांत कृषक, मछली पालन और नाविक बनकर जहाँ के तहाँ हैं।

जबलपुर के ग्वारीघाट पर नर्मदा किनारे पहुँचते ही नाव से उस पार जाने के लिए काले स्याह बर्मन युवकों से सामना होता है। ये अर्धनग्न मेहनतकश नौजवान उछलते-कूदते नाव को घुमाते रहते हैं। उनकी बाहों, पुट्ठों, पीठ और पैर पर धूप में चमकती मांसपेशी मछलिएँ उनके श्रमसाध्य जीवन की कहानी स्वमेव कह जाती हैं। यह समाज अमरकण्टक से भड़ौच तक नर्मदा के दोनों किनारों पर सेवा को मुस्तैद रहता है। ये लोग नर्मदा की सभी सहायक नदियों के किनारे भी जीवन के अनिवार्य हिस्से हैं।

तिलवारा घाट से परिक्रमा शुरू करने के बाद जब ख़ूब प्यास लगी तो पहला घर जिस पर दस्तक दी, वह बर्मन का था। छरछरे बदन की एक महिला ने नर्मदे हर कहने पर रुकने का इशारा किया, उनके घर रुक गए। उन्होंने पहले ठंडा पानी फिर गरम चाय से परिक्रमावासियों को निहाल कर दिया। भोजन की ज़ुहार करने लगीं जिसे हमने विनम्रतापूर्वक मना कर दिया। उनका परिवार नर्मदा के कछार की ज़मीन पर तरबूज़-ख़रबूज़ सागभाजी उगाता था। तीन साल पहले जबलपुर के खटीकों ने गुंडई से ज़मीन हड़प ली। वहाँ फ़ार्महाउस बन रहा है। मालूम पड़ा कि ज़मीन सरकारी थी जिसे वे लोग सैकड़ों साल से जोत रहे थे। अब कोर्ट में केस लगा है जिसकी सुनवाई पर बर्मन परिवार ने जाना बंद कर दिया है। ज़ाहिर है कि फ़ार्महाउस की फ़सली ज़मीन पर रंगीनी रातों का सिलसिला शुरू होगा। बर्मन परिवार बेदख़ल कर दिया जाएगा।

सुविधा के लिहाज़ से हम इनका सम्बोधन निषाद समाज से करेंगे। जब से नदियों के किनारे मानव सभ्यता की शुरुआत हुई है तब से निषाद समाज का अस्तित्व रहा है। नाव बनाना, जाल बुनना, नदी पार कराना, नाव खेना, मछली पकड़ना, नदी कछार में खेती करना और डूबतों को तारना इत्यादि इनकी आजीविका के साधन रहे हैं।

रामायण काल में राम को केवट ने नदी पार कराई थी। निषाद राज उन्हें दूर तक छोड़ने गए थे उनसे उनके वनराज्य में वनवास बिताने का आग्रह करते रहे परंतु राम न रुके। महाभारत काल में वे धीवर कहलाने लगे। महाभारत कथा की जड़ में एक धीवर कन्या सत्यवती ही है। उसके लिए कौरव-पांडव से थोड़ा पीछे जाना पड़ेगा। चद्रवंशी राजाओं में एक प्रतापी राजा हुए थे शान्तनु, उनका राज्य गंगा के दोनों किनारों पर फैला हुआ था।

वे अक्सर गंगा किनारे घूमने जाया करते थे। गंगा नदी देवी रूप में प्रकट होकर उनसे मिलीं तो वे उन पर आसक्त हो गए। विवाह का निवेदन किया जिसे गंगा ने नकार दिया लेकिन दैहिक सम्बंध आज की सहनिवासी (Living Together) तर्ज़ पर स्थापित हो गए। गंगा ने शर्त रखी कि वह जो कुछ भी करेगी शान्तनु कोई प्रश्न नहीं करेंगे। यदि सवाल किया तो वे उन्हें छोड़कर चली जाएँगी। उनके सात पुत्र हुए जिन्हें पैदा होते ही गंगा ने नदी को अर्पित कर दिए उन सात पुत्रों की कहानी सप्त ऋषियों के उद्धार से जुड़ी है। जब आठवाँ पुत्र हुआ तो शान्तनु से नहीं रहा गया। उन्होंने गंगा को टोक दिया। गंगा ने वह पुत्र शान्तनु को दे दिया और हमेशा के लिए चलीं गईं। उस पुत्र का नाम देवव्रत रखा गया। वे बाद में भीष्म पितामह कहलाए।

एक मत्स्यगंधा धीवर कन्या सत्यवती अपने पिता के साथ यमुना में नाव खेती थी। एक दिन उसके पिता नदी किनारे नहीं थे वह अकेली नाव पर बैठी थी। तभी पाराशर ऋषि आए उन्होंने उससे गंगा पार उतारने का निवेदन किया। पिता जी को आने में विलम्ब हो रहा था अतः सत्यवती ख़ुद नाव खे कर पाराशर ऋषि को गंगा में उतर गई। गंगा का पाठ चौड़ा था। सत्यवती का उत्तरीय उसके वक्ष से उड़-उड़ जा रहा था उसने उत्तरीय को क़स कर कमर में बाँध लिया। अब उसके वक्ष पर एक कंचुकी भर थी। वह पसीने से तरबतर नाव खेते जा रही थी। पसीने से उसकी कंचुकी का अस्तित्व समाप्त सा हो देह का उभार निखर आया, उसकी बाहों की गोलाई और वक्ष की कसावट पर पाराशर ऋषि की निगाह पड़ी। उसके गीले बदन से मत्स्य गन्ध की मादकता पाराशर ऋषि की नथुनों में समायी तो वे कामाशक्त हो गए। सत्यवती भी ऋतुश्राव से निवृत हुई थी। नाव में समागम हुआ जिससे वेद व्यास जी का जन्म हुआ, जिन्होंने महाभारत लिखी थी। इस वास्तविक घटना को तर्क-वितर्क का जामा कथावाचक पहनाते रहते हैं कि सत्यवती की देह से आती दुर्गंध से निजात पाने के लोभवश वह तैयार हुई थी। पाराशर ऋषि सत्यवती को छोड़कर सन्यासी की राह चले गए।

राजा शान्तनु के जीवन से गंगा जा चुकी थी वे उदास घूमते थे। उनकी निगाह सत्यवती पर पड़ी और सत्यवती ने उनको देखा। प्रेम अंकुर फूटते देर न लगी। शान्तनु ने उसके पिता से विवाह का प्रस्ताव रखा तब तक गंगापुत्र देवव्रत को अगला राजा बनाना तय हो चुका था। सत्यवती के पिता ने विवाह के लिए शर्त रखी कि सत्यवती की संतान ही अगला राजा

बनेगी, जिसे शान्तनु ने मान लिया। फिर सवाल उठा कि देवव्रत की संतान भी राजा का दावा कर सकती है। शान्तनु चुप रह गए। पिता को उदास देखकर देवव्रत ने प्रतिज्ञा की, कि वह आजीवन अविवाहित रहकर सिंहासन की सेवा करेंगे। उस भीष्म प्रतिज्ञा से वे भीष्म कहलाए। शान्तनु और सत्यवती से एक पुत्र विचित्रवीर्य नाम का हुआ। उसके विवाह के लिए काशी राजा की तीन कन्याओं अम्बे, अम्बा और अम्बालिका को भीष्म भरे स्वयंवर से उठा लाए। अम्बे का प्रेम प्रसंग किसी अन्य राजकुमार से था तो उसे वापस जाने दिया। उसे प्रेमी राजकुमार ने नकार दिया तो वह शिखंडी बनी। अम्बा और अम्बालिका से संतान पैदा नहीं हो रही थी। सत्यवती ने पाराशर ऋषि से उत्पन्न अपने पुत्र वेद व्यास से नियोग द्वारा अम्बा से धृतराष्ट्र और अम्बालिका से पाण्डु पैदा करवाए और एक दासी से विदुर पैदा हुए। यहीं महाभारत युद्ध की नीव पड़ गई। धीवर कन्या सत्यवती कौरव-पांडव की राजमाता थीं। पुराणों में आर्य-अनार्य सम्मिलन की अनेकों घटनाओं में से यह एक घटना है। यही हमारा पौराणिक इतिहास है। धीवर आदिवासी कन्या थी। आदिवासी प्रारम्भ से भारत के निवासी रहे थे आर्यों ने उनको अपने में मिलाने के लिए बेटी व्यवहार का तरीक़ा अपनाया था।

राजा दुष्यंत की कहानी में कालिदास ने शकुंतला की अँगूठी ढीमर द्वारा पकड़ी गई मछली के पेट में मिली बताई थी। उस समय तक धीवर नाम बदलकर ढीमर हो चुका था। मध्ययुग में वही ढीमर बड़ी-बड़ी नाव गंगा में खेने लगे थे अतः वे मल्लाह कहलाने लगे। अंग्रेज़ों के आने के बाद बंगाल में डोली उठाने के लिए और लुटेरों के क़हर से निपटने के लिए वे मेहनतकश लोग कहार कहलाने लगे। उन्नीसवीं सदी में अंग्रेज़ों ने आसाम में चाय के बाग़ लगाए तब कलकत्ता से उन मल्लाहों को आसाम ले गए वहाँ मल्लाहों ने एक प्रचलित ब्राह्मण उपनाम बरुआ अपना लिया क्योंकि उनको लाने वाला एक बरुआ ब्राह्मण ही था और अंग्रेज़ उन्हें बरुआ कहकर बुलाते थे। अतः निषाद समाज बरौआ कहलाने लगा। उन्ही बरुआ को त्रिपुरा में बर्मन बुलाते थे। जैसे सचिन देव बर्मन और उनके पुत्र आर.डी.बर्मन। आज़ादी के बाद बरौआ शब्द बर्मन में बदल गया। नर्मदा किनारे के सभी नाविक अब बर्मन कहलाना पसंद करते हैं।

इस समाज को कहीं आदिवासी माना जाता है, कहीं हरिजन और कहीं पिछड़ा वर्ग। इनके बच्चे बचपन से ही शराब, जुआँ और ग़लत लतों में पड़कर

चालीस साल की उम्र तक बुढ़ा जाते हैं। शाम होते ही कच्ची शराब की गन्ध, बिड़ी के धुए के साथ, भूनी मछली की महक इनके गाँवों के आसपास फैलने लगती है। राजनीतिज्ञों के लिए इस समाज के लड़के प्रचार-प्रसार के लिए कच्चा माल हैं। सभी राजनैतिक दल मंच सजाने, भीड़ जुटाने, दौड़ भाग में इनका उपयोग ख़ूब खुलकर करते हैं। इनके जवान बच्चे 2,000-3,000 रुपए मासिक पर मिल जाते हैं। नेताओं की गाड़ियों में भरकर बाहुबली प्रदर्शन में इनका उपयोग किया जाता है। परिक्रमा के दौरान ये लोग खेतों को गोडकर रबी की फ़सल के लिए खेतों को तैयार करते नज़र आए। कुछ युवक ग़ैरक़ानूनी रूप से रेत माफ़िया के लिए नावों में रेत भरते नज़र आए। राजनीतिज्ञ, अफ़सर, पुलिस और पत्रकारों का एक नेक्सस याने गिरोह बन गया है जो बड़ी बेरहमी से नर्मदा के पेट से रेत निकाल कर उसके प्राकृतिक स्वरूप को बिगाड़ने में लगा है। बर्मन समाज भी उनके विरुद्ध आवाज़ नहीं उठा सकता क्योंकि वे ख़ुद सरकारी ज़मीन पर क़ब्ज़ा जमाए खेती कर रहे हैं। यदि वे आवाज़ उठाएँगे तो अगले दिन ज़मीन से बेदख़ल। जिन लोगों पर भौगोलिक वातावरण को अक्षुण बनाए रखने की ज़िम्मेदारी है वे ख़ुद मिलकर उसे उजाड़ने में लगे हैं। जब बागड ही खेत खाने लगे तो फिर सुअरों की आवश्यकता नहीं रह जाती। इस मामले में जनता में कोई जागृति नहीं है। नर्मदा के बहाव की दिशा में किनारे पर बेशुमार पोलिथिन और प्लास्टिक बोरियाँ पेड़ों पर लदी हुई मिलीं। रेत खनन और पोलीथिन प्लास्टिक से नर्मदा की नैसर्गिकता को जो भयानक नुक़सान हो रहा है उसकी भरपाई मुश्किल है।

शाम को चार बजे धुआँधार पहुँच गए। डूंडवारा से पसर कर बहने वाली नर्मदा अचानक लजा कर सिमट गई। उसका पानी सिमट कर गहरे खड्ड में तेज़ी से गिरने लगा तो वह छोटे कणों में बदलकर धुएँ की शक्ल में दिखने लग गया। यही जबलपुर की शान धुआँधार जलप्रपात है। पंचवटी तट स्थित नेपाली कोठी, जहाँ हमारे ठहरने की व्यवस्था अरुण जी के रिश्तेदार सुधीर भाई ने की थी, वहीं रात्रि विश्राम किया। यहाँ से हमारे एक अन्य साथी अविनाश दवे भी बिछुड गये।

भेड़ाघाट से बिजना घाट : 15 अक्टूबर 2018

एक दिन पहले, जैसे ही हम तिलवारा घाट के पुल पर जाकर खड़े हुए, वहाँ पान की दुकान वाले ने बताया कि नर्मदा के किनारे से रास्ता बहुत

दलदली है। आप लोगों को घूँसोर होते हुए सिवनी गाँव से होकर लम्हेंटा पहुँचना होगा। हमने उससे आगे की जानकारी ली। जबलपुर और आसपास में दूधिया कत्था और मलाईदार चूना का जैसा ज़ायक़ेदार बीड़ा मिलता है वैसा कहीं नहीं मिलता सिवाय बनारस के अतः हमने एक मीठा पत्ता पान चटनी, चमन-बहार, लौंग, इलायची, पिपरमिंट का बनवा कर मुँह में दबाया और निकल पड़े। हम घूँसोर गाँव पहुँचे वहाँ पहले घर में पीने को पानी माँगा तो वे पानी देने में हिचकिचा रहे थे। हमने कहा हम छुआछूत नहीं मानते। आप साफ़-सफ़ाई से रहते हो बस यही हमारे लिए काफ़ी है। वे सतनामी समाज के थे। यह सतनामी समाज नर्मदा घाटी में कब, कैसे और कहाँ से आया। नर्मदा के उस पार दक्षिण के गाँवो में सतनामी समाज की सघन वसाहट है। जबलपुर जिले में नर्मदा के दक्षिण तट की तरफ़ बसे गाँवों में सतनामी बसे हैं।

जब भारत में ग्यारहवीं सदी से मुस्लिम तेग़ की ख़ूनी ख़ूँख़ार आँधी चली तब हिमालय की तराई, दक्षिण के पथरीले पहाड़ और सतपुड़ा-विंध्याचल में नर्मदा के दोनों तरफ़ दो सौ किलोमीटर चौड़ी और एक हज़ार किलोमीटर लम्बी घाटी हिंदुओं के लिए सुरक्षित अभयारण्य बन गई। जहाँ भी इस्लामी सुल्तान या बादशाह का अत्याचारी दबाव पड़ता था वहाँ के रघुवंशी, गूज़र, लोधी, कुर्सी, कलार, काछी, सतनामी और उनके साथ लगे-लगे ब्राह्मण, चमार, बँसोड, भंगी नर्मदा घाटी की गोद में आकर बस जाते थे। सघन जंगलों से पूरी तरह ढँकी रहने वाली घाटी आबाद होने लगी थी। अंग्रेज़ों द्वारा रेल लाइन बिछाने के पहले तक नर्मदा घाटी में पहुँच दुरूह हुआ करती थी।

1672 में वर्तमान हरियाणा के नारनौल नामक स्थान पर साध बीरभान और जोगीदास नामक दो भाइयों ने सतनामी साध मत का प्रचार किया था। सुप्रसिद्ध इतिहासकार चोपड़ा, पुरी और श्रीदास ने मैकमिलन कम्पनी द्वारा प्रकाशित पुस्तक 'ए सोसल कल्चरल एंड इकोनामिक हिस्ट्री ऑफ इंडिया' के भाग तीन में लिखा है। 18वीं शताब्दी में अवध के बाबा जगजीवनदास ने एक अलग धार्मिक पंथ बनाया जो कि सत्य और ज्ञान पर विश्वास करने वाला सतनाम पंथ कहलाया।

इस पंथ के लोग उत्तरी भारत में विस्तृत रूप से फैले थे। औरंगज़ेब के शासनकाल में कट्टर नीतियों के चलते सिक्ख, जाट, मराठों के साथ-साथ

सतनामी लोगों ने भी विद्रोह का परचम लहराया था। इस सम्प्रदाय के गुरू घासीदास माने जाते हैं। जो मध्य युगीन सतनामी समाज में विश्वास और उपासना विधि को जीवित रखना चाहते थे तथा उनमें अभिनव चेतना लाने की आकांक्षा रखते थे। उन्होंने प्रचारित किया कि वास्तविक भगवान कर्मकांड में निहित नहीं है सतनाम ध्यान में प्रकट होते हैं। उन्होंने अक्षर ब्रह्म का शब्द देकर ध्यान लगाने और निर्गुण ईश्वर के भजन गाने की प्रणाली सतनामी समाज में विकसित की थी। ईश्वर की नजर में सभी समान हैं। इसलिये मानव समाज में कोई भेद नहीं होना चाहिये जैसा कि जाति प्रथा से भेदभाव परिलक्षित होता है। छतीसगढ में सतनाम आंदोलन पिछड़े, निम्न और अछूत समझे जाने वाले वर्गो में धार्मिक और सामाजिक चेतना लाने में महत्वपूर्ण भूमिका अदा की। यह कबीर, नानक, दादू पंथ की कड़ी को मानने वाले हैं।

सतनामी मत के अनुयायी किसी भी मनुष्य के सामने नहीं झुकने के सिद्धांत का पालन करते हैं। एक सतनामी किसान ने तत्कालीन मुगल बादशाह औरंगजेब के कारिंदे को झुक कर सलाम नहीं किया तो उसने इसको अपना अपमान मानते हुए उस पर लाठी से प्रहार किया जिसके प्रत्युत्तर में उस सतनामी ने मुग़ल कारिन्दे को लाठी से पीट दिया। यह विवाद यहीं खत्म न होकर तूल पकड गया और एक बड़े संघर्ष में बदल गया। धीरे धीरे मुगल बादशाह औरंगजेब तक पहुँच गया कि सतनामियों ने बगावत कर दी है। यहीं से औरंगजेव और सतनामियों का ऐतिहासिक युद्ध हुआ था। जिसका नेतृत्व सतनामी साध बीरभान और साध जोगीदास ने किया था। यूद्ध कई दिनों तक चला जिसमें सशक्त शाही फौज निहत्थे सतनामी समूह से मात खाती चली जा रही थी। शाही फौज में ये बात फैल गई कि सतनामी कोई जादू टोना करके शाही फौज को हरा रहे हैं। इसके लिये औरंगजेब ने अपने फौजियों को कुरान की आयतें लिखे तावीज भी बंधवाए थे लेकिन इसके बावजूद कोई फ़र्क़ नहीं पडा था। उन्हें ये पता नहीं था कि सतनामी साधों के पास आत्मदान करने वाले भक्तों की शक्ति के कारण यह स्थिति थी।

सतनामी संघर्ष को मुग़लों द्वारा बेरहमी से कुचलने की प्रक्रिया में बचे-खुचे सतनामी अपनी जान बचा कर अलग अलग दिशाओं में भाग निकले थे। जिनमें घासीदास के पूर्वजों का भी एक परिवार रहा जो कि महानदी के किनारे-किनारे वर्तमान छत्तीसगढ तक जा पहुचा था। जहाँ पर संत घासीदास जी का जन्म हुआ और वहाँ पर उन्होंने सतनाम पंथ का

प्रचार-प्रसार किया। वे गिरौदपुरी तहसील बलौदाबाजार जिला रायपुर में पिता महंगुदास जी एवं माता अमरौतिन के यहाँ पैदा हुये थे। गुरूजी को सतनाम पंथ सतनाम धर्म जिसे आम बोल चाल में सतनामी पंथ के प्रवर्तक कहा जाता है। उन्होंने अपने समय की सामाजिक आर्थिक विषमता, शोषण तथा जातिभेद को समाप्त करके मानव-मानव एक समान का संदेश दिया। गुरू घासीदास का जन्म 1756 में रायपुर जिले के गिरौदपुरी में एक गरीब और साधारण परिवार में हुआ था। उन्होंने हिन्दु धर्म की कुरीतियों पर कुठाराघात किया था। ब्राम्हणों और मन्दिर के पुजारियों द्वारा हिन्दुओं के धार्मिक शोषण का विरोध करने का यही मार्ग उनको सूझा था। जिसका असर आज तक दिखाई पड रहा है। उनकी जयंती हर साल पूरे छत्तीसगढ़ में 18 दिसम्बर को मनाई जाती है। बिलासपुर के विश्वविद्यालय का नाम गुरु घासीदास विश्वविद्यालय है। सतनामियों के घरों से चाय-पानी प्रसाद पाकर आगे बढ़ते जा रहे थे।

भेड़ाघाट से बिजना घाट की यात्रा सबसे लम्बी थकाऊ और उबाऊ थी। पहले हमने तय किया था कि रामघाट में रुककर रात गुज़ारेंगे। मंगल सिंघ परिहार जी वहाँ से चार किलोमीटर आगे रास्ता देख रहे थे। सुबह से कुछ भी नहीं खाया था। खजूर, मूँगफली दाने और चने व पानी के दम पर सभी को खींचे जा रहे थे। चार घण्टे पैदल चल चुके थे। दोपहर में तेज़ धूप में चलने से शरीर का ग्लूकोस जल जाता है और हवा में ऑक्सिजन भी कम हो जाती है। मांसपेशियाँ जल्दी थकने लगतीं हैं और साँस फूलने लगती है। दो बजे के बाद सूर्य की किरणे सामने से परेशान करने लगती है। ऐसे माहौल में नदी किनारे रास्ता भी नहीं था। बर्मन लोगों ने नदी के कछार को हल चलाकर मिट्टी के बड़े-बड़े ढेले में बदल दिया था। खाने पीने का कोई ठिकाना नहीं था। साथियों को बाटी-भर्ता का लालच देकर खींचे जा रहे थे, जबकि भोजन का कहीं कोई ठिकाना नहीं था। उधर दनायक जी को परिहार जी मोबाइल से जल्दी पहुंचने को कह रहे थे। सब थक कर चूर थे। ऐसे में दल को खींच कर आगे ले जाना ज़रूरी था।

मंगल सिंग परिहार बहुत पुराने परिचित सहकर्मी रहे हैं। उन्होंने दिन के ग्यारह बसे से, जब हम भेड़ाघाट से चले ही थे, तब से बिजना गाँव से नर्मदा पार करके मुरकटिया घाट आकर मोबाईल से सम्पर्क साध कर हमारी स्थिति लेना शुरू कर दिया। वे हर आधा घंटे में दनायक जी को मोबाईल

से सम्पर्क साध कर स्थिति पूछते जा रहे थे। कभी मोबाईल लगता था और कभी नहीं लगता था। हम लोग रामघाट से सड़क छोड़ नर्मदा किनारे आ गए, वहाँ से अत्यंत दुरुह यात्रा शुरू हुई। छोटी नदी, नाले, झरने, सघन हरियाली और ताज़े गोंड़े गए खेतों की मिट्टी के बड़े-बड़े ढेलों के बीच से घुटनों और ऐडियों की परीक्षा का समय था क्योंकि कहीं भी समतल ज़मीन नहीं थी। आगे छोटी पहाड़ियों का जमघट एक के बाद एक घाटियाँ का सिलसिला जिनको स्थानीय बोली में ड़ांगर कहते हैं। चम्बल में जैसे बीहड़ होते हैं जिनमे कँटीले पेड़-पौधे होते हैं वैसे नर्मदा के आजु-बाजु ड़ांगर का साम्राज्य है उनके बीच से पानी झिर कर जंगली नालों को आकार देते हैं। उनको पार करने के लिए ऊपर चढ़ाई चढ़ना, फिर उतरना, फिर चढ़ना। यात्रियों का दम निकलने लगता है। पसीने से तरबतर शरीर में पूरी साँस धौंकनी के साथ भरकर पहाड़ियों को पार करने के बीच में नर्मदा दर्शन से हिम्मत बनती टूटती रहती है। चार बजे हाल-बेहाल और निढ़ाल-पस्त हालत में बिजना घाट के सामने वाले मुरकटिया घाट पर मंगल सिंघ परमार बिस्कुट और केले फल के साथ स्वागत आतुर मिले। वहाँ उनकी सिकमी ज़मीन थी। उसी पर खड़े थे। बैठने को कोई छायादार जगह नहीं थी। यात्री बिस्कुट और केलों को क्षणभर में चट कर गए। नाव से नर्मदा पार करके दूसरी पार उतरे वहाँ एक बर्मन दादा पूड़ी और खीर का भंडारा करा रहे थे। यात्रियों ने भंडारा खाया। ख़ूब पानी पिया तो कुम्लाए चेहरों की रंगत और ढीले शरीरों में जान लौटने लगी।

15 अक्टूबर को मंगल सिंग परिहार के आश्रम नुमा फ़ार्म हाऊस में विश्राम का अवसर मिला। मंगल सिंघ परिहार ने प्राकृतिक छटाओं में बसा अपना आश्रम दिखाया। जिसमें पारिजात और रुद्राक्ष के वृक्ष लगे हैं। सूर्यास्त का दृश्य अत्यंत सुंदर नज़र आता है। उन्होंने बताया कि उनके पूर्वज नागौद रियासत के राजा रहे हैं। परमार, परिहार, बुंदेले और बघेल सब गहडवाल राजपूत हैं। परमारों ने महोबा, परिहारों ने नागौद, बुन्देलों ने छतरपुर और बघेलों ने रीवा रियासत स्थापित की थी। ये सब पहले अजमेर के पृथ्वीराज़ चौहान या कन्नौज के जयचंद राज्यों के सरदार थे। 1091-92 में मुहम्मद गोरी के हाथों अजमेर, दिल्ली और कन्नौज हारने के बाद इन्होंने इन राज्यों को स्थापित किया था। नागौद कभी स्वतंत्र राज्य और कभी रीवा के बघेलों का करद राज्य हुआ करता था। उसके उत्तर-पश्चिम में केन नदी का अत्यंत

ऊपजाऊ कछारी भाग था लेकिन दक्षिण-पूर्व में पथरीली ज़मीन थी। अतः राजपूतों ने नर्मदा के कछारी मे बसने का निर्णय लिया था।

अंग्रेज़ों ने 1861 में जबलपुर को राजधानी बनाकर सेंट्रल प्रोविंस राज्य बनाया तो रीवा, ग्वालियर, इंदौर, भोपाल रियासत छोड़कर मध्य प्रांत के नागौद सहित बाक़ी सब इलाक़े उसमें रख दिए। तब ही नर्मदा घाटी का सर्वे करके जबलपुर की सीमा नर्मदा के दक्षिण में चरगवाँ-बरगी तक निर्धारित कर दी। परिहारों को ज़मींदारी में मगरमुहां का इलाक़ा दिया गया। कई परिहार सौ-सौ एकड़ के ज़मींदार बनकर आज के पाटन और शाहपुरा इलाक़े में आ बसे। उनमें मंगल सिंघ परिहार के पूर्वज भी थे। मंगल सिंघ के पिताजी मुल्लुसिंघ परमार निरक्षर थे परंतु उन्होंने अपने आठ बेटों को पोस्ट-ग्रेजुएट कराया।

मंगल सिंघ जी से देर रात तक बातें होतीं रहीं। वे हमें एक वेदान्ती साधु के दरबार में ले गए। हमसे कहा कि साधु जी वेदों के प्रकांड विद्वान हैं। आप उनसे गूढ़ प्रश्न कीजिए, तब उनकी ज्ञान गंगा बहने लगेगी। हम लोग उनके दरबार मे पहुँचे पाँव-ज़ुहार होने के बाद बातचीत चली तो मौक़ा देखकर हमने एक सवाल का तीर चलाया कि हमारी जानने कि इच्छा है कि महाराज रुद्र और शिव का अंतर बताएँ, तो बड़ी कृपा होगी। स्वामी जी ने थोड़ा इधर-उधर घुमाया। फिर विनम्रतापूर्वक स्वीकार किया कि प्रश्न गूढ़ है और उनका ज्ञान वेदों तक ही सीमित है उन्होंने पुराण नहीं पढ़े हैं। वे नेपाल से नर्मदा की गोद में आकर बस गए हैं। नर्मदा परिक्रमा कर चुके हैं। वापस आकर परिहार जी ने शिमला मिर्च की साग-रोटी और दाल-चावल का बढ़िया भोजन कराया। उसके बाद बातों का सिलसिला चल पड़ा। परिहार जी की बातें सुनते रहे। उनकी बातों के क्रम को बीच में बोलकर तोड़ना उनके रुतबे को कम करने जैसा होता है यह बात हम जानते थे परंतु अन्य लोगों को नहीं पता था। एक सहयात्री ने टोकने की कोशिश कि तो हमने उसे चुपके से समझा दिया कि भैया :

बंभना जाय खाय पीय से
क्षत्री जाय बतियाय
लाला जाय लेय-देय से
शूद्र जाय लतियाय।

इस बुंदेलखंड की कहावत को गाँठ बाँध लो और क्षत्री की बातें चुपचाप सुनो। सुबह दो-दो रोटियाँ तोड़कर फिर नर्मदा की गोद मे पहुँच गए। इस प्रकार 13, 14 और 15 अक्टूबर की यात्रा पूरी हुई। यहाँ से हमारे एक और साथी प्रयास जोशी ने हमसे विदा ली।

बिजना घाट से भड़पुराः 16 अक्टूबर 2018

सुबह जल्दी ही अगली यात्रा पर निकल लिए। पहले नदी के कछार में से ही चलते रहे। मुरकटिया घाट से नर्मदा का पहले बाई फिर दाई ओर मुडना देखा, उन दीर्घ चट्टानों को देखा जिन्हे नर्मदा मानो अपने साथ बहा कर लाई हो और फिर किनारे लगा दिया। हमें यहाँ नर्मदा का एक स्वरूप और दिखा बीच नदी पर स्थित गुफाओं का निर्माण मानो नर्मदा ने चट्टानो पर अपनी लहरिया छैनी हथौडी चलाकर गुफायें बना डाली हैं। आगे चले, दुर्गम तो नहीं पर कठिन मार्ग कहीं नर्मदा के तीरे-तीरे तो कहीं बीहड डांगर पार करते हम बढते रहे।

अचानक रास्ते में एक नाला आ गया। किसानों से पूछा तो उन्होंने ऊपर से नाला पार करने को बताया। हम सीधी चढ़ाई चढ़ने लगे। रास्ता बिलकुल भी नहीं था खेतों में कँटीली झड़ियाँ थीं। एक कोने से हरी घास में से रास्ता टटोला तो मिल गया। नाला पार करके डाँगर के उतार-चढ़ाव से लोग भारी थकने लगे। नाले की ठंडाई में थोड़े समय आराम किया। आगे जाकर एक महाराज मिल गए।

उनसे चार पुरुषार्थ की चर्चा चल पड़ी। हिंदू धर्म में चार पुरुषार्थ की बड़ी महिमा गाई जाती है, धर्म, अर्थ, काम, मोक्ष। कोई भी मनुष्य जब कोई काम करता है तो इनमे से किसी एक या एकाधिक पुरुषार्थ की प्रेरणा से कर्म करता है। एक साधु से जब हमने इस बारे में बात की तो उन्होंने कहा कि वे तो सब छोड़ चुके हैं। हरि ओम्।

हमने पूछा कि आदमी प्रकृतिजन्य चीज़ों जैसे भोजन करना, साँस लेना और निस्तार करना छोड़ सकता है, क्या?

वे बोले प्रकृतिजन्य चीज़ें कभी छूटती हैं, क्या? ये तो ज़िंदगी के साथ ही छूटेंगीं, बच्चा।

हमने कहा कि चार पुरुषार्थ में अर्थ, धर्म और मोक्ष मानव निर्मित अवधारणा या सिद्धांत हैं जबकि काम प्रकृतिजन्य है, उसकी माया जीव-जंतु पेड़-पौधों सब में दिखती है। उसे अनंग याने बिना अंग का भी कहा गया है। वह पकड़ में ही नहीं आता तो कैसे छूट सकता है। वे बग़लें झाँकने लगे, कुछ सोचते रहे। फिर बोले सब भगवान की माया है। माया ही तो नहीं छूटती, बड़ी हठीली होती है।

हम अर्थ पर आ गए। पूछा अर्थ छूटता है क्या? वे सचेत हो चुके थे, वे मौन सोचते रहे। फिर पूछा हमारा अर्थ से क्या आशय है।

हमने कहा, धन जिससे हम ख़रीदारी करते हैं। धन कमाया जाय या दान में मिले उसकी प्रकृति खरदीने की होती है। जहाँ ख़रीद-बेंच आई तो व्यापार शुरू और व्यापार आया तो लालच तो आना ही है। लालच आया तो चैन गया। धन सारा सुख और आराम दिला सकता है। जैसे आपके आश्रम को चलायमान रखने के लिए धन की ज़रूरत होती है।

वे बोले बिना अर्थ के तो कुछ सम्भव ही नहीं है। काम और अर्थ का निपटारा करके हम धर्म और मोक्ष पर आए कि धर्म और मोक्ष कहीं परिभाषित नहीं हैं। धर्म वह है जिसे जीव धारण करता है अतः सबके धर्म अलग-अलग हुए फिर वे अलग धर्म सामूहिक रूप से सब लोगों पर एक से कैसे लागू हो सकते हैं, वे चुप रहे।

मोक्ष गूँगे का गुड बताया जाता है जिसे जीते जी मिला वह बता नहीं सकता कि मोक्ष की क्या प्रकृति है। जैसे महावीर या बुद्ध ने अपने मोक्ष को कभी नहीं बताया। मोक्ष कैसे मिलेगा, यह बताया है। उनके शिष्यों ने बताया कि उन्हें मोक्ष प्राप्त हो गया। जिसे मरने पर मोक्ष मिला, वह मोक्ष की प्रकृति बताने हेतु मरने के बाद वापस आ नहीं सकता।

हम अपरिभाषित मूल्यों के दिखावे में जीने वाले समाज हैं। कहते कुछ हैं, मानते कुछ हैं, करते कुछ हैं। इसी को आडंबर या पाखण्ड कहते हैं। पश्चिमी सभ्यता के लोग काम और अर्थ को खुलकर जीते हैं। धर्म और मोक्ष से उन्हें कुछ मतलब नहीं है। इसलिए उन्हें कुछ छुपाना नहीं पड़ता है। हमारा समाज भी अब काम और अर्थ को जी भरकर जी रहा है। उपभोग से अर्थ व्यवस्था का विकास होता है, रोज़गार पैदा होते हैं।

साधु जी मुस्कराए और गले लगाकर पीछा छुड़ाया। चिलम को ब्रह्मान्ध्र तक खींच काम की प्राकृतिक महिमा और मानव जनित धर्म, अर्थ और मोक्ष की अंतरधारा में विलीन हो गए। हम आगे की यात्रा पर निकल गए।

फिर नशा धर्म का या नशे का धर्म निभाते साधु मिले। आँखों के लाल डोरे उनके अफ़ीमची और गाँजे की चिलम खींचने की कहानी कह रहे थे। उन्होंने तुलसी जी की चौपाई सुनाई।

जड़-चेतन गुण-दोष मय विश्व कीन्ह करतार
संत हंस गुण पय लहहिं छोड़ वारि विकार।

साधुओं से रुद्र शिव शंकर चर्चा और तत्व ज्ञान की मीमांसा पश्चात औघड़ बाबा के साथ गाँजा चिलम सुट्टा खींचा और आशीर्वाद का आदान प्रदान हुआ। शाम को पाँच बजे भड़पुरा पहुँच गए।

भड़पुरा से झाँसीघाट: 17 अक्टूबर 2018

रात्रि विश्राम हमने भडपुरा स्थित कुटी में किया। कुटी की देखभाल एक बूढ़ी माँ माँग-ताँग कर करती है। वह आश्रम किसी बड़े किसान ने इस शर्त पर बनवा दिया था कि परिक्रमा करने वालों को भोजन मिलना चाहिए। बूढ़ी माँ वैरागी हैं, उसका बेटा नवरात्रि में दुर्गा जी की मूर्ति का पंडा बना था। झाँकी के पंडाल में रहता था। सुबह नहाने धोने भर को घर आता था। उसे ख़बर लगी तो वह देखने आया। बातचीत करके संतुष्ट हो कर चला गया। उसकी बीबी को छः लोगों के लिए रोटी सब्ज़ी बनाना था तो उसका मूड ख़राब होने से वातावरण ठीक नहीं रहा। हमने खाना बनाने में मदद की पेशकश की, जिसे निष्ठुरता से ठुकरा दिया गया। उसका 12 साल का लड़का बहुत बातूनी था। उसी के मार्फ़त बातचीत चलती रही। अंत में अपनी घरेलू चार रोटियों के बराबर एक टिक्कड नमक मिर्च में बनी आलू की सब्ज़ी के साथ एक गोल थाली में आए जैसे भीम अपनी गदा के साथ रथ में डोलता चला आ रहा हो। किसी ने दो किसी ने तीन और किसी ने चार खाए। सच हैं स्वाद भोजन में नहीं भूख में होता है। नींद न जाने टूटी खाट, भूख न जाने बासी भात। यहाँ तो न खाट थी और न भात, परंतु नर्मदा किनारा था। बाहर निकल कर नर्मदा की ओर देखा वह शांत होकर हँसिया आकार चाँद

की रोशनी में निंद्रामग्न थी। लहरों की झिलमिल जो दिन में नज़र आती है वह नदारत थी।

वर्षो बाद जमीन पर और कुछ लोगों ने शायद जीवन में पहली बार गद्दे के बिना सोने का प्रयास शुरू हुआ। बिस्तर तीन तरफ़ से खुली दलहान में लगाए गए। सबसे पहले तो मच्छरों का हमला हुआ लड़के ने कचरा जलाकर धुआँ करके उनसे छुटकारा दिलाया। उसके बाद मुंशीलाल जी के पास एक कुतिया आकर सो गई। उसे डंडे से भगाया। सोने की कोशिश की तो बरगद के पेड़ पर तेज़ हलचल होने लगी। जैसे भूतों का डेरा हो। उठकर देखा तो निशाचार चमगादड़ का एक झुंड बरगद के फलों को खा रहा था। फलों के टुकड़े पट-पट नीचे गिर रहे थे। एकाध घंटा चमगादड़ देखते रहे। फिर सोने की कोशिश की तो सिर के पास कुछ आवाज़ आई। हाथ फेरा तो एक मेंढक पकड़ में आया उसे दूर फेंक दिया। सब डर गए कि मेंढक की खोज में साँप वहाँ आ सकता है। हमने सोचा छोड़ो यार शंकर भगवान गले में डाले रहते हैं। अब आएगा सो आएगा। 90% सांप ज़हरीले नहीं होते हैं और फिर जैसे हम सांप से डरते हैं उसी प्रकार वे भी आदमी से डरते हैं। अरुण दनायक जी अपनी डायरी लिखने बैठ गए। लोग पहले पानी पीते फिर पेशाब जाते रात गुज़रने की राह देखते रहे। देर रात एक झपकी लगी और सवेरा हो गया। कहीं कोई पाखाना नहीं था। खुले में हल्के हुए। कुटी की गाय का एक-एक गिलास कच्चा दूध पिया। उनको तीन सौ रुपए दान स्वरूप दिए और चल पड़े।

हम गाँव वालों से बैलों के बारे में पूछते रहे कि एक ज़माने में खेतों में, सड़कों पर और गौधुलि बेला में चर कर लौटते हुई रेहड में गायों के साथ मस्ती करते बैल और उछलते बछड़े दिखते थे, वे अब नदारत हैं। जो जानकारी मिली वह भयावह है। जब से ट्रैक्टर ट्रॉली, कल्टिवेटर, रोटावेटा, आए हैं तब से हल-बखर और बैलगाड़ी के साथ बैलों की भी विदाई हो गई लगती है। यहाँ तक तो ठीक था कि यंत्रीकरण ने मानवीय श्रम की जगह मशीनीकरण से कृषि काम आसान और उसकी गति तेज़ हो गई।

ग्रामीण लोगों से जब पूछा कि बैलों की ग़ैर-मौजूदगी में गायों के ग्यावन की क्या व्यवस्था है। ख़ुलासे चौंकाने वाले थे। गाय बैल का नैसर्गिक संसर्ग समाप्त हो गया है। भिटौनी में पशु चिकित्सालय में ख़बर देने पर वहाँ से

कृत्रिम गर्भधारण करने कर्मचारी आते हैं। कृत्रिम गर्भाधान से गाय की देशी नस्ल ख़त्म हो रही है क्योंकि नर्मदा किनारे के गाँवों में बैल बूचडखानों की भेंट चढ़ चुके हैं। सरकार हरियाणा से विदेशी नस्ल का बीज लाकर गर्भाधान करवाती है। इस व्यवस्था से गाय के दूध की प्राकृतिक गुणवत्ता समाप्त होती जा रही है। उनके और भैंस के दूध में कोई अंतर नहीं रहा है। गाय का दूध अब हल्का पीला नहीं होता। हमने जब भडपुरा में गाय का ताज़ा दूध पिया था वह पूरी तरह सफ़ेद था। सबसे पहले तो गाय से प्राकृतिक चारा छीनकर उन्हें खली-भूसा खिलाने लगे। उनसे खुली हवा में विचरण के साथ अब बैलों से प्राकृतिक मिलन भी छुड़ा लिया। एक मशीनी क्रिया से अनुत्तेजित अवस्था में लम्बी सीरिंज से गर्भाधान ने पशुओं से उत्साह उमंग उछलना कूदना भी छुड़ा लिया है। ऊपर से इंजेक्शन लगाकर दूध दुहने लगे। इस पूरी यात्रा में नर्मदा किनारे सिर्फ़ एक जगह गायों को बैल दिखा उनके चेहरे चमक उठे वे चारा चरना छोड़कर एकटक बैल को देखे जा रहीं थीं। भूख, नींद, आराम और प्रजनन पशुओं और मनुष्य की एकसी अनिवार्यता हैं, इसीलिए मनुष्य को सामाजिक पशु माना जाता है। वह अद्भुत दृश्य तुरंत मोबाइल में क़ैद कर लिया।

हम पाँचों फिर चले और बीहड डांगर, नाले पार करते भीकमपुर पहुँचे। ऊँची घास से रास्ता नहीं सूझता था। एक भी गलत कदम कम से कम बीस फुट नींचे गिरा सकता था। और हुआ भी यही एक जगह रास्ते की खोज में दनायक जी गिरते गिरते बचे वापिस मुड उपर से मुंशीलाल पाटकार ने आवाज लगाई इधर आईये रास्ता यहाँ से है। अरुण दनायक ने सुरेश पटवा को मन ही मन कुढ़ते हुए ख़ूब गालियों से नवाज़ा कि यार इनके कहने में कहाँ फँस गए। अब कभी नहीं आएँगे। थोड़ा आराम करने के बाद बोले यार अगली यात्रा फ़रवरी में ही करेंगे।

भडपुरा के हनुमान आश्रम का तोता हमारे पहुँचते ही अपने सिर पर आकर बैठ गया। उतरने से साफ़ इंकार करता रहा। चिकनी चाँद उसे भा गई। तोता महाराज वीडियो के शौक़ीन थे। जिस देश में गंगा बहती है का "है आग हमारे सीने मे हम आग से खेला करते हैं" गीत पर ख़ूब नाचा ससुरा। विडियो बंद करो तो चोंच मारता था। फिर लगाया "चल उड़ जा रे पंछी ये देश हुआ बेगाना" सुनकर मस्त हो गए तोता राम। काफ़ी मान-मनुअल के बाद अरूण दनायक भाई के सिर को भी उपकृत किया। एक और साथी

जगमोहन भाई की ज़िद पर महाराज वहाँ पहुँचे लेकिन टैक्स के रूप में चोंच मारकर ख़ून निकाल दिया। उसे काजू दिए तो उसने कुतर कर छोड़ दिए। तोता खुले में रहता था उड़ता नहीं था। पता चला कि उसे गाँजा पीसकर खिलाया गया है इसलिए उसे तलफ की आदत हो है इसलिए वह बाबाओं के पास रहता है।

धरती कछार गाँव पड़ा, वहाँ के स्कूल में दनायक जी ने बच्चों से मुलाकात में गांधी चर्चा की जिसने हमें आन्नदित किया कि गांधी जी की पहुँच समय और भौगोलिक स्थितियों की गुलाम नहीं है। आंगनवाडी केन्द्र की ममता चढार की कर्तव्य परायणता से प्रफुल्लित हुए। धरती कछार से गोपाल बर्मन को कोलिता दादा का बैग रखने को साथ ले लिया। उसने बातों-बातों में बताया कि लोग भाजपा से नाराज़ हैं। ग्रामीण समाज में भी लड़कियाँ खुल कर बिना झिझक सामने आने लगीं हैं और शादियों के लिए लड़कों को निरस्त भी करने लगीं हैं। वहीं दूसरी ओर उनका यौन व्यवहार भी तेज़ी से बदल रहा है। बाय फ्रेंड-गर्ल फ्रेंड का कल्चर खेतों में या मेड पर विडीओ, वट्सएप, फ़ेस्बुक के माध्यम से फैल रहा है। ये मोबाइल क्रांति का असर है। अब लड़कियाँ को सेनेटरी पैड और विटामिन की गोलियाँ आंगनवाड़ी से प्रदान की जाती हैं।

आश्रम से चले तो आधा घण्टे में एक बड़े नाले से साबका पड़ा। सौ फुट चढ़ाई चढ़ कर फिर नीचे उतर नाला पार किया, फिर चढ़ाई चढ़कर ऊपर पहुँचे तो पहाड़ी के सामने एक और नाला दिखा। भूगोल का दिमाग़ लगाया तो देखा कि एक ही नाला सांप की कुंडली की तरह चारों तरफ़ घुमा हुआ है। चार-पाँच बार पहाड़ियाँ चढ़-उतर कर नाला पार करना होगा लोगों का दम निकल जाएगा। निर्णय लिया कि दाहिनी तरफ़ नर्मदा में उतर जाएँ वहाँ से किनारे-किनारे झाँसीघाट की तरफ़ बढ़ेंगे। आगे बढ़े तो एक सौ फुट ऊँची खाई का मुँह नाले में खुल रहा था। वह नाला नर्मदा में मिल रहा था। उतरने को कहीं कोई रास्ता नहीं था। हम (सुरेश पटवा) और कोलिता दादा आगे थे बाक़ी तीन पीछे भटक गए। कोलिता दादा को पीछे करके हम बैठ कर सौ फुट खाई में स्कीइंग करके नाले के किनारे से नर्मदा की गोद में पहुँच गए। उन्होंने कोलिता दादा को भी इसी तरह स्कीइंग करके उतारा। तब तक बाक़ी लोग ऊपर आ गए थे, वे चिल्ला रहे थे कि रास्ता कहाँ है। उनको तरीक़ा बताया तो वे आगे बढ़ने को तैयार न थे। लेकिन कोई रास्ता

था भी नहीं। आधे घंटे की मशक़्क़त के बाद सब लोग नीचे आ गए। वहाँ से विक्रमपुर का रेल पुल अब स्पस्ट दिख रहा था और झाँसीघाट का सड़क पुल धुंधला सा नज़र आ रहा था।

ग्वारीघाट से लगभग पचास किमी दूर जबलपुर और नरसिंघपुर की सीमा पर स्थित भीकमपुर गाँव है। नर्मदा दाहिनी तट की ओर शान्त सी बहती है उधर बाँए तट से सनेर नदी अथाह जलराशि लिये आगे बढती है। ऐसा लगता है नर्मदा बडी विनम्रता से सनेर की भेंट की हुई जलराशि वैसे ही स्वीकारती है जैसे भिषुणी भिक्षा ग्रहण करती है और फिर अगले घाट की ओर चली जाती है। सनेर सदानीरा है,इसका जल स्वच्छ है और इसे लोग सनीर भी कहते हैं। सनेर नदी का उदगम सतपुडा के पहाड से होता है। इसका उदगम स्थल लखनादौन जिला सिवनी स्थित नागटोरिया रय्यत है। यह बारहमासी नदी धनककडी, नागन देवरी, दरगडा, सूखाभारत आदि गावों से गुजरते हुये संगम स्थल भीकमपुर पहुँचती है। कोलूघाट तट पर सिवनी जिले के आदिवासियों का मेला भरता है तो संगम तट भीकमपुर में जबलपुर व नरसिंहपुर जिले के लोग शिवरात्रि आदि पर्वो पर एकत्रित होते हैं।

नर्मदा परिक्रमा का पहला खंड योजना अनुसार पूरा होने को आ रहा था। सुबह से खजूर, मूँगफली दाने और चने व पानी के भरोसे चले आ रहे थे। मंज़िल सामने देखकर भूखी देहों में अजीब सा शक्ति संचार होने लगा। नदी पार करने के लिए नाव का सहारा लिया फिर दो घंटे में विक्रमपुर के रेल्वे पुलों के नीचे से निकल झाँसीघाट पहुँच गए। नहाया धोया नर्मदा जी को प्रणाम करके झोतेश्वर धर्मशाला पहुँचे।

नर्मदा परिक्रमा:दूसरा चरण
झाँसी घाट से सतधारा घाट

नर्मदा अमरकण्टक से निकलकर डिंडोरी-मंडला से आगे बढ़कर पहाड़ों को छोड़ दो पर्वत खलाओं दक्षिण में सतपुड़ा और उत्तर में कैमोर से आते विंध्य के पहाड़ों के समानांतर दस से बीस किलोमीटर की औसत दूरी बनाकर अरब सागर की तरफ़ कहीं उछलती-कूदती, कहीं गांभीर्यता लिए हुए, कहीं पसर के और कहीं-कहीं सिकुड़ कर बहती है। उसके अलौकिक सौंदर्य और आँचल में स्निग्ध जीवन के स्पंदन की अनुभूति के लिए पैदल यात्रा पर

निकलना भाग्यशाली को नसीब होता है। यह यात्रा कुछ समय के वानप्रस्थ प्रवास द्वारा सभ्रांत मोह से मुक्ति का अभ्यास भी है। जिस नश्वर संसार को एक दिन अचानक या रोगग्रस्त होकर छोड़ना है क्यों न उस मोह को धीरे-धीरे प्रकृति के बीच नर्मदा के तटों पर बिखरे अद्भुत प्राकृतिक सौंदर्य का अवलोकन करते हुए छोड़ना सीख लें।

पीछे टाँगने वाले हल्के बैग में एक जींस या पैंट के साथ फुल बाहों की तीन शर्ट, एक शाल, तोलिया और अंडरवेयर, साबुन तेल रखकर, वैसे तो आश्रम और धर्मशालाओं में भोजन की व्यवस्था हो जाती है फिर भी रास्ते में ज़रूरत के लिए समुचित मात्रा में खजूर, भूनी मूँगफली, भुना चना और ड्राई फ्रूट, पानी की बोतल और एक स्टील लोटा-गिलास के साथ एक छोटा चाक़ू भी रख समर में उतर पड़े। कहीं कुछ न मिले तो परिक्रमा वासियों का मूलमंत्र "करतल भिक्षु-तरुतल वास" आज़माना जीवन का एक विलक्षण अनुभव है।

हमारा नर्मदा परिक्रमा समूह एक अनौपचारिक समूह है जो नर्मदा परिक्रमा शुरू करने के आसपास मिलता है और बिखर जाता है। हम लोग समूह-गतिशीलता (Group Dynamic) के आधारभूत सिद्धांत पर अमल करते हुए स्वाभाविक रूप से एक दूसरे का ध्यान रखते हैं। समूह में सदस्यों की भूमिका सहज ही विकसित हो गई है कि कौन क्या करेगा जैसे निधि कोष बनाकर ख़र्च करने की ज़िम्मेदारी अरुण भाई की निर्धारित हो गई है, अविनाश भाई फ़ोटो खान-पींन, मुंशीलाल भाई जुगाड़ु कार्य अच्छी तरह कर लेते हैं। प्रयास भाई और मुंशीलाल भाई वरिष्ठ यात्री जगमोहन अग्रवाल का ध्यान रखते चलते हैं। जगमोहन भाई पूजा-पाठ करते हैं।

समूह-गतिशीलता (Group Dynamic) की मनोवैज्ञानिक अवधारणा आपसी व्यवहार और व्यवहार पैटर्न से संबंधित है। समूह की गतिशीलता चिंता करती है कि समूह कैसे बनते हैं, उनकी संरचना क्या है और उनके कामकाज में किन प्रक्रियाओं का पालन किया जाता है। इस प्रकार, यह समूहों के बीच संचालित होने वाली बातचीत और भूमिका से संबंधित है। एक समूह दो या दो से अधिक लोगों से मिलकर बनता है। जो सामान्य उद्देश्य अर्थात हमारे मामले में नर्मदा परिक्रमा साझा करते हैं और स्वयं का मूल्यांकन करते हैं और सामान्य लक्ष्यों को प्राप्त करने के लिए एक साथ आते हैं। दूसरे

शब्दों में, एक समूह उन लोगों का इकट्ठा होना है जो एक दूसरे के साथ बातचीत करते हैं; अधिकारों और दायित्वों को सदस्यों के रूप में स्वीकार करके एक समान पहचान साझा करते हैं। समूह विकास चार चरणों की एक गतिशील प्रक्रिया है। समूह कैसे विकसित होते हैं? यह एक प्रक्रिया है जिसके माध्यम से समूह गुजरते हैं। प्रक्रिया में चार चरण शामिल हैं: गठन, तूफान, सामान्यीकरण, प्रदर्शन।

समूह के जीवन में पहला चरण एक समूह बनाने से संबंधित है। इस चरण में सदस्यों को या तो कार्य आवंटन या अन्य लाभ, जैसे स्थिति, संबद्धता, शक्ति, भूमिका आदि की तलाश होती है। इस स्तर पर सदस्य या तो किसी प्रकार की गतिविधि में संलग्न होते हैं या उदासीनता दिखाते हैं। कुछ सक्रिय, कुछ बहुत सक्रिय और कुछ उदासीन रहते हैं।

समूह में अगला चरण विगठन के लक्षण प्रदर्शित करना है। सदस्य आपस में परिचित या समान व्यक्तियों की तलाश करते हैं और स्वयं की गहन साझेदारी शुरू करके समूह के अंदर उपसमूह का निर्माण करते हैं। उपसमूह समूह में एक भेदभाव पैदा करता है और तनाव दिखाई दे सकता है। पेयरिंग एक सामान्य घटना है। समूह को नियंत्रित करने के बारे में संघर्ष होगा।

हर समूह को परिपक्वता प्राप्त करने के लिए तूफ़ान से गुज़रना होता है। तूफ़ान के दौर में अक्सर सदस्य समूह से अलग होने की सोचने लगते हैं। समूह बिखराव का अंदेशा इसी समय अधिक होता है। हमारे समूह में भी तूफ़ान पैदा हुआ जब अरुण-अविनाश का उपसमूह अविनाश का उनके रिश्तेदार होने से बन गया, दूसरा उपसमूह जगमोहन-प्रयास का इसलिए बना कि प्रयास जगमोहन को बैग टाँगने और पैदल चलने में सहयोग कर उनके साथ चल रहे थे। समूह में हम और मुंशीलाल अकेले बचे लेकिन जब समूह में उपसमूह बनते हैं तब अकेले रह गए लोगों का स्वभाविक समूह बन जाता है। थकान और भूख की झुंझलाहट कई रूप में निकलती है। ऐसे में दो उपसमूह द्वारा मुंशीलाल पर आक्रामक होने लगे, अविनाश, प्रयास और जगमोहन कई बार उनसे तेज़ स्वर में पेश आने लगे। अविनाश भाई ने उन्हें चाय बनाने के लिए सामान निकालने में पोलीथीन की आवाज़ करने पर दो-तीन बार टोंका जबकि वे सबके लिए चाय बनाने की तैयारी कर रहे थे। प्रयास भाई ने फ़ोटो निकालते समय दो बार झिड़का। जगमोहन भाई ने

समनापुर में भोजन के लिए बैठने को लेकर मुंशीलाल भाई को बुरी तरह डाँटा। तब हमने मुंशीलाल जी को शांत रहने का मशवरा दिया क्योंकि समूह बिखरने का अंदेशा उसी समय सबसे अधिक था। उपसमूह बनने पर सदस्य अपनी कुंठा अकेले पड़ गए सदस्य पर उतारने लगते हैं।

समूह के विकास का तीसरा चरण कार्य प्रदर्शन के बारे में अधिक गंभीर चिंता से चिह्नित होता है। अनौपचारिक समूह में नेतृत्व उभर कर समूह में अन्य सदस्यों को खोलना शुरू कर देते हैं। कार्य प्रदर्शन के लिए विभिन्न मानदंडों को स्थापित करने का प्रयास किया जाता है। सदस्य अपने स्वयं के समूह और संबंधों के लिए अधिक जिम्मेदारी लेना शुरू करते हैं, एक बार यह चरण पूरा हो जाने के बाद, नेतृत्व पदानुक्रम के बारे में एक स्पष्ट तस्वीर सामने आएगी। समूह संरचना के ठोसकरण और समूह की पहचान और दूरदर्शिता की भावना के साथ होती है।

प्रदर्शन पूरी तरह कार्यात्मक समूह का एक चरण है जहां सदस्य खुद को एक समूह के रूप में देखते हैं और कार्य में शामिल होते हैं। प्रत्येक व्यक्ति योगदान देता है, समूह की प्रक्रिया सुनिश्चित करने के लिए समूह के मानदंडों का पालन किया जाता है और सामूहिक दबाव डाला जाता है। अब समूह में एक दूसरे की भावनाओं का आदर करते हुए दूसरों के साथ वह व्यवहार न करें जैसा आप अपने लिए पसंद नहीं करते, सिद्धांत का पालन होने लगता है। समूह अपने लक्ष्यों को पुनर्परिभाषित कर सकता है बाहरी वातावरण से जानकारी के प्रकाश में और उन लक्ष्यों को आगे बढ़ाने के लिए एक स्वायत्त इच्छाशक्ति दिखाएगा तब ही समूह की दीर्घकालिक व्यवहार्यता स्थापित और पोषित हो सकती है। समूह के सदस्यों की जानकारी बहुत काम की होती है।

अनौपचारिक समूह हमेशा विजातीय (heterogeneous) ही होते हैं। अमेरिका में Deniel Goleman के Emotional Intelligence सिद्धांत प्रतिपादन उपरांत व्यवहार-विज्ञान से समूह गतिशीलता पर अनेकों खोज, सर्वे और अनुसंधान हुए तदानुसार मुख्यतः चार प्रकार के व्यवहार पहचाने गए।

मौलिक व्यवहार (Natural Behaviour)
अंगिकृत व्यवहार (Adopted Behaviour)
पारदर्शी व्यवहार (Transparent Behaviour)
नकारात्मक व्यवहार (Negative Behaviour)

दिल में अंदर कुछ है लेकिन कुछ और प्रदर्शित किया जा रहा है। एक ग़ज़ल के मुखड़े से इसे समझ सकते हैं।

तुम इतना जो मुस्कुरा रहे हो
क्या ग़म है जिसको छुपा रहे हो।

ओंठों पे हँसी आँखों में नमी
क्या हाल है क्या दिखा रहे हो।

यह अंगिकृत व्यवहार है, जिसे हम से हर कोई बैंक या आफिस पहुँचते ही ओढ़ लेते हैं। अकसर लोग अंगिकृत व्यवहार के आदी हो जाते हैं, सेवनिवृत्ति के बाद भी अपने स्वभाविक व्यवहार में नहीं आते। स्वभाविक व्यवहार में आने के लिए दोस्तों की खुली महफ़िल दरकार होती है और जब उसमें गांधी-सावरकर जैसे विवाद बीच में आ जाते हैं तब दोनों तरफ़ से नकारात्मक व्यवहार शुरू होता है, एक चुप नकारात्मकता के साथ बातचीत स्थगित हो जाती है। जगमोहन भाई और अरुण भाई के व्यवहार पारदर्शी स्वभाव के उदाहरण हैं, जो दिमाग़ में होता है वह सहजता से प्रदर्शित करते हैं। इससे बचना समूह के अच्छे परिचालन के पक्ष में होशियारी होगी। दो यात्राओं में सदस्यों के आधारभूत व्यक्तित्व ज्ञात हो गए हैं अब समूह मज़बूती ग्रहण करेगा। इसकी क्या गारंटी है कि किसी सदस्य की जगह कोई नया आएगा वह इनसे अच्छा होगा। समूह में अच्छा या बुरा होता भी नहीं है। हर व्यक्ति कुछ विलक्षणता और कुछ ख़ामियाँ जन्मजात लिए होता है, पाँच साल की उम्र तक इदम (Id) में और 18 साल की उम्र तक अहम (Ego) में विकसित होता हैं, जिन्हें बाद में बदला नहीं जा सकता है। अतः मनुष्य जैसा है वैसा ही स्वीकार्य करने से समूह गतिशीलता (Group Dynamic) ठीक तरह काम करती है।

हम सभी परिक्रमा वासियों में जगमोहन अग्रवाल सबसे वरिष्ठ हैं, लेकिन वे सबसे ज़्यादा मज़बूती और जूझारूपन से यात्रा में भाग लेते हैं। उनके पैरों में तकलीफ़ है इसलिए घुटने ज़मीन पर टेककर पंद्रह किलो का भार सहित खड़े हो पाते हैं। अन्य शारीरिक दिक़्क़तों के बावजूद वे निरंतर यात्रा करते रहे। उन्होंने कभी भी नहीं कहा कि वे परेशानी में हैं, नर्मदा जी में उनकी आस्था प्रबल है। नरसिंहपुर जिले की गाड़रवाडा तहसील के

कौंडिया ग्राम के मूल निवासी हैं। जहाँ कभी कौंड़िल्य ऋषि का आश्रम हुआ करता था। जीवंतता, जीवटता और जूझारूपन उनकी सबसे बड़ी पूँजी है। जगनमोहन जी ट्रेकिंग के बहुत ही शौकीन रहे हैं। बैंक नौकरी में भी यूथ क्लब की ओर से अकसर जाते रहते थे।

अरुण दनायक के पिताजी का नाम रेवाशंकर है, वे पुत्री रेवा और पिता शंकर दोनों का आशीर्वाद लेकर चलते हैं। उनके पिताजी रेल्वे में अधिकारी थे। उनकी माताजी 1930-40 के दशक की सुशिक्षित महिला थीं, वे गुरुदेव रवीन्द्रनाथ टेगोर और महात्मा गांधी के विचारों से प्रभावित होकर स्त्री शिक्षा और कलात्मक अभिरुचि की गतिविधियों से जीवन भर जुड़ी रहीं। वे रोज़ मोतीदाना अक्षरों में डायरी लिखती थीं। इन्होंने वे डायरियाँ संभाल कर रखीं हैं जिनमे तीस से साठ के दशक का इतिहास और मुख्य-मुख्य घटनाओं का विवरण मिलता है। अरुण दनायक को लेखन के संस्कार माताजी से मिले हैं। वे गांधी जी से भावनात्मक स्तर पर गहराई से प्रभावित है। किसी काम को सौम्यता से पूरा करने की ज़िद उन्हें अच्छा परिक्रमा वासी बनाती है।

अविनाश दवे सेंट्रल बैंक से सेवानिवृत्त हैं, जबलपुर सेवानिवृत्त संघ की गतिविधियों से जुड़े हैं। अविनाश स्वादिष्ट भोजन प्रेमी हैं। यह गुण उन्हें उनके माता व पिता से विरासत में मिला है। अविनाश के बैग का एक खंड खाद्य सामग्री से भरा है। उसके पास चाय काफी से लेकर पोहा, नमकीन, अचार, मैगी मसाला लड्डू सब मिल जायेगा। अविनाश शौक़ीन फ़ोटोग्राफ़र हैं उनके केमरा से उतारीं गईं फ़ोटो की गुणवत्ता कलात्मक होती है।

मुंशीलाल पाटकर पेशे से वक़ील हैं लेकिन मिज़ाज से यायावर प्रकृति के हैं, हर दो-तीन महीनों में पर्यटन पर निकल जाते हैं। वे बहुमुखी जुगाड़ प्रतिभा के धनी हैं, बीच जंगल में चाय की जुगाड़ जैसी कई जुगाड़ से वाक़िफ़ हैं। समूह के ये त्यागी पुरुष पूरी यात्रा में गरम कपड़े दरी टोपा मोज़े सब दान करते आए। ख़ाली बैग में करेली से एक-एक किलो गुड़ और तुअर दाल भर लाए।

प्रयास जोशी एक संवेदनशील कवि और कला जगत से जुड़ाव रखने वाले दार्शनिक क़िस्म के शांत इंसान हैं। कार्तिक पूर्णिमा की खिली चाँदनी में गराऊ घाट पर उनकी रचनाओं का रसपान किया। वे ट्रैकर हैं, यूथ होस्टल की गतिविधियों से जुड़े हैं।

नर्मदा परिक्रमा दुनिया की सबसे कठिन यात्राओं में से दुरुह यात्रा है। हिंदू हज़ारों सालों से इस यात्रा को करते आ रहे हैं। इस यात्रा के सामने डिस्कवरी चैनल की नक़ली साहसिक यात्राएँ कहीं नहीं लगतीं क्योंकि उनमें ड्रोन केमरा, सैटलायट इमेज, फ़ोटो ग्राफ़र दल और सपोर्ट के रूप में मेडिकल टीम साथ चलते हैं, उनके पास बेहतरीन जीवन रक्षक दवाएँ और आकस्मिक जोखिम से निपटने के अस्त्र होते हैं। नर्मदा यात्रा का कोई तैयार रास्ता नहीं होता क्योंकि प्रत्येक वर्ष नर्मदा के भीषण प्रवाह में सारे किनारे कट कर रास्तों को धो डालते हैं। नर्मदा तेज़ बहाव से कहीं किनारों को तोड़ डालती है, कहीं कँपा छोड़ जाती है, कहीं किसान कछारी खेतों को बखर कर पैदल चलना दूभर कर देते हैं, कहीं स्प्रिंकलर की सिंचाई के कारण कीचड़ से सने खेतों में क़दम रखने से ऐडी तक पैर गंपते हैं, कहीं नुकीली धारदार पहाड़ी पर चलना ठीक वैसा ही है जैसे खड़ी दीवार पर छिपकली जैसे पैर जमाकर खिसकना, कहीं पहाड़ी नालों की गहराई को फिसल कर पार करना। परिक्रमा पथ पर पड़ने वाले स्थानों की दूरी का किताबों में लिखी दूरियों से कोई मेल नहीं हैं। इसका कारण यह है कि इनको नाप कर नहीं अपितु अन्दाज़ से कोस, मील या किलोमीटर में बताया गया है जो कि भ्रामक है। वे किलोमीटर मील भी हो सकते हैं या कोस भी हो सकते हैं। हम आई-फ़ोन से नाप कर सही दूरियाँ लिखते गए हैं। भोजन और ठहरने की व्यवस्था का कोई ठिकाना नहीं, ऐसी विषम परिस्थितियों में नौ दिनों में 104 किलोमीटर की पदयात्रा शरीर को मरोड़ कर और मन के सारे अहंकार तोड़ कर रख देती है। इसके सामने यूथ होस्टल की ट्रैकिंग बच्चों का मन बहलाव है। इस 9 दिवसीय कमरतोड़ 163571 क़दम की यात्रा के दौरान जिन आश्रमों और उनके स्वामियों संचालकों ने आश्रय और भोजन दिया वे साधुवाद के पात्र हैं।

झाँसी घाट से बेलखेड़ी 06 नवम्बर 2019

हम सोमनाथ एक्सप्रेस से बैकपेक में एक पैंट, दो शर्ट, अण्डरवेयर तौलिया, स्लीपिंग बेग, वॉर्मर इनर, अतिरिक्त मोज़े व रुमाल, स्लीपर, तेल साबुन, कुछ नक़द राशि और सूखे मेवे खजूर रखकर भोपाल से श्रीधाम पहुँचने हेतु चल पड़े। अगले 08-09 दिन बस यही हमारी सम्पत्ति है। जीवन यात्रा में बहुत सारा सामान घर में, रक़म बैंक में, मकान शहर में रिश्ते दिलों में इकट्ठे किए है वह सब छोड़कर इतना थोड़ा सामान और नर्मदा से रिश्ता जीवन

जीने के लिए काफ़ी है। रिश्तों को निभाने में बहुत सारे अच्छे-बुरे भाव मन में गाँठ बाँधकर रखे, आज न सिर्फ़ सारा सामान, आराम छोड़कर निकले अपितु अगले 08-09 दिन जब थके माँदे शरीरों को खुले आकाश के नीचे ऊबड़-खाबड़ ज़मीन पर फेंकेंगे तो मन की गाँठे भी ख़ूब खुलेंगी। भिक्षा से भोजन प्राप्ति में अहंकार की गाँठे भी अवचेतन से ढीली होकर चेतन पटल पर आएँगी, जिन्हें ध्यान लगाकर खोला जा सकेगा। आज सुबह ध्यान के बाद कवित्व जागा।

इसके पहले कि
लोग तुम्हें छोड़ दें
रिश्ते तुम्हें तोड़ दें
तुम सीख लो उन्हें छोड़ना।

***

सुबह का सूरज सीखता
रोज़ पृथ्वी को घुमाकर
दिन-रात सजाकर
अपनी राह छोड़ना।

***

पेड़ सिखाता नियम से
ख़ूब खिले
फूलों-फलों को
शाख़ से छोड़ना।

***

रिश्ते-नाते,माया-मोह,
धन सम्मोहन, यश-यौवन
सीख लो दिल से
सब यहीं छोड़ना।

***

पहले भी
करोड़ों-अरबों-खरबों को
निश्चित पड़ा था
ये जहाँ छोड़ना।

***

छूटते सभी एक न एक दिन
आत्मा से देह, अपनो से नेह
भला-बुरा सब कुछ
यहीं है छोड़ना।

***

नियति के सर्कस
का अटल नियम
समय पर झूला पकड़ना
समय पर छोड़ना।

***

समय की दीवार में टंगे
कैलेण्डर हो तुम
खील को तुम्हें भी
पड़ेगा छोड़ना।

मन में विचार आया कि आज से नौ दिन नर्मदा मैया के दामन में जीवन नैया खैबेंगे, वही पार लगाएगी-वही डुबाएगी, वही पलनहार, वही रुलाएगी-वही हँसाएगी। एक नारा मन में जागा, "जय हो नर्मदा मैया, पार लगा दे नैया।" यह सुबह से शाम तक ज़ुबान पर सज़ा रहा और यात्रा का नारा बन गया।

अरुण दनायक, जगमोहन अग्रवाल, मुंशीलाल और प्रयास जोशी के साथ सोमनाथ एक्सप्रेस में सुबह आठ बजे बैठकर दिन के दो बजे श्रीधाम पहुँचे। मुंशीलाल भाई को ख़बर मिली कि उनकी बेटी की सासु जी का निधन

आमला में हो गया है जिनकी रसोई गंगाजली पूजन ग्यारह तारीख़ को रखी गई है उन्होंने निर्णय किया कि वे यात्रा जारी रखेंगे। वे दस तारीख़ को करेली पहुँच कर रेलगाड़ी से आमला जाएँगे। रसोई में सम्मिलित होकर वे आगे की यात्रा हेतु बारह तारीख़ को वापस आ जाएँगे। बाक़ी यात्री तब तक रुके रहेंगे लेकिन वे नर्मदा मैया की लगन में ऐसे डूबे कि ट्रेन में आरक्षण होने के बावजूद उन्होंने आमला जाना स्थगित कर यात्रा जारी रखी।

श्रीधाम उतरकर एक ऑटो से झाँसी घाट पहुँचे। वहाँ चाय-पानी करके नर्मदा मैया को नारियल चढ़ाया। एक व्यक्ति से घाट पर मोबाईल से फ़ोटो उतारने को कहा तो उसने कहा उसे फ़ोटो निकालना नहीं आता, हमने उसका नाम पूछा, उसने भैरव बताया। हमने कहा भैरव बाबा को दारू चढ़ती है तो उसकी आँखों में चमक आ गई। फिर वो फ़ोटो निकालने को झट तैयार हो गया, उसके बाद वह दारू के वास्ते सौ रुपए माँगने लगा तो हमने उसे दारू आचमन हेतु दस रुपए दिए। बेलखेडी की तरफ़ नर्मदा को दाहिनी किनारे रखकर पाँच किलोमीटर की यात्रा पर चल पड़े। किसान कछारी खेतों में मैथी, मिर्ची, गाजर और बेंगन उगा रहे थे जिसकी नक़द रक़म लेकर बाद में उन्ही खेतों में गेहूँ बो देंगे। तीन घंटों में 5.5 किलोमीटर की यात्रा करके बेलखेडी पहुँचे। बेलखेड़ी 250 घरों का गाँव है, 60 घर बर्मन यानि ढीमर के, चार-छः घरों के दीगर समाज और बाक़ी सब लोधियों के घर हैं। पूरा नरसिंहपुर का ग्रामीण इलाक़ा लोधियों से भरा है। जिनकी बसावट की अपनी कहानी है। नर्मदा यहाँ से सतपुड़ा का साथ छोड़कर विंध्य की हीरापुर रेंज से मिलने आगे बढ़ती है, हिरन नदी कुंडम से भागती आकर कुंड्डी खोलकर दरवाजे पर खड़ी मिलती है लेकिन नर्मदा का उसकी साँकल खटखटाना अभी थोड़ी दूर है।

बेलखेड़ी गाँव में घुसते ही गोविंद झारिया से मुलाक़ात हुई जो कि मंदिर के आश्रम में संतों की सेवा करते हैं। नर्मदा के किनारे बहुत ऊँची टेकरी पर एक शिव मंदिर है जिसके महा मंडलेश्वर गिरधारी लाल बर्मन हैं। परकम्मा वासियों के पहुँचने पर कई सेवक चाय, पानी भोजन की व्यवस्था में लग जाते है। आश्रम में जगह पाते ही हम लोगों में मोबाईल बैट्री चार्ज करने की होड़ सी लग जाती है लेकिन खो जाने का डर भी बना रहता है। हमने देखा कि बिजली के खम्भे से एक मोटा तार आँकड़ा बनाकर सीधी बिजली लाईन के नंगे तार से अटकाया गया है। उसी तार का दूसरा छोर

एक दूसरे दो मुँहे तार से जुड़ा है, उसके एक छोर पर लट्टू सुलगा है दूसरा सीधा एक बोर्ड से जुड़ा है। डरते-डरते आई-फ़ोन का चार्जर बोर्ड में लगाया तो चार्जर ख़राब हो गया।

हम जैसे ही बेलखेडी आश्रम पहुँचे, वहाँ उपस्थित सेवक ने प्रश्न किया आप कितनी मूर्ति हैं? हमने चौंककर उसे देखा, उसकी आँखों में श्रद्धा भाव देखकर समझ गए कि हम मूर्ति हो गए, पूजनीय हो गए। सामने नर्मदा का लम्बा पाट देखते हुए सोचते रहे कि इस यात्रा में धार्मिकता और आध्यात्मिकता के भेद को समझ कर संस्मरण लिखेंगे। यात्रा के अंत तक हमारी बुद्धि इसी नज़रिए से लोक-व्यवहार और आस्था को परखती रही। सेवक ने एक कहावत कही "रमता जोगी बहता पानी जे रुकें तो गाद हो जाएँ" हमने कहा महाराज पूरी कहो, वे बोले इत्ति आत है। हमने पूरी कहावत इस तरह बताई :-

रमता-जोगी बहता-पानी
इनका कोई ठिकाना नाँय
ये जो रुकें तो गाद हो जाँय।

पानी रुका तो जीवाणु पैदा हो जाते हैं और जोगी रुका तो स्थान और व्यक्ति का मोह रूपी जीवाणु उसे ग्रास में लेकर साधु नहीं रहने देता, इसलिए साधक का मंत्र चरैवेती-चरैवेती होता है। नर्मदा वैराग्य की देवी मानी जातीं हैं इसका पानी कहीं रुकते नहीं देखा, निरंतर प्रवाहमान प्रकृति है। मनुष्य का जीवन भी निरंतर प्रवाहित है, समय का पानी अच्छा हो या बुरा गुज़र ही जाता है। वह अच्छे समय को पकड़ कर रोकना और बुरे को परे धकेलना चाहता है, यही मोह है-यही आसक्ति है। नर्मदा न कहीं रुकती न रुकने देती, चरैवेती-चरैवेती मंत्र जाप से चले-चलो पग-पग नर्मदा तीरे-तीरे, धीरे-धीरे।

नर्मदा परिक्रमा के आध्यात्मिक पहलू को समझने के लिए हमें धार्मिकता (Religiosity) और आध्यात्मिकता (Spirituality) के मूलभूत अंतर को समझना होगा। धार्मिकता का अर्थ ईश्वर में आस्था+कर्मकांड है जिसमें तर्कबुद्धि का कोई काम नहीं है, अर्थात ब्राह्मण ग्रंथों में वर्णित कर्मकांड सम्पादित करना धार्मिकता है। आध्यात्मिकता का अर्थ आस्था+तर्कबुद्धि से

तत्वज्ञान के प्रश्नों का अध्ययन, चिंतन, मनन और विश्लेषण करके निष्कर्ष निकालना, जैसे नर्मदा परिक्रमा के पौराणिक व ऐतिहासिक संदर्भ क्या हैं, उसकी परिपाटी कब से शुरू हुई। वेदों में नर्मदा का उल्लेख नहीं मिलता क्योंकि उस समय तक आर्य आज के पंजाब हरियाणा तक सीमित थे। बौद्ध काल के चरमोत्कर्ष के दौरान कुछ ऋषि-मुनि वेद उपनिषद लेकर गंगा-यमुना दोआब से विंध्याचल पार करके नर्मदा घाटी में आए तब उन्होंने नर्मदा की उद्गम से भड़ौच तक यात्रा की, जिसके प्रणेता कपिल मुनि थे जिनका सांख्य दर्शन गीता में जस का तस रख दिया है कि आत्मा अनादि-अनंत है। अमरकण्टक में अभी भी कपिल धारा है जहाँ कभी उनका आश्रम रहा होगा।

बेलखेडी के मंदिर के सामने से खुले प्रांगण में रात गुज़ारी जहाँ से चाँद की झिलमिल चाँदनी में नर्मदा का सौंदर्य लुभावना और मोहक था। वहाँ चार-पाँच सेवक चाय भोजन की व्यवस्था करते रहे। दाल चावल रोटी का सेवन किया। उसके बाद आठ-दस लोग प्रांगण में आकर बैठे, उनसे सनातन धर्म में दीपक की महत्ता पर चर्चा हुई कि हम रोज़ दीपक क्यों जलाते हैं। वे लोग बोले "सब जलात हैं सुई हम जलात हैं।" उन्हें दीपक का तात्विक अर्थ बताया। हमारी देह पृथ्वी, जल, वायु, अग्नि और आकाश के पंचभूत से अस्तित्व में आती है और आत्मा की ज्योति जीव रूप में प्रतिष्ठित होती है। दीपक पृथ्वी की मिट्टी से बनता है, उसमें तेल रूप में जल, और वायु व आकाश के खुलेपन में अग्नि प्रज्वलित करके ज्योत जलाई जाती है। इस प्रकार दीपक जीवंत देह का प्रतीक है। पंचभूत और आत्मा के सम्मान स्वरुप दीपक जलाया जाता है। यह हिंदुओं का पंचभूत+आत्मा का मौलिक सिद्धांत है, जिस पर कर्म-अकर्म, स्वर्ग-नरक, पुनर्जन्म और मुक्ति की अवधारणा विकसित हुई।

उसके बाद गांधी जी के जीवन पर बातचीत हुई स्वतंत्रता संग्राम से जुड़ी महत्वपूर्ण घटनाओं और गांधी जी की भूमिका पर संवाद हुआ। मौजूद लोगों को महात्मा गांधी के जीवन की कहानी पसंद आई, कुछ वार्तालाप महाभारत पर भी हुआ तब तक सामने आकाश में चन्दामामा पीला मुँह लिए आ गए, रात में एक चाँद है जिसे देखते हुए दूरस्त प्रेमी विरह की उदास रात में सपनों के रंग भरते हुए गीत, कविता ग़ज़ल रचते हैं। जैसे-जैसे वे आकाश में चढ़ते गए हम वैसे-वैसे उन्हें निहारते आँखें मूँदते गहन नींद के आग़ोश में चले गए।

बेलखेड़ी से गंगई 07 नवम्बर 2019

सुबह एक-एक गिलास दूध पीकर आठ बजे बेलखेड़ी गाँव से नर्मदा की गोदी में उतर कर चल पड़े। रास्ता बड़ा कठिन था, किसानों ने खेतों को गोड़ दिया है या फ़सल बोकर स्प्रिंकलर चलने के कारण रास्ते पर कीचड़ हो जाने से जूतों में दो-दो किलो मिट्टी चिपकने से चलना दूभर था। बड़ी मुश्किल से रुक-रुक कर चलते रहे। नर्मदा के अति सुंदर नज़ारे आँखों और मोबाईल में क़ैद होने लगे। क़रीबन तीन बजे धुरन्धर बाबा के आश्रम में पहुँचे। धुरन्धर बाबा बिहार से आकर नर्मदा के किनारे एक पहाड़ी पर आश्रम बनाकर रहने लगे हैं। गाँजे की पत्ती और चाय उनका भोजन है। एक बार सरकारी आबकारी विभाग ने धुरन्धर बाबा को गाँजे के पौधे साक्ष्य स्वरुप लेकर नरसिंहपुर कलेक्टर के सामने पेश किया। धुरन्धर बाबा ने दलील दी कि गाँजे की पत्तियाँ मेरा भोजन है, नहीं खाऊँगा तो मर जाऊँगा और हत्या का आरोप आपके माथे पर आएगा। कलेक्टर साहब ने आबकारी अधिकारी को धुरन्धर बाबा की पेशकारी पर डाँट पिलाई। उस दिन के बाद धुरन्धर बाबा निर्विघ्न गाँजे की खेती करके पत्तियों के भोजन और चाय सेवन से ज़िंदा हैं। उनके बाल दस फुट लम्बे हैं, बाबा का कहना है कि जिन लड़कियों या औरतों को केश की लम्बाई बढ़ानी है वे गाँजे की पत्तियों का नियमित सेवन करें। बाबा मज़बूत पाए के काऊच पर आसन जमाए गाँजा रगड़ते और बाँटते हैं उनके पास आठ-दस कुत्ते पले हैं जिनको भी गाँजे के धुएँ और पत्तियों के सेवन की आदत पड़ गई है। पहले हमारा साबका उनके एक धूर्त सेवक से हुआ, जो खींसे निपोरकर किसी भी बात का मुंडी हिलाकर जबाव देता था। पहले बोला आश्रम में दाल-चावल भर हैं। रात में केवल दाल-चावल खाने से रात में बार-बार पेशाब से नींद टूटती है और अच्छी नींद नहीं होने से शरीर टूटने लगता है जबकि हमें रोज़ दस किलोमीटर चलना होता है। हम अरुण भाई के साथ गाँव से आलू, भटे और टमाटर ख़रीद लाए तो वह बोला आपही बना लो, जब धुरन्धर बाबा को पता चला तो उन्होंने स्वयं सब्ज़ी और आठ चपाती के बराबर एक 10-12 मिलीमीटर मोटाई का एक-एक टिक्क बनाकर परसा जिसे मुश्किल से खपा पाए।

परिक्रमा के दौरान एक बात पता चली कि संगीन अपराधी बाबा का चोला रखकर परिक्रमा करते रहते हैं। कोई भी परिक्रमा वासी सात दिन एक आश्रम में खाने, पीने और रहने की सहूलियत पा सकता है। वह हर सात

दिन में जगह बदलकर पुलिस को चकमा देते रह सकता है, वैसे भी एक थाना क्षेत्र की पुलिस दूसरे क्षेत्र में दख़लंदाज़ी नहीं करती है। एक अनुमान के अनुसार तीन-चार हज़ार से अधिक आश्रम नर्मदा किनारे हैं, जहाँ अपराधी शरण पाते रह सकते हैं। साधु सन्यास लेते समय नाम बदल लेते हैं, तो वे लोग भी नाम बदल लेते हैं। उनसे नाम पता पूछो तो घुमा फिराकर इधर उधर की बात से भरमा देते हैं जैसे :

नाम न पूछो साधु का पूछ लीजिए ज्ञान
मोल करो तलवार का पड़ी रहन दो म्यान।

सुबह-शाम धुरन्धर बाबा के शिष्य नियम से गाँजे की चिलम खींचने आते हैं। दरबार में काऊच पर बाबा के आसन के सामने लम्बी चौड़ी दरी पर शिष्यों का चिलम का दौर रामचरितमानस के किष्किन्धा कांड और सुंदर काण्ड के प्रवचन की सी डी पर चलता रहता है।

जबलपुर-इटारसी रेल खंड स्टेशनों की दूरी नर्मदा किनारों से दस से बीस किलोमीटर है। मुख्य सड़क भी कमोवेश उतनी ही दूरी पर है इसलिए वायु, जल प्रदूषण नहीं है, पेड़ों और गन्ने के खेतों की सघन हरियाली से सूर्य की किरणें ज़मीन में जज़्ब होने से वातावरण गर्म नहीं होता है। जबकि शहरों के कांकरीट जंगल भट्टी की तरह झुलसते हैं। अनाज सागभाजी और भरपूर दूध दही मक्खन सेवन से लोग मेहनतकश और स्वस्थ रहते हैं जबकि शहरों में विलासिता पूर्ण जीवन के आदी लोग दवाइयों के भरोसे ज़िंदा रहने के अभ्यासी हो गए हैं। गांधी जी का ग्रामीण परिवेश को स्वावलम्बी बनाने का उद्देश्य था कि स्थानीय कुशल कारीगर ज़रूरत की चीज़ें स्थानीय स्तर पर पैदा करें लेकिन निज़ाम ने उन्हे शहरी कारख़ानों का उपभोक्ता बना छोड़ा है। गांधी जी के सिद्धांत पर भूटान आर्थिक नीतियों को अमल में लाकर ख़ुशहाली इण्डेक्स में पहली पाँच श्रेणी में स्थान पाता है। भारत में शहर प्रदूषण के अड्डे बन गए हैं। गाँव के मेहनतकश लोग सुबह और शाम दो बार भोजन करते हैं जबकि उन्हें दिन भर ऊर्जा हेतु ग्लूकोज़ की दरकार होती है। नरसिंहपुर जिले में सर्वाधिक फ़सल गन्ने की होती है इसलिए चाय-दूध में बहुत अधिक शक्कर डालने का रिवाज बन गया है ताकि उनकी ग्लूकोज़ की भरपाई होती रहे। खेती में मशीनीकरण के कारण समृद्ध किसान डायबिटीज़ और हृदय रोग के शिकार होना शुरू हो गए हैं। धुरन्धर बाबा के आश्रम में

तार पर सूखने डाले। चड्डी और बानियान छूट गए और बेलखेड़ी में चार्जर जल गया, जबलपुर से अविनाश दवे आगे साँकल घाट पर यात्रा में जुड़ने वाले थे अतः दोनों चीजें लाने हेतु उन्हें फ़ोन कर दिया।

गंगई से ब्रह्म कुण्ड 08 नवम्बर 2019

हमारी परिक्रमा किसी मन्नत या जन्नत की लालसा से नहीं की जा रही है अपितु हिंदू जिज्ञासुओं की एक सांस्कृतिक परिक्रमा है जिसका उद्देश्य परिक्रमा की भावना, क्षेत्र, विस्तार और लक्ष्य की सीधी जानकारी लेना है ताकि उन्हें भावी पीढ़ी के लिए संजो कर रखा जा सके।

शाहपुरा-भिटौनी के मनकेडी गाँव से दो व्यक्तियों ने आज ब्रह्मकुण्ड घाट से विधिवत अखंड परिक्रमा ऊठाई है। उनका कहना था कि बेटी का हाथ बंदर ने चबा लिया था उसे डाक्टर ठीक न कर सके नर्मदा मैया ने दर्शन देकर उसे आशीर्वाद दिया और बेटी का हाथ ठीक हो गया। दूसरे ने घरेलू वाद-विवाद से मुक्ति हेतु परिक्रमा व्रत लिया है। वे भिक्षा में सीधा लेकर भोजन बनाते हैं और अतिरिक्त सामग्री दान कर देते हैं। प्रतिदिन पाँच घर भिक्षा माँगते हैं। समान्यतः लोग पाप मुक्ति, मान्यता या स्वर्ग कामना से परिक्रमा करते है। उन्हें आस्था का संबल खींचता है। हमारे जैसे बिना किसी कामना के अमृत लाल बेगड़ जैसे बहुत कम लोग इस अत्यंत दुरुह यात्रा पर निकलते है।

कुछ साम्यवादी हिंदू पौराणिक शास्त्रों को बकवास और धर्म को जनता की अफ़ीम बताते हैं लेकिन उनके रूसी आका येरूसलम, कन्नांन, हारान को पवित्र भूमि और पुराना नियम को इतिहास बताकर ख़ुश होते हैं। यहूदियों ने अपनी किताबों और सिद्धांतों व विचारधारा से 2500 सालों बाद इज़राइल पाकर उसे सशक्त आधुनिक राष्ट्र बनाया। हिंदुओं के पुराणों में नर्मदा के जिन घाटों, ऋषि-मुनियों और आध्यात्मिक सिद्धांतों का उल्लेख है, जिनको करोड़ों लोग मानते हैं उन जगहों की जानकारी लिपिबद्ध करना हमारा पुनीत कर्तव्य है। ज़रा सोचिए, लोगों से तथाकथित अफ़ीम छुड़ा ली जाए तो उनके पास जीवन की विद्रुपता से निपटने हेतु सिवाय शराब और सेक्स के क्या बचेगा।

सभी धर्मों के प्राचीन ग्रंथ बड़े बेतरतीबी से लिखे या संग्रहित किए गए हैं। जिस समय वे लिखे जा रहे थे उस समय पुस्तकें लिखने की कला

विकसित नहीं हुई थी। सौ या दो सौ सालों तक उनका संकलन होता रहता था फिर एक, दो, तीन या चार संगिति में सम्बंधित धर्म के विद्वान उसे अंतिम स्वरुप देते थे। बाइबिल, कुरान, बुध्यचर्या और गुरुग्रंथ सहित समस्त पुराण इसी तरह संकलित हुए हैं। समय-समय पर उन्हें अद्यतन किया जाता रहा है, जैसे विकीपीडिया में जो जब चाहे कुछ भी जोड़ सकता है, अतः उनमें बुद्धि गम्य तार्किकता पूर्ण संदेश ढूंढ़ना मृग मरिचिका के सिवाय कुछ नहीं है लेकिन एक बात ज़रूर सही है कि सम्बंधित धर्मों के मूलभूत सिद्धांत उन बेतरतीब शास्त्रों में आस्था पूर्वक पिरोए गए हैं इसीलिए वे ग्रंथ उनके अनुयायियों के लिए पूजनीय हैं। उनमें से काम की चीज़ लेकर बाक़ी छोड़ दीजिए।

जड़ चेतन गुण दोष मय विश्व कीन्ह करतार
संत हंस गुण पय लहहीं छोड़ वारी विकार।

हिंदुओं के 4 वेद, 18 पुराण और 108 उपनिषद 1194 में मुहम्मद गौरी से लेकर 1774 में वारेंन हेस्टिंग के आने तक 600 साल इस्लामिक अत्याचार से बचते-बचाते उपेक्षित रहे हालाँकि वे शास्त्र आदि शंकराचार्य द्वारा आठवीं सदी में देश के चार धामों, बारह ज्योतिर्लिंगों, बावन स्थापित शक्तिपीठों और नर्मदा किनारे भेड़ाघाट से भंडोंच तक अनेकों ऋषि आश्रमों में सुरक्षित रखे रहे। सोमनाथ, उज्जैन, मथुरा और काशी में मंदिर-मूर्तियाँ तोड़कर ग्रंथ जलाए गए लेकिन सतपुड़ा-विंध्याचल के बीच वनाच्छादित घने बियाबांन जंगलों में 1300 से अधिक किलोमीटर लम्बी नर्मदा के घाटों में सुरक्षित रहे। ऋषि-मुनि उन्हें ढोकर परिक्रमा करते श्रुति और स्मृति में ज़िंदा रखे रहे। 1774 में वारेंन हेस्टिंग के आने के बाद कलकत्ता हाईकोर्ट में एक व्यक्ति विलियम जोंस न्यायाधीश बनकर आए, उन्होंने देखा कि हिंदुओं का न्याय भी मुस्लिम शरीयत से होता है, जिसके कारण उनके साथ अन्याय बरता जाता है। उन्होंने संस्कृत पढ़कर हिंदू धार्मिक ग्रंथों के अध्ययन से हिंदू न्याय सिद्धांतों को जानना चाहा तो कोई उन्हें संस्कृत पढ़ाने वाला न मिला। अंत में काशी का एक ब्राह्मण माँस-मदिरा त्याग कर हिंदू पद्धति से रहने की शर्त पर उन्हें हिंदू दर्शन व धार्मिक शास्त्रों के अध्ययन कराने को तैयार हुआ। उन्होंने शास्त्रों का गम्भीर अध्ययन करके अंग्रेज़ी में अनुवाद किया। तब पश्चिमी दुनिया उन्हें पढ़कर चौंक गई। विवेकानंद ने प्रेसीडेंसी कालेज में

वेदान्त का अंग्रेज़ी भाष्य उनके अनुवाद से पढ़कर शिकागो का प्रसिद्ध वक्तव्य दिया था। तथाकथित खंडित बुद्धिजीवी इन्हें बकवास मानते हैं लेकिन घरों में उन्ही पौराणिक पात्रों को घंटी बजाकर पूजते हैं।

सनातन पौराणिक मान्यताओं के अनुसार अमरकण्टक से नेमावर के बहाव को देवी नर्मदा की देह का ऊपर का हिस्सा माना जाता है, तदानुसार नेमावर नाभिकुंड है। नेमावर को विष्णु के छठे अवतार परशुराम का जन्मस्थान माना जाता है। इसका मतलब हुआ कि ऋषि जमदग्नि और रेणुका का आश्रम नेमावर में रहा होगा। भृगु, मार्कंडे, वशिष्ठ, कौंडिल्य, पिप्पल, कर्दम, सनत्कुमार अत्रि नचिकेता, कश्यप, कपिल जैसे अनेकों सनातन ऋषियों के आश्रम भेड़ाघाट से नेमावर के बीच रहे हैं जहाँ वेदों का पठन-पाठन, उपनिषद, अरण्यकों, ब्राह्मण ग्रंथों और पुराणों के साथ स्मृतियों का लेखन कार्य उन ऋषि आश्रमों में हुआ है।

आर्य-अनार्य सिद्धांत को ठीक माने तो आर्यों के आगमन के बाद से अनार्य याने असुर विन्ध्याचल और सतपुडा पर्वतों के बीच सघन जंगलों में प्रवाहित सदानीरा नर्मदा के दोनों किनारों बस गए थे। उत्तर भारत का इलाक़ा उन्होंने आर्यों के लिए छोड़ दिया था। नरसिंहपुर के नृसिंह मंदिर में भगवान नरसिंह की मूर्ति प्रह्लाद ने स्थापित की होगी। इसी क्षेत्र में हिरण्यकश्यप का राज्य था, शोणितपुर अर्थात वर्तमान सोहागपुर में प्रह्लाद के पोते बाणासुर की राजधानी थी। प्रह्लाद की एक बहन के पुत्र असुरों के गुरु शुक्राचार्य का आश्रम विन्ध्याचल और सतपुडा पर्वतों के घने वन क्षेत्र में था यहाँ की जड़ीबूटियों के रसायन से उन्होंने अमृत संजीवनी तैयार की थी जिसे अर्जित करने हेतु देवताओं के राजा इंद्र ने गुरु पुत्र कछ को भेजा था। इसी क्षेत्र में उसका प्रेम प्रसंग शुक्राचार्य पुत्री देवयानी से हुआ था। देवासुर संग्राम के पूर्व देवताओं ने ब्रह्मकुण्ड में शिव आराधना की थी। गराडू घाट पर गरूँड़ ने युद्ध काल में तपस्या की थी। नर्मदा की परिक्रमा में इन सभी देवी-देवताओं की परिक्रमा हो जाती है। जयचंद विद्यालंकार के कालबद्ध पौराणिक इतिहास लेखन के बाद से पौराणिक साहित्य को हिंदुओं का ऐतिहासिक साहित्य माना जाने लगा है। नर्मदा घाटी का भेड़ाघाट से नेमावर का क्षेत्र देव-असुर संग्राम का साक्षी रहा है। स्कन्द पुराण के रचयिता वेद व्यास ने कार्तिकेय अर्थात शिवपुत्र स्कन्द के नाम पर यह यह ग्रंथ संकलित किया था। स्कन्द द्वारा तारकासुर असुर का वध का साक्षी भी यही स्थल रहा है। भगवान शिव संहार

के देवता हैं। उनका पुत्र कार्तिकेय संहारक शस्त्र अथवा शक्ति के रूप में जाना जाता है। तारकासुर का वध करने के लिए ही स्कन्द का जन्म हुआ था। कार्तिक माह की ग्यारस के चमकते चाँद की गवाही में इस पौराणिक स्थान का आनंद लिया। स्कंद का एक नाम कार्तिकेय है, कार्तिक मास की पूर्णिमा को नर्मदा के दोनों तटों के हज़ारों घाटों पर भरने वाले मेलों में करोड़ों लोग डुबकी लगाकर पुण्य सहेजते हैं।

हमारी पग-पग यात्रा नर्मदा की कल-कल संगीतमयी सरगम की धुनों पर परवान चढ़ रही थी, धुरन्धर बाबा के आश्रम से उसमें एक नया राग फूफा-राग जुड़ गया। यह जनमासा ठाट का दिन के चौथे-पाँचवें पहर में बजाया जाने वाला राग है, इसका आरोह-अवरोह अरुण भाई ने उस समय ईजाद किया था जब जगमोहन भाई ने धुरन्धर बाबा के एक अकडूँ चेले की ऐसी तेसी कर दी थी जैसा कि बारातों में दुल्हा के फूफा करते हैं। यह गंगई घराने का राग है जो शाम की उदासी या रात के पहले प्रहर के सन्नाटे और लस्तपस्त शरीरों में जान फूँकने के लिए अरुण भाई द्वारा छेड़ा जाता था, हम तबले पर तीन ताल मे संगत करते थे। फूफा पहले हल्के से गुर्रा कर ता.. थई... ताता... थई पर कत्थक के घुँघरू दार क़दम ताल चलते हुए हल्का चक्कर लेते-लेते तांडव पर उतर आते तब फूफा के रौद्र रूप से समूह को साँप सूंघ जाता। इस प्रकार नीरसता में रस तलाशती यात्रा हमारी यादों की तिजौरी में जमा होती मूल्यवान सम्पत्ति है।

गंगई से ब्रह्मकुंड तक की यात्रा अबतक की सबसे दुरुह पदयात्रा थी। रास्ता बहुत ख़राब कही कीचड़, कहीं नुकीले पत्थर, कहीं रेतीले और कहीं कटे किनारे जानलेवा हो सकते थे। सुबह आठ बजे आश्रम के स्वामी धुरंधर बाबा से विदा लेकर नर्मदा किनारे-किनारे चल पड़े। क़रीबन तीन किलोमीटर चलकर मुआर घाट पहुँचे, मान्यता है कि दुर्गा देवी ने भैंसासुर का वध इसी घाट पर किया था। इसकी प्रबल सम्भावना है कि आर्य-अनार्य संघर्ष सतपुड़ा-विंध्याचल के बीच प्रवाहमान नर्मदा के दस से बीस किलोमीटर मैदान में हुआ हो वही घटना पुराणों में देवासुर संग्राम के रूप में वर्णित है क्योंकि आर्यों से अलग माने जाने वाली गौंड, भील, कोरकू प्रजातियां अभी भी वहाँ निवास करती हैं। उस दिन कार्तिक माह के शुक्ल पक्ष की ग्यारस थी। घाट पर स्नान चल रहा था, हम सभी ने भी स्नान किए और कुछ चना-चबैना ग्रहण किया। घाट पर चार व्यक्ति अखंड परिक्रमा उठा रहे थे उनके परिजन

उन्हें विदाई देने आए थे। आज कई लोग दोनों किनारे के घाटों से परिक्रमा उठा रहे थे। कुछ पंचकोशी परिक्रमा उठा रहे थे। शाम के चार बजे तक सफ़ेद कपड़ों में क़तारबद्ध होकर परिक्रमा वासी चल पड़े, नर्मदा के सौंदर्य में चार चाँद लग गए।

ब्रह्म कुण्ड में सीधी चढ़ाई चढ़कर धर्मशाला पहुँचे वहाँ एक 93 वर्षीय बुज़ुर्ग अपनी लक्वाग्रस्त पत्नी सहित मिले, वे बड़ी आत्मीयता से पत्नी सेवा में रत हैं। पहले हमने जहाँ ठिकाना बनाया वहाँ रोशनी की व्यवस्था नहीं होने से उनके दालान में ठिकाना जमाया, वे भोजन सामग्री देने को तत्पर थे बनाना हमें था परंतु थकान से शरीर टूट रहे थे। एक पंडित जी के घर से तीस रोटी और आलू की सब्ज़ी का ठेका तीन सौ रुपयों में तय हुआ और सुबह से पड़े ख़ाली पेट भर गए। एक असहाय बूढ़ी माँ विक्षिप्त अवस्था में आकाश के नीचे खुले में सो रही थी, आश्रम सेवक से पूछा तो पता चला वह बिस्तर में शरीर की सारी गंदगी फैलाकर बदबू फैलाती है इसलिए आग जलाकर बाहर सोती है। सुबह मुंशीलाल जी ने अपना शाल, इनर, चादर, दरी और मोज़े उस असहाय को दान कर दिए। मुंशीलाल एक-एक करके कपड़े देते जा रहे थे वह ख़ुश होकर आशीर्वाद बरसा रही थी, बड़ा मार्मिक दृश्य था।

ब्रह्मकुण्ड से साँकल 09 नवम्बर 2019

पौराणिक मान्यता है कि देवासुर संग्राम के पहले देवताओं ने ब्रह्मकुंड पर तपस्या की थी दैवीय शक्तियों से दुर्गा देवी का प्रकट आविर्भाव हुआ था। दस किलोमीटर आगे भैंसा नामक गाँव है उसी के पास मुआर घाट पर देवी-भैंसासुर संग्राम हुआ था जहाँ देवी ने भैंसासुर का वध में किया था। ब्रह्मकुण्ड में देवासुर संग्राम के दौरान ब्रह्मा का वास रहा था।

ब्रह्मकुण्ड से चले एक घंटा हुआ था कि विंध्य पर्वत की भांडेर पर्वत श्रेणी के कगार से उत्तरी तट पर हीरापुर के नज़दीक हिरन नदी खरखराती आकर नर्मदा में समा गई। हिरन नदी जबलपुर जिले के कुंडम के निकट से निकलती है, दमोह जिले के तेंदुखेड़ा और सागर जिले के नौरादेही से कई नाले और बेलकुंड, सोहर और कैंर को समेटते परिअत नदी उसमें आ मिलती है। हिरन नदी जबलपुर जिले और नरसिंहपुर जिले की सीमा निर्धारित करती है।

सुबह आठ बजे साँकल के लिए रवाना हुए एक दिन पहले की थकाऊ यात्रा के बाद थोड़ा आराम से चलने का निर्णय लिया। धीरे-धीरे चलना शुरू किया पहले बरगी से आती नहर के किनारे चलने लगे लेकिन एक राहगीर के सुझाव पर नर्मदा के तट पर उतर गए। रास्ता ऊबड़-खाबड़ और कीचड़ सने खेतों से था, सामने से चमकते सूर्य की बढ़ती गर्मी मुश्किल बढ़ा रहीं थीं, शरीर पसीने से तरबतर माँसपेशियाँ लस्तपस्त हो चुकीं थीं, ऐसे में साँकल सराय जाने के लिए एक किलोमीटर की तंग पहाड़ी सामने आ गई। पाँच मिनट हाँफती साँस को थामा, फिर चढ़ने लगे और आधा घंटे की चढ़ाई के बाद एक मकान पर धर्मशाला लिखा दिखा, वहाँ पहुँचे तो पता चला कि रामप्रसाद साहू ने परकम्मा वासियों के लिए धर्मशाला बनाई है। एक कमरा खोला उसमें आमने सामने दो दरवाज़े थे और चारों कोनों में गेहूँ के बोरों की छल्ली लगी थी। अस्सी वर्षीय रामप्रसाद साहू से मुलाक़ात हुई उनके पोते-पोतियाँ आ गए। उन्होंने स्वागत करके भोजन इत्यादि के लिए आश्वस्त करके पोती को बुलाकर उनकी माँ को भोजन की व्यवस्था करने को कहा। थोड़ी देर बाद जनानख़ाना से ख़बर आई कि "मम्मी कल ग्यारस उपासी थीं, आज शनीचर उपासी हैं उनने कही है कि वे थकीं हैं, न बना पाएँगी।" रामप्रसाद आँखों में पानी भरकर बोले, बाबा हम परवश हैं आप सीधो लेकर बना लो। क़रीब दो घंटे बाद एक गोल लौंकी परांत में हँसिए के साथ डोलती आई, हमें हाथ आजमाते देख दादा की बहु पल्लू में मुस्कुराते हुए बोली, रहन दो बाबा हम बनाए दे रहे। चार बजे तीस रोटियों के साथ सब्ज़ी बनकर आ गईं। हरेक ने चार-चार रोटियाँ लौकी साग के साथ साफ़ कीं और दो-दो रोटियाँ बचाकर रखीं जिन्हें रात को आठ बजे दूध-गुड़ से खाईं। इस प्रकार लंच-डिनर दोनों सध गए, एकै साधे सब सधे, सब साधे सब जाए।

रात में रामप्रसाद साहू बोले "लोधी घमंडी हैं धर्मशाला के सामने हैंडपम्प नहीं लगने दे रहे, अपने खेतों के बीच में पड़ने वाली ज़मीन को किसी भी तरह धौंस धपट से ख़रीद कर एक चक बना लेते हैं। नरसिंहपुर जिले की अस्सी प्रतिशत ज़मीन उनके स्वामित्व में है।" लोधियों का थोड़ा परिचय लेते चलें। लोधी (लोधाया लोध) भारत में पायी जाने वाली एक किसान जाति है। ये मध्यप्रदेश में बहुतायत में पाये जाते हैं, मुस्लिम आक्रमण और प्रताड़ना से तंग आकर पहले विस्थापित होकर पश्चिमोत्तर सीमा से

उत्तर भारत, फिर नर्मदा घाटी में आ बसे है। नरसिंहपुर जिले में लोधी हैं परंतु होशंगाबाद जिले में वे नदारत हैं, वहाँ रघुवंशी, गूज़र अधिक हैं। लोधी 'अन्य पिछड़े वर्ग' की एक जाति है, परंतु इस जाति के लोग राजपूतो से संबधित होने का दावा करते हुए 'लोधी-राजपूत' कहलाना पसंद करते हैं। जबकि, इनके राजपूत मूल से उद्धृत होने का कोई साक्ष्य नहीं है और न ही इन लोगो में राजपूत परंपराए प्रचलित है। हमने आठ-दस किसानों से पूछा राजपूतों की उत्पत्ति सूर्य से, जैसे राम का इक्ष्वाकु वंश सूर्यकुल से उत्पन्न हुई या कृष्ण का यादव वंश चंद्रकुल से आया है, उनकी सिलसिलेवार वंशावली मिलती है। लोधियों की उत्पत्ति सूर्य या चंद्र, किससे हुई है। उन्होंने बताया कि लोधी ठाकुर हैं, बस इतना जानते हैं। असल में, वे पिछड़ा वर्ग का लाभ लेते हैं इसलिए खुलकर नहीं बोलते। ब्रिटिश शासन के एक प्रशासक, रोबर्ट वेन रुसेल ने लोधी शब्द के कई संभव शाब्दिक अर्थों का जिक्र किया है, उदहरणार्थ लोध वृक्ष के पत्तों से रंगो का निर्माण करने का कार्य करने के कारण ये लोग लोधी कहलाए। रुसेल ने यह भी कहा है कि 'लोधा' मूल शब्द है, जो कि बाद में मध्य प्रदेश में 'लोधी' में रूपांतरित हो गया। एक अन्य सिद्धान्त के अनुसार, लोधी अपने निवास अफ़ग़ानिस्तान से पंजाब के लुधियाना में आकर बसे फिर मुस्लिम आक्रमणों से परेशान होकर गंगा-यमुना के दोआब गए वहाँ वे लुधियाना के नाम से लोधी कहलाए। ब्रिटिश स्रोतो में लोधियों को उत्तर भारत से विस्थापित होना बताया गया है,जहाँ से यह लोग मध्य भारत में आ बसे। ऐसा करने में उनके सामाजिक स्तर का उत्थान हुआ, और यह लोग ब्राह्मण, बनिया व राजपूत आदि से नीचे के स्थानीय शासक तथा जमीदार बने। इनमे से कुछ बड़े जमींदार 'ठाकुर' की, पदवी पाने में सक्षम रहे, तथा दमोह व सागर जिलो में कुछ लोधी परिवारो को पन्ना के शासक द्वारा राजा, दीवान व लंबरदार करार दिया गया। इस तरह शक्तिशाली बने लोधियों ने बुंदेला उत्थान में महत्वपूर्ण भूमिका निभाई। 1857 कि क्रांति मे, लोधी भारत के विभिन्न भागो में अंग्रेज़ो के खिलाफ लड़े। हिंडोरिया रिसायत के लोधी तालुकदार जिले के मुख्य कार्यालय की तरफ कूच करने व खजाने को लूटने में शामिल थे, जबकि शरपुरा के लोधियों ने स्थानीय पुलिस को खदेड़ दिया व उन्होने घुघरी गाँव को भी लूटा। मध्य प्रदेश के नरसिंहपुर ज़िले में हीरापुर का प्राचीन राजघराना है। इसको पहले हीरागढ़ के नाम से जाना जाता था। इस वंश के पूर्वत राजा जगन्नाथ सिंह

महदी माता के उपासक थे। इसीलियें ये महदेल लोधी कहलाये। हिन्डोरिया (दमोह) में लोधी वंशजों की एक प्राचीन गढ़ी है, जिसमें लोधी राजवंश के उत्तराधिकारी निवास करते हैं। इलाक़े में आज़ भी उनका मान सम्मान क़ायम है। नरसिंहपुर जिले में लोधी परिवार बहुतायत में हैं। कृषि से प्राप्त आय का बड़ाभाग कोर्ट-कचहरी वकीलों को हर साल देते आ रहे हैं।

शाम को कम्युनिस्ट विचारधारा पर प्रयास जोशी से बातचीत चल निकली, काल मार्क्स के साम्यवादी विचार से बोल्शेविक क्रांति में ज़ारशाही के अंत से बात ईसाइयत से होती हुई यहूदी और इस्लाम के मूल सिद्धांतों पर आ गई। प्रयास सहित सभी लोग बड़े तल्लीन होकर सुन रहे थे। उसी दिन बाबरी मस्जिद का निर्णय आया था अरुण भाई ने बातचीत सख़्ती से बात बंद करवा दी, उन्हें डर लगा कि कहीं कोई विडियो बनाकर दंगे न भड़का दे। जबकि ऐसी किसी सम्भावना का दूर तक अतापता नहीं था, न तो कोई विडियो बना रहा था और न ही वहाँ मुस्लिम कम्यूनिटी थी। उसके विपरीत टेलीविजन पर और अख़बारों में निर्णय की चीरफाड़ में अधिक ख़तरनाक बहसें हो रहीं थीं, लेकिन डर का इलाज हकीम लुकमान के पास भी नहीं था। तभी चंगेज़ खान के पोते उलूग ख़ान की पच्चीस हज़ार फ़ौज ने डरे हुए बग़दाद के ख़लीफ़ा व उसकी दो लाख अजेय फ़ौज को हरा ख़लीफ़ा को बोरे में बाँधकर पटक-पटक कर मारा था क्योंकि ख़लीफ़ा का ख़ून ज़मीन पर गिरता तो क़यामत बरपा हो जाती, डर है ही ऐसी चीज़, जीतने और हारने वाले दोनों डरे रहते हैं। असल बिंदु पर बात आने वाली थी कि कम्युनिस्ट और मुस्लिम किसी देश को अपना नहीं मानते क्योंकि पूरी दुनिया में कम्यूनिज्म और इस्लाम फैलाना उनका धर्म है इसलिए उनकी ईमानदारी रूस-चीन और मक्का से जुड़ी रहती है, कम्युनिस्ट धर्म को अफ़ीम मानते हैं लेकिन इस्लाम की कट्टर सोच के विरुद्ध एक भी शब्द नहीं बोलते, दोनों लोकतंत्र पसंद नहीं करते एक सीरिया सी इस्लामिक स्टेट की तानाशाही तो दूसरा रुस सी सर्वहारा-वर्ग की तानाशाही की वकालत करते हैं, परंतु अरुण भाई ने बुरी तरह डाँट कर बात बंद करा दी। सब चुप हो गए, लम्बी चुप्पी के बाद बात के विषय को बदल दिया।

रात को रामप्रसाद साहू के परिवार के साथ वाल्मीकि रामायण, तुलसी कृत रामचरितमानस पर आधुनिक संदर्भ पर चर्चा हुई जिसमें बच्चों को शास्त्रों के शाश्वत मूल्य और सामयिक मूल्य का अंतर समझाया कि क़ुरान या

बाइबिल के मानने वालों की तरह हिंदु 1500-2500 सालों पहले के सामाजिक मूल्यों से नहीं चिपके रहते, वे समाज की प्रगतिशीलता से तालमेल बिठाकर नई मानसिकता से नई सामाजिक व्यवस्था गढ़ना जानते हैं।

साँकल से घुग़री 10 नवम्बर 2019

जबलपुर जिले की सीमा तक सतपुड़ा नर्मदा का बायाँ हाथ पकड़े हुए चलता है धरतीकछार गाँव के नज़दीक सनेर नदी संगम पर सतपुड़ा नर्मदा का हाथ छोड़कर आज़ाद कर देता है। झाँसीघाट से साँकल घाट तक नर्मदा स्वतंत्र प्रवाहित होती है फिर दमोह जिले से विन्ध्याचल आकर नर्मदा का दाहिना हाथ हीरापुर रेंज के रूप में बढ़कर थाम लेता है। यदि विन्ध्याचल महाशय रास्ते में न आते तो नर्मदा रायसेन जिले से होती हुई भोपाल जिले निकल जाती या बेतवा से मिलकर यमुना से भेंट करके गंगा से गले मिल गंगासागर में एकाकार हो जाती। साँकल से अविनाश बेहतरीन फ़ोटोग्राफ़ी के लिए अपना केमरा सभी के लिए भोजन, दवाई और विभिन्न खाद्य वस्तुएँ और हमारा चार्जर, चड्डी और बानियान लेकर जुड़ गए।

अब हम लोग बरगी बाँध से आती नहर के किनारे-किनारे चलते हुए गुड़वारा पहुँचे। गाँव का नाम गुड़वारा बिलकुल सही है क्योंकि वहीं से करेली तहसील शुरू होती है चारों तरफ़ गन्ने के खेतों का सिलसिला पूरे इलाक़े में नज़र आता है। गुड़वारा के पहले एक किसान कैलाश दांगी किसानी का काम करते मिले उन्होंने हमें चाय पीने का निवेदन किया। हम लोगों ने तत्काल उनके निवेदन को स्वीकार कर लिया। उनके निवास स्थान पर उनके साथ चाय पीने के लिए चल दिए। उनका लड़का आईपीएस परीक्षा की तैयारी इंदौर में रहकर कर रहा है, वह गांव आया था उसके साथ उनका एक दोस्त भी आया हुआ था तीन-चार दिन पहले उनका दोस्त नर्मदा में स्नान के लिए उनके साथ गया और वह गहरे पानी में डूबने से उसकी मृत्यु हो गई इसलिए इस परिवार के सभी लोग दु:खी थे। उनके घर पहुँचकर चाय ग्रहण की, बरंडा में एक बड़ी गागर में इलेक्ट्रिक मथनी से मक्खन निकाला जा रहा था उसमें से निकला मही दो लीटर की बोतल में भरवा कर चल पड़े। जो दोपहर की बाटी-दाल के बाद गटक लिया। गुड़वारा से उतरकर नीचे नर्मदा घाट पर पहुँच स्नान करके साँकल से जुड़े नए साथी अविनाश दवे के द्वारा लाईं मैथीपूड़ी आँवला आचार के साथ खाईं और चल पड़े अगली मंज़िल की

ओर, रास्ते में बुधघाट में एक किलोमीटर ऊँची पहाड़ी चढ़कर एक आश्रम पहुँचे वहाँ पड़ी कुर्सियों पर बैठ गए। एक सेवक ने पानी पिलाया। थोड़ी देर में साधु लिबास में शैतान नज़र आया, उसने आते ही घुड़कियाँ देनी शुरू कीं, और साफ़तौर से कह दिया कि न आप यहाँ नहा सकते हैं और ना भोजन परसादी की कोई व्यवस्था है। हम लोग नीचे उतर कर अगले पड़ाव की खोज में चल दिए। शाम को पाँच बजे घुग़री पहुँचे। जिस घाट रुकने की सोचते हैं वहीं घाट पर दो-तीन कुत्ते स्वागत करते हैं, फिर वे आपके साथ आश्रम तक आकर वहीं अड्डा जमा लेते हैं मानो हम उनके पाहूँने हों। दूसरे दिन सुबह थोड़ी दूर विदाई देने साथ आते हैं। साधु लिबास में शैतान से कुत्ते समझदार हैं, बेचारे स्वागत-विदाई में पूँछ हिलाते हैं।

घुग़री में एक परकम्मा कर चुके बम-बम बाबा के नाम से आश्रम चलाते हैं। वे गाँव से दान लेकर भोजन का सामान देते हैं। उन्हें मेहनताना पर भोजन बनाने की बात कही तो वे आटा-दाल एक गौंड़ के घर दे आए। आठ बजे भोजन बनकर आया तब ग्रहण किया। आश्रम के सामने चार विशाल बट वृक्ष आश्रम को एक छतरी की तरह ढँके हुए है, वृक्षों के पत्तों से छनकर आती चाँदनी की रोशनी एक अजीब सी रूमानियत पैदा कर रही थी, लिहाज़ा परकम्मा वासियों का प्रेमिल हृदय गीत-ग़ज़ल की लहरियों में गोते खाने लगे।

पिछले बीस-पच्चीस सालों में भारत के गाँवों का जीवन तेज़ी से बदला है। खेतों को बैलों से बखरने और बैलगाड़ी की जगह ट्रैक्टर और लोडिंग वाहन ने ली है, हरेक किसान के घर एक-दो मोटर साइकिल और समृद्ध किसानों के पास जीप-कार आ गईं हैं। पुरुषों के पहनावे से धोती-क़मीज़ या कुर्ता ग़ायब हो चुके हैं। उनकी जगह जींस टी-शर्ट स्पोर्ट बानियाँन ले चुके हैं। लड़कियाँ जींस टाप पर आ गईं हैं। लड़के-लड़कियाँ आपस में खुले हैं, अब वे आपस में बातचीत करने लगे हैं। सरकारी स्कूल में सह-शिक्षा और मध्याह्न भोजन से खुलापन आया है लेकिन विकृति नहीं आई है इसका कारण घरों का सांस्कृतिक वातावरण और धार्मिक आस्था में पिरोए नैतिक मूल्य है।

घुग़री से गरारू घाट 11 नवम्बर 2019

घुग़री से आगे बढ़ने के पहले लोगों से आगे के रास्ते के बारे में जानकारी लेने नीचे घाट पर उतरे तो पता चला कि नर्मदा किनारे का रास्ता ख़राब

है। बहुत ऊबड़-खाबड़ या कीचड़ मिलेगी इसलिए नहर के किनारे चलने लगे। सुबह जब चलना शुरू करते हैं तब स्फूर्ति से लंबा रास्ता तय करने का प्रयास रहता है लेकिन एकाध किलोमीटर चलने पर माँस पेशियाँ तैयार होतीं हैं परंतु साँस को आराम देने के लिए थोड़ा आराम ज़रूरी रहता है। कोई दो किलोमीटर दूर एक गौड़ परिवार का खुला घर दिखा, नर्मदे हर उद्घोष के बाद रुके। उनका नाम मुन्ना ठाकुर राजगौड़ था, उनके तीन मुस्कुराते निश्छल चेहरे वाले बच्चों से बच्चा बनकर बतियाया, एक बच्चे ने सीताफल खाने को दिया और भैंस का ताजा दूध बासी रोटी के साथ पिया। उसकी बीबी चतुर थी उसने वहाँ 30 रुपए लीटर मिलने वाला दूध का भाव हमसे 40 रुपए लीटर तय करके ठग लिया। हमें कबीर की उलटवासी याद आ गई।

कबीरा आप ठगाइए, और न ठगिए कोय
आप ठगाए सुख ऊपजे, और ठगे दुःख होय।

वैसे हम भी ठगाए नहीं थे क्योंकि शहरों में 50 रुपए मिलने वाले नक़ली दूध की जगह सामने भैंस से दुहता असली दूध 40 रुपए लिया था। अरुण भाई ने ख़ुश होकर उसे 100 रुपए दिए। इस मामले में अरुण भाई काइयाँ गुज़ारती न होकर ठेठ बुंदेलखंडी हैं, दिल ख़ुश-तिजोरी फुक्क। मुन्ना ठाकुर राजगौड़ की पत्नी तीन बच्चों की माँ होने के बाद भी स्वाभाविक सुंदर, फ़ुर्तीली व चपल थी, वह मेहनतकश नारी देह की मालकिन थी। उसने शायद ही कभी ब्यूटी पार्लर का मुँह देखा हो जहाँ शहरी औरतें शरीर में क़ैद माँस पिंडों को क्रीम से थ्रेडिंग करवा कर सौंदर्य का आभास ख़रीदती रहती हैं। उनके भोजन में शाकाहार और मांसाहार दोनों हैं। उन्हें बटेर, खरगोश और मछली भोजन हेतु आसानी से मिल जाते हैं। उन्होंने खुलकर हमसे बातें कीं। असल में इंसान प्यार और बातचीत का भूखा होता है, लोगबाग अहंकारी चित्त होने के कारण खुलना नहीं चाहते।

रहीमन पैडा प्रेम को निपट सिलसिली गैल
बिलछत पैर पीपिलि को लोग लदावत बैल।

प्रेम व्यवहार की गली अत्यंत चिकनी फिसलन भरी है, लोग उस पर भी कंधों पर अहंकारी बैल को लादकर चलना चाहते हैं, यह कैसे सम्भव है।

हमारे एक साथी की बवासीर भड़क गई बहुत सारा ख़ून बह जाने से कमज़ोरी स्वाभाविक थी, अविनाश भाई ने उन्हे ग्लूकोज़ का घोल पिलाया लेकिन इसके बावजूद उन्होंने यात्रा करना जारी रखा। रास्ते में एक स्थान पर चढ़ाई करते हुए उन्हें चक्कर आ गया। पुनः खजूर और गुड खिलाया, वे दस मिनट में दुरुस्त होकर चलने लगे। उन्हें समझाया कि ज़्यादा तेज़ चलना ठीक नहीं है। उन्होंने सामान्य गति से चलते हुए नियत यात्रा पूरी की लेकिन आख़िरी दिन सतधारा में नहाते हुए मुँह के बल गिरे, उनकी नाक पर गहरी चोट आई। उन्हें तैरना नहीं आता था। ग़नीमत है कि वे नर्मदा की गहराई में नहीं गिरे वरना बड़ा हादसा हो सकता था।

नरसिंहपुर जिले का पूरा इलाक़ा लोधियों से आबाद है। लोधी एक बहुत मेहनतकश और जूझारू क़ौम है। खेतों में बेतहाशा मेहनत करते दिखते हैं। चारों तरफ़ गन्ने की दस-बारह फ़ुट ऊँची और पीले फूल से सजी तुअर दाल की फ़सल लहरा रही थी। एक खेत में एक लोधी किसान उसकी पत्नी और दो पुत्र सहित आलू की बौनी कर रहे थे। उन्होंने बताया छोटे अंकुरित आलुओं की ख़रीद नरसिंघपुर से करके लाए हैं। चार भैंसों का गोबर इकट्ठा करके खाद बनाकर क्यारियों में पहले खाद बिछाते हैं फिर अंकुरित आलू रखकर मिट्टी से पूर देते हैं। एक आलू से दस-बारह आलू उपजते हैं। आलुओं की बातों में हमने धीरे से बात ऊठाई कि यार आलू चिप्स के साथ चाय मिल जाती तो मज़ा आ जाता। कहने भर की देर थी, किसान की पत्नी चाय बना लाई। किसान ने बताया कि किसानी से घर का ख़र्च मुश्किल से निकलता है। किसान की क़िस्मत छलनी में दूध छानने जैसी है। अच्छी फ़सल आए तो दाम गिर जाते हैं और फ़सल ख़राब हो जाए तो लागत नहीं निकलती है। आदर्शवादियों ने किसान को अन्नदाता बताकर उसकी आशान्वित समृद्ध सम्भावनाओं को निरस्त कर दिया। व्यापारियों और कारोबारियों के हाथों किसान दोहरे शोषण के शिकार हैं, वे एक तरफ़ खाद, बीज, कीटनाशक और उपकरणों की क़ीमत बढ़ाकर भारी मुनाफ़ा कमाते हैं वहीं दूसरी तरफ़ किसान के उत्पाद अनाज मंडी, फल मंडी, सब्ज़ी मंडी में औने-पौने में ख़रीद कर तिजोरी भरते हैं। इस शोषण तंत्र को किसान-नेता और कारोबारियों का नेतृत्व राजनैतिक दबंगई से किसान हितैषी बनकर बड़ी कुशलता पूर्वक चलाते हैं, वे किसानों की कर्ज माफ़ी का आंदोलन करके उन पर अहसान का बोझ डालकर वोट-बैंक पक्का कर सत्ता के भागीदार हो शोषण तंत्र अनवरत चलाते

रहने में सफल हैं। किसान अब सिर्फ़ किसान नहीं बना रहना चाहता वह यूरोप और अमेरिकी किसानों की तर्ज़ पर यथार्थवादी कारोबारी बनना चाहता है, लेकिन कारोबारी शोषण तंत्र का शिकंजा उसे साँस नहीं लेने देता उसका दम घुटते रहता है किसानों की मानसिक प्रताड़ना की भयावहता आए दिन उनकी आत्महत्या की घटनाओं से समझी जा सकती है। स्वार्थी और कलुषित मनुष्यों का षड़यंत्रकारी तंत्र देखिए किसान को अन्नदाता कहकर भिखारी और क़र्ज़ न चुकाने वाला बेईमान बना दिया और महिलाओं को देवी बताकर उनकी इज़्ज़त लूट साक्ष्य मिटाने हेतु जलाने लगे।

गरारू घाट के एक आश्रम में पहुँचने पर एक अद्भुत स्वामी जी के दर्शन हुए। वे बंगाली स्वामी पहुँचते से ही बोले यहाँ जगह नहीं है, आप लोग चाय पीजिए और आगे मंदिर पर रुकने का इंतज़ाम कीजिए। हमने कहा "स्वामी जी यहाँ रुकते तो आपसे वेदांत ज्ञान लेते।" उन्होंने डाँटते हुए कहा वेदांत जानने के लिए एक-दो साल भी कम है फिर तुरंत पैंतरा बदल कर बोले "ब्रह्म क्या है, हम, तुम सबमे यहाँ तक कण-कण में ब्रह्म है, आपको जानकारी मिल गई न, अब आप स्वयं पढ़ो और जानो, आप आगे जाओ।" हमने कहा "स्वामी जी ज्ञान हेतु गुरु का माध्यम ज़रूरी है।" वे फुफकारते हुए बोले बाबा "लो चाय पीओ आगे बढ़ो। बाद में अगले दिन उनके एक सेवक ने बताया कि बंगाली बाबा अपने व्यवहार के लिए दुखी हो रहे थे।

तक़रीबन एक किलोमीटर पहाड़ी चढ़कर ऊपर पहुँचे वहाँ एक कथा वाचक का पंडाल लगा था उनके सेवक नरेश लोधी ने स्वागत किया और खुले में टेंट में सोने की जगह दे दी। रात में एक भद्र महिला द्वारा भेजे दूध में अविनाश भाई का पोहा शक्कर मिलाकर खाकर सोने की कोशिश की तब नर्मदा के बहाव की ध्वनि सुनाई दी, पूरे खिले चाँद की चटक चाँदनी में दूर से आती कलकल मद्धिम ध्वनि लोरी सी लग रही थी। सोने के पूर्व प्रयास भाई ने कविताएँ सुनाईं। दो-चार जुगलबंदी हमने भी बांचीं।

गरारू घाट से समनापुर 12 नवम्बर 2019

आज कार्तिक मास की चौदहवीं के चाँद की रात है, आज तक चौदहवीं के चाँद के रूप में रूपहले परदे पर वहिदा रहमान का चेहरा शकील बदायुनी के गीत और रवि के संगीत की धुन पर मुहम्मद रफ़ी के दिलकश गायन के साथ गुरुदत्त की अदायगी को जानते थे। सोचा आज नर्मदा के लावण्यमय

सलिल प्रवाहित धुन पर चाँदनी को लहरों पर लास्य करते देखेंगे। रात दो बजे कार्तिक पूर्णिमा की खिली चाँदनी में सुवासित वसुन्धरा का अवलोकन किया तो मैथिलीशरण गुप्त लिखित पंचवटी काव्य सहज ही फूट पड़ा।

चारुचंद्र की चंचल किरणें, खेल रहीं हैं जल थल में,
स्वच्छ चाँदनी बिछी हुई है अवनि अम्बर तल में।
पुलक प्रकट करती धरती, हरित तृणों की नोकों से,
मानों झूम रहे हैं तरु भी, मन्द पवन के झोंकों से।।

सोचा यहाँ टेंट में लेटे हुए इतना सुंदर दृश्य है तो नर्मदा के कल-कल जल में चाँदनी का नृत्य लास्य कैसा होगा, हमसे रहा नहीं गया। नर्मदा किनारे पहुँचे तो अलौकिक सौदर्य से स्तब्ध रह गए, ऐसा लगा जीवन को सम्पूर्णता प्राप्त हुई, यदि अभी यमराज आकर चलने को कहें तो चाँदनी के डोले में बैठकर ख़ुशी-ख़ुशी यमलोक चल देंगे। फिर तंद्रा टूटी तो क्या देखा...!

क्या ही स्वच्छ चाँदनी यह, क्या ही निस्तब्ध निशा;
है स्वच्छन्द-सुमंद गंध वह, निरानंद है कौन दिशा?
बंद नहीं अब भी चलते हैं, नियति के कार्य-कलाप,
कितने एकान्त भाव से, कितने शांत और चुपचाप।।

क़रीब एक घंटा शांत और चुपचाप चार चीजें हमसे बतियाती रहीं, नर्मदा, चाँदनी, कलकल ध्वनि और शीतल पवन, ब्रह्म मुहूर्त होने को था, एक झपकी लेने इन शब्दों को गुनगुनाते वापस लौट पड़े...!

है बिखेर देती वसुंधरा मोती सबके सोने पर,
रवि बटोर लेता है उनको सदा सवेरा होने पर।
और विरामदायिनी अपनी संध्या को दे जाता है,
शून्य श्याम-तनु जिससे नया रूप झलकाता है।

सौंदर्य रसपान के बाद की निद्रा चार बजे नर्मदा उसपार से आती मुर्ग़े की बाँग से टूटी और हम पंचवटी के किरदारों की तर्ज़ पर लोटा भरकर प्रकृतिजन्य निस्तार को निकल गए।

गरारू घाट पर नर्मदा के अद्भुत सौंदर्य के दर्शन होते हैं। पौराणिक मान्यता है कि देवासुर संग्राम के समय गरूड़ देव ने तपस्या की थी, दो आमने–सामने पहाड़ियों पर शिव और गरूड़ मंदिर हैं जिन्हें गौड़ राजा बलवंत सिंह ने सत्रहवीं सदी में इंडो–पर्शियन शैली में बनवाया था। गुंबद व आर्च पर्शियन शैली और तोरण व गर्भगृह भारतीय शैली में बने हैं। असल में जिसे पर्शियन कला कहा जाता है वह पूरी तरह पर्शियन नहीं है, सिकंदर द्वारा पर्शिया याने ईरान को जीतने के बाद ग्रीक मूर्तिकला और भवन निर्माण ईरानी तरीक़ों में घुल मिल गए हैं। गुंबद और आर्च में वही मिलाजुला रूप दिखता है।

सोलहवीं सदी में मुग़ल सेनापति आसफ़ख़ान द्वारा रानी दुर्गावती के पराभव के बाद अकबर ने गोंडवाना को अधीनस्थ करके कराधीन राज्य के रूप में मुग़ल साम्राज्य में मिला लिया जिसकी राजधानी मदनमहल रही आई लेकिन राज्य व्यवस्था गोंडवाना राजाओं के हाथ में रही। मुग़लों को सालाना एकमुश्त रक़म बतौर नज़राना मिल जाती थी। गोंडवाना राजा छोटी रियासतों और जागीरों के माध्यम से राज्य का प्रबंधन और लगान वसूली करता था। फ़तहपुर, मकड़ाई, शोभापुर, देवगढ़, छिन्दवाड़ा और छत्तीसगढ़ी रियासतें तथा जबलपुर, नरसिंहपुर, होशंगाबाद और छिन्दवाड़ा जिलों में हर्रई जागीर जैसी सैकड़ों जागीरें थीं। राजा बलवंत सिंह मुग़ल दरबार में जाते रहते थे। वे शाहजहाँ के समकालीन थे जो कि मुग़ल स्थापत्य कला का स्वर्णकाल माना जाता है। राजा बलवंत सिंह ने मुग़ल स्थापत्य कला से प्रभावित होकर इन मंदिरों का निर्माण और मरम्मत कार्य करवाया था। इन मंदिरों का रख रखाव अच्छा नहीं है। पहाड़ियों पर शिव और गरूड़ मंदिर से नर्मदा का पूर्व की तरफ़ दस किलोमीटर से पश्चिम में दस किलोमीटर तक प्रवाह का विहंगम दृश्य दिखता है। संभवतः नर्मदा के पूरे प्रवाह में ऐसा नज़ारा सिर्फ़ वहीं से नज़र आता होगा। उत्तरी तट पर बिखरी हरियाली और पेड़ों के प्रतिबिम्ब नर्मदा में झिलमिल करते लुभावने लग रहे थे। पहाड़ियों के दक्षिण में दलहन के पीले खेतों के साथ गन्ने के खेतों के हरियाली बिखेरते नज़ारे थे।

जब हम गरारू घाट से सात बजे चले तब केरपानी घाट पर बना नर्मदा पुल और उसके बारह पाए स्पष्ट दिख रहे थे लेकिन वह पाँच किलोमीटर दूर था। नर्मदा किनारे बखेरे खेतों से पगडंडी पकड़ी कहीं–कहीं स्प्रिंकलर की सिंचाई से मिट्टी गीली होने से रेतीले रास्ते पर चलना पड़ा। तीन नालों की

गहराई बड़ी मुश्किल से पार कर पाए। बारह बजे के आसपास केरपानी पुल के नीचे डेरा जमाया वहाँ से दो किसान विधिविधान से अखंड परिक्रमा उठा रहे थे। उन्होंने भंडारा का आयोजन किया था, उसी में भरपेट प्रसादी ग्रहण की। उन दोनों ने कर्मकांड पूरा करके भोजन किया फिर विदाई देने आए साथियों के साथ गाँजे की संगत जमाई।

समनापुर से पिपरहा 13 नवम्बर 2019

समनापुर पहुँचते-पहुँचते अरुण भाई की पीठ में दाहिनी तरफ़ दर्द होने लगा, समनापूर में जगमोहन भाई ने उनकी पीठ दबाई, अविनाश भाई ने दर्द-नाशक क्रीम लगाकर कंबिफ़्लेम गोली खिलाई। उन्हें आराम लगा, लेकिन दर्द हुआ क्यों?

पहली बात है कि हम केवल पैरों से नहीं चलते बल्कि पूरे शरीर से चलते हैं, दाहिना पैर आगे बढ़ाकर रखते समय पीठ के बाँए तरफ़ की मांसपेशियाँ सक्रिय होतीं हैं, बाँए पैर बढ़ाते समय दाहिना हिस्सा ज़ोर लगाता है। इस प्रकार पीठ भी चलने में थकती है।

दूसरी बात सुबह ख़ाली पेट दस किलोमीटर चलने से शरीर में मांसपेशियाँ में ऊर्जा ख़त्म होती है तो हड्डियों को ज़ोर लगाना पड़ता है, वे दर्द करने लगती हैं।

तीसरा ख़ाली पेट रहने से गैस बनने से भी दर्द होता है।

चौथा नींद पूरी न होने से माँसपेशियों को आराम न मिलने से शरीर में जान नहीं रहती, चलने में थकावट से दर्द हो सकता है।

आपस में चर्चा करके निश्चय किया कि आगे इन बातों का ध्यान रखना होगा। कुछ साथियों ने छोटा धुँआधार नहीं देखा था, वे सुबह छः बजे वहाँ चले गए इसलिए सात बजे निकलने के बजाय आठ बजे पिपरहा के लिए यात्रा शुरू की। खेत में बखर चल जाने से रास्ता बहुत ऊबड़-खाबड़ था उस पर मुसीबत यह कि तीन चौड़े नाले किनारदार पगडंडियों से पार करने पड़े। पहले बम्होरी गाँव पड़ा वहाँ किसान के खेत से गन्ना काट कर खाया। उसके बाद हथिया, झामर, घूरपुर और घाट-पिपरिया होते हुए पिपरहा पहुँचना था।

सुबह आठ बजे पंद्रह किलो वज़न लाद कर चल पड़े दो किलोमीटर चलकर नर्मदा का बहुत सुंदर घाट हथिया घाट आया वहाँ नर्मदा संगमरमर

की शिलाओं का निर्माण करते हुए भारी खरखराहट से बह रहीं हैं नहाने योग्य किनारा नहीं है। थोड़ा नाश्ता खाया फिर आगे बढ़े तो चिंकी घाट आश्रम में सेवक ने चाय पिलाई। इसे च्यवन ऋषि का आश्रम स्थान बताया, वे औषधि विज्ञान के प्रणेता माने जाते हैं। च्यवन ऋषि का आश्रम इन भूमध्य सागरीय पर्वतीय वनस्पतियों के बीच होना सही प्रतीत होता है, क्योंकि औषधीय पौधे कर्क और मकर रेखा के बीच ऐसी ही जलवायु में पनपते हैं। उसके बाद झामर गाँव से होते हुए घूरपुर आश्रम पहुँचे वहाँ एक महाराष्ट्रियन युवक चार महीने से चौमासा बिता रहा रहे हैं। वे निरंतर चिल्ला कर बोलते रहते, शायद अंदरूनी ख़ालीपन को भरने की कोशिश में पूरे ख़ाली होकर समाधि के चरम बिंदु की तलाश में भटक रहे हों। उनसे मिलने लातूर से गाड़ी भरकर एक परिवार आया हुआ था। उनका भोजन तैयार हो रहा था यहां महाराष्ट्र के रत्नागिरी जिले से एक साधु चौमासा कर रहे थे। उनके भक्तों ने भंडारा आयोजित किया था सो पूरन पोली, हलुआ, लड्डू, पूरी, सब्जी, दाल, चावल सब कुछ भरपेट खाया। एक घंटे आराम करके निकल पड़े। रास्ता अत्यंत दूभर था दो साथी तो आसानी से पार कर गए लेकिन तीन साथी भय से थरथराते नाला पार न कर सके। वे ऊपर चढ़कर दो किलोमीटर घूम कर पिपरहा के किनारे पहुँचे। दो साथी छोटा धुँआधार पहुँचे उन्होंने एक घंटे धुँआधार निहारा फिर एक किलोमीटर ऊपर चढ़ कर बिछड़े साथियों से जा मिले। एक निजी धर्मशाला में विश्राम करने रुक गए। थोड़ी देर बाद शरण पाने पाँच परिक्रमा यात्री वहाँ पहुँचे लेकिन जगह की कमी महसूस कर वे गाँव के स्कूल में जाकर रुके। करण सिंह ढीमर ने हमारे भोजन की व्यवस्था कर दी।

कुछ आश्रमों में अहमन्य, अहंकारी और धनलिप्सा में डूबे मठाधीशों के क्रोधी, वैमनस्य और लोभी चरित्र पर एक महाराज जी से चर्चा हुई तो हमने उनसे जानना चाहा कि : महाराज! काम, क्रोध, लोभ, मद, मोह और मत्सर इन छः दोषों को हिंदू धर्मशास्त्रों में षठरिपु कहा गया है इनमें से एक भी दोष का लेशमात्र साधु के समस्त ज्ञान वैराग्य को नष्ट करने हेतु पर्याप्त है।

महाराज बोले “ये सब शास्त्रों में लिखी बातें हैं, ये लोग यम, नियम, संयम और समाधि द्वारा सन्यास की स्थिति तक पहुँचने की विभिन्न दशाओं में भटक रहे हैं, जब उन्हें ज्ञान प्राप्त हो जाएगा तब उनके षठरिपु शांत हो जाएँगे।”

हमने कहा "महाराज गीता तो प्रपंचियों को भी ईश्वर को समर्पण द्वारा मुक्ति का मार्ग बताती है, सांख्ययोग, कर्मयोग, ज्ञानयोग, सन्यासयोग और पतंजलि योग भगवान तक पहुँचने के मार्ग हैं। अंत में भगवान कहते हैं कि मनुष्य कितना भी बड़ा पापी हो लेकिन अंत में सच्ची समर्पित भक्तियोग द्वारा मुझे प्राप्त कर सकता है, अतः मेरी शरण में आओ, मम शरणम ब्रज! क्या ये बाबा बनावटी भक्ति के अज्ञान योग से सम्पत्ति लोभ में डूबे हुए नहीं हैं।"

महाराज ने यह कहकर वार्ता समाप्त की, "शायद आप ठीक कह रहे हैं। संसार में सब प्रकार के लोग होते हैं।"

पिपरहा से सतधारा 14 नवम्बर 2019

पिपरहा में नर्मदा का एक रेतीला किनारा है। आश्रम व्यवस्था बहुत अच्छी है रात को स्वामी जी के सेवक ने स्वादिष्ट खिचड़ी खिलाई। रास्ते में गन्ने और तुअर की खड़ी फ़सल के अलावा कुछ न दिखता था। गुड़ की चरखी सक्रिय होने लगीं। तीन बड़े कड़ाह लाइन से बनाए, उनके नीचे आग जलाने हेतु ख़ाली जगह आगे तक चली गई है, आख़िर में धुँआ निकलने की चिमनी है जिनसे धुँआ निकल रहा था। पूरे भारत में करेली मंडी का गुड़ मशहूर है। गुड़ की दो और मंडी श्रीधाम और नरसिंहपुर में चालु हो गईं हैं। मंडी में किसान का गुड़ तीस-पेंतीस रुपए किलो बिकता है वह लोगों तक पहुँचते-पहुँचते सौ रुपए किलो हो जाता है। एक सहयात्री मुंशीलाल भाई ने एक किलो गुड़ और एक किलो तुअर दाल ख़रीदी, दूसरे जगमोहन भाई ने बीज रहित हल्के हरे रंग के भटे लेकर पिट्ठु बेग में रख लिए।

रास्ते में बहुत से परिक्रमा वासी मिले वे सब के सब कहार, ढीमर, नाई, विश्वकर्मा या पिछड़े वर्ग के थे। कोई भी ब्राह्मण, वैश्य, क्षत्रि, ठाकुर यहाँ तक कि कोई लोधी परिक्रमा शुरू करता या यात्रा करता नहीं मिला। परिक्रमा किसी मन्नत या जन्नत की कामना से की जाती है इसलिए नर्मदा के प्रति अगाध आस्था उनका अवलंबन होता है, उनकी प्रेरणा होती है। वे लट्ठा कपड़े की दो आधी लुंग्गी, दो आधी बाँह के कुर्ते के साथ उसी कपड़े से सिला दो तरफ़ा लटकन झोला काँधे पर लटकाते हैं, जिसमें दो शीशियों में नर्मदा जल और पूजा का सामान रखा रहता है। एक लोटा और गिलास

होना ज़रूरी होता है। हाथ में एक छड़ी जिसे वे सुखनाथ कहते हैं उनका आभूषण है। कई नंगे पैर, कुछ चप्पल और कुछ प्लास्टिक जूते पहने मिले।

नर्मदा की छाती को छलनी करते रेत माफ़िया के कारिंदे दिखे उनसे बातें करने पर रेत माफ़िया कारोबार समझ आया। बीच नदी से रेत निकालने वाले को 250 रुपए, नाव से डंपर में भरने वाले को 200 रुपए मिलते हैं। एक डंपर के माफ़िया किंग को बाज़ार से 5000 रुपए मिलते हैं। 450 की लागत में 350 का डीज़ल जोड़ लें तो 4200 रुपयों का लाभ एक डंपर पर होता है। ऐसे पाँच फेरों पर 21000 रोज़ाना का धंधा है। पकड़े जाने का कोई डर नहीं क्योंकि पूरा काम दूसरों से कराया जाता है। यदि कारिंदे पकड़े भी गए तो पुलिस, प्रशासन, नेता विधायक किसी को गवाह नहीं बनने देते, कोई अड़ा तो उसकी लाश नर्मदा जी की भेंट चढ़ जाती है, अब प्रेस के लोग भी सक्रिय भागीदार हैं। इस महान देशभक्ति पूर्ण राष्ट्रवाद में दोनों राजनैतिक दलों के नेताओं और कार्यकर्ताओं में आपसी समझ से मिलीभगत विकसित होकर एक तंत्र का रूप ले चुकी है। नेता, पुलिस, अधिकारी, मिडिया इन सभी के परिजन, चंगु-मंगू सरकारी ठेकेदार या बिल्डर-कालोनाइजर्स, इन सभी को मुफ्त के भाव की रेत-गिट्टी-पत्थर-लकड़ी-जमीन मिलती है। इन दबंगों पर हाथ डालने की हिम्मत कौन करे, जो करे वो पिटे, मंत्री का दर्जा प्राप्त कम्प्यूटर बाबा भी नाकाम हैं। छोटी नदियों की बर्बादी के बारे में सोचा भी नहीं जा सकता। चम्बल इलाके में ठाकुर मूंछ पर ताव देकर चम्बल में उत्खनन कर रहे हैं, सालों से रोकने की घोषणाएं हो रही हैं लेकिन होता कुछ नहीं, जो रोकने की हिमाकत करता है उस पर ट्राली चढ़ा दी जाती है। कई पुलिस, सरकारी अधिकारी जान गँवा चुके हैं। सभी नदियों की यही दुर्दशा है। स्वार्थ में अंधे लोग धरती माँ की छाती का सारा दूध निचोड़ कर उसे मरने के लिए छोड़ देंगे। स्थिति वाकई भयावह है। गर्मियों में जगह जगह नर्मदा जी का प्रवाह रुक जाता है। बरगी डेम से अमावस्या/पूर्णिमा पर स्नान के लिए पानी छोड़ा जाता है। अत्यधिक उत्खनन के कारण नर्मदा जी की जल धारण क्षमता कम हो गई है। सहायक नदियों का बारिश के बाद सूख जाना, जंगल की अत्यधिक कटाई जैसे कारक इसके लिए प्रमुख रूप से जिम्मेदार है।

शेर नदी अब तक नरसिंघपुर करकबेल के बीच ट्रेन से घरघराते हुए देखी थी। जो लखनादौन के दक्षिणी पूर्वी जंगल में बटका से निकलती है। हर्रई जागीर का घेर लगाकर नर्मदा से मिलने नीचे भागती है। रातीकटार

गाँव के निकट नर्मदा में मिलती है। उसे नज़दीक से देखा, शेर नदी को नाव से पार किया। जहाँ मिलन होता है वहाँ ऐसा लगा मानो नर्मदा भी उत्तरी तट से दौड़कर शेर को गले लगाने भागती आई है, प्रेम की गहराई का नाप नहीं होता। नर्मदा-शेर मिलन स्थल का संगम बहुत गहरा था। वहाँ से बरमान राजमार्ग पुल दिखने लगा तो यात्रियों में ऊर्जा का संचार होकर क़दम तेज़ हो गए और बारह किलोमीटर की रुकरूक कर यात्रा पाँच घंटों में पूरी करके तीन बजे सतधारा पहुँच गए। जब सारे साथी नहाकर पूजा कर रहे थे, मन-मस्तिष्क में कुछ ऐसे विचार उभर आए।

हमारा धर्म हमें समग्रता में प्रकृति के प्रति कृतज्ञता प्रकट करना सिखाता है। वैदिक सभ्यता हमें प्रकृति के चर यथा पृथ्वी, अग्नि, अरुण, वरुण, आकाश और इंद्रियों के रूप में हमारे शरीर में मौजूद इन तत्वों के स्वामी मन स्वरुप इंद्र के प्रति यज्ञों से तेरा तुझको अर्पण करना सिखाता है। उपनिषद हमें आत्मा-परमात्मा से मिलाकर आध्यात्मिकता की रहस्यमयी दुनिया की दार्शनिक सैर कराते हैं। षठ दर्शन के निचोड़ स्वरुप वेदान्त दर्शन के आधार पर रचे पुराण जन साधारण को यज्ञों की कठिन दुरुह प्रक्रिया से हटाकर और आध्यात्मिकता की तर्क-वितर्क सघनता से बचाकर आश्चर्य जनक क़िस्से कहानियों के माध्यम से कर्म-अकर्म, धर्म-अधर्म, जन्म-पुनर्जन्म और निष्काम कर्म का अभ्यास कराते हुए वेदों के अरुण, वरुण, अग्नि, पृथ्वी, पेड़-पौधों, पशु-पक्षियों और नदियों की पूजा का पाठ पढ़ाते हैं। इसीलिए नर्मदा को देवी मानकर पूजना प्रकृति के प्रसाद जल तत्व जो 70 परिमाण में हमारे शरीर में जीवन की नैया खेता है, के प्रति कृतज्ञता प्रकट करना है। वेदों में वर्णित प्रकृति याने प्रथम-कृति के स्वामी रुद्र पुराणों में शिव हो गए हैं। नर्मदा का हरेक कंकड़ शंकर की तरह पूजनीय हो गया। लोकआस्था के पक्ष में इससे बड़ा कौन सा तर्क हो सकता है। नर्मदा के प्रति पूज्य भावना जीवन के प्रति आस्था की प्रतीक है। हिंदू धर्म कृतज्ञता पर टिका है, कृतघ्नता पर नहीं। सेमेटिक धर्म के अहमन्य कृतघ्न लोगों ने प्रकृति चरों की उपेक्षा से अपने देशों को सुलगते रेगिस्तान बना लिए हैं, भारत अभी भी सुजलाम-सुफलाम है।

8

नक्सलियों के मायके में

कैलाश मेश्राम की स्टेट बैंक के भोपाल स्थित स्थानीय कार्यालय में पदस्थी के दौरान मेरी उनसे हुई मुलाक़ात मित्रता में बदल गई। कुछ समय बाद कैलाश की पदोन्नति सहायक महाप्रबंधक की श्रेणी में होने के साथ उनका तबादला अंकेक्षण (Audit) विभाग में हो गया। दोनों घूमने-फिरने के शौक़ीन थे इसलिए कैलाश जहाँ भी आडिट करने जाते वहाँ मुझे घूमने-फिरने बुलाते। अनेकों बार कार्यक्रम बनता परंतु किन्ही कारणों से बिगड़ जाता। नवम्बर 2020 के पहले हफ़्ते में कैलाश को आडिट हेतु पंद्रह दिन गढ़चिरौली में रहना था। उन्होंने मुझे गढ़चिरौली भ्रमण हेतु आमंत्रित किया।

मैंने गढ़चिरौली के वनीय वैभव, गोंडी-तेलुगु-मराठी लोगों की मिलीजुली जीवंत संस्कृति, बाबा आमटे के पुत्र प्रकाश आमटे एवं उनकी पत्नी मंदाकिनी आमटे द्वारा पलकोटा, वेडिया और इंद्रावती नदियों के त्रिवेणी संगम पर स्थापित लोक बिरादरी सेवा आश्रम, अल्लापल्ली के प्रसिद्ध सागौन वन क्षेत्र और मार्क्सवादी नक्सल आतंकवाद के मायके के नाम से मशहूर कमलापुर वनक्षेत्र के बारे में सुन रखा था। गढ़चिरौली भ्रमण की बड़ी पुरानी इच्छा कुलबुला उठी। नौ नवम्बर 2020 को कार के टैंक में सिरे तक पेट्रोल भराकर सुबह छः बजे भोपाल से गढ़चिरौली के लिए निकल लिए।

ठंडी हवा के झोंकों से बतियाते जैसे ही अब्दुल्लागंज पार किया विंध्याचल पर्वत के सुहाने दृश्य और ताज़ी हवा के झोंकों ने मन प्रसन्न कर दिया परंतु वह प्रसन्नता अधिक देर नहीं टिकी रही क्योंकि आगे आठ-दस

किलोमीटर लम्बा धूल भरा ट्रैफ़िक जाम स्वागत करने को तैयार था। फ़र्स्ट गैर में घिसटते-घिसटते एक घंटे का रास्ता तीन घंटों में पूरा कर इटारसी पार करके केसला और पथरौटा से गुज़र कर शाहपुर पहुँचने ही वाले थे कि सतपुड़ा की लुभावनी हरीतिमा को छूकर आए हवा के झोंकों ने तबियत खुश कर दी। पता चला कि बैतूल ज़िला लग चुका है। हरे भरे पहाड़ों से घिरे एक ढ़ाबे पर मुँह-हाथ धोकर घर से लाया टिफ़िन ख़ाली करके पेट में भरा और वहाँ पड़ी खटिया पर पटिया को सिरहाना बनाकर गए। लेटते ही दिमाग़ में बैतूल ज़िले की भौगोलिक संरचना और बसावट के विचार तरंगित होने लगे।

बैतूल

बैतूल समुद्र तल से 2,000 फीट की ऊँचाई पर स्थित वनों और जैव विविधता से समृद्ध क्षेत्र है, जो पूरे वर्ष यहाँ जलवायु को सुखद व मनमोहक बनाता है। यह सतपुड़ा रेंज के मैदानी इलाकों में स्थित होने से धूल भरे शहर के जीवन से एक सुखद, शांतिपूर्ण भ्रमण हेतु उपयुक्त है। बैतूल ज़िला मध्य प्रदेश की राजधानी भोपाल से 180 किलोमीटर दूर छिंदवाड़ा, नागपुर, खंडवा, होशंगाबाद, हरदा जिलों की गोद में सतपुड़ा पर्वत के दक्षिणी पठार से नागपुर की तरफ़ फैले मैदान तक फैला हुआ है।

इतिहास की किताबों में यह क्षेत्र वाकाटक वंश, राष्ट्रकूट, सतवाहन, मुगल, गोंड, भोंसले, ब्रिटिश के अधीन रहा बताया जाता है। उन्नीसवीं शताब्दी की शुरुआत में, बैतूल क्षेत्र बदनूर का इलाक़ा के नाम से जाना जाता था। इस स्थान और ज़िले का वर्तमान नाम इसके दक्षिण में लगभग 5 किमी की दूरी पर बसे एक छोटे से शहर बैतूल-बाजार के कारण पड़ा है। लेकिन बैतूल शब्द कहाँ से आया? बैतूल का शाब्दिक अर्थ बिना बाढ़ का है। इस क्षेत्र के चारों तरफ़ कपास की खेती बहुतायत से होती थी। किसानों ने यहाँ भी कपास लगाना शुरू किया लेकिन यहाँ की ज़मीन पथरीली और जलवायु नम से होने से यहाँ कपास का पौधा बढ़ता (तूल) नहीं था। जैसे बातों को तूल न देना याने न बढ़ाना एक मुहावरा है। वैसे ही कपास के पौधों का न बढ़ना बैतूल हो गया।

वहाँ आदिवासियों की छोटी हाट लगती थी जिसे बैतूल बाज़ार पुकारा जाने लगा। उन्नीसवी सदी में उड़ीसा और छत्तीसगढ़ फ़तह करके लौटते वक्त

चौथ-सरदेशमुखी वसूली हेतु बिरार का इलाक़ा शिवाजी के वंशज राघोजी भोसले को सौंपा गया था। मराठा साम्राज्य विखंडन होने पर अंग्रेजों ने बैतूल को राजस्व तालुक़ा बना दिया। 1822 में जिला मुख्यालय को वर्तमान स्थान पर स्थानांतरित कर दिया गया, तभी से स्थानीय बोली में बदनूर इलाक़ा बैतूल के नाम से जाना जाने लगा।

बहुत कम लोग जानते हैं कि उन्नीसवीं शताब्दी में मराठों ने मंदिरों और पूजा स्थलों के रूप में अपने अमिट निशान छोड़ हैं। कई हिंदू और जैन मंदिर इस क्षेत्र के आसपास उसी समय के बने हैं। एक पहाड़ी की चोटी पर बना, मुक्तागिरी जैन मंदिर जैनियों के लिए यह एक पवित्र स्थान है। सबसे प्रसिद्ध मंदिर शहर के केंद्र से लगभग आठ किलोमीटर की दूरी पर स्थित बालाजीपुरम मंदिर है। 15 एकड़ में फैला, मंदिर 2001 में बनाया गया एक लंबा ढांचा और वास्तुकला में आधुनिक है। बसंत पंचमी के त्योहार पर हर साल मेला भरता है। कुकरुखमाला, सोना घाटी, मुलताई और शापना जलाशय आसपास के अन्य पर्यटन स्थल हैं।

अमरावती जिले में हाटीघाट और चिकलदा पहाड़ियों के किनारे ताप्ती की सहायक नदियाँ मोरंड और गंजल दक्षिणी-पश्चिमी सीमा निर्धारित करती हैं। मोरंड नदी और ढोढरा मोहर रेलवे स्टेशन के आगे से तवा नदी ज़िले की उत्तरी सीमा बनाती हैं। पूर्वी सीमा छोटी नदियों और पहाड़ियों से गुलज़ार हैं। जिनमें से खुरपुरा और रोटिया नाला बरसात के दिनों में बादलों से ढँके अनेकों प्रपातों का निर्माण करते हैं। गोंड, कोरकु, भरिया, कुर्मी, कुनबी, मेहरा और चमार इस ज़िले के मुख्य निवासी हैं। क़रीब आधा घंटा आराम के बाद पुनः यात्रा शुरू करके शाम को पाँच बजे के आसपास नागपुर शहर के मकान दिखने लगे।

नागपुर

नागपुर का नामकरण नाग नदी के नाम पर हुआ है जो कभी इस शहर से होकर बहती थी, अब एक नाला की शक्ल अख़्तियार कर चुकी है। पुरानी नागपुर बस्ती 'महाल' नाग नदी के उत्तरी किनारे पर स्थित है। प्रत्यय पुर का अर्थ कई भारतीय भाषाओं में शहर है। इस प्रकार नाग नदी पर बसी बस्ती नागपुर कहलाई। नागपुर के पुराने नामों में से एक नाम फणींद्रपुरा

था। इसकी उत्पत्ति संस्कृत शब्द फण (कोबरा का फन) से हुई है। नागपुर के पहले समाचार पत्र का नाम फणइन्द्रमणि था, जिसका अर्थ है एक गहना जिसे कोबरा के हुड पर स्थित माना जाता है। यह अज्ञानता के अंधेरे को रोशनी देने वाला अखबार हुआ करता था। बी.आर.अम्बेडकर के अनुसार शहर और नदी दोनों का नाम नाग लोगों के नाम पर रखा गया है। ब्रिटिश शासन के दौरान, शहर का नाम नागपोर (Nagpore) के रूप में लिखा जाता था।

पुरातात्विक स्रोतों के अनुसार वर्तमान नागपुर के आसपास मानव अस्तित्व का प्रमाण 3000 ईसा पूर्व से पाया गया है। द्रंगधाम (महाढ़ कॉलोनी के पास) में दफन स्थलों से संकेत मिलता है कि मेगालिथिक संस्कृति नागपुर के आसपास मौजूद थी। महाभारत काल में यह इलाक़ा विदर्भ नाम से जाना जाता था। जिसकी राजधानी अमरावती से कृष्ण ने रुक्मणी का अपहरण उसकी सहमति से करके विवाह किया था जबकि रुक्मणी का भाई रुक्मण उसका विवाह दुर्योधन से करने जा रहा था। "नागपुर" नाम का पहला संदर्भ वर्धा जिले के देवली में मिला है। दसवीं शताब्दी की तांबे की प्लेट के शिलालेख में शिलालेख नागपुरा-नंदिवर्धन द्वारा विजया (जिला) में स्थित एक गाँव के अनुदान का एक अभिलेख है, जो 940 ईस्वी में राष्ट्रकूट राजा कृष्ण तृतीय के समय में था। तीसरी शताब्दी के अंत में, राजा विंध्यशक्ति को नागपुर क्षेत्र पर शासन करने के लिए जाना जाता है। चौथी शताब्दी में वाकाटक राजवंश ने नागपुर क्षेत्र और आसपास के क्षेत्रों पर शासन किया जिसके गुप्त साम्राज्य के साथ अच्छे संबंध थे। वाकाटक राजा पृथ्वीविना प्रथम ने अपनी राजधानी को नागपुर से 38 किलोमीटर दूर नागदर्शन (प्राचीन नाम नंदिवर्धन) में स्थानांतरित कर दिया। वाकाटक के बाद यह क्षेत्र बादामी चालुक्यों, राष्ट्रकूटों के हिंदू राज्यों के शासन में आया। मालवा के परमारों ने ग्यारहवीं शताब्दी में नागपुर क्षेत्र को नियंत्रित किया था। नागपुर में परमारा राजा लक्ष्मीदेवा (1086-1094) का एक प्रशस्ति शिलालेख मिला है। इसके बाद, यह क्षेत्र देवगिरी के यादवों के अधीन आ गया। अलाउद्दीन खिलजी ने 1296 में देवगिरि पर कब्जा करने के बाद यादव साम्राज्य पर आक्रमण किया, जिसके बाद 1317 में तुगलक राजवंश सत्ता में आया। 17 वीं शताब्दी में, मुगल साम्राज्य ने इस क्षेत्र पर विजय प्राप्त की, हालांकि मुगल काल में क्षेत्रीय प्रशासन गोंड साम्राज्य द्वारा चलाया गया था। आधुनिक शहर को गोंड राजवंश के बख्त बुलंद शाह द्वारा अट्ठारहवीं शताब्दी में बसाया गया था।

छिंदवाड़ा अर्थात देवगढ़-नागपुर मिलीजुली गौंड़ रियासत में बख्त बुलंद शाह के बाद, देवगढ़ के अगले राजा चांद सुल्तान थे, जिन्होंने पहाड़ियों के निचले क्षेत्र में निवास किया, जिसे नागपुर कहा जाता था, उन्होंने इसे एक शहर में बदल दिया। चांद सुल्तान ने चंद्रपुर बसाया था। 1739 में चांद सुल्तान की मृत्यु पर बख्त बुलंद के एक नाजायज बेटे वली शाह ने सिंहासन पर कब्जा कर लिया और चांद सुल्तान की विधवा ने अपने बेटों अकबर शाह और बुरहान शाह के हित में बरार के मराठा नेता राघोजी भोसले की सहायता ली। वली शाह को मौत के घाट उतार दिया गया और सही उत्तराधिकारियों को गद्दी पर बिठा दिया गया। 1743 में मराठा शासकों ने रियासत को मराठा साम्राज्य में मिला लिया। जिसकी शुरुआत राघोजी भोसले ने की, उन्होंने 1751 तक देवगढ़, चंदा और छत्तीसगढ़ के क्षेत्रों पर विजय करके नागपुर रियासत स्थापित कर ली।

1765 में नागपुर को काफी हद तक जला दिया गया और 1811 में आंशिक रूप से पिंडारियों आतंक छाया, जिन्हें मार दिया गया। 1803 के द्वितीय एंग्लो-मराठा युद्ध में राघोजी भोसले द्वितीय अंग्रेजों के खिलाफ पेशवा से मिलकर लड़े। 1816 में राघोजी द्वितीय की मृत्यु के बाद, उनके पुत्र परसाजी को मुधोजी द्वितीय भोसले ने अपदस्थ कर दिया था और उनकी हत्या कर दी गई थी। इस तथ्य के बावजूद कि उन्होंने उसी वर्ष अंग्रेजों के साथ एक संधि कर ली, मुधोजी 1817 में तीसरे एंग्लो-मराठा युद्ध में पेशवा के साथ अंग्रेजों के खिलाफ लड़े, लेकिन वर्तमान नागपुर में सीताबर्डी के युद्ध में हार का सामना करना पड़ा। भीषण युद्ध एक महत्वपूर्ण मोड़ था क्योंकि इसने भोसले के पतन की नींव रखी और नागपुर शहर के ब्रिटिश अधिग्रहण का मार्ग प्रशस्त किया। मुधोजी को सिंहासन पर एक अस्थायी बहाली के बाद हटा दिया गया था, जिसके बाद अंग्रेजों ने राघोजी तृतीय के पोते राघोजी तृतीय भोसले को सिंहासन पर बिठाया। राघोजी III (जो 1840 तक चली) के शासन के दौरान, इस क्षेत्र का प्रशासन एक ब्रिटिश निवासी द्वारा किया जाता था। 1853 में, बिना वारिस को छोड़कर राघोजी तृतीय की मृत्यु के बाद अंग्रेजों ने नागपुर पर अधिकार कर लिया।

1853 से 1861 तक, नागपुर प्रांत (जिसमें वर्तमान नागपुर क्षेत्र, छिंदवाड़ा और छत्तीसगढ़ शामिल थे) मध्य प्रांत और बरार का हिस्सा बन गए और ब्रिटिश राजधानी के रूप में नागपुर के साथ ब्रिटिश केंद्र सरकार

के अधीन एक आयुक्त के प्रशासन में आ गए। बरार को 1903 में जोड़ा गया था 1867 में ग्रेट इंडियन पेनिनसुला रेलवे (GIP) के आगमन ने एक व्यापार केंद्र के रूप में इसके विकास को प्रेरित किया। टाटा समूह ने नागपुर में अपनी पहली कपड़ा मिल शुरू की, जिसे औपचारिक रूप से सेंट्रल इंडिया स्पिनिंग एंड वीविंग कंपनी लिमिटेड के रूप में जाना जाता था। कंपनी को लोकप्रिय रूप से एम्प्रेस मिल्स के रूप में जाना जाता था, क्योंकि इसका उद्घाटन 1 जनवरी 1877 को हुआ था, जिस दिन रानी विक्टोरिया को भारत की महारानी घोषित किया गया था।

असहयोग आंदोलन का आह्वान 1920 के नागपुर अधिवेशन से शुरू किया गया था। शहर ने 1923 में एक हिंदू-मुस्लिम दंगा देखा, जिसका के. बी. हेडगेवार, पर गहरा प्रभाव पड़ा, जिन्होंने 1925 में राष्ट्रीय स्वयंसेवक संघ (आरएसएस) की स्थापना की, जो नागपुर के मोहितेवाड़ा महल में एक हिंदू राष्ट्रवादी संगठन था, जिसने हिंदू राष्ट्र बनाने का विचार रखा। 1927 के नागपुर दंगों के बाद आरएसएस को नागपुर में और काफ़ी लोकप्रियता मिली और संगठन का राष्ट्रव्यापी विकास शुरू हुआ।

इतिहास की इन अठखेलियों से विचरते हुए नागपुर से चंद्रपुर 160 किलोमीटर और चंद्रपुर से गढ़चिरौली 80 किलोमीटर यानि कुल 240 किलोमीटर अच्छी-बुरी सड़क से यात्रा तय करके रात्रि नौ बजे गढ़चिरोली गेस्ट हाऊस में जाकर गरम पानी से नहाकर खाना खाया और ग्यारह बजे पलंग पर लिहाफ़ में घुसते ही नींद ने आ दबोचा।

गढ़चिरौली

सुबह उठकर गढ़चिरौली ज़िले की अहेरी तहसील में स्थित सघन सागौन वन की सैर को निकल गए। गढ़चिरौली जिले का गठन 26 अगस्त 1982 को चंद्रपुर से गढ़चिरौली और सिरोंचा तहसीलों को अलग करके किया गया था। गढ़चिरौली जिला महाराष्ट्र के उत्तरी-पूर्वी कोने में स्थित है। यह पश्चिम में चंद्रपुर, उत्तर में गोंदिया, पूर्व में छत्तीसगढ़ राज्य के दुर्ग, राजनांदगाँव, बस्तर और जगदलपुर ज़िले और दक्षिण पश्चिम में तेलंगाना राज्य के करीमनगर और आदिलाबाद जिलों से घिरा है। गढ़चिरौली आदिवासी ज़िला है। मुख्य निवासी गोंड और माडिया समुदाय के लोग है। एक खास बात यहाँ 1972 से बंगाली समुदाय के शरणार्थी विस्थापित किए गए हैं।

मध्य भारत के गोंडवाना साम्राज्य का इतिहास बहुत प्राचीन एवं समृद्ध रहा है। यहां अनेक गोंड राजाओं ने शासन किया है। सर्वाधिक समय तक राजा यादवराय के 62 वंशजों (यादवराय से लेकर सुमेदशाह तक) ने शासन किया। इस वंश में महान प्रतापी राजा संग्राम शाह (48वें) हुए। इन्होने युद्ध करके अनेक राजाओं को हराया और 52 गढ़ स्थापित किये। गोंडों के 36 राज्य उत्तर में रायगढ़ से दक्षिण में गढ़चिरोली तक और 16 राज्य गढ़ मंडला से मकड़ाई रियासत तक, इस प्रकार कुल 52 राज्यों का समूह गोंडवाना साम्राज्य कहलाता था। महाराजा संग्राम शाह का विशाल साम्राज्य जिन 52 गढ़ों तक फैला था, जिनकी सीमा पश्चिम में गिन्नौर गढ़ भोपाल, पूरब में लाफागढ़ बिलासपुर, उत्तर में सिंगोरगढ़, दमोह और दक्षिण में टीपागढ़ (गढ़चिरोली) महाराष्ट्र तक फैला था। इस तरह राजा संग्राम सिंह ने 52 गढ स्थापित करके दिल्ली के सुल्तान इब्राहीम लोदी से 1480 ई में महाराजा और शाह की उपाधि धारण की थी।

प्राचीन काल में इस क्षेत्र पर राष्ट्रकूट, चालुक्य, देवगिरि के यादव और बाद में गढ़चिरौली के गोंडों का शासन था। 13 वीं शताब्दी में खांडक बल्लाल शाह ने चंद्रपुर की स्थापना की और इसे अपनी राजधानी बनाया। चंद्रपुर बाद में मराठा शासन में आया। 1853 में, बरार जिसमें चंद्रपुर (जिसे चंदा कहा जाता था) का हिस्सा भी था, ब्रिटिश ईस्ट इंडिया कंपनी को सौंप दिया गया था। 1854 में चंद्रपुर सेंट्रल प्रांत एंड बेरार का एक स्वतंत्र जिला बन गया।

लॉर्ड कर्ज़न की राज्य पुनर्गठन योजना के अंतर्गत 1905 में अंग्रेजों ने चंद्रपुर और ब्रम्हपुरी से एक-एक जमींदारी संपत्ति का हस्तांतरण करके गढ़चिरौली तहसील बनाई। यह 1956 तक सेंट्रल प्रांत का हिस्सा था, जब राज्यों के पुनर्गठन के साथ, चंद्रपुर को बॉम्बे राज्य में स्थानांतरित कर दिया गया था। 1960 में, जब महाराष्ट्र बनाया गया, चंद्रपुर नए राज्य का एक जिला बन गया। 26 अगस्त 1982 को चंद्रपुर का विभाजन हुआ, जिसमें गढ़चिरौली तहसील एक स्वतंत्र जिला बन गया। गढ़चिरौली में नक्सलवाद की जड़ें जमी हैं। छापामार लड़ाके पहाड़ियों और घने जंगलों में रहते हैं और इसे रेड कॉरिडोर के हिस्से के रूप में नामित किया गया है।

गढ़चिरौली से तेलंगाना राज्य की सीमा पर दक्षिण दिशा में अल्लापल्ली नाम का वन आच्छादित गाँव है। अल्लापल्ली आमतौर पर गोंडवाना गांव है, लेकिन अब, कई लोग शिक्षा, व्यवसाय और जीविका कमाने के उद्देश्य से

वहां आ बसे हैं। अल्लापल्ली के जंगल विश्व प्रसिद्ध सागौन की लकड़ी के ख़ज़ाने हैं। अल्लापल्ली से परमिली- भामरागढ़ रोड पर 07 किलोमीटर दूर 100 साल पहले वैज्ञानिक प्रबंधन के तहत मूल जंगल के रूप में संरक्षित 'ग्लोरी ऑफ अल्लापल्ली' वन पारिस्थितिकी के एक जीवित संग्रहालय के रूप में प्रसिद्ध है। जहाँ पर 500 वर्ष पुराने सागौन के 120 फुट ऊँचे पेड़ मौजूद हैं। जिसे सागौन कहा जाता है वह साग का पेड़ है, एक जगह पर बहुत अधिक संख्या में साग के पेड़ होने से उसे सागवन पुकारा जाने लगा, वही सागवन कालांतर में सागौन हो गया।

पहले अल्लापल्ली हैदराबाद के निज़ाम के नियंत्रण में था। बाज़ीराव ने मराठवाड़ा को जीतकर नियंत्रण में लिया तब इस इलाक़े को नागपुर के राघोजी भोसले के अधीन रख दिया। इसलिए अल्लापल्ली तहसील की जनसंख्या मुख्यतः तेलुगु भाषी है लेकिन गावों में गोड़ों की बसावट है। वर्तमान में अल्लापल्ली महाराष्ट्र के गढ़चिरौली ज़िले की तहसील ऐटापल्ली का एक ब्लॉक है।

रेंज फ़ारेस्ट आफ़िसर गणेश लाँड़गे ने बताया कि जिस गेस्ट हाऊस में हम रुके हैं वह अंग्रेजों द्वारा 1910 में बनाया गया था। अल्लापल्ली से 130 किलोमीटर दक्षिण दिशा में हत्थी केम्प बनाया गया है। लकड़ी उठाने और ढ़ोने के लिए कुछ हाथी आसाम के काज़ीरंगा पार्क से लाए गए थे। मशीनीकरण से बेरोज़गार हाथियों को सेवानिवृत्त करके एक पहाड़ी इलाक़े में रखा गया है। जहाँ उन्हें सप्ताह में दो बार चावल गुड घी और केलों का भोजन कराने हेतु एक तालाब के बीच बने हत्थी केम्प में लाया जाता है। उनके पैरों में लोहे की मोटी ज़ंजीर बांधी है जिनके घिसटने से भूमि पर बनने वाले निशानों से वनरक्षक उनकी गतिविधियों पर नज़र रखते हैं और भोजन के दिन उन्हें हाँका लगाकर हत्थी केम्प लाते हैं।

सबसे वयोवृद्ध हथिनी का नाम रूपा है, उसकी उम्र अस्सी साल बतायी जाती है। अल्लापल्ली की पुरानी हथिनी बसंती वहाँ के सबसे पुराने हाथी महालिंगा के संसर्ग से बच्चा नहीं दे रही थी इसलिए एक अन्य जवान हथिनी रूपा को हाथियों की संख्या बढ़ाने हेतु नागझिरा से अल्लापल्ली लाया गया। रूपा के पहुँचने से बसंती के कान खड़े हो गए। उसने महालिंगा पर कड़ी नज़र रखना शुरू कर दिया। बसंती रूपा को चिंघाड़ कर चुनौतीपूर्ण धमकी

देने लगी। एक दिन महलिंगा नज़र बचाकर रूपा के नज़दीक पहुँच सूँड़ से प्रेम का इज़हार करने लगा तो बसंती क्रोध से उफनते हुए रूपा पर टूट पड़ी और उसे धमकाकर घने जंगल में पहुँचा कर दम लिया। इस घटना के बाद वन अधिकारियों ने रूपा को तालाब की दूसरी तरफ़ आधे किलोमीटर लम्बी ज़ंजीरों से बांधकर वहीं उसके भोजन का इंतज़ाम कर दिया ताकि बसंती के दाम्पत्य जीवन में व्यवधान उत्पन्न न हो।

रूपा को अल्लापल्ली जंगल में बच्चे पैदा करके हाथियों की वंशवृद्धि का उद्देश्य पूरा न होते देख वन अधिकारियों ने केरल और आसाम से पशु विशेषज्ञ बुलाकर बसंती को एक साल तक कुछ इंजेक्शन दिए तो वह गर्भवती हुई और उसने बीस महीनों के बाद एक बच्चा जना, जिसका नाम प्रसिद्ध फ़िल्मी खलनायक अजीत के नाम पर रखा गया। बदली हुई परिस्थितियों में यह विचार करके कि शायद माँ बनने के बाद बसंती अब महालिंगा से रूपा को गर्भवती होने देगी। रूपा को उसके नज़दीक लाने की कोशिश की लेकिन बसंती ने अपनी मातृ सत्तात्मक पकड़ ज़रा सी भी ढ़ीली नहीं की। रूपा फिर एक बार मायूस हुई।

कुछ सालों बाद अजीत जवान हो गया। रूपा की निगाह अजीत पर पड़ी। उसे भरोसा था कि बसंती अपने बच्चे अजीत के समागम से प्रजनन नहीं करेगी तो अजीत अंततोगत्वा उससे संसर्ग करेगा क्योंकि इलाक़े में उसके अलावा कोई और मादा नहीं है। बसंती को रूपा के इरादे भाँपते देर न लगी। अजीत भी अकसर भागकर रूपा के आसपास मँडराने लगा। जब अजीत उठाव पर आया तो बसंती ने उसके संसर्ग से एक और बच्चा दिया जिसका नाम एक अन्य फ़िल्मी विलेन रंजीत के नाम पर रखा गया। रूपा फिर एकबार मायूस हुई। बसंती का पुराना साथी महालिंगा उम्रदराज़ होकर मरा तब रूपा बसंती के परिवार को शान्तवना जताने आई परंतु बसंती ने उसे आते देख मुँह फेर लिया। अब रूपा ने हालात से समझौता करके जीना शुरू कर दिया है वह अकेली रहती है। हत्थी केम्प पहले आकर और भोजन करके चली जाती है। उसके जाने के बाद बसंती अपने परिवार को लेकर भोजन कराने आती है। मनुष्यों की तरह पशुओं में भी सौंतिया डाह के संघर्ष होते हैं।

हत्थी केम्प से लौटते समय मस्तिष्क में विचार आया कि पुरानी बाइबिल में लिखी अब्राहम, साराह और हागार की कहानी के पात्र महालिंगा,

बसंती और रूपा के रूप में साक्षात देखकर वापस लौट रहे हैं। अब्राहम पत्नी साराह और सेविका हागार के साथ दजला-फ़रात के मैदान में बसे कन्नान में रहते थे। साराह को बच्चे नहीं हो रहे थे इसलिए उसने अब्राहम से परिवार बढ़ाने के लिए सेविका हागार से बच्चा पैदा करने को कहा। अब्राहम और हागार से इस्माइल का जन्म हुआ। उसके बाद अब्राहम और साराह का भी एक बच्चा इशाक नाम का हुआ। सुंदर सेविका हागार का बच्चा बड़ा होने से साराह में सौंतिया डाह विकसित हुआ तो वह हागार और इस्माइल पर अत्याचार करने लगी। हागार पीड़ित होकर इस्माइल को लेकर अरब देश में मक्का पहुँची जहाँ इस्माइल के वंश में मुहम्मद का जन्म हुआ था जिन्होंने इस्लाम धर्म चलाया।

हत्थी केम्प से वापस अल्लापल्ली जंगल विभाग के गेस्ट हाऊस में रेंज आफ़िसर दोपहर का भोजन बनवाकर इंतज़ार कर रहे थे। भोजन करने के दौरान पता चला की टेक्सी ड्राईवर दारू से टुन्न होकर बकवास कर रहा है। फ़ारेस्ट गार्ड ने हमारे कहने पर उससे गाड़ी की चाबी छुड़ाकर हमें दे दी। रेंज फ़ारेस्ट आफ़िसर गणेश लाँड़गे से एक ड्राईवर का इंतज़ाम करवा कर हम भामरागढ़ की अगली यात्रा पर निकले।

अल्लापल्ली से 60 किलोमीटर की दूरी पर सिरोंजा डिविज़न का भामरागढ़ ब्लाक स्थित है। अल्लापल्ली से सात किलोमीटर पर वन विभाग का एक सौ वर्ष से प्राकृतिक अवस्था में आरक्षित वन है जिसमें किसी भी प्रकार की छेड़खानी नहीं की गई है। उसे अल्लापल्ली का गौरव वन नाम दिया है। उसमें पाँच सौ से अधिक वर्ष के पेड़ पाँच मीटर घेरे के हैं। वन विभाग के अधिकारियों ने बताया कि वह असंख्य जड़ीबूटियों का ख़ज़ाना है। भामरागढ़ के अंतर्गत कमलापुर रेंज है जो कि नक्सलवादियों का मायका माना जाता है। वहाँ महाराष्ट्र से पलकोटा और वेडिया नदियाँ छत्तीसगढ़ से आकर इंद्रावती नदी में मिलती हैं। त्रिवेणी संगम पवित्र स्थान माना जाता है। उन तीनों नदियों का जल इकट्ठा होकर इंद्रावती नदी के रूप में सिवनी ज़िले से निकली पेंच नदी वैनगंगा में मिलकर आगे वर्धा नदी से मिल प्राणहिता नदी कहलाने लगती है जो आगे तेलंगाना के कालेश्वरम में गोदावरी से मिलती है। इस स्थान को दक्षिण त्रिवेणी संगम भी माना जाता है, क्योंकि यहाँ गोदावरी अपनी सहायक नदी प्राणहिता से मिलती है, तीसरी नदी, हमेशा की तरह अदृश्य नदी सरस्वती है। हालाँकि सरस्वती हजारों साल पहले सूख गई थी, लेकिन

यह यहाँ और कभी-कभी अदृश्य नदी के रूप में, कभी इलाहाबाद में, कभी श्रीशैलम, कालेश्वरम में, पॉप-अप होती रहती है, यह पता लगाना दिलचस्प होगा कि ये आस्था मान्यता कैसे विकसित हुई। जैसे ही आप गोदावरी के तट पर खड़े होते हैं, नदी आपके सामने जहाँ तक आप देख सकते हैं वहाँ तक फैल जाती है और दूसरे किनारे पर महाराष्ट्र का सिरोंचा जिला स्थित है! गोदावरी आंध्र प्रदेश और महाराष्ट्र के बीच प्राकृतिक सीमा बनाती है।

नक्सलियों के मायके अर्थात कमलापुर पहुँचते-पहुँचते शाम के छः बज चुके थे। फ़ारेस्ट गार्ड तुषार गौंड़ और वाहन चालक हमारे साथ थे। सबसे पहले बाबा आमटे के आश्रम हेमलकसा गए। उसके बाद त्रिवेणी संगम दर्शन किए। वहाँ तीन-चार युवक आ गए। संभवतः वे नक्सलियों के ख़बरी होंगे। उन्हें हमारे सुबह से उस इलाक़े में घूमने की जानकारी हो गई थी इसलिए वे टोह लेने आए थे। बातों-बातों में एक युवा जिसके चेहरे से बौद्धिकता झलक रही थी, उसने अंग्रेज़ी साहित्य पढ़ा था। अतः उससे घनिष्ठ बातें होने लगीं। उसने बताया कि 1984 में इस कमालपुर रेंज से सैंकड़ों की संख्या में युवा लड़के-लड़कियाँ नक्सली बने थे इसलिए इसे नक्सलियों का मायका कहा जाता है और वे इस इलाक़े में वारदात नहीं करते अपितु इंद्रावती नदी के उस पार छत्तीसगढ़ का भोपालपत्तनम रेंज लगता है वहाँ कोंटा से बचेली तक के इलाक़े में क्रियाशील होते हैं। उसने बताया कि आंदोलन के बड़े नेताओं ने हैदराबाद, नागपुर और मुंबई में बड़े कारोबार स्थापित कर लिए हैं और छत्तीसगढ़, महाराष्ट्र व तेलंगाना की सरकारों ने प्रतिभावान आदिवासियों को वन विभाग, पुलिस व अन्य सरकारी विभागों में ऊँचे पदों पर नियुक्त करके नक्सलियों के बीच नेतृत्व का संकट पैदा कर दिया है।

गढ़चिरोली में पता चला कि ब्रह्मपुरी, भंडारा, गोंदिया, बालाघाट होते हुए दो रास्ते, एक लालबर्रा-बरघाट और दूसरा वारासिवनी-कटंगी से सिवनी पहुँचते हैं जहाँ से पेंच अभयारण्य पहुँचा जा सकता है।

हम हेमलकसा आश्रम पहुँचे। वहाँ एक प्रेरक कहानी हाथ लगी। एक हिंदू ब्राह्मण परिवार में 26 दिसंबर 1914 को हिंगनघाट, वर्धा में देवीदास के घर एक बच्चे का जन्म हुआ था। उसका नाम मुरलीधर रखा गया। देवीदास ब्रिटिश भारत के जिला प्रशासन और राजस्व विभाग में अधिकारी थे। मुरलीधर को अंग्रेज़ी तौर तरीक़ों की तर्ज़ पर बचपन में बाबा करके पुकारा

जाता था। वह आठ बच्चों में सबसे बड़ा था। उसका बचपन एक अच्छी हैसियत के ब्रिटिश नौकरशाह के सबसे बड़े बेटे के रूप में शिकार खेलों से भरा रोमांचक घटनाओं के बीच बीता था। वह चौदह वर्ष की उम्र में बंदूक लेकर भालू और हिरण का शिकार करता था। जब वह गाड़ी चलाने योग्य हुआ तो पिता ने उसे पैंथर की खाल से बनी कुशन की गद्दियों वाली स्पोर्ट्स कार भेंट की थी। यद्यपि वह एक धनी परिवार में पैदा हुआ था, लेकिन हमेशा भारतीय समाज में व्याप्त असमानता के बारे में सोचता रहता था। वह अपने पिता की नाराज़गी के बावजूद नौकरों के बच्चों के साथ नियमित रूप से खेलता था। दीवाली के दिन जब पूर शहर जगमगा रहा था दोस्तों के साथ बाज़ार में मटरगश्ती करते हुए उसका एक अंधे भिखारी से सामना हुआ। उसने मौज में आकर अपनी सिक्कों से भरी जेब को भीख के कटोरे में खाली कर दी। भिखारी को कटोरे का भार और बहुत सारे सिक्कों की खनक से महसूस हुआ कि उसे मूर्ख बनाया जा रहा है, वह बोला "मै एक मजबूर भिखारी हूं, मेरे कटोरे में पत्थर मत डालो, बाबा", लड़के ने जवाब दिया "ये चोखे सिक्के हैं, पत्थर नहीं। आप चाहें तो कुछ ख़रीद कर इन्हें परख लें।"

इस घटना ने लड़के के मस्तिष्क पर गहरा प्रभाव छोड़ा कि इस तरह के दुःखी इंसान उसकी ज़िंदगी के बिलकुल करीब मौजूद हैं, जिनकी जिंदगियों में आशा और विश्वास सिरे से नदारत हो चुके हैं। उसे अपने पिता की विलासिता से भरी दुनिया में ग़रीबों के प्रति मौजूद उपेक्षापूर्ण निर्दयता से चिड़ होती थी, कि लोग इतने बेरहम कैसे हो सकते हैं कि आसपास बजबजाती ग़रीबी और भुखमरी से अनजान बने गुलछर्रे उड़ाते रहें।

मुरलीधर एक डॉक्टर बनने की इच्छा रखता था, लेकिन उसके पिता ने उसे वकील बनने के लिए मजबूर किया। वह चाहते थे कि उनका बेटा बड़ा वकील बनकर परिवार की मिल्कियत को संभाले। लड़के ने धनाढ्य वातावरण के जीवन को बहुत अच्छी तरह से अपना लिया। अपने दिन घुड़सवारी, शिकार, क्लब में तास के पत्तों और टेनिस खेलने में बिताता था। वह अमीरों का एक समृद्ध जीवन जी रहा था जो मानते हैं कि पैतृक विशेषाधिकार केवल भाग्यशाली को जीने का मौका देते हैं और उनका ग़रीबों के भाग्य के प्रति कोई दायित्व नहीं है। इस विलासिता पूर्ण जीवन के बीच वह बेचैन रहता था। एक दिन उसे लगा जैसे उसे दुनिया में एक बड़ा उद्देश्य पूरा करना है।

मुरलीधर कानून में प्रशिक्षित होकर वर्धा में वकालत शुरू करके एक सफल वकील बन गया। वह महात्मा गांधी और बिनोवा भावे से प्रभावित होकर भारतीय स्वतंत्रता आंदोलन में शामिल हो गया। 1942 में भारत छोड़ो आंदोलन में शामिल होने के कारण अंग्रेजों द्वारा कैद किया गया। उन्होंने भारतीय नेताओं के लिए एक बचाव वकील के रूप में काम करना शुरू किया। महात्मा गांधी द्वारा शुरू किए गए सेवाग्राम आश्रम में कुछ समय बिताया और गांधीवाद के अनुयायी बन गए। उन्होंने चरखे से बनाई खादी पहनकर गांधीवाद का अभ्यास व प्रचार किया। जब गांधी को पता चला कि उस लड़के ने एक एक ब्रिटिश अफ़सर के अत्याचार व उत्पीड़न से एक भारतीय लड़की को बचाया है, तब गांधी जी ने उसे "सत्य का निडर साधक" नाम दिया था।

उन दिनों कुष्ठ रोग से पीड़ित लोगों को एक सामाजिक कलंक माना जाता था और ऐसे रोगी समाज की मुख्य धारा से कटकर उपेक्षित जीवन जीने को अभिशप्त होते थे। मुरलीधर ने कोढ़ जैसे संक्रामक छुआछूत रोग को दूर करने का प्रयास किया। यहां तक कि उन्होंने एक कोढ़ी को साथ रहने की अनुमति दी, यह साबित करने के उद्देश्य से एक प्रयोग के हिस्से के रूप में उन्हें इंजेक्शन लेने पड़े थे। तुलसीराम नाम के कुष्ठ पीड़ित व्यक्ति के साथ मुलाक़ात ने उनकी आत्म-छवि को चकनाचूर कर दिया। कुष्ठ रोग के अंतिम चरण में वह एक मांस के टुकड़ों के साथ उंगलियों या पैर की उंगलियों के बिना कीड़े और घावों के साथ वास्तव में एक जीवित लाश है। वह संक्रमण से घबरा गया। उसने खुद को निडर बनाने के बारे में सोचा। अगले 6 महीनों के लिए वह इस संकट की बेदर्द पीड़ा में रहा। उसने सोचा जहाँ भय है वहाँ प्रेम नहीं है, और जहाँ प्रेम नहीं वहाँ कोई भगवान नहीं है। भय और घृणा से घिरे कोढ़ियों की इस समस्या पर काबू पाने का केवल एक ही तरीका लग रहा था। उसे कुष्ठ पीड़ित लोगों के साथ रहना और काम करना होगा। उसने निश्चय किया।

"मुझे किसी भी चीज़ से कभी डर नहीं लगा जब मैंने एक भारतीय महिला का सम्मान बचाने के लिए ब्रिटिश ठोकरों से लड़ाई लड़ी, गांधी जी ने मुझे 'अभय साधक' कहा, जो सत्य का निर्भीक साधक था। जब वरोरा के सफाईकर्मियों ने मुझे नाले की सफाई के लिए चुनौती दी, तो मैंने ऐसा किया, लेकिन जब मैंने तुलसीराम की जीवित लाश देखी मैं डर गया। मुझे

इस डर पर क़ाबू पाकर इसे कुष्ठ पीड़ितों के प्रति प्रेम में बदलना होगा।"

मुरलीधर ने कुष्ठ रोगियों की सेवा करने का निर्णय इस कारण लिया कि उन्हें एक ऐसे समाज का हिस्सा बनने में घृणा महसूस होती थी जो ऐसे दलित मनुष्यों की दुर्दशा के प्रति बहुत ही उदासीन था। उन्होंने इस उदासीनता को 'मानसिक कुष्ठ' के रूप में माना, जो कि सबसे भयावह बीमारी है जो किसी के अंगों को नहीं खो रही है, लेकिन अन्य मनुष्यों के लिए दया और करुणा महसूस करने के लिए प्रेम की ताकत खो रही है। उन्होंने लिखा :

मैंने भगवान से अपनी आत्मा मांगी,
लेकिन मेरी आत्मा नदारत थी।
मैंने अपने में भगवान की तलाश की,
लेकिन मेरे भीतर भगवान भी नदारत था।
तब मैंने सेवा हेतु भाई-बहनों की मांग की।
मुझे उनमें आत्मा, भगवान और जीवन लक्ष्य मिल गया।

उन्होंने 1949 में 4 रुपये, 6 कुष्ठ रोगियों और एक लंगड़ी गाय के साथ वरोरा में अपना काम फैलाया है। कई संगठनों ने बाबा के कार्यों से प्रेरणा ली है और देश भर में और यहां तक कि पूरी दुनिया में काम कर रहे हैं। दुनिया भर में मुरलीधर ने जो प्रभाव डाला, वह अचूक है और उनकी आत्मा एक दुर्लभ रत्न है जिसे दुनिया भाग्यशाली मानती थी।

मुरलीधर जानते थे कि बीमारी का इलाज करना ही पर्याप्त नहीं है बल्कि लोगों को इन सामाजिक प्रकोपों से निजात दिलाकर आत्मनिर्भर, उत्पादक समाज का निर्माण करना महत्वपूर्ण है। कृषि से शुरू होकर वस्त्र उद्योग से लेकर लकड़ी के काम तक विभिन्न लघु और मध्यम स्तर के उद्योगों तक विस्तार एवं महारोगी सेवा समिति, वरोरा उत्पादक क्षेत्र में उनके सपनों का साकार स्वरुप था।

मुरलीधर ने महाराष्ट्र में कुष्ठ रोगियों, विकलांगों और समाज के हाशिये पर पड़े लोगों के इलाज और पुनर्वास के लिए तीन आश्रमों की स्थापना की। महारोगी सेवा समिति, वरोरा (कुष्ठ सेवा समाज) कुष्ठ रोगियों के इलाज और मानसिक कुष्ठ रोग से पीड़ित समाज के उद्धार के उद्देश्य

से स्थापित किया गया था, जिसे बाबा ने 'आनंदवन' कहा जाता है, जिसका अर्थ है 'फ़ारेस्ट ऑफ ब्लिस'। उन्होंने और उनकी पत्नी साधना ने 15 अगस्त 1949 को एक पेड़ के नीचे आनंदवन में एक कुष्ठ अस्पताल शुरू किया। 1973 में गढ़चिरौली जिले के माडिया गोंड आदिवासी लोगों के लिए काम करने के लिए लोक बिरादरी प्रचारक की स्थापना की। उन्होंने अपने जीवन को कई अन्य सामाजिक कार्यों के लिए समर्पित किया, विशेष रूप से भारत छोड़ो आंदोलन, वन्यजीव संरक्षण और नर्मदा बचाओ आंदोलन के महत्व पर सार्वजनिक जागरूकता बढ़ाने के लिए अनथक प्रयास किए। भारत सरकार ने 1971 में उनको पद्मश्री से सम्मानित किया।

उनके दो बेटे, विकास और प्रकाश, और पुत्रवधू, मंदाकिनी और भारती, डॉक्टर हैं। इन चारों ने अपना जीवन सामाजिक कार्यों के लिए समर्पित कर दिया है। प्रकाश और उनकी पत्नी मंदाकिनी महाराष्ट्र के गढ़चिरौली जिले के माड़िया गोंड जनजाति के हेमलकसा गाँव में स्कूल और अस्पताल चलाते हैं, साथ ही एक शेर और कुछ तेंदुओं सहित घायल जंगली जानवरों के लिए एक अनाथालय है। उनके दो बेटों, डॉ. दिगंत और अनिकेत ने भी उन्हीं कार्यों को अपना जीवन समर्पित किया। प्रकाश और मंदाकिनी को 2008 में सामुदायिक नेतृत्व के लिए मैगसेसे पुरस्कार मिला।

बाबा के बड़े बेटे विकास और उनकी पत्नी भारती आनंदवन में अस्पताल चलाते हैं और कई कल्याणकारी परियोजनाओं के साथ समन्वय करते हैं। आनंदवन में एक विश्वविद्यालय है, एक अनाथालय है, और अंधे और बधिरों के लिए स्कूल हैं। आनंदवन आश्रम आत्मनिर्भर है और इसके 5,000 से अधिक निवासी हैं। कुष्ठ रोग से पीड़ित लोगों के लिए सोमनाथ और अशोकवन आश्रमों की स्थापना की है।

पाताल कोट

गढ़चिरोली की वापसी यात्रा गोंदिया, बालाघाट, सिवनी और छिन्दवाड़ा के रास्ते से सम्पन्न की। यह इलाक़ा सतपुड़ा की दक्षिणी तलहटी और ऊपरी पठार पर आबाद गोंड देवगढ़ साम्राज्य द्वारा शासित रहा है जिसके प्रमाण स्वरुप गढ़ी प्राचीरों के खंडहर अकसर दिखते हैं। पातालकोट पिपरिया से पंचमढ़ी जाते हुए मटकुली से छिन्दवाड़ा जाने वाले मार्ग पर जिला मुख्यालय छिंदवाड़ा से 78 किमी पहले सतपुड़ा की पहाड़ियों के बीच समुद्र तल से

जमीन के 1700 फीट नीचे बसा है। यह सतपुड़ा की पहाड़ियों के बीच समुद्र तल से 2750-3250 फीट की ऊंचाई पर स्थित है। यह स्थान 79 वर्ग किमी में फैला हुआ है। पातालकोट आदिवासियों की एक अलग दुनिया वाले 12 गांवों का समूह।

अपनी संस्कृति, इतिहास और भौगोलिक स्थिति से इसकी वैश्विक नक्शे में अलग पहचान है तो वहीं दिन में भी रात का एहसास कराने वाला यह क्षेत्र जग प्रसिद्ध है। पिपरिया और परासिया के बीच स्थित तामिया से पतालकोट जाया जाता है। तामिया तुलतुला पर्वत श्रेणियों के बीच आकर्षक प्राकृतिक छटा के साथ स्थित है। इसके चारों तरफ ऊंची पर्वत श्रेणियां तथा घने जंगल अद्भुत शान्ति का आभास कराते हैं। यहां डाक बंगले से पहुंच कर चारों तरफ विहंगम दृश्य नज़र आता है, तो इसका आकार एक घोड़े की नाल जैसा नजर आता है। ऐसी जनश्रुति है कि यह पाताल लोक जाने का दरवाजा है। एक समय यहां के आदिवासी बाहरी दुनिया से दूर थे, लेकिन अब सरकारी प्रयासों से वे समाज की मुख्य धारा में शामिल हो गए हैं।

प्राकृतिक दृश्यावली के कारण यह बहुत मनमोहक है। पाताल से अर्थ इसका एक गहराई में बसा होना है। इसके मुहाने पर ब्रिटिश युग का बना हुआ सर्किट हाउस है, उससे जुड़ी अनेकों भूत-प्रेत कहानियाँ क्षेत्र में प्रचलित हैं। कहा जाता है कि इस जनजाति के लोग इस स्थान पर पिछले 5000 वर्षों से निवास कर रहे है। यह स्थान प्राकृतिक रूप से एक गहरी गर्त का किला-सा बन गया है। इसकी तलहटी से आसपास की पर्वत श्रेणियां करीब 1200 फीट ऊंची हैं। इसके पाास से ही दूधी नदी नर्मदा में मिलने निकलती है। वर्तमान में नीचे जाने के मार्ग बना दिए गए हैं। इसके पूर्व यहां लोग लताओं, बेलाओं तथा पेड़ पौधों को पकड़ कर नीचे और ऊपर आया जाया करते थे। यह स्थान अपनी अमूल्य जड़ी-बूटियों के लिए विख्यात है। यहां रहने वाले आदिवासी इन्ही जड़ी बूटियों से अपने कष्टों का निवारण करते हैं। वर्तमान में शासन द्वारा भी इन्हे चिकित्सीय सुविधाएं उपलब्ध कराई जा रही हैं। पातालकोट की सबसे खास बात यह है कि जमीन से नीचे होने और सतपुड़ा की पहाड़ियों से घिरा होने से इसके काफी हिस्से में सूरज की रोशनी देर से पहुंचती है, वह भी इतनी कम कि दिन में भी रात नजर आती है। बारिश के समय बादल इस घाटी में ऐसे दिखाई देते हैं जैसे तैर

रहे हो। यदि कोई व्यक्ति यहां पहुंच जाए तो उसे लगेगा कि वह धरती के भीतर बसी अलग दुनिया में आ गया है।

पातालकोट की आदिवासी जीवन शैली से पुरातन युग का एहसास होता है। भारिया और गोंड परिवार रहन-सहन, खान-पान, दवा-दारू के लिए काफी हद तक जंगल के प्राकृतिक संसाधनों पर निर्भर हैं। समाज की मुख्य धारा में शामिल होने के बावजूद उनका भोजन मक्का, बाजरा, कोदो-कुटकी है। जड़ी-बूटियां होने से तुरंत अपनी बीमारी का इलाज कर लेते हैं। अब इन जड़ी-बूटियों को देश-विदेश में भी पहचान मिलने लगी है। पहनावा भी पहले की अपेक्षा आधुनिक युग जैसा हो गया है। वर्ष 2007 में यहां पहला आंगनबाड़ी केंद्र खोला गया। प्रदेश सरकार द्वारा स्थापित पातालकोट विकास प्राधिकरण के माध्यम से यहां स्कूली शिक्षा, आईसीडीएस, प्राथमिक स्वास्थ्य जैसी सेवाएं उपलब्ध कराई गई है। पातालकोट के ऊपरी गांव रातेड़ में वर्ष 2009 में तत्कालीन कलेक्टर निकुंज श्रीवास्तव ने रोमांचकारी आदिवासी खेल उत्सव की शुरुआत की थी और पर्यटकों को यहां पर्यटन के लिए आकर्षित किया था। तब से ये उत्सव हर साल नवम्बर से जनवरी के बीच हो रहे हैं। इससे पर्यटन नक्शे में पातालकोट को महत्व मिलने लगा है।

पौराणिक मान्यता हैं कि इस स्थान से रावण का पुत्र मेघनाथ, भगवान शिव की आराधना करने पाताललोक गया था। यह इलाका जड़ी-बूटियों के लिए भी जाना जाता है। पातालकोट के 12 गांव गैलडुब्बा, कारेआम, रातेड़, घटलिंगा-गुढ़ीछत्री, घाना कोडिया़, चिमटीपुर, जड़-मांदल, घर्राकछार, खमारपुर, शेरपंचगेल, सुखाभंड-हरमुहुभंजलाम और मालती-डोमिनी है, जहां एक समय जाना मुश्किल था। अब इसे पक्की सड़क से जोड़ दिया गया है। यहां की आबादी भारिया और गौंड आदिवासी समुदाय की हैं, जो अभी भी काफी हद तक प्राकृतिक व्यवस्थाओं पर आश्रित हैं। दृष्टि डालने से प्राकृतिक सौन्दर्य आपको अभिभूत कर देता है। इसके उत्तर दिशा में कुछ दूरी पर एक संकरे मार्ग से नीचे उतरने पर पर्वतीय गुफा में एक शिवलिंग स्थित है। इसके पास झरने के रूप में नीचे गिरने वाला पानी एक जल प्रपात सा प्रतीत होता है।

9

समुंदर में क़िला

ये तो आप मानते ही होंगे की भारत में प्राचीन रहस्यमयी जगहों की कोई कमी नहीं है क्योंकि हमारा इतिहास ही इतना वैविध्यपूर्ण और रहस्यमयी रहा है की जितना जानों उतना कम है। समुंद्र के बीचोबीच रहस्मयी मुरुद-जंजीरा किला 400 सालों से अजेय इतिहास का गवाह है। हम आपको ऐसे ही एक रहस्यमयी जगह ले चलते है। एक ऐसा क़िला जिसने कई लड़ाईयां देखी पर फिर भी ये अजेय रहा है।

महाराष्ट्र के रायगढ़ जिले के मुरुद गांव में स्थित मुरुद-जंजीरा फोर्ट है जो अपनी बनावट के लिए जाना जाता है। चारों तरफ से पानी से घिरे होने की वजह से इसे आईलैंड फोर्ट भी कह सकते है। ये आइलैंड फोर्ट भारत में ही नहीं बल्कि दुनिया में अपनी बनावट के लिए मशहूर है। यह भारत के पश्चिमी तट का एक मात्र किला हैं, जो कभी भी जीता नहीं जा सका था। स्थानीय लोग इसे फ़तह किला कहते हैं, जिसका शाब्दिक अर्थ अजेय होता है। माना जाता है कि यह किला पंच पीर पंजातन शाह बाबा की रूह के संरक्षण में है। शाह बाबा का मकबरा इसी किले में है। यह किला समुद्र तल से 90 फीट ऊंचा है। इसकी नींव समुद्र में 20 फीट गहरी है। इस किले का निर्माण 22 वर्षों में हुआ था। यह किला 22 एकड़ में फैला हुआ है। इसमें 22 सुरक्षा चौकियां है। ब्रिटिश, पुर्तगाली, शिवाजी, कान्होजी आंग्रे, चिम्माजी अप्पा तथा शंभाजी ने इस किले को जीतने का काफी प्रयास किया, लेकिन कोई सफल नहीं हो सका। इस किले में सिद्दि शासकों की कई

तोपें अभी भी रखी हुई हैं। जंजीरा किला समुद्र के बीच बना चारों ओर से खारे पानी से घिरा है।

हमें क़िला देखने जाना था परंतु कोई बताने वाला नहीं था कि ज़ंजीरा कैसे जाएँ। जितने लोग उतनी बातें। कुछ उड़ती-उड़ती बात पता चली। यदि आप जाना चाहते हैं तो गेट वे आफ इंडिया पहुँचें, वहाँ से मंडवा के लिए फ़ेरी टिकट 75 रुपयों में ख़रीदें। फ़ेरी आपको मंडवा उतार देगी। वहाँ से फ़ेरी वालों की बस आपको उसी किराए में अलीबाग़ तक ले जाएगी। अलीबाग़ से 65 किलोमीटर की दूरी पर मरुद गाँव है। अलीबाग़ से मुरुद सरकारी बस से जाया जा सकता है या आप टैक्सी या ऑटो से भी 2000-2500 में जाना-आना कर सकते हैं। आपको यदि रुकना है तो रास्ते में काशिद समुद्री बीच पर होटेल गेस्ट हाउस मिल जाते हैं। अलीबाग़ से स्कूटर या बाइक भी 600 रुपए प्रतिदिन किराए पर मिल जाती हैं। आपके पास ड्राइविंग लाइसेंस होना चाहिए। काशिद के आगे ख़ोराबंदर गाँव हैं वहाँ से ज़ंजीरा क़िला तक जाने-आने का फेरि शुल्क 40 रुपयों का है।

पता चला कि 40 फीट ऊंची दीवारों से घिरा किला अरब सागर में एक आइलैंड पर है। इसका निर्माण अहमदनगर सल्तनत के मलिक अंबर की देखरेख में 15 वीं सदी में हुआ था। 15 वीं सदी में राजापुरी (मुरुद-जंजीरा किले से 4 किमी दूर) के मछुआरों ने खुद को समुद्री लुटेरों से बचाने के लिए एक बड़ी चट्टान पर मेधेकोट नाम का लकड़ी का किला बनाया। इस किले को बनाने के लिए मछुआरों के मुखिया राम पाटिल ने अहमदनगर सल्तनत के निज़ाम शाह से इजाज़त मांगी थी।

बाद में अहमदनगर सल्तनत के थानेदार ने इस किले को खाली करने कहा तो मछुआरों ने विरोध किया। फिर अहमदनगर के सेनापति पीरम खान एक व्यापारी बनकर सैनिकों से भरे तीन जहाज लेकर पहुंचे और किले पर कब्ज़ा कर लिया। पीरम खान के बाद अहमदनगर सल्तनत के नए सेनापति बुरहान खान ने लकड़ी से बने मेधेकोट किले को तुड़वाकर उसकी जगह पत्थरों से किला बनवाया।

इसके नाम में ही इसकी खासियत छिपी है दरअसल जंजीरा अरबी भाषा के 'जजीरा' शब्द से बना जिसका अर्थ होता है टापू। यमन और इथियोपिया से अफ़्रीकन हब्सी लोगों ने समुद्री लुटेरों से व्यापारिक जहाज़ों को

सुरक्षा देने के लिए एक समुद्री सेना तैयार की थी। वे हिंदुस्तान से अरब तुर्की होते हुए यूरोप की समुद्री यात्राओं को शुल्क लेकर सुरक्षा देते थे। उन्होंने मछुआरों से इसे हथिया लिया।

यह रहस्मयी किला जंजीरा के सिद्धियों की राजधानी हुआ करता था, अंग्रजों और मराठा शासकों ने इस किले को जीतने का काफी प्रयास किया, लेकिन वह अपने इस मकसद में कामयाब नहीं हो पाए। इसकी अजेयता का कारण ये भी है की पुराने समय में पानी के रास्ते इस किले तक पहुंचना बेहद मुश्किल काम था और जब कोई सेना इसकी तरफ बढती थी तब किले में मौजूद सेना आराम से दुश्मनों को हरा देती थी। इस किले पर 20 सिद्दीकी शासकों ने राज किया। अंतिम शासक सिद्दीकी मुहम्मद खान था, जिसका शासन खत्म होने के 330 वर्ष बाद 3 अप्रैल 1948 को यह किला भारतीय सीमा में शामिल कर लिया गया।

जब से मराठों का इतिहास पढ़ा था, तबसे मुरूड़ का सिद्दी ज़ंजीरा क़िला देखने की बड़ी इच्छा थी। जिसे शिवाजी, बाज़ीराव और अंग्रेज़ नहीं जीत सके थे उसमें कोई ख़ासियत तो होगी। यह क़िला मुंबई से लगभग 200 किलोमीटर की दूरी पर अरब सागर के तट पर स्थित है। दादर से या बांद्रा से पनवेल जाएँ फिर पनवेल से 110 किलोमीटर बस से अलीबाग़ पहुँचें। अलीबाग़ से बाद, टैक्सी या ऑटो द्वारा मुरुड़ और आख़िर में ख़ोराबंदर से कश्ती द्वारा ज़ंजीरा क़िला पहुँचा जा सकता है। यह रास्ता लम्बा और समय खपाउ है अतः हमने गेट वे आफ इंडिया से फ़ेरी द्वारा मंडवा होते हुए मुरुड़ जाने का रास्ता चुना।

बताया जाता है कि मुरुद-जंजीरा किले का दरवाजा दीवारों की आड़ में बनाया गया है। जो किले से कुछ मीटर नजदीक पहुँचने पर दीवारों के कारण दिखाई देना बंद हो जाता है। यही वजह रही है कि दुश्मन किले के पास आने के बावजूद चकमा खा जाते हैं और किले में घुस नहीं पाते हैं। अनेक वर्ष बीत जाने के बाद भी तथा चारों ओर खारा अरब सागर होने के बाद भी यह मजबूती से खड़ा है।

जंजीरा किले का परकोटा बहुत ही मजबूत है, जिसमें कुल तीन दरवाजे हैं। दो मुख्य दरवाजे और एक चोर दरवाजा। मुख्य दरवाजों में एक पूर्व में राजापुरी गांव की दिशा में खुलता है, तो दूसरा ठीक विपरीत समुद्र की ओर

खुलता है। चारों ओर कुल 19 बुर्ज हैं। प्रत्येक बुर्ज के बीच 90 फुट से अधिक का अंतर है। किले के चारों ओर 500 तोपें रखे जाने का उल्लेख भी कहीं-कहीं मिलता है। इन तोपों में कलाल बांगड़ी, लांडाकासम और चावरी तोपें आज भी देखने को मिलती हैं।

हम मलाड में रुके थे। वहाँ से लोकल ट्रेन द्वारा चर्चगेट पहुँचना है। टिकट ख़रीद कर चर्चगेट तरफ़ जाने वाली ट्रेन के प्लेटफ़ॉर्म पर इंतज़ार करने लगे। दो-तीन लोकल दनदनाते निकल गईं। तब एक लोकल आकर रुकी। भीड़ में चढ़ने की कोशिश की लेकिन जहां खड़े थे, वहीं खड़े रह गए। अगली ट्रेन के इंतज़ार में वहीं खड़े रहे कि अब तो सबसे पहले चढ़ लेंगे। जब अगली ट्रेन आई तो उतरने वाली भीड़ के रेले में हम पीछे खिसक गए और ट्रेन रवाना हो गई। इसके बाद टेकनिक समझ आई कि गेट के सामने न खड़े होकर कोने में रहो और ट्रेन आते ही हैंडल पकड़ कर घुस जाओ। यह तरीक़ा कामयाब रहा। ट्रेन में घुस गए परंतु चारों तरफ़ से लोग आलिंगन बद्ध खड़े हुए थे। बड़ा अजीब लगा। नज़र घुमा कर चारों तरफ़ देखा तो दूर कोने में एक सीट ख़ाली दिखी, जिसे एक सवारी ने अभी-अभी छोड़ा था। जब तक वहाँ पहुँचते, वह भर गई। वहाँ खड़े होकर सवारियों के उनींदा और थके चेहरे देखते रहे। अगली स्टेशन आने पर दो सीट ख़ाली हुईं। तब बैठने का सुख नसीब हुआ। हमारे बाजू की सीट पर एक महिला थी। कौतूहल वश उनसे पूछा- कहाँ तक जाएँगी?

उन्होंने कोई जवाब नहीं दिया।

हमने पूछा- चर्चगेट जाएँगी। वे बोलीं- हओ... तो।

वहाँ काम करती हैं, क्या?

न बाबा, पानी पीने को जाती।

हमें मारे गर्मी के पसीना निकल रहा थे। हमने पानी की बोतल निकाल कर गटागट पी लिया और अन्य सवारियों की तरह ऊँघने लगे। चर्चगेट का इतिहास याद आने लगा।

पुर्तगाल ने 1661 में ब्रागांजा की रानी कैथरीन के दहेज के हिस्से के रूप में बॉम्बे को ब्रिटिश क्राउन को उपहार में दिया था। 1818 तक बॉम्बे से लगा थाने मराठों के क़ब्ज़े में था। जिसे तीसरे आंग्ल-मराठा युद्ध में अंग्रेजों ने जीत लिया। तब उन्होंने बॉम्बे में एक क़िला बनाया। अंग्रेजों

द्वारा निर्मित किले के क्षेत्र में तीन मुख्य द्वार थे। इनमें से एक द्वार सीधे सेंट थॉमस कैथेड्रल चर्च की ओर जाता था, इसलिए इसका नाम चर्च गेट रखा गया। इस गेट को 1860 में ध्वस्त कर दिया गया था। बाद में चर्चगेट रेलवे स्टेशन को 1870 में ध्वस्त गेट की स्थिति के करीब बनाया गया था। चर्चगेट स्टेशन मुंबई उपनगरीय रेलवे की पश्चिमी रेलवे लाइन का एक टर्मिनस है। यह शहर का सबसे दक्षिणी स्टेशन है, पहले कोलाबा सबसे दक्षिणी स्टेशन था, रेल लाइन को चर्चगेट तक बढ़ा दिया गया था, जिससे चर्चगेट सबसे दक्षिणी स्टेशन बन गया।

बंबई, बड़ौदा और मध्य भारत रेलवे (वर्तमान पश्चिम रेलवे) का उद्घाटन 1855 में अंकलेश्वर और उतरन (29 मील की दूरी) के बीच रेल लाइन (बीजी) के निर्माण के साथ हुआ था। 1859 में इस लाइन को पश्चिमी तट पर बम्बई तक बढ़ा दिया गया था। 1867 तक, मरीन लाइन्स के पास बॉम्बे बैकबे नामक स्टेशन तक, ग्रांट रोड स्टेशन से आगे, फोरशोर के साथ एक ट्रैक का निर्माण किया गया था। 12 अप्रैल 1867 को पहली उपनगरीय ट्रेन विरार से बॉम्बे बैक बे तक एक-एक ट्रेन के साथ शुरू की गई थी। स्टेशनों का नाम तब रखा गया था, विरौर, नीला, बेसिन, पंजे, बोरेवाला, पहाड़ी, अंडारू, सांताक्रूज, बंडोरा, माहिम, दादूर, ग्रांट रोड और बॉम्बे बैकबे।

वर्ष 1870 में, चर्चगेट का पहली बार स्टेशन के रूप में उल्लेख किया गया था। लाइन आगे 1872 में कोलाबा की ओर बढ़ी और वहां माल शेड बनाया गया। वर्ष 1896 में, यात्री और उपनगरीय दोनों लाइनों के लिए टर्मिनस के रूप में काम करने के लिए कोलाबा में एक नया स्टेशन स्थापित किया गया था। बॉम्बे सरकार ने रेलवे को चर्चगेट और कोलाबा के बीच रेल लाइन के सेक्शन को सौंपने का आदेश जारी किया। इसलिए, बॉम्बे सेंट्रल (मुंबई सेंट्रल), बेलासिस ब्रिज के पास एक नया स्टेशन बनाया गया था, जिसे 18 दिसंबर 1930 को खोला गया था। 31 दिसंबर की मध्यरात्रि से, कोलाबा एक टर्मिनस नहीं रहा। सोचते-सोचते चर्चगेट स्टेशन आ गया। पूरी ट्रेन ख़ाली हो गई। हम भी उतर कर बाहर आए। एक टैक्सी से गेट वे आफ इंडिया पहुँचे। एक नाव तुरंत छूट रही थी। टिकट लेकर सवार हो गये।

मई का महीना मुंबई में बेचैनी पैदा करने वाली ऊमस का होता है। सूर्य पूरी तैयारी के साथ सुबह आठ बजे से मानसूनी बादल बनाने के लिए

अरब सागर के अथाह जल पर अपनी सीधी किरणें बिखेर कर भाप बनाने में व्यस्त था। जितना पानी आप पीते हैं उससे अधिक पसीने के रूप में निकलता जाता है। हम अस्सी रुपयों की फ़ेरी टिकट के साथ चार-चार बोतल पानी के ख़रीद कर पिट्ठु बेग में लेकर आठ बजे के आसपास नाव पर सवार हो गए। नाव पूरी भर चुकी थी, बिलकुल आगे की कुर्सी ख़ाली दिखीं जिन पर धूप पड़ रही थी शायद इसीलिए ख़ाली रह गईं थीं। उन पर जाकर बैठ गये।

गले में पानी गटकने और पसीना बहाने का दौर शुरू हुआ जो रुकने का नाम नहीं ले रहा था। पसीने से गमछा निथर गया तो उसे निचोड़ कर फिर काम पर लगा दिया। फ़ेरी की शीटी बजी और नाव चल पड़ी, हमने भी पराँठे सब्ज़ी निकाली, हमारे मुँह चल पड़े। नाव उत्तर-पूर्व की दिशा में जा रही थी, सूर्य सीधा सामने था। पानी ख़त्म होने लगा तो हमने संतरे की गोलियाँ चूसना शुरू कर दिया। चारों तरफ़ पानी में सामान ढोने वाले जहाज़ों के बीच से हिचकोले खाती हमारी कश्ती मंज़िल की ओर बढ़ी जा रही थी। साढ़े नौ बजे मंडवा पहुँचे। अग्नि साक्षी फ़िल्म इसी मंडवा की पृष्ठभूमि पर फ़िल्माई गई थी। घनी हरियाली में नारियल, केले, आम और दीगर पेड़ पेड़ों से ठंडी हवा और ख़ुश्बू से नाव की गर्मी और पसीना रफ़ूचक्कर हो गए।

मंडवा में कश्ती वालों की बस खड़ी थी, उसमें सवार हुए। बस के चलने से ठंडी हवा में सुहाना सफ़र शुरू हुआ। दाहिनी तरफ़ अरब सागर की लहरें और बाईं तरफ़ फल फूल से लदे बग़ीचे। पानी की कोई कमी ना होने से भरपूर फ़सल खड़ी थी, बाज़ारों में हर चीज़ किफ़ायती दामों पर मिल रही थी। साढ़े दस बजे के आसपास रायगढ़ जिले की तहसील अलीबाग़ पहुँचे। अलीबाग़ तहसील में समुद्री किनारों पर अनेकों बीच हैं। हर घर में गेस्ट हाउस के बोर्ड लगे हुए हैं।

अलीबाग़ से ज़ंजीरा क़िला जाने-आने के बारे में पूछा तो पता चला कि सरकारी बस सुबह, दोपहर, शाम को जाती है। स्कूटर 600 प्रतिदिन की दर से किराए पर मिलते हैं। अलीबाग़ से ज़ंजीरा साठ किलोमीटर है, याने एक सौ बीस किलोमीटर की यात्रा, वो भी चिलचिलाती धूप में, मुश्किल थी। विचार त्याग दिया। एक टैक्सी ड्राइवर से किराया पूछा वह बोला ज़ंजीरा जाने-आने के 2500/- रुपए लगेंगे। आख़िर में एक टेम्पो वाले से बात की तो वह 1700/- में तैयार हो गया।

टेम्पो में सवार हुए, चिकनी सड़क पर सरसराते चल पड़ा। कठल, आम, केले और नारियल के घने पेड़ों के बीच छोटे-छोटे मकान, कुछ नए और कुछ सदियों पुराने स्वागत हेतु फलों से लदे होने से झुककर अभिवादन करते लग रहे थे। सड़क किनारे ताज़ी मछली, सूखी मछली और समुद्री झींगों का अम्बर लगा था। चिकनी चिपटी ट्रम्पेट मछली तीस से पचास रुपए किलो। यह रास्ता समुद्री मरीन प्रोडक्ट का स्वर्ग है। रास्ते में कहीं न रुके, सीधे मुरुड़ के अरब सागर किनारे स्थित खाराबंदर पहुँचे, वहाँ से स्याह ज़ंजीरा क़िला सामने दिख रहा था।

सुमिता बिटिया को कहा कि तुम टिकट काउंटर से टिकट लो हम नाव में जगह बनाते हैं। उसके लाइन में लगते ही बाक़ी तीन लोग झटके से नाव में जगह लेकर जम गए, नाव चलने को तैयार हो गई और चल भी दी लेकिन सुमिता टिकट लेकर नहीं आई तो हमने नाव चालक को रोका। वह बोला कि आपके पास टिकट है या नहीं, हमने सिर हिलाकर ना का इशारा किया तो उसने तुरंत वापिस नाव पलटा कर हमें किनारे उतार कर बताया कि पहले टिकट लीजिए और जिस नाव में जाएँगे उसी में वापस आएँगे। क़िला घूमने के किए चालीस मिनट मिलेंगे। आप अगली नाव का इंतज़ार करिए।

हम सब वापस फ़ेरीवालों की भीड़ में पहुँचे। शिकंजी, गन्ना रस के बाद बर्फ़ का गोला वग़ैरह चखते रहे। आपके लिए आज जो बाज़ार में सबसे सस्ता स्थानीय मौसमी फल बिक रहा है, वही सबसे स्वास्थ्यपरक है। क्या ज़रूरत है कि आप ढाई सौ रूपये के किसी विदेशी एनर्जी ड्रिंक के प्रति लालायित हों? दूर देश से ला कर बेचा जा रहा फल केवल फल नहीं है, वह ट्रांसपोर्ट का भाड़ा और पैकेजिंग का सामान भी बन चुका है। यक़ीनन महँगा बिकेगा, निश्चित ही व्यापारी एग्ज़ॉटिक के नाम पर उसकी मुँहमाँगी क़ीमत वसूलेंगे।

स्थानीयता और ऋतु-अनुकूलन भोजन में जितना रख सकें, रखिए। चिन्तन से बौद्धिक बनिए, जागरूकता से भी, फ्रांसीसी क्रान्ति को समझना एक बात है, फ्रांस का मेकअप रोज़ लगाकर पर्यावरण को हानि पहुँचाना दूसरी। अमेरिका के आज़ादी आंदोलन से लेने को जो कुछ है, उसे विचारात्मक रखिए। भोगात्मक चीज़ें यथासम्भव देशी ही स्वास्थ्यसम्मत हैं। हम उनसे कह सकते हैं कि हम तुमसे आइंस्टाइन ले लेंगे, पर तुम्हारा मैकडॉनल्ड तुम्हें मुबारक़।

तक़रीबन एक बजे नाव में सवार हुए, पंद्रह मिनट में क़िले के नज़दीक पहुँच कर नाव थम गई। बड़ी नाव क़िले से थोड़ी दूर छोड़नी पड़ी। क्योंकि क़िले के गेट पर दूसरी नाव एक डोंगी में सवारियों को बिठा रही थी। नाव के नाविकों ने इस समय का उपयोग गाइड सेवा के बहाने चार लोगों पर चार सौ रुपए वसूलना शुरू किया। जबकि क़िले पर गाइड जैसी सेवा की कोई ज़रूरत नहीं थी, बहुत थोड़ा सा इतिहास था जो कि हमें पता था। जब पहले वाली नाव चली गई तब हमारी नाव के पास एक डोंगी आई जिसमें बीस-बीस लोग बैठकर क़िले की दीवारों से टकरा कर मचलती लहरों के बीच क़िले की सीढ़ी पर उत्तर कर अंदर घुसे। हुसैन शाह का मक़बरा देखा, तोपें, महल, मीठे पानी की झील, मस्जिद और तहख़ाने के साथ मकानों के खंडहर देखकर वापस गेट पर पहुँचे। पहले डोंगी फिर नाव में बैठकर किनारे आ लगे।

आठ सौ सालों से यह क़िला अरब सागर की लहरों तूफ़ानी सैलाबों को सहता हुआ अपराजेय अचल खड़ा है क्योंकि सामान्य परिस्थितियों में वहाँ पहुँचना कठिन है तो फिर तोपों के गोलों और बंदूक़ों की गोलियों की बौछारों के बीच कोई वहाँ कैसे पहुँच सकता है। इसके अपराजेय रहने का एक और कारण है कि इसके तटीय इलाक़े में अच्छी जलवायु से भरपूर खेती होती है, उस इलाक़े पर क़ब्ज़ा करने के बाद क़िले के सैनिकों को किनारे पर न आने देने की नीति से क़िले को जीतने की ज़रूरत नहीं रह जाती थी। लेकिन मुख्य भूमि से अलग थलग होने के कारण थोड़े दिनों के बाद विजेता इलाक़े को छोड़कर चले जाते थे।

वापसी में यातायात का क्रम पलट गया। टेम्पो से अलीबाग़, बस से मंडवा, नाव से गेट वे आफ इंडिया और लोकल से मालाड। नाव से गेट वे आफ इंडिया जाते समय समुंदर में ज्वार उठना शुरू हो चुका था। बड़े पल्लर नाव को बूटी तरह हिला रहे थे। कुछ लोग सी सिकनेस के शिकार होकर उल्टियाँ करने लगे। यात्रियों का सामान एक जगह से दूसरी जगह तेज़ी से खिसकने लगा। सीट कसकर पकड़ बैठे रहे। किनारे पहुँचते-पहुँचते आठ बज चुके थे। बम्बई रोशनी में नहा रही थी। चर्चगेट स्टेशन पर ख़ाली खड़ी लोकल में सवार होकर नींद आने लगी। एक झपकी में दादर और दूसरी में मलाड पहुँच गए।

(10)

मचलती लहरों का लास्य

एक नज़दीकी मित्र विगत कुछ दिनों से गोवा में प्रतिनियुक्ति पर कार्यरत रहे हैं। वे बहुत दिनों से गोवा घूमने के लिए बुला रहे हैं। हम भोपाल में व्यस्तताओं के कारण नहीं जा पा रहे थे। बीस से छब्बीस जनवरी 2022 तक फुरसत का समय था। श्रीमती को बैंक से छुट्टियाँ नहीं मिलीं इसलिए सौम्या बिटिया के साथ गोवा की पाँच दिवसीय यात्रा पर 19 जनवरी 2022 को मंगला एक्सप्रेस से गोवा के लिए निकल लिए।

पर्यटन को मौजमस्ती समझने वालों की इस दुनिया में कमी नहीं है। अकसर गोवा का नाम आते ही शराब याने नशा, सर्फ़ याने समुद्री लहर, सैंड याने रेतीला किनारा और सेक्स याने रंगीन रातों का मज़ा सैलानियों के दिलोदिमाग़ में घूमने लगता है। लेकिन पर्यटन केवल मौजमस्ती नहीं है। हाँ, मौजमस्ती पर्यटन का एक हिस्सा हो सकती है। गोवा का भूगोल, इतिहास, संस्कृति और मिलीजुली जीवन शैली जानना-परखना भी वहाँ के पर्यटन का हिस्सा है।

रेल्वे एप पर ट्रेन बीस मिनट देरी से बता रहा था। भोपाल स्टेशन पर ट्रेन रवानगी के नियत समय पर पहुँच गए। ट्रेन डेढ़ घंटा लेट हो गई। अक्सर जब ट्रेन लेट होती है तो लोग परेशान होने लगते हैं। जबकि प्लेटफ़ार्म पर बच्चे जवान बूढ़ों की रेलमपेल अपने आप में मनोरंजक होती है। कुलियों और बैंडरों की हरकतों एवं चुहलबाज़ी का मज़ा भी लिया जा सकता है। प्लेटफ़ार्म पर बैठे-बैठे गोवा के इतिहास को याद करने लगे। ट्रेन हज़रत

निज़ामुद्दीन से चलकर एर्नाकुलम याने पुराने समय के कोचीन बंदरगाह तक जाती है। एर्नाकुलम से याद आया कि प्रसिद्ध पुर्तगाली नाविक वास्को डी गामा की तीन भारतीय यात्राओं (1497-99, 1502-03, 1524) ने पश्चिमी यूरोप से बरास्ते केप ऑफ गुड होप भारत की ओर समुद्री मार्ग खोल दिया था। उसकी मृत्यु 24 दिसंबर, 1524 को एर्नाकुलम में ही हुई थी।

दुनिया में लम्बी दूरी की समुद्री यात्राओं की शुरुआत आठवीं सदी से होती है, जब यूरोप और अमेरिका महाद्वीपों के मध्य समुद्री जहाज़ों से आवागमन आरम्भ हुआ था। समुद्री यात्राओं की तकनीक और हवा की दिशाओं की सबसे पहली जानकारी वाइकिंग समुद्री डाकुओं को हुई थी। उन समुद्री डाकुओं से निपटने की प्रक्रिया में अंग्रेज, पुर्तगाली, डच, फ्रेंच, नीदरलैंड निवासी जहाज़ बनाने और समुद्री यात्राओं में पारंगत होते चले गए। उनके राजाओं ने उन्हें धन और आश्रय देकर प्रोत्साहित किया। दुनिया में साम्राज्यवाद की शुरुआत उसी समय से हुई। यूरोप में औद्योगिक क्रांति की शुरुआत हो रही थी। सभ्रांत वर्ग पनप रहा था। जिन्हें माँस पकाने हेतु भारतीय मसालों की ज़रूरत होती थी। उस समय दक्षिण भारतीय मसालों के कारोबार पर अरबी मुसलमानों का क़ब्ज़ा था।

यूरोपीय लोगों ने लंबे समय तक सिल्क रोड से दक्षिण पूर्व एशिया और चीन के लिए एक सुरक्षित भूमि मार्ग का आनंद लिया था। मुसलमानों द्वारा 1453 में कॉन्स्टेंटिनोपल में रोमन साम्राज्य के पतन के साथ सिल्क रोड ईसाई व्यापारियों के लिए बंद कर दिया गया। उन्होंने मसाला व्यापार से लाभ की उम्मीद में इंडीज (भारत) के लिए एक पश्चिमी समुद्री मार्ग की तलाश करने की योजना तैयार की। कई राज्यों में लगातार पैरवी के बाद स्पैन कैथोलिक साम्राज्ञी इसाबेला और किंग फर्डिनेंड- II कोलंबस की समुद्री यात्रा को प्रायोजित करने के लिए सहमत हुए।

कोलंबस 1492 ई. में स्पेन से सुदूर पूर्वी एशिया यानी भारत, चीन, जापान तक पहुंचने का सबसे आसान रास्ता खोजने के लिए जलमार्ग से रवाना हुआ था। कोलंबस 1492 में भारत की खोज में निकला। उसने उत्तरी अमेरिका के पूर्वी किनारे को ही इंडिया समझ कर लंगर डाल दिया। अटलांटिक महासागर में लंबे समय तक नौकायन करने के बाद उसने एक नई दुनिया अमेरिका खोज निकाली। उस समय तक दुनिया में अमेरिका की

कोई खास पहचान नहीं थी। जब वास्को डी गामा 1499 में कालीकट से वापस पहुँचा तब पता चला कि कोलंबस का खोजा इंडिया असली नहीं था। पश्चिमी द्वीप समूहों को वेस्ट इंडीज़ और कोलंबस की खोजी तथाकथित इंडिया को अमेरिका नाम दिया गया।

यह सब पढ़ते-सोचते ट्रेन की बर्थ पर नींद में समा गए। 20 जनवरी 2022 की सुबह ट्रेन कल्याण पहुँच गई। कल्याण एक बहुत पुरानी बसावट है। यह भारत के पश्चिम तट पर प्राचीन काल के प्रमुख प्रायद्वीपीय व्यापारिक नगरों में से एक रहा है। इस नगर का उल्लेख 'पेरिप्लस ऑव द एरिथ्रियन सी' नामक ग्रंथ में कैलियाना के नाम से मिलता है। 124 ईसवी के जुन्नार अभिलेख के अनुसार कल्याण विदेशी व्यापार का महत्त्वपूर्ण बन्दरगाह एवं नगर था। छठी शताब्दी ईस्वी के एक ग्रीक लेखक के अनुसार कल्याण उस समय के छः प्रसिद्ध व्यापारिक केन्द्रों में से एक था। कल्याण से काँसा, लकड़ी एवं वस्त्र का व्यापार होता था। 1536 ई में इस पर पुर्तगालियों ने अधिकार कर लिया।

माना जाता है कि 'कल्याण' नाम सद्गुरु समर्थ रामदास स्वामी के एक महान शिष्य कल्याण स्वामी से पड़ा है, जो श्री दुर्गाडी किले पर दुर्गा देवी मंदिर पहुंचे थे, जिसे श्री छत्रपति शिवाजी महाराज ने जीता था। किले को नौसेना स्टेशनों के रूप में अच्छी तरह से इस्तेमाल किया गया था। मंदिर को हिंदुओं द्वारा कई बार पुनर्निर्मित किया गया है। ब्रिटिश भारत में कल्याण वर्तनी Kallian, Cullian, Callian और कभी-कभी Callianee नाम से जाना जाता रहा है। इसने पुर्तगाली और ब्रिटिश सहित विभिन्न विदेशी सेनाओं के हमले देखे हैं।

कल्याण के पूर्व में आज की बम्बई के वे सात द्वीप थे। जिन्हें मिट्टी और कचरा से पाट कर आधुनिक मुंबई महानगर बना है। जिसे पुर्तगाली राजकुमारी कैथरीन की शादी इंग्लैंड के राजशाही पुत्र फ़िलिप्स-।। से करने के अवसर पर इंग्लैंड को दहेज में मिला था। इंग्लैंड ने उसे दस पोंड़ प्रतिवर्ष के भुगतान पर ईस्ट इंडिया कम्पनी को किराए पर दे दिया था। 1674 ई. में छत्रपती शिवाजी महाराज ने अंग्रेज़ों को यहाँ एक फैक्ट्री स्थापित करने की इजाजत दी थी। 1780 ई. में कल्याण पर अंग्रेज़ों का अधिकार हो गया। 1947 में सिंध से आए सिंधियों के एक बड़े हुजूम ने कल्याण के नज़दीक

डेरा डाला और बस गया “उल्हासनगर नगर” जहां के बने माल कर “Made in USA (Ulhasnagar Sindhi association)” का ठप्पा बड़ा क़ीमती होता है। सामान की क़ीमत कई गुना बढ़ जाती है। ख़ैर, हम तो वास्को डी गामा की रोचक कहानी बता रहे थे।

वास्को डी गामा ने 20 मई 1498 को मालाबार तट पर कालीकट पहुंच स्थानीय मछुआरों को जहाज पर आमंत्रित कर तुरंत कुछ भारतीय सामान खरीद लिया। उस समय वह इलाक़ा ज़मोरिन राजा के अधीन था। मछुआरों के साथ एक पुर्तगाली को बंदरगाह भेजा गया। वह एक ट्यूनीशियाई मुसलमान से मिला। जिसकी सलाह पर गामा ने अपने कुछ आदमियों को कालीकट के शासक ज़मोरिन से मिलकर कारोबारी अनुमति प्राप्त करने के लिए पोन्नानी भेजा। अरब व्यापारियों की आपत्तियों के बावजूद गामा कालीकट के शासक ज़मोरिन से व्यापारिक रियायत पत्र प्राप्त करने में कामयाब रहा। उस समय भुगतान का एकमात्र साधन सोना होता था। अंतरराष्ट्रीय मुद्रा का अविष्कार नहीं हुआ था। भारतीय माल की दुनिया में खपत के कारण दुनिया भर का सोना भारतीय कारोबारियों के पास पहुँच जाता था। भारत सोने की चिड़िया कहलाता था। पुर्तगाली निर्धारित सीमा शुल्क और उसके माल की कीमत का भुगतान सोने में करने में असमर्थ थे। इसलिए कालीकट के अधिकारियों ने भुगतान के लिए सुरक्षा के तौर पर गामा के पुर्तगाली एजेंटों को अस्थायी रूप से हिरासत में ले लिया। बदले में गामा कालीकट के कुछ मूल निवासियों और सोलह मछुआरों को बलपूर्वक अपने साथ पुर्तगाल ले गया। गामा का अभियान सभी उचित अपेक्षाओं पर सफल रहा, उनकी कमाई का लाभ अभियान की लागत का साठ गुना अधिक था।

उसके बाद दूसरे अभियान के तहत पेड्रो अल्वारेस कैब्राल 13 सितंबर 1500 को कालीकट पहुंचे। तभी थोड़े दिन पहले कोझीकोड में पुर्तगाली कारखाने पर स्थानीय लोगों द्वारा हमला किया गया था। जिसके परिणामस्वरूप पचास से अधिक पुर्तगालियों की मृत्यु से माहौल बिगड़ा हुआ था। कैब्राल कारखाने पर हमले से नाराज हो गया और उसने बंदरगाह में लंगर डाले दस अरब व्यापारी जहाजों को जब्त कर लिया, छह सौ अरब चालक दल के सदस्य मारे गए और जहाजों को जलाने से पहले उनके माल को जब्त कर लिया। कैब्राल ने जहाजों को कालीकट पर पूरे दिन बमबारी करने का आदेश दिया। कोचीन और कन्नानूर में कैब्राल स्थानीय शासकों के

साथ लाभकारी संधियाँ करने में सफल रहा। कैब्राल ने 16 जनवरी 1501 को वापसी यात्रा शुरू की और 23 जून 1501 को 13 में से केवल 4 जहाजों के साथ पुर्तगाल पहुंचे।

तीसरे अभियान पर वास्को डी गामा 15 जहाजों और 800 पुरुषों के साथ दूसरी बार भारत के लिए रवाना हुए, 30 अक्टूबर 1502 को कालीकट पहुंचे, जहां के शासक एक संधि पर हस्ताक्षर करने के लिए तैयार थे। गामा ने इस बार कालीकट से सभी मुसलमानों (अरबों) को भारत से निकालने का आह्वान किया, जिसे ठुकरा दिया गया। उसने शहर पर बमबारी की और कई चावल के जहाजों पर कब्जा कर लिया। वह सितंबर 1503 में पुर्तगाल लौट आया। हम रात को ग्यारह बजे सोते समय तक गोवा में मची मारकाट के इतिहास पर विचार करते रहे कि किस तरह मसालों के व्यापार को लालायित अरबी और यूरोपीय कारोबारी भारत के तटों पर आफ़त बनकर आते रहे।

***

सुबह सात बजे ट्रेन पनवेल पहुँची। पनवेल को रायगढ़ (महाराष्ट्र) का द्वार भी कहा जाता है क्योंकि पूर्व दिशा से रायगढ़ ज़िले में प्रवेश करने पर पहला शहर पनवेल है। पनवेल बस्ती गढ़ी नदी के तट पर स्थित है जो अरब सागर में जाकर मिलती है। गढ़ी नदी दो पहाड़ियों के बीच से एक तरफ़ से दूसरी तरफ़ निकल जाती है। पनवेल लगभग 300 साल पुराना शहर है, जो मराठा शासन के दौरान भूमि और समुद्र दोनों व्यापारिक मार्गों के केंद्र के रूप में विकसित हुआ था। शिवाजी ने रायगढ़ को राजधानी बनाकर पनवेल को सुरक्षा चौकी के रूप में उपयोग किया था। मराठों ने यहीं से मुग़लों के आधिपत्य में कल्याण क़िले पर हमला कर किलेदार को भागने को मजबूर किया। मुग़लों का ख़ज़ाना और किलेदार की अति सुंदर बीबी मराठा सेनापति के हाथ लगी। शिवाजी ने ख़ज़ाना रखकर किलेदार की बीबी को सम्मानपूर्वक उसके पति के पास पहुँचा दिया। मराठा, मुगल, ब्रिटिश और पुर्तगालियों सबने पनवेल का सैनिक उपयोग किया था।

हम मंगला एक्सप्रेस के द्वितीय श्रेणी वातानुकूलित डिब्बे में सवार हैं जो कोंकड रेल्वे ट्रैक पर पनवेल से चिपलुन के बीच वेस्टर्न घाट की घुमावदार घाटियों और झरनों से होकर गुजर रही है। यह वही इलाक़ा है जहां शिवाजी

ने सेना संगठित कर प्रतापगढ़, सिंहगढ़, रायगढ़ अधिग्रहित करके हिंद स्वराज की स्थापना का स्वप्न साकार किया था।

ट्रेन उत्तर से दक्षिण दिशा में जा रही है। जिसके दाहिनी तरफ़ घाटियाँ अरब सागर तक उतरते चली गई हैं और बाईं तरफ़ कि पहाड़ियाँ खंडाला महाबलेश्वर होकर पूना तक चली गई हैं। औरंगज़ेब के हुनरमंद सेनापति राजा जयसिंह ने इन्ही पहाड़ियों में शिवाजी को घेरकर समर्पण हेतु मजबूर किया था। राजा जयसिंह की समझाईश और उनके पुत्र रामसिंह के सुरक्षा वचन पर शिवाजी आगरा दरबार गए थे। लेकिन औरंगज़ेब के दुर्व्यवहार से पीड़ित हो पुत्र संभाजी सहित आगरा क़िले से भाग निकले थे।

सह्याद्रि पहाड़ों से लेकर अरब सागर के विस्तार में सघन हरियाली है। नदी-नाले पोखर अभी भी बारिश के पानी से भरे हैं। कई स्थानों पर बने बाँधों ने पूरे क्षेत्र को सुरम्य हरित की मखमली रंगोली से रच दिया है। ट्रेन घाटियों से निकलकर अब सह्याद्रि के पठार पर पहुँच रही है। तापमान बढ़कर तीस सेंटीग्रेड हो गया है। बारिश के मौसम में पेड़ों पर चढ़ी बेलें अब कुछ सूखती सी दिखने लगी हैं।

भारत के पश्चिमी तट पर स्थित पर्वत शृंखला को पश्चिमी घाट या सह्याद्रि कहते हैं। दक्खिनी पठार के पश्चिमी किनारे के साथ-साथ यह पर्वतीय शृंखला उत्तर से दक्षिण की तरफ 1600 किलोमीटर लम्बी है। विश्व में जैविकीय विविधताओं के लिए यह बहुत महत्वपूर्ण है। यह गुजरात और महाराष्ट्र की सीमा से शुरू होती है और महाराष्ट्र, गोवा, कर्नाटक, तमिलनाडु तथा केरल से होते हुए कन्याकुमारी में समाप्त हो जाती है। वर्ष 2012 में यूनेस्को ने पश्चिमी घाट क्षेत्र के 39 स्थानों को विश्व धरोहर घोषित किया है।

पश्चिमी घाट का संस्कृत नाम सह्याद्रि पर्वत है। यह पर्वतश्रेणी महाराष्ट्र में कुंदाइबारी दर्रे से आरंभ होकर तट के समांतर, सागरतट से 30 किमी से लेकर 100 किमी के अंतराल से लगभग 4,000 फुट तक ऊँची चोटियों को दामन में संजोए दक्षिण की ओर पसरी है। यह श्रेणी कोंकण के निचले प्रदेश को लगभग 2,000 फुट ऊँचे दक्खिन के पठार से अलग करती है। इसपर कई इतिहास प्रसिद्ध किले बने हैं। कुंदाईबारी दर्रा भरुच तथा दक्खिन पठार के बीच व्यापार का मुख्य मार्ग है। कुंदाईबारी दर्रा से कई बड़ी नदियाँ निकलकर पूर्व की ओर बहती हैं। इसमें थाल घाट, भोर घाट, पाल घाट तीन

प्रसिद्ध दर्रे हैं। इन्ही दर्रों से गुज़रकर शिवाजी ने सूरत पहुँच अंग्रेजों को लूटा था। थाल घाट से होकर बंबई-आगरा-मार्ग जाता है। कलसूबाई सबसे ऊँची चोटी (5,527 फुट) है। भोर घाट से बंबई-पूना मार्ग गुजरता है। इन दर्रों के अलावा जरसोपा, कोल्लुर, होसंगादी, आगुंबी, बूँध, मंजराबाद एवं विसाली आदि दर्रे हैं, जिनसे मुंबई से गोवा जाने वाली रेल गुजरती है। उन्ही का आनंद लेते पनवेल से पणजी की तरफ़ बढ़ रहे हैं। अंत में दक्षिण में जाकर यह श्रेणी पूर्वी घाट पहाड़ से नीलगिरि के पठार के रूप में मिल जाती है। इसी पठार पर पहाड़ी सैरगाह ओत्तकमंदु अर्थात् ऊँटी स्थित है, जो सागरतल से 7,000 फुट की ऊँचाई पर बसा है।

नीलगिरि पठार के दक्षिण में प्रसिद्ध दर्रा पालघाट है। यह दर्रा 25 किमी चौड़ा तथा सागरतल से 1,000 फुट ऊँचा है। केरल-मद्रास का संबंध इसी दर्रे से है। इस दर्रे के दक्षिण में यह श्रेणी पुनः ऊँची होकर अन्नामलाई पहाड़ी के रूप में चलती है। पाल घाट के दक्षिण में श्रेणी की पूर्वी पश्चिमी दोनों ढालें खड़ी हैं। पश्चिमी घाट में अति सुंदर दृश्य देखने को मिलते हैं। जंगलों में शिकार भी खेला जाता है। प्राचीन समय से यातायात की बाधा के कारण इस श्रेणी के पूर्व एवं पश्चिम के भागों के लोगों की बोली, रहन सहन आदि में बड़ा अंतर है। यहाँ कई जंगली जातियाँ भी रहती हैं। पश्चिमी घाट की सबसे ऊंची चोटी अनैमुड़ी (2695 मी.) है।

पनवेल निकलने के बाद मन खूबसूरत चिपलून के ख़्वाब देखने लगा। चितपावन ब्राह्मण याने बाज़ीराब के पिता बालाजी विश्वनाथ का जन्म स्थान वाला इलाक़ा- चिपलून। आर.एस.एस.को चलाने वालों के दिमाग़ की उपज वाला स्थान जो भौंसले के साथ नागपुर आ बसे थे। भौंसले याने शिवाजी का कुल जिसे शिंदे भी कहा जाता है।

चिपलून कोंकणस्थ या चितपावन ब्राह्मणों का आरम्भिक निवास था। स्थानीय लोककथाओं के अनुसार विष्णु के छठे अवतार परशुराम द्वारा साठ तालाब और साठ उद्यान आक्रामक उछलते समुद्र से लेकर कोंकण क्षेत्र के लोगों को प्रदान किए गए थे। परशुराम को चितपावन ब्राह्मण समुदाय का पितृपुरूष माना जाता है।

हालिया इतिहास में, जब छत्रपति शिवाजी महाराज ने कोंकण पर अधिकार किया और अपना शासन स्थापित किया, तो उन्होंने 1660 में

गोवालकोट किले को जीत लिया और इसका नाम बदलकर गोविंदगढ़ कर दिया। शिवाजी महाराज रायगढ़ में अपने राज्याभिषेक के लिए जाने से पहले चिपलून के गोवालकोट किले में सशस्त्र बलों का निरीक्षण करने आए थे। बाद में छत्रपति संभाजी महाराज, तुलाजी आंग्रे, चिमाजी अप्पा और सिद्दीयों द्वारा किले चिपलून पर कब्जा कर लिया गया था। अंत में जिसे 1818 में रामोशी ने ब्रिटिश सेना के लिए छोड़ दिया था।

बाजीराव पेशवा, जो कुछ वर्षों (1812-1815) के लिए दाभोल के पास गुहागर में अपने महल का दौरा करने के लिए कुम्भरली दर्रे से नीचे आए, तब उन्होंने अपने लिए एक विश्राम गृह का निर्माण किया जो अब एक सरकारी कार्यालय के रूप में उपयोग किया जाता है। मराठा साम्राज्य अंग्रेजों द्वारा हथियाने के बाद चिपलून उनका आरामगाह हो गया था।

ट्रेन के चिपलून पहुँचने के पहले से ही सह्याद्रि पर्वतों के पेटों को खोदकर बनाए गए दर्रों की शुरुआत होती है, अनगिनत दर्रों की ख़ामोश धुप्प अंधेरी सुरंगे रत्नागिरी तक चली गई हैं। नदी, नाले, दर्रे, जंगल के बीच छोटे-मोटे स्टेशन बड़ा-पाव आवाज़ें सुनते निकलते जा रहे हैं। चिपलून में स्टेशन पर गर्मा गरम बड़ा-पाव और चटनी ने जीभ में कोंकड स्वाद घोल दिया।

वड़ा पाव उत्पत्ति की सबसे आम धारणा यह है कि इसका आविष्कार मध्य मुंबई के तत्कालीन मिल-मज़दूरों के बीच हुआ था। इसकी शुरुआत 1960 के दशक के अंत में वाज़े परिवार द्वारा की गई थी, जो सड़क के सामने अपने घर की एक खिड़की (खिड़की) से वड़ा पाव देते थे। वड़ा पाव बेचने वाले सबसे पुराने कियोस्क में से एक कल्याण में स्थित खिडकी वड़ा पाव कहा जाता है। दादर के अशोक वैद्य को अक्सर 1966 में दादर रेलवे स्टेशन के बाहर पहला वड़ा पाव स्टाल शुरू करने का श्रेय दिया जाता है।

कार्बोहाइड्रेट से भरपूर यह नाश्ता उस समय के गिरगांव के मिल मजदूरों को परोसा जाता था। एक पाव के अंदर रखा आलू वड़ा (बटाटा वड़ा) जल्दी बन जाता था। 1971 में लगभग 10-15 पैसे में बटाटा भाजी और चपाती की तुलना में बहुत सुविधाजनक था, जिसे भीड़भाड़ वाली लोकल ट्रेनों में भी खाया जा सकता था। वड़ा पाव का शिवसेना से गहरा नाता है। मध्य मुंबई में कपड़ा मिलों के बंद होने से 1970 के दशक में उथल-पुथल

मच गई। इस परिवर्तनकारी समय के दौरान गठित शिवसेना ने खुद को मिल श्रमिकों के हितों वाली पार्टी के रूप में आधारित किया। पार्टी प्रमुख, बालासाहेब ठाकरे ने 1960 के दशक में मराठी लोगों को उद्यमी बनने के लिए प्रोत्साहित किया, यानी उडुपी रेस्तरां स्थापित करने वाले दक्षिण भारतीयों के समान फूड स्टॉल शुरू करें। शिवसेना ने वड़ा पाव सम्मेलन (वड़ा पाव जंबोरी) जैसे आंदोलनों के साथ-साथ पड़ोस के कार्यक्रमों के माध्यम से सड़कों पर शारीरिक और वैचारिक रूप से दावा करने का प्रयास किया। यह विषय हाल के वर्षों में भी जारी रहा। वड़ा-पाव खाते-खाते रत्नागिरि आ गया।

बाल गंगाधर तिलक की यह जन्मस्थली रत्नागिरि महाराष्ट्र के दक्षिण-पश्चिम भाग में अरब सागर के तट पर स्थित है। यहां पर एक किला भी है जिसे बीजापुर के राजपरिवार ने बनवाया था। बाद में 1670 ई. में इस किले की शिवाजी ने मरम्मत करवाई थी। यह कोंकण क्षेत्र का ही एक भाग है। यहां बहुत लंबा समुद्र तट हैं। यह क्षेत्र पश्चिम में सहयाद्रि पर्वतमाला से घिरा हुआ है। रत्नागिरि अल्फांसो आम के लिए भी प्रसिद्ध है। रत्नागिरि का मराठा इतिहास में महत्वपूर्ण स्थान है। यह 1731 ई. में सतारा के राजा के अधिकार में आ गया और यह 1818 ई. तक सतारा के कब्जे में रहा। 1818 ई. में इस पर अंग्रेजों ने कब्जा कर लिया।

रत्नागिरी में रत्नदुर्ग या भगवती दुर्ग के रूप में जाना जाने वाला एक क़िला है। रत्नागिरी मुंबई से 220 किलोमिटर दक्षिण में स्थित है। सोलहवीं सदी में बीजापुर के सुल्तानों ने इसका निर्माण करवाया था। शिवाजी ने 1670 ई. में इसका पुननिर्माण कराकर इसे मराठा नौसेना का प्रमुख केन्द्र बनाया। इस दुर्ग में तीन सुदृढ़ चोटियाँ हैं। दक्षिण की ओर स्थित सबसे बड़ी चोटी पारकोट के नाम से जानी जाती है। मध्य चोटी पर बाले नामक क़िला है, जिसमें प्रसिद्ध भगवती मंदिर आज भी सुरक्षित है। तीसरी चोटी मंदिर के पीछे ढलान पर है, जहाँ से कहा जाता है कि दंडित बंदियों को नीचे फेंककर मार दिया जाता था। चोटी के पश्चिम में कुछ पुरानी गुफाएँ भी हैं। बर्मा (म्यांमार) के अंतिम राजा थिबॉ को अंग्रेजों ने 1885 ई. में यहीं नज़रबंद करके रखा गया था। विनायक दामोदर सावरकर को भी यहीं कैद रखा गया था।

रत्नावली के बाद भी दर्रों का दौर नहीं थमा। शायद इसीलिए कोंकड रेल्वे का यह ट्रैक अभी भी सिंगल है। जिसे आज़ादी के बाद हम भारतियों ने ही बनाया है। कोंकण रेलवे भारतीय रेलवे की एक आनुषांगिक कंपनी

है जो कोंकण के तटीय क्षेत्रों के लिए रेलों का परिचालन करती है। इसकी स्थापना 26 जनवरी 1998 में हुई थी। इसका मुख्यालय नवी मुंबई में स्थित है। कोंकण रेलवे भारत की वाणिज्य राजधानी मुंबई और मंगलोर को 736 किमी लंबी लाइन द्वारा महाराष्ट्र, गोवा और कर्नाटक राज्यों को जोड़ती है जो एक ऐसा क्षेत्र है जहां आर-पार बहती नदियां, गहरी घाटियां और आसमान छूते पहाड़ हैं।

ट्रेन सतारा ज़िले के कुछ स्थानों से गुजरती है। सातारा कृष्णा नदी और वेन्ना नदी के संगम के समीप स्थित है। इसकी स्थापना 16वीं शताब्दी में हुई थी और यह मराठा साम्राज्य के छत्रपति शाहुजी की राजधानी थी। सातारा का नाम सात तारा के संक्षिप्तिकरण से हुआ है, जिसमें सात तारों से अभिप्राय सतारा को घेरने वाले सात पहाड़ी दुर्ग हैं।

सतारा, अंग्रेजों की बम्बई प्रेसीडेन्सी का राज्य (रियासत) था। सतारा शाहूजी के वंशजों की राजधानी रहा। यद्यपि मराठा राज्य की सत्ता पेशवाओं के हाथों में जाने के फलस्वरूप यह उनके अधीन था। 1818 ई. में पेशवा बाजीराव द्वितीय की पराजय के उपरान्त अंग्रेज़ों ने इसे पुनःआश्रित राज्य बना दिया। 1848 ई. में गोद प्रथा की समाप्ति का सिद्धान्त लागू किये जाने के फलस्वरूप इसे अंग्रेज़ों के भारतीय ब्रिटिश साम्राज्य में मिला लिया। भारत में डीज़ल इंजन बनाने का पहला कारखाना सतारा में 1932 में खोला गया।

भोपाल से गोवा यात्रा के विभिन्न पड़ावों की यात्रा ऐतिहासिक चिंतन के साथ मडगाँव की ओर तेज़ी से बढ़ रही थी। दोपहर तीन बजे मित्र कैलाश का फ़ोन आया कि मडगाँव तक यात्रा करने की बजाय थिविम स्टेशन पर उतर जाएँ, वहाँ से पणजी नज़दीक पड़ेगा। उन्होंने स्टेशन पर टैक्सी नम्बर 6572 भेजी दी और रोहन नामक ड्राइवर का नम्बर भी भेजा। तुरंत बाद ड्राइवर का फ़ोन भी आ गया। टैक्सी की चालीस मिनट की यात्रा पश्चात पाँच बजे गेस्ट हाऊस पहुँचे। गरम पानी से नहाकर थकान उतारी। तब तक मित्र कैलाश मेश्राम चाय सहित आ गए। उनके साथ बैठकर गोवा के इतिहास पर चर्चा करते रहे।

उन्होंने पूछा- पुर्तगाली यहाँ कब और कैसे पहुँचे?

पुर्तगाली भारत की स्थापना पुर्तगाल साम्राज्य द्वारा भारतीय उपमहाद्वीप की समुद्री मार्ग से खोज के छह साल के भीतर 1504 में हुई थी।

सोलहवीं शताब्दी की शुरुआत से इंग्लैंड, फ्रांस, पुर्तगाल और डच की ईस्ट इंडिया कम्पनियाँ भारत के पूर्वी तट पर मंडरा रही थीं। इंग्लैंड और डच एक समझौते के तहत आगे बढ़ रहे थे। इंग्लैंड ने डचों को इंडोनेशियाई समूह तरफ़ धकेल दिया। तभी पुर्तगाल साम्राज्य को होश आया। लेकिन तब तक देर हो चुकी थी। इंग्लैंड थामस रो की मार्फ़त सूरत में ज़म चुका था। शराबखोर और अफ़ीमची जहांगीर बादशाह का ख़राब पाचन तंत्र और वबासीर स्कॉच पिला-पिला कर ठीक करने के ऐवज में थामस रो को सूरत में फ़ौज रखने की अनुमति ने भारत को गुलाम बनाने की नीव पक्की कर दी।

भारत के पश्चिमी तट पर तीन खिलाड़ी थे, अंग्रेज, पुर्तगाल और फ्रांस। अंग्रेज़ी ईस्ट इण्डिया कम्पनी एक निजी व्यापारिक कम्पनी थी। इसकी स्थापना 1599 ई. के अन्तिम दिन महारानी एलिजाबेथ प्रथम के एक घोषणापत्र द्वारा हुई थी। यह लन्दन के व्यापारियों की कम्पनी थी, जिसे पूर्व में व्यापार करने का एकाधिकार प्रदान किया गया था।

सूरत प्रसिद्ध बन्दरगाह और संसार का प्रमुख व्यापारिक केन्द्र था। 1613 ई. और 1618 ई. में यहाँ अंग्रेज़ और डच फैक्टरियों की स्थापना हो चुकी थी। डच यूनाइटेड ईस्ट इंडिया कंपनी नीदरलैंड की एक व्यापारिक कंपनी थी जिसकी स्थापना 1602 में की गई और इसे 21 वर्षों तक मनमाने रूप से व्यापार करने की छूट दी गई। भारत आने वाली यह सब से पहली यूरोपीय कंपनी थी। जिसे अंग्रेजों ने लंका के रास्ते से इंडोनेशिया तरफ़ चलता किया।

फ्रांसीसियों को मिशनरी, यात्री और व्यापारियों के द्वारा मुग़ल-साम्राज्य और उसके बन्दरगाह सूरत के विषय में विस्तृत जानकारी मिल चुकी थी। फ्रांस के थेबोनीट, बर्नियर और टेवर्नियर ने अपने देशवासियों को भारत के बारे में जानकारी दी। अतः कम्पनी ने सूरत में अपनी फैक्टरी स्थापित करने का निश्चय किया। इस हेतु अपने दो प्रतिनिधि भेजे जो मार्च 1666 ई. में सूरत पहुँचे। सूरत गवर्नर ने इन प्रतिनिधियों का स्वागत किया, परन्तु पहले स्थापित इंगलिश और डच फैक्टरी के कर्मचारियों को एक नये प्रतियोगी का आना अच्छा नहीं लगा। ये प्रतिनिधि सूरत से आगरा पहुँचे, उन्होंने लुई-चौदहवें का व्यक्तिगत पत्र औरंगजेब को दिया और इन्हें सूरत में फैक्टरी स्थापित करने की आज्ञा मिल गयी। कम्पनी ने केरोन को सूरत भेजा और इस प्रकार 1668 ई. में सूरत में प्रथम फ्रेंच फैक्टरी की स्थापना हुई।

कैलाश - उसके बाद शायद पुर्तगाली आए होंगे।

पुर्तगाल साम्राज्य ने फ्रांसिस्को डी अल्मेडा को इस शर्त पर भारत का वायसराय बनाकर भेजा था कि वह दक्षिण-पश्चिमी भारतीय तट पर चार किले अंजेदिवा द्वीप, कन्नानोर, कोचीन और क्विलोन में स्थापित करेगा। फ्रांसिस्को डी अल्मेडा ने 1,500 पुरुषों के साथ 22 जहाजों के बेड़े के साथ 25 मार्च 1505 को पुर्तगाल छोड़ दिया। वह 31 अक्टूबर 1505 को केवल 8 जहाजों के साथ कोचीन पहुंचा। 13 जहाज़ तूफ़ानों में फँसकर समुद्र की गर्त में समा गए। वहां उसे पता चला कि क्विलोन में पुर्तगाली व्यापारी मारे जा चुके हैं। उसने अपने बेटे लौरेंको डी अल्मेडा को 6 जहाजों के साथ क्विलोन भेजने का फैसला किया, जिसने क्विलोन के बंदरगाह में 27 कालीकट जहाजों को नष्ट कर दिया। अल्मेडा ने कोचीन में निवास किया। उन्होंने कोचीन पर फोर्ट मैनुअल के पुर्तगाली किलेबंदी को मजबूत किया।

13 सितंबर को फ्रांसिस्को डी अल्मेडा अंजदीप द्वीप पहुंचे, जहां उन्होंने तुरंत अंजेदिवा किले का निर्माण शुरू किया। 23 अक्टूबर 1505 को, कन्नानोर के मैत्रीपूर्ण शासक की अनुमति से, उन्होंने कन्नानोर में सेंट एंजेलो किले का निर्माण शुरू किया, जिसमें लौरेंको डी ब्रिटो को 150 पुरुषों और दो जहाजों के प्रभारी के रूप में छोड़ दिया गया।

केरल के ज़मोरिन राजा ने पुर्तगालियों का विरोध करने के लिए 200 जहाजों का एक बड़ा बेड़ा तैयार किया, लेकिन मार्च 1506 में लौरेंको डी अल्मेडा (फ्रांसिस्को डी अल्मेडा का बेटा) कैनानोर के बंदरगाह के प्रवेश द्वार पर एक समुद्री युद्ध में विजयी हुआ, जो कि एक महत्वपूर्ण युद्ध था। इसके बाद लौरेंको डी अल्मेडा ने दक्षिण की ओर तटीय जल की खोज कोलंबो तक की, जो अब श्रीलंका है।

1507 में ट्रिस्टो दा कुन्हा के स्क्वाड्रन के आगमन से अल्मेडा के मिशन को मजबूती मिली। अफोंसो डी अल्बुकर्क का स्क्वाड्रन, हालांकि, पूर्वी अफ्रीका में कुन्हा से अलग हो गया था और स्वतंत्र रूप से पश्चिम में फारस की खाड़ी क्षेत्रों पर विजय प्राप्त कर रहा था।

मार्च 1508 में लौरेंको डी अल्मेडा की कमान के तहत एक पुर्तगाली स्क्वाड्रन पर क्रमशः चाउल और दाबुल में संयुक्त मामेलुक मिस्र और गुजरात सल्तनत बेड़े द्वारा हमला किया गया था, जिसका नेतृत्व चौल की लड़ाई में

एडमिरल मिरोसेम और मेलिकेज़ ने किया था। इस लड़ाई में भीषण लड़ाई के बाद लौरेंको डी अल्मेडा की जान चली गई।

वर्ष 1509 में, अफोंसो डी अल्बुकर्क को पुर्तगाली संपत्ति का दूसरा गवर्नर नियुक्त किया गया था। पुर्तगाली कोचीन में अपना पहला संरक्षक प्राप्त करने के बाद, मार्शल फर्नाओ कॉटिन्हो के तहत एक नया बेड़ा कालीकट के ज़मोरिन की शक्ति को नष्ट करने के लिए विशिष्ट निर्देशों के साथ पहुंचा। ज़मोरिन के महल पर कब्जा कर लिया गया और नष्ट कर दिया गया और शहर में आग लगा दी गई। ज़मोरिन की सेना ने कॉटिन्हो को मार डाला और अल्बुकर्क को घायल कर दिया। अल्बुकर्क ने 1513 में मालाबार में पुर्तगाली हितों की रक्षा के लिए ज़मोरिन के साथ संधि कर ली। जब पुर्तगालियों ने 1515 और 1518 के बीच कुछ समय में ज़मोरिन की हत्या करने का प्रयास किया, तो शत्रुता की फिर शुरुआत ही गई। 1510 में, अफोंसो डी अल्बुकर्क ने हिंदू विजयनगर साम्राज्य की सहायता से बीजापुर सुल्तान को हराया, जिससे वेल्हा गोवा शहर में एक स्थायी बसावट की स्थापना हुई। (पुराना गोवा अंग्रेजी में)। दक्षिणी प्रांत, जिसे केवल गोवा (द्वीप) के रूप में भी जाना जाता है।

कोरोमंडल क्षेत्र में और उसके आसपास पुर्तगाली बस्तियाँ थीं। मैलापुर, मद्रास (चेन्नई) में लूज पहला चर्च था जिसे पुर्तगालियों ने 1516 में बनाया था, साओ टोमे या सैन थोम मंदिर का पुनर्निर्माण उनके द्वारा 1522 में किया गया था। उन्होंने बेसिलिका ऑफ अवर लेडी में पहली संरचनाएं भी बनाई थीं। माउंट, बांद्रा और अवर लेडी ऑफ वेलंकन्नी तीर्थस्थल दक्षिण एशिया के महत्वपूर्ण तीर्थ स्थलों में से हैं।

उत्तरी कोंकण क्षेत्र में गुजरात के सुल्तान से कई उपनिवेश भी अधिग्रहित किए गएः 1531 में दमन पर कब्जा कर लिया गया, जिसे औपचारिक रूप से 1539 में उन्हें सौंप दिया गया। बॉम्बे के सात द्वीप सहित साल्सेट, चौल और बेसिन (वसई) 1534 में; 1535 में दीव को सौंप दिया गया। इन्हें भारत में पुर्तगालियों के उत्तरी प्रांत के रूप में जाना जाने लगा। यह दमन से चौल तट के साथ लगभग 100 किमी (62 मील) लम्बा और 30-50 किमी (19-31 मील) चौड़े क्षेत्र में फैला हुआ था। इसे गोवा के वायसराय के अधीन बाकाइम (फोर्ट बेसिन) के किले से शासित किया गया था।

1526 में, लोपो वाज़ डी सम्पाइओ के वायसरायशिप के तहत, पुर्तगालियों ने मैंगलोर, बार्सलर, और वर्तमान कर्नाटक के केनरा उप-क्षेत्र के ओ पड्राओ डी सांता मारिया के द्वीपों सहित अन्य हिस्सों पर कब्जा कर लिया, जिसे बाद में सेंट के रूप में जाना जाता था। मैरी द्वीप और अंजेदिवा द्वीप भी उनके पास थे। 1640 में, केलाडी के नायकों ने पुर्तगालियों को हराया, शिवप्पा नायक ने केनरा उपक्षेत्र में सभी पुर्तगाली किलों पर कब्जा करके कर्नाटक में पुर्तगाली राजनीतिक शक्ति को नष्ट कर दिया।

1546 में, जेसुइट मिशनरी फ्रांसिस जेवियर ने 16 मई 1546 को पुर्तगाल के राजा जॉन III को एक पत्र में पुराने ईसाइयों और नए ईसाइयों के लिए गोवा न्यायिक जांच की संस्था का अनुरोध किया। न्यायिक जांच की स्थापना से बहुत पहले विभिन्न गैर-ईसाई समुदायों को आधिकारिक तौर पर उत्पीड़ित किया गया था।

17वीं शताब्दी के प्रारंभ तक गोवा और उसके आसपास के क्षेत्रों की जनसंख्या लगभग 250,000 थी। भारतीय राज्यों द्वारा बार-बार होने वाले प्रतिरोधी हमलों के कारण इस रणनीतिक भूमि पर कब्जा बनाए रखने के लिए पुर्तगाल से सैनिकों और सामग्री के निरंतर प्रवाह की आवश्यकता थी; उदाहरण के लिए, 1604 से 1634 तक गोवा में 25,000 सैनिक मारे गए। हालांकि इन पुरुषों की गुणवत्ता यूरोप के सैनिकों की तुलना में कम थी (अक्सर वे भिखारी, जेलबर्ड, या लोगों को जबरन लिस्बन की सड़कों पर से ले जाया जाता था) और वे कभी भी बहुत अच्छी तरह से संगठित (18 वीं शताब्दी तक उचित रेजिमेंट का गठन नहीं किया गया था; कोई मानकीकृत हथियार नहीं था)। पुर्तगाल की महत्वपूर्ण जीत, जैसे कि 1504 में कोचीन की लड़ाई, 1509 में दीव की रक्षा, 1510 में गोवा की विजय, 1538 और 1546 में दीव की रक्षा, और 1571 में गोवा की रक्षा को सीमित जनशक्ति के साथ पूरा किया गया था। अपनी सबसे बड़ी तैनाती में, पुर्तगाली शायद 2,000 से 3,000 यूरोपीय और मेस्टिको सैनिकों को समान मात्रा में स्थानीय सहायकों के साथ उतारते थे, जबकि बड़े भारतीय राज्य हज़ारों को मैदान में उतार सकते थे। सैन्य प्रौद्योगिकी में पुर्तगाली श्रेष्ठता (विशेषकर जहाजों और तोपखाने के संबंध में), प्रशिक्षण (विशेष रूप से उनके गनर्स के कौशल में), और रणनीति ने उन्हें अपनी स्थिति बनाए रखने और लगातार जीत हासिल करने दी।

पुर्तगाल के फिलिप III द्वारा भारत में पुर्तगाली हितों की सुरक्षा सुनिश्चित करने के लिए एक राष्ट्रीय चार्टर्ड कंपनी बनाने में विलम्ब दुर्भाग्यपूर्ण था। पुर्तगाली और स्पेनिश क्राउन के व्यक्तिगत मिलन के बाद डच और अंग्रेजी के बढ़ते प्रभाव का सामना करना पड़ा।

कम्पनी द्वारा निवेश से भारतीय साम्राज्य विस्तार कॉम्पैनहिया कहा गया। क्राउन सबसे बड़ा निवेशक था, जिसने पहले तीन वर्षों के लिए 1,500,000 क्रूज़डोज़ दिए। हालांकि कुछ नगर पालिकाओं (विशेष रूप से लिस्बन) ने भी निवेश किया, निजी व्यक्तियों की दिलचस्पी कम थी। इसे आकर्षक बनाने के लिए, ग्राहकों को 4% से अधिक लाभांश की वार्षिक की गारंटी दी गई थी और सदस्यता को विभिन्न विशेषाधिकारों के साथ रखा गया था। हालांकि, हब्सबर्ग क्षेत्रों में किसी भी अन्य ईस्ट इंडीज कंपनी के गठन की अनुमति देने के खिलाफ प्रावधान थे, कॉम्पैनहिया में निवेश फिलिप ``` और उसके सहयोगियों (इस प्रकार स्पेनियों, इटालियंस, फ्लेमिंग्स, आदि) के सभी के लिए खुला था, फिर भी, इनमें से कोई भी नहीं था। कंपनी को केवल लगभग आधी पूंजी के साथ लॉन्च किया गया था, जिसे मूल रूप से जुटाने की मांग की गई थी।

कॉम्पैनहिया असफल साबित हुआ। निवेशक संशय में रहे, विदेशी पुर्तगाली व्यापारियों ने नए कम्पैनहिया के अधिकार को खारिज कर दिया, और एशिया में पुराने पुर्तगाली साम्राज्य का एंग्लो-डच उल्लंघन अपरिहार्य हो गया था, मसाले के व्यापार पर मार्जिन कम हो गया था। कॉम्पैनहिया लाभहीन साबित हुआ, और जल्द ही संचालन बंद कर दिया गया और अप्रैल, 1633 में समाप्त हो गया। कासा दा इंडिया और भारत के व्यापार को कॉन्सेल्हो दा फजेंडा (शाही वित्त परिषद) की देखरेख में वापस लाया गया। उस समय पश्चिमी तट पर गोवा पर जिसका क़ब्ज़ा था। इन कारणों से भारत में पुर्तगाली गोवा, ड्यू और दमन तक सीमित रहे और अन्य क्षेत्रों पर अधिकार जमाने अंग्रेज एवं फ्रांस मैदान में उतर आये।

कैलाश- तो क्या पुर्तगालियों के आने के पहले गोवा नहीं बसा था?

गोवा बस चुका था। गोवा शहर की स्थापना 15 वीं शताब्दी में बीजापुर सल्तनत के शासकों द्वारा मंडोवी नदी के तट पर एक बंदरगाह के रूप में की गई थी। यह गोवापुरी को बदलने के लिए बनाया गया था, जो दक्षिण

में कुछ किलोमीटर दूर था और कदंब और विजयनगर राजाओं द्वारा एक बंदरगाह के रूप में इस्तेमाल किया जाता था। बीजापुर के आदिल शाही शासन में ओल्ड गोवा दूसरी राजधानी थी। यह एक खाई से घिरा हुआ था और इसमें शाह का महल, मस्जिद और कुछ मंदिर थे। यह शहर पुर्तगालियों द्वारा कब्जा कर लिया गया था और 1510 से पुर्तगाली भारत की प्रशासनिक राजधानी के रूप में पुर्तगाली शासन के अधीन था।

वायसराय का निवास 1759 में भविष्य की राजधानी पंजिम (पश्चिम में लगभग 9 किलोमीटर की दूरी पर एक गाँव) में स्थानांतरित कर दिया गया था। पूर्व-पुर्तगाली काल के कुछ अवशेष पुराने गोवा में मौजूद हैं।

16वीं शताब्दी के मध्य में, गोवा का पुर्तगाली उपनिवेश, विशेष रूप से वेल्हा गोवा, पूर्व में ईसाईकरण का केंद्र था। शहर को सभी धार्मिक आदेशों द्वारा प्रचारित किया गया था, क्योंकि उन सभी का मुख्यालय वहां था। 1543 तक जनसंख्या लगभग 200,000 थी। मलेरिया और हैजा की महामारी ने 17वीं शताब्दी में वेल्हा गोवा शहर को तबाह कर दिया था और इसे काफी हद तक छोड़ दिया गया था, 1775 में शेष आबादी 1,500 थी। यह 1843 तक गोवा की राजधानी बना रहा, जब राजधानी को पंजिम (कोंकणी में पोंन्जो, पुर्तगाली में नोवा गोवा और हिंदी में पणजी) में स्थानांतरित कर दिया गया। परित्यक्त शहर को वेल्हा गोवा (पुर्तगाली में, 'ओल्ड गोवा') के रूप में जाना जाने लगा, इसे नई राजधानी नोवा गोवा (पंजिम) से अलग करने के लिए और शायद गोवा वेल्हा (जिसका अर्थ ओल्ड गोवा भी है) पुकारा जाने लगा, जो गोवापुरी के पुराने स्थल पर शहर का पुर्तगाली नाम था।

कैलाश- कुछ गोवा की संस्कृति के बारे में बताइये।

गोअन्स (कोंकणीः गोयकार, रोमी लिपिः गोयनकर, पुर्तगालीः गोएस) गोवा, भारत के मूल निवासी लोगों का वर्णन करने के लिए इस्तेमाल किया जाने वाला नाम है, जो इंडो-आर्यन, द्रविड़ियन, इंडो-पुर्तगाली के सम्मिलन के परिणामस्वरूप एक जातीय-भाषाई समूह बनाते हैं। ऑस्ट्रो-एशियाई लोग मूल रूप से कोंकणी की विभिन्न बोलियाँ बोलते हैं।

गोवा से लोगों (मुख्य रूप से गोवा के कैथोलिक) के बड़े पैमाने पर प्रवास के साथ-साथ मुख्य भूमि भारत से बड़े पैमाने पर आप्रवास के कारण,

1961 से, गोवा राज्य के जातीय, धार्मिक और सांस्कृतिक जनसांख्यिकी में गंभीर रूप से बदलाव आया है। जनसंख्या के इस आदान-प्रदान ने मूल निवासियों को अपनी मातृभूमि में एक आभासी अल्पसंख्यक बना दिया है।

गोवा के लोग बहुभाषी हैं, लेकिन मुख्य रूप से कोंकणी भाषा बोलते हैं, जो इंडो-आर्यन भाषाओं के दक्षिणी समूह से संबंधित एक प्राकृत आधारित भाषा है। गोवावासियों द्वारा बोली जाने वाली कोंकणी की विभिन्न बोलियाँ जिनमें बर्देज़कारी, सत्ती, पेडनेकरी और एंट्रूज़ शामिल हैं। कैथोलिकों द्वारा बोली जाने वाली कोंकणी हिंदी से काफी अलग है, क्योंकि इसकी शब्दावली में पुर्तगाली प्रभाव बहुत अधिक है। पुर्तगाली शासन के तहत अनौपचारिक उपयोग में आधिकारिक दस्तावेज उपयोग के लिए कोंकणी को दबा दिया गया था। जब गोवा पुर्तगाल का एक विदेशी प्रांत था, तब सभी गोवावासी पुर्तगाली में शिक्षित हुए थे। गोवा के एक छोटे से अल्पसंख्यक पुर्तगाली के वंशज भी पुर्तगाली बोलते हैं और लुसो-भारतीय जातीयता के हैं, हालांकि कई मूल ईसाई भी 1961 से पहले पुर्तगाली को अपनी पहली भाषा के रूप में इस्तेमाल करते थे।

गोवावासी शिक्षा के साथ-साथ संचार (व्यक्तिगत, औपचारिक और धार्मिक) के लिए देवनागरी (आधिकारिक) और लैटिन लिपि (लिटर्जिकल और ऐतिहासिक) का उपयोग करते हैं। हालाँकि कैथोलिक चर्च की पूजा पूरी तरह से लैटिन लिपि में है। पूर्व में गोयकानाडी, मोदी, कन्नड़ और फ़ारसी लिपियों का भी उपयोग किया जाता था जो बाद में कई सामाजिक, राजनीतिक और धार्मिक कारणों से अनुपयोगी हो गईं।

पुर्तगाली अभी भी कई गोअन द्वारा पहली भाषा के रूप में बोली जाती है, हालांकि यह मुख्य रूप से उच्च वर्ग के कैथोलिक परिवारों और पुरानी पीढ़ी तक ही सीमित है। हालाँकि, दूसरी भाषा के रूप में पुर्तगाली सीखने वाले गोवावासियों की वार्षिक संख्या 21वीं सदी में लगातार बढ़ रही है।

यह 20वीं सदी के बाद से जातीय मराठी लोगों की आमद के कारण मराठी भाषा ने महाराष्ट्र के निकट गोवा की उत्तरी सीमाओं और नोवास कॉन्क्विस्टास के कुछ हिस्सों के पास हिंदुओं के लिए महत्वपूर्ण भूमिका निभाई है।

एक विदेशी प्रांत के रूप में पुर्तगाली लोगों द्वारा, और उनके साथ बातचीत के 451 वर्षों से अधिक प्रत्यक्ष शासन के कारण ईसाइयों के बीच

पुर्तगाली नाम आम हैं। लेकिन अन्य भारतीयों की तुलना में कुछ हद तक जाति व्यवस्था का अभी भी पालन किया जाता है। गोवा में कुछ अलग बमोन, चारडो, गौड्डो और सुदिर समुदाय हैं जो मुख्य रूप से अंतर्विवाही हैं। अधिकांश कैथोलिक परिवार भी पुर्तगाली वंश से सम्बंधित हैं, और कुछ खुले तौर पर खुद को 'मेस्टिको' या मिश्रित-जाति के रूप में गिनते हैं। इसके परिणामस्वरूप एक ऐसी जातीयता बन गई है जो अपने आसपास के लोगों से सांस्कृतिक रूप से भिन्न है।

गोवा के हिंदू खुद को कोंकणे (देवनागरी कोंकणीः कोंकणे) के रूप में संदर्भित करते हैं, जिसका अर्थ है कोंकण के रूप में व्यापक रूप से पहचाने जाने वाले क्षेत्र के निवासी। गोवा में हिंदू कई अलग-अलग जातियों और उपजातियों में विभाजित हैं। वे अपने कुलों की पहचान के लिए अपने गाँव के नामों का उपयोग करते हैं, उनमें से कुछ उपाधियों का उपयोग करते हैं। कुछ लोग उस व्यवसाय से जाने जाते हैं जिसका उनके पूर्वज अभ्यास करते रहे हैं; नायक, बोरकर, रायकर, केनी, प्रभु, कामत, लोटलीकर, चोडनकर, मांड्रेकर, नायक, भट, तारी, गौड़े इसके उदाहरण हैं।

केवल कुछ ही देशी मुसलमान रहते हैं और उन्हें मोइर के नाम से जाना जाता है, यह शब्द पुर्तगाली मौरो से लिया गया है, जिसका अर्थ है मूर। मुकुलमानो शब्द बाद में पुर्तगाली में उन्हें पहचानने के लिए इस्तेमाल किया गया था। कुछ गोअन डायस्पोरा अब सिख धर्म और बौद्ध धर्म में परिवर्तित हो गई है, साथ ही कुछ नास्तिक भी हैं।

सामाजिक-धार्मिक और आर्थिक कारणों से गोवावासी पिछली छह शताब्दियों से कोंकण क्षेत्र और एंग्लोस्फीयर, लूसोस्फीयर और फारस की खाड़ी के देशों में प्रवास कर रहे हैं। भारतीय प्रवासी महाराष्ट्र, कर्नाटक और केरल के अन्य कोंकणी लोगों के साथ मिल गए हैं। कई विदेशी गोवावासी तत्कालीन ब्रिटिश साम्राज्य और यूनाइटेड किंगडम (यूके) के साथ-साथ पूर्व पुर्तगाली क्षेत्रों और स्वयं पुर्तगाल में बस गए हैं। दुनिया भर के गोवावासी अपने समुदाय के सदस्यों के बारे में समाचार के लिए गोअन वॉयस प्रकाशन का संदर्भ लेते हैं।

वेल्हा गोवा को 1961 में शेष गोवा के साथ अपने विलय के बाद भारत गणराज्य में शामिल किया गया था। यह आधुनिक गोवा में विशेष रूप

से रोमन कैथोलिक धर्म के साथ अपने संबंधों में अपने धार्मिक महत्व को बरकरार रखता है। गोवा और दमन के आर्कबिशप ईस्ट इंडीज के कुलपति के रूप में खिताब धारण करते हैं। पूर्वी कैथोलिक चर्चों के कुलपति और प्रमुख आर्कबिशप के विपरीत, ईस्ट इंडीज के कुलपति केवल मानद उपाधि प्राप्त करते हैं और पूरी तरह से पोप के अधीन हैं। वेनिस और लिस्बन के कुलपति के समान लैटिन चर्च में उनका स्थान है। यह उपाधि गोवा के आर्कबिशप को होली सी और पुर्तगाली सरकार के बीच अपने क्षेत्रों के धार्मिक और राजनीतिक पहलुओं के बीच संबंध के संबंध में एक समझौते के हिस्से के रूप में प्रदान की गई थी। इसी गोवा के इतिहास की जानकारी के साथ गोवा का भ्रमण आल्हादकारी होना ही था। हम गोवा के अतीत की जानकारी संजोए चल दिए गोवा को खोजने।

नॉर्थ गोवा : 21 जनवरी 2022

वर्तमान गोवा दो ज़िलों में विभाजित है- नोर्थ गोवा और साउथ गोवा। नॉर्थ गोवा की उत्तरी सीमा महाराष्ट्र के सिंधुदुर्ग ज़िला से लगती है। दक्षिण गोवा की सीमा कर्नाटक से मिलती है। नॉर्थ गोवा को महाराष्ट्र से पृथक करने वाली नदी का नाम तिराकुल है, पुर्तगालियों ने उसी के किनारे पर तिराकुल फ़ोर्ट बनाया था। नदी के इस तरफ़ तक नॉर्थ गोवा की सीमा है और नदी पार करते ही महाराष्ट्र का सिंधुदुर्ग लग जाता है। वहीं पेरनेम तहसील में अंतिम छोर पर केरी (कुएरिम) बीच स्थित है। गोवा की उत्तरी सीमा पर यह अंतिम बीच है। रास्ते में मपुसा बस्ती पड़ती है। फिर चोप्रा नदी सह्याद्रि पहाड़ों से आकर अरब सागर में मिलती दिख रही है। इसके बाद पुराने क़िस्म के पुर्तगाली नुमा घरों के गाँव नज़र आने लगे हैं।

मपुसा बस्ती से हिंदू आबादी शुरू होने से चर्च और घरों के सामने क्रॉस के निशान दिखना बंद हो जाते हैं। हिंदू मंदिरों की शृंखला प्रारम्भ हो जाती है। गोवा में 66% हिंदू, 25% ईसाई और 6% मुस्लिम आबादी है। टैक्सी चालक ने बताया कि ईसाई और मुस्लिम में झगड़े होते हैं परंतु हिंदू मुसलमान मिलकर रहते हैं।

केरी बीच पर दोपहर एक बजे पहुँचे। बीच बहुत साफ़ सुथरा था। विदेशी पर्यटक स्कूटर और मोटर साइकल पर सवार होकर आए हैं। रूसियों

की भरमार है। रुस में भूमध्यसागरीय समुद्र नहीं हैं इसलिए गोवा उनकी पहली पसंद है। किसी रूसी फ़िल्म के कुछ शॉर्ट लिए जा रहे थे। उनकी नायिका के साथ फ़ोटो खिंचवाए।

ये सभी बीच भीड़ भरे पणजी से एक सौ साठ किलोमीटर की दूरी पर हैं इसलिए यहाँ सफ़ाई रहती है। इसीलिए विदेशी पर्यटकों का पसंदीदा स्थान हैं। नदी पर बने पुल से केरी बीच पहुँचे। बीच पर विदेशी ख़ासकर रूसी मर्द, औरतें, बच्चे सपरिवार आनंद मना रहे थे। उनमें एक सुंदर रूसी एक्ट्रेस भी थीं। जिनसे बातचीत के दौरान घनिष्ठता हो गई। उनके साथ परिवार भी था। सबने एक दूसरे के फ़ोटो खींचे। बीच पर आधा घंटा गुज़ार कर पणजी की वापसी यात्रा में हरमल नाम का एक गाँव पड़ा। वहाँ लंच लेकर अरमबुल बीच पहुँच गए।

फिर शाम ढलने लगी थी। नज़दीक ही अंजना बीच पर सूर्यास्त देखने रुक गए। सूर्य का बड़ा लाल गोला अमेरिका में ऊगने के लिए अरब सागर में समाने लगा। उसे देखते रहे। जब समुद्र सूर्य का अंतिम छोर भी निगल गया तब क्षितिज पर हल्की उदास लालिमा दिखने लगी। पक्षी सूर्य का विदाई गीत गाते हुए घरोंदों पर वापस लौटने लगे। हमने भी वापसी यात्रा का रास्ता पकड़ा।

दिन भर से चाय नहीं पी थी इसलिए चाय पीने की बड़ी इच्छा हो रही थी। रास्ते में शराब की दुकानों की भरमार थी परंतु चाय की दुकान नहीं मिल रही थी। एक अन्दाज़ से कुल दुकानों में तीस प्रतिशत दुकानें शराब की हैं। दवाई की दुकानें कम और दारू की अधिक हैं। गोवा में लोगों की औसत आयु भी 70-75 वर्ष है। शायद दारू ही यहाँ दवा का काम करती हो। आख़िर में एक चाय की दुकान बड़ी मुश्किल से मिली। उससे ताजी चाय बनवा कर सिप-सिप कर पी।

साउथ गोवा : 22 जनवरी 2022

कर्नाटक सीमा पर दक्षिण गोवा की अंतिम तहसील कानकोना है जिसकी सीमा कर्नाटक के करवार ज़िला से सटी है। काली नदी पर बना सदाशिवगढ़ क़िला अलग से दिखता है। कानकोना का पेलोलिन या पालोलेम या पलोले गोवा का अंतिम बीच है।

सुबह कारवार की तरफ़ यात्रा शुरू हुई। उत्तरी गोवा में पर्यटन प्रमुख उद्योग है तो दक्षिण गोवा में औद्योगिक क्षेत्र की अनेकों इकाइयाँ मडगाँव के आसपास स्थित हैं। मडगाँव एक बड़ा कारोबारी केंद्र है। उसे पार करने के बाद रास्ते में जुआरी नदी पर से गुजरे। बाईं तरफ़ जुआरी और माँडोवी नदियों का संगम है और बीच में अरब सागर के बैक वॉटर पर नया पुल बना है। उसके ऊपर से गुजर कर कानकोना तहसील है उसी तहसील में पेलोलिन बीच है। दिन में यात्रा आरम्भ करते समय लम्बी दूरी का स्थान सबसे पहले जाना चाहिए। इसलिए हम सीधे कर्नाटक कारवार निकल गए। गोवा-कर्नाटक सीमा पर तैनात कर्नाटक पुलिस कर्मियों ने कोरोना टेस्ट रिपोर्ट जाँच कर जाने दिया। कारवार में पहुँचते-पहुँचते एक बज चुका था। उडीपी रेस्टारेंट में दक्षिण भारतीय स्वाद का सांभर-बड़ा और कोल्ड काफ़ी का सेवन करके वापसी यात्रा शुरू कर दी।

कोल्वा बीच और पालोलेम बीच जैसे लोकप्रिय तटीय गर्म स्थान, दुनिया भर से पर्यटकों को गोवा में आकर्षित करते हैं। लेकिन समुद्र तट सिर्फ शुरुआत है जो गोवा को भारत में घूमने के लिए सबसे प्रिय स्थानों में से एक बनाता है। गंतव्य में अद्वितीय पुर्तगाली-कोंकणी स्वाद के व्यंजन, ऐतिहासिक चर्च और मंदिर, जीवंत वन्य जीवन और आकर्षक मसाला फ़ार्म्स भी हैं। कोई फर्क नहीं पड़ता कि आप गोवा में कितना समय बिताते हैं, आप ठीक से गोवा घूमना चाहते हैं तो आपके पास तलाशने के लिए कुछ अतिरिक्त दिन ज़रूर हों।

इस क्षेत्र का दौरा करने वाला लगभग हर पर्यटक पालोलेम बीच पर एक दिन बिताता है, जो अरब सागर को निहारता सफेद रेत का एक अर्धचंद्राकार भूखंड है। जिसके किनारे घूमना और खुद को भिगोना इस खूबसूरत क्षेत्र का आनंद लेने का एक सही तरीका है। पालोलेम बीच आपको गतिविधियों के विकल्प भी प्रदान करता है। कयाकिंग, योग कक्षाएं, डॉल्फ़िन-दर्शनीय स्थलों की यात्रा और तैराकी में से कुछ भी चुन लें। आप पालोलेम की देहाती कोको झोपड़ियों में से एक में भी रात बिता सकते हैं।

पालोलेम बीच पर आधा घंटा गुज़ारा। बहुत छोटा बीच है। पर्यटक भी थोड़े से दिखे। मडगाँव बाज़ार में न्यू-मार्केट है। सभी लोग ख़रीदी के मूड से गांधी मार्केट में घुसे परंतु चीजें पसंद नहीं आईं तो सबका मन हुआ कि कोल्वा बीच चला जाए। वहाँ मनपसंद चीजें और सफ़ेद रेतीला बीच बहुत लम्बा-चौड़ा है।

कोल्वा समुद्र तट चौड़ाई में लगभग 2.4 किमी तक फैला हुआ है, लम्बाई में समुद्र तट का हिस्सा लगभग 25 किमी मुलायम सफेद रेत है। किनारा नारियल और ताड़ वृक्षों से घिरा हुआ है। यह बीच उत्तर में बोगमालो बीच से लेकर दक्षिण गोवा के तट काबो डी रामा बीच तक फैला हुआ है। कोल्वा अब एक प्रसिद्ध पर्यटन स्थल है, जिसका अपने समुद्र तट के लिए आनंद लिया जाता है। पर्यटन उद्योग कई बजट होटलों, गेस्ट हाउसों, समुद्र तट के झोंपड़ियों, भोजन स्टालों, छोटे रेस्तरां और पब और बार के साथ अच्छी तरह से विकसित है, हालांकि ये विकास किसी भी बड़े पैमाने पर नाइटलाइफ़ में विस्तारित नहीं हुए हैं। समुद्र तटों की लगातार लाइफगार्ड द्वारा निगरानी की जाती है। तैराकी नावों को तदनुसार रंगीन झंडों के साथ झंडी दिखाकर रवाना किया जाता है। गोवा के प्रसिद्ध समुद्र तटों में से एक होने के कारण, इस समुद्र तट पर वर्ष के अधिकांश समय अत्यधिक भीड़ रहती है। इसके अधिकांश पर्यटक घरेलू भारतीय आगंतुक हैं, इस समुद्र तट को ज्यादातर विदेशियों द्वारा उपेक्षित किया जाता है।

पुर्तगाली मुंडांका या हवा बदलाव के लिए कोल्वा आते थे। पुर्तगाली क्षेत्र कई खंडहरों सहित घरों या विलाओं से युक्त है। सप्ताहांत पर, पर्यटकों की भारी भीड़, दुनिया भर के आगंतुकों के साथ-साथ स्थानीय लोग सूर्यास्त और विभिन्न गतिविधियों का आनंद लेते हैं। समुद्र तट अक्टूबर में विशेष रूप से व्यस्त रहता है, जब धार्मिक तीर्थयात्रियों की भीड़ कोल्वा चर्च का दौरा करती है, जिसे इग्रेजा डे नोसा सेन्होरा दास मर्स कहा जाता है, जिसे 1630 में रोइज़ परिवार द्वारा स्थापित किया गया था और अठारहवीं शताब्दी में गांव के एक चौक पर बनाया गया था। 16वीं शताब्दी के मध्य से स्थानीय लोग मछुआरे रहे हैं। इनमें हिंदू धर्मान्तरित के साथ-साथ विभिन्न पुर्तगाली विदेशी क्षेत्रों जैसे अंगोला, मोजाम्बिक, ब्राजील, आदि के साथ-साथ पुर्तगाल के प्रवासी भी शामिल हैं।

कोल्वा एक सुंदर अरब सागर समुद्र तट के साथ एक विशाल बंजर निर्जन भूमि थी जिसमें कुछ हरीम (मछुआरे समुदाय) मुख्य रूप से बेनाउलिम के पड़ोसी गांव में प्रवासियों के रूप में बसने तक स्केवोला सेरीसिया जैसे समुद्र तट के लोग थे। मुगल साम्राज्य और आदिल शाही वंश ने गोवा के उत्तरी और पहाड़ी क्षेत्रों को प्राथमिकता दी, जहां उन्होंने तटीय बेल्ट के बजाय किले और रक्षा का निर्माण किया, और इसलिए कोल्वा की बंजर भूमि

को बसाया नहीं था। यह पुर्तगाली विजय थी जिसने दक्षिण गोवा के पश्चिमी क्षेत्रों को एक पूर्ण मानव बस्ती के रूप में स्थापित किया।

कोल्वा पुर्तगाली-गोवा प्रांत के रूप में, 1510 से 1961 तक पुर्तगाली प्रशासन के अधीन था। यह पुर्तगाली रोइज़ परिवार का गाँव था, जो डी. डिओगो रोड्रिग्स और उसके ग्रामीणों के वंशज थे। प्रिया दा कोल्वा नाम का पूरा समुद्र तट उन्हीं का था। यह गांव 1550 से डी. डिओगो रोड्रिग्स का था, जो कोलवा (कोलवा के जमींदार) थे। उसने 1551 में अरब सागर से दुश्मन के किसी भी हमले से बचने के लिए समुद्र से दूर और किनारे से कुछ दूरी पर पहला पुर्तगाली वास्तुकला आवासीय घर बनाया।

18 वीं शताब्दी में, डिओगो के वंशजों में से एक, सेबस्टियाओ जोस रोइज़ ने गांव के लोगों को पूरे समुद्र तट पर नारियल के पेड़ लगाने का आदेश दिया, ग्रामीणों ने सोचा था कि समय की बर्बादी थी क्योंकि मिट्टी सफेद थी और इस तरह बांझ थी और उनकी वृद्धि को बनाए रखने में असमर्थ थी। हालाँकि आज तट रेखा उन नारियल के वृक्षों के वृक्षारोपण से घिरी हुई है। बेतालबातिम तक संपूर्ण कोलवा तट और समुद्र तट की संपत्ति 20वीं शताब्दी के अंत तक रोइज़ परिवार के विभिन्न वंशजों द्वारा विरासत में मिली थी, गोवा के 1961 के विलय के बाद 1974 में भारतीय प्रशासन के तहत गोवा सरकार को सौंप दिया गया था। भारत जमीन स्थानीय लोगों को बेच दी गई।

कोल्वा बीच सबसे प्रसिद्ध समुद्र तटों में से एक है, खासकर भारतीय पर्यटकों के बीच। इसमें रेत के तट पर लहराती रेखाएँ और कांस्य रेत का एक विस्तृत खंड है, जहाँ आप कभी-कभी पर्यटकों के बगल में गायों के झुंड को धूप सेंकते हुए देखेंगे। आप जेट स्की किराए पर ले सकते हैं, एक रोमांचक केले की नाव की सवारी पर कूद सकते हैं, और एक पैरासेलिंग साहसिक सवारी कर समुद्र तट का एक विहंगम दृश्य देख सकते हैं।

मडगाँव या मारगाओ या मडगाओ गोवा की व्यावसायिक राजधानी है। यह साल नदी के तट पर स्थित है और सालसेटे उप-जिला और दक्षिण गोवा जिले का प्रशासनिक मुख्यालय है। यह वास्को के बाद जनसंख्या के हिसाब से गोवा का दूसरा सबसे बड़ा शहर है। मारगाओ पुर्तगाली वर्तनी है, मडगाओ कोंकणी में इस्तेमाल किया जा रहा है। एक सिद्धांत यह मानता

है कि यह नाम संस्कृत मिठग्राम (महाग्राम) से लिया गया है जिसका अर्थ है मठों का एक गाँव। लोकप्रिय इतिहास से एक अन्य सिद्धांत यह बताता है कि यह नाम वास्तव में महारों की जाति के बसने से निकला है, इसलिए "महार गाओ" (महारों का गाँव)।

रावनफोंड में, जो अब मडगांव का एक उपनगर है, मत्स्येन्द्रनाथ और गोरखनाथ के मंदिर हैं। नाथ चिकित्सकों के निवास को मठ (मठ) कहा जाता था। द्वैत संप्रदाय से संबंधित वैष्णव मठ के कारण मडगाओ को महाग्राम कहा जाता था। जिसे 15 वीं शताब्दी ईस्वी में स्थापित किया गया था और पुर्तगाली सत्ता के बाद पार्टगल में स्थानांतरित कर दिया गया था। पूर्व-पुर्तगाली समय में मार्गो साल्सेटे में महत्वपूर्ण बस्तियों में से एक था और इसे मठ ग्राम (मथाओं का गांव) के रूप में जाना जाता था क्योंकि यह नौ मठों वाला एक मंदिर शहर था। 1579 में इसको हमलावरों ने नष्ट कर दिया था। वर्तमान चर्च 1675 में बनाया गया था।

जबकि होली स्पिरिट चर्च का पश्चिमी भाग एक बाज़ार के रूप में विकसित हुआ, बस्ती पूर्वी हिस्से, यानी बोर्डा क्षेत्र में विकसित हुई। तत्कालीन पुर्तगाली शासन के दौरान नगर पालिका को "कैमारा म्यूनिसिपल डे साल्सेट" के रूप में जाना जाता था। एक प्रशासनिक और व्यावसायिक क्षेत्र के रूप में मडगाँव का महत्व आसपास के कस्बों और गांवों की बढ़ती निर्भरता के साथ बढ़ता गया। 1961 में, गोवा के विलय से भारत गणराज्य में शामिल हो गया, और मडगाँव को दक्षिण गोवा जिले के प्रशासनिक केंद्र के रूप में घोषित किया गया।

गोवा के एक वकील साहिब से समुद्र किनारे मुलाक़ात हुई। वे अकेले बियर पी रहे थे। बातचीत होने लगी। हमने उनसे जानना चाहा कि बड़ी चर्चा सुनते हैं, क्या गोवा में समान नागरिक संहिता प्रभावी है। उन्होंने बताया-

- गोवा की पुर्तगाली नागरिक संहिता, 1867 मूल रूप से पुर्तगालियों द्वारा दिया गया एक विदेशी कोड है। विभिन्न अधिनियमों के साथ इसका जारी रहना हास्यास्पद है। गोवा में हिंदू विवाह अधिनियम, 1955 और हिंदू उत्तराधिकार अधिनियम, 1956 या भारतीय उत्तराधिकार अधिनियम, 1925 या शरीयत (आवेदन) अधिनियम, 1937 और मुस्लिम

विवाह अधिनियम, 1939 भी लागू हैं। कानूनी बहुलवाद का यह ढाँचा एक राष्ट्र, एक कानून के विचार को नकारना है।

हमने पूछा- इसका मतलब गोवा की नागरिक संहिता वास्तव में देश के दूसरे राज्यों से भी उलझी हुई है।

- गोवा के गैर-यहूदी हिंदू उपयोगों और रीति-रिवाजों की डिक्री 1880 के अनुच्छेद 1 के तहत, हिंदुओं के रीति-रिवाजों को संरक्षित किया गया था और अन्यजातियों को नागरिक संहिता से छूट दी गई थी। इस डिक्री ने हिंदू संयुक्त परिवार की संस्था को जारी रखा, जिसे पुर्तगाली में सोसीडेड नाम दिया गया, जो तकनीकी रूप से एक हिंदू संयुक्त परिवार की अवधारणा के बजाय एक साझेदारी के करीब है। शरीयत अधिनियम को गोवा तक विस्तारित नहीं किया गया है; मुसलमान संहिता के साथ-साथ शास्त्री हिंदू कानून द्वारा शासित होते हैं। लव जिहाद कानूनों का समर्थन करने वालों को यह जानकर आश्चर्य होगा कि गोवा संहिता के अनुच्छेद 1090 के तहत धर्म के आधार पर शादी को रद्द नहीं किया जा सकता है। शादी जायज़ होती है।

तब तक हम आपस में घुलमिल चुके थे। उन्होंने अपने कोल्ड स्टोरेज से एक किंगफ़िशर बियर की बोतल हमारी तरफ़ बढ़ाई। हमने बिना किसी झिझक के मुस्कुराते हुए ले ली। साथ में मूँगफली के दाने और भुने हुए चने भी पेश किए। सामने मचलते समुद्री लहरों पर चाँदनी मचल रही थी। हमारा भी मन मचल गया। समुद्र, चाँदनी, लहरें, बियर और बातों का सिलसिला चल पड़ा।

हमने पूछा- नागरिक संहिता के कितने भाग हैं?

- गोवा के नागरिक संहिता के चार भाग हैं, नागरिक क्षमता, अधिकारों का अधिग्रहण, संपत्ति का अधिकार, और अधिकारों और उपायों के उल्लंघन से संबंधित क़ानून।

गोवा नागरिक संहिता अन्य भारतीय कानूनों से किस तरह अलग है।

- एक विवाहित जोड़ा संयुक्त रूप से प्रत्येक पति या पत्नी के स्वामित्व वाली (विवाह से पहले) या अर्जित (विवाह के बाद) सभी संपत्तियों का स्वामित्व रखता है। तलाक के मामले में, प्रत्येक पति या पत्नी संपत्ति

के आधे हिस्से का हकदार है। हालाँकि, कानून एंटेन्यूपियल समझौतों की भी अनुमति देता है, जो तलाक के मामले में संपत्ति के एक अलग विभाजन को बता सकता है। ये समझौते पति-पत्नी को शादी से पहले अर्जित संपत्ति को अलग से रखने की भी अनुमति देते हैं। इस तरह के समझौतों को बदला या रद्द नहीं किया जा सकता है। एक विवाहित व्यक्ति अपने पति या पत्नी की सहमति के बिना संपत्ति नहीं बेच सकता है। माता-पिता अपने बच्चों को पूरी तरह से बेदखल नहीं कर सकते। उनकी संपत्ति का कम से कम आधा हिस्सा अनिवार्य रूप से बच्चों को देना होगा। यह विरासत में मिली संपत्ति को बच्चों के बीच समान रूप से साझा किया जाना चाहिए। गोवा में पंजीकृत विवाह कराने वाले मुस्लिम पुरुष बहुविवाह नहीं कर सकते। साथ ही, मौखिक तलाक का कोई प्रावधान नहीं है।

मतलब यहाँ समान नागरिक संहिता जैसी चीज नहीं है।

- गोवा नागरिक संहिता सख्ती से एक समान नागरिक संहिता नहीं है, क्योंकि इसमें कुछ समुदायों के लिए विशिष्ट प्रावधान हैं। उदाहरण के लिए, गोवा के हिंदुओं को रीति-रिवाजों की संहिताओं में उल्लिखित विशिष्ट परिस्थितियों में हिंदू पुरुषों को द्विविवाह का अधिकार है (यदि पत्नी 25 वर्ष की आयु तक बच्चे को जन्म देने में विफल रहती है, या यदि वह 30 की उम्र तक एक पुरुष बच्चे को जन्म देने में विफल रहती है) अन्य समुदायों के लिए, कानून द्विविवाह को प्रतिबंधित करता है। हिंदुओं के लिए, तलाक की अनुमति केवल पत्नी द्वारा व्यभिचार के आधार पर दी जाती है। गोद लिए गए और नाजायज बच्चों के मामले में कानून में असमानता है।

रात के ग्यारह बज चुके थे लेकिन बातों का सिलसिला थमने का नाम नहीं के रहा था। उनसे गोवा में सेक्स मार्केट, शराब और संगठित जुआँघर पर बातें होती रहीं।

उनका कहना था कि हर चीज लाइसेन्स पर उपलब्ध है। आपको कोई खींच कर नहीं लाता। लोग जेब में लाखों रुपए लेकर आते हैं। शौक़ फ़रमाते हैं। सरकार को टैक्स मिलता है और लोगों को मज़ा।

हमने कहा- नैतिकता तो भी तो कोई चीज होती है।

उन्होंने कहा- अभी हम लोग तीन घंटों से बियर पीते हुए बातें कर रहे हैं। इसमें कौन सी नैतिकता टूट रही है। गोवा का आधार ही पर्यटन है और पर्यटन का आधार सेक्स, शराब, समुद्र और शरारतें। देश-विदेश से लोग इसीलिए यहाँ आते हैं। अपनी कुंठाएँ-निराशा झटक कर वापिस ज़िंदगी की जंग में शामिल हो जाते हैं।

समुद्री किनारे पर बैठ कर बियर पीते हुए लहरों पर मचलती चाँदनी से खेलना मनमोहक लग रहा था। जो बियर भोपाल में दो सौ रुपए में मिलती है वह गोवा में अस्सी में मिल जाती है। वहाँ इक्साइज़ ड्यूटी नहीं लगती। उनके पास अच्छा ख़ासा स्टॉक था। दो बियर पी चुके थे। पेट में तीसरे की गुंजाइश नहीं थी। फूले पेट को पिचकाने हेतु दो-तीन किलोमीटर घूमकर उपयुक्त जगह देखकर निस्तार निपटाया। रात को बारह बजे गेस्ट हाऊस पहुँच रात्रिभोज उपरांत आराम किया।

23 जनवरी 2022 का दिन धार्मिक स्थलो के लिए रखा था। जबकि कई पर्यटक समुद्र तटों के लिए गोवा आते हैं, कई अन्य ख़ासतौर से ईसाई लोग इस यात्रा को महत्वपूर्ण धार्मिक स्थलों की तीर्थ यात्रा मानते हैं। यहाँ बेसिलिका डी बोम जीसस और सेंट फ्रांसिस जेवियर के अवशेष हैं। पुर्तगाल में जन्मे इग्नाटियस लोयोला नामक व्यक्ति ने धार्मिक व्यवस्था हेतु सोसाइटी ऑफ जीसस की स्थापना कर भारत में एक व्यापक धर्म परिवर्तन मिशन का नेतृत्व किया। जिन्होंने बहुत बेरहमी से हिंदुओं को प्रताड़ित करके ईसाई धर्म में परिवर्तित कराया था। प्रताड़ना से तंग आकर लाखों की संख्या में हिंदुओं ने गोवा से पलायन कर समीपवर्ती महाराष्ट्र और कर्नाटक राज्यों में शरण ली थी।

बेसिलिका डी बोम जीसस और सेंट फ्रांसिस जेवियर चर्च आकर्षक संरचना जटिल नक्काशी के साथ डोरिक कोरिंथियन और बारोक शैली का मिश्रण है। दिलचस्प बात यह है कि 20वीं शताब्दी के मध्य में इमारत से चूना प्लास्टर हटा दिया गया, जिससे यह गोवा में एकमात्र बिना प्लास्टर वाला चर्च बन गया। बेसिलिका 1999 से यूनेस्को की विश्व धरोहर स्थल है।

आप अपने दम पर खुद चर्च घूम सकते हैं, या प्रवेश द्वार के पास एक स्वतंत्र गाइड को एक छोटे से शुल्क के बदले किराए पर ले सकते हैं। हमने खुद ही देखना तय किया। हम एक ताबूत में संत के शरीर के साथ

विशाल सजावटी स्क्रीन देख सकते हैं, जो कभी कीमती पत्थरों से ढका हुआ था। यह एक सम्मोहक स्थान है जो आपको समय घड़ी पर वापस पुराने समय में ले जाएगा।

बोम जीसस (पुर्तगाली में शाब्दिक रूप से, पवित्र यीशु) लुसोस्फीयर के देशों में एक्से होमो के लिए इस्तेमाल किया जाने वाला नाम है। यह चर्च भारत में बारोक वास्तुकला के सर्वोत्तम उदाहरणों में से एक माना जाता है। यह दुनिया में पुर्तगाली मूल के सात अजूबों में से एक है।

प्रवेश करने पर, हम सुंदर लकड़ी का काम और नक्काशी देख सकते हैं। बैरोक शैली की मुख्य वेदी पर सोने का पानी चढ़ा है और इसके ऊपर सोलोमोनिक स्तंभों के बीच में इग्नाटियस ऑफ़ लोयोला की मूर्ति है, जिसके ऊपर IHS मोनोग्राम और होली ट्रिनिटी में यीशु का नाम है। छवि चर्च में उस स्थान को दिखाती है जहां सेंट फ्रांसिस जेवियर के पवित्र शरीर को कथित रूप से बिना किसी रासायनिक द्रव्य के संरक्षित किया गया है। हालाँकि यह सम्भव नहीं है। इसे हर 10 साल में एक बार नीचे लाया जाता है।

चर्च पर निर्माण कार्य 1594 में शुरू हुआ। चर्च को मई 1605 में आर्कबिशप, डोम फ्र एलेक्सो डी मेनेजेस द्वारा पवित्र किया गया था। यह धरोहर ईसाई धर्म के इतिहास में में एक मील का पत्थर है। इसमें सेंट इग्नाटियस लोयोला के बहुत करीबी दोस्त सेंट फ्रांसिस जेवियर का शरीर शामिल है, जिसके साथ उन्होंने सोसाइटी ऑफ जीसस (जेसुइट्स) की स्थापना की। फ्रांसिस जेवियर की मृत्यु 3 दिसंबर 1552 को जापान से चीन के रास्ते में सेंसियन द्वीप पर चुआंडाओ ताईशन में हुई थी। फ्रांसिस जेवियर के शव को पहले पुर्तगाली मलक्का ले जाया गया और दो साल बाद वापस गोवा भेज दिया गया। संत के अवशेष अभी भी दुनिया भर से बड़ी संख्या में पर्यटकों (ईसाई और गैर-ईसाई समान) को आकर्षित करते हैं, विशेष रूप से हर दस साल में उनके शरीर को सार्वजनिक रूप से देखने के दौरान भारी भीड़ होती है। (पिछली बार 2014 में प्रदर्शन आयोजित किया गया था। कहा जाता है कि संत में उपचार की चमत्कारी शक्तियां थीं।

संगमरमर का फर्श कीमती पत्थरों से जड़ा हुआ है। विस्तृत सोने की वेदियों के अलावा, चर्च का आंतरिक भाग सरल है। मुख्य वेदी में इग्नाटियस लोयोलाकी एक बड़ी मूर्ति है, जो सोसाइटी ऑफ जीसस के संस्थापक और

फ्रांसिस जेवियर के साथियों में से एक है, जिनके शब्दों ने उन्हें एक सुधारित जीवन की ओर आकर्षित किया।

लोयोला के इग्नाटियस की सोने का पानी चढ़ी मूर्ति की टकटकी, जीसस (आईएचएस) के नाम पर विस्मय में ऊपर की ओर टिकी हुई है, जो जेसुइट्स के सोने का पानी चढ़ा हुआ प्रतीक है, जो उज्ज्वल किरणों में घिरा हुआ है। प्रतीक के ऊपर त्रिमूर्ति है - पिता, पुत्र और पवित्र आत्मा ईसाई का अंतिम संग्रह और ध्यान। पवित्र द्रव्यमान में उपयोगी वेदी की मेज़ पर सोने का पानी चढ़ा है और डाँटूँ भोज में मसीह और उसके प्रेरितों की आकृतियों से सजाया गया है। साथ ही हाय मोहोजी कुड्ड शब्दों के साथ, जिसका कोंकणी में अर्थ है "यह मेरा शरीर है" लिखा है।

सेंट फ्रांसिस जेवियर के जीवन से लिए गए दृश्यों के चित्र भी हैं। शीर्ष पर सेंट फ्रांसिस जेवियर (1696) के शरीर के साथ चांदी का ताबूत रखा गया है। ऊपरी स्तर पर, मकबरे के सामने बोम जीसस बेसिलिका आर्ट गैलरी है, जिसमें गोवा के अतियथार्थवादी चित्रकार, डोम मार्टिन की कृतियाँ हैं। बेसिलिका ऑफ़ बॉम जीसस 408 वर्ष से अधिक पुराना है और हर दिन जनता के लिए खुला रहता है। सेंट फ्रांसिस जेवियर का शरीर एक अच्छी तरह से सजाए गए ताबूत में है, जिसे नीचे दी गई तस्वीरों में देखा जा सकता है। हर दस साल में 'शरीर' की प्रदर्शनियाँ आयोजित की जाती हैं। उस समय की कलाकृति को बेहतर ढंग से समझने के लिए चर्च के अंदर ली गई कुछ तस्वीरें संलग्न हैं। इन कलाकृतियों को भित्तिचित्र कहा जाता है।

हर साल, नवंबर के अंत और दिसंबर की शुरुआत में सेंट फ्रांसिस जेवियर का पर्व इस चर्च में बड़ी भीड़ खींचता है। यह 3 दिसंबर को प्रमुख अवकाश के साथ समाप्त होने से पहले नौ दिवसीय नोवेना और ओपन-एयर जनता के साथ शुरू होता है।

हम चर्च और संग्रहालय देखने के पश्चात मंगेशी मंदिर पहुँचे। गोवा, निस्संदेह, एक रंगीन और मज़ेदार जगह है, लेकिन निश्चित रूप् से इसका मतलब यह नहीं है कि गोवा में कोई हिंदू तीर्थ स्थल नहीं हैं। गोवा में श्री मंगेशी मंदिर एक ऐसी जगह है जो तीर्थ यात्रियों के लिए सबसे महत्वपूर्ण स्थानों में से एक माना जाता है और साथ ही यह दुनिया के विभिन्न हिस्सों से आनेवाले लोगों के लिए भी एक आकर्षण है।

यह मंदिर उत्तरी गोवा में राज्य की राजधानी वास्को से लगभग 21 किलोमीटर दूर मंगेशी गांव में स्थित है। मंदिर के बारे में भगवान शिव और पार्वती की एक पुरानी कहानी प्रचलित है जिसके कारण इसका नाम मंगेशी पड़ा।

यह मंदिर भगवान मंगेश को समर्पित किया है, जो भगवान शिव के पुनर्जन्म के रूप में पूजनीय हैं। किंवदंती है कि एक बार भगवान शिव ने अपनी प्यारी पत्नी देवी पार्वती को डराने के लिए खुद को बाघ में बदल लिया था और जब देवी पार्वती ने बाघ को देखा, तो वह काफी डर गई और भगवान शिव की खोज में 'त्राहिमाम गिरीशा' कहते हुए निकल पड़ी, जो समय के साथ अपभ्रंश होकर मुंगिरिशा या मंगेश हो गया।

मंदिर का इतिहास बताता है कि इसकी जड़े एक आराध्य गांव रटालिम के कुशस्थली से जुड़ी है - जिस पर पुर्तगालियों द्वारा 1543 में आक्रमण किया गया था। 1560 के आसपास, जब पुर्तगालियों ने धर्मांतरण शुरू किया, स्थानीय लोगों ने मंगेश लिंग को अपने मूल स्थल से दूर अग्नाशिनी नदी के तट पर अतरुंजा तालुका गाँव में, जहाँ यह वर्तमान में स्थित है, स्थानांतरित कर दिया।

इसका दो बार जीर्णोद्धार कार्य करना पड़ा। पहला मराठों के शासनकाल के दौरान और दूसरी बार 1890 के दौरान और हाल ही में 1973 में अंतिम जीर्णोद्धार किया गया था, जब मंदिर के शीर्ष पर स्वर्ण कलश लगाया गया था।

ऐसा कहा जाता है कि सबसे पुरानी संरचना स्थापत्य शैली में काफी सरल थी। वर्तमान संरचना को केवल मराठा शासन के दौरान अधिक अनुकूल तरीके से बनाया गया था। हालांकि, संरचना के निर्माण के ठीक बाद, यह क्षेत्र पुर्तगाली शासकों के हाथों में आ गया।

मंदिर प्रांगण में अद्भुत सात मंजिला दीपक टॉवर के साथ मंदिर के परिसर में सुन्दर पानी के फव्वारे से घिरे दीपस्तंभ सहित मंदिर के सबसे पुराने हिस्से हैं। जब दियों से रोशनी की जाती है, तो इस स्थान की आभा में चार चाँद लग जाते हैं।

मंदिर प्रांगण में घुसने के पूर्व जूते उतरने पड़े। शिव मंगेशी के दर्शन किए। परिक्रमा करके मंदिर की रचना देखी। उसी समय पता चला कि मंदिर की कैंटीन में शुद्ध सात्विक भोजन रियायती दामों पर मिलता है। भूख तो

खूब लगी थी। मंदिर प्रांगण में कैंटीन में प्याज़-लहसुन मुक्त आलू की सब्ज़ी के साथ गरम-गरम पूड़ियों का मज़ा लिया।

उसके बाद गरम चाय से तर होकर खंडेपर गुफा मंदिर की तरफ़ बढ़ गये। खंडेपर गुफा मंदिर कोंडापार नदी के किनारे पोंडा तालुक में स्थित हैं। यह माना जाता है कि इन गुफाओं को 12वीं शताब्दी के आसपास बनाया गया था और 1970 में खोजा गया था। किसी भी इतिहास प्रेमी के लिए इन गुफाओं की तलाश एक बहुत अच्छा विकल्प हैं। वहीं नज़दीक में बोंडला वन्यजीव अभयारण्य है। इस अभयारण्य में जानवरों की सबसे अनोखी प्रजातियों को देखने का अवसर मिलता है। इन तीनों स्थानों के भ्रमण तक शाम होने को थी। गोवा में शाम गुज़ारने के लिए सबसे अच्छी जगह समुद्री बीच होती है। जहाँ थके मांदे सूर्य देव शांति पूर्वक समुद्री लहरों पर सवार हो झिलमिलाते विदाई लेते हैं।

हम चल दिए नज़दीक के कांसौलिम बीच। अगर आप मजे और आराम करना चाहते हैं तो यह शायद सबसे अद्भुत विकल्पों में से एक है। यह उस तरह का स्थान है जहां आप शाम के धुँधलके में कुछ शांतचित्रों को क्लिक करना और कुछ अविस्मरणीय यादें सहेजना पसंद करेंगे। उसके बाद उस दिन के अंतिम पड़ाव माजोर्डा बीच की तरफ़ चल पड़े। माजोर्डा बीच पर समुद्रतट की समग्र आभा काफी शांत और निर्मल है और शायद यह एक ऐसा कारक है जो इस समुद्रतट को आपके प्रियजनों के साथ गुणवत्ता का समय बिताने के लिए सबसे अच्छी स्थलों में से एक के रूप में जाना जाता है।

हम लोग समुद्री लहरों के नज़दीक आराम कुर्सियों पर लेट से गये। कुछ देर में लड़के आकर मीनू कार्ड पकड़ा गये। तब पता चला कि आप इन कुर्सियों पर मुफ़्त में नहीं लेट सकते। आपको दुगुनी या तिगुनी महँगी दरों पर कुछ ऑर्डर करना होगा। एक कोल्ड कॉफ़ी ऑर्डर की और अस्ताचल गामी सूर्य की रश्मियों पर निगाह जमा लीं। धीरे-धीरे रवि रश्मियाँ सिकुड़ने लगीं और लालिमा बिखरने लगी। कुछ देर में लालिमा भी समुद्र में डूब गई।

साथी मित्र तट से थोड़ा दूर जाकर चार किंगफ़िशर ले आये। चना-चबैना हैंडबैग में था। सूर्य के डूबने का ग़म किंगफ़िशर के साथ साझा करने से हल्का होने लगा। चंद्रमा जो पृथ्वी के औषधि पौधों को औषधीय